茅盾文学奖
获奖作品全集
典藏版
The Mao Dun Literature Prize

这边风景

下卷

王蒙 著

人民文学出版社

这边风景

下卷

第二十八章　尬饿交加　泰车夫空腹候科长
　　　　　　　马穆拼盘　麦素木巧舌动亚森

　　正像在一切事情上消息灵通一样,麦素木"科长"当夜就得知了扣牛的事情。第二天一大早,不顾老婆古海丽巴侬的怀疑和保留,他端起一大碗熬过了的、浮着耀眼的黄油和厚实的奶皮子的牛奶来到了尼牙孜的家。进门的时候,他的满意的笑容马上变成了同情的愁眉苦脸。

　　顺便说一下,伊犁农家饲养的奶牛,是一些土种牛,个头约为丹麦、荷兰良种牛的三分之一或二分之一,牛乳产量约一公斤半至七八公斤,所需饲料也不太多。内地的汉族居民往往无法想象北部新疆农家对于奶牛的饲养,人们往往会认为养奶牛是极为豪华与阔绰的事。知道了这里说的是小小土奶牛,就好理解了。

　　主人尼牙孜刚洗完脸,脸上还带着水珠和没有洗净的眼屎。他光着脚,坐在炕沿上。这个不速之客的到来,使他怔在那里。对于绝大多数人,他有一种习惯的敌意,别人和他打交道,多半是为了欺骗或糟害他,他认为。他戒备地、疑惑地打量着麦素木那黄白扁平的脸,甚至忘了回答这首次造访的客人的问好,没有按常规说一声"请进",甚至脸上连一点起码的笑容都没有做出。女人库瓦汗则是另外一种样子,她没顾看清来客是谁,柴灰迷住了她的眼睛,却一眼盯住了盛奶的碗,她忍住疼痛、透过泪花,立即测量了奶皮子的厚度,判定了牛奶的浓度和含脂率。于是她的每一条皱纹上都堆起了笑意。她一面安拉、胡大、请进、请上坐地叫嚷,一面胡乱收拾尚未叠好的被褥,连拉带扭带掐驱赶起了还没有睡醒的孩子。在她的声音和动作中,洋溢着一种天真和廉价的满足,好像嘴馋的孩子在垃圾堆里捡到了一个糖球;流露着一种讨好的娇媚,如果你闭紧眼睛,说不定会联想到热情的白痴少女。

麦素木放下奶碗,忍住难闻的气味和呛鼻的灰尘,不慌不忙地靠着炕沿边的柱子——那是为了支撑已经有了裂纹的房梁而在不久前揳进去的——坐了下来,有意无意地问道:"还没有喝茶吗?"

"哇耶喂耶,让我们怎么喝茶呀?您看,能这样欺负人吗?把我们可怜人的牛也抓了去了。呀,安拉,呀,胡大,莫非我们是地主?我们又没有钱买牛奶,没有钱,钱哪里有啊!"

尼牙孜制止库瓦汗说:"不要说那么多话!还不快去烧茶,摆桌子,铺饭单!"

"马上,马上。这次茶叶也不好。上月我和供销社的售货员吵了一架。这世上的坏人是多么多啊!从此她就不给我好茶叶,全是碎的,全是梗子……"在客人送来的上好的熟奶所引起的兴奋和喜悦中的库瓦汗,打开了话匣子,但是她看到了丈夫的紧蹙的眉头下的阴沉的目光。尼牙孜不顾客人在场,悄悄地厉声警告说:"少废话!"

"胡大造人的时候,就不该给女人以舌头!女人说这么多话,本身就是灾难!"他严肃地说,并向麦素木严肃地一笑,"请上坐!"

尼牙孜的故作威风的样子,使麦素木暗自发笑,他不言不语坐了"上座"。等到炕桌摆好,饭单铺上,奶茶端来以后,他一面细心地掰着馕,一面啧啧地叹息说:

"看样子,您那条牛,再也不会给您了!"

"什么?"尼牙孜和库瓦汗同时一惊,叫了起来。

"队长的意思,扣下你的牛顶账。"

"真的？"

"难道不是真的？"麦素木从鼻子里轻轻地哼了一声，对尼牙孜竟敢怀疑他的情报的真实性表示了不满。他呷了一口奶茶，眼睛看着别处，冷淡地、呆板地说，"阿卜都热合曼哥逢人便说，您欠队上好几百块钱。您的牛前后五次进了麦地……"

"怎么是好几百块？哪里有五次？"

"一百块也罢，八百块也罢，四次也好，六次也好……反正牛不给了。"

"这不行！"尼牙孜大叫起来，"我不答应！"

"嘿！您不答应！"麦素木伸展了一下眉毛和上唇，用一种成年人逗弄孩子的认真劲儿，做了一个吃惊而又敬佩的样子。

"我和他动刀子！"麦素木的轻佻刺激了尼牙孜，他大叫起来。

麦素木轻蔑地微微一笑，他的眉毛和嘴唇的变化，呈现了一个鬼脸。

"我……"尼牙孜自觉失言，大话总是把人引到死巷子里。他求救的目光不由得向库瓦汗一瞥。

"麦素木大哥，麦素木科长，"不该长舌头的女人库瓦汗的舌头抖动起来，"您说话啊，可怎么办呢？您知道，一天不喝奶茶，我就头昏，睁不开眼，两天不喝，我就四肢酸痛，起不来炕，三天不喝，灵魂就会从我的躯壳里走开，我的头疼得快裂开了……啊赫[1]，呜赫[2]……"库瓦汗叹息着、哀求着，眼泪流在了眼角上。

"有什么办法呢？"麦素木同情地点一点头，阴云出现在他的脸孔上，"队长是他！如果穆萨当队长……"

―――――

[1] 疼痛感的语气词。
[2] 疲惫感的语气词。

"穆萨是我的友人,那当然就不用说了,我们俩自幼就像兄弟一样……"尼牙孜抓住了另一个话题,借机吹嘘着。

"自幼?"麦素木的耳朵偏偏很尖,"自幼您不是在南疆吗?"他问,盯视着尼牙孜,目光仿佛在说:"你们的底细,你以为我不知道?"

尼牙孜翻了翻眼,他习惯于说谎,习惯于谎言被戳穿,习惯于在被戳穿的时候装聋作哑脸都不红一下。

但是麦素木宽宏地放过了尼牙孜,他说:"是啊,队长是谁,就像爸爸是谁一样,将决定我们的命运。不同的是,爸爸不归我们选择,而队长是可以选择的。"

"可我们的牛呢?"库瓦汗插嘴说,显然,她对麦素木的抽象的论辩不感兴趣。

"你们的牛当然是不应该扣的。按照政策,只应该对你们进行思想教育,讲道理,说服,至多是口头上批评批评,反正是人民内部矛盾,你们是贫农,打击贫农,便是打击革命。毛主席说的。他扣牛,这是不对的!"

"您瞧!"尼牙孜和库瓦汗同时欣喜地连连点着头。

"可他扣了!让他扣去!我们不要了!快了,我们说话的机会快到了……"

"您这是什么话!"库瓦汗激愤地涨红了脸,已经是一副吵架的架势了,"不让我们要牛了!把您的奶牛给我吗?还是当过科长的人,我已经说过,不喝奶茶……"

"可以啊,明天您就把我们家的奶牛牵到你们家来吧。"麦素木慷慨而又轻松地说。

维吾尔人懂得,过分的慷慨是绝对不能当真的,当然,不慷慨是绝对不允许的。越慷慨就越不可当真。表达慷慨是男子汉的豪迈。相信、依赖与认领慷慨则是不可救药的白痴葫芦头①。

"我一定要把牛要回来,"尼牙孜威风凛凛地说,"伊力哈穆不给,我就去大队告他!我去找库图库扎尔大队长,谁都知道,去年我是怎样地为他说过话!为了这,那个修正主义的廖尼卡威胁我、侮辱我……"

"所以大队长会向着您,替您把牛要回来?"麦素木冷冷地反问道,"看来,您根本不了解我们的大队长!何况现在,他在受排挤、受打击。您去大队,他只能训斥您,收拾您,让您的屁股流汤……"

"这……"尼牙孜承认,麦素木的话是对的。

"请不要这样啊,麦素木哥,您给我们一点智慧吧!"库瓦汗又哀求起来。

想教给你们一点智慧,真比教驴子跳舞还难呢!麦素木心里说。看来,只好退而求其次了。总不能搭上一碗牛奶,却落个挨骂的结果。

"让库瓦汗去找一下帕夏汗吧。"麦素木漫不经心地说。

尼牙孜懂得库瓦汗找帕夏汗的意味,不禁沉吟了一下,摸了摸前额。

"其实呢,您也太不像话,"麦素木忽然话锋一转,"麦田是队里的,奶牛是您个人的,您就光知道个人利益,不顾队里的利益,当干部的哪能不生气?伊力哈穆队长是那么积极,又怎么能宽恕您?要不您就写个检讨书、保证书,那叫什么来着?对,对,就叫低头认罪。说明您是自愿送去奶牛还账。可您的账不是用一条牛可以偿还得清的,最好把驴子也牵上送去。从今以后起早贪黑,积极劳动,队里的一根草、一粒粮也不要往家里拿……说不定您还可以当

---

① 犹言"傻瓜"。

上劳动模范,奖给您两条毛巾,一个搪瓷缸子,上自治州开会吃手抓羊肉……哈哈哈,我要走了。我要喂鸽子去,库瓦汗,听说您捡回不少的糜子米,能不能给我一点点?哎,唉,我的鸽子,咕咕咕,咕咕咕,要吃糜子米……什么?没有了!对,对,对,没有关系,不要紧,找得到的,世上有的东西,人们就能找到,糜子能找到,金子也能找到,葫芦更是到处都是。我走了。听说咱们公社今年是社会主义教育运动的重点,下个月会有一大批工作干部来呢。瞧,您的脸色变了,您怕什么?这次运动主要是整干部的,是伊力哈穆收拾您还是您收拾伊力哈穆,还要走着瞧,可能的,什么都是可能的,当您烦闷的时候,到我那里去坐一坐吧……再见。"

尽管对"科长"充满了反感和怀疑,尼牙孜还是采纳了他的意见。在衡量比较了两包方糖和一头奶牛的价格与得失之后,他派库瓦汗去到帕夏汗那里。

库瓦汗带着方糖去找大队长的夫人帕夏汗,哭哭啼啼地论述了奶牛——牛奶——奶茶——女人的头的公式。用人间一切最恶毒的字眼咒骂了伊力哈穆和阿卜都热合曼。

这一年多来,库图库扎尔的处境有一个含混不清的变化过程。去年夏末,包廷贵和库尔班的事情曾经一度使他非常狼狈。秋后他降成了第二把手,更是令人扫兴。库图库扎尔犯了心脏病,帕夏汗犯了关节痛,夫妻二人双双住进了公社卫生院的病房。一冬天,他们都称病在家。但是自从春起以来,似乎一切又趋向于正常,并没有发生什么不得了的事情。库图库扎尔仍然分管着加工厂和基建队,社员们见了他仍然尊敬地合手屈身问安。更重要的,对扭转库图库扎尔的情绪起了决定作用的是,今年三月公社党委召集一次会议,里希提书记不在就指定让他去参加的。看,他的地位仍然大体保持原状,何况里希提的健康状况日益恶化,他仍然是大队里举足轻重的人物,他的优美的风度、自信的举止、洪亮的嗓音渐渐恢复了。自然,他谨慎了许多。

但是帕夏汗的后遗症没完没结,出院以后,她增加了一个新的习惯——呻吟。无时不在呻吟。随时可以呻吟。睡着觉、吃着饭、说着话、逛着商店,她时不时地发出一声声娇嫩婉转,好像装水不多、开始受热冒出一点气来的茶炊的声音似的呻吟。她的胖胖的身体微微颤抖,她脸上的表情好像刚刚喝下了半瓶苦药水。她的呻吟起着全休的病假证明的作用,她再也不参加生产队的任何劳动或者会议了,哪怕是夏收大忙的时候做做样子。

帕夏汗呻吟着听取库瓦汗的诉说。两包甜甜的方糖和一串恶毒的咒骂提起了她的精神,恢复了她青年时代爱吃甜食、爱受礼物、爱管闲事的某种热情。她不但答应尽力由大队出面替库瓦汗把奶牛要回来(说这话的时候,好像她本人也是大队的领导干部),而且临走的时候送给库瓦汗一碗牛奶、两个烤包子和一串葡萄。

门前互道再见。一个女人说:"就这样空着手来到您这儿,我真害羞。"另一个女人说:"让您这样空着手走了,我真抱歉。"然后两个人共同叹息:"有多少办法呢?我们的景况就是这样。"似乎论心愿,库瓦汗来登门的时候本打算带上几箱子绸缎和首饰,而帕夏汗在送客的时候也很想回赠三匹马和两峰骆驼。"您经常到房子来嘛!我们壶里煮着的茶水,总是为了您这样的客人而沸腾!""您也多多到我那儿去呀,我们家的饭单,总是为了您这样的贵人而铺展。"两个女人都十分感动,满眼含着泪,依依不舍地分手了。

麦素木从尼牙孜家出来,思忖着、筹划着往大队加工厂走去。在农村落户已经两年多了,到加工厂担任出纳员也超过了一年,他总算度过了最难堪、最危险的日子。创口已经愈合,疼痛消散在记忆里。回忆是痛苦的,阿巴斯霍加的爱子、经文学校的幼小的学生、民族军的军官、科长……乌兹别克人麦斯莫夫、听候审查和处理的叛逃未遂者……那间四壁橙红的低矮精致的房子……在他的额头上写着的是怎样的命运呢？想起来像一个不合逻辑的、光怪陆离的梦。他自己都不能不佩服,他没有垮,他活了下来,经营着、积累着、活动着、进展着,父亲小时候就说过:"他是不平凡的。他将成为一个人物。"他大概属于那种即使埋到坟墓里也还会在地底下折腾一番的人。还说大人物呢,他的珍贵的岁月正在一群愚昧无知的乡巴佬间度过。想一想尼牙孜和库瓦汗吧,这是一对怎样令人反胃的蠢货！话又说回来了,如果没有蠢人,智者又去玩弄谁、驾驭谁、利用谁去呢？

迎面走来了一个身材高大、腰板挺直的老人。他穿着在伊犁已经基本上被淘汰了的老式的叫作袷袢的长袍,这种袷袢是没有扣子的。只在腰上系着一根绕了好几匝的褡包。老人眉骨高耸,银色的眉毛密长而且弯曲,深邃的、严厉的大眼睛很有神采。虽然脸上布满了细密的皱纹,却呈现出一种不寻常的健康的红润。他的白色的胡须理得齐整而且浑圆,好像刚刚用理发推子剪过,为这副庄严的面孔增加了几分和蔼。他是亚森木匠——宣礼员,他的形象突出地表现着维吾尔老人的郑重、虔诚和古板。

"萨拉姆！亚森哥。"麦素木抢先一步,用含在胸里的低音,抚胸问好。

"萨拉姆,麦素木阿洪！"亚森还礼。他张口的时候,露出了洁白的、完好无缺的牙齿。这是恪守清教徒的生活方式——不吸烟,不饮酒,不吃一切不洁的、异端的东西——的标志。

按照礼仪,他们相互对工作的顺遂、身体的强健、生活的平安和家人的康泰,一一进行了全面的问候和回答。

"少见啊,亚森哥,您是来做主麻日的午祷的吗?"麦素木说话的声音仍然很低,态度也很拘谨,这样,才能表现出对长者的礼貌。然而,他的口气却十分亲昵。

"不,你们大队要安装木轮车,叫我来帮忙的。"

"是了是了,瞧我给忘了。您来得可真早!现在,铁匠、木匠们还都没来呢,请到我的办公室休息一下吧!"

麦素木的"办公室"就在加工厂大院一进门的地方,狭窄、潮湿、阴暗,由于堆了不少油漆桶、纸箱和木箱,显得更加拥挤。墙上贴满了各种账目、收支明细表,表现了主人的干练和精细。麦素木把算账时坐的一把椅子搬过来请亚森坐下,然后自己谦卑地坐在两个叠在一起的木箱上。

"我到加工厂一年有余,您老的尊贵的步履才首次踏上这块渺小的地面,真是蓬荜生辉,鄙人是三生有幸啊。"

"怎么样?农村的生活习惯了吗?"亚森含笑询问。即使是最刻板的宣礼员,见了麦素木的多礼的举止,听了他的阿谀讨好的话语,也不会不感到愉快的。

"当然了,当然,马克思说过,男子汉对什么都能习惯。毛主席也讲过:'农村是一个广阔的天地。'对于人类来说,粮食是最神圣、最伟大的。先知穆罕默德,当年也当过农民……"

麦素木深知老人的性格。老人虔敬地信仰穆罕默德。老人又竭诚拥护党和人民政府,爱戴和尊崇革命导师。他的谈话把信口胡言的所谓马克思的"说过"、穆罕默德的经历和确确实实的毛主席的教导,与穆斯林的观念掺和在一起,恰像一盘俄罗斯人的纸花和炸洋芋块放在一起的冷拼。他知道,这样做既便于亚森老人吞下他的拼盘,又能格外显出他的高明。他胡诌的那一套,除了从他口里,亚森还能听谁说过?这不就更使老人惊服赞叹,如醍醐灌顶一般吗?

"啊,啊,是的。"老人连连点头。

"农村是好农村,农村的生活是过得惯的,但农村的事情却有好多让人看不惯!"麦素木的舌头轻轻一掉,把话题引入了他挖就的渠道,"就拿今天早晨来说吧,尼扎洪把我找了去,絮絮叨叨诉说了半天,可怜人的牛被扣下了。"

"怎么回事?"

"他的奶牛误入了麦地,伊力哈穆队长要扣下他的牛抵账。"

"嗯。"亚森的反应很冷淡。

"库瓦汗哭了一顿。呜赫,人,是软弱的;生活,是艰难的啊。没有牛,就没有奶,喝不成奶茶,提炼不成奶油,做不上油塔子和奶油面片。还指望着换点零花钱,买点盐、茶叶呢。除了流泪,一个女人还能怎么样!"麦素木悲天悯人地连连叹息着,眼圈也发红了。

"尼扎洪是个没意思的人,没有味道的……"亚森木匠皱了皱眉。他是从不用恶言背后说人的,没意思、没味道,在他的词汇中已经是最沉重的了。

"是的是的,"麦素木连忙应道,"尼牙孜确实是有缺点的,马克思早就说过,宇宙万物,都存在着缺点。存在和缺陷,这是一对孪生的姐妹。您不懂吗?地球也有缺点,两极寒冷而赤道炎热。这个算盘也有缺点,"他站起来,顺手拿起桌上的算盘,指给亚森看,"瞧,这一档上就少一枚珠子,何况是可怜的人类!唯其有缺点,才成其为世界,哦,这是哲学……"

亚森粗通文字,他吃力地、马马虎虎地看过一点新书和旧书。他没有学习的机会和足够的阅读能力。他嗅到了书籍和学问的芳香,却毕生努力也没能掌握真正的学问。这样,他就十倍地仰慕书本知识。他喜欢听人们讲述一些玄虚和高深的理论,越听不懂就越爱听。他尊敬阿訇、毛拉、医生、知识分子和干部。作为一个宣礼员,他追求真理,甘当宗教、哲学和文化的仆侍。这就是他接近麦素木的基础。

注意到亚森老人被吸引的、洗耳恭听的样子,麦素木受到了鼓励,他继续讲道:

"何况是农民呢?农民是小生产者,农民每日每时地产生着资本主义。农民是劳动者又是私有者。农民的利益是不能侵犯的。列宁在逝世前,打发走了旁人,留下斯大林,单独对斯大林说过:'农民好比一只小鸟,抓得太松,他就会飞掉。而抓得太紧,他就会被捏死的啊!'"

麦素木用左手做着一抓一放再一抓又一放的动作。

"什么?列宁说过农民是小鸟?"亚森大吃一惊,类似的比喻他早年就听说过,却万万没想到是列宁的名言!

"当然啰,书上写着哩!您认识俄文吗?"

亚森惭愧地摇了摇头。

"汉文呢?"

亚森又从齿缝里说了一个"不"字。

"那就没办法了,我那儿的列宁著作多卷本可惜不是维吾尔文的。没什么,列宁是说了。这个话,是人没有不知道的。尼牙孜不就是这样一只落光了毛的、光秃秃的小鸟儿吗?所以,按照列宁同志的教导,他的牛是不该扣的。伊力哈穆队长做得太过分了。"

亚森点点头,他开始有点信服了。

"按照穆斯林的情谊,就更不能那样做。你官儿再大,可还是维吾尔人呀,怎么能翻脸不认乡亲呢?太恶劣了!您说,库图库扎尔这人如何?"

"库图库扎尔吗？那是个好样的人。"

"您瞧！就像您说的,库图库扎尔是这样的人,"麦素木竖起了大拇指,"可有人专门排挤他。是谁？不用我说。您会明白的。我们有机会,要为他说话呀。听说,下个月社会主义教育工作队就要来了。"

……麦素木把亚森送了出去,正碰上满身满脸全是黑煤,连眉毛、胡须上都沾满了煤末子的泰外库赶着马车拉煤回来。煤块上铺了一小块也已经染黑的毡子,泰外库高高地坐在上面,虽然天不冷,他还是披着污黑的光板皮大衣,似乎星夜出发,凌晨装车时的寒气仍然没有从他的身体上散尽,从头到脚,只有眼白是青白色的,嘴唇是粉红色的,显示出人的生气。

"泰外库拉洪,哪里的煤呀？"

"察布查尔的。"

"怪不得这样好！全是匀溜块儿！"

"有点末子,在下边呢。"

"把这一车给我吧,我付现钱。"

"不行的,这一车是给五保户拉的。"

"好,好！我不过是说着玩儿,为您能拉回这样好的煤而唱赞歌而已。我家的煤还多着哩。老弟,今天您这就算下工了吧？"

"下午还要收拾一下牲口套具。"

"那好那好,您从马号就到我家来吧……"

"您请……"

"什么叫您请？我可是真诚地邀请您！下午五点,完不了？那就六点,我等着您。可一定来,不要不来,好吗？"

麦素木的邀请并没有使泰外库感到惊奇。作为单身汉,他经常受到各家各户的招待,有的是出自对他的照顾或者怜爱,一个大男人去摆弄菜刀案板、锅碗瓢勺有什么意思？有的是有求于他,想利用一下他的较多的时间和劳力。对于麦素木,他既不格外尊敬也不格外轻视。科长、外走未遂、社员,他走过的道路是他自己的事情,自有愿意为他操心的人去操心,干他泰外库屁事？自然,并不是每个农民都能当得上科长,但是一个科长却也不妨当当农民。科长不是喜,外走不是罪,务农不是忧。根据他的一贯的大而化之的待人哲学,下午在马号里收拾完套具时间还早,他帮助饲养员铡了一会儿苜蓿,等到天色擦黑,他带着质朴的善意和旺盛的食欲,准时地来到麦素木的家。

麦素木住在爱国大队和新生活大队交界的地方,面临公路,左面是通往生产建设兵团一个单位的土路,右面是新生活大队一个加工棉絮的小作坊,这个作坊,一年中有半年空着。作坊背后,是一大片新生活大队的菜地。现在,最后一茬大白菜也已经收获完毕,只剩下了依稀可辨的高畦埂子、掘松了的泥土和脱落下来的、颜色变黄了的半湿不干的菜叶子。

这是麦素木的第二个住所了。一九六二年夏,当科长被安排下来的时候,队里腾了一间早先的木工房给他。今年春季,他买下了本属于新生活三队的一个社员的这个院子,盖了两间新房,将原来房主人居住的一间破败的小屋改作贮藏室,另一间改成牛棚,修了新的鸡舍、鸽子房、菜窖,并且重新打了院墙。看到在农村未免太高也太正规了的墙,泰外库想起了当时的一场冲突。那天他正好赶车从这里经过,老远就看见了一群人,听到了喊叫的声音,原来,麦素木打墙的时候,比旧墙基向外扩展了一米,侵占了新生活大队的菜地,阿卜都热合曼制止他,他不听,辩解说:"我和新生活三队队长说好了的,用不着你管!"热合曼说:"任何人也没有权利侵占集体的耕地！任何人都有权管！"争执不下的时候,伊力哈穆来了,支持了热合曼老汉,批评了麦素木……面色阴沉的麦素木在伊力哈穆到来的时候改变了态度,似乎含含糊糊地还作了几句检讨,忍痛拆掉了已经打了膝盖高的新墙基。

泰外库推开虚掩的院门,迎面是一片历史悠久的杏园,老杏树的深褐色的龟裂的树皮上,令人心疼地挂着许多串透明的树胶。院里空无一人,暮色中,杏树显得身影高大,似乎不仅占满了地面,也占满了天空。于是,泰外库迈步向杏林深处的住房走去。

刚走了两步,他仿佛听到一点动静,凭直觉他知道有一条狗从侧面后方向他奔来。这种不吠的狗是最卑劣的,它们的性格是趁你不备咬上一口就溜。泰外库连忙一转身,果然,是一条尖嘴、眼上带着白点的大黑狗,毛色如缎。刹那间,泰外库甚至替这条狗的外貌的美好与行为的低下之不协调而觉得惋惜,泰外库略一屈身,左腿微弓,右脚向后一挪,准备一旦狗扑上来就飞起一脚。他那巨大的身躯,有准备的、弓满欲发的姿态,和圆睁着的大眼,使这条狗儿受到震慑。它塌下腰身,用前爪狠抓着地面,不敢向前一步,同时高高翘起尾巴,凶恶地汪汪汪大叫起来。泰外库和狗僵持了大约有十秒钟,泰外库猛地向前抢上一步,黑狗吓得一退,却叫得更凶,甚至在原地蹿跳起来。泰外库冷笑一声,转身大步走去,看也没回头看,当然,也还在警惕。

随着狗叫,房门吱的一声推开了,走出了麦素木的妻子、乌兹别克女人古海丽巴侬,她直端端地立在高高的前廊上,既不喝住黑狗,也不招呼来客,只是死死地盯住泰外库。可能因为天色微茫,她没有看清是谁。直到泰外库一条腿已经迈上了廊子,叫了一声"古海丽巴侬姐",她才恍然应声。

和一般乌兹别克血统的人的浑圆笃实的面孔不同,古海丽巴侬长着一副长脸。她高个子,肤色黧黑,身穿一身虽然已经褪了色、却是用讲究的绒面做的紫色连衣裙,更显出了身材的苗条。她眉毛细长,扁扁的大眼睛,鼻准端正面且高耸,她的如水的目光和微微噘起的两片小嘴唇,嘴角的两边纹路,娇媚之中又显示一种成熟甚至清醒。认出了泰外库以后,呆立着的她立刻充满了活力,她尖声细气地回答来客的问好,她总是这样子,初见客人,把声音提高八度,用假嗓表达自己的惊喜。

"请进!请!泰外库拉洪,我的兄弟!"

"麦素木哥在家呀?"

"请吧,请屋里坐!"

等泰外库进屋坐下,再次问起麦素木,她才回答:"不,他还没回来,快了,很快就回来了。"她笑着说,笑容使她的好看的鼻梁打皱嘴噘得像一朵牵牛花,露出了一颗小小的灿灿的金牙。

古海丽巴侬的回答使泰外库吃了一惊。倒不是因为男主人不在,而是因为女主人换了真嗓子——一个鼻音很重的、沙哑的女低音。

泰外库老老实实地坐着,饥肠辘辘。古海丽巴侬正在和面,准备饭。她揣着的面团是如此之小,不够泰外库一个人的。她热情地向泰外库问东问西,泰外库只是简单地回答"是""不"或者"堂"①。不知为什么,古海丽巴侬的嗓音有一种使人不自在的东西,使泰外库联想到——例如某种软的和粘连的胶汁。

半个小时过去了,十分钟又过去了。天完全黑了。

麦素木仍然没有影子。泰外库觉得十分尴尬,他坐不住了。

古海丽巴侬看出了,问道:"您找他有什么事吗?"

---

① "堂"是伊犁地区人们表示"谁知道呢"的语气词。

"是他……"泰外库没有把"叫我来的"说出,算了吧。他回答:"没事……我走了。"

古海丽巴侬没有挽留,泰外库起身走出了房子。很明显,麦素木根本无意、也绝对没有安排请他吃晚饭,虽然上午他那样千叮万嘱地邀请了他。这也不必愠怒,说了就忘,这对于某些人来说并不稀奇。归根到底,麦素木为什么有义务招待他一顿饭呢?不。那么,就无须费脑筋分析麦素木为什么说话不算数。赶快回到自己的家、按维吾尔语的说法是自己的"房子"去吧。

确实麦素木就是忘了。他的作风是,邀请归邀请,实际归实际。除非拉住人家的胳膊叫人家马上前来,其他的邀请,不过是一种情意,一种礼节,一种美好的语言,一种友谊的姿态。美好的吃食安慰肚子,美好的语言安慰心灵。当你盛情邀请一个人到你家做客的时候,哪一个被邀者的脸上能不露出笑容呢?为什么要吝惜美好的语言呢?美食越吃越少,美言越说越多。

所以,在上午邀请了泰外库以后,他旋即把这事忘在了脑后。他无意说谎。相反,他确实计划请泰外库一坐。但他没准备,也没安排在今天、在此次。下班以后,他到一个靴子匠家里去了,喝了回茶,说了回话,量了回脚,他定做了一双皮靴。之后,他不慌不忙地回家转去。

在院门口碰到了泰外库。他想起了一切。他立即抓住了泰外库,千道歉,万遗憾,大骂该死的四队的会计,说是四队会计缠住了他。最后,把泰外库再次拉进了房子。

一进门他就对古海丽发起脾气:"怎么把客人放走了?"又骂,"怎么做起了汤面条,我不是早就告诉过你了,今晚有贵客驾临吗?"

"你什么时候说的?"古海丽巴侬的眉毛竖起来,无声地说了以上的话。但是,不等看到丈夫的眼色,古海丽巴依已经恍然大悟,她低下了头,喏喏嚅嚅,承担了这一切错误。而且从此,她低头做饭,一句话也不说。在男人面前,她是驯顺安静的淑女。

泰外库漠不注意,他们的问答引不起他的兴趣。饿劲儿已经过去了,对于赶车人,少吃顿饭就和多吃顿饭或者不多不少地每日三顿饭一样地平常。他靠在墙上正在遐想。为什么那匹白马今天出了那么多汗!右轮轴又该膏油了。再有七个小时就是新一天的套车了。明天路过伊宁市的百货店,买个小花铃,拿给伊力哈穆的小女儿玩去吧,顺便取回米琪儿婉给他补的裤子。依他的意思,衣服穿破了一扔就算了,米琪儿婉偏要给他补。还批评他不艰苦朴素……

汤面端了上来,随着又是一套自我批评。幸亏泰外库没有用心听,否则,如果认真地听一听那些沉痛的负疚的语言,真是令人感动得落泪而无法进食的。

面刚刚吃了一碗,在古海丽盛第二碗的时候,麦素木起身到里屋去了。传来了开箱和关箱的声音,再出现的时候,麦素木拿着一瓶白酒和一个酒杯。

泰外库爱喝酒,麦素木是知道的。他得意地迈着跳舞一样的步子,拿着酒瓶在泰外库眼前一晃。泰外库眉毛一挑,嘴角上露出了一丝笑意。麦素木咚的一声把酒瓶放到了饭桌上。按照维吾尔人的饮酒习惯,他先给自己倒了一杯。喝了下去,愁眉苦脸,龇牙咧嘴,不停地哈着气,似乎不胜这酒的苦辣有力。然后,咕嘟咕嘟,他倒了满满欲溢的一杯,递给泰外库。

泰外库头也不抬,三下两下,吸干了第二碗汤面。然后拿起酒杯,轻轻一倾,干干净净,不但没有洒,嘴唇也没有湿,没有吃力地仰脖,没有做作地吞咽,比喝冰水还轻松。

"瞧这？"麦素木接过酒杯，由衷地赞道，"这才叫男子汉！这才叫维吾尔人！这才叫友谊！"

古海丽巴依捡净了桌子，端上一小盘水果糖和一盘盐腌的青番茄。麦素木给自己倒满以后，轻轻呷了一口，举着杯子，说道："仅仅从刚才您饮酒的那一下，再说一遍，仅仅一下，我看到了维吾尔人的骄傲、青春和灵魂！韶光易逝，青春难留……时代变了，现在哪里有几个真正的维吾尔人！但是，我看见了您，能吃、能干、能玩、能受苦、能享福，该念经的时候念经，该跳舞的时候跳舞……"

"我没有好好念经……"泰外库小声说。

"这只不过是个譬喻，是个谚语！您勇敢、坚强、快活，比雄狮还威武，比骏马还有力……"

泰外库不耐烦地挥了挥手，催促道："请喝下去呀！"

"等等，而您又是这样谦虚，像山一样的高大，像水一样的随和，像风一样的疾敏，像火一样的热烈……"

"算了！"泰外库再次制止他。

麦素木把酒杯高高一举："本来，这一杯是轮到我的，但是，为了向您表示我的敬意，请把他接过去，做我的朋友吧，您答应吗？"

泰外库接过了酒杯，他嘴唇动了动，按照礼节，他应该回赠一些美妙动听的话语的，但是，麦素木的过分的夸张和露骨的阿谀，即使在酒瓶子旁边也令人难以消受，他想不出有什么话好答，便默默地又是"一下"，喝完，他皱了皱眉。

"请问，什么叫喝酒呢？我们这样才叫喝酒。汉族人喝酒吃那么多菜，酒水成了洗菜水与调味水。俄罗斯人喝酒，啵，那哪里是喝酒，那是喝药，喝完酒他们就一块水果糖，一口洋葱，一瓣大蒜。最可怕的是俄罗斯人喝罢酒受不了酒精的药味，他们只闻一闻自己的帽子,用他们的多汗的头发气味驱逐掉酒气,这干脆说是没有文明……哈萨克人抱着羊皮口袋喝酸马奶,他们不是喝酒,他们是饮马……"

泰外库示意地将手一挥,他用不着聆听麦素木的族际酒民俗研究。

酒杯来往传递,泰外库的脸色微红,麦素木的面色却更加苍白。在又喝了半杯酒,嚼下了块被科长嘲笑了一个六够的水果糖之后,麦素木说:

"世上谁能比赶车人更伟大?俗话说,车夫就是苦夫。你不分寒暑,没日没夜,忍饥挨渴风餐露宿,尘灰沤烂了你的新衣,煤炭染黑了你的肌肤……而且你冒着多大的危险,行走在断崖深谷之旁、旧桥河滩之上,何况是日夜与不通人性的牲畜为伍……我就亲眼看见过一辆马车从车夫身上轧过……有几个赶车人到老能不折断腰腿,损伤耳目?至少也要丢几个手指!"

"请不要说这些没有边儿的话了。"

"是的,"麦素木误会了泰外库的意思,以为是自己的不吉之言使泰外库惊怵,便说,"我只是说,全队哪一个也赶不上您!您的功劳最大,贡献最多,本事最高,干活最辛苦……当然,赶车也是最高贵、最神气、最自由的职业。哪个过路的人不想搭您的脚?哪个在家的人不想托您捎东西?车马,这就是财富!这就是权力!车夫,这就是旅途上的胡大……"

"我明天去煤矿,给您带一麻袋碎煤好吗?"泰外库赶忙提出一个有现实感的问题,以便从麦素木的滔滔翻滚的奉承浪潮与泡沫中脱身。

"不,不,不,我没有这个意思,我找您来万万不是为了煤,我是为了人。"略一停顿,他又不好意思地一笑,"苏共中央第一书记尼基塔·谢尔盖耶维奇·赫鲁舍切夫[①]就说过的：'一切为了人！'……这个这个，还有还有，当然，如果您一定给我捎来碎煤，我怎么办呢？难道我要说'不'吗？我们不过是几粒沙子……"

泰外库又沉默了。盯着酒杯的眼睛似乎在催促："该给我斟酒了。"

麦素木偏偏不慌不忙，他叹了口气，放低了声音：

"要派您拉大粪去。"

"什么？"

"队长说的，派您去伊宁市淘厕所，拉运大粪。"

泰外库用舌头打了一个响，表示了否定。

"真的！"麦素木用手指捣着桌面，强调说。

泰外库惶惑了，慢慢地气恼了。伊犁的农村是没有施用人粪尿肥料的习惯的。在他的心目中，没有比大粪更肮脏，更令人厌恶的了。由于厌恶粪尿，他解手的时候很少去厕所，宁可远走几十米，找一个僻静的旷野，难道让他这个堂堂的男子去淘厕所？难道让他精心爱护的车厢里装上人粪尿还有脏纸和蛔虫？难道让他心爱的白马去忍受那种污浊……他断然声称：

"不！"

"不去行吗？队长说的！"麦素木的眼光里包含着揶揄和挑逗。

"队长说了也不去。"泰外库提高了声音。

"当然，冬天还是跑煤矿好，每次给自己留下一块半块的，一年就不用买煤了。"

"我没干过那样的事，我有足够的钱买煤！"

"其实，拉大粪倒也是好事，积肥嘛，汉族农民就是爱用大粪！

[①] 一般译为赫鲁晓夫，麦素木这里将"晓"发作"舍切"，意欲强调他的俄语发音的精确性。

祖祖辈辈,我们没有用过大粪,照样吃白面馕……可现在什么事都要向汉族学习啊……"

"这和汉族有什么相干,没意思。"泰外库反感地说。他的情绪显然变得焦躁了,他不客气地催促道:

"倒酒!"

"请喝!"麦素木恭顺地把酒拿给了泰外库,"可您为什么把媳妇放走了呢?放下鞭子回到家,四壁像冰一样冷……"

泰外库低下头,看着酒瓶子。

"雪林姑丽越长越漂亮了,真是说太阳太阳比不上,说月亮月亮也不如她……现在,白白落到了队长弟弟的手里!"

"您提雪林姑丽干什么?"泰外库的头更低了。雪林姑丽的成婚,使他感到了一点怅惘。

"我为您心痛啊,可怜人!艾拜杜拉哪一点比得上您?就仗着伊力……"

"麦素木哥,您是叫我来喝酒的,为什么要把那个人的名字拿到嘴边?"

"别生气,别生气,我使您伤心了,我知道,那个美丽的丁香……"

"胡说!"泰外库敲响了桌子,他抬起头,直瞪着麦素木,阴郁的目光里流露着无限的骄傲,"净是些没意思的话。我泰外库是堂堂正正的男子!我一天打过一千二百块土坯,一天割过三亩麦子!媳妇不愿意了,走!随她去!有我什么事情?我既然放走了一个老婆,就有本事娶第二个!如果第二个也受不住我的拳头,还可以离掉娶第三个……"

"瞧这!好!好!"麦素木连声喝彩,并赶紧把自己呷了一口的酒再次"敬"给泰外库。

泰外库一饮而尽："我脾气不好,但是心地善良!伊力哈穆对待我像亲兄弟一样。您说那些做什么?我是公社的好社员,不管走过谁家的门口,人们都邀请我:'进房子来,请进!'我怎么是可怜人?放下鞭子回到家里,艾买塔洪送来一碗拉面,赛买塔洪送来一盘包子。谁说是四壁冰冷?您不是请我喝酒吗?在哪儿?有酒,请拿来。就这一瓶?我醉不了。没有酒了?再见!"

泰外库站立起来,再不听麦素木的喃喃,也不道谢,起身就走。走到门口,他回过头来招呼!

"古海丽巴侬姐!请看住您家的黑狗,如果它扑上来,只怕受不住我的一脚!"

小说人语:

在新疆农村"劳动锻炼"的时候,小说人多次听到过各族农民传述列宁向斯大林密授天机,以掌控小鸟作政策火候的比喻的故事,显然,这是胡说八道。但此说到底是从哪里出来的呢?怎么会在新疆至少是北疆流传得这样广?

直到一九九五年,也还听陆文夫文友用同样的鸟儿的比喻讲述党对文艺的领导,讲给中国作协的党组书记。於戏!

被邀请赴宴是人生乐事,被口头邀请而实际全无则是不可思议的奇妙的经验。这是天才,这是世说新语,这是禅机,这是启示录。有就是没有,没有就是有,然后随机应变,弥补于无形,天衣扯了一个大口子,而后无缝。玄而又玄,众妙之门!

第二十九章　爱人好棒　新婚夜倾情谈大寨
　　　　　　妹子准行　实验站招人询姑丽

也是在这个晚上,雪林姑丽一遍又一遍地走到门口,等待着艾拜杜拉的归来。

新婚第一天,他们还在"度假"。下午,艾拜杜拉赶着一辆借来的驴车,说是去庄子的粮库拉一些玉米骨做冬季的引火柴用。本来说一个多小时就回来的,可现在,一下午过去了,天黑了,空气凉了,门口的庭院果菜用小渠里的余水,已经结成了薄冰,仍然没见人影。

雪林姑丽坐在他们的新房里,等得心急,也等得甜蜜。不大的房子,才粉刷的、淡蓝色的墙壁,弥漫着石灰水、檀香皂、新花布上的染料、爆炒羊肉、葱头、辣椒和白菜,以及些微的煤烟混合起来的、可以称作幸福的婚姻所特有的混合的芳香。房子本来是狄丽娜尔帮助收拾的,已经够清洁、美观、整齐的了。但是今天一天雪林姑丽仍然是在反复地推敲着、试验着、调整着。她一会儿踩着凳子爬到高处,把画片挪动一下地方,跳下来看看又恢复到接近原位的地方。一会儿又把安装得好好的、亮得可以照得见人的新购置的镔铁炉子和烟筒拆开,重新摆弄一番。她不停地扫地、擦桌子、刷新锅碗,把一切都搞得光润照人。她像一个总是对自己不满、又总是自我陶醉的艺术家,修改从手段变成了目的本身,她兴奋喜悦而又头晕眼花。

她坐在那里,欣赏着、挑剔着这一切。这一切甚至在幻想中她也不曾正眼相视,如今却这样地如人心意,以至叫人不可思议。难道她真的与艾拜杜拉建立起了天长地久、永不分离的幸福生活?难道她真的有了自己的舒适的、温暖的家?难道那常常向她背过脸去的命运如今对她忽然变得慷慨而又慈祥?这可能是真的?

这是真的。艾拜杜拉马上就会回来了。他带来的不仅是能够发出暖热和光辉的玉米骨,他带来的将是整个世界。他就是雪林姑丽的全体,他就是生活的脉搏、清新的思想、丰富的知识、纯朴的德行和缤纷的见闻。她愿意一小时又一小时地听艾拜杜拉说话,看艾拜杜拉举动,他像一个源源喷涌不息的清泉,总是不断地满足你心灵的焦渴……可是他怎么还没回来呢?

雪林姑丽计划吃拉面。两个小时前她已经和好了面团,醒软,做好了剂子盘了起来,外面涂上一层菜籽油,用温毛巾盖在一个大盘子里。她已经炒好了拌面的菜,加了汤,放在一个小小的带盖的绿色的搪瓷罐里。一个小时以前,坐上了锅,水开了,熬干了,又兑上生水。火衰了,又添了新煤。可他还没回来。

听到了声音,架子车吱咛吱咛,驴蹄子刨着地……虽然她已经出门张望了好几次,此刻,却幸福得站也难站起来。

雪林姑丽帮着卸了车,一同进了屋,这才看见艾拜杜拉一脸的尘土和汗水,崭新的衣服也搞脏了。

"您怎么了?"雪林姑丽问。她没有问"怎么刚回来",快乐使她说不出这种带有质问和不满的语气的话,同时,她仍然说"您"。

"您不知道,好极了!大家的情绪真热烈。伊力哈穆哥给我们讲了好多。雪林姑丽,我们明天就上工吧,一定的!"艾拜杜拉高兴地、杂乱地说。

雪林姑丽温存地点一点头,显然她没有想一想为什么不多休息几天。"您一下午在听伊力哈穆哥说话吗?"她一边问,一边往净壶①里兑着冷水和热水,用自己的手背试了试温度,冷热合适了以后,她给艾拜杜拉倒水,侍候他洗脸。

艾拜杜拉似乎还不太习惯这种服务。他做了一个要接过壶来的伸手的动作,雪林姑丽没有理会。他笨拙地用双手掬着水撩到了脸上、眼睛上、鼻孔里,挖着耳朵里的泥土,他发出了一种舒服而滑稽的哼哼声。他洗了手臂和脖子,用了轻易不用的香皂。然后,接过了白地上印染着两朵鲜艳的牡丹的新毛巾,起劲地擦着脸与脖子上的水珠,把皮肤都擦红了。他一面擦脸,一面说明道:

"我帮着伊明江倒腾粮食了,伊力哈穆哥让清点一下,说是下月社教工作队要来。庄子上可忙活了,我怎么好意思装上玉米骨就走?人家在烟尘里流汗,我打扮得整整齐齐,不干活,像个地主少爷似的,真难为情……"艾拜杜拉笑了,他笑的时候,微微露出一点牙花,显得特别憨厚,"后来,乌尔汗姐来领口粮,这个不幸的女人背得动麻袋吗?我让她干脆多领了几个月的,用驴车给她送了一趟。她非要留下我喝茶,我没答应。路上,正碰上吐尔逊贝薇她们从河沿的老羊圈拉羊粪回来,帮着她们卸了回车,我看羊粪发酵的程度还不够,就用泥土把一堆一堆的羊粪封盖起来……后来也不知还干了些什么,到了这时候了。"

"还说明天上工呢,这不是,您已经上工了么?"雪林姑丽咯咯地笑了起来。

"这不算,"艾拜杜拉轻轻地把嘴一努,下巴一摆,"可是,请原谅,让你久等了。"

"没有,没有等,"雪林姑丽不自觉地说了谎,她连声否认,并且

---

① 洗手洗脸专用的线条曲折的比较高的铜壶。

指着盘子说,"您来得正好。"

雪林姑丽开始做饭。她拉面条是喀什噶尔式的,不像伊犁人那样做成一截一截的小剂儿,而是几个大剂子,搓好后像盘香一样地绕成一座螺蛳山。由于醒得时间过长,面已经很软了。她撮起一端,毫不费力地把面条儿再拉长,密密麻麻地在手腕上绕了许多圈,一扯,乓乓,在桌上一摔,一甩,干净利落地把面下满了锅。

"真在行!"艾拜杜拉目不转睛地看着雪林姑丽的操作,赞道。

雪林姑丽脸红了,她说:"请坐下休息吧。饭熟了,我会给您盛的,您站在这儿干吗?"

"也许,我能帮帮忙?"艾拜杜拉说着,拿起一双筷子,把锅里的面条挑开。

"算了算了,"雪林姑丽连忙把筷子抢了过去。艾拜杜拉无所事事地,扫兴而且带着愧意地坐到了桌边。

很快,饭好了。雪林姑丽给艾拜杜拉盛了尖尖的一大碗,尽可能地挑拣着肉,浇上了许多菜,让艾拜杜拉端正地坐在上首,而她自己,只盛了一小碗,略微拌上点白菜条,侧身坐在一角陪艾拜杜拉吃饭。

"你吃得怎么这样少?"艾拜杜拉抗议说。

"您吃,您吃。面还有的是。您吃饱了吧?记得吗?去年夏天,您没喝上杂碎汤……连葱头也送回到食堂里……"

"葱头?也许……我记忆力不好……"艾拜杜拉搔了搔脸,起劲地吃起来。他边吃边说:

"嗯,雪林姑丽。你今天没有到庄子去,哎依,你不知道伊力哈穆哥给大家讲得有多么好!他说,他到县里参加'先进大会'去了,受到了表扬,县里还奖励给咱们一副新式步犁。但是,越学习,他就越觉得咱们差得太远,严格说来,咱们根本就不能算先进。他说,县委组织他们学习了大寨的经验。你知道大寨在什么地方吗?"

"……"

"你没看报,难道没有听广播吗?家家都安了喇叭呢!"

"大寨在山西,是那个刘胡兰的家乡山西。不是延安所在的陕西。"

"瞧这!说得多么全面,多么准确,你的回答就像地理教科书上讲的一样。我早知道,我的雪林姑丽可不是落后的鼻涕丫头,她思想先进,又有知识……"

雪林姑丽用手捂住了脸,又喜,又羞。

"伊力哈穆哥说,咱们伊犁人从小就爱吹乎,什么我们伊犁的苹果,我们伊犁的酥油和蜂蜜,又是什么伊犁的白杨树和无烟煤,还有什么在新疆首屈一指的天气。不错,我们的自然条件好,可为什么今年春天自治区党代会上评出来的几个农业生产先进单位大多在南疆,在塔克拉玛干沙漠的边缘呢?为什么大寨人能够在陡峭的山坡上开出平整的梯田,亩产过黄河,我们却没有清除田里的那几个小小的碱包,我们做得还那么少呢?为什么?为什么?你想过吗?"

"我?想什么?"雪林姑丽没有理解艾拜杜拉提出的问题。现在提出这个问题实在是够突然的,甚至有点可笑。

"我也没有想过。可伊力哈穆哥想过,"雪林姑丽的茫然并没有影响艾拜杜拉的兴致,他继续讲了下去,"伊力哈穆哥说,他早就对伊犁人自满自足地谈论苹果和白杨感到厌烦了,解放已经十五年,我们应该创造出配得上伟大的社会主义的新时代的新成绩。要有雄心壮志,要克服骄傲自满,故步自封,要克服小农经济带来的目光短浅,自满自足。要向大寨学习……"

艾拜杜拉起劲地讲着大寨的事情。他是那样热烈、真诚、匆忙地讲着,眼睛里闪耀着火花,嘴角一并一并,显示出决心和力量。他前所未有地滔滔不绝。他本来不是多么爱说话的,特别是当单独和雪林姑丽在一起的时候。开头,雪林姑丽担心他由于说话而不能细细地品尝她精心烹饪的食物,却又不忍打断他的话,提醒他应该专心去吃,后来,她也感到高兴,因为艾拜杜拉是这样兴高采烈地、无比信赖地向她打开了自己的宽阔的胸怀。慢慢地,他的话被听进去了,他的心扑在人民公社,扑在集体的事业上……在遥远的山西,有一个叫大寨的大队,那里山多、石头多,日子很艰难。但是,那里的兄弟的汉族农民,以惊人的勇敢和顽强,创造了那样辉煌的业绩。大寨的光辉,照亮了伊犁的维吾尔农民的心,也照亮了他们的前程。艾拜杜拉的话语里,展开了一个巨大的天地,比他们的小房子开阔得多,宏伟得多,也坚实得多。一天来沉醉在自己的小房子里的雪林姑丽,面对这个崇高而且丰富的世界,不禁有些惶惑。她想起方才的懵懂的回答,不觉羞愧了。

"是的,是的。"她含笑连连点着头。尽管雪林姑丽还不知道应该用什么样的话语去响应、补充艾拜杜拉的热情和愿望,但是,她不能无动于衷,不能远远地落在艾拜杜拉的后面。于是,她连声称是。她多么希望艾拜杜拉就在这时能过来抱住她亲吻她呀,如果这时艾拜杜拉过来,不就相当于带上她去了一趟山西大寨了吗?

"我们明天都去上工吧,雪林姑丽。"

"对,对!"她用水一样的目光看着艾拜杜拉,她的嘴唇嚅动了一下,"大寨……"她说,像一声快乐与多情的呻吟。

"还有个事我要和你商量……"艾拜杜拉的说话也有那么一点激情了。

艾拜杜拉的话没有说完。一阵叮铃咣啷的声音打断了他。敲

门声,随之而来的是一声急促的呼唤:

"雪林姑丽!"

这熟悉的破旧的自行车的声音,这熟悉的略带滑稽的叫声,这在农村颇不习惯的进屋前的敲门声。惊喜的笑容马上使他们俩容光焕发,他们俩同时赶忙站了起来,同时说道:

"请进来!快来!"

门开了,当然不是别人,是技术员杨辉。她的褪了色的红头巾,套在小棉袄外面的花罩衣和蓝劳动布裤子虽然已经抖干净了,但是,她的眼镜片上蒙着一层厚厚的灰尘,透露着技术员姑娘这一天的辛劳。像平素那样,她熟练地、却是发音不准确地用维语急急地向他们问好。她总是那种急匆匆的样子,多少年过去了,这个公社的人从来没有看见过有一次杨辉踏踏实实地坐在什么地方休息或者从从容容地在什么地方散步。她一边和他们握手,一边迅速地打量了一下房间,称赞说:

"好!漂亮!"她又说,"啊,你们屋里可真热!"

"请到桌子边去坐!"雪林姑丽和艾拜杜拉同声说,在维吾尔语里,这就意味着邀请客人共同进食。

艾拜杜拉让出了上首。杨辉高兴地坐下了。她看了一眼他们正在吃的面条,声明说:"请照常吃你们的饭。给我一个馕就行了。"

"为什么?"雪林姑丽不解地问。她指一指长木盆里的、已经煮熟后过过水的又长又细又白又亮的面条,"请看,面条还多着呢,您不喜欢吗?"

在确信她的到来并不会搞得主人只能吃个半饱之后,杨辉同意了吃面,同时,她惊奇地说:"噢哟,你们两口人,就做了这么多饭!"

"好饭应该多做一点,总会有好人来和我们一起用饭的。"艾拜杜拉解释说。

"那就谢谢你们了,又吃你们的面,又受你们的夸奖……说实话,从早晨,我好像还没有坐下来吃过什么东西呢。对,在六大队,我吃了两个烤洋芋……"

杨辉吃得又多又快,她边吃边夸赞雪林姑丽的炊事手艺。

"杨辉姐!如果您真的愿意吃我做的饭,以后,您就天天来吧,公社食堂的伙食办得不好。我知道,您是南方人,下次我给你做米饭吃!"

"以后吗?别说我不能天天来,连您,说不定我也不让您做得成饭呢!"杨辉咯咯地笑了起来,她看着雪林姑丽,脸上显出了一种狡猾的揶揄的表情。

"我?"雪林姑丽眨了眨她的睫毛长长的眼睛。

杨辉收起了她的玩笑,和蔼地却也是郑重地说:"我就是为了这事来找你们的。你们知道,六大队附近原来不是有一个兵团的奶牛场吗?现在,那个奶牛场撤销了,把地给了公社。公社党委决定,在那里办一个技术实验站,初步任务是,繁育良种、进行耕作制度改革的试验和改良土壤的试验。我们打算从每个大队抽一两个年轻的、思想好的、有文化的社员去,一方面参加劳动,一方面学习农业科学技术,既是实验站的学员,又是本大队的技术员,分配仍然在本大队。在实验站学习劳动所占的工时,由实验站从自己的收入中拨出误工补贴支付给大队;由大队照常给本人记分。怎么样?您愿意去吗?"

"……"雪林姑丽不知道怎样回答好,她探询地望着艾拜杜拉,"吐尔逊贝薇……"她提出了一个名字。

"我哪能不想到吐尔逊贝薇,"杨辉毫不介意地有话直说,"她是大队的团支部书记,公社团委还要选她当这当那,步步高升……狄丽娜尔吧,她现在有了小孩,这个任务只能是你雪林姑丽啦。"杨辉站了起来,欣赏着雪林姑丽精心摆置的画片,"估计是这样,农忙的时候和真正农闲的时候(实验站要集训的)需要住在那边,其他时候,会是经常回大队,当然也是回家。雪林姑丽,舍得离开您这个漂漂亮亮、暖暖和和的家吗?"她回过头来,看着他们俩,"如果不愿意,也没关系,我不会不高兴的。本来嘛,你们刚结婚,艾拜杜拉不会因为我要把雪林姑丽拉走而生我的气吧?"

"不,不。"艾拜杜拉口吃起来,他用鼓励的目光催促着雪林姑丽,"你快说呀!"

"我行吗?"雪林姑丽红着脸问杨辉道。

"当然行啦!你们的植物保护小组搞得很有成绩,您是个细心、认真、肯钻研的人,搞技术最重要的就是这种一丝不苟的认真劲儿和钻劲儿。如果您同意,我就向大队提名。不同意,也不要勉强……"

"为什么不同意呢?"艾拜杜拉终于忍不住了,"雪林姑丽,你难道不愿意去?不愿意多学点东西,多做点事情?"

"我,当然愿意。"

"好!你们再商量一下吧,明天之内,给我一个回话。我走了。"杨辉含笑告辞。又是叮铃咣啷,推起了她的破旧的男式自行车,走到门外,跨了上去,星光下,矮个子的她为了够脚蹬子而左右摇摆的身影,渐渐消失在黑夜里。

"您怎么不痛痛快快地回答杨辉呢?多么好的机会!你要成为我们的技术员、我们的科学家,为学大寨,建设新农村做出更大的贡献呢!"

"我在等您的话呢!"

"等我的话？你的事情难道要我做主？"

"如果我经常住在实验站，就不能给您做饭了！"

"这是什么话？"艾拜杜拉笑了起来，"难道我没有生着两只手？难道没有你我会挨饿？"

"不过……"雪林姑丽想说，"不过，我愿意给您做饭呢。"她没有说出来。她知道艾拜杜拉是多么真诚，多么急切地希望她去实验站学技术。她转过话题问道，"刚才，您不是说有个事要和我商量吗？"

"是的。伊力哈穆哥说，今年冬田要大搞农田基本建设和施肥。要组织人马去伊宁市淘厕所，拉运人粪尿，我们伊犁人过去没有施用人粪尿的习惯，把许多好肥料白白地浪费了。伊力哈穆哥说，我们不能满足于天生的土地肥沃，还要千方百计地挖掘肥源，增加施肥量……我已经报了名。"

"您？"雪林姑丽意外地说。

"您可不要嫌脏！大粪是脏的，上到地里可就是宝贝！伊力哈穆哥担心有些人不愿意干这个活儿，我说了，我愿意！"艾拜杜拉又补充说，"你放心，我会注意清洁卫生的，活儿脏，人，更要干净！"

"您去吧！您去吧！对生产有利的事，我赞成。可如果那样，我又去了实验站，您从伊宁市拉肥回来，锅灶都是冷的……"

"又是做饭问题！嗨依，嗨依！我的雪林姑丽！我不是早就说过吗，我不是那样的男人，下工以后坐在炕头发怔，等着妻子做饭、端碗、铺床、叠被。我们都是公社的人，谁的事情多，谁就在外面忙去，谁先回来，谁就和面、烧火！明天我给你做饭，你看看我的手艺吧！"

"有人会笑话！"

"应该被笑话的是他们！"艾拜杜拉提高了声音，"他们生活在社会主义的新中国,却一脑子几百年几千年以来的封建毒素!什么样的恶习!"

雪林姑丽不言语了,她走近火炉旁,用火钳把蒙了灰的红煤抖了抖,炉火马上旺了起来,火焰发出了呼呼的响声。雪林姑丽脱下了黑平绒的棉背心,用几乎听不见的声音问:

"您生气了吗?艾拜杜拉哥。就是为了这,您昨天不让我给您脱靴子①吗?我有点别扭呢。"

"哎,哎,"艾拜杜拉笑了,"你知道刘胡兰,又知道大寨,你会写维吾尔新文字,又马上要成为大队的技术人员了,但是,但是怎么说呢?是迷信吗,你这个小傻子!"

夜,变得静多了。一九六四年冬季首次的雪花,开始在伊犁河谷缓缓地降落。

此后,雪林姑丽与艾拜杜拉小夫妻之间,有一句核心私密的情话。当艾拜杜拉回家很晚,饭后又滔滔不绝地与雪林姑丽大谈大队民兵连的工作与学大寨、蚂蚁啃骨头……一系列美好的指示时,雪林姑丽只消轻轻说一声"大寨……我想大寨……"或者是当艾拜杜拉情致盎然、热火点燃,而雪林姑丽忙于清扫清洗清理清洁"四清"工作的时候,艾拜杜拉就会提醒:"快点过来吧,我要给你说大寨……"

底下的风光,就不再需要语言文字的努力了。庄子说得好:得意而忘言,得鱼而忘筌。如果又得意又得鱼呢?会不会忘记了整个世界,除了——大寨?

---

① 旧俗,新婚之夜,新娘要给丈夫脱靴。

小说人语：

走向那个巨大的世界，这是长久以来的主题，例如同一个小说人的《夜雨》与《眼睛》。《青春万岁》也曾这样说。说不定这个主题受到了苏联文学的影响，例如话剧《达尼亚》。

经济上不那么成功的体制，却也激起过文学的浪花。而浪花毕竟不受局限。该怎么说呢？该死的经济还是该死的文学抑或经济就是经济，文学就是文学？

然而，重读旧作，小说人却为艾拜杜拉新婚之夜没有让雪林姑丽给他脱靴子以及此节引起的雪林姑丽的别扭之情而感动莫名。笔触伸到了这儿，到了维吾尔好青年男女的新房里，幸福感使小说人热泪盈眶啦……

第三十章 杨辉力争 农技流动展获安排
　　　　　懒汉狡辩 孕妇诊断书被揭穿

　　农村的夜是宁静的。牛、羊、鸡、小孩子、鸟雀,这些最活泼的元素,都静止了,除了狗叫,听不到什么其他的声音。农村的夜又是沸腾的。白天,人们不在村里,他们分散开去和大自然打交道,去向地球开战。一到晚上,人们聚拢起来,各种人,各种的向往和愿望,各种的打算和计谋,各种的联络、磋商、冲突、诉讼、友谊、爱情、中伤、仇恨都活跃起来,动作起来,汇聚成翻滚的潮水,激扬起朵朵的浪花。

　　当麦素木向泰外库敬酒的时候,当雪林姑丽给杨辉端面条的时候,在大队办公室,里希提书记主持的支委扩大会议,正进入了高潮。伊力哈穆讲了在县里开会的感受,讲了大寨,讲了皮山,讲了麦盖提县红旗公社,讲了红星二场。他还讲了本县绿洲公社改造苇滩,五月公社修建电站,天山公社改变耕作制度的事迹。当然,他也讲了他亲眼看到的红星二队的小麦丰产田和那个鞠躬尽瘁的队长。他讲得很多,很热情,而且有些急躁。"我们落后了!""我们差得远!"叙述中一再重复着这样的感叹。"我们必须追上去,说干就干! 在这个漫长的冬季,搞它个热火朝天!"

　　"我们伊犁人是给惯坏了!"四队队长乌甫尔感叹地说,"不吃苦,不拼命,哪有农村面貌的改变。解放以来,我们生活得挺优裕,这是好事,但是,也滋长了一种自满自足的劲儿。你刚才讲的那个汉族故事怎么说来着? 一个蛤蟆坐在井底下看天⋯⋯弄不好我们都变成了井底下的青蛙啦……"

一些人笑了起来,更多的人都郑重其事地点着头。

里希提让四队和七队队长讲了一下对冬季以积肥为中心的生产安排。乌甫尔着重讲了一下他们从山坡旱田的几个废弃了的老羊圈里挖掘陈年羊粪的计划,伊力哈穆着重讲了一下从伊宁市拉运人粪尿的设想。然后,会议进入了重点议题。由大队水利委员、支部委员穆明解释主渠改道工程的有关问题。

这个方案并不是新的,早在大跃进的年代,公社党委书记赵志恒,大队支部书记里希提,带着州水利局和县农业局的两个技术人员,就进行了初步的测量、讨论和设计。在那些日子里,赵书记就像一个勘测队员,身穿一身蓝劳动布的制服,头戴鸭舌帽,脚蹬牛皮长靴,奔跑着,观察着,扛三脚架,架水平仪,抢锤子,砸桩子。里希提也好像变成了青年人,三四米宽的渠道,他跳来跳去,像长出了翅膀。他的心灵更是长出了翅膀,多少美好的愿望和设想,变成了夜以继日的忙碌辛苦,变成了一张又一张的蓝图、方案。按照他们的计划,这个大队的流向庄子方面的主渠的北段将要取直,改线,从而提高水位,减少渗漏,腾出一些耕地。而南段,要挖深,取平,减缓坡度,减少冲刷。北南段之间形成一个大的位差,在这里,利用水势可以带动三台水磨和若干轧油机、碾米机和弹花机。这是第一步,也是不算太复杂的一步。第二步,顺着这条主渠溯源而上,垫高渠底再次提高上游的水位,可以在那边形成一个更大的落差,带动水力发电。

经过他们的测量和讨论,这一切是如此明白、简便、合理,就像早该如此,自然该如此,使他们惊奇的,只是为什么没有更早地发现和利用这个摆在他们面前的潜力。但是,当时的县委领导人伙同麦素木科长这些人,正醉心于打破公社界限的大兵团作战。而改造一条渠道,安装几台水磨,过上几年再建设上一个发电量仅为几十千瓦的小水电站,对于他们来说,是太没有气派了。他们把这个公社,这个大队的劳力调来调去,净搞些大而无当的事情。"小小的"工程被搁置了起来。然后是三年自然灾害,这个小小的计划又变成过大的、冒险的、费工太多的和不准上马的了。然后又是六二年的事情。在库图库扎尔掌握大队领导权的时候,更是彻底搁置了工程,六三年,随着里希提、伊力哈穆他们的复职,这件事又被提到了议事日程上。在干部和社员中,组织了更详尽具体的酝酿和讨论,因为这牵扯到所有制的问题,未来的加工设备,只能归大队所有,而要进行这个工程,却需要各生产队出人、出资金、出设备。按照政策,对有关合理分摊和合理补偿的办法也作了细致的研究。然后,六四年春夏,大队组织大石匠进山,采来了做水磨的紫石头,并且已经开始加工。现在,终于在学大寨的东风下,可以把愿望和计划变成实践了。这是多么叫人高兴啊!回顾这个过程,又是叫人想到办一件好事是多么不易啊!里希提就是在这种兴奋而又感慨的心情中,主持着对这件事情的讨论。

伊力哈穆的传达,两个生产队的积肥计划和主渠改线的施工方案,这三个话题像风、火和油三样东西结合在一起,冬季生产和基本建设的烈火烧起来了。生产队长们摩拳擦掌,跃跃欲试,同时又在精细地计算着,衡量着,努力选择着更合理、更有利于集体的办法。

库图库扎尔也在会场上。他穿得很厚,皮领子短大衣,棉裤都已经上了身。他略显苍老,比两年前,也似乎瘦削了一些。经过了一段动荡,现在,他基本上算稳定了下来。收支相较,他总算保住了本儿。他不发一言,静静地旁观。

等到大家说得差不多了,进入具体安排的时候,库图库扎尔咳了一下,懒洋洋地说:"是不是请大家考虑一下,这里还有两个问题。"看看他的话引起了注意,他挪了挪屁股,直起了腰,把声音也放大了些,"如果我们在水利上投入这么多工,那么,无可怀疑,将会降低明年的工分值。我们都是老农民、老干部了。我们都知道,这里的冬天有四个多月,这四个多月的时间里,用老虎一样的力气,只能取得老鼠一样的成绩——还要付出那么多的工分,像扬场的时候从空中撒落下来的碎麦草!"

"这么说,提高工分值的最好方法是躺在炕上睡觉了?"

有一个性急的与会者反驳说,这种无礼的语调刺痛了库图库扎尔,"如果我还是第一把手,你敢这样说话吗?"库图库扎尔心想,从第一把手变为第二把手,处境就会有这么大的区别……咦哈!世上没有比"第一把手"的职务更宝贵的了……他控制着自己,没有流露出这种伤感的情绪,继续说:"再者,大家已经知道,再有个把月,社教工作队就要来了,这么大的工程,我们是不是应该等一等?这是我的意见。"谈到这里,他的眼睛眨了眨,很有点深奥的、高高在上的样子。

"您认为,工作队会不赞成我们改造水渠吗?"

"我没有说不赞成。"

"您认为,现在动工不合适吗?"

"我没有说不合适。"

许多人追问,他含含糊糊,脸上带着说不上是骄傲还是谦虚的笑容。一些人开始反驳他,他们说到了充分利用冬季进行农田基本建设的重要性和迫切性,他们说到了应该发扬只争朝夕的革命精神,敢想敢做,不应该观望等待。也有少数人只是点着头,当大队长讲话的时候,他们点点头,附和说:"是啊,有理。"当别人反驳的时候,他们又点点头,附和说:"是啊,有理。"

这时候传来了敲门声,传来了那个大家都熟悉的、滑稽的音调:"可以进来吗?"

所有与会者的脸上都现出了亲切的微笑,门开了,进来了刚刚离开雪林姑丽家的杨辉,这个瘦小的、戴眼镜、长辫子、围着红头巾的汉族姑娘的到来并没有使人们感到惊异,队干部们早就熟知技术员的习惯和作风。

"你们在开会吗?"她吐了一下舌头,"我明天早晨再来吧。"

"请坐,参加我们的会吧。"里希提书记让道。

"不了,我还有事,我明天再来……"

"您有什么事,先说也行。"里希提注视着杨辉,他的脸上表露着一种爱护、欣赏、关心的父亲般的感情。

"那,我只说一句,"杨辉伸出了一个指头,她转头问库图库扎尔,"我们什么时候,在哪里开始?"

"什么开始?开始什么?"库图库扎尔翻了翻眼睛,似乎在责备杨辉说话不清楚,不完整。

"您忘了?"杨辉惊奇地睁大了眼睛,渐渐变成了失望和愤怒,"前天在公社,您不是说立刻就安排吗?"

"啊,不就是那个什么展览吗?我们还没有研究。公社的事情多得很。卫生院找我们要人去受训学习注射防疫针,拖拉机站要培养拖拉机手,学校找我要老贫农去作忆苦思甜的报告,您呢,关心的是您的展览……"

库图库扎尔的漫不经心的轻蔑态度和倒打一耙的埋怨激怒了杨辉,眼泪几乎涌出了她的眼眶,"您怎么能这样说?您认为有哪件事是不必要的找麻烦吗?"

"怎么回事?"一直处于旁听地位的里希提插嘴问。

"同志们,"杨辉把头转向了大家,从大家的目光里看到了信赖、关切和友谊,她一定能够得到支持的。事情是这样的:杨辉准备利用当前秋冬之交的短暂的间歇时间,搞一个流动的农业技术展览。重点是良种、农药和肥料。图表是她自己画的。实物和一些种子是她从县、州、自治区农业科学单位、她的母校要来的,照片大多数是她自己拍摄、自己洗印放大积累起来的,还有从报社和别的单位借来的。全部展览可以装在一辆毛驴车上,为了能使更多的社员看到,引起他们对科学种田的重视,她准备带着这个展览走遍各个大队,越是偏僻的地方越是要去。前两天,她曾专门与库图库扎尔谈了这个计划,她建议在庄子上举行一天这样的展览,库图库扎尔当时满口答应,过后却丢在了一边。

队长们纷纷点着头,称赞这是个好主意。乌甫尔队长立即争取说:"就到我们队去展览吧。我们明天就打扫清理出一间光线明亮、宽宽敞敞的房子来!"

杨辉的脸上显出了欣慰的笑意。她转身对库图库扎尔说:"看来,大家还是欢迎的。事情多有什么办法?一件一件地干就对了。搞社会主义,本来就是个麻烦事情。"她的口气变得严厉了,"问题是有个别人说什么不学农业技术也照样吃拉面,说这种话的人如果不是别有用心也是彻底的愚昧无知。没有汽车轮船人们也照样走路,难道这一样吗?"杨辉巡视了一下四周,似乎为自己说话尖锐而且大大超过了"一句话"的预算而有些不好意思,她信任地、非常可爱而真诚地笑了笑,"再有,我对您有一个意见,工作是革命事业的一部分,办就是办,不办就是不办。过两天,那就是说四十八小时以后开始行动,过一天就是二十四小时,哼哼哈哈,一切应承,一件不办,这不太好。我的意见完了。"

"怎么样?后天早上八点,我们派车去接您吧。我们通知社员轮流去参观……"乌甫尔叮咛说。

"你们同意吗?"杨辉问里希提和库图库扎尔。

"我们同意。而且,我们应该检讨。"里希提说。

"那就这样定了。乌甫尔队长,我知道您是说一不二的。"杨辉高兴了,她的脸上放着光。脚步声。门声。一辆破烂的自行车的挡泥板的咔啦咔啦的响声。车铃。"叮……叮……"渐渐远去了。会场上出现了短暂的沉默。

"看看我们的女儿对待工作的态度吧。"里希提轻轻地说。他说"我们的女儿",都知道是指杨辉,这个公社的成千成百的上了年纪的农民都是这样称呼的。这比杨辉的名字更被人们所熟悉,所了解。

"今天的会开得很好,"里希提吸了一口气,概括说,"伊力哈穆的传达使我们开阔了眼界。四队和七队的积肥计划使大家受到了启发。我们的女儿的到来也是一个推动。那么,水渠的工程干不干?我赞成干。因为,归根结底,我们只能靠劳动、靠双手去提高工分值,而不是靠休息。即使水利用工多,当年没有收益。影响了一些工分值,那么,每个社员的平均收入也仍然是增加的,他们挣了更多的工分了嘛。至于社教工作队,只要我们的工作是有利于社会主义,有利于人民的,就肯定会支持我们,帮助我们,把这件工作做得更好。"说到这里,他停了停,又看了库图库扎尔一眼,"看来还有些分歧,大家再酝酿酝酿,明天的支委会上,做出最后的决定吧。"

散会以后,库图库扎尔走到伊力哈穆的身边,脸上呈现着一种隐约的嘲笑的神情,大声问道:"伊力哈穆兄弟,这次在县里开会,对于社员的欠账问题,有什么新精神吗?"

库图库扎尔的问题使伊力哈穆莫名其妙,他摇摇头,说:"县里的会没有谈及这个问题。"

"县委没有指示可以没收社员的牲畜抵账吗？"

库图库扎尔的问题更加莫名其妙了。有好几个生产队长本来已经准备离去的也停下了步子，好奇地望着他们。

伊力哈穆马上意识到了自己的疏忽。今天天还没亮，他就起床了。然后是一天的奔跑。十几天的离别，就像十几年的离别一样，使他渴望赶快看一看生产队的一切。黄母马的小驹子会吃草了吗？粮食的交售和保管加工工作进行得怎么样了？会计的分配决算方案可得到了队委会的同意？还有饲草的堆积，车辆的修理，铁匠铺新打的一批砍土镘的质量，五保户的节补贴……一个生产队就是一个社会。不管多么高深的学问、多么宏伟的事业、多么精细的分工，最后，条条线索都连贯在这里。当一个生产队的家，有多少事情要过问，要他做主，有多少眼睛在看着他，有多少人在等待着他的回来，好向他提出建议、意见、申诉或者控告呀……确实，他竟忘记了处理尼牙孜的牛，这真不应该。可库图库扎尔这样快，而且用这样不友好的、不诚恳的态度来钻他的空子，也使他感到惊奇。他冷冷地反问道。

"您是说尼牙孜的事情吗？"

库图库扎尔做作地表示不解。

伊力哈穆正面盯视了库图库扎尔，微微一笑。他说："关于极少数社员欠队上账的问题，原则上应该归还。具体做法，分别不同情况，采取不同的方式。如果您关心的只是一般原则，那么，我个人知道的就是这些。"

说完，他轻松地走了出去。

尼牙孜和他的牛的问题在全体社员大会上被提了出来。许多人都发了言，有的激愤严厉，揭露了他的一连串丑事，有的巧妙尖刻,尽情地予以挖苦嘲笑,会场上响起了一阵一阵的笑声。

阿卜都热合曼说:"您到底是什么人?您要干什么?您自己说一下。一年来,您只劳动了六十三天,而且,您有两把砍土镘,干私活的时候,用那把大的,出工的时候,用那把小的、磨掉了三分之二的。您这么大个子,拿着那把砍土镘,不难看吗?简直像汉族人掏耳秽的耳挖勺。就这样,您今天从队里领口粮,明天跟队里要煤炭、分瓜、分果、分草、分柴火,您都走在前面,挑挑拣拣、骂骂咧咧,但是您到处诉苦喊冤,倒好像生产队亏待了您,您的良心在哪儿?您真的是一个说谎的、忘恩负义的猫吗?"

再娜甫站了起来,她挥动着双臂,嗓音洪亮地说:"喂,尼扎洪,丢人不丢人!去年夏收时候,您一个人要两份杂碎汤,还跟雪林姑丽吵架。今年夏收,您干脆夜间偷偷摸进了厨房,一气吃了那么多过过油的干肉,然后一连三天您跑肚拉稀,捂着肚子直不起腰来……"再娜甫自己首先哈哈大笑起来,"最后您居然还给队长提意见,说是对于您的身体健康照顾不够……"

新任保管员伊明江说:"还有一件奇闻,在咱们农村也是自古未有的事,大家知道吗?尼牙孜哥今年九月讹了三十块钱……"大部分人还没听说过,都竖起了耳朵。伊明江介绍说,九月的一个清晨,尼牙孜赶着毛驴去驮草,有一辆大拖挂解放牌汽车在公路上驶过,尼牙孜大摇大摆走在马路中间,任凭驾驶员鸣笛不肯让路,汽车缓缓地挤着驶了过去,车厢板挤了他一下,他一个趔趄趴在了地上。驾驶员是个汉族小伙子,连忙停了车扶他起来,向他道歉,他也表示并未摔伤,驾驶员为了负责留下了自己的姓名、工作单位和车号,说是万一有什么问题可以去找他。小伙子走后,尼牙孜感到有机可乘,竟让库瓦汗赶上毛驴车,把他装在驴车上拉到了汽车的所属单位,言称他腰已摔坏,无钱治疗,人家以为是撞坏了兄弟民族的农民,给他预支了三十元钱的医疗费和营养费,尼牙孜夫妇拿上这三十元钱就进了旧城的薄皮南瓜包子铺……直到一个月后,该单位又派人前来慰问,来到生产队队部,伊明江才知道了这个事。

"可耻!卑鄙!恶劣!"社员们不再笑了,他们一个个又气又羞,他们替尼牙孜脸红,当他们听到那个汉族青年驾驶员为此事在本单位多次检讨还被记了一过以后,他们激动得眼泪都快流出来了,简直是给维吾尔人丢尽了脸!特别是一些上了年纪的老农,他们用粗话骂了起来,有的人还往地上啐着唾沫。

伊力哈穆队长制止了群众的过分的言语和举动,并且让尼牙孜本人谈一谈。尼牙孜当然不会轻易退让,他东拉西扯,结结巴巴地却又是顽强地为自己辩护,但每一句辩词,都被反驳、被新的揭发、被挖苦和哄笑所淹没,意识到自己的孤立无援,他用目光四下寻找麦素木,但科长已经提前离开了会场。他用目光去询问前队长穆萨,穆萨摇着头,耸着肩,叹着气,同样为他的行为感到深深的遗憾。他用目光向包廷贵和郝玉兰求援,这对夫妇躲开他的目光,悄悄地低下了头。继去年夏天买汽车碰壁栽跟头而归之后,去年冬季,对于公社的外调函来了答复,包廷贵原来所在的关内某工厂来函证明,包廷贵年轻时曾任资方代理人,解放后一贯思想落后,表现不好,六〇年因其贪污盗窃行为被批判、记过,他不服处理,私自逃跑到了新疆。该厂还要求这个公社协助追回包廷贵尚未退赔的近千元的赃款。这份外调材料来公社后,里希提和伊力哈穆分别在大队加工厂和七生产队进行了宣读。包廷贵嗫嗫嚅嚅,既承认他过去犯有"一些错误",又说是厂里有人陷害他。大队领导决定摘去了他的修理汽车的牌子,不再对外营业。只准修理本公社和大队的农机具和运输工具。对于郝玉兰的私人行医,也由公社卫生院进行了检查、取缔，现在郝玉兰仍然在秘密行医，但比过去更加隐蔽得多了。至于包廷贵，他也大大地收敛了，不再神气活现，不再与库图库扎尔公开来往，不再与少数民族社员吵架，也不再那样放肆地污辱少数民族了。他们低下了头，表示了事不关己，不打算出头的态度。

尼牙孜发现自己已经陷入了四面楚歌的逆境，于是，他振作精神，打出了自己的最后一张王牌。

那是一张在铅印的汉维两种文字之间，写了不少潦草的汉字，还盖着一枚紫色的、圆圆的图章印记的纸，尼牙孜掸了掸衣角上的土，抖了抖衣袖，他用手抹了抹脸，似乎是干洗了一下，提提精神，他从自己的系在腰上的褡包里取出了这张字纸，高高举起，带着示威的口气说：

"我有重病！这是医生证明，盖有公章！看，写了这么多，是汉族的大夫亲自给我开的，难道你们强迫一个病人去劳动吗？你们对于一个病人就是这样残酷无情吗？你们难道是旧社会的巴依、伯克、乡约、掌柜的吗？"

他想利用某些人对于写着汉字、盖着公章的牌牌子①的敬畏心理达到自己的目的。果然，社员看到牌牌子以后有些惶惑了。尼牙孜以一个胜利者的姿态把牌牌子放回褡包。但是伊力哈穆走了过来，他伸出手。

"把牌牌子给我看看！"

"给您看什么？您又不识汉字。"

"把牌牌子拿给我！"伊力哈穆坚决地重复说。

"用不着……"

---

① 牌牌子，即信件或证明、公函。

"为什么用不着?证明应该交给队上,我们会从各方面给您应有的照顾……"

尼牙孜实在无法推辞,只好颇不情愿地又掏出了牌牌子。

伊力哈穆立即召集了全队所有的"知识分子",即有高小以上程度的人,他们都学过汉语课,虽然程度不算高。终于,凑出了牌牌子的内容,由汉语学得最好的伊明江边读、边译、边讲解。牌牌子是这样写的:

姓名　哈仙白　性别　女　族别　回　年龄　成
主诉　怀孕七个月,二日前在冰上摔跤,自感腹痛,便频……
诊断　先兆流产
建议　保胎　住院观察

这个"证明"最初使大家瞠目结舌,继而就爆发出了哄堂大笑,有的笑得倒在了别人身上,有的笑得眼泪直流,有的被笑呛噎得咳嗽不住,一边笑,一边几乎是齐声喊了起来。

"哎依,泡克!哎依,泡克……"

还有什么办法呢?牌牌子是他在医院里的字纸篓里捡的。他嘴边上还有一些离奇的辩护词——他永远是有词儿的。他想说什么可能是他开了证明去挂号室盖章的时候匆忙中拿错了,以致和一个回族女人的证明掉了包……但是,他看了看周围,他感到了笑声喊声后面的可怕的众怒。他瑟缩了,垂下了头。

伊力哈穆宣布了队委会的意见:一、所有损坏了的集体的庄稼和财产,必须如数赔偿。二、按时出工劳动,否则,队上将不能无限期地将他供养下去。三、牛还给他,但他必须订出偿清债务的计划,并在近日先就力所能及的范围开始归还部分欠账。社员大会一致通过。尼牙孜也表示了完全接受。

这以后,尼牙孜的劳动老实了些。一天晚上,他扛着砍土镘归来,麦素木说:"您最近的表现很不错呢,值得表扬。"

　　尼牙孜把烂眼一翻,"您知道吗?他们归根结蒂还是怕我的,最后,牛还是还给了我,奶茶,咱们又喝上了……"

　　等尼牙孜走了以后,麦素木恨恨地向地上啐了一口,竖起了外衣的羊皮领子。一阵冬天的北风吹来了,从领口、前襟、袖口、下摆、裤脚各个空隙吹到了他的身上,他感到彻骨冰凉……

小说人语:

　　算不算有一点悲剧色彩?当你面对许多个尼牙孜,却不能不掂量伊力哈穆们的真实性与纯洁性的时刻?

　　我们天真过。

　　人民公社的大队日常工作,小说人有多么熟悉,写来如数家珍。他想起了其时的伊宁县红旗人民公社二大队的"同僚",尤其是书记、大队长、另一个副大队长、会计、出纳……来。在一个场合,介绍了好几位老同志是"自治区人民政府原主席"以后,主持人介绍到小说人不知道该怎么说,全国政协副主席阿不来提·阿不都热西提接过去说道:"生产队长……"

　　不,他老说得不完全对,小说人曾任官职是副大队长!

第三十一章　塞外真美　老尹感慨城乡巨变
　　　　　　　路上胡大　章洋不满司机特权

　　大轿车在乌伊公路上行驶，在油光光的沥青路面上，长途汽车全速前进。厚厚的窗玻璃咯哒咯哒地震响。马达发出轰隆轰隆声，并时而传出一种哒哒哒的类似机枪点射的响声。气压泵一时发出随着踩闸而放气的声音，一时又发出咣咣咣咣抽气和压缩空气的声音。橡胶轮胎沙沙沙地驶过地面。每五十米一个的标着顺序的号数的电线杆和每公里一个的石头里程碑时而从车窗旁飞驰而过。近处的地面向后迅疾飞去，而远处的田野、树林、地平线似乎在随着车缓缓前进，这样，大地在旋转，从左侧车窗望去，顺时针，从右侧车窗望去，是逆时针方向。随着路面的升降，乘客似乎时而被抬起，时而又被抛了下来。新疆地域辽阔、城乡分散，解放前主要靠骑马和骆驼，解放后才修起了四通八达的公路网。汽车，是新疆境内的主要交通工具。只有在全国的少数几个省区，才能像在新疆这样获得一连多少天公路旅行的生活体验。

　　和一般长途旅行的旅客惯常的倦意、无聊、焦躁地盼望目的地的早日到达的神态不同，这个车上的乘客全部是精神抖擞、朝气蓬勃、斗志昂扬的。他们穿着差不多一样的半新黄军大衣，时而你一言我一语地热烈交谈；时而互相啦啦着表演节目、唱戏、唱歌、学口技；时而由一个人打拍子，领着大家齐声引吭高歌。他们的响亮、整齐、快乐的歌声压倒了高速行进的汽车里里外外所发出的一切的声音，改变了玻璃的震动频率。他们是最近才组成的新的战斗集体,他们是来自乌鲁木齐的自治区一级各机关单位的社教干部,要到伊犁农村参加四清运动。

"尹队长,来一个!尹队长,来一个!"叫得最凶的是几个维、哈族的年轻人。尽管他们的声音盖过了一切,有一个维吾尔青年仍然觉得"来一个"这三个字未必能说清他的要求。他又大声用半通不通的汉语喊道:

"尹队长,一个最好的歌子给一下!"

坐在车门边的尹队长——他的名字是尹中信,今年四十二岁,中高身材,方宽脸庞,短而浓的眉毛一点也不肯弯曲,嘴角上的线条显得刚毅而且严厉。但是,他的目光是柔和的,使他严肃中有一种和蔼而宽宏的神采。按照他的职务,机关本来是派了越野小汽车来送他的(有些人非常重视这个小汽车,认为它是地位和权威的象征,是取得尊敬和优待的源泉),但是他谢绝了这样的照顾,宁愿和他的工作队员坐在一起。当然,他也还有一点特殊化,那就是,别人穿的大衣是棉的,而他穿了一件破了又补、补了又破的皮大衣——那是四八年强攻临汾的战役中缴获的战利品,经过了一个后来在朝鲜牺牲了的老战友的手,最后穿到了他的身上。

他不能辜负兄弟民族的青年人的盛情。他唱了一个抗日时期山西老区的民歌:

> 八路军打日本,真厉得儿害咳哟,
> 老百姓慰劳,理应该……

他很生气,简直还有点惊奇和伤心,声带像是旁人的,根本不听他的指挥,自行发出一种拉锯似的声音,而且嗓子里好像堵住了棉花,放不出声音来……他已经很久没有和青年人一起唱歌了……一九三九年,他十七岁的时候,还一度在八路军的文工队里当过演员呢!

谁知道,他的歌却受到了热烈的欢迎。而且不得不在一再的要求下又去启用那副废弛了的歌喉。他唱道:

数九那个寒天下大雪,
天气那个虽冷心里热……

显然,不可能有什么人听得出尹中信曾经是个会唱歌子的人。他的声音平板、嘶哑,调子和节拍都不那么准确了。但是,不知道是由于他的感情的真挚,是由于那曲调的纯朴,还是由于在短短的、不到一个月的集训期间他所赢得的威信,他的歌声感动了大家。掌声以后好一会儿没有人出声,连汽车的轰鸣和喘息也压低了声响,似乎谁也不愿意打破这两支歌所唤起的庄严而有些激动的情绪。

四面八方聚在一起的战友。漫长的道路。互相啦啦着唱歌。掌声、笑声。深情的眼睛。这使尹中信回忆起开始渐渐地显得遥远起来了的战争年代:行军,又是行军。素不相识的人们被"同志"这个称号联结在一起。邂逅和分手。"哪部分的?""我就是政委。"……上下级亲密无间的关系,担架队。躺在担架上的重伤员也要求停下来听一听"毙、伤、俘敌军××名,全歼××部,一举解放××"的战报……只有在最伟大的革命运动的感召下,为了一个最崇高的目的而从五湖四海走到一起来的战士,才体验过这种明朗深挚的战斗友谊,才懂得行军路上相互啦啦着唱歌的伟大意义。唱在一起、笑在一起的人们,将在战场上冲锋在一起、流血在一起、胜利在一起。

中国是小农经济。中国是一盘散沙。中国是一个专制独裁的无政府主义国家,自顾自而没有什么人对社会对国家对集体负责。

这样哪怕是最原始的集体生活的乐趣,也会给人以面貌一新的鼓舞激励。现在,在乌鲁木齐—伊宁市的长途汽车上,人们享受着战斗的集体生活,也重温了当年的解放军、土改工作队纪律严明、呼风唤雨、翻天覆地的情怀与风采。

全国解放了。毛主席告诉我们,我们熟悉的东西有些快要闲起来了,我们不熟悉的东西正在强迫我们去做。尹中信在中央一个经济部门里工作。他接触了许多新的事物、新的问题,学会了许多新的东西。他夜以继日地忙碌、开会、看文件、读书,他还几次到技术夜大学去听课,几次都因为工作太忙而没能坚持下来。他的生活是充实的,他的时间是紧张的,他对于在星期天工作比在星期天休息更习惯些。然而,环境毕竟是安定多了,而且可以说是舒适多了。当他住在烧液化石油气、烧暖气、带沐浴间和卫生间,上下楼要乘电梯的住房里的时候,他常常怀念农村,老乡家里派饭,背着背包跋山涉水,在风里、雨里、日头晒烤和星光指引下的东奔西走,生活和工作的安稳常常使他怵然自惕,可别变成一个贪图安逸的庸人。革命意志的锋芒可不能在和平生活中磨钝?但是孩子们呢?他们生下来就没有听见过炮声隆隆……

所以,当一九六一年号召到基层和边疆去的时候,尹中信甚至不用回家商量就报了名,他相信他的妻子就像相信自己。党决定把他派到新疆,他由衷地感到高兴。他立刻买下了分省详图,详细研究了新疆的地理位置、行政区划和自然条件。他从图书馆找了许多有关新疆的资料,包括反映新疆斗争生活的小说、电影剧本、民歌集和摄影作品。人们祝贺他展翅远飞,但也有人不解,问他:"你为什么那么积极报名呢?"他听了以后直觉反应便是想反问一句:"你为什么不积极报名呢?"只是出于礼貌,他笑了笑。还有人说:"去新疆,哎哟,那么远!"他回答说:"你待在北京觉得新疆远,待在新疆,还觉得北京远呢。"但事后他很后悔,他的回答是不准确的,严格说来是错误的,新疆人并不觉得北京远,他刚刚翻阅过的一首哈萨克族的民歌说,站在草原,我们看见了天安门城楼上的红灯。

于是乎开欢送会,真挚热情的赠言。因为溢美而令人惭愧的鉴定。饯行,干杯,"一路平安""多来信"。汽笛长鸣,机轮铿锵,黄河南北的一望无际的大平原,多轨并行,几乎是直线铺设的京汉铁路。青纱帐,你可仍然跳动着游击队员的心?大大小小的血脉一样的河流。夕阳中安然矗立的烟囱和古塔。夜间经过黄河铁桥时击打在每个旅客的心房上的叮咚声,像一阵清风喜雨。华山在晨雾中。黄土高原的窑洞,怎能不怀念延安?宝天段的无数隧道,坐在车厢里分不清是黑夜还是白天。嘉峪关,长城,我们中华民族的象征。说什么"一出嘉峪关,两眼泪不干",尹中信却只觉得"一见嘉峪关,壮志冲云天"。他肃然起敬。他含笑沉思。他心潮如涌……一望无边的瀚海,似乎和铁路一样漫长的、埋藏着无数宝藏的祁连山。乌鞘岭上的寒风如狼嚎。当年汉武帝的使者是怎样入疆的呢?我们今天是何等的幸福。内地的锦绣田园,塞外的雪山旷野,不都是祖国的躯干吗?河北话、甘肃话、新疆话,不都是祖国的声音吗?从西向东的路,从东向西的路,不是同一条通向社会主义、共产主义的路吗?天上的星星,大气层里的风,地上的河流,不是诉说着同一个对祖国的爱吗?每天清晨,随着车厢喇叭放送着的庄严优美的《东方红》乐曲,一轮红日出现在东方的地平线上。照耀着内地和边疆的,不是同一个红太阳吗?梦魂萦绕的天山雪峰啊,我们终于见到了你!

到了乌鲁木齐,尹中信被分配在一个工交部门担任副职,他要求到县里或者公社去,没有成功。虽然还是领导机关,但他觉得总是接近实际一些了。他有更多的机会去工厂车间和工人宿舍,他听到了更多的铣床的唑唑声,磨床的嗡嗡声和冲床的当啷声。这里的修渠铺路之类的劳动任务很多,这也使他感兴趣。连日常的买菜买粮,拉煤倒垃圾,他也都愿意亲自去做,可以从中看到许多在中央机关未曾与闻的现象和问题。现在呢,在一九六四年即将结束的时候,他穿起了补了破、破了又补,象征着友谊、牺牲和胜利的老羊皮衣,捆起行李卷,和多民族的大都比他年轻的战友坐在一起,向边疆的边疆,祖国的西大门——伊犁挺进。这一年冬天,全国有多少领导人、干部、知识分子、青年学生,打起背包,奔向农村,学习社会主义时期的阶级斗争的最宝贵的一课。就像卢沟桥事变后许多爱国志士在党的领导下纷纷下乡打游击,就像三年解放战争期间许多革命干部、大学的毕业生奔赴各条前线,他们现在正投向无产阶级专政下继续革命的新的战斗。虽然天寒地冻,风雪交加,他的两颊冻得紫红,他的两脚冻得发木,然而热血如沸,红心如火。没有变的是毛主席培育起来的一代革命者的意志和热情,没有变的是一听到军号就跃马持枪冲向前去的战士的神经,没有变的是社会主义、共产主义的崇高理想。然而时代、任务、条件和斗争的形式是大大不同了,何况他去的是少数民族地区。他刚来新疆两年,除了去吐鲁番短期参观以外还没有下乡工作过,听不懂少数民族的语言,更觉得维吾尔文字稀奇古怪,他将怎样完成党交付的光荣艰巨的任务呢?一切需要从头学起。

一路上,他不知疲倦地注视着准噶尔盆地南缘的城镇和乡村,烟囱和林带,鱼贯而行的油罐车和偶一闪现的骆驼。他不断提出问题,"这是什么地方?""那是什么?"倾听着旅伴们不住嘴的讲解。这是昌吉,清洁、齐整,自来水塔端端矗立在路边,机场上的直升机的编号历历可数。这是呼图壁,饭馆里坐满了东来西往的旅客,路边上停满了各种型号、颜色和形状的汽车。无线电发射台林立,金属尖顶闪耀着光辉。这是石河子,解放前这里还是荒野,在生产建设兵团的开垦下,出现了重工业和轻工业的许多工厂,楼房,水泥铺的宽阔的中心街道,两旁是列队接受检阅的雄武挺立的白杨。甚至在飞驰而过的汽车上,你也会看到这从戈壁荒原上平地而起的别具一格的城市的兴旺风貌,石河子新城无量!这是什么河?河身怎么这样规整?不,这是玛纳斯灌渠,新疆最大的干渠,流量每秒许多许多立方米。这条岔路通向油城克拉玛依,克拉玛依维语就是黑色的油。那条岔路通向独山子,克拉玛依的石油在那里提炼加工,运往全疆各地。还有一条岔路通向农七师奎屯垦区,就是那里,好像飘在云上的绿树和人烟,那不是海市蜃楼,是劳动创造的新图。上海龙门针织厂迁来了一部分,在这里生产了第一流的背心和秋裤。这儿是乌苏,即使在整个西北地区,这也是一个数得着的富庶繁荣、人烟稠密的大县,又是通向乌鲁木齐、阿勒泰、塔城、博尔塔拉和伊犁的交通要道……什么?墙上写着西湖旅店?您的眼睛真尖,西湖,倒没有别的意思,只是乌苏县的蒙古语名称的谐音,也许这里有杭州人,他们爱乌苏就像爱西子湖。这是精河治沙站,汽车拐弯,游沙堵住了公路,科学工作者正在这里研究着征服沙漠的措施,他们已经用飞机撒播了一批能适应沙漠、能改造沙漠的植被……你好,乘客同志!你好,驾驶员同志!你好,炊事员和服务员同志!车到五台了,这是一个左右皆山的咽喉要地,这里没有其他居民,一切设施和人员全是为驾驶人员和旅客服务的,这里只有旅店、食堂、交通管理和汽车修配点,啊,当然也还有邮局、小卖部、派出所,和为这些交通部门的服务人员的子女准备的学校……尹中信一路上看不完、听不够,同时越看越听越想越觉得奇怪,为什么有些人宁愿一辈子到老死待在糕点匣子似的长方形的办公室里,却不肯下来看一看、走一走……

和尹中信并肩坐在一起的叫做章洋。细高个儿,瘦长的脸,宽额头,双眼皮,大眼睛。他的举止言谈,处处表现了对旅行生活的极其熟悉和干练。他有时候用可能的最舒适的姿势睡得很香,甚至打起鼾来。有时候略略一撩眼皮就可以告诉你这里是什么地方,离什么地方已经走了或者还需要走多少公里。有时候,他兴致勃勃,滔滔不绝,谈笑风生。有时候又对周围的一切视而不见、听而不闻,不知道是在深思还是在吝惜精力。他对尹中信说:

"你说新鲜不新鲜?这样高的山上,这么大的湖!这就是赛里木海子,全国著名的高山湖泊,这里习惯把湖泊叫做海子,倒也名副其实。因为湖水——海子是咸的。你看看多清亮透底,碧蓝碧蓝,雪山映在里头,水里的影子比真山还干净。可惜,不长鱼虾,连个水草浮萍都没有。啊哈,飞来了几个野鸭子……新疆的风景就是这样,好的地方真好,秃的地方真秃!你喜欢新疆吗?唉,没啥,你们是领导干部,什么时候想走就走了,你们中央认识的人多。先在新疆看看这些新鲜地方吧。我们就不行了,算了吧,泡就在新疆泡他一辈子……"

章洋信口说着,亲热,大大咧咧,又不失对待比自己地位高的大人物的礼节分寸。解放前夕,他在内地的一个城市做学生的时候就参加了地下党。一解放,他又参了军,在文工团里当演员,随着部队来到了新疆。由于声音条件差些,后来改做导演。一连几个戏都砸了锅,又改搞创作,而且担任编导组的组长。写过一个独幕剧,在报纸上发表过一篇剧评。他编的剧没有被采用,然而当组长过程中显露了他颇为不错的组织才能。编导组原来不团结,他去不久,抓住了一个典型狠狠收拾了一下,团结了其余所有的人。另外,他给这个组解决文具设备、工作条件和生活福利等问题,都搞得很好。他热情、有口才、肯干、敢干、能跑腿、能吃苦,尤其重要的,他十分注意体察上级的意图,跟得紧,转得快。又注意群众关系,受到了上下左右的好评。后来,他担任了一个文艺表演团体的领导职务,他办事更加干练了。他曾经多次下到各地、州、县,跑遍了从阿勒泰到和田,从喀什噶尔到哈密的广大地区。但从来没有像这次去伊犁这样兴奋。集训期间,他反复学习了上边发的厚厚的一大本的铅印材料叫做"经验"的。这份材料提得高、新、尖锐,具有振聋发聩的刺激力量:什么三分之一农村不在我们手里,什么共产党的大队支部都是国民党的白色两面政权,什么虽然尚未发现该大队支部书记与台湾国民党有组织联系但却不排除有这种联系的可能性,(多么触目惊心!无敌的、泰山压顶般的逻辑!)什么秘密访贫问苦,扎根串联,(又恢复了地下工作的方式!)什么上上下下的强大阻力,(点了省委书记的名!)什么化名下乡,不吃一点荤,什么给大队书记戴上了坏分子帽子,什么抓新生的反革命,(试试,有多厉害!)什么二次重访,春光明媚、气象全新,(余音袅袅,三日不绝!)这些危言耸听的叙述和提法,这些大异于常理的令人吓破胆的分析和结论,以及众多的形容词、副词和感叹词,权威的审判官的面孔,歇斯底里的激情,超级革命的口号,救世主的姿态……这一切都使章洋五体投地,赞叹不已,他震惊,他倾倒,他又稍稍有一点慌乱,竟然完全没有想到农村四清运动的做法的这种火箭式的发展……他回想起过去历次下乡,他感觉到与农村基层干部格格不入,原来,他们是一批控制局面、鱼肉乡里的地头蛇。原来,他们和国民党的保甲长大同小异。而这次他的任务,便是创造奇迹,攻坚破阵,为民申冤,解民倒悬……他怎么能不兴奋呢?汽车上的闲谈和瞌睡,正酝酿着一场惊天动地的大搏斗。

汽车傍依着赛里木湖走了一个多小时,翻过了一个山口,眼前是盘环旋绕的山间公路,一丛丛密密麻麻的黑绿色的树,白雪,白中显得黑亮黑亮的,尚没有完全冻结,在清晨的凛冽中似乎在冒着热气的山水。尹中信他们低头往下看,几乎正在脚下,他们看到了一块比较平坦的地方,好像一个麦场,那里有两排油着蓝色和黄色油漆的林区所特有的木房子,远远看去,木房子像是用笔杆粗细的圆木拼起来的玩具,而场上停留的一辆辆的汽车,就像一个个的甲虫。章洋看到了尹中信在张望木房。问道:"怎么样?像不像外国童话中白雪公主找到的那间住着七个小矮子的房子?"

尹中信笑了,这样的童话小时候可能读过,早已经忘得一干二净了……没有几分钟,过去存在在童话里的彩色的山中木房,已经来到了眼前。这是一个普普通通的高山交通食堂。旁边是养路段。乘客们纷纷下车休息、吃饭。他们从凌晨天不亮上车,在牛吼一样的汽车爬坡声中,又冷又饿地已经坐了五个多小时,正赶上从伊宁市对开来的几辆客车也是刚刚到达,东来西往的乘客一时都拥挤到这个小小的食堂里。开票的、付款的、领饭的、找座位的、吃饭的、打开水的、烤火的、吸烟的、寻找碗筷和收拾碗筷的,比肩接踵、吵嚷吆喝,热闹异常。排了一回队,好容易轮到章洋开票了,他说要二百克馒头,一个过油肉片。出纳员告诉他:"炒菜卖完了,你吃排骨汤吧。"

"怎么没有了?我刚才还去厨房里看了,正在炒嘛。"

"还有不多的几盘,是给汽车驾驶员预备的。"

"司机能吃我们就不能吃吗?司机是人我们就不是人吗?"

江南口音的、年轻的女出纳员抬起眼睛看了他一眼,觉得难以答复。

尹中信在他身后说:"就吃骨头汤吧,骨头汤做得也挺香的……"

章洋一面啃着骨头,一面告诉尹中信:"在新疆……"他和老尹说话,往往是用"在新疆"三个字开头的,既表示出他宛如裁判者似的高高站在新疆之上,又表示出在尹中信的面前他是个"老新疆"了,是熟悉地方情况的老手。他说:"在新疆这个地方,汽车司机就是路上的胡大!一路上,他们走到哪里都吃好的、住好的。再大的干部,你也没有司机的牌子硬,至于司机和一路上的食堂旅店的工作人员的关系,岂止是四不清,简直是八不清,十六不清,服务人员指望着司机带东西、搭便车,司机指靠着她们少拿钱、吃好饭。你看看咱们这个骨头汤,四毛钱,其实成本最多两角!司机吃的炒肉片,你看看放了多少油,你走到哪里,到处都是四不清,清不了啊……"

尹中信连连喝着汤,顿时觉得肚子里热乎乎的,清水煮的羊肉骨头,没放酱油,也没有那么多调味作料,但是不觉得很膻,却更能吃到羊肉本身的味道。路途之中,冻饿之后吃到这样的羊骨头,真比在北京工作时周末去东安市场的东来顺吃的涮羊肉还觉可口。尹中信想起自作聪明一起从北京调来的一批干部,有些人直到现在见不得羊肉,不但不吃羊肉,而且一提羊肉就显得厌恶、反感,痛苦万状,愁眉不展。他们的表情不亚于信奉伊斯兰教的少数民族提起猪。他们信奉的是一种什么宗教呢?是体质构造的变异吗?是大脑皮质的条件反射吗?他们受过羊的刺激?还是用自己的禁羊反羊来有意无意地表露自己身份的娇贵,说明自己绝非新疆或者西北地区的土著,而是来自关内繁华的大都市呢?他有点怀疑。

章洋的话把他拉回到了现实。他不满意章洋的口气。在这么高的山上办食堂,容易吗?粮、肉、菜、煤炭,都要从山下运来,食堂工作人员呢,长年累月地在枞树和白雪环境中的简陋的木房子里发面、淘米、剥葱、洗肉……接待着这些饿了才来、饱了就走的旅客。就拿那个被章洋问得莫名其妙的、梳短辫子的出纳员姑娘来说吧,听她的口音是苏州一带的人,现在她来到了这里,忠实地坚守在她的岗位上。她和颜悦色,埋头飞快地开票,算账,收钱,找零,不厌倦、不烦闷、不急躁,有什么理由把一些不好的猜想堆到她的身上呢?就算这碗骨头只值两角吧,运费呢!煤火呢?人工呢?税收和利润呢?为什么不能考虑得更公平和全面些?至于汽车驾驶员,他们常常板着面孔是事实,但也要看到他们的辛劳啊!就说昨天在五台吧,乘客们下了车,在旅舍找好了房间,洗脸洗脚,又出门吃过晚饭,但是直到那个时候,驾驶员还躺在汽车下面,枕着冰冻的土地,满身满脸满手的油污,还在检修机件呢。只要不太过分,为什么不可以对驾驶人员的饮食照顾一下呢?为什么要牢骚满腹,骂倒一切呢?

于是,他笑了一下,和解地说:"他们也够辛苦的嘛,绝大多数还是好的嘛!"

章洋不由得脸微微一红。

他们坐的这辆车是最后一个离开交通食堂的。霎时间,车去人散,热闹非凡的大房子又变成了寂寥无声的"世"外桃源。尹中信坐在重新开动了的、显得暖多了的汽车里,心头隐隐感到有些沉重。

沉重的心情是被贴在交通食堂墙上的一纸布告引起的。饭后喝开水的时候,他看到了保温罐上方的这张布告——这里叫做露布。露布的内容是关于禁止四不清干部和地富反坏分子窜入城市的,露布说,目前全国农村,正在开展伟大的社会主义教育运动,这是一场四清和四不清的严重较量,是一场尖锐、激烈、你死我活的斗争。现在,有些四不清干部和地富反坏分子,逃避斗争,流窜到城市亲友处。露布强调,任何城市职工,绝不得收留和窝藏四不清干部。露布指出，所有的四不清干部只有老老实实地回到所在公社、大队、生产队，接受审查批判，彻底交代，低头认罪才有出路。

所有这些提法，都是很严肃、很正确，似乎是理应如此的，也是早该习惯下来的。因为在"经验"等一些材料里，已经有这些提法和语言，但是，当尹中信在这个小木屋里，在羊肉和食油的气味之中看到隆重地盖着公安部门的印章的露布上，郑重地把四不清干部与地、富、反、坏归为一类的时候，当看到那种强制性的语言和措施的时候，他仍然是一怔。他想起了刚刚章洋所说的关于到处是四不清、关于食堂人员和驾驶员都不清的话，他觉得怪别扭，学习"经验"的时候，他已经感到一些问题自己理解得还不够，他归结于因为自己长期没有从事农村的工作，认识跟不上形势的发展。是的，从一九五〇年他去湖南新解放区搞土改归来以后，他再没有参加过农村的事情。但是抗日战争、解放战争的年代他是在山沟里度过的。他知道中国的农村培育了、保护了、支持了革命。农村是革命的靠山，革命的源泉，革命的母亲。驻村干部是最可信赖的亲人。即使在斗争最艰难、最残酷的时刻，总是在农村可以找到火炬，找到光明的希望，找到新的驰骋的天地，至少也可以找到安全休整的机会。见到了庄稼地就像见到了自家的热炕，见到了老乡就像见到了亲人，这是他那时的体会。现在，解放已经十五年，他在报上看过了那么多来自农村的鼓舞人心的捷报，怎么农村的情况却变得那么黑暗了？农村干部，就是当年用鲜血和生命捍卫革命，把粮食、车辆、鞋子和子弟献给了革命的、被国民党反动派咬牙切齿、疯狂咒骂的所谓"村干"，现在竟呼啦呼啦成了四不清的与地、富、反、坏为伍的家伙？也许是他自己落伍了，跟不上社会主义革命的新形势、新课题？农村里究竟为什么、怎么样发生了这样巨大的令人灰心的变化了呢？四清与四不清的矛盾，怎样理解这个字面上看来相当不确定的新命题？怎样弄清四清、四不清这些省略语的内涵与外延？四不清究竟算一种什么样的政治力量、阶级力量的代表？四不清干部包括哪些人，都是敌我矛盾吗？所有这些急迫地寻求答案的问题，当然不是靠理论分析所能解决的。尹中信只盼望早一点到伊犁，早一点下乡，以便通过亲身的实践，来解决这些使他不得安宁的问题。

尹中信问章洋："怎么样？下午几点可以到？"

"噢，噢，只剩下一百公里了，从这儿下去，就是著名的果子沟。一出果子沟，就是伊犁河谷——美丽的绿洲了，可惜是冬天，再有两三个小时，我们就可以在伊犁饭店——它位于伊宁市两条大街的会合处——下榻了……"

小说人语：

大地与边疆的颂歌响起，仍然动情。

难得小说人在那个年代找到了一个抓手，他可以以批评"形左实右"的"经验"为旗来批"左"。至于"经验"一事的真相与实质，更不要说背景与内幕了，完全无可奉告，更无意旧事重提。这里提到了"经验"，同样是惹不起锅就只能惹笊篱的文人路子。

在如此美妙的祖国河山中，人们寻找的首先不是风景与诗，而是一个对于"阶级敌人"的定义与可以照此缉拿的图形，一面是斗志昂扬，一面是说不清道不明的定义与图形，北京话叫做："谁难受，谁知道。"

第三十二章　麦爸杳然　朝圣地启程失音信
　　　　　　科长惊了　寻奇院推门遇故人

　　跃进公社是这一年冬春进行社会主义教育运动的重点单位之一。工作队即将进点，这一消息的传来，引起了各式各样的反响和期待。麦素木本来事先得到过"老爷子"的指点，并且已经在活动、在准备，但是，随着工作队进点日子的逼近，他越来越不放心，越来越惊恐起来。再就是近来的国际形势。自从那位光头的老爷子①突然下台以来，据说一直在"停止公开论战"，挂了免战牌。这到底是怎么了？如此下去，他们何年何月才能过来？他的忍辱偷生、低三下四的苦日子还得熬到哪个世纪？一想到这些，就像自己的心肝穿到了铁扦子上，放到了火焰上熏烤……

　　星期天，他提着两只雪白的鸽子，去找他的老爷子——亚力迈迈提。

　　三十年前，麦素木的父亲阿巴斯是绥定县著名的富豪。阿巴斯手里掌握着上千斛土地、十五台水磨、两个大果园、一个煤矿、两家商店和许多车辆、房产、牲畜。当地的农民中间传颂着这样的歌谣：

　　　　渠里的水流到了田里，
　　　　河里的水流到了戈壁，
　　　　人间财富流到了巴依家里，

---

① 指赫鲁晓夫。

漂亮的女子落到阿巴斯手里。

阿巴斯从少年时代过着放荡的生活,喝酒、赌钱、打猎、吸麻烟。他按照穆斯林的规则正式娶过来的老婆有七个,至于"玩一玩"的相好,比他脸上的胡须还多。他因此获得了"公牛"的称号,提起他的名字,从十五岁到五十岁的女性都悚然心悸。但在一九三九年,阿巴斯五十六岁的时候,他忽然生了一场重病,上吐下泻,发烧发冷,一连十四天昏迷不起,脖子下面和肚腹上端凸起了三个比核桃还大的疖,脓血淋漓,疼痛难忍,请来了当时可以请到的各种医师和骗子,灌蛇油,抹蓝矾,喝苦豆子水,周身擦敷鸡蛋黄。最后,来了一位自称是来自和田的巫医,诵经、舞蹈、宰罗鸡①,并且脱光了阿巴斯的衣服用柳条把病人抽打②了一顿。阿巴斯死去活来、活来死去,前后折腾了四个月,总算又从坟墓里转了回来。又过了半年,他恢复了户外活动。

但是,不知道是由于病的痛苦、死的恐怖还是往日长期吸食毒品的刺激,病后的阿巴斯,变成了另一个人。身高力大、老而不衰的流氓、色鬼阿巴斯,如今瞎了一只眼、驼背、头颈紧缩,有事无事地脑袋总是一摆一摇(乡亲们认为,老年性摇头点头症是年轻时吃鸭肉过多的结果,想想鸭子们的头颈习惯性摆动吧),手总是乱颠乱颤。会唱各种淫荡的歌曲、善说各种下流的笑话的阿巴斯,如今变得口齿不清,嘴里好像经常含着一块滚热的洋芋。过往的放荡生活被抛到了七重天外,而自幼就被灌输渗透了的种种戒条和教训,突然变得无比清晰、神圣和强有力。他不再滥吸狂饮,甚至饭也不爱吃。他不但不再歪斜着眼睛看女人,甚至连最钟爱的独生

---

① 宰罗鸡,意思是把病人身上的魔鬼转附在鸡身上再予以宰杀消灭。
② 抽打,意在驱鬼。

子也不再抚摸,他想着的是死、灵魂、《古兰经》、天堂和多灾海①。病后的阿巴斯昼夜想着、说着一件事:到麦加②去,去完成穆斯林最后、最光荣的义务。又过了两年,他终于做好了准备,变卖了三分之二的家产,购买了骆驼、马匹,随身携带了充足的盘缠、细软,雇用了一批仆役,又举行了在绥定历史上空前未有的盛大的乃孜尔。有数百名巴依、乡约、霍加、伯克、卡孜、毛拉、伊玛目参加了他的告别宴会,近自霍城,远自精河、昭苏,都有贵客前来给他送行、祈祷,礼物中仅仅中外各种货币就够装满一条口袋。

然后,他庄严启程。几个月之后,有人说是看见他在南疆叶城。一年后,传说他已假道印度西渡红海。从此,失去了一切消息。只是在老人们的闲谈和叹息中,还偶然出现这样一个公牛——巴依——病人——圣徒的影子。

阿巴斯娶了六个老婆,生了十四个女儿,却没有为他生下一个儿子。直到他四十二岁,娶了第七个老婆——一个十五岁的姑娘,他的这个"岳父"比他小六岁,是个专门给毡子染色、绘制图案的工艺美术匠人。三年以后,麦素木出世。

打十岁,麦素木被送到麦德里斯③。阿巴斯极力培养自己的独子成为一个受人尊敬的毛拉——伊斯兰学者。阿巴斯说:"我在上了年纪的时候得到你这一个可爱的儿子,你一出世,就有我这样一个富有的爸爸,这都是胡大的恩典。人们怕我、奉承我、围着我转圈、谄媚、发抖,但是,并没有人真正尊敬我,因为我的肚子是黑的(胸无点墨)。财富就像小鸟,你不可能永世捏在手心,而略一抬动手指,财富就鸟儿般地飞去个无影无踪。就像羊拐髀石立起来难,

---

① 即地狱。
② 麦加为克尔白——天房——安拉的房屋所在地,前往朝觐,为穆斯林五项义务之一。
③ 学习《古兰经》经文的寄宿学校。

倒下去容易一样,财富的消散比集聚迅速得多方便得多。但是有一种财富是不会消散,不会被偷去、被抢劫的,那就是学问,好好读书去吧,棍子会把你教育成人①。不要忘了,你是大人物阿巴斯的后代。"

然而,麦素木终于还是辜负了父亲的期望,辛劳的麦德里斯的生活、日学万理的功课作业,完全不符合麦素木的心思,严酷的体罚的结果是顽童们挖空心思捣乱、作对以致破坏。每天吃棍子的未来的毛拉们,有些个顽劣异常,无事不闹。麦素木在麦德里斯昏天黑地、勉勉强强地度过了一年以后,十一岁的他使出了惊人的手段:装神经病。先是在他回家时候,当着父母半夜假装说梦话,他发出一声声令人毛发倒竖的惨叫,说的话前言不搭后语,围绕着一个怕字,不知道他受了什么样的惊吓。然后他白天也专说莫名其妙的话,做莫名其妙的事,呈现莫名其妙的神态。他骗过了几乎所有的人,有短短几天他自己都迷糊了,不知道是神志正常的他装作神态不正常,还是神态失常的他自以为是装作神志不正常……总之,他中途辍学了。

麦素木从小就受到周围的人宠爱和阿谀,从小就意识到自己的优越。他五岁的时候,保姆带着他在苹果园里游玩,他无端地哭了一声,正好父亲从那里经过,一鞭子就把保姆打倒在地上,满头满脸的血。麦素木感到了恐怖,也感到了一种特殊的满足,他笑了。

但是,十三岁的时候父亲的朝觐出行,使他的命运发生了急剧的变化。六个"大妈妈"和她们拥有的比自己的母亲还大的十几个姐姐,把剩余的家产瓜分一空——伊斯兰教的法规,女儿也是有继

---

① 棍子,维吾尔语把挨打叫作"吃棍子",这里指经文学校的严厉的体罚规则。

承权的。麦素木的母亲只好改嫁给一个靴子匠。靴子匠继父要他学缝补靴鞋。他不甘心。皮革和旧鞋的臭气,他受不了。他缝坏了鞋,糟践了皮子,折断了锥针。继父给了他两记干干脆脆的耳光(这是他从小没有受过的),他一怒之下跑掉了。拜求经文学校同学的家长,给他在国民党的县政府里找了一个文书的职位,那时,他才十六岁。等到一九四四年,他十九岁,伊犁、塔城、阿勒泰三区人民爆发了反对蒋介石国民党的民族民主革命起义,他又摇身一变参加了民族军。由于他是个"知识分子",人又聪明,很快当上了营级军官。四九年新疆和平解放后,人民解放军与民族军胜利会师,民族军成为人民解放军的一个部分。一九五一年,作为解放军的一个军官,他复原了,被安排在一个县里担任科长。

科长的职位使他飘飘然。谁来得早,巴扎就属于谁。他二十四岁当科长,他是个抢先而来的人。最多三十岁,他可以当县长。三十五六岁,他可能当州长。那么,四十岁左右,他将成为省一级的领导干部。这完全可能实现,因为,在这个边远的地方,在勤劳、质朴、憨厚的哈萨克牧人和维吾尔农民中间,他感到自己是羊群里的骆驼。

复员不久后的诸事更是称心如意。老婆叫古海丽巴侬,细高挑儿,黑黑的脸庞,碧蓝的眼珠,目光如水。古海丽巴侬是乌兹别克族。从此,麦素木填履历表的时候,言谈中都干脆把自己也说成是乌兹别克,后来又说成鞑靼-塔塔尔。他内心深处觉得维吾尔人是那样愚蠢、低劣和不开化,只有冒充乌兹别克,更好的则是鞑靼,他的高贵的血统才能与出类拔萃的现状相称。

他有了带宽宽的前廊的房子,有了果园,有了呢子衣服和旱獭皮帽子,老婆的耳环上,也坠上了从伊犁的黑市上买来的准红宝石。许多的客人,包括私商、阿訇和在押罪犯的亲友,提着礼物来

"拜访"他,他的家里经常是杯盘狼藉,宾朋满座。他自幼就种下了出人头地和肆意享乐的愿望,这种根深蒂固的愿望的开始实现,使他膨胀十倍地追求进一步的出人头地和享乐。

欢聚完毕,将众客人送走后,他常常想起少年时代便失去了的父亲。父亲朝觐出行后,没有了音信,但是父亲的威风威仪却渐渐在他身上复活。许多的记忆重现了:豪华的宴会和麦西来甫。仆人提着喀什噶尔彩色镂花铜壶侍候宾客一遍又一遍地洗手①。肉汁和酒液在饭桌上流淌。酒杯交相传递,酒瓶东倒西歪。还有通宵达旦的醉汉的舞蹈和野性的猥亵的怪声哄笑。

……古尔邦节宰牛宰羊,大把的铜钱抛撒着"施舍",吹唢呐的人脸孔憋得像牛肝一样褐紫……夏日的狩猎,驾鹰驱犬,进山。他和阿巴斯爹爹骑着马,奴仆们赤脚奔跑追随,还有赌博的场面呢。屏神吸气,眼珠凸出,羊骨拐一把撒出,这个一声怪叫,那个面如死灰,额头上流下豆大的汗珠……何年何月,麦素木也将得到这样无所顾忌的、痛快淋漓的幸福!

一九五四年,伊犁哈萨克自治州成立了,各县也纷纷召开人民代表大会,正式成立各级人民委员会。麦素木本来十拿九稳要做县长的。一位副州长已经向他打了招呼,许多经常与他来往的友人已经向他祝贺。他就是从周围人注意的、讨好的、靠近的眼神里也可以看出自己提升在即。万万没有想到,在人代会上被提名做县长候选人的却是一个牧工出身的、文化不太多、其貌不扬的公社干部,上级简直是发了疯,代表们简直是发了疯,世界简直是发了疯!他妒恨得发了疯!是副州长欺骗了他,"密友们"欺骗了他,是共产党欺骗了他!口才、文化、资格、魄力、机敏,他麦素木哪一点

---

① 维吾尔人有用手抓食的习惯(尽管他们并不乏餐具),所以宴会上不断洗手。

比不上那个放羊的老粗！县长出门坐越野吉普，而他这个可怜的科长……紧接着，因为挪用公款和受贿，包庇反革命分子……麦素木又受到了批评和警告（就是因为他科里的一个该死的汉族干部告了他的状，捣了他的竿子，他才没当上县长的）。麦素木的梦醒了，觉得自己简直是上了当，全为了一个小小的豌豆粒那么大的官儿，而志满踌躇，竟为了一个婚前就声名狼藉的黑女人而销魂失魄。他所渴望的幸福、满足、快乐，其实一点也没到手，更可怕，更令人发狂的是，恐怕今后永远也到不了手啦。

他变得愤懑不平。他恨一切人，恨县长，恨副州长，恨密友们，也恨古海丽巴侬。他更恨那个告他状的汉族干部。一切灾难就是这些汉族干部带来的，如果他们不带来什么社会主义，如果听凭他和那位牧工比本事，比手段……那人怎么可能是他的对手！

于是，这位羞于承认自己是维吾尔人的先生，渐渐变成了维吾尔民族传统的维护者，成了维吾尔民族的代表。一九五六年和一九五七年，他在一切场合抨击党的民族政策、干部政策和农业合作化政策，用各种恶毒的语言挑拨维吾尔族人民与汉族人民的团结。结果，他又错估了形势，党的领导并没有垮台，而是他自己受了三天批判。

麦素木灰溜溜了。他的黄白扁平的脸上没有一点血色。他虽然眉头深蹙，却见人就显出一种谦卑的微笑。旧日的密友们已不再登门，没有孩子的家庭像坟墓一样沉寂。有一天在收割后的麦田里，他看见一株孤零零的阿克提干①，他流泪了，他想起了自己的命运，孤独，枯萎，即将死亡，然而浑身仍然布满了狠毒的刺……

这天夜晚，一贯怕老婆的他为了一句话不中听把古海丽巴侬

---

① 白刺草。

打了个半死。他步行来到伊宁市,天亮以后,他跑到酒铺买了一公斤酒,一口气喝了下去,将近一半顺着嘴角、下巴、脖子流到了前襟、胸腹以至裤子里。天晕地转的他走到街上,看到迎面过来一个穿干部服的人,他冲上去伸拳要打,自己却咕咚一声像一只空口袋一样地瘫伏在地上,口吐白沫,不省人事了。

麦素木醒来了,蓝色的天花板,猩红色的壁毯,雕花的木窗和木门,挑花的长窗帘。这是什么地方?他想坐起来,却使不上劲。门响了,麦素木转目一看,浑身血液都冻结了。进来的是一个面目狰狞的跛子,脖子上长满了黑毛,背后跟着一条黑狗。跛子看了他一眼,问道:

"您醒过来了吗?"

他想回答,却出不了声音。

过了一会儿,随着跛子进来一个衣着讲究的年轻人,年轻人唇上刚长出了不多的黄胡须,面带微笑,他叫道:

"您的情况怎样?麦素木哥。"

他大吃一惊:"您……认识我?"

"也可以说早就认识了。阿克萨卡勒①早就把您的情况告诉了我。"

"老爷子?哪个老爷子?老爷子是谁?"

年轻人继续微笑着,不回答他的问题,只是说:"是老爷子把您救到了这里。他让我告诉您,您不该这样。您是维吾尔人的精华和希望。老爷子还让我给您讲一个故事。一个国王指一指自己的脸,又指一指自己的头。许多大臣因为不理解国王的意思而被送上了绞架。一个秃癞子走到了国王面前,国王指自己的脸,秃子指

---

① 维吾尔语,老爷子。

自己的喉咙。国王指自己的头,秃子指吐出来的舌头,于是秃子当了宰相。您听说过吗?您明白吗?"

这个故事麦素木依稀有一点印象,他想了想,说:"是不是说,喉头①使人丢脸,而舌头使人掉头?"

"看,您是多么的明哲,老爷子还让我告诉您,不要灰心,不要失望,来日方长,您会得到照顾和保护的。必要时,您还得牺牲几个您后一个时期的密友……"年轻人不回答麦素木的问话,只管说自己的,"过一会儿,我们一起吃点东西,然后,您休息一会儿,就可以回去了。以后,再也不用到这个地方来,也不用找我们。有什么事,我会去看望您,您不会不欢迎吧?"

"当然欢迎了",麦素木被搅得昏头昏脑,"但是您至少应该告诉我,该怎样称呼您?"

年轻人犹豫了一下,回答道:"我叫赖提甫。"

……麦素木回到了自己的身份。按照赖提甫传达的"老爷子"的指导,他振作起了精神。他用夸张的语言、激烈的态度和过分的热情,用鼻涕、眼泪、长叹检讨了自己的错误。与此同时,他主动地、无情地、深文周纳地解剖分析了他的两个密友。在批判这两个人的时候,"义愤"使他满面通红,声带颤抖。他把自己的一切错误的根源说成是这两个人,似乎他本来是一个纯洁的天使、一个贞洁的处子,一切灾难都生于这两个魔鬼的诱惑。他痛心,他后悔,他捶胸呼号,仇恨的怒火使他几乎晕厥。果然,这一切都奏效了,工作组宣布他是转变得好的典型。那两个家伙受了处分,而麦素木,照旧是党员科长。

半年过去了,一年过去了,又半年过去了,始终没有赖提甫和

---

① 维吾尔语中,把贪污和不正当的消费都称为"吃",因此喉头在这里,象征贪欲。

老爷子的音信。老爷子是谁？他怎么那么了解他又能帮助他？他始终找不出个端倪。也许是对面清真寺里住的那个长者？但那人已经耳目昏聩，口齿不清。也许是县中学的一个德高望重的校长？他试探了几次，校长的每一句话都符合报纸社论的精神。怪事！莫非他是天上的精灵？是立在他左肩上的仙子？是的，前面已经提到：维吾尔人认为，每个人左肩上有一个仙子，专门搜集此人的德行，右肩上也有个仙子，专门搜集过失。怎么对他的事情知道得那样仔细？他甚至有些怀疑自己的神志当时是否正常，抑或是醉后的幻影？他几次到伊宁市想重游那个神奇的院落，他还记得门前有一条大渠，渠边长满低矮的、灌木式的丛柳。大门是紧闭的，门闩已经是斑斑黄锈。大门侧面前是高高的台阶，挡雨的拱形的花檐，窗口的蓝漆小门里是一个暗淡无光的甬道……但是，他没敢，他想起了赖提甫的告诫，更想起了那个满身黑毛的、面色阴沉的跛子和跛子身后的可怕的狗，这里包含着一种麦素木还不了解的不祥的、令人不敢去靠拢的东西。

一九六一年秋，他将去跃进公社搞整社了，临行前一天，一个骑着驴子给人看病的江湖医生前来找他，那人留着撇非常俏皮的小黑胡子，很有野郎中的风度，只是走远以后，他认出来了，大吃一惊，既喜且惧。来的人是赖提甫！

赖提甫把跃进公社的许多事情告诉了他，特别是关于爱国大队的里希提与库图库扎尔，关于泰外库与伊萨木冬……

一九六二年春天，随着外来的颠覆活动，麦素木的久久压抑下去了的幻想又死灰复燃了，他再也不必用虚假的、诙谐的话语去讨好别人了，他再也不用有意识地歪曲自己的形象了。他挺起腰杆，说话粗声粗气，好像世界又掌握在他的手心里。尤其有趣的是，那两个当年因为他的检举而大倒其霉的他的老友，如今和他也尽释旧嫌，走在一起，共同沉浸在分裂、叛逃、改朝换代的歇斯底里中。

就在这一年，他从"苏侨协会"木拉托夫那里弄到的却是苏联俄罗斯加盟共和国鞑靼自治共和国的侨民证，他变成了塔塔尔-鞑靼人，一不做二不休，干脆就当仁不让地当个鞑靼人吧。在他的心目中，鞑靼人似乎比乌兹别克人更富有欧洲人的特色。他似乎更加扬扬自得。

……然而他没有走成。胡大，命运为什么总是对他这样无情！他已经办好了一切手续，买好了汽车票，廉价变卖了家产。他到处告别喝酒，得了急性中毒性痢疾，上吐下泻，二度脱水，如果不是靠一连十二小时葡萄糖和生理食盐水的吊针滴注他早就一命呜呼了。等出了院，政府已经采取了一系列反颠覆反分裂的措施，他的苏联侨民身份经审查纯系捏造，他走不了啦……

这是一次比一九五七年工作组领导的对他的批判更严重的危机。他想跳伊犁河，想解下裤带上吊，想喝老鼠药。

他没有自杀。他找到了五年前被"救"的那个地方。他推开了高台阶上的小门，他走进了昏暗的甬道，他试探地叫了一声"赖提甫阿洪"，出来一个人，他吓呆了，熟悉的面孔，白净脸，几颗麻子，淡淡的眉毛，弯曲而突出的鼻骨，腮边赘疣上的一小撮毛，这人正是五年前负责批判和处理他的工作组负责人，州商业部门一个公司的领导干部亚力买买提！

"我……走错了地方。"麦素木嗫嚅着，退缩着。

"走错了地方，这叫啥话？"亚力买买提笑了，"不认识咱们了？请进！"

麦素木只好坐进了亚力买买提的客厅。他的耳边又响起了当年亚力对他进行批判时的严肃权威的抑扬顿挫的声音。

"您……没有走成？"亚力问。

"我……"麦素木像一个拴了脚爪的鸡,局促不安,不知说什么好。

亚力微微一笑,和善地、关切地说:"我本来打算打发人告诉您,最好是不走,可这些日子,太乱了。他们只顾了自己走,竟没有去找您。真不好。您太盲目了。您的样子像一个伤寒病人,这是不适宜的。"

"您要打发谁找我?您说的他是谁?"

"管他是谁呢?我们不必去考虑。说一说您的情况吧。瞧您脸上那副痛苦的样子,像一个正在生产的孕妇……"亚力开了一句玩笑,见麦素木不说话,他又说,"您是维吾尔人的精华和希望。我们不能离开新疆,新疆也不能没有我们。狗离了自家叫也叫不响。可您到底是怎么回事?"又是沉默,亚力继续说,"吞咽使人丢脸,多嘴使人掉头,而盲目的奔跑呢,"他指一指麦素木的腿,"可能带来更大的灾难!"

"您是'老爷子'!"麦素木瞪大了眼睛,叫了起来。

"什么老爷子?"亚力冷淡地把手一挥。

"您是赖提甫所说的阿克萨卡勒!"麦素木继续惊喜地欢呼。

"什么赖提甫?我在问您的处境。"

麦素木介绍了自己的情况,亚力摇摇头。"瞧,您有多蠢!"他说,"您本来应该聪明得多,无须乎跟着一些脖子上架着葫芦的人①乱跑。现在事情不太妙了……但也没有关系。您当过科长,吃过,玩过,花过,现在去农村吸一吸纯净的空气吧,它会使您的头脑更加聪明。您为什么哭开了?!什么?完了?没有的话,对于半拉子哈吉,他们的政策是很宽的。而且,一切只不过是时间问题。冬

---

① 指没有头脑的人。

天,冰雪覆盖着大地,雪下面还有泥土,泥土里面还有冬眠的白虫子……"

在麦素木成了跃进公社爱国大队第七生产队社员之后,他又来找过两次亚力买买提,这间具有蓝色的天花板和雕花的门窗、挂着猩红色的壁毯的小小的房间,主宰了他的心。

这个星期天,亚力买买提半坐半卧地斜靠着墙,嘴里叼着一块被口水湿了的手帕,愁眉苦脸地揉着腮。看见麦素木进来,他吐出手绢,解释说:"我牙疼。"

"两只小鸽子顺便带给您,给您的孩子们玩去吧。"麦素木把鸽子恭敬地捧献过去,又补充说,"您自己知道的,我们成了穷人,拿不来什么像样的东西,真不好意思。"

亚力买买提一笑,又因为牙齿痛而扭曲了脸。他拿起转动着惊恐的小红眼睛的鸽子,抚摸着那洁白柔软的羽毛:"多么漂亮的小东西!"他注视着,哼哼唧唧,"啊,我的心肝,我的生命,我的可怜的……"他把鸽子放在一边,"多可惜! 现在还不是玩鸽子的时候。将来……"

麦素木摇摇头,沉重地叹了一口气。亚力买买提注意地看着他。

"多么遥远的'将来'啊! 我们能不能看见,谁知道?"

"您失去信心了!"

"是的,信心有一点,但也有忧愁。光头老爷子下台了,也不敢论战了。这边又爆了原子弹。都是牛皮……"麦素木含糊地说。

亚力的面孔更加难看了,他握起拳头拼命捶打着带着一撮毛的右腮,好像恨不得把作痛的牙齿敲掉似的。

"听说,社教工作队马上就要进村了。"麦素木用一种可怜的、求助的眼光盯着亚力。

"那好嘛。"亚力的话好像是从鼻子里发出来的。

麦素木的目光更暗淡了,他闷闷地小声说:"到处讲的都是阶级斗争、阶级斗争,还有什么三大革命运动……"

"是的,"亚力的态度稍稍郑重了些,他腮上赘疣也不再跳动了,"情况是严重的,整天讲什么千万不要忘记阶级斗争。但是,您有什么怕的呢?真主保佑您。您每天看报吗?"

"我没有订报。"

"为什么不订呢?也许,您会偷东西?"

"什么!不,不……"麦素木一怔。

"您会鞣皮子、擀毡子、编席子、造土炉、搓毛线、染衣服……吗?"

"不,不,您是……"

"别忙。这么说,您是一无所长。您的手里并没有握着任何本事。"看着麦素木那种惶惶然的样子,亚力得意地一笑,"可您还要过最好的生活,要超出一般的人,您凭什么?您依靠什么呢?"

"我有文化,我是干部……"

"这就对了,"亚力点点头,"文化、理论、政策这才是您的手艺。您,我,我们都是政治家。可政治家能像您那样目光短浅、灰心失望吗?能够像您那样不订报纸,不用最新式的提法和口号来武装自己的舌头和牙齿吗?哎咦,科长兄弟,哎咦,麦斯莫夫老爷,难道在乡巴佬中间,您也渐渐变成鼠目寸光的乡巴佬了吗?"亚力买买提停了停,又敲了敲正在跳动的赘疣,使它停息下来,"不错,现在讲阶级斗争,好啊,千万不要忘记,这是说给他们的,也是说给我们的。咱们谁也不能忘记喽。我们生活在一个大话连篇,一个话比一个话更猛更牛的时代,而我们:俄罗斯人、乌兹别克人、鞑靼人、哈萨克人与维吾尔人,我们才是大话的能手。哈萨克的谚语:大话可以通天!大话可以移山!大话可以改变世界,改变你我,改变伊犁河的流向!

"比如说,千万不要忘记阶级斗争,好啊,多么好!但是,谁跟谁斗呢?这可不像打仗的时候两军对垒那么清楚。什么党内党外矛盾的交叉啦,什么四清与四不清的矛盾啦,谁知道会熬成一锅什么样的乌麻什[①]?我最近读了一些文件,有些话说得吓人呢!把农村干部说得坏成了什么样子!好哇,让他们用自己的油煎自己的肉去吧。您有什么可愁的呢?您不过是一名普普通通的社员,一名群众。您也可以当积极分子嘛。您也可以左右逢源嘛……阶级斗争搞得遍地开花,搞得天翻地覆,搞得人心惶惶,这一定对我们不利吗?这话其实我已经对您说过了,我告诉过您,不要过多地到我这儿来。可您今天来了!"亚力不满地说。

"我放心不下。"麦素木捂着自己的胸口。

"是的,原因就在于,您缺乏信心,这对于一个政治家来说是很危险的。现在我要让您见一个人,他会告诉您您最希望听到的事情……"当麦素木急切地说想知道他将见到什么人的时候,亚力突然把话题一转,问道:"谢谢您的礼物。请问这两只鸽子我可以自由处置吗?"

"当然。"

"也许我应该把鸽子放掉吧?"亚力用疑问包含着嘲弄的眼神刺着麦素木,看来,他完全内行,鸽子一放就会飞返麦素木的家,送出去的礼物又会自行转回,这是养鸽人的秘术。"鸽子应该在天上,鱼儿应该在海底,毛驴应该在胯下,而豺狼——应该在深山密

[①] 乌麻什,玉米面稠粥。

林里。"突然,他用那样迅速的、令人眼花缭乱的动作叭叭两下拧下了白鸽子的头①,鲜血喷涌而出,染红了他的手,滴落在他的裤脚上,被残酷地杀死了的、失去了头的小鸽子仍然蹬着腿,抽搐着。

"等下烧熟了下酒,招待我们的尊贵的客人。"他打了一个呼哨。

从里间屋出来了一个人,头上缠着高高的称作"色来"的白布,大胡须,身穿长长的袷袢,一个大阿訇的样子。

麦素木连忙站了起来,抚胸曲身向阿訇问安。

"大阿訇"没有回答麦素木的行礼,用一个很熟悉的声音问道:

"您不认识我?"

"……赖提甫!"麦素木大惊叫道。赖提甫捂住他的嘴。

"您从……那边来?"麦素木哆嗦着,浑身都起了"小米",不知是恐吓,是难受还是高兴。

赖提甫眯起一只眼睛,噘着嘴,微微点了点头。

小说人语:

对敌斗争,一抓就灵。这里说的是通俗小说(即非"大说")学。

小说中的敌手与恶人恶势力,其迷人之处在于:陌生、另类、变数、突破常规、无边际、无拘泥、诡秘、计谋、伪装、阴暗、城府、坚忍、勇狠(或兼怯懦)、毒辣、纵欲、放肆、发泄、冒险、赌徒性格、神秘……自成一个别样的世界。如麦素木的老爹阿巴斯。

所以它满足了读者的窥视、好奇、惊悚、侦破、看透、揭盖子、抖包袱、仇冤、愤懑、报复、警惕、提防、保护、求知、极致、旁观(壁上观)、庆幸(自己的免于灾难,也庆幸比自己更有能力更敢干的人的

---

① 吃鸽子肉时维吾尔人一般不用刀宰而用拧头的方法。

毁灭)以及对某些坏人或仅仅是倒霉蛋大搞狗血喷头……过把瘾的心理需要。

有过这样的情况:小说里的一对仇敌,是一对冤家,是"不是冤家不聚头",是一对爱疯了的疑似变态情侣,姑妄言之。哪怕是先期做好阶级与政治营垒的定性结论与诊断预后,写起反面人物,小说人仍然有一种难得的快意!

第三十三章　交回鞭子　泰外库拒拉人粪尿
　　　　　　　索赔奶牛　尼牙孜搅闹干部会

　　田野覆盖着薄薄的白雪,空中飘浮着淡淡的蓝雾。乡村大路旁,长着银色树干的挺立的白杨,即使是冬季吧,也用那高举的茂密的枝条,发挥着欣欣的生机。树间的几面红旗,在这辽阔素净的大自然的衬托之下,显得格外分明而又热烈。

　　这里是大队水利工地,挖出来的新土堆积成了一座小山,吸引着雪后觅食的麻雀,远远望去,不见被土方遮住了的人影,只见树杈上悬挂着的帽子,装着吃食的口袋。一块又一块的、鞋楦形的、带着铁锨的切削印记的深褐色的泥土,冒着热气,争先恐后地从深坑里欢腾跳跃而出,好像急于从沉睡多年的地底伸直腰身,放眼看一看这光明而新奇的世界。

　　人们聚集在一个阔大的深坑里挖渠修跌水。已经挖了三米多深了。在这样的深处土层完全没有冻结,它新鲜、柔软、温暖,只是带点胶泥的性质,有一些粘连。伊力哈穆把铁锨头磨得锃亮,他叉开腿,屈膝向前一拱,满满地铲起一锨泥土,握住长柄顶端的左手后撤,右手轻轻一按,做好过渡和准备的姿势,然后腰一挺,臂膀一抬,铁锨高高扬起,泥土"沙"的一声飞了出去。他的四肢、腰、背以至脖颈,匀称地配合着用力,他的健壮的肌肉,在这有节奏的劳动中得到了充分的舒展和满足。他的洋溢的干劲和体力,通过长长的木柄和光滑的锨头,正在奉献给家乡的亲爱的土地,献给自己的阶级,献给社会主义。他的土铲得越来越满,动作越来越快。铲土、躬身、扬土、挺直、再铲土……新的渠道,新的农村就是这样出现的。他仿佛看到了渠水汩汩地奔流,听到了磨盘吱吱地运转,浪花翻腾,电灯明亮,一往直前的渠水激荡着、推动着、催促着他,他和他的乡亲们的铁锨挥舞得更迅速了。

吐尔逊贝薇站在他的旁边,白皙的面孔上浮现着红晕,年轻而又灵活,操纵铁锨就像操纵一个得心应手的杠杆。每当扬起一锨土的时候,她总是洒利地斜着一转上身,用一种非常好看的姿势看着抛起的土怎样落下来,然后,放心和满足地又是一锨。她不由自主地暗暗和伊力哈穆竞赛起来,一般的小伙子,往往不是她的对手,现在看来,伊力哈穆也完全是一般水平。一锨、两锨……十一锨……五十六锨,紧紧咬住,绝不落后。但是,为什么她堆起来的土似乎越来越小,而队长的那一堆土却越来越大了呢?原来,同样一锨,她远远没有伊力哈穆铲得那样多、那样满。渐渐地,她气促了,燥热了,她脱下棉衣,忽地扔出去老远,吓得停在新土上觅食的麻雀扑翅乱飞。又过了一阵子,她又脱下了坎肩,随手甩了出去。

"小心着凉!"伊力哈穆制止她,并且替她把扔出去的棉坎肩拿了回来。

"我落后了!"吐尔逊贝薇悻悻地说。

伊力哈穆的另一边是泰外库。他拒绝拉运人粪尿,暂时离开了"车把式"的职位。他身高力大,铁锨在他的手里显得过于小巧。他在铲土的同时已经包含了上抬的动作,而当锨头还没有举起的时候,只消用腕子一抖,已经把土抛了出去,立即,他头也不抬地把铁锨收回了……就这样一气呵成,铁锨沿着椭圆形的轨道运行,好像是他手里的一件玩具。干上一阵子,他便停下来,脸色冷漠地扶着锨柄发呆。

干干停停,停停干干,他堆的土堆仍然属第一,其实,他也并不是没有使力,只是他不喜欢也无须乎显出那么一种气喘吁吁的样子罢了。忽然,吱嘎一声,泰外库的锹柄断了,他拾起那半截断柄,端详着碴口,恨恨地骂了一句。

伊力哈穆走近来,看到这情形,不禁笑了。他不无赞叹地责备说:

"怎么搞了个杨木棒?它怎么经得住您这个好汉的摆弄!去,我家有个现成的青冈木锹把子,拿来装上吧!"

泰外库懊丧地叹了口气,自言自语地说:"活该倒霉了呢。"他瞟了一下伊力哈穆,"谢谢,队长哥。我还是上木匠房开票买一个吧。"伊力哈穆还要说话,他已经夹起铁锹头转身走掉了。

泰外库为什么说话这样生疏了?他情绪不好吗?伊力哈穆不由得回想起他"掼鞭子"的情形。队里制定了冬季大搞积肥的计划,并且联系好了去城市淘厕所。这是个移风易俗的事情,受到了绝大多数社员的拥护,他们积极报名参加。而泰外库呢,只一句话:"我不去拉大粪。"人们给他讲肥料的作用,讲千方百计夺高产的意义,没用。泰外库要求回队参加劳动。伊力哈穆想,这也好,和大家在一起,也许对他更好一些,免得长年累月总是独来独往地赶车。伊力哈穆接受了泰外库交回的鞭子。派谁去?这个苦活,又累又脏又冻,还带几分危险,需要一个责任心强、体力壮而又心细,还要有些驾驶牲口的经验的人,队委会选中了艾拜杜拉,他同意了。但似乎后来出现了一种流言蜚语,说艾拜杜拉接管了泰外库的一切——老婆、马和车辆,这种该死的无聊的挑拨是不是对泰外库发生了某种影响?作为队长的伊力哈穆是不是本应该预见到这一点而更妥善地处理呢?这位又过起单身生活的大汉过得怎样?他最近关心得太不够了啊。

"伊力哈穆哥!"传来了吐尔逊贝薇的催促的召唤,"您乏了吗?

怎么站着不动？加油啊，看，我铲的土要赶过您去了呢！"

吐尔逊贝薇兴致勃勃，用嘹亮的、发自肺腑的声音唱起了自编的歌曲：

> 太阳照在心上，
> 百灵鸟来到舌头上，
> 红玫瑰开在手上，①
> 社员走在大寨之路上。
>
> 清水流在渠里，
> 心儿放在社里，
> 大寨的姐妹们啊，
> 我们永远在一起。

吐尔逊贝薇并不是公认的歌手，但是今天，劳动的快乐使她唱得非常出色。她的歌声像阳光下的小泉，像草原上的清风，像蓝天里的云雀，高亢、明亮，洗涤着人们的心灵，呼唤着青春的活力。陆陆续续有几个青年应和着唱了起来。唱歌的人越来越多了。有的唱着吐尔逊贝薇刚刚唱过的词，有的唱旁的词，有的唱"来来来"，有的像哈萨克人那样的唱"啊——吼"，各人唱起了发自各人内心的歌曲，所有的内心都向着同一个太阳，所有的歌曲汇合成了整体的欢乐、自豪、刚强的调子，既和谐又嘈杂，生活的旋律本身就是这样。

中午，挖渠的人们各自拿着干粮到阿西穆家里去喝茶，就是垫补垫补，可以节约许多时间，冬天的白昼本来就很短。人们走进阿

---

① "百灵鸟来到舌头上"是说像百灵鸟一样地歌唱；"红玫瑰开在手上"是说用双手创造了各种美丽如花的劳动果实。

西穆的院子的时候,正听到阿西穆的少有的大喊大叫:

"瞧你!长大了,长胖了,再不把我的话往耳朵里装了……不害怕不害怕,尽管这样去吹牛吧,到时候哭都来不及呢!"

房门砰的一声开了,伊明江涨红着脸,噙着眼泪跑了出来,也不回答大家的问询,扭头跑掉了。

这顿茶喝得怪无趣的。阿西穆的老伴病病恹恹,烧出来的茶水淡而无味,却带有一股子揎布的味儿。阿西穆一言不发,斜靠着墙——一个口齿刻薄的社员评论说,他那个样子活像个正在坐月子的产妇。特别是当他一眼看到前来喝茶的还有露出了长头发、穿着长裤子、个子比他还高但还没有结婚的团支部书记吐尔逊贝薇的时候,他面色苍白,颓丧晦气,暗暗发抖。按说,这种类型的中午聚餐是最热闹的,人们交换食品,评议上午各自劳动的优劣,互相谈一些趣闻、笑话,往往是谈笑风生,肠胃和精神都得到同等的抚慰。今天,却因为主人的情绪不好,客人们也是草草充饥之后就起身告辞。临走的时候,阿西穆留下了伊力哈穆叫了一声"队长",伊力哈穆连忙又坐了下来,俯身说:"我的耳朵在您这儿。"

阿西穆结结巴巴、乱七八糟地说了起来。但是他的表情很坚决,似乎生怕一下子不把话说完,下次就再也没有胆量、机会和能力说出这些话来似的。他说:"那三棵苹果树,两棵是夏柠檬,一棵是蒙派斯,胡大保佑,它们每年结的果子是我们吃不完的。旁边还有一棵毛桃树,等春天一来,我准备嫁接上大蜜桃。都是我亲手栽种的。我感谢毛主席,感谢党和人民公社。我对生活再无所求。人生百年,终有一死,我们所有的人都要走这条路,或升天堂,或坠多灾海,不到复活和最后审判的日子便不再回转。留下的只有后代。爱弥拉克孜本来不过是个丫头,现在,她已经成了公家的人,再不听她爹妈的话了。队长!伊力哈穆阿洪,我的好兄弟,无论如何,请您开恩把伊明江给我留下吧。他妈病成这个样子,除了伊明江我还能指望谁?"说着,他气吞声咽,失声哭了起来。

伊力哈穆摸不着头脑:"您在说什么呀,阿西穆哥,请别哭,您到底要我做什么?"

"伊明江不能当保管,不能当干部,他得了脑袋疼的病了!"老汉抽噎着。

伊明江得了头痛症?这是从哪儿说起?伊力哈穆问道:"伊明江头痛吗?到医生那里看了没有?严重吗?"

"是的……不是的……但是……"

"我看他身体不坏嘛。他的工作也很好,社员都拥护他……"

"不行不行……"阿西穆听了这话更紧张了,"再一点点也不能让他干了。"

"为什么?"

"不为什么,他脑袋疼。答应我吧,队长!"

"不说清为什么是不行的。伊明江当保管员,是队委会提名,全体社员通过,大队党支部同意了的。我和你都没有权力不让他干……我们刚才来的时候已经见了,与其说是他脑袋疼,不如说是您脑袋疼。"一贯在老人面前非常注意礼貌和保持态度的谦和的伊力哈穆,坚决地、严肃地说。他感到这里面又出了"鬼",他要把这个"鬼"挖出来。

伊力哈穆的冷峻的态度出乎阿西穆老人的意外,他慌乱地、痛苦地喊道:

"难道你们就眼巴巴地看着他被逼得也去上吊吗?他才那么小,不像你们……"

阿西穆的话使伊力哈穆蓦然一惊,他也提高了声音:"上什么吊?被谁逼得上吊?"

"难道您还不知道吗？为什么要瞒着我？又要搞什么运动了，农村干部都有四条罪过，绥定县一个什么生产队的会计已经吓得上了吊……"

"还有呢？"伊力哈穆问。阿西穆却闭上了嘴，脸上显出了自觉失言的后悔的样子。"这是谁说的？"

"没有，没有谁说的……我听一个过路的人说的。"

"好一个过路的！"伊力哈穆的眉毛一挑，"把他找来！纯粹是造谣，搞运动搞运动，解放以来，哪一天运动停止过？只有坏人才怕运动，运动就是收拾他们的。还说什么农村的干部都有四条罪过，如果所有的农村干部都不好的话，咱们的人民公社早就完蛋了。不正是这样吗？什么绥定的会计吓得上了吊，更是无中生有的造谣……"

"伊力哈穆兄弟！请不要动怒。"老人颤巍巍地抓住伊力哈穆的手，"别的话我不懂，别的事情上我承认自己是个无能无知的草包，至于说到绥定的会计，这是千真万确的，不信您去问一问去吧……您要听我的话！不要让伊明江再当干部了，包括您自己，也要小心些……"

阿西穆的态度是这样诚恳，伊力哈穆怔住了。

"我虽然年老、怕事、没见识、没文化，我心里也有一本账啊！不要轻视老人的忠告吧，好兄弟，不管怎么说，我已经一大把胡子了，我见过各式各样的事情。您是好人，您的心是金子做的。但是，您要知道，天气有阴有晴，月亮有圆有缺，早上计划吃馄饨，晚上做饭的时候可能改成了乌麻什，原来盼望要一个儿子，结果生下来的也可能是孪生女儿……吃饭也有掉饭粒的时候，他当保管能没有毛病吗？如果来了运动……听我的话吧，再过几年，等胡大取走了我的生命，到时候您们选他当书记我也不管了啊！"阿西穆沉重得说不下去了。

伊力哈穆沉默了一会儿,他站了起来,点点头说:"好吧。您的话我可以再考虑一下。有些情况,我再问一问。但是,为了让我相信您的话,您总该也相信我。"

"相信什么?"

"您应该告诉我,这些话到底是从哪里听来的……过路的人是不会和您谈这些的。好话劈山,坏话劈头。您怎么能轻易相信这些未免叫人觉得有些离奇的话呢?"

"是……弟弟告诉我的,可不要对旁人说。"

伊力哈穆心头一动。他又点了点头:"无论如何,我们无须乎害怕,可能最近四清工作队就要来了,也叫社会主义教育工作队。搞运动,是为了解决社会主义和资本主义的问题,阶级敌人破坏的问题,特别是阶级敌人混入干部队伍的问题和干部中少数人的蜕化变质的问题,对于这样的运动,我们应该高高兴兴地欢迎。伊明江的事,希望您不要过于勉强他,他需要的不仅是三棵苹果和一棵蜜桃。请放心,我会尽一切力量保护他。"说到这儿,伊力哈穆安稳地笑了一下,"问题不在于有这也有那,又这样又那样。话应该这样说就对了,天偶然阴了,一定还要晴;月亮缺了,一定还要圆;旧社会连乌麻什也喝不饱的穷苦的人们,如今家家包上了馄饨;而新社会的女儿,和儿子一样地顶事!爱弥拉克孜最近没回来吗?见了她,请代我问好。好吧,我该干活去了!"

就在伊力哈穆举腿向外走的时候,库图库扎尔一推门进来了,他一把拉住伊力哈穆的手:"我的队长!到处找您,您却坐在这儿扯闲篇!对,对,你们有话。快跟我走吧,马就在门口,里希提书记等着,马上要开个队长的紧急碰头会呢!"

队干部们来齐了,会议开始。和农村会场那种烟气腾腾的环境不同,大家为了照顾犯了气管炎的书记,谁也不吸烟。乌甫尔队长拼命地揉搓着自己的烟荷包,好像这个动作多少可以使他的烟瘾得到一些排遣似的。

里希提熟悉这些忙忙碌碌的队干部们。他们大都是一些身强力壮,精于算计的人。如果凭他们的能力,他们是不愁拿不到第一等的收入,盖起第一等的房屋,过上第一流的生活的。但是,他们已经把全副心力献给了生产队。他们经常蓬头垢面,顾不上理发和整容,他们经常眼睛上布满血丝,双唇干裂,皮靴前端像个蛤蟆似的痴呆地张着嘴。他们经常受到上级和下级、好人和坏人、父母和老婆的夹攻而狼狈不堪……有哪一个上衣兜里插着自来水笔身穿干部服的人没有指责和教训过生产队长呢?有哪一个戴着眼镜惯于转文的人没有写过责备嘲讽辱骂"村干部"的文字呢?当然,在某种场合他们又受到君王般的尊敬和阿谀。有那么一些人交替使用盘子和瓶子、帽子和棍子,千方百计地把队长大队长们引入自己的口袋,使队长们为自己的私利效命。而当这一套不能如愿的时候,又有些人对于队长抱着怎样愚蠢而疯狂的仇恨,他们随时准备一有机会就扑上去把队长撕个粉碎……几个月以后,半年或者一年以后,往往人们又会怀念起那个一度被说成十恶不赦的、业已被砸烂斗垮的队长,人们又慢慢地把这个队长拼合起来,把套包子再次套到他们的肩上,用缰绳再次拴住他们的笼嘴,于是他们撂下手底下的、刚刚修了一半的羊舍,在老婆的埋怨和诅咒的欢送声中,又去主持新一届的队委会去了……

这些队长们啊!他们当中的许多人在田野上、工地上生龙活虎,有着无穷的精力,而一进会议室,一端端地坐到板凳上,就会一把眼泪一个哈欠,没有辛辣如割的莫合烟草的帮助,他们简直连半个小时也坚持不下来……如今,他们却都自觉地不肯吸烟。里希提抱歉地笑了,他宣布了会议的开始,解释了临时召集会议的原因,让库图库扎尔传达。

库图库扎尔两手相握,放在桌面上,用一种严肃而警惕的口气说:

"上午公社党委赵书记找大队干部开了个会,有紧急任务。什么事呢?一句话:社教工作队要来,就在明天一早。县里来电话了,四清工作队明天进驻咱们公社,这回来的人可真多,全公社有一二百人。自治区的、州上的大干部都有。我不说大家也明白,这不是好玩的事情,这不简单……现在咱们这么多人坐在这里开会,谁知道过两个月还有几个人能到这里来?又有多少人成了贪污犯、坏人、四类分子?反正要搞四清,要把咱们这些当干部的人的不清不白的事情全部查清楚……"

"不要吓唬大家吧,"里希提忍不住插了一句嘴,"四清就是清政治、清经济、清思想、清组织。谁如果成了贪污犯或者坏人,那不是搞四清的结果,恐怕恰恰是搞四不清的结果……"

"反正心里没病不怕吃西瓜。"一个队长说。

"好!到时候您可别找我哭鼻子!"库图库扎尔举起一个食指,威胁地晃了晃,又似是开玩笑地说,"所以,我们对工作队的到来是欢迎,欢迎,热烈欢迎,一千个欢迎!咱们散会以后,马上就要行动起来,打扫卫生,贴标语,挂横幅,号房子,房前房后,羊圈马号,大街小路,都要把积雪抬走。各队办公室的窗玻璃要擦干净,煤油灯、马灯,都要检查一下子,工作干部来了开会灯不亮这本身就是态度问题!标语要多写几条,汉文、维文、新文字都要!写标语的队上给记工分。安排住处,要多准备几家,让人家来了自己挑选!和各家的妇女也说一声,给娃娃洗脸要洗干净一些,不要让孩子拖着鼻涕在公路上抽陀螺,既妨碍交通,又有碍观瞻……"库图库扎尔说得很细致,很快,显示了一个老干部的胸中的成竹,他甚至想都不用想就滔滔不绝地毫丝不漏地做了布置。"这样吧,明天,咱们全体社员歇一天工,听通知排队去欢迎。"

"渠上也停工吗?"伊力哈穆问。

"这个,还没有和书记研究。看书记的意见。"

"你们说呢?"里希提问队长们。

"渠上的事情正紧,这两天天气正好。"伊力哈穆说。

"上级派来的工作干部嘛,又不是外宾……"乌甫尔说。

库图库扎尔用一种不快的目光盯了乌甫尔一眼。"听你们的,听你们的,各队自己决定吧。自己决定,自己负责。还有……对了,组织民兵把军烈属、五保户屋顶上的雪都要扫掉,听说社教干部一进点先帮五保户家干活,这不是打咱们农村干部的脸吗?还有……没有什么了。"

里希提注意地听着库图库扎尔的传达,觉得平日说话既有气势也有理论和词汇的大队长今天的口气有些不同,他似乎是有意地绕开社教工作队到来的主题,专谈一些鸡毛蒜皮。于是,他克制住难忍的哮喘,补充说:

"赵书记着重讲了正确对待这次运动的问题和掌握阶级斗争的动向……"

"对。对。当然。"库图库扎尔把话接了过去,"要正确对待,不要错误对待。要清清明明掌握动向,不能糊里糊涂不掌握动向。连阶级斗争动向都说不明晰,你算是哪个党的干部!我看咱们绝大多数人,也可以说百分之百是可以正确对待的。当干部也不是一天两天了,什么运动咱们没见过?运动嘛,就是那样子嘛。让检查咱们就检查,提意见咱们就听着。欢迎,热烈欢迎,一千个欢迎;

接受,虚心接受,一千个接受。这就是我们的正确态度,一切听社教工作队的,不管工作队说什么,我们都说'是',不说'不'。还有敌人,明天,地富反坏,管制分子,一律给拉石头去,不许他们露面……"

里希提皱了皱眉。他不喜欢这种油腔滑调。空话越说得夸张,就越显得虚伪。什么百分之百地正确对待,什么一千个欢迎和一千个接受,只能让人觉得庸俗。他说:"赵书记说,这次运动是一场严重的阶级斗争……"

话刚开头,一阵杂乱的脚步声,门砰的一声推开了,进来的是长着一双出奇的短腿,两眼红肿,左眼睑上有个大疤瘌,鼻头红里透青的矮胖的尼牙孜。他立在门口,抚胸,转动身躯,向所有的与会干部行礼,样子活像一个演出结束后谢幕的演员。这时又跑进来一个人,是刚满十九岁的、眉清目秀,然而眉目中流露着烦恼的保管员伊明江。尼牙孜行礼完毕以后,走向前去和书记、大队长握手,又用目光向除去伊力哈穆之外的所有与会者致意。然后,他哭丧着脸,尖声尖气地叫道:"不好了,祸事了,出了麻达了……"一边说,一边啼哭起来,"你们要给我做主!你们要帮我的忙!你们要秉公处理!"他的眼角里当真沁出了泪水。说着说着,他一屁股坐到了地上,开始捶胸打脸,痛不欲生地号叫。

伊明江抢上前一步,说:"尼牙孜哥的牛病了,他既不去请兽医,也不去唤屠夫,他跑到队部大吵大叫,让队上赔他的牛,还非拉着我到大队来解决,我拦也拦不住……"

"尼扎洪,到底是怎么回事?"大家问仍然坐在地上、语无伦次地喊叫着的尼牙孜。

尼牙孜从尼扎洪这个不无敬意的称呼里得到了鼓励,他豁地站了起来,摊开右手向前一甩一甩,他叫喊说:"我的牛要死了!我的唯一的一条奶牛啊！多么好的牛啊,乳房就像山峰,一天可以出十几公斤奶子,奶皮子定得厚,吃草料可又省。我的奶牛从来都是像野马一样的健壮,又像绵羊一样的驯良。可是,自从被伊力哈穆扣起来一次以后,它得了肠胃病,再不好好吃草了,奶也不流了,它还受了惊吓,得了神经病,现在,它已经活不了了啊……"

这时候,黄瘦黄瘦、甩着两条灰白色的辫子、满脸污垢的库瓦汗跑了进来,一进门就冲向她的男人,一手抓住尼牙孜的前襟,张开嘴,露出黄灿灿的铜牙,骂道:"你这个窝囊废,你这个葫芦脑袋,你这个用头颅喂狗的傻子,你这个迟钝的笨伯！你连一条牛也不能给家里保住吗？你就任凭伊力哈穆欺负咱们吗？没有奶牛你让我还怎么活下去？"

尼牙孜被库瓦汗骂恼火了。尽管事先安排好了,却不能任凭库瓦汗在大庭广众之下用么多肮脏的字眼加在自己的头上,他也一手抓住库瓦汗喝道:

"住口！你在骂谁？有这样骂丈夫的穆斯林女人吗？你简直成了叛教者！"

说着,就是一个耳光。若不是被伊明江拉开,这出假戏就会变成一场认真的难解难分的厮打。

伊力哈穆和书记交换了一下目光,他稳稳地离开座位,摇动了电话机。

"哎,接兽医站……兽医站吗？安尼瓦尔在吗？什么？不在？毛拉洪呢？也不在？您是谁？杨辉,您好,我是伊力哈穆,您懂不懂兽医,噢,学过一点,一点就够用了。麻烦您马上来一趟,越快越好。是这样的,我们队的一个社员,就是你知道的那个尼牙孜,他的牛病了,您来给看一看。有关情况以后告诉您,这个牛病情特殊,您一定要快来看一看,好吗？"

"不用来了,不要来!"库瓦汗跑了过来,对着电话筒大叫,"牛已经死了。死是无法医治的。"

"主人说,牛已经死了,"伊力哈穆略一思忖,平静地对话筒说,"那就更需要您来一趟,把死因诊断清楚。还要考虑对病死的牛的消毒和处理,如果它引起其他人畜的疾病该怎么办呢?"

"牛已经死了,您叫兽医来又有什么用?"尼牙孜夫妇质问说。

伊力哈穆回到自己的座位,坐下答道:

"不检查,怎么能断定是队上害得你们的牛生了病,并因而死去了呢?"

"不是生产队!我说的是您!是伊力哈穆队长您自己!是您扣了我的牛,是您召开大会斗争我!是您对我打击报复!书记,大队长,你们一定要公正地解决这个问题!如果你们不解决,咱们就找——社教队去!"

社教队这个名词的突然出现,似乎使大家微微一震。人们转过头来,用一种异样的神情看了尼牙孜一下。这使尼牙孜露出了某种得意的神态,库图库扎尔一声不响,两眼看着伊力哈穆。伊力哈穆脸上显出了一丝轻蔑的笑意。他看着里希提。里希提笑了笑,很礼貌地用手势示意让尼牙孜夫妇坐在靠墙的一条板凳上。

"请坐,让我们把会议结束,然后咱们再谈一谈你们的牛。"说完,里希提看也不看尼牙孜,就像没有发生过这场突然的吵闹,会议室里也不存在这两位不速之客一样,他对大家说,"现在继续开会。社会主义教育运动是一场严重的阶级斗争。各个阶级、各个集团、各种人物都在关心这个运动,都在做准备,都打算在这个运动中表演一番。有些人,还打算在运动中和无产阶级作一番你死我活的较量,解放以来,我们搞过许多运动了,你们说,什么是运动呢?"

里希提看了一眼乌甫尔,这位烟瘾很大的队长随口答道:"搞运动嘛,上级派来很多干部,大家学习文件,全都动员起来,揭发坏人坏事,打击歪风邪气,完成党交给的任务。"

"是的,运动就是斗争。只有在斗争中取得胜利,才能前进。在减租反霸和土地改革运动中,我们斗倒了地主、巴依,才取得了民主革命的胜利;合作化运动中,我们批判了资本主义倾向,才取得了社会主义改造的胜利。而在每一场斗争中,毛主席都派来了工作队,领导我们,推动我们,帮助我们……"

不知为什么,里希提书记的衰弱的、夹杂着哮喘声音的说话,对于尼牙孜夫妇,竟渐渐地变成了一种震慑。什么"阶级斗争""你死我活的较量""揭发坏人坏事""打击歪风邪气",这些本来是概括性的语句,却唤起了尼牙孜一种直接的不祥的预感,他在麦素木的挑动下,和老婆一先一后跑到生产队和大队部来哭闹,既是发泄、纠缠,也是试探、摸底。牛的事情本来早已经过去了,他不想再闹了。虽然丢了人,却又得到了牛,牛回来了就有奶吃,人丢了又有什么要紧?但是近几天麦素木来给他讲了"形势",什么社教队一进村全体干部就要靠边站。什么××县××公社××大队的会计吓得上了吊,什么凡干部都四不清,凡四不清干部都要管制劳动……麦素木又分析,只要伊力哈穆当队长,尼牙孜就只能天天挨整,日日受气。尼牙孜也从别处打听到了一些风言风语。经过对比分析,证明麦素木的说法基本可靠。他正愁着没有适当的题目和伊力哈穆算老账、吐苦水、出怨气的时候,他又从精打鬼算的包廷贵那里得到了对于牛的安排方法的启示。真是个一箭双雕、只有精灵才想得出的主意。当然,事隔一个多月,忽然又重新提出牛病、牛死是由于队里扣牛造成的,有点缺乏说服力。但是,他积数十年的生活经验,摸到了一个窍门;厚颜坚持的谎言能使善良的人相信绵羊吃了狼,而辗转添加的传闻会把一滴水说成倾盆大雨。关键在于坚持,俗话说,只要坚持,用柳条筐也可以打上水来。他只要和库瓦汗一口咬定是队里害得他失去了奶牛,那么哪怕十个人里有九个半人责备他,也还有半个人支持,至于那九个半人,即使他不闹腾牛的事情也不会向他唱赞美的歌曲。这就叫做闹成了十分利,闹不成也赔不了本。什么都达不到,还可以摸摸伊力哈穆他们的反应,搅他们个心神不宁也是好的。

现在呢,里希提却叫他在一边参加会议,就像他根本不存在似的。说是不存在吧,又大讲什么斗争和胜利,打击歪风和邪气,难道他们要……胜利?尼牙孜不愿意再想下去了,只觉得尴尬、无趣。

里希提的话对于库图库扎尔来说,却近乎老生常谈,工作队来上一万人怎么样?最后还不是走得一个不剩。工作队住上一年怎么样?第二年还是卷起铺盖,"再见,祝您一路平安"!运动开始的时候犹如暴风,运动结束的时候好似细雨……他常常想起五六年整社时的一段经历。当时他站在社员群众面前作检查,他被揭露了许多贪污受贿的事实,老不死的阿卜都热合曼还指着他的鼻子说他是"蜕化变质"……最后呢,他把一切推到了老婆身上,啪啪两个耳光打响了帕夏汗,他揪着帕夏汗的头发找工作队申请领离婚证,原来所谓的受贿都是帕夏汗背着他干的。一场严肃的斗争变成了大队长家庭内部的糊涂账,在党支部会上,对他的贪污问题的查究变成了对他打老婆的封建习气的批评……情况落实不下来,整社工作渐渐到了后期。工作组的同志教育他要好好学习,严格要求自己,安排好家庭生活,注意给帕夏汗以经常的帮助。请看,是帮助啊,他当然帮助啦,工作组走了以后,他托尼牙孜从黑市买了一个新戒指,"帮助"了帕夏汗……

他的心思在尼牙孜和他的牛上。他们葫芦里卖的什么药,他一听就明白了几分。这事他事先毫无所闻,显然,是有人(多半是麦素木)给尼牙孜出了主意。他完全处于壁上观的地位,这是很惬意的。但他也有一点恼火。竟敢不找他商量,不与他打招呼就贸然行动——麦素木越来越可恶了……这时,里希提的几句话传到了他的耳里。

"……这就是说,要揭开咱们大队的阶级斗争盖子。去年的'面上'社教,已经触及了一些问题,现在是翻它个底朝天的时候了。特别要揭开咱们干部队伍中的阶级斗争盖子。有人说搞社教是整干部的,这样说也对也不对。干部掌握着领导权,在社会主义阶段,阶级敌人总是千方百计地寻找干部队伍中的薄弱环节,用糖衣炮弹腐化一个又一个的干部,使某些人打着共产党的旗号为地富反坏办事,为修正主义办事,使一些人打着为人民服务的旗子搞自己的多吃多占……"

这几句话使库图库扎尔一阵不自在。也许是他多疑?他似乎看到里希提在说这些话的时候用目光扫了他一下。他躲避着书记的注视,却看见了尼牙孜的求助的眼神。

伊力哈穆用心地听着里希提的话,也是赵书记的话。他思索着中午在阿西穆家和刚刚在这儿发生的事情。他想着队里各种人物的动态。麦素木显然活动起来了,而且和尼牙孜突然频繁来往起来……还有泰外库的情绪,大队长对他哥哥说的话……所有这一切都不是偶然的。工作队还没有进村,伊力哈穆还不知道运动怎么个具体搞法,但是,他已经感到了这种密云欲雨的气氛。看,尼牙孜已经前来挑战了,他应该怎样应战、怎样出手呢?

库图库扎尔打断了里希提的话,向尼牙孜挥手说:"你们走吧,等一会儿再来,现在是干部们开会,书记正在传达上级党委的重要指示,你们没有长眼睛吗?"

"不,"书记制止了他,"让他们也听听嘛。我还想请他们发表意见呢。我们党关于社会主义时期阶级斗争的理论,我们党的基本路线,从来也不是秘密。即使对于阶级敌人,我们也公开告诉:我们要揭露你们,战胜你们,消灭你们。尼牙孜不是说要找社教队吗?这很好,看来,上上下下,到处都等待着社教队的到来,那么,为什么不请尼牙孜和库瓦汗也听一听相关工作队来到的事情,并且发表发表对四清运动的看法呢?"

剧烈的咳嗽使书记讲不下去了,库瓦汗趁机向尼牙孜使了一个眼色:"我还有五个孩子呢。我不听什么干部会……"转身溜掉了。

小说人语:

旧作《在伊犁》出版于台湾后,有评论曰,小说人对于村干部的同情,透露出来作者是既得利益的一员。那么,您是不是更同情尼牙孜与库瓦汗呢?

阿西穆的说法以现代洋知识分子腔来表述:他侧重于自我的救赎,而不是社会的使命。用庄子的说法,则是一只龟宁可曳尾于涂中,也不选择死后骨头得到被珍藏的荣耀。或者是喻牛辞官,认为拴上政务就是披红戴花去就屠于太庙。历史的风云中从来有热有冷。热的常常红火,风头劲爆,也常常祸福旦夕,或成仁取义,或人言可畏,例如老舍,终于"舍予"。冷的则退尽妄心,无梦邯郸,甘于寂寞,自赏清高,享其天年,例如钱锺书,果然"默存"。人生悖论,谁能厘清?如无悖论,小说何益?小说何以?

第三十四章　为何宰牛　本欲疗疾唯见剥皮
　　　　　　且来较量　原系试探适足惊心

库瓦汗三步并两步地回到家里,进门时忘了低头,额头撞在了门楣上。她哇呀一声捂住了头,才看见泰外库坐在门口的灶边,正等得不耐烦。见库瓦汗回来了,站起来问道:

"现在宰不宰?"

"宰,宰!牛病得不行了,这就要死了,这可叫人怎么好……"正说着,看到了抱着小弟弟的二女儿,啪,就是一巴掌,"怎么嘱咐你的?为什么不给你泰外库叔叔倒茶?小娟妇,不成人的……"二女儿被这突然的起板打得一趔趄,一撒手,小弟弟落到了地上,哇的一声弟弟摔哭了,呜的一声姐姐吓哭了。库瓦汗英勇果敢地猛冲过去,泰外库拦住了她:"我还有事呢,要动手就快!"

"快,快!"库瓦汗更是心急,她不顾额角的疼痛与孩子的哭泣,相当灵活地快步跑进畜圈牵出了老黑牛。这个被说成病得要死的牛,头一探一探的,带着一种老大作风和对一切漠不关心的神气,摇着尾巴,舐着鼻孔,不慌不忙地走了出来,丝毫也没有预感到它的厄运。泰外库虽然看出破绽,却无心过问。他的任务只是屠宰而已。

等牛牵到后园的一角,他挥手叫库瓦汗走开,解下腰上缠着的粗麻绳,熟练地绊住牛腿,轻轻只一拉,黑牛颓然倒在了地上。泰外库赶上前一步,把绳子一紧,单膝跪下,嗖地从靴筒里抽出了亮闪闪的尖刀,唰、唰,刀刃在靴子上蹭了两下,他拉长声音叫道:

"安——拉——艾克——白尔!"这是宰牲畜时要念的一句经文:含义是"真主伟大"!

随着话音一落,泰外库以一种职业的熟练技巧和冷漠表情将利刃放到牛颈上一抹,左手将牛角一扳,噗的一声,带着泡沫的,最初似乎是阳红色的鲜血喷出去几米,老黑牛哞的一声闷吼,粉红色的舌头吐出了老长,牛眼睛倏地瞪了老大,眼球一亮,突出、凝固在原处了……

会议结束,人们散去,里希提招呼伊力哈穆和尼牙孜坐近,并对库图库扎尔说:"咱们一起谈谈尼扎洪的牛的事情吧。"

库图库扎尔推辞说:"你们谈,你们谈! 我还得去一下加工厂。我说尼扎洪,牛死了也就算了。牛,总是要死的。不要说牛了,就是你、我,大家麻家,也迟早一死。不要生那么大的气,队长也不要生气了。农村的事嘛,哈哈,唉唉……"就这样,他一面告辞,一面理正帽子,一面息事宁人地说说道道着,走了。

"看来您对伊力哈穆队长有许多意见,可不可以我们一起谈一谈,让他本人也听一听?"里希提问尼牙孜。

"没什么可谈的。"尼牙孜哼了一声,声音里有一些疲劳的调子。今天,并没有出现麦素木所预言的那种干部们惊慌退缩的有利情势,显然,眼下他在这里还捞不到什么便宜,大队长的话也在提醒他,该且战且退了。"我来大队,只问一句,我的牛怎么办?你们管不管?"

"伊力哈穆队长,您在吗?"人还没见,已经传来了杨辉的响亮声音,伊力哈穆连声答应。随着门的推开又是杨辉连珠炮般的责问:

"好一个队长! 一个电话把我从五公里以外调了来,您却安安稳稳坐在办公室做官当老爷!"看到了里希提和尼牙孜,她吐了一下舌头,"你们这是搞什么名堂?牛已经宰了让我来治病,让我把五脏六腑再放回原位,把肚皮再缝上吗?"说着,她把医药箱向尼牙孜一推,"早知道,我这里面就不装青霉素和蓖麻油了,应该给你装上两包花椒和姜皮子,好炖牛肉汤嘛!"然后又转身批评伊力哈穆,"您也真够官僚主义的!"

里希提和伊力哈穆一怔,继而同时意识到这里边有鬼,他们不约而同地都把疑惑和不满的目光投向尼牙孜。

杨辉把头巾整一整,眼镜扶一扶,用手当扇子,似乎由于跑路和说话不胜这间房屋的热度似的,然后,丝毫不顾忌尼牙孜在场,她继续说:

"我到了这位尼牙孜哥的家里,库瓦汗姐拦着不让我进门。噢耶,还没见过这样对待客人的呢!大概库瓦汗还记得夏天在场上结下的'仇'吧。夏天在场上,组织妇女选麦种,人家都是一穗一穗地精选,咱们库瓦汗大姐却是不分燕麦荞麦野麦一把一把地抛……正好我去检查,让她全部返工,听说那一天只给她记了一个半分,她在背后把我骂了一通,骂也不行的,骂也得返工。今天拦住,那也是不行的,我告诉她,听你们队长说你们的牛得了紧急重症,是不是口蹄疫?需要立即检查,如果问题大,那就要把你们全家人畜隔离起来,闹不好需要暂时中断伊犁和乌鲁木齐的交通,疫情要立即汇报给县、州、自治区和国务院。苏联、巴基斯坦、阿富汗等接壤的国家也要采取措施。这样,她才勉强让我挤进了院子。我的天,牛已经挂在夏日茶棚的大梁上了,你们那个赶车的大个子——他叫什么来着?正在卸牛皮呢!"

"这到底是怎么回事?"伊力哈穆克制着愤怒,板着面孔问尼牙孜。

"什么怎么回事?又是烟筒又是水果①的,我听不懂她的话。"尼牙孜嘲笑着杨辉的江南腔的维语发音,故意装糊涂。

"问你宰牛是怎么回事,你又有什么不懂的?"里希提十分严厉地问,而且用了成人之间十分罕用的"你"。尼牙孜对杨辉的嘲笑使他激怒了。怎么能这样对待"我们的女儿"!他的喘气声好像一声声狮吼。尼牙孜不由自主地缩了一下脖颈。

"噢,是的,"尼牙孜其实已经准备好了一番话,"牛已经病得不行了,能眼巴巴地看着它死掉吗?宰掉还可以卖几个钱,我们穷得连咸盐都吃不起了……"

"您的牛不能卖也不能吃,要送医院化验,免得人们吃了中毒。"伊力哈穆认真地说。

"什么什么,牛肉有什么可罪谴的?"

"牛的死因不明,牛身上很可能含有大量危害人类的致病毒素。把牛肉交到兽医站去吧!"

"肉没问题!"尼牙孜真的急了,"我用脑袋担保,谁如果吃了肉肚子疼,我负责!"他指手画脚地分辩,唾沫溅到桌子上。

"这么说,您的牛并没有什么了不起的病了?"伊力哈穆冷冷地一笑。

"不,没有,哎,有,有,不是的……"尼牙孜不知怎样回答好了。

"这么说,我走这么远到这里来,究竟是来干什么的呢?到底有我的什么事情呢?如果你们不认为有必要找防疫站来处理尼扎洪的牛,"杨辉站了起来,"我走了。"

"等等,"里希提叫住了她,"尼牙孜还没有缴纳屠宰税,好吧,

---

① 维吾尔语"烟筒"与"牛"发音相近,"水果"与"客人"发音相近,这里,是尼牙孜嘲笑杨辉的维语发音不准确。

让我们的女儿通知税务局一声。"

尼牙孜愤愤然站了起来,碰响了桌子和板凳,谁也不看地说:"好吧,咱们走着瞧!"不知是由于气愤还是心疼那个税款,他面色苍白,浑身抖个不住,像打摆子发作。

"先别走,"里希提用手势止住了他,"尼扎洪请您好好想想,您为什么要做这样的人呢?牛的事情您在耍花招,是吗?你们一家八口,如果在旧社会,你们会冻死、饿死。您本来应该热爱社会主义,做一个好社员……"

书记的话并没有产生任何效果。尼牙孜不等里希提说完,回身走了,他的臃肿、愚蠢而固执的后背一颤一颤。

伊力哈穆看着他的背影摇了摇头:"我简直不懂,他不是地主、富农,却干着地主富农想干而不敢干的事。他受着社会主义的恩,实际上却仇恨着社会主义。他的心思放在和社会主义和集体作对上,除了捣乱还是捣蛋。哪怕他用心思多养几只白绵羊或者多种点大蒜卖钱,也总算是可以理解的……"伊力哈穆有许多话要说,想和里希提好好谈一谈,但是,他看到了书记的憔悴的面容,他中断了自己的话,转身说:

"书记,您回家休息吧。"

"嗯。"里希提答应着,却没有动弹。他今天说话太多了,胸部像堆满了棉花,咳也咳不出,喘也喘不痛快。伊力哈穆不知道给书记做点什么才好,他说:

"我给您倒一杯热茶来吧。"

里希提的脸上显出了感激的笑容,他摆摆手,小声问:"您说,尼牙孜为什么又来闹腾?"

"他闻到了一种什么气味吧?"

"什么气味呢?"

"阿西穆哥也提出来,不让伊明江当保管了。说是搞起社教来,当干部的都要挨整。还说什么是大队长告诉他的,绥定的一个会计,因为害怕批斗,已经吓得上了吊了。"

里希提点点头:"其他队也有类似的情况,关于当前的运动存在着各式各样的说法,其中也包括挨整和上吊……"

"看来有人在造谣破坏,可恨!"

"有人在造谣。"里希提重复着,现出了沉思的表情,眼角上的皱纹似乎更深了。他又轻声说:"但也有些方面,不见得完全是造谣。"

"您说什么?"伊力哈穆茫然了,"不完全是造谣,这么说有些是真的事?为什么?"

里希提边思索着边说:"斗争是复杂的,社会主义教育运动怎么个搞法,我们其实也说不清楚。斗争斗争,肯定会有一场斗争。不斗争会腐化,会变修,一斗争又会搞得紧张,弄不好会乱斗。运动当中会出现一些复杂的情况。我们应该经受得起锻炼。"

伊力哈穆没有听清书记的具体所指。但是他知道"复杂""锻炼"这些字眼的分量,他态度庄严地倾听着。

里希提抬头看了看挂在办公室正墙上的毛主席像,一道光辉焕发了他的病容,他深情地说:

"我们应当相信群众,我们应当相信党。这说起来是多么简单啊?这其实又是多么不简单!我们能做到的吧?不论在任何时候。"

"嗯。"伊力哈穆答应着,他的内心在翻腾,"您休息去吧。"

"对,好。这个……"里希提略略迟疑了一下,问道,"你对大队长,又有些什么意见、看法吗?"

"大队长吗?"伊力哈穆反问道,他说,"事情越来越清楚了……"他毫不含糊地发表了自己的意见。远的不提,就从六二年他从乌鲁木齐回来所看到的库图库扎尔的所作所为,一言一行,究竟是为谁效劳,对谁有利呢?他信任谁,他靠近谁,他疏远谁,反对谁,难道还看不出来吗?他赞成什么,做什么,阻碍什么,不做什么,不也是清楚的吗?他怎样对待革命事业,怎样对待同志,怎样过日子,有一点共产党的味道吗?有一些隐蔽的事情,有一些暧昧的情况,乌尔汗时而说六二年四月三十日晚上把伊萨木冬叫出去的是库图库扎尔,追得急了又说记不清。廖尼卡最后也告诉了伊力哈穆,据他所知,苏侨协会的木拉托夫在六二年四月曾经到库图库扎尔家去过,和库图库扎尔可能不止一次地谈过话。这些情况,他早已汇报给大队与公社党组织了。赵书记曾经与库图库扎尔谈话,启发他谈一谈六二年的情况,库图库扎尔坚决不承认自己有任何问题,不留任何余地。没有办法再谈下去了。乌尔汗和廖尼卡提供的情况由于缺乏旁证而达不到法律上的权威性。在包廷贵的身份最终暴露之后,领导上也曾经试着做些工作,启发他和库图库扎尔谈谈他们的特别亲密的关系。谁也不谈。库图库扎尔这只鸭子自以为得计,似乎他的身上没有任何水珠就不算水禽。但是人民不是傻子。起码可以肯定,库图库扎尔公开地干着有利于修正主义,有利于敌人、坏人,而不利于党的事情。尽管还弄不十分清楚他的这些做法的背后动机。绝对不沾水的鸭子是没有的,不管你的多脂的羽毛上抹了多少油,除非你别下水。绝对不露形迹的事情也是没有的,现象总反映一些本质,哪怕是曲折的或歪曲的反映。库图库扎尔的问题是大队问题的症结所在。这是他日益明确的结论。但是,要解决这个问题,不是几个大队干部的力量所能够达得到的。

"我把希望寄托在社教工作队上,现在是万事俱备,只欠四清,四清的东风一吹,这些伪装的面具纱幕,就可以揭开了。"伊力哈穆说。

"是这样,这个问题由来已久,但只是在六二年暴露得最为充分。社教工作队到来以后,我们要积极主动地去介绍情况,提出这个问题。"里希提说,"麦素木,麦素木最近表现怎么样?"他又问。

"前一段,没有发现什么新的重大问题。只是让人觉得虚伪,他一见人就当面奉承。会上发言那么进步,好像在背社论……可今年春天他打院墙的时候,把墙基挖到人家新生活大队的地里。最近,他似乎活跃了起来,据社员反映,他两次去尼牙孜家,过去,他们从来没有来往过。他还去了亚森家,还有人说,他请泰外库去喝酒……"

"是的,前天我去加工厂,那里有不少人科长长科长短地围着麦素木说话,我一去,都不言语了。"里希提沉吟了一下,又问,"你觉得大队长和麦素木的关系怎么样?"

"到现在为止,还没有看出什么来,不是说麦素木刚安置下来的时候提着两块茯茶去给大队长送礼,大队长没有收而且狠狠地把他教训了一顿吗?"

"是的,这件事到处都知道了。"

"可是社员们议论,麦素木当加工厂的出纳,完全是大队长的力量。而且麦素木盖房,也是靠大队长的帮助。至于大队长家里,终于挂上了丝壁毯,去年指望的是包廷贵,但是这个丝壁毯没能到手,今年呢,据说是古海丽巴侬送去的……"

"是吗?"里希提解了疑惑,满意地说,"你掌握情况还算及时和细致。"

伊力哈穆不好意思地笑了,这谈得上什么及时细致呢?一个村里的人,谁能瞒得过谁的眼睛?只要不是像蒙老瞎似的蒙上自己的眼睛,不是像有些人下河游泳时那样堵上自己的耳朵,和人民群众在一起,许多情况你不想听也得听啊!每个人都长着耳朵口舌,每个人都长着头脑,每个人都在掌握着、分析着、交流着情况。其实,他不知道的事情还多着呢,譬如说,泰外库的情绪……

看着里希提许久没有说话,伊力哈穆坚决地站了起来。"走吧,您回去休息,我布置欢迎的事去了。"

伊力哈穆和里希提一同走了出来。分手后他还没走两步,听见了剧烈的咳嗽声和一声痛苦的呻吟。伊力哈穆回过头,只见里希提抓住一棵树,弯着腰,啐吐着,伊力哈穆奔了过去,一看,不禁叫了一声:"书记您……"

里希提严厉地止住了他,用微弱的声音说:"咋呼什么?气管微血管的事情。"

"我送您去医院。"伊力哈穆手忙脚乱地搀扶着书记,"本来,下雪那天您不该去渠上挖土……"

"做你自己的事情去!我自己会照料自己的。"里希提坚决地用瘦骨嶙峋的手掌推开了伊力哈穆,伸直了腰,挺起胸,抬起了头,沉重而结实地迈动脚步,去了。

这天下午,库图库扎尔从大队部抽身出来,一方面暗暗为尼牙孜的纠缠和挑战而高兴……看到别人吵架、闹纠纷他就痛快,这已经成了从小造就的秉性了。一方面又为他事先不知道消息而不满。他思考所谓病牛事件的来龙去脉,相信没有人充当参谋尼牙孜不敢也不会旧账重提。他判定,这里头肯定有麦素木的牵线。麦素木,当然是他的一个潜在的盟友。麦素木的经验、理论、文化和社会关系,对于他都是有用的。但是,麦素木的半拉子哈吉的名声不好。从去年县委书记赛里木在这里时的那一封匿名信看来,麦素木不但要在这里站住脚跟,不仅可能插手某些事情,而且企图占据比他更高、更重要的地位，甚至想向他挥舞指挥棒。简直是胆大妄为！对于这，库图库扎尔早有估算，他当头一棒，当麦素木给他送来两块砖茶的时候，他板起面孔义正词严地把麦素木教训了一通，而且宣扬得任人皆知。事后麦素木查明了情况，改进了方式，派古海丽巴侬原封把两块砖茶又加上两米绸子悄悄地送到了大队长家里。帕夏汗愉快地接受了，笑容停留在大队长夫人的脸上长达数小时之久。

当然，库图库扎尔对这一馈赠是"不知晓"的，只是当大队加工厂的职位腾出缺来的时候，库图库扎尔千方百计地为麦素木谋到了这个工作。甚至在确定这一任命的时候库图库扎尔还一再提到退回砖茶的事儿，证明他的强硬的原则性，退回砖茶时不讲面子，任命出纳也只管原则。同样，对此麦素木也是"不知道"的，他出任出纳只是为了服从组织的分配。紧接着古海丽巴侬又送去了一套细瓷茶碗，大、中、小三个号每样四个——毕竟是科长夫人，瞧这气度！而大队长又批了一部分"报废"的木料"处理"给麦素木去盖房。

从那次送茶碰壁以后，他们两人的关系是严肃的公事公办的。打交道的时候，库图库扎尔摆着领导别人、教育别人的架子。麦素木打着积极进步、勤恳谨慎的幌子。逐渐地，这引起了库图库扎尔的厌恶。就好像他年轻的时候听到其他市井小贩的天花乱坠的叫卖便极其反感一样。一辈子用假话骗旁人的人最讨厌的就是旁人用假话骗自己。够了，这种做作、虚伪和不自然的关系。他早已经在等待机会，他要狠狠地撕掉麦素木的假面，要让他在自己面前丢丑、发抖、哭泣，要让他交底并且完完全全依赖他库图库扎尔的保护和恩惠，服服帖帖地听他的使唤。使他麦素木任何时候都不能呲毛，更不敢反叛——因为他随时啐一口唾沫就能将他的被保护人淹没。

库图库扎尔先到胶轮车修理部、油坊、木工坊和铁工场转了一转,然后,走到了潮湿阴暗的出纳办公室的门口,一推门,里面还扣着,他冷笑了一下,轻轻一敲。麦素木听到了敲门声,他没有理。他把大账本和算盘摆在案头,动也不动,却正在一个小小的本子上记录着,聚精会神,津津有味。砰、砰,敲门声变成了拳击声,他收起小本,摆好大账本,才去开门。一看是库图库扎尔,脸上厌烦的表情立刻换成了讨好的笑意。

"大队长,原来是您!您好!"

库图库扎尔用有气无力的握手回答了他的问好,不等请,老实不客气地走进室内,一屁股坐在唯一的椅子上,责问说:

"我在你的门前等了好几分钟,老百姓大概更进不来了吧?"

"请别生气。年终结账,老是被人打搅,没办法,我只好扣上了门。"麦素木恭顺地在一旁垂手而立。

库图库扎尔从鼻子哼了一声,指画着吩咐道:

"明天,四清工作队就要进点了。你今天晚上加加班,写一些欢迎标语,贴在加工厂内外,听见了吗?"

"是的。都写哪些内容呢?"

"写哪些内容你还不知道吗?科长!"库图库扎尔的话里分明带着讥讽。

"我听大队长的。"麦素木并不示弱。

"那也不一定吧?"库图库扎尔从口袋里拿出了装那斯的小葫芦,玩弄着,欣赏着。突然他咚的一声把葫芦重重地往桌面上一敲,紧盯着麦素木问:"尼牙孜的事情是怎么搞的?他跑到大队闹了一通。"

"什么事?不知道。"麦素木若无其事。

"岂有此理!"库图库扎尔怒冲冲地哼了一声,"难道脖子上架着的不是头颅而是葫芦吗?怎么能现在就去纠缠,我看,一定有人当了尼牙孜的后台。"

麦素木现在明白了大队长的来意,他早已等待着这一天。他正准备去找大队长呢。进行一次小小的较量,眼看这个在他面前道貌岸然不可一世的家伙就要匍匐在他的脚下,变成他掌握中的一名小卒子了……这将是多么有趣!

麦素木听了库图库扎尔的带刺儿话,置若罔闻地找出抹布,一边擦着桌子腿,一边闲扯似的说道:

"刚才,我从达吾提的铁匠炉旁回来,好几个老汉在那里,他们正在议论呢。"

听到达吾提这个名字,库图库扎尔心一动,但他不愿显示自己的关切,便不吭一声地坐在那里。

"达吾提支委说,要把四不清干部揪出来!"

"对嘛,这次运动,要把所有的四不清的干部揪出来。你的账算得清吗?"

麦素木走过来,拉开抽斗,拿出一份表格:"结算情况写在上面了,请大队长过目。"

库图库扎尔轻蔑地把表格一推:"从账面上能看出些什么!""从账面上"几个字,库图库扎尔说得怪声怪气,夸张而且讽刺。

"该记的,都记了。"麦素木毕恭毕敬地说。

"从你这儿我借支过多少钱?"

"从账面上看,"麦素木即刻把这几个字奉还了回去,但发音平淡,"七十四元八角。"

"我两天之内还清。"库图库扎尔决断地说,他不能留下什么缝隙,"虽然钱不多,虽然都是有特殊原因,而且都写了条子,干部借支多了仍然会有不好的影响,提高到原则上说,这样做就可能发展成为多吃多占,成为经济上的不清。经济上的不清如果再加上政治上的不清,那就严重喽!"库图库扎尔像在作报告似的严肃地、成套地说着,他特别强调"政治上"几个字,有意识地去揭麦素木的伤疤。说完,他轮流抬起手指,弹琴似的敲打着自己的膝头。

"就是,就怕政治上有什么见不得人的事!"麦素木脱口而出,说完,转过身去把抹布抖得叭叭直响。

"见不得人"这个短语使库图库扎尔悚然一震,血液冲上了头部,但立即又恢复了清醒,他暗暗安慰自己,"不,这不可能。即使阿拜克霍加①复活了,也不可能知道。"于是他站起来,背着手踱了几步,准备结束这次不成功的试探,用教训的口吻说:

"你的情况和身份,你自己清楚。在这次运动中,你应该很好地接受组织和群众对你的审查和教育。要端正态度。还是算好你自己的账吧。当然,你来农村后的表现,基本上还是好的。今后也要注意,不要翘尾巴,你不会被委屈的。只要自己不去找麻烦,不去写什么昏话连篇的匿名信。我说得如何?"

"好。"麦素木眯上了眼睛。

库图库扎尔想走,却被麦素木拦住了。麦素木拉住了他的衣袖,用一种谦卑而又亲昵的、耳语似的声音说:

"大队长同志,大队长哥。我正想问您一个问题。我过去当过干部,这方面的话语早已经完结了。现在只是一个普普通通的小人物。而您,您在农村担任过、并且仍然担任着领导职务,您的年纪比我大,您的水平比我高,您是我学习的榜样。我要说的是,尼勒克县我有一个亲戚,就说是我的表哥吧,他过去做小买卖,临解

---

① 历史上的著名智者。

放时破产当了长工……请您别急,听我把话说完。后来,他成了积极分子、干部、党员。民主改革的时候,他表面上和地主巴依作斗争,暗地里却又和他们勾勾搭搭。谁知道哪个魔鬼吃了他的脑袋……到了一九六二年,他又是脚踩两只船,明里继续当人民公社的干部,暗里却和苏侨协会的特派员……算了,我说得太啰唆了。总而言之,他有那么一些见不得人的事。请问大队长哥,如果这件事揭露出来,他也许不至于被枪决吧?不,不会的,我想是不会的……"

一霎时,库图库扎尔的两眼发黑,耳朵边嗡的一声响了起来,就像初次抽大麻叶时的强烈反应。他两眼通红,紧紧抓住了麦素木的细长、柔软而又冰凉如同死人的手,像一只发了狂的熊,他几乎要把麦素木撕个粉碎。

麦素木轻轻推开库图库扎尔,走回桌边,收起账本、算盘和表格,拿起一把锁和大队长方才撂在那里的那斯葫芦:"我现在买墨汁,削木片去。请把您的那斯葫芦装起来。等您走的时候,可别忘了锁上门。"说完,他扭动身躯,像滑行一样地、无声地、轻轻地溜了出去。

……库图库扎尔来到了街上。他是怎么来到街上的?那正在缓缓地挪动着的是他的腿吗?他晕眩、恶心、软弱,粗重地喘着气。这儿是哪里?是他走了千百次的从加工厂到自己家的熟路吗?哪儿来的这么一个陌生的世界?只有许多压迫人的黑影。那高而长的是树木吗?怎么像一个个加底盖尔①那样的阴森?那大而肿的阴影是一头牛吗?怎么像鸭里麻渥孜②一样狰狞?这是什么声音?

---

① 即巫魔。
② 即妖怪。

是木轮车吱吱吗？怎么像马木提大肚子在说话？这里什么亮光，是临街的窗子透过的油灯吗？怎么像木拉托夫的一眨一眨的眼睛？

他回到了自己的家。没有病也总是靠着枕头呻吟的帕夏汗，看见丈夫的样子，一骨碌爬了起来，惊叫着："我的胡大！你怎么了？脸色像干枯的麦草……"

见不得人的事情。麦素木知道了。恶心……

"把你的热茶倒上一碗！"

麦素木知道了。见不得人的事情。马木提、玛丽汗、木拉托夫、赖提甫，依萨木冬，还有麦素木自己……真可怕！接过茶来了，一喝，烫得满嘴起泡，叮当，茶碗跌到地上，裂了……

进来一个什么？人？女人？萨拉姆来依库姆，对，来依库姆萨拉姆……是库瓦汗，她提着一大块牛肉，向帕夏汗和库图库扎尔施礼，兴冲冲地说：

"我拿来了一点点牛肉，从最肥的部分割下来的。我本来想拿半只来……"

然后库瓦汗的嘴动着，帕夏汗的嘴也动着，不知道她们是在哭还是在笑。她们笑什么？做鬼脸干什么？指他干什么？两个人拉拉扯扯干什么？是打架吗？

终于，库瓦汗走了。她怎么待了那么长时间？她在这儿耽搁了有两小时吧？

"给我倒一杯酒。"库图库扎尔似乎因为库瓦汗的终于走掉而略略轻松了一点，他低声说。

于是帕夏汗展开了找酒的探求。酒是有的，但是帕夏汗怕被不相干的客人发现，把酒瓶掖藏到了自己也记不起的地方，她搬下了箱子,又碰散了被子,她跑到小库房里去,又跑回来。酒终于找到了,库图库扎尔喝了一口。他回忆着刚刚发生的事。身上有些暖了,心在跳,他活着。他想和谁商议商议。没有这样的人。他又喝了一口酒。心跳得更厉害了,他好像听到了沉哑的怦、怦的声音。他必须考虑,必须决定。他活着,就是说,他要吃、要喝、要骗人,要把戏继续演下去。不,麦素木不会告发的,如果他要告发,就不会事先告诉。而且他的心如何,谁还不知?

但是,麦素木是何等危险的人物!他受不了。

又喝了一口酒,开始觉到了嘴里的燎泡疼得刺心。他把酒吐了出来,胳臂疼,腰疼,腿酸。

市场总是属于先来的人!对!无论如何,他得除掉麦素木这个祸害,哪怕和麦素木同归于尽……不,不会同归于尽的,因为巴扎是先到的人的。他现在去找里希提,不,直接去找公社的赵书记,去汇报麦素木的情况。没有足够的材料吗?不要紧,蛛丝马迹,他可以推测引申、发挥,只要一口咬定,就说麦素木图谋不轨……麦素木反过来检举他?不承认,死也不承认,一上来就要讲清,由于两年来自己与麦素木进行了针锋相对的斗争,遭到了这个外逃未遂的地主崽子的刻骨仇恨……他还可以找尼牙孜帮忙。先把麦素木搞倒。从身份、地位、招牌,人们一定会更多地相信他而不相信麦素木,是的,可笑,他怎么一下子吓成了那副样子?

关键在快,在争取主动。他洗了脸,戴上羊皮帽子,告诉帕夏汗:"我有要紧事,去公社一趟。"

他推开院门,不由得向后倒退了一步,浑身的汗毛都竖起来了。

在门口,在新月和雪光的暗淡的青光里,站着一个黑影。

那不是别人,正是麦素木。

小说人语：

为什么社会主义教育运动的开始或引起了好人的惊惶与恶人的兴奋？回避斗争会腐化变质。夸张斗争则是闹剧。在历史的大浪中被打到底下的反动阶级的后人，还有咸鱼翻身的可能吗？而水至清则无鱼的文化——集体无意识，使读者难以接受公事公办的照章办事了吧？

越是要求全部、干净、彻底地消灭对手，越是感觉到了剥削阶级为夺回失去的天堂而千百倍地疯狂一搏的危险。这样一个思路当然是有道理的，其特点是略显文学了一些、修辞化了一些。

无怪乎共产党那么重视文学，吾党的思路的文学性绝对超过其他政治派别。

尚阴谋的多半是弱者。所以高贵者最愚蠢，卑贱者最聪明。高贵者的洁癖，使他们处于一时的劣势与长久的光明与慷慨。

第三十五章　不过三年　杨辉姐能维语讲课
　　　　　　　定了明天　工作组要集体进村

伊力哈穆安排好迎接工作队的事情,已经是掌灯时分了。他走进敞着大门的自家的小院子,绕过门口的砌得方方正正的土炉,踏上矮矮的夏日茶室的土台,他拉开为了严冬保暖而满满严严钉了一块新毡子,连缝都遮住了的门,一团家庭生活的热气向脸上扑来,温暖、润泽、舒适。雪林姑丽正和他的妻子米琪儿婉一起忙活着做饭。"您好!""您好!"亲切的问候,和悦的笑容。灶头的铁锅里,水已经接近沸腾,冒着蒸汽。火炉上的靠在一边的搪瓷壶里,茶水哼着惬意的小曲。条案上,双铃马蹄闹钟上的钟摆"母鸡"随着嘀嗒、嘀嗒的摆声啄食着"小米"。小屋里布满了油灯的光辉。空气里弥漫着砖茶和南瓜的芳香。伊力哈穆的脸上保持着会心的微笑。他首先走向放在房角的小摇床,揭开搭在横梁上的洁净的白纱,快要满十一个月的,已经显得太大的女儿在用彩漆涂得五颜六色的小摇床上正睡得甜熟,脸上掠过了一个幸福的笑意。"她笑着呢!"伊力哈穆欢喜地叫了起来。小女孩子的睡梦中的笑容,具有神秘的魅力,是真正无与伦比的。

　　"别吵!"米琪儿婉嗔怪地制止他。长着浓密的黑发、细长的眉毛,尖下巴,长脸的米琪儿婉,现在略略有些发胖,脸上显出一种骄傲和饶有兴致的表情,她说:"告诉您! 您的女儿今天已经会走路了!"

　　"会走路了?"

"是的,她扶着墙,走了几步。开始,我搀着她,后来,放开了手,她急得喊叫着。然后她扶着墙迈出了第一步,第二步。她兴奋起来了,她自己也没想到,没有我的搀扶她能走了,她干脆跑了起来……多么高兴啊!"米琪儿婉说得眉飞色舞了。

"哎呀,您的女儿可真有本事!"伊力哈穆夸赞说,他们互相说是"您的女儿",这里边包含着一种文明的含蓄,一种相敬如宾的礼节,也有一种相互逗趣的玩笑。伊力哈穆知道,自从有了这个小女儿时起,每天晚上他回来,米琪儿婉都要向他告捷,向他汇报小女儿的一件件新的进展。有时候这种"喜报"未免失之"浮夸",还有时前后矛盾,例如头一个星期已经说过女儿会用小勺舀奶茶喝了,后来又说什么女儿会拿小勺子舀水了……但,这仍然让人高兴。他们俩在互相恭维"您的女儿"的时候,总是哈哈地笑个不住。虽说今天有雪林姑丽在场也并不避讳。

如今,雪林姑丽的面色一天比一天红润了,与其说是丁香,不如说更像是阿娜尔姑丽——石榴花了。她的头发天然卷曲,额上和两鬓有许多碎发。她的眉骨凸起,眼梢略略挑起,睫毛又密又长。尽管在她二十二年的生命历程中已经经历了不少坎坷和风雨,然而,她的神情仍然充满着青春的活力,单纯的稚气,说话、做事的时候,她常常把眼睛天真地一眨,好像周围有许多事情还弄不清,有许多现象还在使她感到好奇与趣味似的。

在杨辉的牵引和艾拜杜拉的推动之下,她搬到实验站去已经两个星期了,今天,因为公社这边有事她回来休息了一天。白天,她料理家务。傍晚,米琪儿婉把她找了来一起包南瓜包子。现在,她已经脱掉了紧身的棉衣,穿着浅色的连衣裙,乌黑的坎肩,头戴墨绿色底黄格的头巾,袖子挽到肘部以上,正在把金黄色的切成了小丁的瓜馅儿装入面皮,然后随着手指的灵活的动作,把包子皮捏合,做出麦穗形的花纹。米琪儿婉跪在一旁,拿着一根短短的、中间粗两端细的套桶式的擀面杖,在一面长而窄的木板上,俯身擀着面皮。她的肩头一颤一颤,她的额角沁满了汗珠,又因为头发时不时地从前额落下来挡住眼睛,所以她不断地把头向上甩一甩,这个动作显得既辛苦而又潇洒妩媚。

伊力哈穆习惯地坐近门边的高台,高台上架起一个木板,这是冬天放水桶的地方,两个水桶的旁边,还有一个贮水用陶罐。伊力哈穆一一打开水桶和陶罐的木盖,清水都装得满满的。于是他走出房子,抄起一把斧头,来到库房,那里有两个树墩子,是前一天刨出来的。他计划去劈柴火,走到那里一看才知道,柴已经劈好了,不大不小几乎是一般长短粗细的木柴齐齐整整地码在一起,连劈柴落下的木屑也见不到一粒。他放下斧头,拿起铁锨,走进小小的牲口圈,粪已经起过了,垫上了清洁的新土,奶山羊和它的已经不小的羔儿正在平静地吃草,它们不慌不忙地用舌头舔着、裹着草。他又去看了菜窖、鸡窝、打馕时烧火用的灌木枝条柴垛和饲养用的细麦秸垛,转了一圈,没找着活儿,他简直不知道米琪儿婉是什么时候干的。她带着孩子,白天把孩子寄托在伊塔汗家,她还要参加劳动,还有一天的三顿饭,清洁除垢拾掇摆设打馕洗衣挤奶……他感激,又不安。他又回到房里,屋里炕上炕下,墙壁桌面,也都打扫擦拭得像新靴子的皮面一样光滑明亮。连铁锅烟筒也是一尘不染,像凸面镜子似的从深处反映出煤油灯的白亮的光焰。米琪儿婉好像知道了他的心思,笑着说:

"您想找点事干吗?羊圈旁边麦尾子①下面压着一个抬把子,是队上的。今天吐尔逊贝薇和我搭伙,她非要一气抬两抬把

---

① 麦场上最后一道工序——再次扬场或是过箩后淘汰下来的麦糠,可以作饲料用。

子……把两个抬把子撺在一起抬……活儿倒是多出了,可这个抬把子断了两根条。您把它修上吧……"

伊力哈穆立即找着了抬把子,磕打干净,拿进屋里,找来锤头、钉子、铁丝和老虎钳,编补起来。当他一手撇着把手的木棒,一手用力拽扯着铁丝的时候,方才觉得心里安稳了些。他一边干活,一边问道:

"雪林姑丽,今天你们休息吗?"

"啊,也可以算休息。晚上,州农科所的李所长要在公社作报告,我们都去听。早上,我就回来了。"

伊力哈穆点点头:"在实验站过得惯吗?"

"有什么过不惯的? 就是每天学习太多。大家都说,还是干活痛快,这个学习呀,实在是费劲……比拉犁和挖井还费劲!"

"光痛快可不行。"伊力哈穆笑了,"你们的老师——杨老师怎样? 她讲的课你们听得懂吗?"

"您说杨辉姐吗? 她多么好! 白天,她给我们讲技术课,补文化课,要不就是带着我们劳动。晚上,我们向她学汉语,她向我们学维语。冬季是以学习为主。现在实验站的学员里,只有我和三大队一个丫头是女的,我们和杨辉姐住在一间房里,她讲完了课,总还要专门问我们俩哪一点懂了,哪一点不懂。只要有一点含糊,她就一遍又一遍地再给我们讲解,有时连我们自己都不好意思了,可是她一点也不烦……"

"三年以前,杨辉刚刚到咱们这儿来的时候,连个亚克西都说不好,"米琪儿婉感叹地插嘴说,"现在已经能用维语上技术课了,她怎么学话学得那么快呢?"

"她是大学生嘛!"雪林姑丽佩服地说。

"问题不在于大学生,"伊力哈穆表示了不同的意见,"医院里的刘医生也是大学生,他到现在不会说一句维吾尔族话,我亲耳听见他说过,'有时间学英语、日语、法语,学维语有什么用?'啊,真让人伤心!杨技术员呢,她的心和我们在一起,你们看不出来吗?她多么爱我们维吾尔人民,不论是长胡子的老人,是坠着耳环的妇女,是躺在摇床上的婴儿,她都是用怎样充满感情的眼光看着啊……有了这样的心,舌头的事情就好办了……"

"我真怕她有一天会离开我们,"米琪儿婉担忧地皱起眉,摆了摆下颏,"听说,她有一个对象是在上海工作的。"

听了这话,雪林姑丽有一点兴奋。她说:"米琪儿婉姐,您知道吗?那天,我和三大队那个丫头到公社杨辉的宿舍去了。她拿出瓜子和葡萄干来招待我们,还给我们看了许多照片。她家是在湖南,就是毛主席老人家的家乡,很远很远的。她家里人可多了,爸爸、妈妈、奶奶,还有兄弟姐妹,嫂子侄子……都有呢,都在关内。还有那个在上海工作的,她说是她的同学的那个人的照片。也戴一副眼镜。唉,这些汉族同志啊,为什么那么喜欢戴眼镜呢,并不好看啊……"

"人家可不是为了漂亮才戴眼镜的。"伊力哈穆说。

"不管为什么吧,我们先不提它。我和好几个丫头不由得一起问杨辉姐:'您一个人离开家、离开亲人、离开同学,跑到我们伊犁来,不觉得孤单吗?'问完,我又后悔了,这不是成心让人难过吗?可是,杨辉姐倒笑了起来,她说:'和你们在一起,难道还会孤单吗?和你们在一起,不就是咱们的伊犁,而不单是你们的伊犁了吗?'当然了,她说得是对的。但我总有点不明白,譬如说让我一个人到湖南或者到上海去,我怎么能安心地待下去呢?"

"那是因为你没有去过湖南和上海。您想起来,真是又遥远、又陌生,如果您去了,和那里的人民熟悉了,也同样会安心的。"对于随和的米琪儿婉来说,似乎什么事情都是好办的。

"可我……"雪林姑丽不想就这个假设和猜想进行什么辩论了,虽然嫂子的话没能使她信服。

伊力哈穆倒觉得这是一个严肃的话题。"谁不爱自己的家庭、故乡和亲友呢?"他说,"然而,当祖国需要的时候,杨辉来了,把她的心血和汗水浇灌到伊犁的土地上,学说维吾尔话,像维吾尔姑娘一样地围着头巾,和我们打成一片。这才值得我们学习呢。我们也应该多多地关心和帮助她才对。"

"就是的呀?"雪林姑丽点点头,"最近我就发现了一个问题。公社和实验站食堂的馕都打得不好,不成样子。也许是因为吃饭的人太多了吧?而杨辉姐最喜欢吃新打的馕啦。米琪儿婉姐,今天来不及了,下次我回来,咱们给杨辉姐打一口袋馕吧,用牛奶和面,拿出咱们的手艺来……"

"那太好了,一定的!"米琪儿婉满面笑容地回答。

说着,笑着,包子包完了。锅里的水早已大开。小女儿醒了,米琪儿婉把她从摇床上解下来,抱起,把尿,喂奶。雪林姑丽打开开水锅,拿起挂在墙上的蒸箅——是一块打了许多小洞的圆镔铁片,抹上羊油,将包子码好,提起蒸箅两端的绳子,轻轻放在锅里,盖好,又用湿布把锅盖和四周的缝隙堵严。弄好了,雪林姑丽拿起棉衣:"完成了,我走了。"

"走什么?一起吃嘛!"米琪儿婉和伊力哈穆同时挽留。

"噢,你怕艾拜杜拉回来找不着你吗?他会到这儿来的,你放心……"

于是,雪林姑丽不好意思再推辞了,她留下来,而且继续帮助清理做饭的现场。

半个小时以后,满室已经是诱人的甜美的南瓜香。揭开锅,橙红色的南瓜丁,透过薄得近乎透明的面皮发散着诱人的香味。米琪儿婉先捡出一大盘子放回蒸锅里保温,这是留给艾拜杜拉的。然后三个人——应该说是四个人了,小女儿已经醒来,嗅到了包子的香味,口水已经流出,兴奋地伸手抓着——开始吃饭。

有线广播喇叭开始播音了,响起了《东方红》乐曲,广播员用维、汉两种语言播音预报道:

"跃进公社广播站,现在开始晚间播音,今天晚上的播音,一共有三个内容。首先,由公社党委书记赵志恒同志讲话,然后转播新闻和文艺节目,最后教唱革命歌曲《大海航行靠舵手》。现在,就由赵志恒同志讲话。"

"赵书记要讲话了。"米琪儿婉告诉女儿,似乎女儿也懂得什么叫党委书记,她的乌黑的圆眼珠紧盯着装着广播喇叭的木匣子。

"社员同志们,你们好!"广播里传出了赵书记的熟悉的声音,人们似乎还能看到他那亲切质朴的面孔,"现在报告大家一个好消息:明天,我们盼望已久的社会主义教育工作队,就要到咱们公社来了……"

随着赵书记的讲话,社教工作队即将来到的喜讯像春风一样吹遍了公社的土地,吹到了公社社员的每一家温暖的房舍里,初次听到这个消息的人们都竖起了耳朵,充满了兴趣和期待。已经知道了这件事的人,也为赵书记正式宣布的欢欣鼓舞的声调而再一次感到庄重和激动。尤其是青年们,工作队的即将来临引起了他们的多少憧憬,又勾起了多少记忆!解放以来的历次运动中,来自自治区、州、县上级机关的各族男女干部,曾经给农村带来过多少新的道理、新的斗争和变化、新的鼓舞和推动,穿着朴素却又与农民总是有些不同的,带着自来水笔和笔记本,还有些是戴着眼镜和手表的干部们,那些有觉悟、懂道理、守纪律,态度和蔼,办事公道的干部们,他们讲什么事情都是那样合情合理,头头是道,简直能使木头脑袋开窍,他们又是那样威严认真,打击人民的敌人,决不留情,决不马虎。他们获得了农民的多少尊敬与亲近,不是父母们经常用"你看人家工作队的×××"作为开场白来教育自己的子女吗?不是许多房室的墙壁上悬挂着的镜框里都有工作队的同志的照片,并且主人总是以此为荣吗?不是许多家庭至今还保存着一九五一年原土改工作队队员的来信,或是他们写下的题词吗?现在,新的,规模大大超过以往任何一次运动的工作队,又将到来了。

赵书记的讲话完了。人们议论着,回想着,互相询问着。似乎都有点不满足,都想知道多一点有关工作队的事情,多做一些迎接工作干部的准备工作。就这样,等到伊力哈穆他们吃过饭以后,社员们陆陆续续,三三两两,你找我,我问你,越来越多的人来到了队长的家里。

等艾拜杜拉卸完车,从门上挂着锁子的家找到伊力哈穆这里来的时候,房里已经坐满了人。人们七嘴八舌地问着:

"明天来吗?几点钟到?"

"来多少人,多少男的,多少女的?"

"这么说,今年的肉孜节、春节、古尔邦节他们也会在农村和我们一起过了?"

米琪儿婉拿来了扣在锅里的南瓜包子,又给艾拜杜拉倒了茶。但是,艾拜杜拉没有吃几个,包子就被青年们瓜分光了,好在每个维吾尔人的家庭里馕都是要存贮一些的,他的肚子并没有感到危机。等他吃饱喝够了,伙伴们的喜讯也已经向他报告完毕了,他抹一抹嘴,告诉大家:

"我也给你们带来了好消息呢!"

"什么好消息?"

"明天晚上演电影。"

"你怎么知道的?"

"公社的电影放映员取来了片子,骑着马和我一路同行回来的。"

"什么片子?"

"一个是《英雄儿女》,一个是《夺印》,都是由新疆电影厂配音译制的维吾尔语片子!"

"亚夏!"年轻人欢呼了起来。

"我知道了,"伊明江有些炫耀自己的"分析能力","准是明天晚上开大会欢迎工作队的干部,会后,放映电影。"

"哦哦!你可真聪明!你成了先知,预言家!"

"不信,我们打赌!"

"你说,会后演电影,会前可能不可能跟咱们赛一场排球?"

"工作队可不像你们这些孩子。他们又不是来打球的!"达吾提铁匠被年轻人的七嘴八舌搅得与队长说不成话,他在给青年们泼点凉水。

"那可不一定!你们记得五九年整社时那个马组长吗?他还教给我们篮球上篮呢!"

"我希望多来一些女同志。"一个矮个子的女孩子说,不知为什么,还叹了一口气。

"帮助你们挑花做窗帘吗?"一个刻薄的男青年说。

"帮助我们把妇女工作搞起来,向轻视妇女的封建残余势力作斗争!"吐尔逊贝薇说,用手指着那个说话刻薄的男青年。

"最好来几个解放军。"艾拜杜拉说,"咱们民兵连的射击成绩一直不好。"

"我说孩子们,"达吾提说,"我该说什么呢?我说希望来几个铁匠,帮助我们多打几把砍土镘?那像话吗?工作队是来抓阶级斗争的!"

"我们懂!我们懂!"青年人还不服气,"阶级斗争要抓,生产啦,体育啦,文娱活动啦,青年工作妇女工作啦,都要抓!土改那年我们的文艺演出队还到县里巡回演出呢,现在的事总没有那么紧急吧?阶级斗争又怎么样?谁说的阶级斗争一抓就不能打球了?"

就在人们纷纷表达着自己的心愿,互相辩论,互相补充着的时候,热依穆副队长进来了,他说:"艾拜杜拉、伊明江,你们怎么都在这儿?纸、墨、木片笔与毛笔都准备好了,快到办公室写标语去吧。"

"干脆把文具拿来在这儿写吧!"伊明江舍不得离开热热闹闹的队长的家,"这里又明亮又暖和,办公室里把人手冻得……"

"在这里写字,还可以在丫头们面前卖弄自己的本事……"那个口齿刻薄的青年说。

"这么说,你娶老婆是靠写字喽?"伊明江反击说。

笑声中,伊明江真去拿文具了,热依穆副队长问被青年人的喧器搞得插不上嘴的阿卜都热合曼:"房子的事您考虑得怎么样了?和伊塔汗商量一下,能不能腾出一间来给工作队的同志们住?还有做饭的事……"

"那还用问用商量吗?"

"到我们家去!我们家房子大!"

"为什么不到我们家去?我妈做饭最讲卫生了,洗几个洋芋就用半桶水……"

队长和副队长解释着关于住房的安排,这时,伊明江拿来了木片、毛笔、红绿纸和墨汁瓶。注意的中心又转到了写标语上,伊明江不太熟练地用毛笔写汉字和新文字的标语。艾拜杜拉写维吾尔老文字的标语。维吾尔老文字是用削薄了的木片蘸着墨汁写,木片是扁的,上粗下薄,保持一定的宽度,写的时候人们拿着粗的一头,木片在纸上移动,但绝不摇摆和旋转,始终和纸维持着"刚体"的一定的角度。维吾尔老文字的笔画是比较圆润的,遇到下行时,写出来比较粗,遇到上行特别是向右上方旋转的时候写出来就非常细,带棱带角,有时候,墨不十分饱了,木片刮下来,别具类似"飞白"的效果,这样的书法有一种特殊的艺术效果,仅仅看写出来的艺术字,人们会十分奇怪,怎么也猜不出它们是用木片写出来的。

现在,姑娘们裁纸,艾拜杜拉和伊明江写。

"瞧,这个弯拐得多么漂亮!这不是字,简直是花朵!"

"你往前挤什么?有本事你也写一条去嘛!"

"这儿还缺一点,别漏了!"

阿卜都热合曼坐在墙边,捋着胡须,对热依穆和达吾提说:

"从解放以来,哪一次工作干部没在我家住过?我都有经验了。如果是汉族同志,先弄清他们是北方人还是南方人,如果是北方人,头一顿饭就给他们包饺子……"

"如果是南方人,就蒸干饭,但是,别忘了不要往干饭里放盐①。"达吾提想得更加细致。

"别忙,别忙!如果是咱们维吾尔人呢,我头一顿饭给他们做抓饭。"

"如果是壮族呢?"不知谁问了一句。

"什么是壮族?壮族在什么地方?"老汉有点慌乱了,忙叫着,"伊明江,我的孩子,快给我讲点壮族的事!"

"在我国西南部,有一个广西壮族自治区,"伊明江放下手里的

---

① 维吾尔人吃米饭一般在焖饭时即加上盐。

毛笔,挤开青年们,伸着脖子回答,"但是壮族人喜欢吃什么饭,我们可不知道。"他歪了歪头,表示遗憾。

大家哄笑起来。热依穆说:"如果是哈萨克或者蒙古族,那么热合曼哥家那两头羊肉,恐怕还不够吃呢。"

"没有关系,"达吾提说,"尼牙孜今天刚刚宰了一个肥牛,让他拿出半个子儿招待工作队的同志吧。"

"不行不行,"热合曼连连摆手,"尼牙孜的牛肉怕会发酸呢。心术不正的人种出哈密瓜来都会发苦!"大家笑得更厉害了。接着,老汉好像想起了什么。他说:"尼牙孜今天宰牛了吗?怪不得前几天一个大清早,我看见他套着马车,拉着一车麦尾子去巴扎。我当时很奇怪,他家里又有驴又有牛,难道饲草会有剩余吗?"

热合曼老汉的话引起了伊力哈穆的注意。然而,年轻人的一阵又一阵的哄笑打断了他的思路。他看着这些快活、开朗的年轻人,他们迎接工作队的到来就像迎接节日。原来,他还担心伊明江的情绪受他爸爸的影响呢,看,他不是说说笑笑地正在写"热烈欢迎社会主义教育工作队的同志们"吗?也许,他们还不了解当前的运动是一场多么严重的阶级斗争?这也可能有那么一点,他们将和成年、老年人一起上这阶级斗争的一课。但是,他们的情绪,这种可贵的乐观情绪,决不仅仅是由于天真,他们说笑中也包含着"收拾收拾那些坏人","一人一双眼睛,群众看得最清"这样的一些谈论;他们的开朗和畅快,正是说明了工作队是属于人民的。人们的呼吸脉搏与党派来的工作队是息息相通的。还有阿卜都热合曼他们,难道他们只是在研究饮食?伊力哈穆知道,热合曼从来不搞请客吃饭这一套,他要包饺子、做抓饭、焖不放盐的米饭,只是因为他把尚未见面的工作队干部当作自己的子弟。只有坚信革命事业的每一个重大步骤都将使我们生活得更加美好,更加进步,坚信自己在斗争中失去的只是锁链,而得到的是全世界的工人、贫下中农和一切要革命的人们,才会在严重的斗争面前发出这样的欢笑。让那些躲在阴暗角落里的坏家伙们恐惧、啜泣、丑态毕露去吧,让那些想入非非的蠢驴们玩火去吧。革命的人民将要敲锣打鼓、载歌载舞地迎接工作队的到来。迎接又一次伟大斗争的开始。

标语写完了,有线广播喇叭里开始教唱《大海航行靠舵手》,伊力哈穆说:"别走。我们一起学这个歌。"唱了一遍,吐尔逊贝薇建议说:"年轻人都站起来,大声唱!"又转身问,"米琪儿婉姐,会不会吵着您的小女儿?"

"不要紧,不要紧。让她从摇床里就多听一听革命的歌曲吧!"

　　　　大海航行靠舵手,
　　　　万物生长靠太阳……

一九六四年冬,"大海航行"的开阔、嘹亮的歌声在九百六十万平方公里锦绣河山的上空回旋。在这个距离北京、距离天安门和中南海八千多里路、时差两小时四十分钟的祖国最西面的一个小小的农村的一家小小的土房里回旋。歌词已经译成了维吾尔语,与曲谱配伍得十分恰当,年轻人唱得很卖力气。热合曼与达吾提也在努力学着,应和着。伊力哈穆与米琪儿婉先后站到了年轻人当中。热依穆副队长哼哼着,头随着节拍一点一点。小女儿醒了,她睁开眼,转动头,脸上出现了明快的笑容。声音越来越大了,窗玻璃震得嗡嗡作响,灯焰震得一跳一跳,像年轻人的火热的心。

小说人语:

　　你可还记得这首老旧的伴(集体)舞歌曲:当我们在一起/在一起/在一起/当我们在一起/其快乐无比/你对着我笑嘻嘻/我对着

你笑哈哈……

我们怀旧还因为那时我们更轻信、更自以为幸福、更强烈、更不知艰难、更荒唐、更愚痴、更百姓、更屌丝、更容易发烧、更活跃、更激情、更善良、更爱哭爱笑、更浪漫、更焦头烂额、更容易上当,一句话:那时候我们是多么年轻啊!那时候的中华人民共和国多么年轻……

工作队下乡,无论如何,这是一个本事,一个成功的经验。美国学者费正清博士曾经指出,国民政府的一大问题是他们离开城市中心,就失去了影响能力与掌控能力。历朝历代,能像共产党这样动辄把自己的政治意图贯彻到村村镇镇户户人人那里的,再无先例。

人民这样地欢迎工作队,如果工作队做得不完全符合人民的心愿与生活的规律呢?这又有多么沉重!

第三十六章　惊魂未定　大队长赏脸赴婚庆
　　　　　　广播忽响　半哈吉发狠割电线

　　麦素木右手抚胸,躬身深深地行了个礼。他伸出两手,右手在前,左手在后,手掌摊开,掌心向上,好像一个舞蹈的亮相,又像准备接受一件礼品。他用一种谄媚的、非常柔软而又动情的声音说:

　　"库图库扎尔大队长,库图库扎尔哥,我的生命的灵魂和灵魂的生命,我的比世上万物都更珍贵的朋友,我的尊敬的长者!我相信您的慷慨大度的胸怀,将不会因为我的不适时的贸然到来而介意。如果您允许的话,我要向您说一句长久以来我想说而没有说的话。说吗不说吗我斟酌着、揣摸着、犹豫着。请问大队长哥,我可以说一说我的希望、我的心愿、我的请求吗?我可以启齿吗?"

　　即使是微茫的雪光中,也可以看到麦素木说这些话时是怎样的眉飞色舞,他的眉头一抬一抬,他的眼珠一转一转,他的嘴角一撇一撇,他的鼻子一抽一抽。多么的诚恳而热烈!

　　库图库扎尔惊魂未定,一声也吭不出来。

　　麦素木收回两手,双手抓住了自己的胸口,就像要把心挖出来似的,他弓着背,仰着头,脖子一伸一伸地动情地继续说:

　　"请不要说不。我从早就打算敬请大驾光临寒舍斗室。只要小坐十二分钟:一十二分,不过是七百二十秒。友谊的谈喧,不仅是寂寞的、受煎熬的心灵的慰安,也是智慧和学识的源泉。然而,您的地位、您的威严、您的繁忙使鄙人空怀此愿而未敢相告。但是,与其说是明天、后天,不如说是今天,与其说是两个三个小时以后,不如说就是现在。现在,请问,就是现在,此刻此分此秒,您能不能迈起您的高贵的脚步,赏光驾临到鄙人简陋的餐单旁边?"

"什么?我,现在,去您的家?"库图库扎尔被麦素木的长篇致敬词赋搅得昏头昏脑,但是麦素木的声调和姿势使他略略安心了些。接着,他按照习惯和礼貌推辞说:"谢谢,您请!"

"何谓谢谢?何说您请?是的,是的,"麦素木连连应声道,"我知道,我知道您的工作非常忙碌,在您的肚子里,装着整个的大队,就是马木提乡约和依卜拉欣伯克也没有管理过如此众多的土地和人口,您是我们的父亲。正因为如此,难道不应该让那些为工作而燃烧,为我们而煳焦的好人轻松一下吗?难道不应该用我们的真诚的、彬彬有礼的款待使您得到片刻的安宁和快乐吗?十二分钟的小坐将不会有些微的妨碍。只要十二分钟也就够了,多一分钟也不需要。但是我们又何必画地为牢,自我催逼,欲行又止,欲说还休呢?请您答应,请说'对'啊,啊,我的哥哥!"麦素木快要哭出来了。

"他到底要干什么?"库图库扎尔想。大队长已经镇定下来了,但是满腹狐疑,觉得难以判断。他支吾说:

"好吧,等一下我就去。"

"情况是这样的,"麦素木垂下手,低下头,像一个做了错事的孩子,他用一种卑怯的、粘连的声调说道,"我们乌兹别克人总是记下自己结婚的时日。今天,是我和古海丽巴侬举行婚礼的时日。今日,是我和古海丽巴侬举行婚礼的第十个周年。没有贵客的饮食,再好也如同干草。但是,我没有发现广请宾客有什么适宜,维吾尔人也并没有纪念婚礼周年的习惯。然而您不同,您是高贵的、文明的、见过世面的人,您是去过CCCP①进行官方访问的人,您又是到过北京见过伟大的毛泽东与周恩来的人。您是有头脑的人。如果您不去,可怜的女人将只能向隅而泣,悲伤得使她失去自己……"

什么什么什么?

"我?"

"是的,在这个大队,不,在这个公社、这个县、这个州里,我的妻子只尊敬您。当然,如果您认为还应该多请几个客人的话……"

"不必了。"库图库扎尔做了决定。笑话,他会面对一块餐单这样犹豫不决!这本身就只能使麦素木瞧不起。他理一理袖子、衣扣,尽力放开喉咙说:

"走!"

走在路上的时候,库图库扎尔已经打好了算盘。从麦素木落魄而来,他们一直是心照不宣,互相照应。他给麦素木的好处不算少,麦素木没有理由与他作对。下午的那一场对垒,是他自己挑起来的,没想到这个魔鬼却掌握了他的一些秘密。但是,他也有一张牌还没有打出来,那就是去年赛里木书记在这里时,麦素木写来的那封猖狂、恶毒的匿名信。他把那封信烧了,这是老谋深算的他办的一件大蠢事。然而,烧没烧麦素木是不知道的,有这封信,就足以说明麦素木外逃未遂后并没有老实,没有安分守己,而是到处伸手,居心叵测。只要麦素木胆敢再来讹诈,他就要扬言把信交到公社去。如果不呢?另当别论。现在请他去干什么?吃饭?他有嘴,有肚子。说话?他有耳朵,有脑子。干别的,恕不奉陪。他一定要警惕,慎重,把每一个汗毛孔变为眼睛,把每一根头发变为触

---

① CCCP,俄语"苏联"的缩写。

角,静看麦素木如何动作,静听麦素木如何言语,从中自能找上空子、辫子,变被动为主动。

麦素木紧紧追随着他,低着头、拱着肩、缩着颈,一副下属对上司的赔小心的样子,到家了,他急忙跑向前去。一只脚踏住了冲向前来的黑狗,伸手做出让客的姿势,说了声:

"请!"

随着麦素木的自我紧缩,一时间被压扁了的库图库扎尔似乎又渐渐膨胀起来。他迈步走上台阶,步子越迈越大,穿过做饭与睡觉用的气味混合的外间,走进待客用的宽大的呼吸顺畅的正室。一进正室,他先停在门口,摊开手如捧物状念念有词地小声诵读经文,同时从眼角打量了一下室内的陈设布置。地上寸土不露地铺了三大张棕黑底色、面上印有鲜艳的大红大绿的图案的花毡子。房屋正中央摆着一个低低的圆桌,桌上铺着织花的桌布。桌布上摆着两个高脚橙色玻璃托盘。托盘里摆着方糖、小点心、杏干、沙枣等甜食。桌子的里手,铺着厚厚的天蓝色缎面褥子。这是一副隆重的待客的样子,它使库图库扎尔得到了一点满足。当踏进一间为了招待您、侍候您而专门布置好了的房间的时候,不论是贵人还是恶棍,总会有一些愉快感的吧?在麦素木的礼让下,库图库扎尔当仁不让地坐到了柔软的蓝缎褥子上边。

"请随意坐。请伸开腿休息。"麦素木说着,又搬来几个大大的白白的鸭绒枕头,高高地垫在库图库扎尔的腰后,然后,他自己正襟跪坐在客人的斜对面。

古海丽巴依右手提着白铜壶走了进来,这种壶壶身细高,轮廓曲弯,很像一个花瓶,壶嘴也细长弯曲,主要是用来洗手净身的。古海丽巴依的左手拿着一个铜盆,铜盆上倒扣着一个全身都是筛子孔的锡瓮,是专门为了接洗手、洗脸水用的,有了那个翻放着的锡瓮,洗手水落进去看不到脏水,这也是一种掩饰和遮盖的美学。

尽管是冬天,尽管火是在外屋,因而这间正室有点凉,古海丽巴侬穿得可不多。她身上是一件粉色的薄薄的接近透明的绸纱连衣裙,上身穿着一件紫色的、胸前织着两朵小黄菊花的毛线衣,连衣裙下露出了从大腿直到脚面的长袜子,脚上穿的是一双暗红的,半高勒的带拉锁的长靴。她的脸上抹了脂粉,黑"美人"今天变成了白脸黑脖子。她迈着细碎的步子走到库图库扎尔跟前侍候客人洗手。库图库扎尔嗅到一股刺鼻的香气。古海丽用眼睛瞟着宾客,像羞答答的少女似的从齿缝里用蚊子般的声音说了声"亚克西"来回答宾客的周到多礼的问候。然后,她走入外间,端来了一个大大的上面也画着图案的黑漆方盘,方盘上放着两个精致的小瓷碗,每个碗里倒了一碗底的茶水,古海丽巴侬用双手把茶盘高举,库图库扎尔连忙伸手来取,古海丽却轻轻一闪,把茶盘伸向自己的丈夫。茶水也罢,其他食品也罢,先由丈夫取下,再由丈夫献给宾客,不知道是为了表示隆重还是以示男女授受不亲,反正这种多费一套手续的做法,正是一种老式的礼节。

麦素木给客人献了茶,又给自己取了一碗,然后用三个手指从玻璃托盘上一下抓起四块方糖,一股脑儿放到库图库扎尔的茶碗里,递上一个小小的铜茶匙,伸手道:"请用茶!"

古海丽巴侬退出去了,外间里响起了锅、勺的响声,飘进了生菜籽油的辛辣的芥子气味。

库图库扎尔并不谦让。他端起碗来啜了一口,两眼自然忙于四下巡视。墙边摆着的长条桌上,各种物品好像儿童的积木玩具,五颜六色,拥塞堆砌。中间是几本厚皮的精装书,用彩绸带子系起来。显然,这书也只是装饰用的。书上是一个大瓷盘子立靠在墙上,盘底的一朵大牡丹花正对着客人的视线。瓷盘的两边各立放着四枚用过失效的白象牌电池。书的前面是四只带着红色双喜字的玻璃杯,杯口向外,平卧在桌子上,好像是瞄准了客人的四尊大炮炮口,书的两旁,亦即条桌的两端,是用各种各样的空瓶、空罐、空盒堆起来的金字塔装饰"建筑"。其中包括:装擦脸用杏仁蜜的细腰扁瓶,双妹牌雪花膏的硬纸盒,黑褐色的麦精鱼肝油瓶,乐口福麦乳精铁听,金奖香皂的包装纸,马头牌调和漆的锡罐,饭馆里用的胡椒粉瓷罐,不似乒乓球胜似乒乓球的羚翘解毒丸蜡皮……而作为金字塔塔尖的,各是一个盛花露水的细小的瓶子。各种瓶罐的商标,都完整如新地保持了下来,用它们的烫金字、花纹、五颜六色的图案,卖弄着本室主人生活的富裕和文明。

离条案不远,放着一张旧式铁床,墙壁上代替壁毡的位置的是一块黄地、黑色铜钱图案的花布。床上铺着一块绿色毛毡,床头两端各摆着一个大枕头,枕头是把下面的两个角塞进去,而把上面的两个角拔尖,立着放在床上的,看来像两件摆设乃至是两个蹲卧的野兽。床栏上搭着一条崭新的毛哔叽裤子。墙角放着一个扇形的木几,木几上放着一盏大号的红铜制作的煤油灯,油灯的光辉正好照亮了这一角墙壁上面的、分别用图钉按在两边的、排列成花瓣形的一批照片。

……库图库扎尔真想站起来走到近前细细地观看一下这些瓶罐和照片,然而他知道,静坐的客人是更受尊敬的,举动越少,是地位越高的标志。他只好按捺住好奇心端坐在缎面褥子上,他一面喝着甜得烧嘴的茶,一面左顾右盼,一面想,毕竟是当过科长的人喽,尽管听说他六二年图谋赴苏的时候把家产变卖一空,现在又添置得颇具规模了。毕竟是有文化的,见过世面的一家。拿他自己的家来说,就是挣上更多的钱也不会布置摆设。他那个经常无病也呻吟不止的胖老婆帕夏汗,你给她多少钱、多少东西,她也不会把房间布置成个文明人的样子。他一回家,就不免感到自己即将被房间里的多余的吃食和乱堆乱放的衣物所吞噬。比较一下,你不能不服气,他看着昏暗的灯光下的条案上的两座金字塔,感到说不出的陶醉、羡慕而又嫉妒。

麦素木好像看出了他的心思,他伸手在脸边一拂:"这个房子也能算是房子吗?容身而已。假如早几年我们能够相识……呜呀!"他深深地、遗憾地叹了口气,然后不管对方懂不懂,他用汉语说道:"我们是相见恨晚!"

"没有剩下什么了……"他好像想起了什么,端起了自己的碗壁上有鲜艳的红花图案的小茶碗,"您看这个。"他敲着茶碗底。

库图库扎尔看不见。麦素木端来了煤油灯,茶碗底下是依稀可辨的、残缺不全的几个俄文字母。

"瞧这茶碗,这是塔什干的出品。真正的塔什干货。"麦素木放下茶碗,又站起身来,走到条案边,蹲下,打开一个木箱,拿了一卷绸子,"您看这绸子。您看这颜色,这花,这结实劲儿,套上四头犍牛也拉不断……这是真正阿拉木图的出品。是木拉托夫送给我的……"这位生在中国,生在瓷器和丝绸的发源地的麦素木说,一提起塔什干和阿拉木图,他几乎掉下了口水……

木拉托夫这个名字的提起,使库图库扎尔突然又遭雷击,他的脸色陡地变了。

麦素木却是毫无别意的样子,这时,古海丽巴侬又端着漆木方盘进来了,方盘上放着一瓷盘果冻一样的东西。

"这是'哈尔瓦',是我们乌兹别克人最喜爱的一种甜食,做起来很简单,用面粉、砂糖、羊油就行,我们没有羊油了,用的菜籽油,请尝一尝……其实,我何必饶舌呢,您什么没有吃过?嘿嘿……"

说完,麦素木又离开了桌子,从床底下摸索了一阵子,拿来一个留声机,转身问道:"您老要不要听一支歌曲?"

歌声慢慢响了起来,是库图库扎尔所熟悉的乌兹别克斯坦的唱片。唱片旧了,唱针又没有换,留声机的机头的云母片嘶哑地颤动着,发出一种沙沙的噪音,一个失真很厉害的尖厉的女声在婉转地唱着。这声音使库图库扎尔回忆起解放前小贩生涯里用婉转的声调吆喝出的对酥糖和冰水的叫卖。一丝软弱的、伤感的情绪开始打动他。

突然,一阵威严的声响打乱了这一切,压倒了这一切。一阵恐怖使库图库扎尔发起抖来,不知道发生了什么事情……几秒钟之后,他才明白,是有线广播喇叭响了,公社广播站开始播音。麦素木跳了起来,站在喇叭下面仓皇不安,像一只烫了脚的小鸡。他试图用棉衣罩住喇叭,但喇叭的声音仍然响亮。他想把电线拉断,结果,一拉,喇叭连同保护扬声器的木匣一同落了下来,电线仍然没有断,喇叭里赵书记正在讲社会主义社会的阶级斗争。麦素木一发狠,掏出小刀割断了线,喇叭不响了,但留声机上的唱片已经放完,机头正在空转,发出一种用锉子锉铁矿石的令人痉挛的声音。麦素木抱歉地向库图库扎尔一笑,重新放唱片。结果,发条又松了,刚唱了一句,就像一个泄了气的轮胎一样渐渐停下来,尖厉的女声渐渐变成了虎啸一样的低音……

怎么回事,仍然有公社赵书记讲话的声音传到屋里来。麦素木生气地到处探寻,这才知道是从新生活大队的高音喇叭中放出来的。这是他无法罩住也无法割断的了……

古海丽巴依端来了一盘用红青椒和洋葱炒的羊肉片。"我们要不要多多少少地……"麦素木用右手拇指和食指做了一个环形,放到嘴边,一仰脖子。

"不。"库图库扎尔的回答是冷淡的,没有任何余地。

"要不,您是否能允许我自己喝一小杯呢?"麦素木扭捏地说。

"那您自己看着办。"喝酒的提议引起了库图库扎尔的警惕和反感。

麦素木拿来了整瓶的伊犁大曲和一只酒杯,他用牙齿咬开瓶盖,咕嘟咕嘟给自己满满地倒了一杯,略带愧色地看了一眼库图库扎尔,端起酒杯。

"为了健康!"他叫道,喝下了酒,"古海丽巴侬,请到这里来,到这里来呀!"他用一种温柔多情的声音叫着妻子。

古海丽巴侬懒洋洋地蹙着眉走了进来。

"你是怎么了?变成哑人了吗?看啊,大队长哥、我们的老爷子到咱们家来了,他是为了祝贺我们结婚十周年而在百忙千忙之中专门抽时间到这里来的。本来他今晚还要主持一个重要的会议。这是多么大的面子!从前,一个百户长,天底下就装不下了,其实,百户长不过管一百户罢了,大队长管多少户呢?你想想看,这样的客人光临,难道我们梦见过吗?唉,我的女人!你不是白天黑夜都纠缠着我请大队长来做客吗?现在,他来了,你为什么不说话呢?"

"我正做饭呢。"古海丽巴侬垂头低声说。

"做饭?如果胡大有意,这世上我们有的是饭吃。饭食是有的!煮肉是有的!爆炒的香味也是有的!会有很多很多……你难道不知道,如果没有热情而优美的谈吐,任何佳肴也会味同嚼蜡啊!"

"你们在谈话嘛。"

"我们?我们是我们,你是你,难道你不知道,女主人的面孔将决定客人的心绪吗?还不快给你库图库扎尔哥斟酒!"

古海丽巴侬不情愿地挪步走了过来,跪坐下,倒了一杯酒,推给了麦素木。但这回他男人却拒绝接过去。麦素木命令说：

"你自己给大队长哥拿去！"

酒杯摆在了库图库扎尔跟前。麦素木又叫住了起身欲走的古海丽巴侬："去,弹起你的都塔尔,给我们唱一支歌。"

"你疯了吗？"古海丽巴侬轻轻地说。她发出的是女低音的最高调的细嗓儿。

"如果说我疯了,那就是疯了吧！我为我们尊贵的客人,那吸引着我们的心的可信赖的挚友的到来而快乐地发了疯。啊,这是多么快乐的疯狂,多么满足的激情啊,请问：人生能有几次狂？能有此疯复何憾？能有此欢复何求？弹吧,唱吧,不听话我挖下你的眼珠！"

古海丽巴侬怯怯地仰视着麦素木,像一只恐惧的羔羊。然后,她慢慢蹭到床前,取下了都塔尔,慢条斯理地调了调弦。库图库扎尔眼睛睁大了,心跳了。四十多年的生活里,他还没见过丈夫让老婆给客人弹弦唱歌。他的心怦怦作响起来。

古海丽半闭上眼睛,左手上下移动,按着琴弦,右手有力地五指俱用地拂动。在一个长长的前奏之后,古海丽唱道：

> 我的心儿在燃烧,
> 像穿在铁扦上的烤肉……

低低的,似男非女的声音使库图库扎尔联想起春天的夜晚被关在房里的母猫的叫声。他完全解除了武装,一杯酒不知不觉就被喝下去了。

> 自从与你分手,
> 我便这样消瘦……

又一杯酒传到了库图库扎尔的手里。酒倒到了嘴里,配合着

都塔尔弦的叮咚声和古海丽巴侬的歌儿,麦素木说了一句:

"赖提甫回来了……"

库图库扎尔的头轰的一声。

> 我终夜不眠,
> 饮食也难入口……

"请不要忘记木拉托夫的嘱托。"

又是轰的一声。

> 你的眼睛像骆驼羔儿,
> 啊,还有你白白的素手……

"为了马木提的在天之灵……"

> 可为什么你不回答呀,
> 难道你的心是石头?

"今后,遇事您要多和我商量,我们的命运已经联结在一起。"

> 我的心儿在燃烧,
> 像穿在扦子上的烤肉……

于是乎为了友谊干杯,进甜食,歌唱烧焦了的心。为了健康,又是干杯。国际国内形势都将发生变化,狂笑。又结束了一盘番茄牛肉。猫叫,骆驼羔儿一样的眼睛。今后听从麦素木的指挥。"我再也不能喝了。""最后一杯,最后的最后。""古海丽巴侬,到这边来!"又是猫叫和烧煳了的心和肝。饭熟了,是油煎的金黄的羊肉馅饼。又是菜,方块糖。无花果干。又是干杯,似男非女的歌声,金字塔在空中飞旋……

库图库扎尔又惊,又喜,又怕,又甜蜜,又充满希望,又完全绝望,脚踏两只船的左右逢源的日子从此结束了,他已经被捆绑到了颠覆和侵略势力的战车上。他将升入天堂?他将坠入地狱?当他跟跟跄跄地走在回家的路上的时候,他一再问自己,这一切是真实的吗,抑或只不过是一场光怪陆离的梦?

小说人语:

当麦素木沉浸在自己的辞令中,噌的一个灵感,他凭空捏造,讲起了并不存在的库图库扎尔访苏与去北京的光辉事迹来,这是语言本身的延伸与飞翔,库图库扎尔甚至爱听这种虚拟的、胡说八道的长空万里。

好人是有所不为有所不言、不取的,坏人则是满汉全席。所以好人也有时爱看描写到了坏坏坏人的小说。

第三十七章　新生活里　陈旧思想害人不浅
　　　　　　煤油灯下　先锋战士学习正酣

　　众人陆陆续续告辞,大队党支部委员、铁匠达吾提起身的时候向伊力哈穆招了一下手。伊力哈穆随他走到院子里,达吾提小声说:

　　"方才我到你这儿来的时候,远远看见一个人影站在大队长家门口,后来才看清,是麦素木。大队长出来,和麦素木说了一些话,最后他们一同往新生活大队方向,多半是往麦素木家走去了。"

　　伊力哈穆哦了一声。他想起了下午里希提提出的有关库图库扎尔和麦素木的关系的问题。

　　"我看,到了算总账的时候了,"达吾提激动地说,"这些年,特别是最近两年,我算是把库图库扎尔看透了。咱们大队的病根,就在他身上。现在又多了一个半拉子哈吉,科长麦素木。至于尼牙孜、高勒皮鞋,不过是几个跳梁小丑。看来,他们的活动很频繁。库图库扎尔并不好对付,你早就看透他了,但是你抓不住他,他反过来还可以抓住你。伊力哈穆兄弟,不敢大意呀!"

　　下弦月已经升上了中天,寒风刺痛了脸庞。伊力哈穆拉了拉棉衣,他说:

　　"您说得很对。明天咱们都早起一点,不等天亮,就去里希提书记家,咱们一起和他合计合计吧,怎么样?"

　　"好的。"达吾提点点头,去了。

　　伊力哈穆回到室内,还有一位客人没有走,他就是伊明江。他

拉一拉露出了一绺头发的羊皮"三块瓦"帽子,眨动着眼睛,有些抱歉又有些迟疑地说:

"要不,我今晚就睡在这里吧,可以吗?"

"行,行,天晚了,你家又远。"米琪儿婉首先表示了欢迎,"要不要再吃点菜?"

"谢谢,您请。"伊明江谢绝了。

米琪儿婉打扫干净了木床,铺上专门为留宿的客人准备的被褥。伊力哈穆看了看有着鸡啄米的图案装饰的闹钟,是新疆时间十点。伊明江收拾着已经叠好、原本已经不需要再收拾的标语,不想睡觉。伊力哈穆看出了他欲语又止的样子,便主动说:

"今天中午,你爸爸找我谈了。"

"怎么谈的?"伊明江的目光里显露了烦乱。

"不让你当干部。说是让我们把你留给他。"

伊明江用手摸了摸前额,做了一个表示遗憾和无可奈何的动作。他说:"我给你们说说我家里的事吧,话很多,你们听吗?"

"当然。"伊力哈穆点点头。

米琪儿婉见他们先不睡,便扛来一口袋苞米棒子,拿来一个木盆,说了句"明天该上水磨了"。伊力哈穆和伊明江马上自觉地凑了过去,一次次地拿出两个棒子互相摩擦着脱粒,饱满的玉米粒跳跃着落到木盆里,玉米芯整齐地堆在一边。就这样,一边干活,伊明江一边讲述道:

"您看,你们都知道我爸爸是怎样地疼爱我。小时候,他给我做过多少玩具啊!用一块砖磨圆,拿它当小碌碡,我把它套在猫身上做轧场的游戏。用牛皮拧成小皮鞭,我骑在小羊身上,把鞭子耍得炸响。用铁做的小炉子,冬天,我当真在里面点上煤块,生上火,带到外面烤手呢……我常常想,我爸爸是世界上最好的人,我长大了该怎样报答他呢？反正我决不做一件他不顺心的事。你们都知道，我爸从来都是小心翼翼的，他生气的时候除了掉眼泪就只会自己打自己。但是，小时候有一次我在驴厩里玩，被驴子碰倒在地上，我躺在地上不起，哇哇地哭了起来。其实我没有摔坏，因为撒娇才不起的。我爸一见，他气成了那个样子，我真害怕，他抄起砍土镘照着驴头就砸，当天晚上驴就死了……瞧我说到哪里去了？"

"老实人的肚里长犄角——越是老实人脾气越大！"伊力哈穆笑了。

"我的爸爸叫我的时候总说什么'我的独苗儿''我的命根子'，就像没有我姐姐似的。听我妈说，生我姐姐的时候，我们家的绵羊正在下羔，我爸问了接生婆，听说生了个丫头，便只顾羊羔，却不肯进屋看女儿……"

"真糟糕！"米琪儿婉摇摇头。

"就是这样，爱弥拉克孜姐姐被马木提的狗咬了，他不及时带着她去医院，最后只好把手割掉了……"

"爱弥拉克孜是个多么好、多么要强的人！"米琪儿婉喟然叹息。

"还是先说我吧，"伊明江继续说，"我在小学，功课是最好的，毕业考试，语文是九十五，数学是一百。但是，我爸不让我上县城或者州上上中学，不让我离开他身边。"说到这儿，伊明江委屈地歪了歪脑袋，沉默了一下，"他倒让我姐上了卫生学校。我爸和我妈说，随她去吧，她就一只手，在家也干不了多少活，再说，早晚也是人家的人……可他现在对让我姐上学也后悔了……"

米琪儿婉和爱弥拉克孜是老相识了，如今，爱弥拉克孜又在米琪儿婉的娘家——新生活大队医疗站工作，所以，一提到爱弥拉克孜，她就忍不住插嘴说：

"说是一只手,可爱弥拉克孜有多么能干啊,比别人的两只手还能做活儿!连拉面都会做。

"她在新生活大队,工作又是那样好,对谁都是和和气气。农村的老婆子不会说自己的病情,你问她哪儿不舒服,她一会儿指指胸儿,一会儿又指指肚子,在大医院里,她们经常受到医生的白眼。可爱弥拉克孜不是这样,她关心每一个病人,她听完每一个病人的诉说,让每一个人都满意。"

伊力哈穆看了妻子一眼,温柔的眼光里包含着一种提醒:"你插嘴太多了吧?"

于是,伊明江又拉回了话题:"对我可就是另一回事了。我爸爸说,如果我上了很多学,当了干部住在城里,那家里的园子留给哪一个?他常常诉说,园子里有多少蒙派斯,多少阿普尔特①,杏子都是甜核,葡萄有马奶子和黑大粒②。一公斤可以卖好几角钱,当然啦,还种着大蒜和辣椒,种着全伊犁最好的玫瑰,养着奶牛、羊、鸡和两只肥鹅。他最高兴最得意的是,我们的园子周围没有邻居,不用担心旁人的鸡闯入我们的院落啄食蒜苗,也不会为了争水而和邻居吵嘴。小学毕业的时候,爸爸跟我说:'你就是上了大学,当了县长,也挣不上这么好的一个园子!'"

三个人都笑了起来。伊力哈穆问:"你喜欢你们家的园子吗?"

"我越来越恨我爸爸的园子了,它就是我的枷锁、我的牢笼,"伊明江脸红了,他的声音有些发颤,"就是为了这个该死的园子,不许我上中学。我那时还小,不懂得斗争。我看到同学们去上中学的时候,我整整哭了一天,一天没有吃饭,那时候我就想,将来等我

---

① 苹果名称。
② 葡萄名称。

长大了,我就学开拖拉机、推土机,我要把这个园子推平、犁掉……当然,我认为只有上中学才有前途,也不对。后来,在你们的帮助下,在团支部的帮助下,我高高兴兴地回队参加了生产……可是从今年以来,又出了新的麻烦……"

"什么新麻烦?"

"今年夏天,我爸爸开始打土坯,每天早、晚,都拉着我和他一起和泥、挖土。我当了保管员,一早一晚都得守着库房才行,我没有时间去打土坯,爸爸就生气……"

"打那么多土坯,盖新房吗?"

"说是盖起房来给我成家。"伊明江低下了头。

"你才十九岁呀,急什么?"伊力哈穆一笑。

伊明江急忙分辩:"简直讨嫌!我不也是这样说的吗?可是我爸爸已经是全力准备,他已经准备了两根檩子、十几根椽子,做好了四个枕头、两床被子,还买下了什么毛料衣服、茶碗饭碗……"

"跟谁成亲?"

"就是没有这个'谁'!他的思想嘛,有了东西,人是方便的。就这样,他要挖土,我要去收拾农具,他早不愿意我当干部了。正在这个时候,又传来了什么社教运动专整干部,整的哪个会计上了吊的消息,更把他吓坏了。今天中午,他非逼着我马上辞职不可。我说,我是共青团员。他说,管他什么团不团,反正你是阿西穆你爸爸的儿子,把我都气哭了。伊力哈穆哥,米琪儿婉姐,我爸爸的思想为什么是这样啊?他从来很少与旁人争论,他尤其绝不接受任何人说服……"

"那也不一定吧,譬如说六二年……"伊力哈穆含笑提起了六二年刷一半墙的事。

"噢,也可能。反正他没听过我的意见,他对我的疼爱,越来越成为我身上的绳索,我手腕上的镣铐,我前进道上的障碍。我一想起他那个哭丧着的脸,就像咽进一块胶皮……他逼得我姐姐已经没办法回家来了。爱弥拉克孜姐跟我不一样。如果她说了'不',那么任何人也休想勉强她。前些日子来了一个人,谁知道是帕夏汗大妈的什么亲戚,那人已经四十多岁了,三个孩子,他老婆死了。帕夏汗大妈把他介绍了来,他送给我们家许多东西,什么东方呢啦、伊拉克蜜枣啦之类的。他还答应当我们盖房的时候给我们搞到松木板、玻璃和油漆……我爸一心要姐姐嫁给他。上星期天,我姐回来了,爸一说姐姐就拒绝了,结果我爸爸愤怒地自己把自己打了一顿。我妈哭了起来。爱弥拉克孜姐连已经拌好的面条也没吃,天已经大黑她还是离家走了……为什么,为什么我的爸爸要这样呢?既折磨我们,又折磨他自己。"

三个人都叹了一口气。伊力哈穆说:"这些旧思想、旧习惯、旧意识就是这样害人呢。"

米琪儿婉说:"阿西穆大伯人是不错的,就是这里,"她指一指头部,"太陈旧了。"

"有些人就专门利用他这种旧思想,我看那些找他说什么社教专整干部的人就是别有用心!你可以把我的这个话告诉他。"伊力哈穆说。

玉米棒子搓完了,米琪儿婉收拾着玉米粒和玉米骨,对伊明江说:"不早了,请休息吧!"

伊明江慢慢地站了起来,伸了个懒腰。伊力哈穆用商量和询问的眼光看着伊明江,问道:"你真的住在这儿吗?"

"怎么?"米琪儿婉和伊明江都惊奇地看着他。

伊力哈穆也站了起来,他拉着伊明江的手坐在床头,恳切地说:"依我看,你还是回家去吧。中午刚吵过,晚上不回去,阿西穆大伯会不放心的。"

"这个……"

"不回去,只能使你们的距离越来越远,你要慢慢地给他讲道理,做些说服工作。"

"我可说服不了他,"伊明江苦笑着直摇头,"他什么都有一套看法,看起来老实,其实最固执,要改变他的思想比在磨盘上钻孔还难呢!"

"也不一定吧?"伊力哈穆不赞同地说,"解放以来,阿西穆伯不是跟着共产党一直走到社会主义来了吗?他勤勉、善于劳动又奉公守法。刚才你说了,就说打土坯吧,也是起早睡晚,利用工余时间。是那个小小的、孤零零的园子遮住了他的眼睛。是咱们维吾尔人的封建落后迷信的一套又一套的旧传统、旧风俗、旧思想害了他,你怎么能一不高兴就不回家了呢?那不等于在旧思想面前打了败仗逃跑了吗?当然,不只是你一个人帮助他。还有党,有公社,有四清工作队,有我们大家,他总会慢慢明白的。我们对于很多事情和很多道理,也不是一下子就弄通的。你说是吗?还是回去吧,夜深了,我送你一程……"

"送什么?最多给我一根防狗的木棒。那就……再见!"伊明江依依不舍地看了看米琪儿婉早就给他铺好的干干净净的被褥,屋子暖暖和和,一钻进去,就会舒舒服服地打起鼾来的。可想起爸爸确实也不放心,人生里的麻烦事何其多啊,到什么时候,能够让所有的孩子和青年都能有个满意的爸爸,再没有人为爸爸而苦恼而叹息呢?

"真不像话,"伊明江走了以后,米琪儿婉对送客回来的伊力哈穆嘟嘟囔囔,她正俯身在摇床上给女儿喂奶,"哪见过轰走客人的主人啊,都半夜了!"

"生活里有许多比礼节更重要的东西。不是这样吗?"伊力哈穆沉思着,微笑着,像是在回答米琪儿婉,又像是在自言自语。

夜深了。米琪儿婉和孩子都已经睡熟。在四周的安静中,各种声响听来更加清晰了。有妻女的均匀而亲近的呼吸声,有钟表的平稳的却又是催促人的嘀嗒响,小羊发出缓慢而诱人的嚼草声。夜行的汽车的轮子如雷鸣一样地轰轰而过,震得房屋和地面都在颤抖,这在白天本来是感觉不到的。即使在这深夜的宁静和日常的细微的声响里,伊力哈穆仍然深切地感到了那永无静止的、强有力的、忙碌而又甜蜜的战斗生活的脉搏。他睁一睁眼睛,给油灯添满煤油,放在了低矮的小方桌上。他拿出并打开了毛主席的书和从里希提书记那里借来的有关社会主义教育的文件,盘腿坐到了桌边。

这是每天最严肃,最激动,最幸福的时刻。多年以来,伊力哈穆养成了这个习惯,经过一天的奔波、劳累、会议、谈话,种种的事务和交道,他利用睡前的这一段宝贵的时间,静下心来细细地领会和咀嚼马克思列宁主义、毛泽东思想的道理,回味着这一天的,或者不限于当天的见闻和经历。他每每从革命导师的教导中,找到了自己的、千百万共产党员和贫下中农的愿望和道路;从本村本队五花八门的、具体的工作和社会现象中,领悟到毛主席的书和中央文件所讲的博大精深的道理。每逢这样的时刻,把脚下的土地和北京连接起来,把小方桌上的煤油灯和中南海的真理的明灯联系起来,把自己的那颗真诚的、火热的心和革命事业的宏图大略连贯起来的时候,他就感到离毛主席是这样近,好像主席来到了这个小屋,就在他的身边。他感到的是这样地迸发出了移山倒海的力量,并且获得了只有掌握了革命真理的人才能具有的光明阔大的心境,充满了只有无产阶级的先锋战士才能有的信念和自豪,而且他,一个普普通通的生活在遥远的边疆的生产队长竟变得这样聪明,这样登高望远,历史、现实和前景,都像阳光照耀下的绿洲一样历历在目。

这是最严肃、最激动、最幸福的事情,是解放以后数亿中国人民每天都要认真做的一件大事,是旧中国和国外从来没有的一件规模最大的盛举,这个盛举的名称就叫做"学习"。通过一天又一天,一次又一次的学习,伊力哈穆获得了从未有过的知识和眼界。生产力与生产关系,剥削与压迫,阶级斗争,革命就是解放生产力。社会主义、共产主义,财富像浪潮一样地涌出,你需要什么就将得到什么。劳动成为最大的光荣和快乐。一大二公,万国一统,万民一家,万众一心。城乡、脑体、工农的差别从此消失。私有财产与阶级、政党与国家从此消失。全世界无产者团结起来。要把人间变成天堂。

....

阶级斗争、生产斗争和科学实验,是建设社会主义强大国家的三项伟大革命运动,是使共产党人免除官僚主义、避免修正主义和教条主义,永远立于不败之地的确实保证,是使无产阶级能够和广大劳动群众联合起来,实行民主专政的可靠保证。不然的话,让地、富、反、坏、牛鬼蛇神一齐跑了出来,而我们的干部则不闻不问,有许多人甚至敌我不分,互相勾结,被敌人腐蚀侵袭,分化瓦解,拉出去,打进来,许多工人、农民和积极分子也被敌人软硬兼施,照此办理,那就不要很多时间,少则几年、十几年,多则几十年,就不可避免地要出现全国性的反革命复辟,马列主义的党就一定会变成修正主义的党,变成法西斯党,整个中国就要改变颜色了。

像震天撼地的雷霆,像洞幽烛微的火炬,像锐不可当的解剖刀,又像点滴滋润的春雨,遍扫大地的劲风。它怎样地照耀着、滋养着、激荡着、满足着共产党员伊力哈穆那对于革命真理永远饥渴、永远追求的心!

他反复地阅读着,思索着,联想着许多的人和事,大而至于六二年的五月事件,小而至于尼牙孜的牛、伊明江的家庭纠纷。勤劳智慧,乐观热情,淳朴顽强的维吾尔民族与维吾尔人民,几千年来,被封建迷信、愚昧落后、狭隘自私这些旧社会的负担压成了什么样子,折磨到了何等境地;近百年来,又有多少中国和外国的野心家、阴谋家和冒险家……利用新疆的复杂状况,利用新疆的民族矛盾、阶级矛盾、国内矛盾、国际矛盾来为自己的狼子野心开路!多少男儿求解放争自由的斗争,被亵渎、被利用、被骗取了去!只有在新中国成立以后,在兄弟的汉族人民的亲切帮助之下,历史悠久、色彩绚烂的维吾尔民族和维吾尔人民才彻底改变了自己被奴役、被榨取、被愚弄的悲惨命运,并且正在摆脱着落后的、不文明的状态,进入了飞跃发展的社会主义新时期,亲手创造着社会主义的新生活和新风尚,幸福的鸟儿如今才真正地栖留在维吾尔人的额头!

但是,为了使维吾尔族成为真正充分发展的社会主义民族,还需要做许多工作,走许多道路。旧社会的沉重负担,留下了不知多少简直是灾难性的影响。库图库扎尔,不正是这样一种灾难的化身吗?不正是毛主席所说的拉出去打进来的代表吗?伊力哈穆还不知道他是如何被拉出去或打进来的,但是,已经可以肯定,他在为谁效劳。他随手往火炉里添了几个刚刚剥出来的玉米骨,已经疲倦了的煤火立刻燃起熊熊的火焰,发出了呼呼的风声。

在烈火的呼呼声中,伊力哈穆大声读道:

"千万不要忘记阶级斗争。"

"阶级斗争,一抓就灵。"

真理是锐利的。真理也是质朴的。毛主席的锐利而质朴的语言,照亮了这间小小的房子。

明天,社教工作队的同志们就要到来了。他伊力哈穆,将要在党的领导下开始向阶级敌人开始一个新的决定性的战役。明天开始,将要集中地、系统地、细致深入地揭开这里的阶级斗争盖子,各种谜底都要揭晓,各种阴暗角落里的鬼蜮行径都要拿出来晒太阳,三大革命运动将要全面开展,人民的觉悟将要大大提高,社会主义的农村将要更加繁荣,我们的党将更加伟大、光荣、纯洁和朝气蓬勃。

明天啊,新的战斗的、光辉的、大有希望的明天啊!原来,已经是"明天"了。不断啄食的"母鸡",已经把时针早就推过了午夜十二点。伊力哈穆推开门,走到寒冷的夜雾里。弯弯的月牙已经走到了西天,星星警觉地眨着眼。院门前路边的白杨树,一排排高大的身影好像深夜护卫着村庄的哨兵。从遥远的天边,传来了一种隐隐约约的、低沉的虎啸一样的声音,大概是起风了吧?是的,这里的树枝也开始抖颤了。扑棱,扑棱,是窝架上的雄鸡扇动了翅子,它要叫头遍了:

"喔——"发出了一声昂扬清亮的啼叫。

小说人语:

毛主席在延安的时候提的是生产斗争与阶级斗争两样,到二十世纪六十年代,他提出了加上科学实验的"三大革命运动",这里有含蓄的对于失败的总路线、大跃进、人民公社"三面红旗"的总结,客观上是对于《实践论》上的关于感性认识如何发展到理性认识的一个重要补充。可惜的是,最后还是不无勉强地仅仅落实到阶级斗争上。是的,感性认识是不会因为数量的积累而飞跃成理性认识的,科学实验,是一个由感而理的桥梁,另一个桥梁是严格的逻辑推导与数学计算。当我们回顾那个年代的学习高潮的时候,我们也痛惜我们还太缺乏科学精神与实证精神。以哲学治国与以诗治国一样,还是太一厢情愿啊。

第三十八章　同志将至　热合曼一早刷房屋
灵感忽来　伊塔汗满口说汉语

像解放后伊犁地区的其他居民一样,对于阿卜都热合曼,粉刷房屋是他们最喜爱的一项家务劳动了。每年刷两次或者至少一次房屋,这是风俗,是制度,也是享受,是文明和休息。因为他们热爱社会主义的新生活,粉刷过的、洁白的或者多数是淡蓝色的墙壁,更能从中显示出生活的明亮、清洁和美好。也因为他们热情好客,而暗淡的房屋、污浊的环境、肮脏的院落都将是主人的可耻的失礼。所以,当热合曼在头一天晚上把四清工作队的同志即将到来(他毫不怀疑工作同志将在他家下榻)的喜讯告诉了老伴伊塔汗以后,这个低矮的、撅着美丽的花白胡须的老汉和他的虽然满脸纹褶,却依然保持着少女一样的身材的匀称和挺直的老伴,做出的"关于迎接社教工作队的几项决定"中的第一项便是,第二天一早刷房。

阿卜都热合曼起了个大早,那时,不过刚能模模糊糊地看到小窗洞外的微光。他喜气洋洋地又是性急地嚷嚷着,叫醒了、催促着还睁不开眼睛的伊塔汗和十三岁的孙子塔西。当伊塔汗在晨曦中挤牛奶和准备茶食,塔西挑水和扫院子的当儿,热合曼已经独自把两间正房和一间耳房里的差不多所有的东西搬运到了室外。茶好了,伊塔汗招呼热合曼吃东西。这时,老汉正兴冲冲地在雪地上抖毡子去尘。维吾尔人的生活方式是室内除了炉灶和灶前烧火的一点地方以外全铺上席子,席子上铺上毡子(有钱人就是地毯了),一切活动包括吃饭、睡觉、谈话都在毡子上进行,毡子起着桌椅板凳和床铺的作用。一般人家虽都有条案和个把单人床,主要是为了放东西用的。有炕桌,可以在炕桌上进食,也可以把放餐食餐具用的布单直接铺在毡子上用饭。做饭也是在毡子上进行的,把一块土造大布制作的苏普尔——擀面单展开铺在毡子上,这块大布便起着面案的作用。揉制馕饼、馒头是在这块苏普尔上。擀面皮也是在这块苏普尔上,只需用一个窄窄的木板做面板,留出擀面杖擀动的一点余地,换轴或者擀好以后,就把面皮在这块苏普尔上张开。做完饭,把苏普尔一包,连同剩余的干面粉、酵面等,全都包在苏普尔里。这么多活动都在毡子上,但是人们在毡子上除去睡眠以外不论搞什么都不脱掉鞋靴,包括招待客人时铺在毡子上的绸缎面子的褥子,客人踩在上面或坐在上面的时候,也是穿着靴鞋的。有些汉族同志不了解这一点,生怕踩脏了人家的毡子褥子,进到维吾尔人家里连忙脱鞋,往往弄巧成拙。其实,维吾尔人对你鞋上的尘沙远远不像对你露出脚袜、散发出某种气味那样反感。

  作者常常放下正在发展的情节而搞些民俗学的夹注,艺术的得失自可商榷,但它决非自然主义的琐屑。维吾尔是一个民族,有它独特的生活方式。这种独特性往往主要并不表现为某种奇闻或连篇累牍的谚语,而贯穿于它的全部的、每日每时的生活,是这个民族的历史、地理条件、生产水平的表现,并影响着这个民族的心理和文化。以毡子为例,它反映了当地当时条件下简朴、舒适因而是最合理的生活方式,它保留着汉族古代席地而坐,"割席"绝交的生活某些特点,并与现代的日本与朝鲜的"榻榻米"堪可匹配。维吾尔人的好客也表现在他们的毡子的作用上。做客要坐在毡子上,坐在毡子上也就能够方便地吃饭直至睡觉了。也就是说,做客而不吃饭、不过夜是无法想象能够通过的。客人和主人,男女老幼,大家都睡在一条毡子上,这就不发生床铺不够的问题,以及如此这般艾来白来的联想和启示等等。

现在回到热合曼和他的毡子上来吧。

平时,毡子吸饱了主人和客人靴鞋上的尘土,隔一段时期,靠抖毡子去尘,这当然是一件很不轻松的工作。毡子很大,四米多长,三米宽,当然也很重。热合曼摆出一副搏斗的姿势,他两腿劈开,腰背前倾,两臂伸张,抓住毡子的两个角,用力上下抖动,掀起了羊毛毡子的波浪,霎时间毡子好像也获得了生命,用自己的强劲的振动摇撼着,扯拽着老汉的身躯和臂膀,刺激着,挑逗着老汉使出更大的气力。而随着老汉的加力,毡子在热合曼的心目中变成了传说中的妖龙,它也加倍躁怒地发起威风来,冲腾着,拉扯着,似乎在向人挑战,要把人摔倒,同时还吐出了弥天盖地的,呛人的尘土。老汉来劲儿了,脸红了,他更加勇猛和奋不顾身地展开了同妖龙的搏斗,终于,摸到了妖龙的脾气,手臂的起落渐渐与毡子的振频合拍,妖龙似乎开始认输了、驯服了,按照人的意志而起伏舞动,尘烟也越来越稀薄、消散了。最后,打干净了的毡子,这被制服的妖龙垂头丧气地耷拉在雪上,再服服帖帖地被卷折在热合曼的脚下。热合曼老汉以一种得胜的姿态和庆功的情绪拍打着自己身上、脸上、眉毛和胡须上、帽子上的尘土。这时,他才听见了伊塔汗或许是第十一次的召唤:

"喝茶了!"

小小的方桌摆在因为撤去了毡子而露出了苇席和用牛粪和泥抹得光光的土地上。热合曼坐在里手,塔西坐在对面,伊塔汗靠着炉灶坐在一侧。桌子已经破旧,四角包着铁皮。由于四条腿不在一个平面上,为了放稳还在一条腿下垫了一个木片。桌子是土改时分得的果实,至今阿卜都热合曼舍不得丢掉它。桌面上放着一个比一个手鼓还要大的白面馕,白面馕上放着几块掰开了的,掺和着香甜橙红的南瓜丝的玉米粉馕块。在桌子与锅台上的一个崭新的、乳黄色的搪瓷罐里,飘着油珠和朵朵白云一样的奶皮子的奶茶,正冒出热腾腾的香气。伊塔汗抓起一把盐,放在葫芦瓢里,再把瓢放在茶水里绕着圈搅动着。然后,她拿起三个一色的画有蓝草和樱桃图饰的又大又厚又重的细瓷碗,按照年龄顺序,依次给热合曼和塔西倒茶。热合曼是一家之主,他的茶盛得最满,奶皮子也最多。其次是小孙子。至于她自己,谦逊地放在最后,虽然很可能她喝得最多。这是饮茶、早点,也是这个家庭的例行的提问、讨论、学习和上课的时刻。阿卜都热合曼已经六十有余,但是他旺盛的求知欲,他的对于新鲜事物的兴趣和追求,究根究底地去弄清和掌握这些事物的急迫愿望,确实超过了许多年轻人。由于在旧社会,他没有可能求学,他贮存了、积压了不知多少问题在肚里。而今新社会的日新月异的变化,在无比地打开了他的眼界的同时又提出了那么多新的课题。所以,每次喝茶的时候他都有问不完的问题要提出来请求讲解,寻找答案。如果桌边没有更有学问的人,小孙子塔西便是他的常任教师。从越南的战事到巴拿马运河和美国黑人的斗争,从秋天树叶子为什么变黄到塑料制品的原料,从飞机为什么能在天上飞到世界各洲、各国和各民族的概况,包括时事、政治、天文、地理、哲学、经济,他都要问。五八年州党校一位政治经济学的讲师在这里搞社会调查,在热合曼家吃饭,热合曼提出了那么多关于货币、流通、供求关系的问题,讲师开始只作一些浮皮潦草的、应付差事式的解说,紧接着老汉又提出一些新的疑难,不但说明他完全理解了讲师的解说,而且说明了他考虑问题是如何深刻,他往往一下抓住要害,讲师大为惊叹,当他知道老汉不识字后就更加佩服,回党校后他曾建议党委点名调阿卜都热合曼去理论教员训练班学习,只是因为热合曼确实年岁太大了才没成为事实。

还有一次塔西在饭桌旁说:"今天老师给我们开始讲语法了。""什么叫语法?"热合曼连忙问道。"就是一句话分主语、谓语和宾语。"塔西答。热合曼马上下令塔西在餐桌边给他讲了一节四十五分钟的语法课。"说话还有学问哩,真有意思。"老汉听得津津有味。伊塔汗埋怨茶凉了,埋怨老汉耽误了割草。老汉挥手说:"别唠叨了!再唠叨,就要拿你当宾语,拿打当谓语了。"

当然,这只是一次语法造句。事实上,四十年来,热合曼最喜欢举拳头,却从来没有向伊塔汗哪怕是戳过一根指头。

这个早晨,伴随着喝茶的课程科目,被阿卜都热合曼规定为:"汉语。"

阿卜都热合曼一面把馕掰碎泡到茶里,一面说道:

"社教工作队的同志就要来了。有几个同志要住在咱们家里,其中,少不了有汉族同志。过去咱们会说的那几句汉话:好吗?吃饭。坐下。来。谢谢。太不够用了。听见了吗,老婆子?现在,让塔西再教咱们几句。塔西,当汉族同志初来咱们家,有些拘束,有些害羞,给他端上饭他又不好意思吃的时候,我们应该说些什么呢?"

"应该说不——要——客——气!"

"什么?包——克——卡?"

"'不、要、客气',"塔西重复着,"就是别拘束,像在自己家一样的意思。"

"很好!好样的!"老汉满意地称赞着。

于是,一顿茶在"不要客气"的诵读中度过。拿起筷子是"不要客气",端起碗来是"不要客气",甚至咀嚼的时候的口形动作也是

"不要客气"。老汉自己努力念着,并且时时监督着伊塔汗。老汉很快记住了,但是身材灵活、脑筋却略嫌迟慢的伊塔汗却总是说不对。本来,伊塔汗有一个习惯,甚至可以说是嗜好,喝完奶茶后把剩在罐底的叶子和茶梗放在嘴里没完没了地咀嚼,有时要嚼一小时或者更久。既品味着奶茶的余香,又洁净牙齿,还是一种面部和口腔的运动,舒筋活血。但是今天,由于她读得不好,在热合曼愤怒的目光的威逼之下,为了念好"不要客气",在收拾碗筷以后,她只好硬起心肠,眼巴巴地把那么多可喜诱人的叶子和茶梗倒掉了。

吃饱了,塔西提着书包去上学,伊塔汗口中念念有词地刷碗,老汉提了一篮子生石灰块,咣当乒乓,倒在镔铁制的洗衣盆里。哗啦,一桶水倾倒在上面。噼噼啪啪,石灰块开始爆裂了,炸响了,水上漂起了一朵朵白花,每一朵花上的每一个花瓣,又分别绽开了,分裂成了一朵朵小花。一会儿百花齐放,大花和小花推移着、扩展着、分解着和组合着。噗噜噗噜,灰水沸腾了,冒泡了,传出了一片嘈杂,溅出了浆点了。尽管热合曼是无数次干这个事了,但是他仍然像孩子似的好奇而喜爱地欣赏着这幅火爆兴旺的小小画面,流连不舍。一块块冰冷的石灰块里,竟蕴藏着那么多的热烈和力量。这始终使老汉赞叹倾心。

石灰水平静下来了,变成了白白的乳浆。热合曼用火钳把混在石灰里的不溶的石块拣了出来,又拿来一袋牧羊牌靛蓝染料和一把粗盐,放到灰浆里,灰浆立时呈现出不均匀的蓝黑色,然后,开始用木棒搅拌起来。

伊塔汗已经做好了准备。袖子挽得高高的,头发用白纱布紧紧包起,扎上了围裙,换上了胶鞋。她把灰浆盆搬到了屋里,用长柄的马鬃刷蘸一蘸灰浆,甩一甩多余的水珠,熟练地从门旁开始刷起来。她持刷的角度恰当,用力均匀,速度有定,自上而下,一下子刷到底,刷两次蘸一次浆。热合曼看了看,刷出的墙无懈可击,老太婆的架势驾轻就熟、游刃有余,而又专心致志,根本不理会他的存在。

我这个老太婆刷房子的技巧确实超过了伊宁市那些以刷房而著名的俄罗斯族女人,这不是一件简单的事,不信你试试,刷出来硬是横一道子竖一道子,让人看了头都要炸开。热合曼满意而又惭愧地悄悄退出去了。

他走到院里,开始拍打、扫拭和洗刷家里的什物,这所有的东西:镶着喷了金粉的细木条花饰的精致的木箱,刷了一层蓝油漆的床,黑条桌和两把橘黄色的椅子,以及四季长红的绣球盆花,装粮食用的麻袋,水桶和油桶,茶罐和盐罐,暖水瓶和洗手壶,特别是他们最喜爱的分特大、大、中、小四个号的,每号十二个同种花色的瓷碗,都是他们解放以后,特别是公社化以后添置的。瓷器,是农民最喜爱的东西,不仅具有不同的实用价值,而且具有欣赏和礼宾仪仗的功用。这四十八个瓷碗正是勤劳的主人的幸福生活的标志。这样,每当热合曼摆弄自家现时的这些家当的时候,他都充满了深情和喜悦。看啊,他唱起来了……

门吱的一声推开了,进来的是伊力哈穆。他腰上束着一根绳子,把棉袄扎得紧紧的,手里拿着一把铁锨还有一根长长的木棒。问好以后,他说:

"你们起得好早哟,这么大工程都进行上了。"

"迎接工作队嘛,"热合曼得意地仰着头,"您呢?您也不是刚刚起床吧?"

"我才走了一趟公社卫生院,"伊力哈穆告诉热合曼说,"里希提书记夜间又咳了两次血,我和达吾提本来要找他商量事情的,一见他那情形,连忙把他送到卫生院。听说他的病情不轻,还要往伊宁市送呢！"

"他只知道为了大伙儿操劳，又不爱护自己……等会儿去看看他。"热合曼叹息着。

"把刨子借我用一下吧，"伊力哈穆拿起了木棒，"我要刨个锨把子。"

热合曼拿过了伊力哈穆的铁锨，看了看说："这把子不是很好吗？"

"不是我用。我给泰外库削一根。他挖土把锨把子折断了。"

"好，来，干脆我给您刨吧。"

于是，热合曼拿来了刨子，伊力哈穆搬来了木匠专用的、一端钉着用来卡材料的木块的大板凳，热合曼接过木棒，在手里掂了一下："真沉呀！"

"这是青冈木。还是春天，我一次从供销社买了五根。您需要吗？"

"队长！您回来两年了，连双皮靴都舍不得买，可买起工具来从来不心疼钱。可有的人，新靴新帽，供销社一卖酒他就不要命地往前挤，可家里连个像样的砍土镘也没有，干活的时候全靠和旁人借工具，这样的人难道能够算农民吗？这样的人难道也可以吃馕吗？"

"您这里指谁呢？"

热合曼没有答话。他气呼呼地平端起木棒，眯着眼端详了一下，放到木凳上，唰，唰，唰，开始拉动了（不是推）刨子，刨子发出一种尖细而又时起时伏的相当婉转的声音，刨花一卷卷曲折飞扬了起来。刨了两下，热合曼拿起刨子，用小锤子敲打着刨刀，调整着进刀的深浅，这才说：

"还有谁？我说的是尼牙孜泡克呗。您没见过他那把砍土镘吗？真该拿出来展览。真不知道他从哪来找来那么一小块烂铁片子。连塔西和伊塔汗用的砍土镘都比他的大得多！"

"您大概不知道,他还有一把大的砍土镘吧？大砍土镘是干私活的时候用的。"

"对了对了,是这样的。真丢人。"

伊力哈穆一笑。"我正要问您呢,昨天晚上您说到看见尼牙孜往伊宁市拉麦尾子,这是什么时候的事？怎么个情形？"

热合曼停止了手里的操作,疑问地看着伊力哈穆。伊力哈穆便把头一天在大队部发生的事情说了一遍。

"这个浑蛋！"热合曼气得满脸通红,声音也提高了许多,"怨这个怨那个,说了归齐还是怨我,错就错在我身上了！"

"怎么是错在您身上？"伊力哈穆没听懂。

"您还不知道吗？十四年前,减租反霸工作队率领着咱们这些受苦人打开了马木提大肚子的仓库。我分到了小麦、稻谷、油菜籽……一天我下地回来,伊塔汗的抓饭已经做得,这是我们俩成家以来第一次在家做这么多的抓饭呀！我一看就急了。'怎么是吃抓饭？''庆贺咱们翻身呀,不好吗？'她还挺会说呢。'抓饭当然好吃。你应该早点告诉我,我去请几个客人来嘛。再好的饭,就我们四个人吃有什么兴味呢！''那你快去请吧,现在也来得及嘛！'什么来得及？我怨叨着,走出家门。我想,谁要在这个时候经过我家的门口,也就是说抓饭该有他的一份——不知道这种请客的方法现在的青年人是不是接受得了。结果呢？道路那边来了一男一女。男人的眼睛又红又肿,身上长着癞疮,毡靴烂得没有了底,脚冻坏了,走路一跛一拐。女人的棉衣只剩了一只袖子是整的,到处都露着棉花,脸上的尘垢都快把鼻子埋起来了。我可没嫌弃他们。都是穷人,都是穆斯林嘛！按照民间故事里讲的,越是这样的人,越有来历,越应该尊敬呢。我当即把胡大安排来的这两位贵客请到了家里,使伊塔汗大为惊奇。当然,我的客人受到了很好的招待,抓饭喂饱了他们的肚子。问起来,他们说是从南疆来的,到这里投奔一个亲戚,结果亲戚搬迁走了,下落不明,他们现在是乞食度日。我给他们讲,现在解放了,穷苦人翻身了,不该再乱跑乞食,应该在一个地方待下来,好好搞生产,他们点头称是,我把他们留了下来。这两个人就是尼牙孜和库瓦汗。"

这一段故事,伊力哈穆是知道的。他还知道阿卜都热合曼后来是怎样竭尽全力帮助这个素昧平生的吃抓饭的客人。尼牙孜没有土地,说是上巴扎上打零工,晚上就住在热合曼家里。他每天早出晚归,经常给热合曼带一些小礼物:小刀、烟荷包、手绢……大多是旧物。开始,热合曼没有理会,后来才发现,这位客人是个"扬楚克契——摸口袋者"。热合曼与尼牙孜进行了一次严肃的谈话,尼牙孜答应从此洗手。热合曼又帮助他调剂了土地,还给他找了一间房子。他们搬了进去,一年以后库瓦汗生下了第一个孩子。但是,尼牙孜对于他的"恩人"的报答却是怒目横眉,视如寇仇,还到处散播,说是他住在热合曼家时曾经"借给"老汉五十元钱至今未收回。热合曼听到后气坏了,找他当众质问,他却厚颜地哈哈大笑,说热合曼怎么会不懂得维吾尔人是多么喜好开玩笑,怎么会这样"受不了"。而一个维吾尔人不会开玩笑,或者是受不了旁人开玩笑,将是如何呆板可厌,将如何难以存活……合作化以来,一个为了捍卫集体利益不受侵犯,一个挖空心思损公肥私,这两个人更成了势不两立的冤家对头。

看到热合曼在真诚地引咎自责,伊力哈穆说:"也不能这样说。您当时帮助他还是对的,应该互相帮助啊!"

"帮助谁?一个小偷、无赖、寄生虫吗?说实在的,你们对他的情况调查了没有?我就想象不出来,一个解放前受剥削受苦的人,一个只在公社才能过上安定温饱的生活的人,却对社会主义、对人民公社抱那样的态度!"

伊力哈穆点点头,里希提恢复了大队支部书记的职务以后,他们曾要求公社发函外调过尼牙孜的历史,但没有得到答复。这些情况不好向老汉讲。他说:"社会主义教育工作队不是要来了吗?在这次运动中要建立农村的阶级档案,要重新组织阶级队伍,要清政治、清经济、清思想、清组织。包括尼牙孜在内的许多人和许多事都会在这次运动中搞清楚的。您放心吧。可上次拉麦尾子到底是怎么回事呀?"

已经低下头拉刨子的热合曼又抬了一下头。为自己扯开了话题而抱歉地一笑,然后一边刨着木头一边说:"大概有四五天了吧?对,那是个星期天,就是爱弥拉克孜和她爸爸怄气的那天……"

"爱弥拉克孜的事您也知道了吗?"

"为什么不知道?那天晚上爱弥拉克孜哭哭啼啼走过我的家门口,我问清了是怎么回事,想留她在我家住一夜,她没有答应。我还想找个时间去劝劝阿西穆阿洪呢。"

"那太好了。"

"好。这个再说。那天早晨,我和平常一样起得很早。天还没大亮,我去渠沟里把泡着的麻秆抱了出来,准备剥麻皮做绳子。正好看见尼牙孜泡克赶着驴车走过来。"

"尼牙孜哪儿来的车?"

"车是麦素木的。"

"车是麦素木的?您看清了吗?"

"那还有错!今年夏天大队加工厂的木匠给他打的架子,是凭大队长的牌牌子锯的柳树,原来说是基建用材料,后来却给麦素木打了车。为这事,社员们还有意见呢。驴是尼牙孜的瘦驴,车是麦素木的新车。车帮上插着树条子,加高边围,麦尾子装得又高又满,真够那条驴受的。我知道他烦我,但是我爱管闲事的脾气是改不了的,我问:'尼扎洪,这么早把麦尾子拉到什么地方去啊?'他支支吾吾说是给伊宁市一个亲戚送去。我当时就觉得奇怪,他伊宁市哪里来的什么亲戚之人?他家里有驴有牛,他又懒,秋天没见他打过多少草,难道还有多余的饲料送人?到春天他用什么喂牲口呢?现在看来就更稀奇了,难道他早就知道他的牛要病了……"

"看来,牛没有什么病吧?"伊力哈穆闷声说。

"牛没有什么病,没有病,"阿卜都热合曼自言自语地重复着、思索着,他恍然大悟,放下了手里的活,愤愤地叫道,"这个浑蛋!原来是这样!还以为别人看不出呢!这种小算盘和鬼把戏又有什么新鲜!还想反咬一口找队里的麻烦呢!让他抡起砍土镘去砍自己的脚吧……"

热合曼把自己的分析告诉了伊力哈穆,伊力哈穆完全同意。

"现在关键是把他的牛的情况弄清楚。谁宰的牛?"热合曼说。

"泰外库……"

"对,找泰外库打听清楚,我们揭露他!"

"不忙,要揭出尼牙孜背后的人。热合曼哥,还有个事,您刚才说到阿西穆哥,我也正想建议您去一趟……"他把伊明江的事说了一下,"您年纪大些,也许说了话他信服一些。"

"信服不信服那就不好说了,"热合曼摇了摇头,"这位老伙计,不声不吭,还真有一点顽固劲儿。让他信服个什么事,是很不容易的。他有一个喜爱的理论,饭吃到肚子里,也还不算吃了饭。"

"怎么讲?"

"您没听他说过吗?三个人一起吃馄饨,第一个人祷告说,盼望胡大恩准我吃下这个馄饨。第二个人撽起一个馄饨说,胡大准不准我也要吃下这个馄饨,结果馄饨烫了嘴,吐到了地上。第三个人不说话,把馄饨咽到了肚里,夸口说,这下子胡大管不了我的馄饨了,结果他肚子里闹蛔虫,把馄饨呕吐了出来……总之,什么事情只有在办完以后才算数,才能相信。这样的话,他能相信谁的话呢?"

"他能相信谁的话吗?他不相信好话,却相信坏话!他听见说一个会计上了吊,他就相信了,不但信了,而且还怕得要命!"

"这是因为,他相信又一个理论,凡是不害怕的人都要受到真主的惩罚,胡大只喜爱那些忠顺的子民……不要和您说这些了吧,我们这些上了年纪的人,从小不知听了多少艾来白来、样模样子的教训、故事、格言、规定……如果你对这一切都信以为真,不敢背离半步,你就变成了个大好人,却也是一个张开了嘴就不敢再闭上的人;你就再也接受不进一丝一毫新东西,只知道胆战心惊、浑浑噩噩……铁锹把子完成了,交给泰外库,让他再找个碗碴子刮它个光溜溜滑溜溜吧……当然,阿西穆阿洪那里我会去的……"

太阳升高了。经过黎明前的一阵大风,天空显得格外明净。冬季的好天气给人的感觉比夏季的雨后似乎还要温暖。伊力哈穆多么想更多地和热合曼老汉谈论一会儿啊,这个老汉对于新思想的吸收和对于旧事物的了解都是同样的多,对于社会主义事业的热忱和对于一切腐朽的、丑恶的东西的憎恶,都是同样的强烈。和这样的人谈话永远是有益处的,不会疲倦的。但是,他必须走了——请读者原谅这种说法的偏激吧:我总觉得农村的生产队长和国家的外交部长,在忙碌的程度上很可能并没有多少差别。看啊,正像他来的时候是小跑着赶来的一样,现在,他道过再见以后,又是小跑着走了,踩着路上的薄冰,发出吱吱的声响。

伊力哈穆走了以后,老汉忽然想起了什么,他跑到屋里。老太婆正在刷最后的棱棱角角,门洞窗洞。几面墙上的灰浆正在陆续干燥,初刷上去的水蓝色变浅了,变鲜了,呈现出比纯白柔和,比天蓝爽目的轻匀怡远的淡蓝——白色,房子里弥漫着石灰水的代表着清洁和爽快的香味。热合曼喊道:

"喂,老婆子,还记得吗?那句话怎么说?"

正在专心致志地刷顶角的伊塔汗被这突如其来的大喝吓得一激灵。

"你说什么呀?吓我一跳!"

"我问你那句话?"

"什么这句话那句话的?别捣乱,我正在刷房,你没有看见吗?"

"什么?正在刷房就不能学汉语了吗?刷房的时候不能学,锄草的时候不能学,做饭打馕挤奶洗衣的时候都不能学,你以为公社管委会正在做计划好把你保送到乌鲁木齐上汉语专修班去吗?"

"斯大!① 你怎么了?"伊塔汗被他纠缠不过。但是确实抱歉的是,那句话早已忘到伊犁河里去了。老太婆急中生智,便略略耍了一个滑头,含含糊糊地说:

"谁不知道?不就是那个什么包拉契克吗?"

"什么?你说什么包了契拉卜?"偏偏这位汉语教师严格认真,一丝不苟,对于弄虚作假的坏学生决不迁就,他气得胡须也哆嗦起来,"你再说一遍,秃骆驼!"他走过去,抓住了那把正在蘸灰浆的刷子。

---

① 这是表示遗憾、惊叹的一组短语的简称。

"我……忘了。"老太婆只有负疚地承认了。

"我告诉你,是不、要、客、气,看你要是再忘记!"热合曼举起了拳头。

"知道了,知道了!"老太婆连连点头,而且,不知道这时从哪里来的一阵灵感,她满腔信心,满口行云流水,她融会贯通,巧为运用,从必然王国进入了自由王国,她狡猾地、自负地、信心十足甚至是得意扬扬地说:

"老头子,听我的吧!"她骄傲地向老头一瞥,大声说道,"等工作同志来了,我会说:'我吗,你们妈妈。他吗,你们大大。同志吗,我们巴郎①。你们吗,客气没有!'"

鬼知道这个老太婆从哪里学了这么多,还成龙配套呢!难道不比我热合曼强吗?老汉惊异地睁大了眼睛,又羡慕,又嫉妒,又佩服:看来,五十年前,胡大给了我一个多么智慧而又服从调教的好媳妇啊!

小说人语:

远在成为书稿以前,小说人一九七二年试写的就是粉刷居室。道也罢,禅也罢,妄也罢,魔也罢,都在日常生活直至屙屎屙尿之中。

往事依稀,往事依然,依事依依。伊犁八年,我与芳一起粉刷过多少次房屋的内墙啊。大约在春季,那生石灰泡浆的芳香,那刚刷上去水蓝与渐渐变白的过程,那趁机大张旗鼓地清理清扫清洁搬运与淘汰更新、使住家面貌一新的快乐,已经久违了。

况且加上了一道光环:迎接社会主义教育工作队!

---

① 即孩子。

第三十九章　风轻月淡　泰外库雄风惩恶劣
　　　　　　意雅情深　爱弥拉丽质见高洁

　　自从泰外库和雪林姑丽离婚,把自己的房屋供给庄子上的小学班用以后,他一直住在大队的前理发室。这间前理发室,就位于公路与目前正在施工改线的大渠交叉在桥边的一角,没有院落,还没有园子,只是一间孤零零的房子面对着夏季流水奔腾,冬季杳无声息的干渠和汽车、马车、自行车不断,尘土飞扬的大路。这间房子经常是挂着一个锁的,有些外队的、过路的人至今不知道里面已经住上了人。

　　很长时间了,伊力哈穆没有顾上到他这儿来。昨天在水渠工地上,泰外库的情绪使他不安,泰外库是多么需要他的关心和帮助呀!随着走近泰外库的房门,他的心情渐渐由沉重变得沉稳和宽慰了。门上没有锁。房顶的烟囱正冒着浓烟。这么说,这位伙计在家呢。只要在家,哪怕是三言五语也可以做到推心置腹。伊力哈穆有信心地、砰地推开了门。

　　伊力哈穆一怔,在烟气弥漫的房子里,除了泰外库以外,还有一个人,一个女子。

　　一进门伊力哈穆就看见了那蹲在灶前、拨拉着柴火的姑娘的后影了。围在头上的、遮住了整个肩背的、驼色的绒毛大围巾;深灰底色、带着嫩绿色的细方格的粗线呢外衣;奔拉到地上的紫色条绒的连衣裙……泰外库坐在床上,痴呆而又慌乱。他机械地和伊力哈穆握手问好。

火噗的一声烧着了,姑娘站起身来,转过头。伊力哈穆看到了那轮廓分明、肌肉紧凑、颧骨略高、肤色微黑的脸,那深邃的眼睛和好像削出来的端正的、大而有力的鼻子。这是一张舞蹈演员的或者体操运动员的面孔,这也是一张端庄而骄傲的面孔。她就是爱弥拉克孜。

"爱弥拉克孜姑娘[①],这是您吗?您在吗?好久不见了啊!"

"伊力哈穆哥,您好,还能不在吗?瞧,我来了噢。我们大队的链霉素用完了。公社卫生院里库存的还多,电话里院长答应调给我们一些。今天,我来取药的,顺便把泰外库借给我用的手电筒还给他。"爱弥拉克孜向伊力哈穆简练地、却又是多余地说明着。

"您没有回家吗?"

"今天怕没有时间了。"爱弥拉克孜的眼睛凄苦地一眨,眼角上显示了细细的鱼尾纹,很快又恢复了她那种独有的既和蔼又冷淡的表情。她向泰外库说:

"您不应该一气添那么多柴。堵住了烟道,还怎么烧得起来呢?那么,它现在烧得正好,再见,泰外库哥,谢谢您借给我的电筒。再见,伊力哈穆哥,时间到来的时候[②],请您到我们那儿去玩。"说完,爱弥拉克孜扶一扶头巾,转过身去。说话的时候,她的那只没有手掌的左手一直插在上衣兜里,更显出一种高傲的神情。她走了,有一会儿依然可以听到她那轻盈而又麻利的脚步声。

"怎么连一声再见也不说,也不送送你的客人啊!"伊力哈穆提醒着。

泰外库迷惑地看了伊力哈穆一眼,答非所问地说:"这个房子

[①] 克孜即姑娘之意,但爱弥拉克孜里的克孜,已成为她名字的一部分。
[②] 在这一段和本书其他地方,有许多对话取自维吾尔语的直译,以便读者更多地了解维吾尔人的语言逻辑、感情和心理。

里的烟太大了,又乱……"

伊力哈穆看了看四周。作为一间单身汉的住房,泰外库料理得还是过得去的。水桶上盖着盖,面粉口袋拧着口,清油和醋瓶子挂在墙上,茶罐和盐罐放在壁橱里。各就各位。只是地好像刚扫了一半,扫把倒在干净和尘垢的分界线上。

伊力哈穆把铁锨把子递给了泰外库:"给。再找个碗碴子刮刮,用起来就顺手了。"

"那好。昨天上午去木匠房开票,还没买上。"泰外库接过了锨把子,放在一边,仍然坐着不动。

"你还没有吃早茶吧?"伊力哈穆问。

"啊,这就,这就。"

伊力哈穆笑了笑,熟悉地从悬挂在房梁上的、放东西的木板上取下一个大搪瓷缸子,从壁橱的茶罐子里抓了一把茶叶放到了缸子里。泰外库这才起身走过来,接过缸子。伊力哈穆打开灶上的锅盖,里面的不多的水已经开了。泰外库拿起葫芦瓢从锅里舀起了一瓢水,倒向茶缸里。他心不在焉,倒得太多了,还没有沉下去的茶叶随着水溢到了外面,落到了地上,伊力哈穆喊叫了一声他才停下来,顺手把瓢里的剩水泼到了门旁。

泰外库把缸子放在灶口前,两眼盯着爱弥拉克孜给烧起来的炽热的火。

"你什么时候借给她手电了?"伊力哈穆随口问。

"谁?她吗?是上个星期天。夜晚。路上有两个流氓跟她捣乱。"

"她现在情绪好了吗?"

"情绪?谁的情绪?我哪里知道?"

"真是个出色的姑娘。"

"……"

"昨天,是你给尼牙孜宰的牛吗?"

"没有,什么,是的。库瓦汗叫我去宰的。"

"他的牛有病吗?"

"牛有病?我哪里知道?有我什么事……这还有一些煮熟了的牛肉呢,伊力哈穆哥,您吃不吃?"

"谢谢,你请,我刚吃过东西,你待会儿去劳动吧?"

"劳动?当然了,还能不劳动吗?"泰外库的回答怔怔磕磕,他仍然目不转睛地看着那活泼跳跃的火焰。

看来,不是谈话的时候。也许,是爱弥拉克孜的到来使大个子心慌意乱?也许,这个兴趣多变主意也多变的孤儿又迷住了什么新事业?好吧,让他出一会儿神吧,这并没有什么不好。

"时间不早了,喝了茶快去工地吧,我先走了。"

"一起吃茶……"泰外库显出了抱歉的笑容。

"谢谢。"

伊力哈穆走了。泰外库呆呆地坐在炉灶旁,握着拳头,抵着下巴。缸子里的茶水沸腾了,哼哼着一个柔曼的调子。早晨,他刚收拢起被子,往灶里添上一把柴火,划了一根火柴就扫地。地扫到半截,爱弥拉克孜进来了,多么意外……这个从小他就熟悉的,而后来在他的心目中是高高在上的女医生,突然出现在他的不成样子的、路边的、昏黑、窄小、破旧,没有院子更没有花园的房子——前理发室里。理发室里至今保留着劣质的、涉嫌变质的肥皂水与脏头发的气味。爱弥拉克孜的到来使他感到了从未有过的兴奋和喜悦,然而更多的是惭愧,是自惭形秽,是一连串的失悔。他怎么会没有想到爱弥拉克孜要还他的手电筒呢?他怎么没有把房间整理得更齐整一些,更符合他这个勤劳、能干、精力无穷的人的特点呢?

他怎么偏偏是今天,醒了以后还躺在被窝里遐想,腻腻歪歪硬是不蹦起来呢？如果早起五分钟,地也会扫完的,房间也会是另一副面貌啊！他的棉衣上少了两个扣子,他的脸像一个刺猬（他摸了摸那扎人的络腮胡须）,而且他竟然没有戴帽子。他连一句"请坐""请喝茶"之类的话都没有说,他显得何等愚笨,痴呆,不文明,不懂礼节,粗鲁。混乱,懒惰……连柴火也不会烧,搞得到处是该死的烟……生活不应该是这样子的啊。一滴眼泪,悄悄地从眼角里爬了出来,淌过他的腮,落到了他握得骨节作响的拳头上。

泰外库忘记了上工,忘记了自己呆坐了多长时间,烧好了的茶也没有喝。忽然,一阵响亮而喧闹的汽车声和欢呼声浪冲进了这个房间,连房顶和地面也被震摇着,晃动着……

九点过五分,社会主义教育工作队的干部们乘的四辆大卡车,开到了跃进公社。

这一天,整个公社沉浸在一种不寻常的忙乱,欢乐的气氛里。当汽车开过的时候,行人停止了脚步,正在赶车的双手收紧了缰绳。抱着小孩子、将着大孩子的妇女和老人走到了门口,他们向被迎面的疾风吹得双颊通红的社教干部们招手、欢呼,拼命想从一晃即过的汽车上认出,记下几个熟悉的或者不熟悉的面孔。连低矮的农家屋顶上的单腿独立着的雄鸡,渠里的冰水上浮游着的鸭子,因为道路扫得空前清洁而找不着一根草棍、无聊地搜寻着的牛犊子,也都发出各自的惊喜的鸣叫。只有麦素木圈养的那条黑狗,恶狠狠地向着汽车队扑去,尽管跑了一段就被汽车拉下了老远,它仍然龇着牙,撅着尾巴,汪汪地吠叫个不住。

公社机关院子里插着许多面迎风招展的红旗和彩旗。"热烈欢迎四清工作队进驻我公社"的标语鲜明耀眼。在此起彼伏的汽车喇叭声、招呼声、掌声、笑声和广播喇叭里正放送着的《大海航行靠舵手》的铜管乐曲声中,车停了,排气管放出了气。人们跑向正在敏捷地从车上跳下来或者笨拙地从车后爬下来的工作队队员们,帮他们从地上拎起他们的行李与提包,说着、笑着,把他们让到火炉烧得通红的温暖的房间里。"冷不冷?""一点也不冷。""您贵姓?""我姓张。""您呢?""我叫买买提。""老张同志辛苦了。""谢谢您,买买提同志。""我给您去打一盆洗脸水。""我自己来。""哎呀,我的毛巾哪里去啦?""这里还有……先用我的……"

人们怀着真诚的欢迎、热情的期待、强烈的好奇和浓厚的兴趣涌向公社,争相看一看这么多首次见面的亲人。有的在门口探一探头,调皮而又羞涩地一笑。走进办公室改成的临时宿舍,用流利的、结结巴巴的、混合的汉语、维语、哈萨克语向工作队队员们问好。忽然,堆在门口的人们让开了,一位老态龙钟的、驼着背的老太婆颤巍巍地走了进来,她的一只手扶着孙女,孙女的身上背着一个口袋。老奶奶一个个地拉着、抚摸着工作队员的手,凑近每一个人的脸,定睛端详着干部们的长相。再用双手摩挲着自己的脸,流下了欢喜的泪水。小孙女打开口袋,把两个青皮密纹、两头尖中间圆的哈密瓜拿了出来。公社干部说,这是全公社年龄最老的长者,已经九十多岁,她经历过老沙皇的占领与屠杀。为了欢迎社教干部,专门坐牛车走了六公里来送瓜的。她说话已经不太清楚,一再重复着要求大家当着她的面吃瓜。公社干部非常均匀地把瓜切成了许多牙儿。全体工作队干部都肃然起敬,个个含着感动的泪花,拿起了一片片甜瓜,深深地咽下了这贯注了维吾尔族贫下中农的情意,伊犁河谷的泥土的芳香,天山雪水的清冽的甜美的液汁……

照例,在紧张的战斗前总会有轻松的间隙。当工作队长尹中信、副队长基利利和公社领导干部碰头研究的时候,其他社教干部便三三五五地走到了街上。"这个公社很富呢。你看,社员们普遍穿得比我们好。""要是春天来就更好看了,你看,到处都是树。""忙什么?反正春天我们也要在这里过的。""公社书记姓赵吗?他那个穿戴打扮,满口的维语,叫人还以为他是少数民族同志呢。""哟,我怎么刚来就转了向了,咱们是从那条路来的吗?怎么雪山跑到这边来了?"这是社教干部们的谈论。"同志,几点了?"因为大部分干部们戴手表,农民,特别是孩子们最爱一见他们就相问时间了。"不远,不远,拐过弯就是供销社门市部。""家来坐嘛,房子里来坐嘛!"这是老乡们与社教干部的问答。一群娃娃围上了社教干部,"给我们照个相吧!""照相?噢,明白了,我们不是记者。并不是所有的干部下乡都带照相机的。""那就给我们唱一个歌。""你们合唱,我们一人唱一个歌好吗?"

社教干部出现在商店里。售货员和顾客都用亲热的目光注视着他们。"电池吗?有。""牙膏吗,要什么牌子的?""一共一块八十五分。"收完钱以后,忍不住还要攀谈几句,"你们住在哪里了?""你们的队长是谁?""晚上有电影?"

社教干部出现在邮局里,写着"今天上午,我们已经到达了跃进公社,一切都比意料的还要好得多……"的信件投进了邮箱。"这里往乌鲁木齐寄信,几天可以到?""破季订《红旗》可以吗?"……然后,得到了满意的回答。

中午,在每人吃了一大碗热、辣、酽、香,着着实实的胡尔炖以后,开始忙碌了起来。党、团支委、组长以上干部还嚼着最后一口馕,已经被召集在一起。基利利副队长再一次强调了集训期间已经三令五申的工作纪律和群众纪律。最后订正了分赴各个大队和公社直属各单位的工作组组长、成员的名单,布置了最初几天的工作日程、汇报制度。然后是工作队全体干部会议,公社领导干部与大家见了面,介绍了情况。办事周到的赵志恒书记把事先准备好了的写着公社人口、民族、土地、历年产量、大队与生产队的建制等等内容,并附有公社地图的"跃进公社基本情况"油印材料发给了大家。尹中信的讲话很简短,他说:"乡亲们热情地接待我们,因为我们是为贫下中农办事的,是贯彻毛主席的革命路线和政策的,是来抓阶级斗争,抓三大革命运动,搞社会主义的,我们要依靠广大贫下中农、人民群众和革命干部,把运动搞深、搞透、搞彻底,决不辜负党和人民的期望。"

然后又是一系列会议和活动,这时,已经分不出哪里是宿舍,哪里是会议室和办公室。有坐在床上开会的,有趴在床上写材料的,有暂把行李放在办公桌上的。各组负责妇女工作的女干部集合起来,听公社妇联主任给大家介绍有关情况。专业查账人员,碰头学习了刚刚发下的,标着"急、密"字样的几份贪污分子典型案例和清查经验材料。秘书人员,一起确定了出简报的办法。各组的翻译聚在一起,就统一少数民族人名地名的翻译问题交换了意见,否则,特别在牵扯到专案材料时会产生不知多少差错和麻烦。章洋(从乌鲁木齐来的那辆车上的社教干部,一到伊犁就分开了,重新编组,与本地州、县干部编在一起。分到这个公社来的,除了尹中信,从那辆轿车上下来的就只有章洋了)又叫走了一批比较年轻的、能歌善舞的工作队员(大部分是大学新毕业生和党校翻译班、财贸学校会计班的学员),为晚上的联欢进行突击排练。

来了许多看望工作队的人。有附近驻军摩托连的指导员,兵团畜牧场的场长和政委,正在修公路桥的筑路指挥部的总指挥……外贸物资收购站的站长希望工作组下去以后附带做一下发动当地群众出售马、牛、驴、骡、骆驼体毛与尾毛的工作;民政干部要求某个队的干部顺便了解一下某个婚姻案件的情况。医院和交通管理站分别送来了《怎样预防百日咳》和《维护交通安全,遵守交通规则》的宣传画与宣传提纲。四清工作队的威信吸引了那么多的来访者,吸引了那么多关怀、瞩目、要求和希望。尹中信和基利利忙得不可开交。上面千条线,基层一根针。到基层几个小时,他们便开始看到、体会到,我们伟大的社会主义祖国的各个系统、各个部门的各式各样的方针、计划、设想、胆略、任务,是怎样地在基层汇合成了沸腾的、五花八门的、日新月异的生活。古今中外,还有比我们的基层单位更充实,更有吸引力的生活吗?

晚上就更不必说了。从各个队,从山上和河边来了那么多社员。不顾夜晚的寒冷,晚会在学校的操场举行。学校门口停满了四轮车、胶轮车、带斗子的拖拉机、自行车,拴满了马和驴。牧业队的民兵连从几十公里以外的草场,成群结队地骑着剽悍雄武的伊犁马赶来了。操场上坐满了人以后,人们便向房顶、树杈上发展。临时绑在排球架子上的银幕前面没有地方了,晚来的人便坐在银幕的背面,看不见容貌也罢,他们要听一听社教干部的声音,还准备看看银幕背后的左右相反的别具风味的电影。讲话、演节目、放电影,一直到深夜。电影刚开始,下起了雪。雪越下越大,但是谁也没有走。一名公社干部给放映员和放映机打着伞。雪一片一片地下着,穿过放映镜头的光束,映射在银幕上面,像缭乱的花朵,像纷飞的群鸟,又像行云流水,使得一个个画面增加了新鲜的魅力;扑打帽子上、肩背上的雪花的声音,也为电影的音响添加了许多不同的效果。

在我们的跃进公社爱国大队第七生产队,有两家没有去看电影,一个是麦素木,一个是泰外库。

麦素木躺在毡子上。下面垫了三层褥子,脑下枕着四个枕头。

他面色铁青,双眼紧闭,痛苦地呻吟着。从下午,他就叫喊头痛腹痛,晚上,发作得更加严重了。古海丽巴侬斜坐在一旁,用右手揪捏着麦素木的脑门子,脑门子上已经出现了三块青紫色的斑痕。她的左手的大拇指和无名指之间,掐着一颗卷烟。她仰头吸了一口烟,用她那特有的低哑的声音说:

"我给你拌个生萝卜条吃吧,吃了你就会好的。"

"把烟扔掉!你妈的!"麦素木突然大叫。

古海丽巴侬轻蔑地一笑。她狠狠地吸了一口烟,噗的一下喷到了麦素木的脸上,然后把剩下的半截烟头远远地一抛。她说:

"这么大的脾气哟!上午还好好的。你也许中了邪了吧?"

麦素木气得嘴角抽搐起来,他想动手打,抬不动手,他想开口骂,骂不出声。是的,今天下午,麦素木的脾气坏极了。早晨,他还带着对夜晚的成功的宴会的扬扬自得的回味,笑嘻嘻地离开了家。库图库扎尔,完全和他设想的一样,飞进了他的鸽笼,亚力买买提的牌就是厉害!麦素木走在路上也觉得自己体重增加了,步子迈大了,在这里,他的地位又巩固、发展了一步,他的事业,正在开展……他走进了自己的阴暗潮湿的办公室,把门反扣上,掏出了随身携带的小册子,翻过去几页,在库图库扎尔名字下面写道:

"十二月二十四日晚,到我家喝酒吃饭……"

又翻回来,在小本子的最初几页,伊力哈穆的名字下写道:

"十二月二十四日下午,骑马自庄子到大队。晚上,有热依穆、达吾提、阿卜都热合曼、伊明江等到他家。"

然后,翻到小本子的最后,在尼牙孜的名字下记道:

"十二月二十四日下午,由泰外库为他家宰了牛,牛肉按每公斤高于国家牌价二十四分的价格出售。"

写完,他把钢笔插到笔帽里,拧紧,别在胸前,用手指沙沙翻动着小本的纸页，脸上显出了恶毒的笑容。他的眼前，呈现出一幅"胜利"的图画，不管是谁，如果挡住了他的路，如果要冒犯他，如果妨碍他的事业，他就可以从本子上找到许多"材料"，加以引申、发挥、分析，添油加醋，转守为攻，置人于死地。他知道，有些普普通通的事情，记下来，到时候自有用处：譬如说，某年某月某日伊力哈穆骑着队里的马从路上走过，这在某些时候，难道不可以用来说明队长高高在上、耀武扬威，几乎和旧社会的地主恶霸一样吗？譬如说，在社教工作队到来的前夕，在他邀请大队长到他家做客的时候，他远远地看到了许多人而且都是干部、积极分子，走进伊力哈穆家的门，把这个情况记下来，不就可以用来论证伊力哈穆召集亲信，制定对付社教工作队的策略吗？包括伊力哈穆×日曾在×××家喝茶一碗，吃馕一角，不但说明了队长经济上的不清，而且可以解释为什么那一天×××得到了头等工分——伊力哈穆徇私舞弊，而×月×日上午十时伊力哈穆曾到供销社门市部买东西，更是他不参加劳动的铁证。麦素木也深深佩服亚力买买提给他讲的那一条道理的高明，不仅要注意对手，而且要注意朋友。因为，往往"朋友"比敌人更危险。在他的科长生涯里，他算是吃尽了"朋友"的苦头！他的那些见不得人的事，都是"朋友"们揭出来的，而他，也是靠对朋友下手才保全了自己。从此他得到了教训，平日要早做准备，以免到时候措手不及。他的心爱的、绝密的小本子，便是他备用的手雷，要它哪一天在哪一个人的头上爆炸，它便会在哪一天在哪一个人的头上爆炸，想到这里，他把小本子高高地向上一抛，万分爱惜地接住，放在口袋里。他把手腕子一甩，似乎什么人在向他喊着"耐、耐、耐、耐……"这是教小女孩打拍子、教小女孩跳舞时的声音，然后人们就要随着这个节拍起舞啦……

一阵轰隆轰隆的声音使他吓了一跳。他走到临街的小小的窗口旁,用手抹一抹玻璃上的厚厚的尘土,把脸凑了过去。他看了一辆又一辆的坐满了社教工作干部的汽车,人们在鼓掌、欢呼、招手。一阵莫名的恐惧和妒恨突然袭来,压倒了他,他连忙退回到自己的座位。"砰、砰、砰",一串敲门声,霎时间他竟以为是社教干部派人来传他去受审。他打开门,是铁匠达吾提。达吾提问:"标语呢?"

"啊,啊……"

"大队长说你写了标语,社教干部已经来了,怎么您还没有写?您是怎么了啊?"

不知是听来如此还是事实如此,达吾提的音调里似乎充满了不信任和不满意。

……麦素木早晨以来的好情绪全部被破坏了。他简直不懂,这些个傻瓜们究竟为什么那样欢迎干部的到来?工作队既不施舍银圆,也不招待包子抓饭,愚蠢的"喀什噶尔"人们鼓掌做什么,招手做什么,喊叫做什么?他也不懂,为什么他自己到处讲这是一个机会,等社教队来了咱们好好告伊力哈穆一状,把他整垮,但实际上,他不过隔着尘垢蔽目的玻璃看见了几辆卡车,就使他那么窝心,那么慌张,那么害怕。社教干部的冻得通红的笑脸,在他看来都是那么险恶,那么高深莫测。一下子来了这么多人,这更使麦素木心头乱跳……

这以后,一件接着一件,都是些叫人不痛快的事。他去商店买红墨水,售货员正在给一个陌生的社教干部拿日记本,他叫了两次,售货员没有听见,他感到自己受了莫大的侮辱,他想问那个售货员:"社教干部是你的亲爸爸吗?"走到街上,正碰到一帮娃娃和两个女干部又说又笑,娃娃们用汉语唱"学习雷锋好榜样……"两个女同志拍手叫好,还指点孩子们纠正唱得不准的音,笑声和歌声是那样响亮锐利,活像一根刺从耳朵眼一直扎到麦素木的脑子里,拔不出,丢不掉。中午回家,麦素木开始喊叫头痛。又赶上古海丽巴依怨叨肉的事。

上午,古海丽巴依遵照麦素木的指令去尼牙孜家买肉,说是买肉却不带钱,库瓦汗不停地问:"您要肉吗?您要吗?"就是不肯把肉拿来,此意甚明,钱!古海丽巴依只好翻头巾摸袜筒,最后假作丢了钱,并说是先拿走一公斤肉,即刻就送钱来。库瓦汗眼睛看牛肉,如聋似哑,然后翻了古海丽巴依一眼,这一眼翻得老练坚强如古海丽巴依者也倒吸了一口冷气。好半天,库瓦汗才狠狠心给割下了一块牛脖子上的烂肉。

古海丽巴依对丈夫说:"你说这个人还是人吗?有人心吗?你没日没夜地为他的事操心,还把那么一大碗定着厚厚的奶皮子的牛奶送到他们家,可上次,连鸽子吃的糜谷穗都不给,这次,又给的是这样的肉!"

古海丽巴依拿过来一块血花流烂的、令人生厌的牛脖子肉。脑袋里扎着"学习雷锋"的刺的麦素木一见大怒,把肉扔到了门外,大黑狗一蹿扑了过来,古海丽巴依尖叫着抓着木棒赶了过去。然后是黑女人与黑狗的一场恶战。狗腿被打跛了,肉被吃了一半,剩下的一半加上西红柿干、辣椒和葱头炒了一盘菜。下午,麦素木一想起吃了狗嘴里剩下的烂肉就感到恶心,肚子里活像结了一个死疙瘩,顶在那里,上下不通气。

自然,以上这些毕竟还不是最主要的。傍晚,麦素木肚子一阵绞痛,他跑到加工厂后院的一个简易的厕所,正碰上库图库扎尔也在那里大便。库图库扎尔系裤子的时候向他投来一个会心的、关照的目光,看看周围再没别人,他小声说:

"他们来了。我想了想,光靠尼牙孜这号人是办不成事的,我们还得想办法。"说完,不等正在泻肚的麦素木的反应就走掉了。

这一下子可提醒了麦素木。到现在,能够出头露面和伊力哈穆他们闹哄一阵的只有一个尼牙孜泡克,这能行吗?不用说,这个问题麦素木也考虑过,他的希望从来是寄托在无知草民们身上。他认为,群众就是绵羊,有一个头上长角的山羊一领头,自然就能闹哄他一家伙。他寄希望于尼牙孜,因为他能办许多旁人不能办或不肯办的事。此外,包廷贵可以备用,虽然他暂时运气不利。亚森可以备用,但只能小心翼翼地去鼓动,一疏忽,就会适得其反。泰外库?白下了心机……在尼牙孜的烂肉所引起的消化不良开始发作的时候,库图库扎尔的这句话确实令人丧气。他真想提起裤子去追那个鸭子,继而转念,大队长的处境也和自己一样,碍难出面。想来想去,除了尼牙孜泡克,再无能冲上第一线的人。排泄以后,腹肚轻松些了,头部却更加沉重,一回家,他便倒在了毡子上。

"啊喝,啊喝……"麦素木惨叫着,叹了口气。

"发愁呀,发愁,天天都是发愁,您现在还什么都不是,却拥有这么多的忧愁,设若您是君王,还不因为愁闷而丧生吗?"古海丽巴侬不知是埋怨还是安慰地说。

"君王又有什么?当了君王就可以玩乐啦……如果一切对付,我也可以当君王的……"

"哈哈哈……您要当君王!"古海丽巴侬笑得透不过气来了。

"看你这个态度!"这种嘲笑使麦素木当真动怒了,他脸孔涨得紫红,"别人不了解,你还不了解吗?偏偏要在我的伤口上撒盐;也许,我当了君王以后头一件事就是把你送上断头台……"

"哼,"古海丽巴侬对这种并非玩笑的玩笑恶狠狠地一"哼","说不定,在你没有当成君王以前我就抢先把你送到断头台上呢。"

麦素木的脸色又变得苍白了。

为了缓和气氛,古海丽巴侬把手放在男人头上:"你到底愁什么?说不定我有办法。"

麦素木把她的手推开,长叹一声:"……社教工作队已经来了。我已经准备好了材料。事情很清楚,我们和伊力哈穆势不两立。不搞掉伊力哈穆,早晚我们都会上断头台。不搞掉伊力哈穆这样的人,木拉托夫还乡的道路上就全是铁蒺藜……我们的一切梦想和希望就会落空。这次运动中我们只有反守为攻,才能取胜,否则就只有束手就擒……但是,谁打头阵呢?光靠尼牙孜怎么行?"

"还有的是人嘛。"古海丽巴侬说。

"还有谁?"

两个人算计起来,算计来算计去都不合适。最后说到了泰外库身上,麦素木骂起来了:"什么男人!丢了老婆,又丢了大车,还说人家的好话呢……上次白白请他喝了一瓶子酒……"

古海丽巴侬打断了他的怨言,紧皱眉头严肃地问道:"告诉我,你真的认为泰外库对我们很有用吗?"

"当然,论成分、论历史、论自身,他将最能中社教队的意。只要他能站出来反对伊力哈穆,我们就成功了一半!"

"一定吗?"古海丽再次盯住问。

"一定。"

"那我有办法。"古海丽肯定地说。

"你有什么办法?把突他克①给他吗?"麦素木不相信地、下流地说。

"你是驴子!"从表情上很难看出是生气还是高兴了。她放低了声音,宣布了她的方案。

麦素木听着,想着,眼睛开始有神了,身上开始发热了,心脏开

---

① 即下身器官。

始跳动了,人开始坐了起来。再听,再想,眼睛开始放光了,身上开始通畅了,心跳也有力了。这个女人,亏她想得出!他一把把古海丽搂到怀里,赞道:

"你这个魔鬼!你这个狐狸!你像女巫一样的无所不知,无所不能!你这个不生孩子的娼妇!"

在这独特的情诗朗诵声中,古海丽巴侬陶醉地闭上了眼睛。

泰外库暂时住着的这一间简陋的房子,今天显得有些不大一样。

从渠上回来,随便吃了点东西。他交叉着两手,倚放在脑后,半躺半坐,一动也不动。天渐渐黑了,他没有点灯,风雪开始了,呼啸了,寒气从关闭不严的门缝里不断透了进来,学校操场上的盛大的晚会上的音乐声和人声也时而随风传来。然而,泰外库没有感觉到这些,他只是坐着,望着,一动也不动。

朦朦胧胧,他似乎看见了戴着土黄色的大方头巾、穿着紫红色的连衣裙和深灰色线呢外衣的爱弥拉克孜仍然蹲在火灶前。这难道是真的吗?这难道是假的吗?从一大早,到现在,他的房子里充满了的是蹲着的爱弥拉克孜。爱弥拉克孜的挺拔的身躯与修长的独手臂是多么健壮与坚强!爱弥拉克孜的尊严的、好听的、低语一样的说话的声音仿佛仍然在这间小小的房子里回响:"您不应该一下子添那么多柴……再见,泰外库哥,谢谢您借给了我手电筒……"

奇怪。然而,这是真的。早晨,爱弥拉克孜来到这个原先做过理发室的、有一股多汗的头发与肥皂香皂的混合气味的房间——他的不像样的住所。早晨,他叠好被子,往灶里放下一捧柴火,点了一根火柴,就扫地。地扫到半截,门响了,进来了爱弥拉克孜……他在这一天,不知是第几十次回想起爱弥拉克孜到来的种种细节了,他已经烂熟得记下了一切,但每次的回想都是一样新鲜、生动、叫人惊奇……他听到了他以为是歌唱的声音,他抬起头,扫把倒到了地上。"您好,泰外库哥。""……""我来了。""……""让我把电筒还给您。""……"

原来世界上有这样好听的说话的声音,这样的低语式的巨响,这样文雅的说话的调子,这样轻柔而又坚定的说话的吐字,这样尊严的说话的神态,原来世界上的人说话时候不是都像他那样瓮声瓮气、大大咧咧、含含糊糊、一溜歪斜、粗鲁鄙陋……

是有一点不好意思?还是由于清晨的寒冷呢?爱弥拉克孜用自己的独手抯了一下头巾的一个角,肩膀抖动了一下。"怎么这么大的烟?"她那么天真地问,就像从来没见过这么大的烟似的。乡村的女儿,她会因了灶烟而惊奇吗?然后爱弥拉克孜把裙子往后一挽,用穿着长丝袜的腿夹住裙子,蹲下,开始拨拉柴火。泰外库想说:"不,请您不必管了,我自己来。"爱弥拉克孜穿得崭新齐整,给他烧火,使他于心不忍。但是,他没有说出口……从女医生来到走,他没说出一句话来。

他只是一块木头,他只是一块死肉。他是人吗?

从来到走,不过是几分钟的时间,然而,这间房子永远地留下了爱弥拉克孜的印记,空间里仍然弥漫着爱弥拉克孜的音声,空气里仍然弥漫着爱弥拉克孜的气息。每一件冰凉的、呆板的东西都变活了,会说话了,暖和了。不漂亮的、不可爱的、对于泰外库来说不过是冷淡的暂住一下的房间变得亲切了、牵肠挂肚了。条案上立放着的手电筒挺身做证:"我是爱弥拉克孜亲手用过,又亲手拿回的。"灶里的闪烁着微光的余火悠悠絮语:"我的温热是爱弥拉克孜姑娘留下的。"上了年纪的、歪斜了的门充满喜悦地歪着头,它在叙述爱弥拉克孜医生怎样把它拉开,又关上。墙壁上的裂纹,也像因为欢喜美丽的爱弥拉克孜的到来而笑开了花。

"谢谢您……"

"您不应该添这么多柴草……"

这间屋子的每一个角落,都发出着爱弥拉克孜的话语的回声,文雅地、微笑地、沉着地;颤抖着、重复着、凝聚着。

谢谢。爱弥拉克孜对他说:谢谢。可又有什么可谢的呢?上星期天,泰外库到伊宁市买了一顶帽子。由于在饭馆吃包子他耽误了最后一趟班车,晚上,他不慌不忙地独自往回走。在坟地附近,他看见两个喝醉了的小伙子拦住了一个姑娘的去路,乱说大笑。姑娘是谁,泰外库没有看见也不想去看。但是,小伙子的行径使他十分讨厌。按照他的习惯,他不反对喝酒,不反对喝醉了唱、叫、躺倒甚至挥拳动武,但是,调戏女性却是穆斯林绝对不能容忍的。他走过去,一声不吭,一手抓住一个人的后脖领,把两个头往中间只轻描淡写地一碰,两个家伙哇哇叫着,抱着头跑掉了。他转身就走,却听到了姑娘的招呼。

"泰外库哥,是您吗?"

"原来是您,"他回过头,"您哪儿去?"

"回医疗站。"

"这么晚……要不要我送您一程?"

"不,不用的。"

就这样,泰外库把新买的电筒借给了爱弥拉克孜。

回家的路上,他一直为自己做了一桩帮助爱弥拉克孜的事情而高兴。

他知道,爱弥拉克孜从来不接受轻视,不接受怜悯,所以也轻易不接受帮忙。十年以前,他十五岁,有一次他去河边割草,正碰见爱弥拉克孜也在那一带割草。爱弥拉克孜已经割了一大捆,等开始捆绑的时候,泰外库走了过来,"我帮您捆上。"他说。意思很明显,他怕姑娘一只手捆草不方便。当时的二年级小学生爱弥拉克孜却突然涨红了脸,厉声喝道:"做你自己的事情去!"小姑娘用一个膝盖压住草,用残废的胳臂把草捋齐,用牙齿咬住要子的一端,腾出好手,抓住要子的另一端,只一拉一绕,用那样敏捷灵巧的动作把草捆得那样结实、那样地道,泰外库在一旁看得眼都花了。从此,爱弥拉克孜在泰外库的心目中是多么可敬啊……泰外库从小就受到重男轻女的风气的影响,他简直就不把女子当作和自己同等的人。然而,爱弥拉克孜给他的印象是完全不同的。其他的姑娘尽管有比谁都健康的两只手,但是,他们一见到泰外库这样的强劳动力,总是要千方百计地把手里的装满了的水桶递给他,总是用撒娇、用哄笑、用各式各样的小小的诡计来依靠男人的帮助以减轻自己的劳动,泰外库怎么能正眼去看她们呢?爱弥拉克孜与她们是怎样的不同啊!

那个星期天晚上,他想着这些,为爱弥拉克孜接受了他的帮助而满心愉快。今夜呢?愉快不见了。抓住脖领子,砰的一声把两个头碰在一起,这有多么粗野……难道爱弥拉克孜不会把他看作和那两个醉鬼一样的人吗?

不,他泰外库不是那样的人。他没有做过下流的、虚伪的、卑鄙的事情,如果说他从小就失去了父母,没有受过双亲的必要的管束和教导,如果说他一九六二年几乎被卷到盗窃案里去,如果说他粗暴、任性、忽冷忽热、没有文化、不是积极分子、不可爱,这并不全是他的过错。"您不应该添那么多柴……"这"不应该"三个字令他泪如雨下…

他的"不应该"的事还多着呢。二十五年来,他做了多少愚蠢的、荒谬的事,酗酒,吵嘴,打人,不像样的、垮掉了的婚姻,蛇蝎一样的、毛驴子一样的朋友……

"您不应该……"他最最渴望的就是告诉他他的不应该。指点我吧,责备我吧,爱弥拉克孜!如果明天伊犁河水仍然汹涌奔流,如果明天太阳还从东方升起,如果明天他仍然在这个世上、在这间房子里睁开眼睛,他一定再不会喝一滴酒了,他一定再也不说一句粗野的话,再也不和那些坐在桥栏杆上、见了妇女就怪声大笑的年轻人交往……他要把丢掉了的文化学习拾起来,他要看报,他要进步……

泰外库摇摇晃晃地站了起来,他抓起了手电筒,电筒冰凉而又坚硬。不,电筒明明亲热而又温柔。手拿电筒的感觉为什么会这样好?他蹲到了灶前,蹲到了爱弥拉克孜早晨蹲过的地方。他与爱弥拉克孜一起蹲在那里。慢慢地,他的身上暖了,心暖了,电筒也变得暖手了,他推了一下键钮,一束强光,把小屋照亮。

小说人语:

你聪明的,当然已经读出了小说人对于爱弥拉克孜的在意,它倾注了多少心血、喜爱、怜惜、尊敬、惦念还有祝福!她是那样美丽而又不幸,尊严而又遗憾,骄傲而又艰难,温雅而又端庄,自信而又无言。她是那样强大而平凡,健壮而伤残。她是小说人码字儿树立的一座石雕。她是永远的与新疆维吾尔农村男女心连着的心。是恩重如山的新疆各族人民、是那个荒唐的也是无比奇妙与美丽的年代、也是小说人个人的黄金年华的纪念!

第四十章　队长找我　别修尔细语述原委
　　　　　　马厩装筐　尼牙孜飞粪援章洋

　　早上,他们去参加劳动。萨坎特和何顺去水渠工地,章洋和玛依娜尔去马厩积肥。参加劳动只是手段,目的在于:培养和发现"根子",准备串联。用扎根串联的方法来揭露和搜集"四不清"的材料,建立"四清"的骨干队伍。这大约是继承了发动农民运动、搞减租反霸、搞土改、发展秘密党员、发展红军的对敌斗争的路子。在掌握了政权以后,继续采取秘密工作、半地下工作的方法,这很不一般,也造成了一些逻辑上与方法上的尴尬。

　　到马厩干活的大都是妇女。少数几个男人扛着砍土镘来了,他们的任务是刨挖地上的被压实了的厚厚的马粪,装到抬把子上,再由妇女两个人一组用抬把子把粪抬出去,堆到路边,掺上土准备发酵。

　　新疆,特别是伊犁,畜力是很雄厚的。以这个生产队来说,就有三十匹耕马,二十多条耕牛。毛驴是社员私养,只作为代步用的生活资料而不用来生产,只是近年才有一些社员受关内来的汉族农民的影响,开始用驴套车。骡子更是绝无仅有,因为按照穆斯林的风习,认为马是干净的合格的而驴是不洁的违规的,他们对马驴交配是反感的。与驴交配过的马是不能食用的。现在,这个马厩里有两个骡驹,这是伊力哈穆担任队长以后的一个勇敢的试验。即使没有驴、骡吧,耕马耕牛,加上种畜、母畜、幼畜,这里还是马欢牛叫,热闹盛大。

章洋来到马厩这边,看到了停置着不少休闲的或者待修的胶轮车、四轮车、高轮车的停车场,举目四望,心情很好,两厢是两排长长的饲养室,迎面是一个巨大的饲养棚,夏天,牲畜在这个三面有墙,有屋顶而一面空着的棚子里饲养,而目前,棚下堆放着的是玉米秸、麦尾子,装在麻袋里的玉米粒、麸糠和饲用的粗盐,至于棚顶上,堆得比棚顶本身的高度还要高的是山一样的干苜蓿,从下面仰望,苜蓿似叫人觉得只要走到这个"蓿蓿山"上面就可以伸手够到云彩。

　　章洋很欣赏这个马厩的规模和气派,光那一堆架高起来的苜蓿就值得摄影留念。探亲回关内时,真应该带上这样的照片去吹吹牛,当然,它的意义不在于苜蓿堆得又多又高,将使关内的同志叹为观止;而在于它说明了这个生产队的经济实力。而现在,这个实力雄厚的生产队的命运掌握在他章洋的手里了,他一定要做好工作,为民除害,解民倒悬,要使生产队的历史开始新的篇章。这是他的重任,也是他的自豪,当工作把他这样一个瘦瘦的、其貌不扬的人和一个有人有车有马有地有粮有草的生产队联系在一起的时候,他迈的每一步都增加了分量。

　　社员们,特别是女社员们纷纷走过来向他问好,叽叽喳喳,又说又笑,空气十分活跃,女社员们一个个身体健康、营养充足,红光满面。她们一般下身穿着一条紫红色的绒裤,脚上穿着牛皮长靴,靴子上还穿着橡胶制的套鞋,以减轻冬季的雪污对靴子的损害。而绒裤和长靴外面,又套上一个花的或色彩明艳的连衣裙,连衣裙的上身外面,穿着棉衣,棉衣是用缝纫机和棉线轧了一竖道又一竖道的,形状比较紧凑和适合妇女的美好的身材,而不显得臃肿。这样的棉衣我们在苏联影片中常常见到。她们的头上围着五颜六色的头巾或大披肩,系头巾、披肩的方法多种多样,千姿百态。她们的身上大多散发着柴烟和酪奶的气味，因为，她们在各自的家里打交道最多的往往就是锅灶和牛乳。现在，这些女社员们都十分尊敬地看着章洋，那么多双明亮而热情的眼睛在喜悦地、讨好地、好奇地注视着他，这使他感到满足而又有趣，他决心在今天的劳动中身先社员，带头干出个样子来。

玛依娜尔一到马厩，就和吐尔逊贝薇拿起了一个抬把子，两个姑娘谈笑风生、行走如飞。有时还你一声我一嗓，你应我和地唱着歌。吐尔逊贝薇看到章洋弯着腰装抬把子的那副笨拙的样子，便站在他旁边叫道："同志，腰不要弯那么多……"她把章洋的砍土镘拿了过来，做了示范；前手要活一些，后手要拽着点，腰直着点，使砍土镘的钢片下土以后大体保持与地面相平，这样，轻轻一提，才能最大限度地挖起马粪，轻巧地一甩，满满的一砍土镘马粪抛到了抬把子上。而章洋呢，却是一副拼命的架势，腰弯得与地面平行，像抡洋镐一样地用力抡着砍土镘，猛力砍下去，却装不上粪来。见是一个年轻姑娘在指点他，章洋觉得有些窘，他背过身去，不看吐尔逊贝薇，但按照吐尔逊贝薇的示范略略调整了一下自己的姿势，果然效果大有不同，他用的力少了，出活儿却多了。于是，他又想在多装、装满上起点带头作用。每个抬把子放在他脚下，本来已经装得差不多了，但是他不让抬的人走，他要去踩上两脚，再往高里装，直到装不下了，撂上一砍土镘粪，簌簌掉下半砍土镘才罢休。他气喘吁吁地干着，自以为装得多、干得好，挽回了刚才那个笨样子所失去的面子，其实，这样一来，就过分延长了装粪的时间，使抬抬把子的妇女窝了工，前边一个抬把子没装完，后边两个抬把子、四个女社员又来了，她们只好排队等候，而下一次人家干脆不再到他跟前来，另找别的男社员给装粪去了。

章洋开始累得上气不接下气，更可怕的是积压了多半年的已经变得死硬的马粪尿中产生的刺鼻刺目刺脸的瓦斯——毒气。如果是说臭,吃草的马的粪便远远谈不上臭,如果说是臊,你也可能回想一大泡铺满泡沫的马尿未必有多么臊,问题在于时间,不算臭的马粪与不算臊的马尿,还有不知道什么外加的东西,经过反复地压实与再实压,反复地发酵与再变质,它似乎形成了一种氤氲,形成了一种刺激,形成了一种带着潮气、酸气、热气、综合了粪便、酵母、莫名其妙的亚毒药、尘土、烟雾、化学武器的反人类的力量。章洋已经完全陷入了窒息。他奇怪的不是农民们的劳动膂力与吃苦耐劳,他奇异的是为什么农村人的嗅觉神经与呼吸道这样地经得住死呛生毁。

他假装解手离开了一下马厩,总算喘了两口气。后来就轻松多了,再不见两三个抬把子积压在他的脚下。渐渐地,他发觉了是怎么回事,他认为是妇女们嫌他装得多,抬起来怕费力才离开了他,于是他大声喊叫:

"来!到我这儿来!加油啊!不要怕我装得多啊!"

大多数社员没有搭理他,他们在专心地干各自的工作,有一些社员不解地向他转过头来,对他的喊叫莫名其妙,有一个原来在他这里装粪的懂汉语的女社员回转了来,同时用维语回答他道:"不是你装得多,是你装得慢慢儿的。"她的话使几个人笑出了声。章洋问玛依娜尔:"她说什么?"玛依娜尔也笑了,她说:"没说什么……怕你太累了。"章洋更加起劲地、头也不抬地干着,随着呼吸的加紧,吸进去的陈年的马粪尿的味道越来越浓,杀眼睛,呛鼻子,章洋手开始哆嗦起来,腰抻得酸,腿好像也站不稳了。

正在难以支撑的时候,不知从哪里飞来了两团马粪,把他装呀装呀总是装不齐的抬把子装满了。又一个抬把子来了,又有几团马粪飞了过来,很快又满了,其实章洋装了还不到一半,全靠"天"

外飞来的支援。这样接连三个抬把子装满抬走了,章洋直起身来,用衣袖擦了擦额头的汗,长出了一口气,然后,他感激地用眼睛去寻找那个支援了他的人。

那个人也正笑眯眯地看着他。那个人个子不高,相当胖,头上戴着一顶紫红色的小花帽,由于年久、肮脏,帽子已经变成了黑褐色,而且似乎可以拧出油来。圆圆的头,圆圆的脸,细细的两只眼睛有些红肿,眼皮略略外翻,他的脖子很短,也可以说是没有脖子,他的头和上身的连接用几何学的术语来说似乎是一个小圆和一个椭圆的相切。他的旧棉衣没有剩下一个扣子,也没有用绳、带系起,他就是这样穿着棉衣,敞着怀,一边下摆长,一边下摆短。他的棉裤非常肥大,臀部撕了一道很长的口子,用粗粗的针脚缝连在一起,裤脚塞到两只打了补丁的半高勒胶鞋里。这两只胶鞋似乎也并不是"原配"的一双,一只是带后跟的,而另一只是平底。但是,比这些外形和衣着上的特点都突出得多的,给人的印象要强烈得多的却是他的笑容,他那样努力地、坚持无懈地笑着,他的笑容遍布了他的五官和全身,即使动物会笑,那么,猫儿见到了老鼠或者雄鸡见了母鸡也不会笑得这样好、这样感人。这是一种发射性的和富有黏附力的笑,他的头脸微微前探,似乎要把笑容发射出去,用笑容去拥抱对方,用笑容把自己黏附在对方身上。

就这样,章洋认识了尼牙孜。

休息的时候,章洋与尼牙孜合坐在一个翻放着的抬把子上。"您住在哪儿?"尼牙孜问:"在阿卜都热合曼家。"章洋答。尼牙孜叹了一口气,哼了一声。他的反应立即引起了章洋的注意,他问:"阿卜都热合曼这个人怎么样?""这个人嘛……"尼牙孜眯起了红红的眼睛,思忖着,"说嘛,不要有什么顾虑……"章洋鼓励着。"他是我们队的二队长喽。""什么二队长?""他是队长的一条腿。""什么一条腿?""他的脑袋,"尼牙孜伸出了两个手指,"他的女儿……"他又用手指一指烟气腾腾的西方。"什么?"章洋的眼睛睁大了,有几个社员走了过来,尼牙孜长叹一声,悄悄地离去了。

有文章!章洋心慌意乱,活儿都干不下去了,他急不可待地盼着下工,盼着与尼牙孜推心置腹地一谈。尼牙孜的吞吞吐吐,尼牙孜的烂眼边,尼牙孜的好像从油锅里捞出来的花帽,尼牙孜的笑容,加上尼牙孜的话里透露出来的极重大、极深邃的消息,使章洋一见倾心,爱慕备至!

总算到了中午,章洋饭也顾不得吃,就带上玛依娜尔去拜访尼牙孜。为了弄清秘密,深谈,不带翻译当然不行。走在路上,玛依娜尔说:"听说,尼牙孜是个二流子呢。""谁说的?"章洋问。"姑娘们说的。"玛依娜尔答。"哪个姑娘说的?"又问。"吐尔逊贝薇。""哪个吐尔逊贝薇?""和我一起抬抬把子的。""他们家是干什么的?""她是热依穆副队长的女儿。"原来如此!

章洋严肃地说:"是不是二流子,还需要我们自己去判断,我们是社教干部,怎么能够跟着队里的干部跑?我们决不能轻易接受四不清干部对贫下中农的污蔑!"

对于章洋的到来,尼牙孜喜出望外,他笑得更有魅力了。而在他们尚未交谈以前,库瓦汗哭了。她咧着嘴,擦着泪,抽着鼻子,她的肩膀一颤一颤,她的灰白的发辫一甩一摆,她的扭曲了的,老得出奇的面孔深深地打动了章洋的心,他的鼻孔开始发酸了。这时,尼牙孜的面孔也发生了剧烈的变化,他深蹙双眉,他怒火中烧,他痛不欲生。尼牙孜与库瓦汗,夫妻俩你一言我一语,你一把鼻涕我一把泪,你指天我画地,历数了伊力哈穆和阿卜都热合曼等人对他们一家的迫害。在听着这些叙述的时候,章洋一次又一次地感到喉头哽咽,鼻子发酸,眼睛发烫,终于,他落下了同情的眼泪,最后,变成了他也大哭一场。他出生于城市商人家庭,从小不了解农村,如今,他与贫下中农哭在一起,他为自己的阶级感情的深厚,为自己终于完成了立场和感情变化的过程而深觉快慰,他抽泣着向尼牙孜作了许多声泪俱下的保证,什么"想不到你们过着这样暗无天日的生活",什么"只要我还有一口气,我就一定为你申冤做主",他十分激动并为自己这样快地激动起来而得意,而更加激动。

下午,章洋改变了计划。他叫玛依娜尔继续去积肥,而他自己,要坐在小房里分析分析情况,思考思考问题。用他自己的习惯的说法,叫做"进行一番艰苦的脑力劳动"。

"也许,社员们以为我上午干累了,下午逃避劳动吧?"不知怎么竟出现了这样一个念头,使人颇有些悻悻。他深深吸了一口气,又确实感觉到不在马厩里喘气实在是舒服畅快。他不知道,其实,农民们是不会这样想的,他们看到过各式各样的前来参加劳动的干部,其中,绝大多数是吃苦耐劳、积极肯干的,他们把这些干部看作自己的亲人。他们也见识过用各式各样的方法离开劳动的人,例如有的人偏偏在干活的时候煞有介事地找人谈话,有的人走来走去,视察远方的地平线……对于后面这少数人,农民们也大都报以宽厚的一笑。

整整一下午,章洋思索问题,既兴奋又紧张,尼牙孜提供的情况触目惊心,事关重大,越是先进队越要找问题。此话委实不假。他拿起一张纸,在上面画了许多黑线,一条线通向外敌,一条线连接着上上下下的基层干部,一条线压迫着、束缚着贫下中农,一条线企图封锁社教干部,如此等等。他又画了许多问号,四面八方的问号和黑线显出一种险恶的气氛。

傍晚,萨坎特和何顺从水渠工地回来了,玛依娜尔也从马厩回来了,体力劳动之后,他们血脉流通、心情舒畅、兴高采烈,章洋顾不上等他们洗脸和准备吃饭,急急忙忙地找他们碰头兜情况。

"哎呀,这个队的伊力哈穆队长的威信可真高。"萨坎特笑着说,"他和大家一起干活,不喊叫也不指手画脚,可社员都听他的。休息时间我和几个社员一起闲谈,对队长他们都赞不绝口。前年,他们的队长叫穆萨,把队里搞了个乱七八糟,一年前,换上了伊力哈穆,一年来,大变了样,这不,成了先进队,县委还给发了奖状呢!"

章洋努了努,又撇了撇嘴,他皱了皱眉,没说什么。转头问何顺道:

"你呢?"

"看来,他们对队干部就是满意的。"不爱说话的何顺简略地回答。

"问题呢?你们发现了些什么问题?发现了什么'根子'?"

玛依娜尔偏偏不等问而自己插进嘴来,她说:"今天下午我听到的都是可笑的事。"于是她开始叙述女社员们对尼牙孜的行状的介绍,她叙述了尼牙孜的像耳挖勺一样大小的砍土镘,叙述了尼牙孜的偷吃牛肉和拉肚子,叙述了尼牙孜怎样讹诈一个汽车驾驶员……说得萨坎特和何顺捧腹大笑,说得章洋面色越来越阴沉。

奇怪,他们了解的情况恰恰与章洋了解到的相反!甚至于可能认为,向他们提供情况的那些人,简直是针对章洋了解到的那些事情进行争辩和反驳。一切都截然对立,看来事情是有点复杂,有些麻烦,有点曲折。看来,他还需要再想一想,思索思索,再多画一些黑线和问号……

"我摸到的情况与你们的有些不同,"他简单地、不那么动感情地说到了尼牙孜反映的一些问题,他说,"到底是怎么回事?现在作结论还太早,需要我们进一步做工作。不过,我要强调一下,越是先进队问题越多,这是大领导早已经提出过了的。我们应该体会。我们不能光看什么称号啊、奖状啊这些表面现象。其次,你们了解情况看来还很不深入。要深入,只有找人个别谈,背对背地谈。这和搞土改是一样的,全村人聚在一块儿,人们连黄世仁也不敢得罪的。打消顾虑,使他们敢于说实话,就必须个别发动。四不清干部是当权执政的人,到处都有他们的耳目。你们大模大样地找几个人一起闲谈,人们怎么敢大胆揭发矛盾呢?要个别启发、个别工作、个别串联,这也是早已经讲过了的,"他停顿了一下,想了想,渐渐提高了声音,"不过,有一点已经肯定了,"他指一指房东住房的方向,"他不是社员而是干部,他是管委会委员,人称'二队长',伊力哈穆让我们住到他家来,就是欺骗我们,就是要把我们装到他的口袋里!"他愤慨了,用指关节敲响了放在墙边的一块镔铁板。

就在这个时候,阿卜都热合曼推开了他们的门,含笑叫道:"饭熟了,我的孩子们!"

章洋板着面孔吃饭。席间,热合曼殷勤地问候他们参加劳动的情况,又征求他们对于饭食的意见,章洋如同泥塑木雕,一言不发。萨坎特、何顺、玛依娜尔倒是话很多,说得很热闹。章洋毫无办法,他手底下没有得力的兵将,他这个司令再强也是白搭!

晚饭以后,胖乎乎的大队社教工作组组长别修尔来了,别修尔的解放鞋和裤脚上沾满了泥土,显然,他走了不少的路。他问候章洋他们的工作情况和生活情况。章洋漫不经心地粗粗地做了回答。他不太喜欢这个别修尔组长。他那副笑呵呵的样子实在不像个领导,不显精明也不显威严,倒像个弥勒佛,或者像旧社会大饭店负责给顾客推门关门的堂倌。所以章洋从心里就没想认真地向大队工作组长汇报什么情况。

别修尔好像多少意识到了这一点,他微微一笑,向章洋通报了一下各队的工作组的活动情况,然后他说:

"昨天晚上你们这个队的伊力哈穆队长找我去了。"

"找您去了?"章洋警惕起来。

"说是您不听他们汇报,他们便找我汇报去了。"

"想不到一个队长竟然有这么刁恶!"章洋闭紧了嘴,拉长了人中。

"是刁恶吗?"别修尔问,并且谈起了他听到过的赛里木书记对伊力哈穆的介绍。

章洋肚子里哼了一声。简直莫名其妙,堂堂社教组长却对县委书记的几句话那么重视。县委、公社党委、大队支部直到生产队,他们当然是勾连着的嘛!居然还敢把这样的话摆到桌面上!让这些本县的干部来搞社教简直是坏事!

别修尔原原本本地把伊力哈穆向他汇报的第七生产队以及全大队的阶级斗争和生产建设的情况向章洋转述了一遍。虽然从感情上章洋对伊力哈穆更加反感了,但这些情况却大多数是他们闻所未闻的,他一时不好说什么,只得耐着性子听下去。

最后,别修尔说:"我看,你们还是把队长、副队长找来汇报一下吧。无论如何,我们工作组无须乎躲避他们,更无须乎怕他们,他们来谈谈情况,无非是谈得真实、正确或者谈得虚假、歪曲。不论谈得怎么样,都有助于我们发现问题、提出问题和解决问题。就算他们的四不清问题确实存在,而且很严重,我们仍然要接触他们,帮助他们嘛,怎么能什么情况还不了解先把他们推得远远的呢?"

"好吧,明天上午我找他谈谈……"

夜间,章洋又是翻来覆去地睡不着觉。冷风时而从门缝吹到他的额上,叫人睡意全消。这一夜的狗叫也出奇的多,莫非是各家的房顶上都出现了小偷吗?小小的室内,一条毡子上,左面是萨坎特,右面是何顺,中间是章洋,受到他们两个人的鼾声的夹击,就像黄豆瓣受到两扇磨盘的碾压一样。萨坎特的鼾声粗犷,何顺的鼾声细柔。萨坎特的鼾声好像火车头放气,何顺的鼾声好像铜茶炊将欲沸腾而尚未沸腾,萨坎特的鼾声好像发自低音号而何顺的鼾声好像发自曼陀铃……简直是前世造孽!国家怎么会不制定一个法律专门给睡觉打鼾的人办一个训练班、新生院……

天已发亮,章洋闭上了眼睛,他梦见自己在台上表演舞蹈。乐队奏起了音乐,他们像看见了台下的热情的观众,他展臂伸腿准备一显身手,却使不上一点劲,而且,脸上、脖子上、胳膊上和脚上,似乎都粘满了蜘蛛网……

第二天,他头大如斗。吃过早茶好一会儿了,他坐在毡子上发怔。最后,还是何顺提醒了他:"不是还要找队长来汇报吗?"

"什么?什么汇报?"章洋的样子似乎是在发傻。

"昨天,您不是和别修尔组长说,要伊力哈穆来汇报吗?"何顺耐心地从头提醒。

"那也好,你去把他叫来。"

何顺去了。过了一会儿又回来了。他说:

"伊力哈穆不在,到伊宁市去了。"

"到伊宁市去了?干什么去?"

"听说去看大队书记里希提的病。"

"到伊宁市去找大队书记?为什么不向我们请假?"章洋瞪起了眼睛。

"啊,啊,"萨坎特好像想起了什么事情,他说,"昨晚上收工时,他是和我说过的。我还以为大队书记里希提就在公社住的医院,也没在意。"他抱歉地说。

"哼!"章洋冷笑着,"大队书记里希提,不早不晚,偏偏咱们来的那一天他住了院。今天,伊力哈穆又急急忙忙去找他串联。前天晚上,他又直接利用赛里木的老关系去与别修尔组长挂钩,名堂很不少呢!可你们呢,你们就这样不懂事,没有脑筋,不中用!"

章洋的这一番话使玛依娜尔莫名其妙,由于自己不理解,她也无法把它翻成维语。哈萨克青年萨坎特以为这话主要是批评他放走了伊力哈穆,他低着头,心里很难受,他工作兢兢业业,最不愿意让领导指着自己说什么。何顺越来越感到章组长的脾气怪、思路怪,但由于他自己也不知道到底四清运动应该怎么个搞法,所以他只是听着、琢磨着,隐隐觉得不太对劲,却又不想说什么也暂没有什么可说。

……章洋发作了一番以后,拉开旅行包,找出小盒清凉油,在太阳穴上抹了一些含有薄荷冰片、气味强烈的油膏之后,又到尼牙孜家里去了。

小说人语:

这本书里常常用嘲笑乃至丑化的态度写尼牙孜,但也有人反映,读完,没有觉得尼牙孜有多么可憎。

小说学要求搅屎棍的出现,例如《红楼梦》中的赵姨娘,例如连刘姥姥也在对于大观园的展示中起着某种搅屎棍的作用。

小说人想起在政协小组漫谈的时候著名剧作家吴祖光老哥的名言,一次,他说:"说什么要反对资产阶级自由化,在中国,资产阶级哪里敢搞自由化,咱们中国只有无产阶级的自由化,没有资产阶级的自由化。"

此言一出,全场爆棚,东倒西歪,咳嗽流泪,端的盛况:恰如黛玉、探春、凤姐、贾母等听了刘姥姥的酒令:"老刘老刘,食量大如牛,吃一个母猪不回头!"

用笑声取代了讨论,用大笑结束了尴尬,用大笑抹掉了可能的不便与纷争,用大笑维了稳也和了谐。

重读到本书第四十章,小说人不知道为什么想起了这一典故。

当然,此一时也彼一时也,现在的涉嫌资产的人士们,阔多啦,体面多啦。

而小小章洋,病在夸张。他其实挺积极。许多人与章洋一样,他们的调查研究不是为了了解情况,而是为了证明已经吹上了天的不容置疑的先验结论。先定调再研究,还能说个啥呢?

第四十一章 真主在上 那天我是去保牛肉 工作当前 这村咱定要揭盖子

古希腊的哲人、智者、深深地通晓各种人情世故的机敏的奴隶伊索,曾经论辩过舌头——语言的两重性。他说舌头是世界上最美好的东西,同时又说舌头是世界上最丑恶的东西。这反映了随着原始共产社会的解体、阶级社会的诞生而发生的人类的主观活动,人们的精神、意识、观点一分为二地分化了的状况。我国古代,也有臭名昭著的指鹿为马的故事。随着阶级社会的演变,随着剥削阶级的已经和正在被埋葬,那些剥削阶级的利益的代表者,特别是那些骗子、恶棍、告密者、投机分子、浑水摸鱼者、投其所好者、挑拨离间者、披大旗作老虎皮者,他们的舌头是大大地发展了和腐烂了。赵高与他们相比,不过是小巫。指鹿为马算什么,鹿和马显然有许多共同性。而当代的造谣者、诽谤者、挑拨者却可以指蛆为马,指狗屎为马,而且他们还能,还善于指马为非马!

到眼下为止,笔者大部分讲了一些尼牙孜的愚蠢可笑的故事。现在让我们欣赏一下他的舌头吧,而且,应该建议口腔科的医学科研工作者解剖一下这一类说谎者的舌头,并为它们建立专门的档案。对于这一类舌头,一百年以后的人类也是不应该忘记的。

当章洋怀着浓厚的疑团和尤其强烈的倾向再次登上尼牙孜的家门以后,对于由于别修尔转述的伊力哈穆反映的情况,也由于工作组的其他成员反映的情况而在章洋的头脑中不情愿地发生的种种疑问,尼牙孜运用自己小巧灵活的舌头一一作了剖析。例如,关

于偷吃牛肉的事情,尼牙孜是这样讲的:

"什么?我偷了牛肉?真主在上,怎么能这样冤屈纯洁善良忠顺驯服的人!"他揪住了自己的胸口,"是的,伊力哈穆没有偷过牛肉,阿卜都热合曼也没有偷过牛肉。请问,他们用得着去偷吗?他们可以大模大样地去拿。不仅干肉,还有鲜肉,还有活羊,还有活牛和活骆驼自会送到他们的手里。他们是干部,是积极分子啊!请问,食堂是在谁的手里?就在他们手里。"他伸出了手掌,掌心向上,一伸一摆一屈,逐渐激昂慷慨,"先说说食堂的工作人员吧。从去年起,炊事员一个叫雪林姑丽的,您听说过这个名字吗?雪林姑丽本来是大个子泰外库的老婆。但是伊力哈穆的弟弟艾拜杜拉,老大的岁数却娶不上媳妇。于是,伊力哈穆利用队长的职权,挑拨离间,无事生非,拆散了泰外库的家庭,分离了一对恩爱夫妻。然后,伊力哈穆做主把那个白白的小媳妇雪林姑丽给了他的弟弟艾拜杜拉。这种挖墙脚的事情,就是旧社会的马木提大肚子也没干过!就是这样一个雪林姑丽掌握食堂的肉、菜和粮食。她居然不准我喝牛杂碎汤……这是一个。食堂炊事人员另一个是乌尔汗。乌尔汗是什么人呢?一个两个脑袋的叛国贼,外逃未遂的罪犯。一九六二年,不是别人,正是伊力哈穆把她接了回来。伊力哈穆为什么对这个小寡妇如此照顾,如此喜欢,您自己去想吧!是这样一些娘儿们掌握着食堂,掌握着干肉和鲜肉、活羊和骆驼。这样,所有的肉,连同这些女人身上的肉,不都成了伊力哈穆的了吗?"尼牙孜猥亵地挤了挤眼。他早有经验,大胆的谎言比缩手缩脚的谎言更容易被人所接受,"我怎么办呢?由于我没有给队长送过肉,我不中干部们的心,我受尽了他们的剥削压迫排挤。我是一个社员,食堂同样地扣我的钱粮,可我打菜从来打不来肉,两个娘儿们的勺子也长着邪恶的眼睛,一见了我肉就漏掉了。相反,他们任凭什么时候想吃就吃、想拿就拿,去年,伊力哈穆队长半夜还拿走了一条羊腿。"为了突出伊力哈穆,轻轻一挪,就把库图库扎尔的事情移栽到伊力哈穆的头上了,"不错,那天晚上我一个人进了厨房,"他渐渐严肃和沉重了,"难道我是去偷肉吗?不!我是去保卫牛肉去了!我知道伊力哈穆他们每晚都去拿肉。我藏在厨房,是为了当他们来偷肉时好一把抓住他们。"他一把抓住了章洋,手簌簌地发抖,"结果,伊力哈穆的弟弟,那霸占了人家的妻子、食堂的炊事员雪林姑丽的艾拜杜拉进了厨房,他伸手要偷羊肉,我去抓他,但是他个儿高,力气大,他反而把我拉了出来,并且说是我偷了肉,天啊,苦啊,主啊,他们就是这样,不仅压迫我、排挤我、打击我,而且侮辱我呀!"他呜呜地大哭起来,章洋也拭着泪。他的自认为尚有待培养的阶级感情,就这样生动地现场培育起来了。

　　章洋和他谈了一个整天。他觉得与尼牙孜的谈话堪称是醍醐灌顶。他益发体会到立场问题的重要,你站对了立场,尼牙孜是阶级弟兄,是被压迫被剥削的正义与人民的化身,包括他的不够清洁不够英俊不够条理不够逻辑,都是对于四不清干部的血泪控诉——一切权益,都被四不清干部占有了,他们上哪里变得清洁英俊文明去?而如果你不注意立场的站法,你就会像别修尔、萨坎特、何顺、玛依娜尔一样,把尼牙孜视作"二流子",而乖乖走进四不清干部伊力哈穆的圈套。

　　五天以后。

　　这几天,伊力哈穆又找了章洋几次,始终没有汇报成。给章洋汇报,确实比用柳条筐打水还难。有一次章洋毫无表情地把眼皮一耷拉,似乎是批准了伊力哈穆可以向他汇报了。但是没等伊力哈穆说几句,章洋就打断了他,并且冷冷地反问道:

　　"你白天也要汇报,晚间也要汇报,你打算汇报的就是这些吗?"

"您等我一点点来说……"

"你的汇报要说明什么呢,说明你正确,你没有四不清的问题,是吗?"

"当然我还有许多做得不够的地方……"

"……你以为,你的问题我们不掌握吗?不要做梦了!"章洋瞪起了眼睛,他想起了有枣没枣先给三竿子的经验,他对伊力哈穆的沉稳与坚定十分反感,"你以为你上边有人就可以滑过去吗?"

"……"伊力哈穆完全不明白这话是什么意思。

"告诉你,社教就是社教,原来的县委、公社党委都管不了社教工作队的事情,你也休想给社教运动定调子!你不要避重就轻!你不要利用赛里木书记的老关系去讨好大队工作组……"章洋非常粗鲁地讲了一大套,他以为蛮横是优越的表现而武断是权威的同义语。只是在把伊力哈穆说得脸发红,额头上沁出了汗珠,鼻翼一动一动,几次要张嘴又不知说什么好以后,章洋才放缓了语气,再次重复了一下"坦白从宽"的勉励之意。

又过了两天。何顺傍晚来通知伊力哈穆:"工作组决定,从今天起,队里的生产、派工、分配、学习,一切的一切,一律由工作组掌握。队长要干什么,可以提出建议,未经工作组批准,一律不准行动。"何顺还告诉他,为了集中精力学习和搞运动,决定水渠工程暂停一星期。

伊力哈穆马上提出自己的疑问和异议,但是何顺听完了以后未置可否回身就走了,似乎是,何顺也不打算和他讨论这些问题,甚至伊力哈穆感觉,对于这样的一些措施,何顺也未尝想得通。

伊力哈穆实在非常苦恼。他年龄不算大,但是解放以来的各项政治运动他是参加了的。他迎接过各种工作干部,不同民族、不同性别、不同年龄和不同职务的干部他都能融洽地相处,并从这些工作干部身上学到革命的理论、丰富的经验、干练的方法和各种有用的知识。但是,他没有见过章洋这样的人。问题不在于章洋对伊力哈穆的怀疑,他伊力哈穆可以接受审查,甚至于,为了他各方面的缺点和过失,他愿意接受工作队的批评,接受群众的批判。党的教育使他认识到,在千难万险的阶级斗争中,党有权弄清你是不是美国中央情报局、苏联克格勃、台湾方面的特务,有权弄清你是不是潜伏下来的两面派,是不是处心积虑地等待着变天的阶级异己分子。为了生死攸关的事业的胜负,他可以被冤屈一百次,被怀疑一千次……党说,你要经得起考验!考验噢!

但事情总应该有一个是非,那些被任何正常的头脑、朴素的理性所能辨别的、丝毫没有什么特别的深奥的是非曲直,总不应该被任意颠倒。现在章洋非常起劲地往尼牙孜家里跑,而对群众呢,神神秘秘、躲躲藏藏;对干部和积极分子呢,冷若冰霜,视若敌仇,这难道不是大大超过了正常的严肃审查的界限了吗?这难道是能够理解的吗?

其次,爱国大队七队有三百口子人和四千亩地。全大队有差不多两千多人和三万亩地。这副担子他一分钟也不敢忘记,你不管搞什么运动,提什么口号,推广或者否定什么经验,土地一刻也不能荒芜,人民一刻也不能停止他们的劳作和生存。而身为共产党员和生产队长的伊力哈穆,一刻也不能推卸自己对于土地和人民,因而也就是对于党的巨大的责任。现在,他们要直接指挥全队的生产、工作和学习了,他们要干些什么呢?

伊力哈穆去找热依穆副队长,热依穆正在喝晚饭后的清茶。这些上了年纪的人,最喜爱这饭后的清茶了。不管晚饭吃得多么好和多么饱,总还要铺上饭单、放上馕,喝一回清茶(馕在这里不是为充饥而是为了佐茶),这才是真正的享受和休息。伊力哈穆心急火燎地来到副队长家里的时候,副队长夫妇正在津津有味地喝茶。老两口手里各拿着一小角馕,像用茶匙似的捏着馕块把茶水搅一搅,把茶梗挑出来,各自呷了一口,不约而同地"呜喝"一声舒了一口气,随着这声舒气,当天的疲劳消散了,刚吃下的晚饭,也随着饮茶而得了消化、吸收和甜美的回味。

可惜,伊力哈穆却无心在这里品茶,他把何顺的通知原原本本地告诉了热依穆。

热依穆一声不吭,仍然在那里咂着茶味。

"请用茶!请吃馕!"面色红润、身体健壮的再娜甫的情绪也没有受多少影响,她殷勤地礼让着。

"茶当然要喝,可我们也得想想办法啊!工作组的劲和我们拧着使,这可不是什么好事!"

热依穆看了伊力哈穆一眼,很奇怪这个冷静、安详的队长今晚的失常。

是的,伊力哈穆很少有这种慌乱和焦躁的情绪。在天灾面前,在贫困面前,在颠覆面前,在马木提乡约和玛丽汗面前,在尼牙孜和包廷贵面前,他从来没有急躁过。但是,如今面对的是在他千盼万想的、无比尊敬、无比信赖的上级派来的工作干部呀,他该怎么办呢?

"我们有什么办法?"热依穆缓缓地说,"我们只能听他们的。我们不能抬杠。这就好比下雨刮风,要下雨刮风啦,还有什么可说的呢?他们是上级派来的,也好。人家有人家的章程。渠上的事,如果耽误了,放心,他到时候会组织抢时间、抢进度、大跃进的。别着急,慢慢地他们会弄清情况的……"

伊力哈穆对他的回答感到失望。

伊力哈穆又去看了里希提。上次去,他带着小馕、烤包子和保存得很好的、富有糖分的两大串葡萄,他尽量不谈有关队上的工作的事,并因此而找不着可说的话。除了队上的事情,他简直不知道有什么可说的,而不论说什么,里希提也会联想到队上的工作。上次的探病就是这样别别扭扭地进行的。这究竟是什么事啊,如果闹得他与里希提都不敢痛痛快快地说话了。这算是什么事儿啊。

……这次呢,伊力哈穆鼓起了勇气,对于躺在医院里洁白的褥单上,因而显得更加瘦削和苍老的里希提,他只问了两句有关健康的话就谈到了正题。他问:

"我们怎么办呢?"

听完了情况,里希提蓦地坐了起来,他说:"我一两天就出院。"

"您……"伊力哈穆吓了一跳,而且有些后悔。

"我已经好了。好得比好还好了。四清运动开始了,我却一个人住在这里,心里非常着急。这几天,我又回忆了在县上、在公社学习毛主席的指示和中央文件,这次社教运动是一场非常伟大的革命运动,是一场重新教育人、重新组织阶级队伍的伟大的革命斗争,要把阶级敌人的反革命气焰压下去。但是,进行这样一场革命斗争的道路也不是平坦的。土改、合作化、公社化、大跃进,又有哪一个运动的道路是笔直的和平坦的呢?尤其是这个社教,难处在于,你我都不知道敌人在哪里,查账查多吃多占?这本来是很明白的事儿,可现在又牵扯到国内外阶级敌人,同时敌人他不亮出来,你说他是敌人,他也会说你才是敌人,困难就在这里:抓敌人变得像是蒙老瞎一样。农村是我们的农村,工作组是我们的工作组,社教运动是毛主席他老人家的决策。我们要管,我们要说,一次不行谈十次,章组长不听还有别的组长和组员,农村的四清是一定能够搞好的,敌我、是非都要搞他个清清楚楚!"

临别的时候,不管伊力哈穆怎么说,里希提再次重复:
"你要好好地干!我一两天就出院!"
于是,伊力哈穆决定了,他要坚持工作,坚持斗争,他不犹豫、不气馁、不观望、不等待。

生活对于伊力哈穆的要求是不是太高了呢?担子对于这个生活在边远地区的、没有很多文化的年纪也不算太大的生产队长来说,是不是过重了呢?这似乎比和地主巴依、自然灾害、境外豺狼、资本主义势力的斗争还要困难一些。没有章洋,已经够伊力哈穆斗的了啊!伊力哈穆毕竟只是个农民,他的工作带有尽社会义务的业余的性质,譬如说,在看望里希提的当天夜里,他还要扛着一麻袋小麦到水磨去磨面,而章洋从小接触到的只有端在盘子里的食品或者至少是装在口袋里的面粉。譬如说,明天一早伊力哈穆就要去劳动,他不能比任何社员干得少些,他理应比一般社员干得多些。而章洋可以白天黑夜地根据尼牙孜的舌头的伟大创造进行"艰苦的脑力劳动",制定"突破"伊力哈穆的计划。章洋根据文件提供的某种经验,正在准备组织一次对伊力哈穆的"小突击",借以打掉伊力哈穆的威风。而伊力哈穆只能利用劳动的间隙和工余时间进行活动。还有很重要的一条,伊力哈穆昼夜要为大队的两千人和三万亩地、七队的三百人和四千亩地操心,为人民和土地的今天和明天,为水利、积肥、耕作产量、缴售、分配、社员的痛痒冷暖安危……操心,而章洋是在专心致志地创造一个贯彻殊死斗争经验的典型。还有,章洋可以写材料,材料可以送到公社工作队队部和县工作团团部,而伊力哈穆的活动的时间和空间则不知小多少……

需要他挑起的担子是不是太沉重了呢?这个问题我们的伊力哈穆是从来没有想过的。见到山,就登上去。见到河,就跨过去,蹚过去或者游过去。没有路,就开路,有路,坚决往前走。三十年来,特别是解放后十五年来的斗争、劳动、生活就是这样造就和锻炼了他的,他不知道什么叫躲避,不知道什么叫退缩,他从来没有考虑过、吝惜过或者怀疑过自己的脊梁骨。

所以,没过几天的一个晚上,伊力哈穆坚决地、毫不含糊地再次去找热依穆。他说:"走,咱们去工作组谈谈意见。他们最近的安排有些不大合适的地方。"

"去吗?不去吗?"热依穆自言自语。

热依穆的自言自语引起了再娜甫的误会。因为,热依穆和他的老伴相亲相爱相敬是堪称模范的。按照通常的惯例,热依穆的自言自语,其实是对老伴以一种礼貌的方式表达某种要求。如果热依穆说:"今天冷不冷呢?不算太冷吧。"这就意味着对再娜甫烧得炉火不够暖的一种婉转的批评。她再娜甫听到这话就该赶紧猛烧炉火。如果热依穆自语:"要不咱们吃点油塔子吧?吃吗?不吃吗?"再娜甫尽管去做就对了。热依穆身上仍然保持着回家接受老婆服侍的这种老习惯,然而他很注意礼貌,从来不用命令的口气对老伴说话。

这次,再娜甫一听到热依穆的自语,便连忙起身,把热依穆的羊皮圆帽和长毛绒领子的黑条绒大衣拿了过来,并且提起大衣,做出等待热依穆来伸胳臂的服务周到的架势,结果,却使热依穆一怔。

于是,在内外"夹攻"下,热依穆随着伊力哈穆进了阿卜都热合曼家的耳房。

当伊力哈穆和热依穆进来的时候,何顺和萨坎特正在一个用三块木板临时搭起的桌子上填写报表。客人们的到来使他们有点慌乱。

"章组长呢?"

"到公社开会去了。"

(其实不是开会,是章洋和别修尔就对伊力哈穆开展小突击的事情意见分歧,他们一起去公社找领导去了。)

"玛依娜尔同志呢?"

"她和团支部一起去布置文化室。"

何顺和萨坎特进点已经十天了,从来没有和队干部们谈过一次天,因为章洋三令五申强调了这样的纪律:不准与队干部握手问好,不准与队干部们说笑寒暄,不准向队干部透露情况……如此这般。他们日常见到队干部,也不得不违背一切习惯和礼节,用力把脖颈扭到一边。但是,他们俩都是在农村(牧区)长大的,他们很容易地与许多社员搞熟悉了,并从而了解这个队的干部的情况,他们知道,接触他们完全不像接触麻风病人一样的危险,农村干部也不可能突然变成了可怕而又神秘的怪物。他们无法理解章洋的那一套苛刻的,简直是奇特的讲究。但是,他们对于这一场伟大革命运动也还没有经验,同时,对于章洋这样的从乌鲁木齐来的戴眼镜的干部,他们有一种敬意,也有一种隔膜。所以,他们没有提出相反的意见,大致仍然遵守着章洋公布的纪律,虽然自己也觉得怪别扭,就是因为这,队长和副队长的到来甚至使他们的脸上出现了红晕。

"萨坎特同志,在这里还习惯吗?比不上山里那么痛快吧?"伊力哈穆问。

"中学和小学我是在县城上的,农村的生活更没有什么不习惯。"萨坎特说。

"可到了夏天呢,到了夏天我都想上山,上夏牧场,到哈萨克牧人的毡房去!"

"那当然了。"萨坎特说,他笑了。

"何顺哥,您说呢?我们这儿比得上察布查尔吗?"

"还差不多,差不多。"

闲谈就这样开始了,拘谨渐渐消失了。

"查账进行了吗?情况怎么样?"伊力哈穆问萨坎特。

"开始了,开始了,会计的账目……"萨坎特突然收住了口。他不便再谈下去。

"据我所知,"伊力哈穆主动介绍说,"账目上有这样几个问题。一个是有一些经济手续执行得很不严格,制度也不够周密。有些地方还是搞良心账那一套。譬如生产收入现金开收据,但是空白收据没有编号。这就产生了一个问题,如果有人收了钱,给出了收据,却没有上账,你到哪里去查呢?去年尼牙孜的老婆曾经管过从各家各户收牛奶往伊宁市食品公司送的事情,结果就发生了问题。她从会计那里要走了一沓子空白收据,却没有如数交回存根,后来我们去食品公司调查,显然她贪污了现款,为这个事,我们换掉了库瓦汗,也批评了会计。"

"对,您说得对,原来您对财务工作也很内行啊!"萨坎特听得很感兴趣。

"对记账我外行,我只是想这个道理。"伊力哈穆高兴地笑了,"再一个问题是欠账的情况。我们近年来工值平均一块五毛钱左右,不算低,又有合作医疗和其他公益设施,本来不应该有欠账户,但是,前两年由于财务制度混乱,有的社员不是凭劳动领钱而是靠和队长搞好关系,靠队长批的条子领钱。结果,出现了四户欠账,他们都超过了四百元。这里边除了一户确有一些困难,但也不应该欠这么多以外,其余三户就没有多少道理。一户是职工家属,丈夫月月寄钱来,她不参加劳动,却从队上领粮、油、肉、菜、瓜、果,用队上的柴草煤炭、木料，长年累月，越欠越多，越多越难还也不想还，越不还越没法办。还有一户是尼牙孜，关于这一户的情况我们以后再谈，他的欠账应该说是一种恶行、一种罪过。再一户就是大队长的老婆帕夏汗，她的户口是六二年末才转到我们队的，前两年逢年过节打上条子就要钱，大队的补助工分是由大队加工厂开支的，大队长到各队参加劳动的所得，又是由各队分担的。这样，他把大队从其他队分得了的现金一律花掉了，另外还找我们队要粮要钱。这些问题我们几次下决心解决，又老是解决得不彻底。结果，一边是有些人欠账，另一边是社员劳动了，工分和工钱也都算出来了却领不到报酬，分配不能落实，影响了社员的生产积极性……"

"是这样的吗？"萨坎特略带疑惑地自语。

伊力哈穆听懂了萨坎特的意思，便进一步解释说：

"农村的事情也并不简单，从搞互助组以来，两条道路的斗争从来没有停止过。有些人——当然是少数——千方百计、昼思夜想、挖空心思要多占集体一些便宜而少尽一些义务，有空子他们就钻，如果认为欠账户就是困难户。困难户就一定值得同情，那不一定是对的。而且，这也不符合阶级分析的方法。"

何顺与萨坎特对视了一眼。伊力哈穆的说法与章洋谈的是如此相反。章洋一直强调，扎根串联的时候，要找那些欠账户——困难户，要依靠他们去揭开阶级斗争的盖子。

伊力哈穆并没有意识到他的话打中了什么，他只不过是把自己掌握的情况和自己的看法如实地提供给社教干部罢了。而且，从账目谈起，只是因为萨坎特是负责查账的，这样谈更自然些，他谈话的主题还在全大队的阶级斗争的形势。

他继续说："还有一个问题，我始终不明白。萨坎特，您从账目中可能也看到了,大队近年从生产队调劳动力、调材料、调现金经营一些林业、加工业和其他副业。拿大队的苗圃来说,地是生产队拨的,树苗是各队交钱买的,栽植管理是各队出劳动力。等树苗长成了,就算大队的了,反过来大队把树苗卖给各生产队,还要收钱。这种做法合理吗?符合六十条吗?"

"这个情况我还不太了解。"萨坎特说。

"你们对大队有些意见吧?"何顺问。

"不,不是整个大队,而是大队搞的某些林业、副业和企业。譬如说,前一段大队提出,把各生产队的裁缝和缝纫机集中到大队去,这究竟有什么意义呢?不过是想抓几个钱罢了。真正为农业服务的农机具修配等等为什么不下力量搞好一点呢?"

逐渐地,谈话更加放得开了。伊力哈穆从大队的副业加工谈开去,一直谈到了六二年的反颠覆斗争,七队的丢粮事件,包廷贵的活动,死猪闹事,一直到六三年库尔班的出走,赛里木书记前来主持传达学习中央文件的状况……听起来似乎是随口闲谈,实际上无不和四清、阶级斗争、三大革命运动这个主题有关。本来沉沉闷闷一言不发的热依穆,也时而插几句话。伊力哈穆的谈话,他的真诚坦白热情的态度,他的清楚的口齿和条理,他叙述的这些错综复杂而又眉目明晰的事情,完全吸引了萨坎特和何顺。如实地叙述情况,如实地听取和掌握情况,按照事物的本来面目来理解事物这本来是普普通通的事情,是具有正常思维的人脑定会能够胜任的事情,恰恰是那些企图把鹿说成马,把一加一说成三的人才往往把事情搞得玄而又玄,昏头昏脑,云遮雾罩。当伊力哈穆介绍这些情况的时候,何顺和萨坎特很快就信服了,原来人为地制造的许多阴影消失了,他们也渐渐发表自己的感想和意见了。说到有趣的地方,几个人争着说,抢着说,笑声和话声混合在一起。

就在这个时候门响了,门开开了。进来的是章洋。

像一阵寒风突然吹进了温暖的房舍,何顺和萨坎特突然不自在起来,到了嘴边的话又咽了回去,他们噤住了,甚至连眼神也不再往伊力哈穆他们身上投望。

章洋耷拉着脸,面色很不好,在公社,他很不愉快。他是带着一脑门子的官司回来的,何况又看见了伊力哈穆与热依穆,他们居然敢趁自己不在的时候前来拉拢其他社教干部!

伊力哈穆觉察到了这一切,但是,他觉得这就更加需要他公开自己的观点了。他说:

"……我还有几个意见想汇报给你们。首先,干渠的改线工程,只能加快,再不能暂停了。今年冬天,到现在为止大的寒潮还没到,现在冻土不过是二十来厘米厚,对施工的妨碍不大。但是,也可能是十天八天以后,也可能是三五天以后,天气就会大变,气温就会急剧下降,施工就会难以进行下去。我们一定要抢这几天,尽量多搞一点,这样明年开春才能完成初步工程。否则,明春搞个一春,不上不下,等到给冬麦浇返青水的时候就会出大问题。所以我不赞成你们暂停渠道工程的安排,希望你们立即改变这个决定。"

章洋真想大喝一声"岂有此理",拍响桌子,把伊力哈穆轰出去!胆大包天,居然面对面地教训起他们来了!他气得身上发起抖来,但是他控制住了自己,因为他隐隐约约地觉到,这个伊力哈穆的顽强、耐心,说话的逻辑性、进行论战的能力都是不多见的。显然这个队长不是一块好捏的泥巴,靠虚声恫吓是制服不了他的。同时还因为,方才在公社,尹中信和别修尔,一起否定了他对伊力哈穆搞"小突击"的计划。这使他非常恼火,简直是右倾保守,束缚他的手脚。他憋着一肚子气,要干出点实际成绩给他们看看。他虽然坚持己见并且准备自行其是，但是尹队长和别修尔组长的不同意不能不使他略略慎重一点，他极力压制住自己的怒火，而且努力在脸上做了一个比哭还难看的、扭曲了的、傲视一切的笑容，他问伊力哈穆：

"你是来提意见的吗？还有什么？提吧。"

于是，伊力哈穆又提了关于社教运动的搞法、关于发动和依靠群众的问题、关于分配的问题、关于搞好文化室的工作和防止形式主义的问题等等方面的意见。

章洋越听越觉得无法忍受了，他反复思量，终于发起了一击。他微微一笑，说道：

"好吧，你说的这些，我们今后再谈，"他拉长了声音，一副作总结的腔调，"我现在也要谈一点意见，只谈一点。我们最初到来的时候，一见你就明明白白地告诉过你，我们一定要住在贫下中农社员的家里，但是干部不行，我们不准备住在干部的房子里。这话你听见了吧？"

"当然，是这样的。"

"是什么样？"章洋猛地提高了声调，使自己和别人都为之一震——这是往日的演员生活留下的一点残余的痕迹。这带有话剧台词处理的味道。他喝道："阿卜都热合曼是不是队委会的生产委员。"

"是的。"

"你说，队委会的委员不是干部是什么？你为什么不按我们的要求做？为什么欺骗我们？"章洋越说声音越大，越说越急，一副咄咄逼人的样子，萨坎特的脸色都变得苍白了。

"队委会的委员也算干部？"

"当然算……"

"那……那我们这里的贫下中农几乎都是干部了,有记工员、读报员、卫生组长、技术员……好吧,我们可以再向您提供其他的不担任任何队内职务的贫下中农的名单。"

"不用扯这些,"章洋仰起了头,"你为什么把我们骗到这里来住,你自己清楚,我们也清楚。"章洋回头看了萨坎特和何顺一眼!

"明天早晨,我们搬走。"

"搬到哪里去?"伊力哈穆问。

"你再也不用管了。"章洋面有喜色地说,然后,他又转头通知萨坎特和何顺:

"我们搬到尼牙孜家去。"

伊力哈穆当真是目瞪口呆。

小说人语:

章洋与尼牙孜是天生绝配。尼牙孜对伊力哈穆等人的愤怒是真诚的,有理由的:

任何一心做好人的人的行为,都对不同观点的选择者与利益关系不同者构成挑战与施压。尤其是对于不相信善只相信恶者,善者的虚伪与狡猾都达到了令人作呕、逼人发疯的程度。你如果与他有碰撞,如果你对他有约束,他当然会痛恨你。如果你对他提供过帮助,他或她就更加咽不下这一口恶气——我如何能够承认接受过那样的巧伪人的恩惠?他们不知道感恩,他们具有一种仇恩情结、仇恩主义。小说人遭遇过这样的小哥小姐不止各一名。

小说人补充说,由于写作当时的语境,小说人拼命将伊力哈穆往完美里写,这里有生活的依据也有真情也有硬气功式的努力。以至于,突然,重读着重读着,小说人也对伊力哈穆的原则性与不识相性感到有点受不了了。

我们的始祖文化范式毕竟是《易经》,您怎么就不易(变)一易(变)呢?

而章洋的执拗与自我毁灭,是重要的小说—戏剧元素。奥赛罗、项羽、朱由检(崇祯)、李自成、洪秀全等都有这方面的特色性格程序,读之扼腕。中华传统文化中确也包含着这样的自毁潜程序,而在历次改朝换代中,潜程序变成了不可抗拒的显然的"气数"。

章洋的选择绝非偶然,反映了语境:具备了的庞然大物是斗争的理论与激情,组织与发动。尚待寻找认证与确定的是斗争的对象、斗争的性质。我们的斗争存在着修辞化、声势(表演)化,乃走向可塑化、空心化、随机化、阴天打孩子——没事找事化、"人保活化"。这最后一化是旧时艺人的一个说法,认为有两种节目脚本:一种是设计极佳,是"活保人",谁演都能出彩;一种是设计不那么完美,又必须出台上台与受众见面,这就只能靠演出者的天才与时运,才能保证节目取得不坏的效果。

第四十二章　信笺传情　泰外库表白爱弥拉
　　　　　　　雪地躺尸　尼牙孜背进卫生站

　　伊力哈穆缓缓地走回家里。路上,热依穆说了一句:"其实,不去就对了。"伊力哈穆没有吱声。

　　家里,米琪儿婉正在收拾东西。伊力哈穆一回来,她就揭开灶火上的大锅盖,端出一大碗热气腾腾的馄饨。她说:"雪林姑丽端来的。她今天回来了。"

　　"哦。她在试验站过得怎么样?"

　　"好呢。她很高兴。她带回了羊肉,做了饭,还给咱们端了来。"

　　"你吃吧,我不饿。"

　　"什么叫不饿呢?这两天忙得供销社没有肉卖,也没给你做什么饭,快吃吧。"

　　"那你……"

　　"我吃了。我吃过了。"

　　当然,伊力哈穆知道这是假话。遇到亲友、邻居送来什么好饭,米琪儿婉总是尝上一口就给他留下,用言语是改变不了她这个"顽固"的习惯的。

　　当伊力哈穆吃起来的时候,米琪儿婉欣慰地笑着说:"泰外库今天又来了。他给爱弥拉克孜写了一封信,让我转交。我打算明天回一趟娘家。"

　　伊力哈穆这才注意到,屋角边是米琪儿婉准备下的走娘家带的东西,红布单里包着大馕、小馕和一角茶叶。他说:"咱们的南瓜长得不错。你带上两个南瓜,再带上一点葵花子去吧。"

"好的,好的。我明天在娘家住一晚上,后天回来。我主要要找一下爱弥拉克孜,受了泰外库的委托,我要尽力去办。"

"这么说,你是去充当使者①了?"伊力哈穆打量了一下妻子。

"什么使者? 不。"米琪儿婉对丈夫话中的怀疑的语气有些不高兴,她说,"现在还说不上什么使者不使者。我只是希望他们好。我想这也许是很好的吧? 可怜②的爱弥拉克孜! 可怜的泰外库!"

"泰外库这个人……"

"泰外库是没有调教好的三岁马,"米琪儿婉不是嬉笑,而是沉重地说,"这回,他可要走正路了。"

"他一定能走正路吗? 只因为爱上了一个姑娘?"

"我的天,"米琪儿婉更加不满意了,"您今天是怎么了? 您说话怎么像一个……官僚!"米琪儿婉再也不能容忍伊力哈穆的冷静了,急切中她给伊力哈穆扣了一顶不大不小的帽子。

"当然你是对的。去吧,把泰外库的信交给爱弥拉克孜吧。谁又能知道爱弥拉克孜的心呢? 也可能吧?"

"……可你为什么不吃净? 瞧您,吃得这样少。有什么事吗?"

"没事。我没事。睡吧。看,女儿在动弹,该把一把尿了吧?"

米琪儿婉照料了孩子,添了火,收拾了伊力哈穆吃剩下的饭,她不太放心地不时看一看伊力哈穆。和往常一样,伊力哈穆年轻的脸上现出一种镇静的笑容,但是今晚,他的眼神显得凝重些,表情也有些沉郁,这是瞒不过米琪儿婉的。在伊力哈穆在工作中碰

---

① 维吾尔人的婚姻中委托第三者来往联系,称使者,与汉语的媒人意义不同。
② "可怜"一词在维吾尔语中使用比较广泛,不带贬义。

到什么难题或者不愉快的事情的时候,他就是这个样子的。她希望和丈夫谈一谈,为丈夫分担一些忧虑。而且,她也多少了解了社教工作的一些动态,在铺好被褥以后,她没有睡,却关怀地低声问:"有什么事吗？跟我说说啊？"

"不,什么事也没有,你睡吧,我再看一会儿书。"偏偏今天伊力哈穆不想谈。过去,遇到什么事和米琪儿婉扯一扯他的心情就会轻松得多,可今天,在自己没有完全弄清楚,没有绝对的把握的时候,他怎么能向米琪儿婉说章洋的坏话呢？怎么能违背自己的包括在米琪儿婉面前也要维护工作组的威信的义务呢？他什么也没说。

米琪儿婉躺下了,勤劳的人入睡是很快的,过了好久了,她睁开眼,看到丈夫仍在托着腮发怔。

爱弥拉克孜担任新生活大队的医士已经有两年的时间了。六二年夏天,她在卫生学校毕业,分配到本公社的卫生院,后来公社党委决定在新生活大队试点搞合作医疗,建立大队卫生站,她自己申请来到了这里。主要一个原因,她再也无法在家里待下去了。她这样一个年龄的姑娘,再住在父母的身边,在阿西穆眼里,不但多余,而且是耻辱、祸害,从早晨到夜晚,从星期一到星期天,不论是家里还是亲友当中,永远是对她的婚事的关切、好心的帮忙与别有用心的议论。好心也罢,坏心也罢,对于她却全无两样,全是折磨。她刚刚否定了一个前来说亲的人,譬如说来人提起的是一个胖子,一个年龄大的男人,马上又有一个热心的女人前来说合另一个人,一个瘦子,年纪轻的人。这样,根本不允许她有片刻的安宁。她动过心吗？没有,有谁指教过她吗？她受了什么书本的影响吗？不,不是的。然而她从小下定了决心,她早已暗自决定,这一辈子她不打算嫁人。

她永远也忘记不了九岁那次她受到的屈辱。九岁的女孩子，已经可以懂得和记住许多许多的事情。那一天，妈妈让她到帕夏汗婶婶家里去借一个细箩，婶婶和几个成年女人正在喝茶。是没有话题了，是一种什么心理吗？帕夏汗把她叫到了身边，拿起她的残肢给客人们观看，看别人的伤痕像看巴扎上一件新到的商品，这是一种多么可恶和卑劣的习气。当时，帕夏汗说："挺俊的一个丫头，可怎么找婆家呢？有谁要她呢？如果她用这只断臂搂住丈夫的脖子，男人不害怕吗？"喝茶喝得半醉的女人们唏嘘起来，有的抚摸她的残肢，有的凑过来细盯着她的断腕，有的叹息，有的还用裙子角擦了擦眼泪，你一言我一语，有的夸她的眼睛美，有的夸她的头发黑，所有的夸奖都归结为对她的伤残的悲叹，而悲叹之中又流露出从帕夏汗的话语中的某些猥亵意味中得到的某种满足，那个擦眼泪的女人同时也在窃笑，因为她听到了帕夏汗抖搂出来的一句关键的话，她说："唉，那个地方不伤不残也就行了，男人还能要我们的什么呢？"然后笑得爆了棚。

……九岁的爱弥拉克孜拿回细箩的时候面色是铁青的。那天晚上，她病了，她没有吃妈妈用箩过的上等面粉做出的饭食，她的眼直勾勾的，吓得阿西穆增加了三倍晚祷的时间。

这以后，又有多少次她听到自己的父母的议论啊。还在她远未成人的时候，母亲总是为她担忧，她说："她长大了可怎么办呢？"父亲说："总是会有人要的。"什么样的冷酷的话语啊！什么叫"有人要"啊！从前父亲总是在赶巴扎以前和母亲商量，"你看这头山羊十五块钱有人要吗？""这张苇席六块钱有人要吗？"现在，议论的却是她爱弥拉克孜有没有人要啊，难道她爱弥拉克孜也是一头山羊、一张苇席吗？

不，她不能忍受这种歧视，不能忍受嘲笑和侮辱，甚至也不能忍受怜悯和照顾，不需要同情和惋惜，从她记事的时候她就缺了一只手，这难道要她自己负责吗？这难道是永生永世不能弥补的缺陷吗？她勤奋、善良、聪明、美丽、自尊。不论家务活还是在队里出工，不论是上学还是工作，她没有落在后边过。为什么帕夏汗那些人，什么都看不见却只看见她那只断腕呢？难道她这个人仅仅是一个承载着残肢的，比别人低一等的躯体吗？她活了二十四年，劳动、读书、学道理、学技术、尊敬人、帮助人，难道所有的这一切又一切的努力仍然补偿不了那并非她自己所造成的缺陷吗？

感谢毛主席！千遍万遍地歌颂毛主席吧！只有他带来的温暖和慈祥的新中国，才融化了爱弥拉克孜心头的冰块。只有新生活的光辉和照耀，才给爱弥拉克孜提供了一条光明的大路。只有他的巨手，才揩干了小小的爱弥拉克孜眼角上的泪水。只有在新中国，我们的维吾尔族的农民的女儿，我们的被旧社会的恶狗咬断了手腕的好孩子，我们的被一些封建的、落后的、愚蠢的旧意识旧风俗所折磨所伤害所包围的纯洁无瑕的爱弥拉克孜终于自己写下了自己新的人生篇章，她排除各种干扰以全优的成绩考进了伊犁哈萨克自治州卫生学校，她获得了国家颁发的医士证书，她现在是国家的医务工作者，是农民的朋友和勤务员，是科学、文化和新生活的传播者。

她离开了庄子上那个种了不少玫瑰的僻静的院子。她来到新生活大队，她穿上洁白的大褂戴上更加洁白的无檐帽，她的白大褂的衣袋里经常装着听诊器和温度计。她办公桌上放着血压计、压舌板和手电筒，她好像变成了另一个人。她不再是伤残和缺憾的化身，而是病痛和忧患的治疗者和安慰者。她给人查脉搏、查喉咙、查血常规，她给人开处方、打针、谆谆嘱咐服药的方法与普及卫生知识。在新生活大队,人们称她为"医生姑娘"或者"姑娘医生",找她的人是为了寻求她的帮助,她整天考虑的是如何解除旁人的痛苦,这使她感到了生活的意义和自己的力量。她本来就是本地农民的女儿,她很快就和这个大队的社员熟悉了。她知道病人不仅需要片剂、针剂和粉剂,而且更加需要亲切的话语、真诚的安慰和对于健全的生活方式——卫生习惯的指导。她看好了一个病人,她多了一个亲人。虽然,大队卫生站只有一间房子,就在供销社门市部的隔壁,这间房子是门诊室,是药房,也是她的宿舍,她就睡在这个弥漫着酒精和水杨酸的气味的房屋的一角。她常常为了夜间来急诊的病人而不得安眠。但是,她在新生活大队的生活是愉快多了。

这一晚,她刚刚参加完所在队的社教工作组组织的毛主席著作学习。今天学的文章是《反对自由主义》,农民们的学习非常认真、非常热烈、非常实际。大家争着发言,用毛主席的教导对照自己,自我批评,检查自己有哪一条自由主义的表现,并表示今后要改正。这种诚恳、求实的学习态度感动了她。她也在会上发了言,她说,实行合作医疗以后,有一些没有医药常识而又很有一些自私自利的思想的人,看病拿药的时候一看药价低就埋怨、不满,药价越高就越满意,甚至自己提出要求给开价格昂贵的药。四天前大队的会计前来看病,非缠着要开一些贵重的药,她碍于面子,没有坚持原则,给开了,实际上,既浪费了药品又无益于治疗。这是她的自由主义的表现,她要改正,同时也希望那位会计认识自己的不当。她的发言引起了农民的笑声和掌声。社教组的同志在小结当晚的学习的时候还特别提名表扬了她的发言,这使她很高兴。

她高高兴兴地回到了卫生站,坐到桌前,拧开了台灯(新生活大队离伊宁市近,接引了输电线)。在台灯下,她翻看着一本关于中草药的汉语小册子,有许多字需要查字典,所以,她读得很慢,正当她用维语字母给一个新查到的字注音的时候,她听到了叫门声音。

这么晚了,会是谁呢?声音又这么熟悉,同时,她也可以分辨出来,这不是急诊病人和他们的家属的不安的叫门声。她开开门,意外的喜悦使她跳了起来,她大叫道:

"是您吗?米琪儿婉姐姐!怎么也想不到是您来了,我的好姐姐!"

于是,她又是烧茶,又是炒瓜子,又是翻箱倒柜拿出了饼干、杏仁和水果糖,米琪儿婉拦也拦不住。茶好了,瓜子炒熟端上了,饼干和杏仁也已经摆到桌上,递到米琪儿婉手里,双方对于各自的问候回答了一连串"好,好的,好着呢……"之后,开始了并非闲话的闲话。

"您问我们这里的四清工作队吗?他们来了以后各方面都出现了新的面貌。就拿学习毛主席著作来说吧,今天晚上我们学习了《反对自由主义》……"

爱弥拉克孜的话中途打住了,她发现了米琪儿婉的异样的局促不安的神态,她疑问地看着她。

米琪儿婉本来是满腔热情地来充当这个"信使"的,事到临头,她却胆怯起来。姑娘的心,特别是爱弥拉克孜这样一个有主见的大女孩子的心,谁能摸得透呢?她会不会轻视没有文化、没有受过良好教育的泰外库?她会不会因为米琪儿婉带来了泰外库的用歪歪扭扭的字样写就的鲁莽的信而恼怒,而埋怨甚至讨厌她米琪儿婉呢?她没有一点把握。但总不能不说啊,她等到了这样晚才来,就是为了等到一个安静的场合,可以谈心的机会。她硬着头皮说道:

"爱弥拉克孜妹妹,天晚了,您明天还要工作呢。我呢,明天一早也要回去。我、我给你带了一封信来,它、它是一个人给您写的,请不要生气……"米琪儿婉自己脸先红了,她放低了声音,"那个人,非常非常地喜欢您……那个人就叫……"最后说到泰外库这几个字的时候,已经只剩下嘴唇动而听不到声音了。

谁能断定,是爱弥拉克孜首先想到了泰外库还是米琪儿婉的无声的口形动作首先传递了这个人名的信号呢?爱弥拉克孜难道就没有这样一点敏感吗?不,她感觉到了,不是今天,不是米琪儿婉拿出信以后,早在那次她去送还泰外库的手电筒的时候……难道泰外库的形象,泰外库的狼狈生活,泰外库的举止和神情就没有给她留下一点印象吗?那天,泰外库多像一个老实的大孩子。他那样惊异地,又是顺从地、谦逊地、敬仰地望着爱弥拉克孜,使爱弥拉克孜感到有些不好意思。他那么强壮,那么具有无限的精力又那么不会安排自己的生活,简直让爱弥拉克孜为他着急。当然,那只是那一天的事,然后,她就把他忘却了。说是忘却,就是说她把这件事和这个人冻结在、封锁在她的记忆的一个小角落里。其实这个人,这件事已经在她的心灵上占据了一个小小的位置。说是小小的,因为她从来也没有想过,也不敢正视心灵的这个角落,这部分被冻结和封锁了的角落……她早就坚信她这里已经没有这样的角落存在的余地了。

但是,随着米琪儿婉拿出字迹歪斜的信封,这个角落突然膨胀了,嗡的一下子,它变成了一个极大的天地,风在呼啸,浪在翻腾,火在烧,地在转……她呆了。

"请看一看他的信呀,请您看一看啊。"米琪儿婉好像从一个遥远的地方催促着,恳求着。

她的抖颤的手抽出了淡绿色的、带着暗花纹的信笺。多么可笑的泰外库,竟找了一张这样颜色的信纸。泰外库的健壮的身躯、卷曲的头发、强有力的臂膀和精力无穷的目光,从信笺上走了下来,走到她的房里,走到她的身边,出现在她的面前,向她屈身施礼。为什么,那天她去送还电筒,他竟像一个做了错事的孩子一样驯顺、可怜呢?

可怜的大个子,他竟在这么一张酸文假醋的信笺上写得那么傻气、那么笨拙。按照维吾尔青年男子的习惯,信的开头是四句歌唱爱情的民歌。然后他写道:"我不是坏人。"这算什么话啊,给公安局写材料吗?她还看见了一句,字体是大大的:"我想和你结婚!"这又是什么话啊,难道能够这样首次给一个未婚的女子写信!

结婚!在她年轻的生命里,意味着的是屈辱,是三等外商品的廉价处理,是对旧势力的投降,结婚就是被蹂躏和谋杀!所以她早就决心不结婚。她断定"结婚"这个词儿是她的恶魔——仇敌。

而现在,泰外库写的正是这个词儿,泰外库用他那可以捏碎石头的大手,拿起摔坏了笔帽的钢笔,在淡绿色的暗花信纸上写得歪歪扭扭的这几个维吾尔文字母,给予了她怎样意想不到的冲击。结婚——"我要拿上你",这种维吾尔式的语言是多么质朴,多么实在,多么火热,又多么缺少必要的雅致、温存与过程啊。爱弥拉克孜双手捂着脸,啜泣起来。她的肩膀一抖一抖,在她的二十多年的生命的路程上,她还从来没有这样深哭过、痛哭过,为她的不幸,为她的青春,为她的命运,她是怎么样哭也不为过。陌生而遥远,又是粗粗粝粝、生生猛猛的幸福的召唤,激活了,又是扫荡了她的根深蒂固的痛苦。天真而勇敢的,应该说是有点傻气的追求,冲决了长久以来严厉地禁锢积压住了的幻梦与悲伤。于是,泪水像冲破了堤坝的春洪,流淌了,流淌了。

爱弥拉克孜的痛哭使米琪儿婉手足无措。她完全不知道该怎么办才好。她说:"原谅我,妹妹,是我不好。我错了……我不是有意的,我只希望你好……别生气,别伤心,我并没有和任何人说过,安拉知道,我绝对不会与别人说你的事儿。你看,你看,别哭了……"米琪儿婉的鼻子也酸了起来,她走近去抚摸爱弥拉克孜的浓密的厚而软的头发,那头发是如此洁净,在这个公社,应该是属她的面庞她的头发干净了。她掏出手绢给爱弥拉克孜擦眼泪,又用被爱弥拉克孜浸湿了的手绢揩一揩自己的眼泪。她俩的眼泪弄湿了同一条手帕。她继续莫知所措地劝慰着:"如果你不愿意,这也没有什么不好办,就当没有这件事好了……告诉我,你在想什么,我知道,这只是个普通的社员,是个赶车人……"

真是奇怪。米琪儿婉在说什么呀?真是遗憾。哪怕是米琪儿婉。哪怕是这个胜过了自己的亲姐姐的最了解自己,最关心自己,最爱护自己的温柔慈爱的米琪儿婉,竟也完全不了解爱弥拉克孜此时此刻的心境……爱弥拉克孜的痛苦,是用言语可以表达的吗?又能向谁诉说呢?她哭得更伤心了。

"咚、咚、咚!"有人砸门。"爱弥拉克孜医生,您睡了吗?"好像是民兵排长的声音。

"医生姑娘,是我们啊,有个受了伤的人!"这是民兵排长的妻子的声音。

爱弥拉克孜立即收住了泪水,略略整理了一下头发,示意让米琪儿婉去开门,她本能地立即清理了诊榻,穿上了从背后系带的白长罩衫。

民兵排长背着一个人走了进来,排长的妻子睡眼惺忪地跟在后面。显然,这个女人已经睡下了,民兵排长怕深夜来叫女医生的门不方便才把她叫起了同来。排长把"伤员"放到了诊床上。这个人满脸血污,一只眼睛肿得像核桃,嘴角上流着血水,棉衣领子被撕了一个稀烂，扣子一个也没有剩下，裤子上全是泥和雪。

爱弥拉克孜又拉开了一盏灯。她打量了一下"伤员"，惊呼道："尼牙孜哥！"

"是尼扎洪，"民兵排长说明道，"我在公路边上的坟地一带发现了他。看样子他被人打了一顿，他躺在雪地里。如果没人发现，还不活活冻死！"

爱弥拉克孜顾不得细听，连忙检查了他的脉搏、血压和瞳孔，听了他的呼吸。松了一口气。她说："有点脑震荡，没有任何危险。先给他洗一洗脸上的血吧。"她指挥米琪儿婉把暖水瓶里的水倒到一个搪瓷盆里，爱弥拉克孜用药棉蘸湿，轻轻给尼牙孜擦拭血污。同时进行着进一步检查。她说："打得可不轻。鼻骨折断。一个门牙脱落了。这只眼睛也够呛……"洗干净以后，爱弥拉克孜对伤员做了一般处置，把他的眼睛包扎起来，又在面部的伤口上涂了些防止感染的药剂，用橡皮膏贴上了几块纱布。然后，她洗一洗手说："不要紧的。要不了多久他就会醒过来的。"

"那怎么办？"民兵排长商量道，"看是不是由我来照顾这个人。医生姑娘，您到我家去休息吧，如果伤员有什么情况，我再去找您。"

"到我家吧。"米琪儿婉说。

只好如此。否则，爱弥拉克孜这一夜可怎么过呢？……爱弥拉克孜嘱咐了几句，留下一点止痛和抗感染的药，便和米琪儿婉走了。临走的时候，她们俩不约而同地往桌子上看了一眼。桌子上本来放着泰外库的信的，现在不见了。米琪儿婉想："可能爱弥拉克孜把信收藏起来了吧？当然，是给她的信嘛。也许她还要再'研究研究'这封信？"她没有问。爱弥拉克孜想的是："可能米琪儿婉又把信收走了吧？唉，我哭得太厉害了，把米琪儿婉姐姐吓住了……"她更不好意思问。她们走了。

妇女们走掉了,民兵排长伏在桌子上打盹,过了两三个小时,尼牙孜呻吟起来。民兵排长走过来问道:"您这是怎么了,尼扎洪?是谁打了您?"

"给我一碗水,水……"尼牙孜挣扎着要坐起来。

"您先休息,我给您倒去。"排长拿起一个茶缸子,又去拿热水瓶,原来热水瓶的水方才洗伤口时已经用完。"您躺着,我回家给您倒去。"他告诉尼牙孜,走了出去。

民兵排长走了。尼牙孜忍住剧痛坐了起来。他用一只没挨打的眼打量着四周环境,基本上弄清了自己的遭遇和现在是在什么地方。他思索着对策。忽然,他发现了诊榻脚下的一张信笺。出自他到处打探隐私的习惯,他强忍疼痛弯下身去捡起了信,他用一只眼扫了一扫,如获至宝地揣到了怀里。

排长端着一碗热开水回来了,又给尼牙孜吃了爱弥拉克孜留下的镇痛片。排长再次问:"是谁打的你?"

尼牙孜支支吾吾地说:"不,没有人打我。是我自己摔的……"

尼牙孜的话是难以置信的。但是,既然受害者不肯承认是别人加害自己,尼牙孜又不是本队的社员,而且他正在伤痛之中,说话也不方便,又没有什么其他的危险,民兵排长也就不想再深追下去。等到天色微明,开始听到行驶在公路上的各样车辆的声响的时候,尼牙孜下了床,用手把掉了扣子的棉衣大襟紧紧掩住,向排长说他准备搭便车回七队,民兵排长点了点头。就这样,尼牙孜走了。

小说人语:

重压下的、深度冻结的悲哀,反而是恍若没有的,可以被忽略的,可以是"却道天凉好个秋"的。只有当重压开始减弱、当冰冻遭遇暖流、当你获得了自己也不敢相信的希望的消息以后,那时的眼泪才会释放出你刻骨的悲哀来。

我们毕竟有理由相爱。有理由歌唱爱情。有理由摆脱那些肮脏的、变异的、虚假的、装腔作势的命名,回到爱情的最本真最纯洁的层面。

第四十三章　队长下台　贤惠妻子置酒办肉
　　　　　　贵客住家　泡克夫妇索面领油

　　章洋要搬到尼牙孜家去住的消息像一股黑烟一样升起在七生产队的上空，变成了一片阴云，散布到整个大队。

　　这话最先是从尼牙孜自己口里说出来的。在章洋向伊力哈穆宣布将要搬走的第二天一早，也就是米琪儿婉刚回娘家还没有与爱弥拉克孜见面，尼牙孜将要受伤但还没有受伤的这一天的早晨，尼牙孜赶着一辆驴车拉着麦子来到了庄子，他先找到伊明江，用一种命令的口吻说：

　　"赶快给我发一公斤菜籽油，章组长和社教干部要搬到我家去了，为了给他们做好饭，需要先领一点食油，副队长同意了的。"

　　伊明江一时没有相信，他看了一眼尼牙孜。尼牙孜换了一顶崭新的、黑绒面的羊皮帽，换了一身总算洗了一遍的、在他来说是空前清洁的衣服。他的皮靴虽然开了绽，褪了色，但也破天荒擦得锃亮。尼牙孜扬扬得意地拿出了热依穆批的条子，催促道：

　　"快打油……"

　　然后，他上了水磨。对于那个给他送死乌鸦的廖尼卡，他摆出一副不屑一理的神气，眼睛看着别处，下令说：

　　"喂，看水磨的！先给我磨面！我没有时间！我正忙着哩！章组长和社教干部今天就要搬到我家去了。看，这是保管员刚发给我的菜籽油。快！我下午还要去伊宁市买点粉条子、凉皮子，给社教干部做饭，这可是公事！吃饱了饭才能收拾干部们哇，哈哈哈……"

廖尼卡不相信自己的耳朵,但是看看尼牙孜吧,他的外表、他的神气确实是大不相同。莫非这是真的?

在尼牙孜的催促下,没按排队的顺序,先给他磨好了面。尼牙孜赶上驴车,大声唱着小曲:

> 我也要去,我也要走,
> 在这世上,转转悠悠,
> 如果平安,再回家乡,
> 多么神气,多么自由……

廖尼卡坐不住了。他不相信会真有这样的事情。他的眉毛挑了起来,他脖子上的筋凸胀了。他的红头发好像真的烧起了火。他叫起了正在睡觉的本来是安排人家后半夜来值班的另一个看水磨的人,自己骑上自行车向队部方向奔去。路过水渠工地,他找伊力哈穆,没有找见。他又不愿意问旁的人,免得使自己替尼牙孜作义务宣传。他来到大队,大队干部谁都不在,于是,他去大队加工厂打探虚实。

加工厂的院子里坐着不少的人,廖尼卡一眼看见,伊明江也在这里。其中有许多是加工厂的工匠。离人群稍远一点的太阳地里,坐着一个人,那是前队长穆萨!

久违了,好汉子穆萨。读者,你们猜猜,这一段穆萨的情况是怎么样的?他每天长吁短叹,叫苦连天,因了从队长的宝座上被撵了下来而郁郁不乐吗?或者,他在磨牙利齿,记仇结恨,等待时机,准备反扑吗?抑或,他找到了新的出路,去发挥他的能力、口才和勇气,去实现他的野心,譬如说,他是不是在跑黑市,搞投机买卖呢?

不,都不是的。他没有做这些事情。现在我们见到他的时候,他正坐在略离人群的一块木头上,他坐的姿势挺舒展。他的面部略显苍老,样子仍然有些滑稽,但不再盛气凌人,而是平易随和。他的小麻子似乎少了些,麻坑也浅了些。他的黑胡子仍然捋得尖尖的,但翘得不那么厉害了。他穿得比六二年寒酸多了,基本上还是两年前那一套衣帽,洗过一次,自然已经显得陈旧,棉衣的右肩上还打了一个补丁,但也还算整齐。更多的是感到无可奈何的踏实,不当队长的这一年,他的日子过得不错,一切正常。

这不能不归功于他的妻子马玉琴。维吾尔族有个谚语:恶婆娘是人类第一大祸患,我们不妨反其意予以补充,好妻子是头等的福星。好妻子好比救生船,好比定心丸,好比百宝箱,好比是伏天的清风和严冬的炉火。一九六三年夏天,当阿卜都热合曼和伊明江等人的查账组查出了穆萨的大量多吃多占、借支和贪污的事实之后(其实,并没花费多少力气来查,穆萨的吃喝玩乐大部分是大摇大摆地进行的,他并没有搞那种隐蔽的偷鸡摸狗),秋天他就落了选,那时,他确实蔫了几天。尤其是,为了做一个退赔的姿态,他卖掉了那只他曾经戴在手腕上、撸到胳臂肘边的手表,这使他心痛欲碎。也只有在这个时候,他仿佛第一次感到了家庭的温暖和妻子的贤惠。穆萨知道有那么一些女人,她们的势利眼劲儿超过了外人。丈夫行的时候她们招摇卖弄,丈夫倒霉的时候她们怨气冲天,甚至在这种时候丢开丈夫"往前走"。但是马玉琴不是这样的人。她自自然然、和颜悦色地迎接了不再是队长的穆萨,在落选的第二天,她悄悄卖了自己的一副铜镯子,打了酒,买了肉,做了一顿穆萨最爱吃的水煎包子,连醋都并非零打,而是买了整瓶的高级醋。玉琴的态度对穆萨是个不小的安慰。说实在的,马玉琴衷心感谢赛里木、里希提和伊力哈穆他们,他们让穆萨通过改选的正常途径漂漂亮亮下了台。漂亮这个词儿,她说给了穆萨,使穆萨很满意。马玉琴早已感到,穆萨当队长,不仅是七队的晦气,而且也是他们的家庭、他们夫妻的晦气。他一当队长就要神气,一神气就要折腾和发脾气。他今天要办托衣①,明天要办乃孜尔,讲排场,耍威风,弄得家无宁日。他乱吃乱花乱喝,动不动就不在家吃饭,经常对家里的吃食、摆设、马玉琴和马玉凤的举止直到室内温度和空气的调节表示不满,老觉得别人亏待了他这个了不起的队长。马玉琴暗想,即使捉一只猴子来给他戴上帽子,穿上衣裤靴鞋,再强令它盘腿坐在上席,它也未必会像穆萨当了队长以后那样焦躁不安。马玉琴怎么能够不欢迎穆萨从队长的职务上落选下来呢。

穆萨毕竟也历经浮沉。下来了就下来了。穆萨的思路是你大哥②我当过了嘛。你大哥我福气过了嘛。你小子当过吗?你小子福气过吗?你小子有的可供吹嘘冒泡的谈资吗?

啊,他已经踏踏实实地当了一年社员,大部分时间,他劳动得蛮积极。开会发言就更积极。只不过,对于贪污和多吃多占的赃款的退赔,他态度消极,能拖就拖,能赖就赖。

穆萨毕竟也还是穆萨。某些场合,他仍然会眉飞色舞地吹个天花乱坠。有一次和几个青年一起干活儿,草丛里出现了一条青花蛇,穆萨一砍土镘砍断了蛇头。于是,穆萨吹起牛来,说他年轻的时候曾经和一条大蟒搏斗,那条大蟒把他的砍土镘吞到了肚子里,他徒手提住了蛇颈,蛇盘绕在他的身上,他最后把蛇扼死了,光蛇油就炼了两桶……说得听众尤其是女性老中小,又笑又疑,一起在那儿喊:"泡!泡!泡!"最后一致认为他是牛皮大王,他也一笑

---

① 即喜事。
② 犹言"老子"。

了之。说大话是一种快感,说完大话的快感与睡完女人是一样的,不必计较播种的成活率与其他得失后果。他还有许多笑话、怪话,有的话已近下流,好在倒也无伤大局。

四清工作队到来后他有些紧张。库图库扎尔和他谈过两次,意思是让他伺机活动活动,暗示他要想法把伊力哈穆摞倒。穆萨哼哼哈哈,心想:"我才不给你抢砍土镘呢!"特别是经过六三年麦收时节那天晚上在乌尔汗家喝啤渥、吃烤肉时的谈话,穆萨看出了库图库扎尔的危险性。他从那时起已经决心与库图库扎尔拉开距离。大大咧咧、吊儿郎当的穆萨其实有自己的界限和分寸感;马马虎虎、吵吵闹闹的穆萨其实有自己的防备心和警惕性。有些话他只是大喊而并不行动,有些话他连说也不说,听了也绝对不随声附和,有些事他是悄悄地做,谁也不说。"我才不跟着库图库扎尔进监狱呢!"他清醒地在心里合计。

但是,他也被章洋要搬到尼牙孜家去的消息所激动了,他也是来到大队打探风声来了。他准备听一听,看一看,而且仅仅是听听看看而已。

在加工厂。麦素木坐在中心,向周围的人正在大发议论。他的脸上隐藏着一种狡猾的笑意。他说:

"你们知道吗?这就叫做:政策!说起政策,是上面……"他用食指向上空神秘地一指,"制定的,那是书上写着的喽。共产党、国民党、耶稣教、伊斯兰教,都有自己的书……"

"这么说,章组长搬到尼牙孜家去,也是按照书上写着的政策办的喽?"伊明江问,有几个人笑了起来。

麦素木听出了伊明江话里的嘲讽意味,但他觉得伊明江不过是个孩子,没有放在眼里,于是,他正色道:

"当然,减租反霸的时候,不就是这样吗?乡约、百户长预备的宽宅大院,工作组硬是不住,专门住穷人的房顶漏天、墙缝漏风的土房子!"

"怎么能够和那个时候相比呢?"伊明江不服地说,"那时候,穷人是受剥削的,富人是剥削人的,工作组当然要到穷人家去住。但是现在呢,尼牙孜是被剥削的吗? 不,少说着他也是个不爱劳动的二流子,章组长搬到他家去,实在叫人想不通啊!"

"想不通? 你想得通不通有什么关系?"麦素木继续大放厥词,"什么事都等你想通了还得了?"麦素木哈哈大笑,然后他从衣袋里掏出一个笔记本,唰地打开了,指着笔记本说道:"马克思说过,制定政策,是上级机关的事情。群众的责任,在于执行。明白吗?"

偏偏伊明江把头凑了过来,"给我看看,您是怎么记的? 马克思什么时候说过这样的话?"

廖尼卡忍不住插嘴说:"我不信这话。解放以来,不论办什么事,党总是把政策交给大家,什么事都要征求大家的意见,让我们当家做主。我看,您说的马克思的这段话,不一定是真的。"

"大概是您自己编的吧?"伊明江说。

听众哄笑起来。穆萨在一旁笑得最开心。看到像麦素木这样一个当过科长又有文化的人被一个农村青年当场揭露,他觉得有趣。他想,麦素木啊麦素木,你错了,你的那一套"马克思说",用来吓唬干部、学生大概比较管用,用来吓唬农民算是找错了对象。农民有自己的利益、自己的经验、自己的判断是非的标准,靠援引"某某某说"来吓唬农民往往是无效的。还不如他穆萨,从来都是用农民自己的语言去吹牛放炮……

笑声使麦素木深感狼狈。狼狈中他马上换了一种面具,他狞笑一声,略略探身,用右手的中指和食指向伊明江一指。

"我的好兄弟,您是在这里,是向我说话,这倒是没有什么危险喽。可您刚才说了些什么呢？什么现在和减租反霸的时候不同了,什么那时候穷人受剥削,现在的穷人都是二流子。"(按:伊明江的原话并非如此。)麦素木冷笑了两声,突然眉毛一竖:"这就是反动言论！这就是破坏言论！这就是勾结四不清干部,反对工作组,破坏社教运动！"麦素木又用指关节敲了敲自己的笔记本,"现在,四不清干部统治着农村,他们比地主还坏,比乡约伯克还坏！明白吗？老弟！不要再多说的,你刚才那一套话要是放在另一个场合讲,你就要被定成现行反革命！"

大家都怔住了,穆萨也改变了刚才斜靠半坐半躺的姿势,直起了腰身。麦素木的声色俱厉引起了(哪怕是在一瞬间引起了)一阵紧张。这就是扣大帽子的威力。麦素木早就介绍给库图库扎尔过。小一点的帽子总具有保留、讨论、商量的余地,被扣帽子的人可以把帽子摘下来,但是,现行反革命的特大号帽子一扣,严丝合缝,盖住了一切,而且像焊死了一样,不准挪动分毫。伊明江一气,起身离开了这里,廖尼卡跟了出去,背后,传来了麦素木的阵阵笑声。

与此同时,在七生产队的马厩里,人们也在议论着这件事。这里,以阿卜都热合曼为首的四个白胡子老汉,正在修理牲口套具。人们从热合曼这里听到了这个难以置信的消息。热合曼一脸怒容,连回答日常的问候的时候也是紧绷着脸。

最年长的、八十多岁的老汉斯拉木(他本来是护林员,冬闲时候,协助干些杂活),劝慰地说:

"不要生气,热合曼那洪,这个世界上,一切都是可能的,天上有多少星星,地上就有多少种人。有白天就有黑夜,有鲜花就有刺草,有百灵就有乌鸦,有骏马就有秃驴。章组长看中了尼牙孜,这也随他去吧……"

第二个老汉面庞红扑扑、身材高大,他和蔼地说:

"没有关系,热合曼老弟!我们说尼牙孜是狗屎,可有人认为他是玫瑰呢。有什么办法呢?让他把这朵玫瑰花插在耳朵上吧,等弄脏了他的头颈他就会弄清真相的。小孩子们也是这样,你不让他玩火,他总是不行。等他烧了手,哭上一阵之后,就知道什么能玩,什么不好玩了!"

第三个留着浑圆的美丽的白胡须的老汉正拿着榔头敲打着小鞍,他说:

"对于人们来讲,什么最糟糕呢?恼怒最糟糕。从恼怒中长不出一棵有益的青草。举一个例子吧,譬如您养了一头奶牛,一天可以挤到十五公斤的奶。忽然,撞上了恶眼①,牛没有了,奶也就没有了。这当然是一个损失。如果您因而恼怒,您吃不好饭,您睡不好觉,您埋怨老婆,责骂孩子……这就是双倍的损失。没有比恼怒更折磨人、损伤人的。与其恼怒,为什么不平静地坐下来呢?"

"就是这样,"斯拉木补充说,"要忍耐,不要恼怒。忍耐的底下是黄金,而恼怒的底下是灾难。"

"这统统是谬论!统统是错误的!"一直默不作声地干着活的阿卜都热合曼突然叫起来,他激动地挥舞着手臂,眼睛里浮现着泪花,"你们说的这些,统统是旧社会麻痹劳动人民的老一套!我真奇怪,解放这么多年了,你们怎么不学习毛主席著作、毛泽东思想呢?我难道是在为了丢掉了一只奶牛而哭泣吗?我难道在考虑我个人的损失!什么世界就是这样的,什么一切都会好的,到底白天和黑夜,鲜花和刺草,百灵和乌鸦,骏马和毛驴有没有区别呢?能不能把乌鸦当作百灵,把毛驴当作骏马呢?能不能听任刺草把鲜

---

① 维吾尔人认为人畜病灾是由于撞上了"恶眼"所致。

花淹没呢？唉，亲爱的老大哥们，你们在对我进行什么样的说教啊！"

几个老汉面面相觑，没想到热合曼突然爆发起来，当然，认真一谈，他们也为自己的息事宁人的庸人理论而感到有些不好意思。圆胡子老汉咕哝着说："好大的火气！"

热合曼略微降低了声音，但仍然是气呼呼的，他问：

"请问，章组长是什么人？"

"是社教干部。"

"我们是什么人？"

"我们是——什么人？"大家没有听明白他的提问。

"我们是社员嘛。"

"什么社员？什么成分？"

"贫农呗！"

"贫农是什么样的人呢？"

红脸的老汉想了想，他说："是革命的先锋！"

"您瞧！就在这儿呢！您说得多好！"热合曼欢呼道，"这不是，您也学过《湖南农民运动考察报告》哇！章同志是干部，是领导我们的。我们是革命先锋，是革命运动中打头阵的。这么说，我们怎么能眼看着章组长把手往火里伸而不闻不问呢？我们怎么能够不恼怒，不斗争，听其自然呢？"

"唉，兄弟！"斯拉木老人叹了口气，代表其余两个老汉做了回答，"我们只是想安慰安慰你，解劝解劝，结果，说的那个道理不怎么对哩！您说得对，遇到不正确的事情，应该斗争哩，可是，要斗争就必须怒气冲冲地大喊大叫吗？您对我这个八十多岁的人说话，就不能把声音放小一点吗？"

"对！"热合曼也笑了，"我检讨，我态度不好。"说得大家都笑了。

"老了也得学习呢！队上组织学习毛主席著作，为什么不通知我们几个呢？"圆胡子老汉感叹地说。

"我看，干脆咱们几个老汉组织一个学习组吧。就选最年轻的小伙子热合曼老弟担任组长！"斯拉木提议说。

大家又都笑了起来，通过批评和自我批评，增进了新的团结。最后四个老汉商定，利用中午休息时间去公社反映一下对章洋搬到尼牙孜家去住的意见。中午，以"小伙子"阿卜都热合曼为首的四个白胡须的老汉，各骑着一头毛驴，浩浩荡荡地来到了公社。

人人都在议论这个事情。早晨，在生产队的文化室，吐尔逊贝薇和几个姑娘正在利用工前一段时间排练节目，准备参加大队组织的红色歌曲歌咏比赛。玛依娜尔一进来，吐尔逊贝薇连忙跑过去问道："你们的组长要搬到尼牙孜家去住，是这样的吗？"

"好像是这样。"玛依娜尔的回答含含混混，好像做了对不起人的事情被吐尔逊贝薇抓住了似的。

"为什么？尼牙孜的好处在哪里？"

"谁知道？"玛依娜尔把头一歪。

"不知道还行？玛依娜尔！到哪儿去不好啊，偏偏到他那儿去，简直是丢人，你们的组长到底要干什么呀？他的眼睛究竟长在什么地方了？他的耳朵究竟是管什么用的？他整天鬼鬼祟祟，偷偷摸摸，好像一只打算吞吃小鸡的匹什卡克。他走到哪里都是四面张望，好像一只挨了石头揍的狗……"

"吐尔逊贝薇！不要乱说！怎么能用这样的话说社教干部啊！快来唱歌吧！"一个比较年长的姑娘提醒说。

"我才不怕呢，"吐尔逊贝薇笑了起来，"我的话难听，但我的心意是实在的。我希望社教干部不要这样脱离群众。玛依娜尔,请您把我的意见,把我的原话一五一十地汇报给你们的组长,再不,我要直接找他谈呢!"

在供销社的门市部,古海丽巴侬一边扯着花绸一边嘻嘻地笑着告诉柜台前的几个妇女:

"这一回事把热合曼老头子气死了!把伊力哈穆队长也吓坏了……"

"真的吗?"一个女人问。

古海丽巴侬以她特有的近似男人的女低音的嗓子宣布:

"你们不信吗?你们看看去啊。我亲眼看到了,在阿卜都热合曼老汉的门口儿,工作干部正往牛车上装行李呢!"

在阿卜都热合曼家的门口,伊塔汗泪眼汪汪地看着社教干部把行李往牛车上装,她把萨坎特拉到了一边,断断续续地说:

"告诉我呀,我的孩子。你们生气了吗?为什么不高兴了?也许我做的饭不合你们的口味?是不是汤面条里的蔓菁疙瘩放多了?组长他爱吃些什么?我问了多少次,为什么你们不说呢?也许,那间屋子拾掇得不好?本来,我说过把所有的东西都拿到我们房里,偏偏那个老头子说几把高粱须、一张镔铁皮没有关系。要不,我们换一换好不?你们住到我们现在住的这间大一点的房子来吧。也许,我们有什么话说得不对,惹你们生气了?我们没有文化,老头子又是个急脾气呀……"

"老妈妈,不是这样的,不是的。我们谁也没生你们的气……"

"那为什么要走呢?是不是那头难听的毛驴子的叫声搅扰了你们的睡眠?是不是土炉离你们太近,我打馕的时候烟气呛得你们喘不过气来！孩子，把我的话翻译给章组长吧，我不愿意你们走！你们为了我们，离开家里的亲人，离开城市，到我们的农村里来工作，你们吃苦了，我们应该把你们的生活照顾得更好一些。这是我应该做的事情，如果我做得不够，请对我进行批评呀……"

库瓦汗奔东跑西，颠来摆去。跑得头巾垂到了肩头，袜筒秃噜到脚面。她到处叽叽喳喳地，语无伦次地用尖厉刺耳的声音急急地说话。她找生产队的出纳："支给我们十块钱吧，章组长今天搬到了我们家，我总得做一顿好饭啊！"她找热依穆副队长："给我们拉一车苞谷芯子吧，我要给工作干部做饭！"她拿着一个大碗去推邻居家的门："给我们一碗奶皮子吧，可恶的队长夺走了我们的奶牛，可给组长喝什么茶呢？"她来到供销社的牛、羊肉门市部，不肯排队，抢到了前面："宰羊的大哥，给点好的，给点最肥的部分，别给骨头，我是为了给工作干部做饭才来买肉的！"她上气不接下气地逢人便说："工作干部确实是有眼睛啊，爱惜我们这些可怜人啊，章组长和尼扎洪谈了多少次话，谁知道，他说不定打算把尼扎洪培养成干部呢……"

萨坎特对何顺说："老妈妈伤心了，老大爷也生气了。我们这样做好吗？至少应该讲一点礼貌。老人为了照顾我们的生活可真是操够了心，怎么能连一声'谢谢'都不说就装行李呢？"

何顺说："还不知道社员们怎么讲呢！我接触过的人，就没有一个说尼牙孜的好话的。"

萨坎特说："怪就怪在这里，如果上级有规定，队管委会委员也算是干部，算审查对象，不得在他的家里住，我们总还可以找一个好一点的社员，我简直不明白，为什么组长偏偏看中了尼牙孜泡克!"

何顺说:"你的意见是对的,我们的组长有点别扭。他整天在琢磨什么,谁知道?整天板着脸,脸板成这样就算是抓了阶级斗争了?不一定,这不像是阶级斗争,倒像人人都欠了他二十块钱……他是来要账的吗?这样搞下去,简直成问题……我看,我们和玛依娜尔商量商量,一起认真地找组长说一次吧。"

伊力哈穆一夜没睡好,他把米琪儿婉送走以后,想了想,横下了一条心,倒觉得心里踏实一些,趁着社教干部忙于搬家的时候,他不管章洋的"暂停"的命令,召集了尽可能多的劳力去了水渠工地。当人们问起这件怪事的时候,他憨厚地一笑:"到底怎么回事,我也不知道啊!"这是他对社员的各式各样的疑问的唯一的,也是最真实的答复。

那么,让我们探讨一下,章洋是怎样做出的搬到尼牙孜家的决定的。

人们都知道真理的力量。殊不知,谬误也有它的力量,有它独特的魅力。真理之所以为真理,因为而且仅仅因为它如实地反映了客观世界,还对象以本来的面目。而谬误呢,却摆脱了客观实体的羁绊,像摆脱了被牢牢地牵在地面上的线绳的风筝,在一个短时间内,这样的风筝当然能比牵在地上的风筝飞得更高更远。海市蜃楼的奇观比地上的任何城市都更迷人,不结果实的谎花儿往往比打籽的花朵更艳丽,承认一加一等于二的人很可能是庸夫俗子,力图论证一加一等于三的人倒很像是奇才巨擘。特别是对于那些一知半解、浅薄疏狂、华而不实、投机取巧的人来说,朴质无华的真理是太平淡了、太呆板了,而谬误呢,却可以花样翻新,吓你一个大跟头,随心所欲,发现,制定,发挥,变化,奥妙无穷,闻于耳则耳欲聋,视于目则目晕眩。尤其是,当这种谬论染上"左"的油彩,圈上"革命"的光环以后,它的认识上的虚幻的魅力又加上政治上的实用有效的魅力,尤其是它挟带着阶级斗争与无产阶级专政的威力,它变得更加吸引人、震唬人了。

所以,章洋这样的人,听到上面印发的"经验"中某些比"左"更"左"的提法,确实是兴奋震颤,如醉如痴。本来出自他的偏见:他对于农村、农民,压根儿都是轻视的。对于农村的基层干部,压根儿就是格格不入的。但是,章洋也曾数次下乡劳动、工作,口头上也曾多次大讲贫下中农的优秀品质,并且浮皮潦草地检查过自己那种对农村农民轻视和格格不入的心理,检查的当时也并非虚伪。但是,某些"经验"给他的那些心理插上了堂皇的旗号,一拍即合,他的头脑里马上出现了我国农村的一幅阴森暗淡的图画。共产党领导的、无产阶级专政的、社会主义的农村的状况被想象成与国民党、地主阶级统治的旧中国的农村差不多,甚至是更坏。把搞社教时了解情况,发动群众说得比土改时还难,不就是这个意思吗?把农村干部说成是地头蛇、座山雕,"熊瞎子打立正一手遮天",不就是这样的意思吗?把农村的社会主义教育说成有那么多人反对破坏,似乎旧的反革命分子不但没有被消灭被改造,而且一下又增加了那么多"新生反革命",不就是这个意思吗?章洋完全接受了这些思想,而且,他充满了骄傲和自信,认为别人右倾而他确实是坚定的、跟得上趟的革命的"左"派。

章洋就是在这样一种气氛、这样一种思想状况下来到伊犁这个公社的爱国大队和第七生产队的。当时全国正处于新的革命的高潮中。城市在搞"五反"。文艺界,卫生界在搞整风。一些认定不好的电影正在被批判。在革命的高潮中难免鱼龙混杂,泥沙俱下,革命的高潮在唤起章洋的政治热情的同时也引发了他的逐风赶浪心理。他戴着有色眼镜,从第一天就觉得处处蹊跷。伊力哈穆追着他汇报情况,他认为这是四不清干部企图左右他的视听。伊力哈穆感情上对他们很亲切,生活上很照顾,他认为这是四不清干部的糖衣炮弹。伊力哈穆对队里的工作抓得很紧,依旧敢于负责,他认为这是四不清干部抓住权不肯松手。他常常听到社员对伊力哈穆的称道,他认为这是四不清干部严密控制的征兆。伊力哈穆的举止镇静乐观,他认为这是四不清的干部不肯低头,向他挑战。尹中信、基利利、别修尔不同意他的做法,他认为这说明了他们右倾,换句话说,说明了他章洋的难能可贵、出类拔萃的正确性。他决心自行其是,做出成绩,大显身手,给那些右倾的人看看。

至于尼牙孜对于他之所以珍贵,不仅因为尼牙孜是唯一一个对他提出了对伊力哈穆的控告的社员;不仅因为尼牙孜是一个他正在寻找的、为他所需要的被侮辱与被损害的形象。而且更重要的是,越有人保护伊力哈穆,伊力哈穆越是精神奕奕、不撂挑子不浑身筛糠,他就越想给伊力哈穆的追随者热合曼等人一个致命的打击。他搬到尼牙孜家还是皮牙孜家倒是第二位的问题。打击伊力哈穆和他的跟随者,这才是要务。当他宣布自己的决定后,伊力哈穆、热依穆以至何顺、萨坎特等人的吃惊、当他搬家的时候阿卜都热合曼的恼怒与伊塔汗的挂念,都使他感到一种特殊的满足。

他是这样的快乐,以至在搬到尼牙孜家的当天晚上,他破例没有召开碰头会,没有找人谈话,也没有吸着一支又一支的纸烟思考问题。他忽然"偷闲学少年",跑到公社俱乐部打了一晚上乒乓球,他屡屡跳起来起板抽杀,大喊大叫,尽管球不过网或者出界,他仍是兴高采烈。只是已经很晚了。他回到尼牙孜家,库瓦汗惊慌地告诉他尼牙孜下午进城采购一点副食品一直没有回来,这使他立刻疑虑、不安、慌乱起来。

"要出事了!"他想。

小说人语：

这部小说很注意它的时间与空间坐标下的"政治正确"性,它注意歌颂毛主席与宣扬千万不要忘记阶级斗争,它注意符合在"文革"中吹上天的"文艺新纪元"种种律条。但写来写去它批判的是极左,是把反农村干部的贪腐阶级斗争化的态势。当然,它找着了一个理由,找着了一个说辞,找着了一个手柄:是毛主席批判了"桃园经验",还说什么那经验是"形左实右"。形"左"是真相,毕竟有这么一次批"左"了,这就成为小说人创作中免于沉没在声嘶力竭的阶级斗争海啸中的一根稻草。实右是戏法帽子,别以为真的允许批"左",更不能透露自己已经识破了天机。

恰恰是从"社教:二十三条"中,提出了"党内走资本主义道路的当权派"的命题。正是"社教"运动,还没有来得及收尾,一不做,二不休,干脆进入了更加强劲的无产阶级文化大革命。

其实这些都属于定义、命名、编码,小说人没有可能另行编码,只能全面适应与接受当时的符码与驱动系统,寻找这种系统中的靠拢真实的生活与人、当然也必会有的靠拢小说学的可能性。

那是一个充满想象力但仍然不清不楚的年代。文学本来是允许把想象力发展到极致的。不能自主的被想象却又是太艰难了。

假作真时真亦假,无为有处有还无。这是小说学。这又不仅仅是小说学。

第四十四章　快没命了　库瓦汗嚎出悲惨景
　　　　　　　也太好了　麦素木定下颠倒术

尹中信接待了四个白胡子老汉的来访。他们反映的意见引起了四清工作队长的高度重视。

他来到这个公社已经半个多月了,安排好了工作队队部的汇报、简报、统计、碰头等等制度以后,他主要抓了离公社最远的牧业大队——清水大队的工作。这个大队有比较严重的问题。供销社在那里建立了一个代销点,派去了一个售货员。这个售货员来历不明,行为不端,而又目无法纪,无所不为。他卖货时对一般社员欺蒙拐骗,克扣斤两,兑水掺假,乱提价格;收购时却又千方百计地挑拣贬损,压价抹零,利用该大队地处一角而社员又难免现金上的困难的情况贪污中饱。另一方面,短短时间,他不知拉了多少干部下水,拉上干部私分畅销商品、转卖贱价收购上来的农副产品,甚至教唆某些干部盗窃集体资财来换取某些商品。他经营的代销点,成了四不清干部的活动基地,除了进行上述这些不法活动外,他们还在这里大吃大喝以致聚赌吸毒,实在是令人触目惊心。

那里的工作组一进点就开展了大张旗鼓的宣传动员工作,把党的基本路线,把此次搞四清的意义、方针、政策、办法交给了人民群众。他们编写和表演了许多诗歌、快板、活报剧,编辑了墙报、黑板报、画刊。现在群众已经发动起来了,涌现了许多积极分子,他们不论是宣传、查账、调查情况(更不要说组织生产,落实分配了),

都吸收贫下中农中的积极分子一道去做。那儿有一种非常热烈的革命气氛。

他还跑过几个其他的大队,那几个大队的领导班子比较好。特别是新生活大队,是著名的先进单位。大队支部一贯注意防止地主、资产阶级的腐蚀,严肃处理和纠正干部贪污浪费、多吃多占的现象。特别是在六三年,中央关于农村四清的一系列文件下达以后,他们已经做了不少工作。那里的工作组一方面广泛宣传、发动群众,审查干部中的问题,一方面支持大队支部,把各方面工作推向前进。特别是关于干部参加劳动的问题,关于严格财经制度的问题,关于加强敌情观念和开展对敌斗争的问题,关于用无产阶级思想占领农村业余文化生活的阵地问题,正进行热烈的讨论和制定更有效的措施。同时工作组还正和大队的技术干部一起开始商讨和制定农田基本建设、改进耕作制度和推广提高更新农业技术的长远规划。

尹中信感到,以他为首的四清工作队,像一台扬水机,各个齿轮和部件都在正常地运转。他们正在把日常的农村生活的河流,推动和吸引到自觉地无产阶级专政下继续革命的高度上去。

生活的河水永远奔流。半个多月以来,是什么最使尹中信激动、充实,每每使他感到自己的身上复活了一种节日般的高昂情绪,就像他三十年代参加革命队伍的最初时期一样呢?不正是在于他投身到生活的河流中去了么!除去战争时期,他从来没感到过自己距离土地和人民——这是一切伟大辉煌的革命事业、革命理想的出发点和归宿啊——是这样地近。

而且又是怎样的土地和人民,既熟悉又新鲜,既唤醒了他无数最最珍贵的回忆,又以完全新的经验和知识丰富了他。

尹中信衷心地迷恋,执着地追求的是对于维吾尔人民的更多的了解以及赢得信任和友谊。他读过历史,他知道从汉唐以来西域和内地就建立了多么亲密的关系。清水大队的工作组里有一个老夫子式的人物,是大学里给汉族学生教授维吾尔语的一位讲师。这位讲师给尹中信介绍了许多知识。哪怕仅仅从语言上,也可以看出维吾尔族与汉族的不可分割的联系。越知道这些历史,他就越觉得自己作为一个共产党员,一个毛主席派来的老战士应该为维吾尔人民做更多的事情,应该更多地、毫无隔膜地了解维吾尔人民,应该为民族团结与祖国的统一添砖加瓦,应该做得远远超过我们的祖先,这是历史赋予一切在新疆工作的汉族干部的一种神圣责任。

但是,最大的困难在于语言不通,他不懂维吾尔语,这使他往往觉得愧对维吾尔人民对他的信任和尊重。以他的年纪和地位,他以一种罕见的热情学习维吾尔语。而且他惊喜地发现,维吾尔语是可以慢慢学会的,一旦学会就会一通百通,无往而不利。同时,即使语言不通也罢,即使通过翻译甚至没有翻译通过表情和手势也罢,他仍然在和维吾尔人交流思想和感情,他们的心弦仍然共鸣在一起。他的心就像海绵一样,时时吸收维吾尔人的意见、愿望、生活以至语言。他爱上了这片土地,更爱上了生活在这方的人民。

和维吾尔人接触,最初,你会发现许许多多生活习惯上与汉族大相径庭的地方,例如,维吾尔人做针线都是拇指在下、食指中指在上捏住针,针鼻向外,针尖冲里,当针穿过织物拉线的时候,如果你是用右手,就向怀里、向左后方拉,而如果你是左撇子,是用左手用针,就往右后方拉线,与此同时,也就把拇指转动到了上方。维吾尔人使用刨子也是同样从外往怀里拉。据说俄罗斯木匠也是拉刨子的。维吾尔人写字是自右向左横写①。维吾尔人洗衣服不是把衣服泡在水里,而是不断地舀水向衣服上浇。浇一下,揉一下,把水挤掉,再浇。维吾尔用发酵的面团做食品的时候从来不用碱,他们主要靠精确地掌握发酵的火候来避免食品过酸,同时保留下来了酵母的芳香与营养。维吾尔的主食与菜肴都保持同样的咸度,他们的主食——馕饼、馒头、米饭、花卷等都显得比较咸,而他们的副食——煮肉、炒菜、汤类都显得较淡。如此等等,数不胜数。

你进一步就会发现,生活习惯的差异毕竟不是主要的。主要的是他们的十分可爱的随性、热情、乐观、幽默和对美的追求。尽管有着世世代代的封建压迫,尽管每一个老人都有一部血泪史,但是他们始终保持着天真的生趣。他们重视美就像重视实用。他们比较讲究仪表,男人留着漂亮的胡须,而且靴帽都比汉族讲究得多。农民们也尽量戴精致的哪怕是价格较高的帽子,显然不仅仅是为了御寒。女人们都有很好的身材,有漂亮的头巾和花裙,包括老妇人也并不穿灰暗单调的衣服。更不必说他们的花园、庭院、房间的摆饰,他们的能歌善舞,他们的妙趣横生的机智和诙谐了。

作为一个独特的民族,这些别具一格的特点确实是很有魅力的,但是同样使尹中信感动的,而且可能是更为感动的是这个民族有许许多多与汉族的共同点,重要得多的共同点。他们的词汇里自来吸收了那么多汉语借词,从桌子、板凳、白菜、辣子到木匠、檩、椽子、矿、大煤、碎煤,从堆(积)、找(零钱)、帮(助)、抠(挖)到道理、笑话、真、假,历代都用了汉语借词,更不要说如今的新名词了。风俗习惯上,像以"地支"纪年,每年用一种动物作标志(属相),吃饭用筷子、算账用算盘,直到近代汉族基本上已经淘汰了但古代汉

---

① 维吾尔新文字已改为自左至右横写。近三十年,停止了新文字的推广工作。

族仍是有的一些习惯,如席地而坐、婚丧嫁娶的某些程序等等,都与汉族相同。尤其重要的是,今天,他们与汉族人民迈着同样的步伐,进行着同样伟大的改造社会、改造自然、改造人的斗争,关心着同样的问题。甚至唱着同样的《大海航行靠舵手》和《学习雷锋好榜样》的歌曲。这些共同的主要的东西是暖人肺腑的,它使人重温远古的历史,怀念共同的道路,畅想美妙的明天,看到、感到兄弟的维吾尔人民与汉族人民怎样自古以来把命运结合在一起。

机器在运转,长河在奔流。工作队员们在奔忙劳碌、在努力学习,并从中感到无限欣慰。

然而,有一个零件不断发出奇特的刺耳的噪音。这个零件的转速与角度古怪得难以捉摸和调整。这个零件就是爱国大队工作组的副组长章洋。

第一天晚上,章洋和别修尔来谈在七队进行"小突击"的计划。尹中信支持别修尔的意见,不同意这个小突击。怎么能对一个共产党员、一个干部不分青红皂白先当作敌人来"突击"一下呢?即使用这种办法能诈出一些问题来,代价也过大——它伤害了好人的心,它破坏了党的实事求是和爱护干部的传统。他说了不少话,看得出来,章洋没有服气。

第二天中午,四个白胡子老汉来了,来的时候怒气冲冲,虽然他们非常注意讲话和举止的礼仪。尹中信留下了他们的姓名,感谢他们前来反映情况。由于尹中信一直还没有腾出手到爱国大队来,不掌握第一手材料,他没有发表具体的意见。他也没有容许自己在根据不足的情况下进行什么分析思考,揣摸估计。在判断是非的时候,没有比凭印象形成先入为主的偏见更有害的了。

第三天早晨,尹中信和翻译来到了爱国大队。在大队办公室,章洋正在和别修尔谈话,一见尹中信,章洋非常严肃、沉重、紧张地走了过来,低声说:"出了事情了!"

"什么事?"章洋的神气使尹中信一惊。

"尼牙孜失踪了!我们昨天搬到他那里,下午他去伊宁市了,到现在也没回来。"

"会不会有什么事耽搁在伊宁市?城上他有没有亲友、老乡之类的……"

"不是的,"章洋皱起眉,把下巴往左肩胛上一靠,"他老婆说了,他讲好了当晚早早地回来,我看,说不定,"章洋的脸上充满了严肃、悲愤、痛苦的表情,他握拳握得骨节作响,"尼牙孜同志有可能遇害了。"

"不会的。"别修尔笑了,摇了摇头。

别修尔的笑容激怒了章洋。章洋站了起来,挥动大臂做了一个有力的手势:"您怎么知道不会的?阶级斗争是无处不有处处有,无时不有时时有,社教工作组的干部住在谁家里,从一开始就是一个严重较量,是一场全力以赴的大搏斗,是一场你死我活的、不可调和的斗争,尼牙孜遭到他们的嫉恨,这是非常可能的……"

"您的意思呢?"别修尔打断了章洋的滔滔不绝的话,"要不要派人去找找尼牙孜,我个人意见,等到今天天黑吧,如果再不见人,我们可以找一找。等见到尼牙孜,再说别的话吧。先分析那么多,脑子累得慌!"

别修尔抬手指了指太阳穴。他的汉话说得慢条斯理,有些音发得不太准确,譬如累得慌,他的语音是"力得夯",这些更增加了他的话的幽默。尹中信禁不住笑出了声。

想不到这个蔫蔫的别修尔说起话来这么厉害!章洋喘了一口气,坐了下来,仍然噘着嘴。

尹中信刚要说话。哇里哇啦,踢里咕咚,吱扭嘎喳……一阵嘈杂的脚步声、推门声、说话、哭喊,可能还有厮打的声音冲进了大队,门嘭的一下大开了,首先是一个妇女拉着另一个妇女冲了进来。第一个妇女看见了章洋,大叫了一声"组长!"连滚带爬地伏到了章洋脚下,号啕大哭起来。这是库瓦汗。下面一个是被库瓦汗连推带搡,又扭又拽地揪进来的雪林姑丽,雪林姑丽面色惨白,浑身发抖。后面还跟着一些想了解究竟的妇女和老人,以及一些好奇心强的孩子。

"我要死了,让我死吧!这可让我怎么活呢!啊,我的胡大!"库瓦汗哭叫着,用双手抱着自己的头,好像在防御冰雹,"我的孩子,我的孩子一个比一个小啊,这可怎么办呀!"她满脸全是鼻涕和眼泪。

"不要这样。"别修尔走了过来,"有话好好地说,尹队长也在这里嘛!"

听到尹队长三个字,库瓦汗似乎略微清醒了些,章洋给她搬去了一条板凳,库瓦汗摸着板凳腿立起身来,坐了下去。尹中信示意让雪林姑丽坐下,雪林姑丽不坐,她靠在墙上,发着抖。

库瓦汗仍然哭着,她说:"伊力哈穆把尼扎洪打死了!"

这话使别修尔、章洋和尹中信瞪大了眼睛。特别是章洋,他一下子跳了起来,连问:"怎么回事?尼扎洪死了吗?凶手抓起来了没有?"他的心激烈地跳动,面色也变了,他那种既气急败坏又终于不出所料所以堪称大获全胜的样子甚至使库瓦汗也吃了一惊。

"快死了,快没了命了啊!"库瓦汗哭诉着。

章洋向着翻译大叫:"到底是怎么回事?到底是已经死了没有?凶手伊力哈穆在哪儿?"

"不是伊力哈穆啊!也就是伊力哈穆啊!是她的丈夫,"库瓦汗指着靠在墙上的雪林姑丽,"把我的丈夫打得半死不活呀!"

这样的话再经过翻译,有谁能听清楚!章洋向着翻译大叫。翻译也火了,声明"她的话我不会翻",干脆来了个"罢译"。事实也确实如此,能把女人撒泼的话语即席译过来的翻译,中央民族学院、西北民族学院与新疆大学都还没有培养出来。

……总之,世上无难事。别修尔亲自出马,询问情况并进行翻译。经过围观的妇女们你一言我一语的介绍,这才弄清事情的经过:尼牙孜被打得遍体鳞伤回到了家里,据说是被雪林姑丽的丈夫艾拜杜拉打的。库瓦汗哭闹着来大队告状,路上正碰见雪林姑丽,便向雪林姑丽扑了过去,扭着雪林姑丽来到了大队。

"那和伊力哈穆有什么关系呢?"尹中信问。

"艾拜杜拉是伊力哈穆的弟弟。"章洋代为回答。

"谁不知道艾拜杜拉干什么事都是听他的队长哥哥的?这个娘儿们,"库瓦汗指着雪林姑丽说,"就是伊力哈穆拆散了泰外库的家庭给了艾拜杜拉的,人家是队长呀,想怎么办就怎么办!"库瓦汗紧接着章洋的话补充说。

"那么打人呢?到底是谁动手打的?"别修尔问。

"艾拜杜拉动的手,可是是伊力哈穆的主意,是伊力哈穆让艾拜杜拉打的。"库瓦汗说,她已经不哭了,眼珠转着,准备回答各种盘问。

"你也坐下,"尹中信对仍然簌簌地发着抖的雪林姑丽说,"你说说,到底是怎么回事?她说的是事实吗?"

雪林姑丽仍然是气得满脸煞白,说不出一句话来。

但是章洋再也耐不住了,事情已经到了这一步了,还啰啰唆唆问什么?现在是人命关天的时刻啊!他握着拳,含着泪,走到库瓦汗身边。他带着鼻音,用颤抖的、充满感情的声音说:

"不要哭了,大姐!有我们在!有领导和组织!谁敢行凶殴打积极分子,谁就是现行反革命!凶手一定会受到严厉的惩罚!尼牙孜同志的生命财产与安全一定会得到保障!走,我们现在就到你家去,我们要去看望尼牙孜同志,我们要去慰问尼牙孜大哥!"章洋站起来,不容分说地向尹中信和别修尔说:"咱们去吧。"

章洋属于这样一种人,他们主观自信,惯于使别人服从于自己的意志,他们特别是在激动的时候,在极其自信的时候,认为把自己的意志强加于别人是十分自然的、毋庸置疑的事情。他们从没有和旁人商量,照顾和迁就旁人的习惯。现在章洋激动中说这个话的时候,根本没有想到尹中信和别修尔两人都是他的上级,根本没有想到由他来规定行动是不合适的。

而尹中信又是这样一种领导人,他们只考虑事物本身,而不像某些人那样专门在某某事情是否通过了自己,是否对自己的权力有足够的尊重,谁有权叫谁干什么事,谁应该听谁的等等这些问题上下功夫,他不想也没有计较章洋的僭越言语,他认为,直接看一下被打的尼牙孜问一问情况是必要的。所以他也站起来,别修尔随着也起了身。但尹中信没有忘记对样子十分可怜的雪林姑丽说:

"你走吧,我们了解清楚情况再说。你有什么意见,可以再来找我们。"

库瓦汗和章洋走在前面,稍后一点尹中信,别修尔和翻译走在一起。

"看啊,一个队长,两个组长都到尼扎洪家去了。这是多么大的面子!多么大的气派!"一直躲在围观的人们后面的古海丽巴侬发表评论说。然后,她补充了一句:"这回,伊力哈穆的日子可就不好过了呢。"

……从尼牙孜家出来,尹中信又和章洋和别修尔谈了很长时间。他强调,对尼牙孜被打的事情要调查落实再处理。他介绍了其他一些大队工作组开展工作的经验,希望章洋他们注意发动群众,依靠群众,倾听群众的呼声。各项工作,要在群众的支持之下,大家动手来做……他虽然谈了很多,但这些话对于章洋是没有起作用的。

现在我们回过头来说一下尼牙孜被艾拜杜拉打了这一说法的由来。

就在这一天清早,麦素木一觉醒来,一面穿衣服,一面哼哼起歌来。等穿好衣服,他向正在拾掇炉火的古海丽巴侬下令说:

"把那只羊腿给我煮上,我要吃肉。"

"现在?"古海丽巴侬怀疑地问。

麦素木点点头,半唱半诵地吟道:

> 如果您还有酒,就不要放下酒杯,
> 如果您还有肉,就赶快烧火营炊,
> 如果您还有腿,就赶快去找情人,
> 要及时行乐哟,以免老来失悔!

"瞧把你乐的!"古海丽巴侬皱了皱鼻子,翻了麦素木一眼,冷笑道。

"事情正像我们所希望的那样发生了!这样顺利,这样容易,这样快捷!莫非我们的科长同志的运气又来了吗?似乎是你只要张开嘴,熟透了的杏子就会自行落到你的口里!"

"不要高兴得太早!"古海丽巴侬告诫说,"昨天到处闹哄哄,说是要提意见呢!"

"提吧,随他去!这就叫做用他们自己的油,煎他们自己的肉!哈……哈……姓章的真是个好样的!是个了不起的干部,是个智者、哲人,是正义和智慧的化身……是他妈的一头猪!"

他说得古海丽巴侬也笑了。

"嘿,那件事你办得怎么样了?"麦素木问老婆。

"什么事?"

"泰外库,按你的意思办啊!"

"不是熟透了的杏子自己会掉到口里吗?还要泰外库做什么?"

"看,这就叫头发长见识短。你以为科长是那么好当的吗?科长,就有科长的头脑,科长的谋略,科长的计划,一支筷子是挑不起面条来的,只有双管齐下……"

"是这样的吗?我在试验你呢,看看你懂不懂得我本人的价值。放心吧!昨天在供销社门口,科长夫人本小姐已经和帕夏汗说了。"

"她反应怎么样?"

"把她笑得,高兴得,爱听得……差点瘫在那里……"

"你们这些人,喂,就和她一个人说的吗?"

"足够了。"

麦素木想了想,赞许地点了点头:"你做得对,看来你从科长身上也找到了一点智慧,当然,主要靠你的天赋。帕夏汗自然会办底下的事情去的,与你古海丽巴侬有什么相干呢?"

在餐单前,麦素木又夸起"姓章的"来了,他给自己倒了一小杯酒,"祝他健康!"他咕哝了一声。他撕下一块肉喂了猫,又拿起两块还带着许多未啃干净的肉的骨头走到了走廊上。

"卡拉图什①!"他叫着大黑狗。

大黑狗摇着尾巴,吐着舌头晃晃摆摆地走了过来,麦素木把骨头高高抛起,大黑狗用后腿站了起来,用前腿准确地接住了骨头。

"好样的!"麦素木又大笑起来。

麦素木正在高高兴兴地与猫狗同乐,大门吱扭一响,仓仓皇皇进来一个人,黑狗凶猛地转身扑了过去,被麦素木喝住。他已看见,来的人是库图库扎尔。

库图库扎尔衣冠不整、眼角下垂、一副心烦意乱的样子和麦素木的情绪对比十分鲜明。他既不握手,也不问安,连招呼也不打就往屋里钻,直至进了内室,他喘吁吁地说:

"让古海丽巴侬妹子出去一会儿。从外面把大门锁上,不要让他们人进来……"

麦素木一听这话,脸色倏变。他甚至一下子想到了赖提甫和"老爷子",想到了公安局、监狱甚至刑场,他一阵头昏,几乎闭过气去。

"您怎么了?"他向库图库扎尔提问的声调在发抖。

"怎么也不能这么干呀!这个混蛋!这个驴子!这个没有出息的废物,这个装馕的口袋②!白痴!败类!害人精!"库图库扎尔破口大骂,用遍了维吾尔语言中骂人的词儿。

库图库扎尔的一串恶骂唤回了麦素木的惊魂,显然,在迫在眉睫的大的危险面前任何人也不会顾得上骂街。麦素木稳了稳神志,血液又开始从心脏流到全身,从全身流回心脏了。他皱了皱眉:

---

① 卡拉图什,狗名,一般用来称呼黑色略带白斑的狗。
② 犹言"饭桶"。

"我的老爷！别骂了！快告诉我是怎么回事？"他的声调里包含着嘲讽。

库图库扎尔没有计较,他喘着粗气,告诉麦素木说:"尼牙孜这摊狗屎！上午章组长搬了去,下午他就进了城。进城就进城吧,偏偏让人打了个头破血流！"

"什么？什么？"

"幸亏我今天起得早,不然还不知道会发生什么大难！天刚亮我到村口去打水,老远看见尼牙孜泡克一跛一拐地走过来了。看看他那个样,我的天！活像挨了一刀还没咽气的猪！我一看就明白了,马上把他让到我的家里,安拉保佑,没有任何人看见我们。他牙也被打掉了,眼也被打肿了,竟敢就这样回村！他经过您这儿竟没有来找你！"

"没有,我不知道。那么,是谁把他打了呢？"

"还有谁？还不是那些扒手赌棍、狐朋狗友！这倒好,章组长上午刚搬过去,晚上就因为争赌被人家打了个半死,这究竟是打在尼牙孜身上还是打在章组长脸上！如果让伊力哈穆他们知道了⋯⋯"

"伊力哈穆他们知道了？"麦素木倒吸了一口冷气。

"不,现在还没有任何人知道。该死的东西！"

"您先不忙骂嘛,您讲讲,他到底怎么挨的打？"

"昨天他进城,买了东西,吃了饭馆就逛大街。走到汉人街水磨上,碰见他的一个赌友,谁知道,他们是赌友嘛还是过去在一个掏口袋①的集团里。他们在他这个赌友家里赌起髀石来。尼牙孜泡克赌输了撒赖,假装上厕所翻墙溜掉了。人家发现了,不好在城

---

① 即扒窃。

市的大街上追他,就绕道埋伏在新生活大队那边的坟圈子里,人家当然知道他回去要走这条路,那时天已经黑了,泡克摇摇晃晃还怪得意的呢……人家把他差点没打死!"

"没有人解劝吗?"

"周围一个人也没有,他跪下管人家叫爸爸,人家还是拳打脚踢把他打了个头破血流,魂儿都快揍出来了。"

"这个浑蛋!"麦素木也骂了起来。

"他办不成事却还要坏事!我早就说过不能指望他。最近别修尔把我也抓得很紧,找我谈了两次话,肯定有人向别修尔告了我的状,我本来把希望寄托在尼牙孜身上,胡大保佑,只要他能把章组长抓住,咱们就乱乱地混战一场吧,混战上几个月,运动也就结束了……没想到的是,一天没到,他先现了原形……哎,科长,您怎么了?"

麦素木眉头紧皱,两眼直勾勾向前,直挺挺跪坐在那里,一动也不动。

"我来找您商量个主意,天下没有过不去的河,只要动脑筋,总会想出办法来的。我想,要对尼牙孜的受伤做出一个合理的解释。他现在还躺在我的家里。我出来的时候,也是从外面锁的门。您说呢?你说话啊,科长,啊,您怎么了?"

麦素木仍然是眉头紧皱,两眼直勾勾地前视,直挺挺地跪坐在那里,一动也不动。

库图库扎尔从来没有看到过麦素木的这副神情。麦素木全身的每一个部分,每一个零件,不论脖子、腰身还是眼珠,都是灵活机敏,反应迅速的,都是不停地摇摆着,转动着,运转着的。而如今,却忽然僵在了那里,难道这是癫痫症发作的前兆?库图库扎尔身上一阵冷,只觉得毛发倒竖了。

"好!"麦素木突然用右手的三个指头打了一个响,眼珠也活动了起来,"尼牙孜挨了打了,也太好了,这实在好,这有多么好!"

"您在说什么呀?"麦素木的话更像是精神病的发作了,库图库扎尔畏怯地低声问道。

麦素木得意地轻轻一笑。他说:"只要想办法,用柳条筐也可以打上水来。其实,办法是现成的,"麦素木果断地把手一挥,"是伊力哈穆把尼牙孜打的!"

"什么?"

"伊力哈穆支使艾拜杜拉,把尼牙孜打了!"

"什么?谁能相信?"

"这是一场政治报复。姓章的全能理解,完全能相信。人们一般愿意相信符合自己的愿望的事情是真的。"

"你怎么知道这符合章组长的愿望?"

"他那么喜欢泡克,那么讨厌伊力哈穆,这还看不出来吗?"

"艾拜杜拉能承认吗?"

"承认,是他的,不承认,也是他打的。"麦素木撇了撇嘴,带笑地说,"昨天,艾拜杜拉从伊宁市拉麦回来,回得特别晚。当时都快十点了,我恰巧碰见了他。他浑身全是泥和水。我问他:'艾拜杜拉江,您这是怎么搞的?'他说是走过新生活大队的时候马被一辆汽车吓惊,马车轮子陷到了渠沟里,周围一个人没有,他费尽了力气,好不容易独自把大车推了出来。听明白了吗?天黑以后,周围一个人没有,新生活大队,他不是正好把尼牙孜打上一顿吗?"

库图库扎尔没有言语,随机应变,虚虚实实,忽进忽退,又拉又打,这是多年来库图库扎尔处世办事的韬略,它的主要的特点是不露底,变化莫测,时刻准备着钻别人的空子,又时刻准备着转移阵地,躲避遮掩。他好像一个善搞假动作的乒乓球手,在等待对方的球,全身都在灵活地挪移,随时可以改变步法、线路、轻重、旋转,声东击西,长抽短吊,正手反手,横拍竖拍,攻守兼备,但是,他很少采用过像麦素木的这种狠毒的、生硬的、不留退路的颠倒术。毕竟是当过科长的人,气魄比他大多了,与他这个乒乓球运动员相比较,科长更像个拳击家,而且是重量级的。科长的富于想象力的、因而也是冒险的计划使库图库扎尔一时拿不定主意。

"我看就这样吧。最坏的结果也不过是尼牙孜和艾拜杜拉双方各执一词,造成一个悬案。你不要犹豫了。"麦素木俨然是上司作结论的口气。

"好吧。"库图库扎尔接受了。

"问题就在于,尼牙孜能不能说得圆满了。"

"那倒没问题。尼牙孜这个人虽然赖,舌头上却会长出玫瑰花来。而且,我让他说什么他就会怎么说的。"

"那好,我们的柳条筐不但能打上水,而且能打上酒,打上牛奶来!有姓章的这样的高明的干部,事情并不难办。我建议,您也要找姓章的谈谈,想办法把大队工作组的注意力引到里希提和伊力哈穆身上去,你自然就会得救了。告诉您的老婆,现在不是小气的时候,多吃多占,经济问题完全可以承认一些,您可以卖毡子、卖牛,必要时候卖房子,提前主动退赔,只要站稳了脚跟,只要人员平安,一切都还会到手的。有本事挣得的东西,就不怕把它抛掷出去!"麦素木诚恳、关切地说。

"说得对,您说得很好,您也要多保重,多参加劳动,少说些话。昨天在大队加工场,您就说得多了一些,我后来听到了。和伊明江那样的乳臭未干的孩子,您争个什么!"库图库扎尔也友善地说。

"说得对,您是我真正的朋友和老师!"麦素木感动地说。他们深深浸泡在友谊的温暖里。

库图库扎尔要走的时候忽然想起了一件事,从黑褡包里拿出了一张信笺:"老弟,看看这个,说不定有什么用处,是尼牙孜捡来的。"

"这是什么?"麦素木看了一眼,莫名其妙。

"泰外库给爱弥拉克孜的求爱信。真好笑,傻大个子爱上了那个独手医生姑娘。"

"怎么到了你的手里?"

"尼牙孜捡来的。"

"嗯。看呀,这个尼牙孜还算能办一点事情。请把这封信留给我吧。"

库图库扎尔皱了一下眉,狡猾地一笑。

小说人语:

派工作队到农村,对于推动农村的发展建设、解决农村确实存在的干部贪腐、社会保障、经济社会文化的发展前景等问题完全可能有积极的作用。问题在于我们的政策命名与方针论述不可过于夸张与强势。

小说人喜欢说的老生常谈叫做"生活是创作的源泉"。生活提供了灵感、故事、细节与激情。生活还提供了科学与真理的光辉。咦,生活也存在着解读失真与干脆予以歪曲的可能。生活有多丰富,阴谋和谎言也就有多丰富。而生活对于阴谋与谎言的拆穿也就有多热闹。

不然,世人哪里会读得到那么多津津有味的、把你气得死去活来、再让你感动得涕泪交流的小说故事!

第四十五章　几番相见　小说人礼赞丁香花
　　　　　　一通追问　再娜甫痛骂库瓦汗

雪林姑丽回到了自家的小小的屋里。她本来今天要回试验站的。艾拜杜拉起了个大早走了。屋里静悄悄,由于没有人,炉火已经熄掉,但还有余温未曾散尽。她坐在炉边,一阵发呆,不知不觉地落下泪来……

雪林姑丽,你丁香花一样的小姑娘,你善良、温和、聪明而又姣好的维吾尔女子。笔者在边疆的辽阔的土地上,第一个见到了的,第一个认下了的,不正是你吗?那是在终年白头的天山脚下,在湛蓝湛蓝的孔雀湖边。湖水里映照着洁白的雪山和墨绿的云杉、蓝天、白云。湖边有几棵发黑的大柳树,许多深绿和嫩绿的枝条正在摆拂。有一行白鹅,在蓝宝石般的湖面上缓缓地浮游。有一团小蜢虫,在湖面上嗡动。这时候,你来了。你穿着一件褴褛的裙衫,赤着细细的小腿和双脚。你圆圆的小脸上充满了快乐和驯良。你的头发梳成了无数条黑亮油光的发辫儿,只有你的帽子是讲究的,我甚至认为这是豪华的。那是用千条金线百条银线,用十颗假宝石和二十颗闪光片装饰而成的精巧绝伦的小花帽。你走到了湖边,你小心翼翼地跪下了一条腿——那时,你的个子还很小,你拿起了带来的那个当你跪下来就和它高低差不多的大葫芦,你抓住绳子,先用葫芦推一推水面,把可能有的浮面的尘灰落叶推开,然后,你一甩,咕嘟咕嘟咕嘟,水灌到葫芦里,气泡留在了水面上。湖水出现了一道又一道的涟漪,一个又一个的同心圆,一行白鹅顺着水旋飞速地游向这里。

　　笔者当时是初次踏上新疆农村的土地。当时,我扛着一个行李卷,刚下了长途汽车,独自一人。连着走了几天的戈壁滩,突然出现的这一幅美景使我迷惑。虽然,我的心里充满了对祖国边疆和兄弟民族的向往和热情,但是,初次踏上这陌生的土地,举目无"亲",也颇有些忧怵。但是,我看见了你,我问公社党委的所在地,显然,你不懂一个字的汉语,于是笔者挖空心思,打手势,表演,用柳枝在沙地上画图,你终于明白了,做了一个"跟我来"的手势……

　　于是,你提起了沉重的葫芦,婀娜地走了,把一湖碧蓝的清水留在了后边……

　　许多年过去了,在伊犁的果园里,笔者又见到了你。那是个很大的果园,苹果、海棠、樱桃、杏、桃,还有几株桑树和核桃,各式各样的果树遮住了天空和地面,树上挂着圆的和扁的,青的和黄的果子,地上铺着层层被风雨和蚁虫催落的小果子。蜜蜂在扇动翅子,鸟在叫,树叶在响,风在吹。你牵着一只雪白的小羊在园子的一个角落。你这时已经是一个窈窕淑静的女孩子。小羊在吃草,你在哭泣。你用手背擦眼泪,给青草洒上了晶莹的、咸味儿的露珠,你的细瘦的小臂颤动着,从显小了的衣袖里裸露了出来。细瘦的胳膊显得那么质朴,那么纯洁,又那么弱小。我终于认出了你。"我们在喀什噶尔见过面啊!"我说。那时小说人已经学会了维吾尔族的语言和文字。我和你说话,我问你问题,你一句也不答复,你只是深深地,更深地埋下了头……只是在小说人离开了果园以后,在果园的高墙外边,我听到了你的歌声,我知道那哀哀的歌声是你的。虽然是在伊犁,然而你唱的是南疆阿图什的调子……

　　后来有那么多年小说人和你们生活在一起。劳动的和战斗的日子,伟大的和考验的岁月,在怒涛和狂风之中,小说人的微小的身躯,正是从你们身上汲取了巨大的信念和力量。生活在远离沿海大城市的地域的貌似不怎么开化的人民啊,你们是我的老师和亲人。在你们的怀抱里,不论在任何情况下,我坚信世界是光明的,中国是光明的,我们每一个人的前途是光明的。我坚信改造世界,改造中国,改造自己的事业漫长而曲折地继续下去,一定要取得胜利……但是,终于,我不得不暂时离开你们了,我不得不回到自己所属的那个团体、那个圈子里,由于多年来情况不明,由于一己得失的患来患去,笔者的心情是很不轻松的。你们夫妇为笔者饯行,雪林姑丽你为我做了那么多香甜的饭菜。你腰上扎着一条挑花的白色围裙,你头上围着一条白尼龙纱的头巾,系头巾而不是戴花帽。你已经从阿图什人变成了伊犁人。你这时已经是半脱产的公社技术干部,是一个顽皮的儿子和一个美丽的女儿的母亲,你的生活、性格是怎样的不同了啊,只有你的身材,仍然是那样苗条姣好。你的丈夫和我说了许多惜别和鼓励的话,一再劝酒。我呢,由于心情的关系每一样都吃得不多……想起来至今懊悔。临行的时候,你说了这样一句话:

"如果他们用不着你,你就回来吧,我们这里有要你做的事情……"

那么多年了,你们了解我的为人,正像我了解你们。你说的这句话,你用你那天真的和温和的嗓音说的这句话,像一个雷霆一样在我的心头响起!这真是金石之声,黄钟大吕。这是什么样的褒奖和鼓励!一点天良,拳拳此心,一腔热血又在全身奔流,我再一次感到改造客观世界、改造主观世界、经风雨、见世面、与工农兵相结合的道路有多么宽广,此生此世,更复何求;谢谢您呀,我的妹妹,谢谢您呀,雪林姑丽……

然而,在我们的故事发生的六十年代,雪林姑丽却是完全不设防、完全没有自己的抵御能力的。经过了两天休假,她本来准备一早就赶回试验站去。刚走到路上,库瓦汗就像一只发了疯的母狗一样地向她扑了过来。对于这突如其来的、莫名其妙的侮辱,她竟然毫无还手之力。甚至当尹中信一再问她话的时候,她反而说不出一句话来。

雪林姑丽啊丁香花,你当真和丁香花一样地娇羞无言吗?你究竟有什么罪过?为什么幸福总是对你背过脸去?

童年……一枚枚大无花果在少女的手心里一拍,带着少女的手香,递给尊贵的客人,这里说的是著名的无花果之乡阿图什。你对于建立了全疆首所维吾尔学校的阿图什市记住了些什么呢?你可还记得庄严肃穆的苏里堂麻扎①?你是否还记得两边像青灰色的峭壁一样的阿图什大峡谷?然后你们全家从阿图什步行来到喀什噶尔,雄伟的艾提尕尔大清真寺,浑圆的、闪光的穹顶……干燥的夏日,炎热的尘烟,火一样的沙子,鸟儿和苍鹰也展不开翅子,到处是维吾尔人的充满了心灵的焦渴的《阿娜尔姑丽》②,一往情深……树荫,与桃子一样巨大的甜杏与表皮光滑的一种称作李光桃的桃子……人们,穿着色黑无扣的大褂——袷袢的、长须飘拂的庄严的男人,严严实实地蒙着面纱的妇女,响彻全城的《古兰经》的祷文的吟诵,从西藏引进的长管低音的唢呐吹响……父亲。你还记得父亲吗?究竟哪些是你自己的记忆?哪些是你的母亲的叙述留下的印象?是的,你始终相信,你认得自己的父亲:高大,强壮,庄严,大而深的眼睛,大而高的鼻子,大而圆的耳朵,大而长的胡

---

① 即陵墓。
② "阿娜尔姑丽"意为石榴花,是女孩子的名字,也是喀什一带最流行的民歌,电影《阿娜尔汗》所用的主题歌即取材于《阿娜尔姑丽》。

须,他是一个做土炉的能工巧匠,从早到晚,他操着胶泥、盐水和羊毛,像女人揉着面团。他又是严肃而虔诚的穆斯林,每天五次乃马孜①。当他跪在房子的一角,向着圣地麦加没完没了地祈祷的时候,小雪林姑丽是多么懂事啊,你也呆呆地立在一旁,从来不出一丝声音,连走路都踮起脚……

为了这,父亲是多么喜欢你啊,他把你放在自己的肩上,放在腿上,给你带来肉厚味甜、包着杏仁的杏干和一捏就碎的薄皮核桃,他用胡须刺痒了你的脸,和你打闹在一起……突然,他死了,是病疫吗?你才三岁半,母亲痛哭惨号,邻居们送来一盆又一盆的粥和饭②。吃不完的粥和饭啊,紧接着的却是饥饿、寒冷和黑暗,从父亲死去再没有灯油点灯。看一看依靠绣花帽为生的母亲的眼睛和手指吧,小小的雪林姑丽有多么难受……街巷里来了一个蓄着一撮小胡子的肉贩子,人们称他为"小胡子阿哥",他给你们讲述伊犁,广大而肥沃的土地,丰富的水源,温和的气候,即使是乞丐也都骑着马,母亲和"小胡子阿哥"结婚了,还有几个在故乡感到生计艰难的同乡,一起徒步去伊犁……路上的日日夜夜,穿过新源山口时的冰峰——达坂,夜间燃起的篝火,狼嗥狗叫……

整整走了两个多月,你们来到了伊犁,这个亲切而又生疏的地方。男人戴着硬檐帽子,女人围着头巾,而在南疆,男女都是戴小花帽。这里的女孩子不梳那么多小辫子。这里夫妻骑一匹马的时候总是妻在前,夫在后,而南疆是相反。这里爱吃拉面条而南疆爱吃擀面片。这里把西红柿叫做帕米都尔③,而南疆叫做小葫芦。这里的歌声也好像因为土地的辽阔而变得更加舒展、悠扬……然而,

---

① 即祈祷。
② 维吾尔人风俗,遇到喜事或丧事时亲友邻居纷纷送饭食来以示祝贺或慰问。
③ 俄语借词。

这里也不是穷人的天堂,对伊犁的中意和赞美并不能掩盖严酷的现实。尽管小胡子继父的职业是屠宰,人们称赞他的妙手能使孱弱的瘦羊的肉变得肥美①。他常常带一些肝、肺杂碎回家来,吃的比在南疆的时候好一些了。但是,生计仍然艰难,一家人仍然常常是到了夏季脱不下棉袄而到了冬天还穿着单衣。

六岁那年,解放军来了,三区革命政府的民族军与解放军会师并改编为解放军第五军,伊犁真的解放了,山山水水沐浴着太阳光辉……后来,你也上了学。家里分到了土地,小胡子继父却不安心种田,他被一个私商拉过去走街串巷贩肉,结果受了骗,赔了钱。两年以后,早衰的母亲死于难产,继父续娶了一个性格乖戾、面貌凶恶的私商的女儿,从此,你便成了一个既有父亲又有母亲,既没有父亲又没有母亲的孩子了……十六岁那年,继母领着你去和泰外库登记结婚,虚报了两岁。"你是十八岁吗?""你愿意嫁给泰外库吗?"乡政府的民政干部问。你一声不吭,一切问题都由继母代答。啊,可怜的雪林姑丽,你像是躺在继母脚下的羔羊……后来,你的继父继母都迁走了。

是谁给了你,一个年轻的维吾尔女子这样沉重的思想负担?你也长着嘴,为什么不敢说话呢?为什么不敢说出自己的愿望、要求、意见,不敢表达自己的爱和恨、快乐和苦恼,不敢掌握自己的命运,不敢对恶势力抗争呢?你总是在怕,怕,冥冥之中,你在怕什么呢?如果当乡政府的干部问你话的时候你回答一声不,如果当库瓦汗张牙舞爪扑上来的时候你脆生生地给她一个嘴巴……多么好!

是谁给了你这个怕字呢?是你那严肃而虔敬的父亲吗?是你

---

① 维吾尔人认为羊肉的味道与屠宰的手艺与屠宰者的天赋有关。

那终日操劳、无言无语的母亲吗？是喀什噶尔的那个辉煌的圆拱建筑、象征着宗教、圣地、天使和上苍的艾提尕尔清真寺和著名的阿帕尔霍加的墓地①吗？伊斯兰的清规，穆斯林的戒律，古老生活的游戏规则，旧日子的永久的记忆，沉重而又温暖地陶冶着你啊，你洁白的丁香花枝！

　　这些道理，这些事情你已经慢慢地明白了，你已经懂得许多了，自从六二年春末你从庄子跑到吐尔逊贝薇的家来，你已经成长多了，坚强多了。因为你毕竟是生活在新中国，而且，你还那么年轻。痛苦的往事并没有在你的眼角、鬓角和嘴角刻下什么印记。因为世界上有伊力哈穆哥，米琪儿婉姐，再娜甫妈妈，吐尔逊贝薇。而且，世界上有杨辉姐姐，这个名字对于你像一团火。这个梳短辫子、戴眼镜、骑男式自行车、叽里咕噜说着湖南风味的维吾尔语的汉族姑娘，她认定了一个目标——把青春和科学知识献给边疆的土地和人民，没有任何力量能够阻挡她、干扰她。她从来没有疲倦，她爱维吾尔人民，她爱你，你是知道的。她想尽一切办法让你前进，她吸引你、推动你、拉着你、拽着你、举着你，她教育你、鼓励你、责备你、训斥你，一切都是为了你。

　　……怎么，你不讲了？爱害羞的雪林姑丽啊，当你独自一人自思自想的时候你也不好意思吗？那标志着新社会的光明、新生活的幸福、新思想的美好的，那标志着你终于走完了你那小小的艰难的路程，掌握了自己的命运的，不正是你的丈夫，你的同志②艾拜杜拉吗？你还不习惯于这样的幸福，因为你太习惯于不幸，习惯于失去幸福，习惯于被忽视和被歪曲，然而，你毕竟当真有了这样的男

---

① 喀什的著名墓地，有圣徒阿帕尔霍加的墓和香妃墓，汉族人一般称之为香妃墓。
② 维吾尔语中的约尔达两一词，兼具汉语"同志"与"伴侣"的含义，夫妻间互称同志，是此词使然，与一九四九后的主流意识形态无关。

人。他像狮子一样强壮,却又那么耐心,那么忠厚,守纪律,讲道理,照顾旁人,温暖着你那受过伤的、冷得有点麻木了的心。新婚和到试验站以后,你已经不是原来那个雪林姑丽了。

难道真的有什么魔鬼在嫉妒你、折磨你吗?在你心满意足,身轻体健,为自己的有意义的、美满的生活而无限自豪的时候……库瓦汗劈胸一把抓住了你。什么样的难听的话她没有说呢?这个女人从哪里获得了这样的天赋。她信口一说,就能把利刃捅到丝毫也没有妨碍她的旁人的心窝上。伤害人,这就是她的本能,她的特长,她的一切活动的核心。她说,伊力哈穆为了给他的弟弟娶亲,拆散了泰外库的家庭,把你给了艾拜杜拉。这话听了能不让人毛骨悚然吗?真是恶言恶语的天才,蝎子尾上的毒汁,可怜的雪林姑丽呀,听到了这样的话,你几乎昏倒在那里。好人约束自己而恶人百无禁忌,这就是恶人最大的"优势"!

你想着这些,往日的和现今的,快乐的和酸苦的事情,你梳理着回忆和思绪,像梳理你那密密的长发。其实,这些已经了然,是非善恶,爱憎去取,毫无含糊的地方。只不过是,你还不习惯,不善于向谎言恶语作面对面的斗争,要作这样的斗争,不仅要认识清楚,而且要有机敏犀利的舌头,压倒"恶"的气概,还需要有相当的锻炼、演习。你今天没有说话,然而你再不是任人左右的弱者了。

你想到这里,你笑了,虽然脸上还有泪痕。咚咚咚咚,好像敲过了一阵手鼓,好像刮过了一阵疾风,你听到了一声洪亮的和一声清晰的,一声拉长了声音的和一声短促的召唤:

"雪林姑……丽。"那叫声把"姑"音提高了频率与分贝,再转了十八个弯。

"雪林姑丽!"

过来了,脚步急促,是再娜甫汗和吐尔逊贝薇母女,再娜甫汗的红光满面的脸孔涨得通红,她的额角上满是汗珠,她挽起了袖子,气喘吁吁。她的鼻翼呼扇呼扇地翕动。吐尔逊贝薇的白皙的脸上似乎蒙上了一层烦乱的蛛网,她拧着眉,很不愉快。

"啊,我可怜的孩子,我的白白的①女儿!"再娜甫像对待小孩子似的伸出她粗壮有力的双臂搂抱了你。她搂得这样紧,使你喘不过气来。然后,她说:"我知道了,我给你报了仇,我的孩子,我找到她家的门口,我骂得她缩颈曲身,魂灵出窍。早晨,我本来准备歇一天工,今天要打馕的,听说了那个泼妇怎样欺侮你。你竟没有还口更没有还手。妇女们纷纷找我告状,鼓动我绝不允许库瓦汗横行霸道欺侮老实人。当然,我也真的火了,我到了库瓦汗家的门口,我把她喊了出来,我让她把和你的冲突给我讲一遍,她支支吾吾,嘴里像含着一个刚刚煮熟的鸡蛋。这副卑劣的样子更使我怒火中烧,我骂道:'库瓦汗!你这个卑鄙的说谎者!下流的诬陷旁人的人!你怎么敢欺侮雪林姑丽,欺侮这个最老实最善良的人。你的舌头好像蝎子的尾巴,你的牙齿好像魔鬼的锯子。我,再娜甫今天来找你,就是要割掉你那毒汁四溅的舌头,拔掉你那锯人身腰的三十三颗牙齿!(有一颗牙她自己早掉了。)说什么艾拜杜拉打了你的男人,呸,不要脸的娼妇,你那个尼牙孜泡克也得配!他哪里配挨艾拜杜拉的打?打他,艾拜杜拉还怕脏了自己的手!谁不知道你们一家,烦人害人偷人骗人,你干过一件正经事吗?连你们家屋顶上的烟囱都砌得歪歪扭扭!丑八怪!谁知道你们的泡克在哪里挨了揍?毒蛇出草,人人喊打,你敢再说一遍是艾拜杜拉打了他?走,咱们俩去大队,去公社,不行搭上台,咱们俩上台,让一个个人看着咱们,咱们俩辩论辩论去!'"

---

① 犹言"美丽的"。

"呵呵……我当时还骂了什么来着？当时我说得又多又好又有力量,我说得滔滔不绝。我说每一句话就像往那个母狗身上抽打的一下下鞭子,我每说一句她就打一个寒战,哈哈哈……"

再娜甫汗绘声绘形地表演着她大骂库瓦汗的情景,像一个得胜的将军兴高采烈地作战例报告。她说话像瀑布一样直泻千尺,像百灵鸟唱歌一样地清脆明亮,又像机关枪扫射一样地紧接不断,无坚不摧。听着她的话真叫你舒胸展眉,温肝暖肺。

"妈妈,您别太兴奋了,您是妇女队长,怎么能用破口大骂的办法解决矛盾呢？而且,弄不好,会给爸爸带来不好的影响!"吐尔逊贝薇不以为然地说。

"哼哼,"再娜甫冷笑了一下,"不骂她,眼看着她用最肮脏、最恶毒的话语来侮辱雪林姑丽吗？"

"应当用正当的方式……"

"正当的方式？你打算用什么正当的方式来对付库瓦汗呢？找她个别谈话吗？给她念一篇文件吗？贴一个禁止造谣诬蔑,谁中伤别人就罚二十块钱的露布吗？请人作一次理论辅导报告吗？不,不行的。最好的办法就是啐她的脸,教训她,把她小时候从她老娘怀里吸吮的那些个奶汁,都给她从鼻子眼里挤出来！我也知道骂人不好,我也知道爱惜我的嘴,我也知道文明,礼貌,谦恭和气……但是这个世界并不是完全由讲道理讲事实讲礼法的人组成的,对于恶人,你不能一点没有恶办法。这还需要领导与组织的安排吗？我绝不允许库瓦汗这样的人一次再次地欺侮雪林姑丽,前年麦收时候的事我已经给她记上了账！我轻易不骂人,但是如果哪个坏家伙以为好人是可欺的,我如果骂起人来魔鬼也会退避三舍……"

听到这样的话,谁能不高兴呢？你也笑出了声。

"瞧,我的孩子,你笑了。这就对了。"她又搂住了你,热气喷到你的额头上,"我就是要来看着你,我就是要让你笑,你如果笑了,我就放心了……我闹不明白,为什么好人常常掉泪,而那些毫无心肝的坏蛋却常常怪笑连声……电影上也总是这样的……"

一粒烫人的水滴落到了你的额头上。你惊讶地抬起头,你看到了再娜甫妈妈眼眶里含着那么多火热的眼泪。

"我看这事情还有点不简单呢,"吐尔逊贝薇拉起了你的手,"为什么库瓦汗冷不丁地这样闹一阵子?恰好在这个时候,而且是在社教干部的面前?你也真是,雪林姑丽,你至少应该明明白白地当着尹队长和章组长否认艾拜杜拉打过她男人呀,你怎么一句话也不说?真急人……"

"我……我当时气得手脚冰凉,站都站不稳了。你不知道库瓦汗那个凶样子,像要把我的头发一根一根全揪下来……"

"她敢!"再娜甫妈妈大声说,"唉依,雪林姑丽,我的孩子们,你们千万不要怕他们。究竟是好人怕坏人呢,还是坏人怕好人呢?许多人有一个错误的估计,他们认为好人更怕坏人,因为坏人横行霸道,无所顾忌。他们不要脸皮,不讲道义,敢下毒手……这是一个多么大的误会啊!其实,坏蛋更怕好人。因为如今的世界不是他们的,好人要比坏蛋多得多。坏人的谎话和种种卑劣手段是见不得人的。他们做坏事的时候总是提心吊胆,担心着某一天要被惩罚。好人是猫而坏人是鼠。好人是民警而坏人是小贼。为什么我们要怕坏人呢?我试了多少次了,遇到哪个坏家伙恶狠狠地扑了过来的时候,你就用五倍的狠劲儿迎着他,给他一家伙,结果,他并没有什么了不起。这样的事情,一试就灵,百试不爽!"

再娜甫妈妈开怀畅笑起来,吐尔逊贝薇也微笑了。你呢,你也大笑了。从哭到笑,往往是一个大的飞跃。

雪林姑丽是丁香花的意思。说实话,作者在新疆并没有看到过太多的丁香。石榴花,阿娜尔姑丽;百合花,莱依拉姑丽;花坛诸花,契曼姑丽……维吾尔人用诸花之名表达了他们对于少女的美丽的欣赏,而给作者最深的印象的是丁香——雪林姑丽。

据说马达加斯加、桑给巴尔、印尼、印度、巴基斯坦、斯里兰卡都是丁香的故乡,不知道那里的丁香与中国丁香是不是有什么区别。中国的说法说它是桃金娘科蒲桃属灌木或小乔木。这个说法本身就很怪,它到底是灌木还是乔木呢?灌木好说了,它丛生着,弯曲着又互相依靠着。乔木呢,它即使有明显的茁壮的树干,往往仍然是拧成了麻花,呈现着奇异的体形与线条,其颠倒,其混乱,其不得已,其千奇百怪远远超过了巴塞罗那的雷人建筑家高迪的名作。

我尤其喜欢它的一簇簇的小白花与小紫花,一团一团,一捧一捧,互相连接。古人将它看作愁苦的视觉形象。李商隐诗曰:"芭蕉不展丁香结,同向春风各自愁。"巨大的芭蕉却无法帮助小小的丁香花舒展枝条和心思。正像伟人并不见得能帮助一个个小女子解忧添欢。

祖上来自波斯的五代词人李珣有句:"愁肠岂异丁香结?因离别,故国音书绝。"他把丁香与离愁结合起来,有趣。他说的故国应该就是故乡的意思,从他的中文水准看来,不像是新移民,不至于是想念波斯,说不定是想念西域。而我们的小说里,作为人名的"雪林姑丽"一词,则是维吾尔语中的一个俄语借词丁香——雪林——SIRINA 加维吾尔语花(姑丽)的组合。而在波斯语、希腊语、法语中的花名中,也有对于汉族人相当类似的发音:SELINA,那应该是生长在水中的,俗名"月亮"的花,有点像丁香,开的是四瓣小白花,是草本多年生花卉。还有人说那可能是三角紫叶酢浆草——紫蝴蝶,又名幸运宝石。紫蝴蝶的图片给我此花乃是开放在梦中的感觉。雪林姑丽的性格是丁香无疑。虽然在写此人物时作者尚不知道中国古典诗词将丁香视为愁闷愁苦愁烦的形象。

我们可以假设,通过发音,实现了某些花儿的联通与移动。

然后第三个姓李的南唐中主李璟的名句是:"青鸟不传云外信,丁香空结雨中愁。"它被王国维所高度赞赏,而王国维自己也写过丁香。

第四个李姓词人李清照对丁香写得极平实真切,她的写法是:"梅蕊重重何俗甚,丁香千结苦粗生。熏透愁人千里梦,却无情。"她写到丁香的单纯与簇拥,她轻视梅花的重叠与俗重,她描写丁香的醉人的香气与平民化、一般化的境遇,而"却无情"三个字更令人回味不已。

丁香愁吗?我倒从没有这样的感受,我喜欢的是它的颜色的清雅而又随和,它的形状的简单而又纷纭,它的气味的浓馥而又自然,它的在不止一种语言中的发音也极其美丽,口型很好。近年来我尤其欣赏赞美倾倒于它的枝干的纠结与坚决,柔韧与自由,生长的行云流水般的随意之美。我感动于满树繁花的丁香树干之可曲可折可弯可拧巴可匍匐,表面软弱的灌木与小乔木,完全无善可陈的树干树枝之上,仍然开出了大体量、大面积、如雪如浪涛如瀑布如云雾如渲染的动人心魄的奇香满天,沁人心脾的花朵。为了开花,丁香树干树枝承担了一切忍受了一切无言于一切也付出了一切。它开的花无可比拟。还有它的开花时节:不早不晚正好是春天的花季。就是说,丁香还没有开,春天就是还没有来;丁香开过了,伤春也罢,依恋也罢,春也就去了。

问君何事到人间,繁花寻觅是春天。雪林姑丽应难忘,丁香满树香连天。哦,亲爱的雪林姑丽!我的如雪的白丁香与如玉的紫丁香还有波斯的草丁香啊!

小说人语:

　　我们有一个梦,它的名字叫做人民。

　　小说人知道现已时过境迁,例如改造主观世界,与工农兵相结合的说法已经不再行时,也许你聪明的还感到了轻蔑——所谓关于"洗脑"的嘲笑与反叛。

　　不,它不是来自谢洗脑之恩的愚忠,而是来自天良、人情味与革命的旋风。长太息以掩涕兮,哀民生之多艰(屈原)。喑呜则山岳崩颓,叱咤则风云变色。(转引自中华人民共和国国庆十周年时赫鲁晓夫讲话中引用的《代李敬业传檄天下文》中名句。赫氏以此来讲中国人民的奋起,发展了骆宾王原意。)人民,只有人民才是创造历史的动力(毛泽东),在俄罗斯谁能快乐而自由(诗人涅克拉索夫),被侮辱与被损害的(作家陀思妥耶夫斯基),人民最伟大,人民最可爱,人民最可怜(语出一位已退位二线的领导同志)。

　　没有民粹的激情、献身的大悲与博爱的誓愿,就没有那些历史事件。

　　没有这些你却成了人五人六,你和人民生活在两个不同的世界里,这是历史的悲哀,这是你聪明的悲哀。这是你最大的危险。您忒悬了,您!

　　你聪明的,你爱人民吗?你爱新疆的各族人民、维吾尔族人民吗?你爱雪林姑丽们吗?

　　也罢。

第四十六章　闻乱则喜　聪明人提议五虎将
用人唯臭　苕料子组织小突击

在章洋捆起行李,从阿卜都热合曼家搬往尼牙孜的家的时候,伊力哈穆终于横下了一条心,不管章洋他们的意图和做法如何,他该干什么干什么。他继续组织人修渠,好像没有发生什么事情。

在这时,在他反感和激怒的时候,横下一条心,不与章洋他们合作,不是一件困难的事情。但是,随着他渐渐冷静下来,他越琢磨越觉得不是滋味儿。

解放已经十多年了,十多年来,伊力哈穆已经习惯于爱戴上级派来的每一个领导、每一个工作干部,他们是党的化身,是革命和真理、正义和智慧的代表。他常常像一个少年注视自己的老师和双亲那样,注视这些上级派来的人。他愿意睁着他那黑白分明的大眼睛看着这些人的行事,他像高速摄影机里的敏感的底片,接受到明暗和轮廓的最细致的变化,再从自己的身上反映出来。他愿意竖起耳朵听他们讲话,每一句话都打开一扇思想的窗子,增加一分精神的财富。他钦佩这些人所掌握的、所据以行动的高瞻远瞩、天高地阔的思想,叱咤风云的胆略,以及精确妥帖的政策。和他们在一起,他好像登上了山巅,他好像骑上了飞马,他好像沐浴着春风、阳光和浪涛,他好像举起了照亮四周、照亮路程的威严而又温热的火把。

如果他发现自己的思想、感情、行为与上级同志不一致的时候,他立刻给自己敲起警钟。他决不自以为是,决不固执己见,决不挑剔、埋怨上级，相反，他的习惯是：随时修正自己的错误，发现自己的错误是沉重的，修正自己的错误却又是健康的与明朗的；发现错误只能是改正错误的开始，紧接着惭愧自责的当然是信心、欣慰与舒畅。

这次，他同样地准备发现和改正自己的错误，结果，他发现了的，他能够断言的却是不折不扣的章洋的过失。这使他感到的是震惊，是迷乱和痛苦。发现自己的错误，这好像是被人拉了一把，拉到了宽广平直的大道上。发现章洋的错误，好像被推了一下，推到了黑暗与坑坑洼洼之中。他从心眼里盼望最好能认识到是自己错了。他每天都上百次地问自己，是不是归根结底还是自己错了？结果，令人失望的是，他只能断定是章洋在错误的道路上越走越远。他宁愿失去自己个人的面子、威信、地位（如果他的错误严重），也不愿失去对章洋的尊敬与亲近。失去这种尊敬和亲近，好像从他的身上砍下一块肉，好像往他的眼眶里涂上了芥末。

然而，真理与谬误是不可调和的，正如火与冰之难以共存。他不会曲意逢迎，他不懂口是心非，他的面前只有一条路，维护人民的利益，维护是与非的分明，他只能和章洋较量下去，奉陪到底。

在这个时候，发生了库瓦汗告状、尼牙孜被打的事情。

有许多人去慰问雪林姑丽。后来雪林姑丽按计划去了实验站，他们便来慰问回家后才听到这一切的艾拜杜拉。这些人（后来包括艾拜杜拉自己）又都纷纷来慰问伊力哈穆与米琪儿婉，他们知道这个事情的矛头指着的还是伊力哈穆。他们怒骂和嘲笑尼牙孜，他们提醒伊力哈穆，他们也尖锐地表达了对章洋的不满。有人说："章洋的脾气真怪，这样的人实在少见。"有人说："章组长好像一个吸麻烟的人，他看到的、听到的都是他自己想着的东西，他看不见的倒是那些实际存在的东西。"有人不太客气，干脆说："我看章组长是个苕料子——有神经病。"还有一个大胆的青年在问："章组长原来是哪个部门的？干脆咱们联名写一封信，请他回家搂上老婆睡觉去吧，何必在这里瞎搅和？"

伊力哈穆劝告大家不要说得太过分。但是他发现，社员群众在评论章洋的时候，要比他勇敢得多，痛快得多。他又不免苦笑，这么多老百姓骂不绝口，章洋却仍然神气活现，颐指气使。您硬是没辙！

当人们渐渐离去，天时已晚的时候，穆萨来了，而且带着他的妻妹马玉凤。他紧紧地用两手压住棉外衣的前襟，微微驼着背，走路的时候头向前一探一探，像一只鸵鸟似的。一进门先搓搓手，哈哈气，好像很怕冷，这些动作都带有一种收敛甚至抱歉的味道，只是他的脸上呈现着一种微笑，他的眼睛里焕发着一种既是败军之将的无所作为、认命服输，又混合着得意、讨好和兴奋的跃跃欲试的神气的特殊的光彩。他的特色是闻乱则喜，他感觉得到乱的苗头了。

"您身体好？情绪好？工作好？"在一般的见面问候之后他再次重复了这三个问题，表示了不同一般的关切。

"好呀。"伊力哈穆答。

"我来看望看望您，兄弟！您要知道，穆萨不是个小肚鸡肠的人，穆萨不是个势利眼的人，穆萨更不是个落井下石、趁火打劫的人。现在有人说，工作组不喜欢伊力哈穆了，伊力哈穆快当不成队长了，如此这般，滚他妈的蛋！要是这样嘛，您穆萨大哥倒是真应该来看看您，如果您升了官、得了势，对不起，咱们就不来高攀了……对不对？"

伊力哈穆和悦地、未置可否地一笑。

"您穆萨哥是个聪明人，他什么没见过？什么看不出来？"穆萨凑得离伊力哈穆很近,推心置腹地说话,热气差不多喷到了伊力哈穆脸上,"您穆萨哥吃亏就吃亏在这张嘴上了,第一它爱说,想说啥就说啥。第二它爱吃,它爱享受玩乐……他也愿意多与几个美女亲嘴!不能含糊!可您穆萨哥心里明白着呢,什么事,他都有数!您是个好样的人,"穆萨用手指着伊力哈穆,"您干在前头,吃在后头,一心为大家办事。别看您年轻,您还很有门道,不慌不忙,有板有眼,兄弟,您穆萨哥佩服您!"穆萨竖起了大拇哥,拇指几乎碰到了伊力哈穆的鼻子,"但是,您也有毛病,您别生气,听您穆萨哥讲,您太认真,办什么事抠得太死,缺乏灵活性。对这些工作组,对付它几个月就完了,它还能长在这块地上?再说,您手底下需要几员真正的虎将。多了不用,五个就成。"穆萨岔开手指,翻转着手心和手背,"想当年刘备刘皇叔,靠的就是桃园三结义加赵云与马超五虎上将。您不能只有阿卜都热合曼那样的老头、热依穆那样的老实人;说真的,一个队,有五名大将足矣,什么事,一个人说,五个人响应,大家自然跟着走,谁敢调皮,整不住他!算了算了,不说这些,我来不是为说这些个空话的。临来以前娘儿们还嘱咐我:少说废话!可我有话不说,憋在心里比有屎不拉存在肚里还难受。好了,玉凤,你说吧。"

马玉凤脸红了,她这个年龄的女孩子正是最羞涩的时候。她看着他,一只手不断地在毡子上划拉着,断断续续地、用回族女性说维语时的那种特有的轻柔的调子说道:

"我早晨去送牛。我去早了,代牧奶牛的那个牧童还没来。我看那棵杨树上有几个干枝。我想把它撅下来当柴火,我上了树。我爬得挺高。我撅下了树枝。我一回头,我看见路那一面库图库扎尔哥,他往这边看看,他往那边看看,他没看见我,那个时候再也没有别的人。后来从库图库扎尔哥家里出来了尼牙孜哥,尼牙孜哥也是这边看看那边看看,他也没看见我。后来他走了,他一跛一拐的。我看见的就是这个。"她说完了,长出了一口气,手也不划拉了。

马玉凤的断续的叙述使伊力哈穆一震,他几乎喊起来:"果然是他!"愤怒、轻蔑一时涌上了心头。但他还是重复地问了一句:

"您看得准吗,玉凤妹?"

"一定的。"马玉凤说,而且抬起了头,她的孩子气的目光里也流露着对伊力哈穆的好意。

"这事我本来不想说,管那个呢!库图库扎尔要说也是我的一个朋友!"穆萨无可奈何地摇了摇头,"可娘儿们非让来告诉你不行!有什么办法,人穷志短,马瘦毛长,丈夫没出息就会让老婆管住,现在是她说了算!我最多是司令,我家里的可是政委!来就来吧,干脆让玉凤自己对您说。库图库扎尔也是个人物!论模范带头,大公无私他当然不如您。论指挥生产他还不如我呢!打钐镰、扶犁铧、拾掇麦场、浇水挖渠、撒种选地,他都不是我的对手,他的本事在这里,"他用食指指一指自己的太阳穴,像一个钻子一样地拧了拧,"他那个心眼儿可真叫多!说实话,您不一定斗得过他。您别生气。可是他有一点……他有一点太'阴'了,我不干那个太邪的事,别看我也不算太正。好了好了。不要给我倒茶了,我马上就走……我可要跟您明说,我带着玉凤来了,我的心,我们全家的心,您知道了就成了。您该怎么办就怎么办,您可别说是我们把尼牙孜从库图库扎尔家出来的事儿告诉您的。我们,包括玉凤,也决不出头露面做证。这话我娘儿们也同意:您穆萨哥现在还图个什么?您穆萨哥敬重您,和您交个朋友……只可惜是没有羊油作礼物啰!兄弟,你也太过了,你就是打我一个嘴巴,也不能把羊油退回去呀,兄弟,你还得学习学习,你还不够成熟啊!"

穆萨笑着与伊力哈穆告了别,小声又咕哝了一句:"兄弟,你做得也太绝了!"他终于出了一口气。这回伊力哈穆只是谢了他们。

"真想不到穆萨会来,而且带来这么重要的情况……"送走穆萨回到屋里,伊力哈穆对米琪儿婉说。

"巧帕汗外祖母不是早就说过吗?穆萨是个猴子。一会儿他学着人样儿盘腿坐下,剥花生,吸香烟,一会儿他四脚乱爬,吱吱乱叫,撅起尾巴……"

"不要说得这样刻薄,米琪儿婉,他,总的来说还是得算作一个好人。一个无论是谁也抓不住他的大短处的好人啊!"

"好好坏坏,坏坏好好……"米琪儿婉似乎不太同意伊力哈穆对穆萨的评价。

所以,当次日晚上,章洋突然通知伊力哈穆要在立即召开的社员大会上交代他"破坏四清运动的罪行"的时候,伊力哈穆是有一定的思想准备的。他立即针锋相对地指出,破坏"四清"的不是别人,而是尼牙孜及其后台……

会场设在文化室,点起了煤油灯,照得通明。伊力哈穆竭力控制住被"破坏""罪行"这样一些字眼激起的阵阵不冷静的情绪,他认真地考虑着、准备着,这是工作组进驻以来第一次召开全体大会,他有义务向社员群众检讨自己再次担任队长一年以来工作上的缺点和失误,他也打算谈一谈他自己对当前运动的看法。

但是,他好久没有机会谈,开会之后,章洋立即作了气势汹汹的发言。

"……四不清干部,胆敢实行阶级报复,殴打贫下中农积极分子……"

"四不清干部的家属,竟然胆敢辱骂贫下中农,真是猖狂已极……"

"四不清干部竟然大搞串联,妄图对抗运动,这是一种现行反革命破坏活动……"

"四清与四不清的斗争,是一场你死我活的斗争……"

"……难道我们能够容忍吗?难道我们能够不打下他们的猖狂气焰吗?我们消灭了八百万国民党军,难道还怕他一两个四不清干部吗?"

真是奇怪,他怎么那样不把自己当外人,他怎么会说"我们消灭了八百万国民党军……"是他消灭的?伊力哈穆差点笑出声音来。

他讲的时候两眼一直盯着伊力哈穆,却没有点名。他努力追求一种戏剧性的效果。最后,他突然大声宣布:

"我们说的四不清干部是谁呢?他就是伊力哈穆,伊力哈穆站起来!"

由于呐喊,他的嗓子嘶哑了,这种声嘶力竭的叫喊果然使四个正磨着要吃奶的淘气的孩子安静了一下,有几个社员交换了一下疑问的目光,社员还不理解到底是发生了什么事。

"伊力哈穆站起来!"章洋又厉声喝道。

血冲到了伊力哈穆的脸上,他突然想起二十年前的那个夜晚,在依卜拉欣的家里,马木提乡约要他站在中间,用他的肉体和神经打赌取乐的情景……即使在旧社会,他被剥削,被压榨,被轻视,然而他也没有忍受对他的人格的污辱……只有要求自己严格的人才有最大的自尊,因为他从来无愧于人,他不需要对任何人低声下气……如今,解放已经十五年了,他入党已经十三年了。他是无产阶级先锋队里的一名战士,他是一个依照马列主义、毛泽东思想的伟大理论自觉地改造社会、改造自然的革命者,他是党的主人、国家的主人、人民公社的主人,他是一九六四年度先进生产队的队长。解放以来,特别是入党以来,从来没有一个工作干部、一个领导同志、一个贫下中农这样对他说话……

他受到尊敬和爱护,因为他总是严格要求自己。他完成党的任务从来不掺一点假,不打一点折扣,他从来不允许把今天的工作拖到明天,他从来不允许自己说一句不利于事业的话,做一件不利于人民的事情。他时时征求群众的意见、上级的意见,时时改正自己的过失,同样,能够今天纠正的错误,他决不推到明天。他不能忍受侮辱……

他面对的是自己的党,自己的社员,自己的父老乡亲。他不会、不能、不忍用市侩的态度、应付的态度、玩世不恭的态度来对待。

为什么要声色俱厉地强令他"站起来"呢?显然是因为首先宣布的他的破坏四清的罪状。他破坏了吗?没有。他干了一点不利于四清运动的事了吗?没有。他有一点对四清不满的情绪吗?没有。这样的问题可以提一百个,回答只能是一百个没有。在这方面他白璧无瑕,无可指摘,日月永垂,江河不息,除了爱党的心,他没有别的心,除了拥护四清的意,他没有别的意思。而这位细瘦的、被有的社员比喻为吸食麻烟的病秧子的章洋,却像吆喝一个牲畜一样地在吆喝他。他有什么必要,非得向这种偏执、这种荒谬、这种莫名其妙的神经发作屈服呢?

"伊力哈穆,你到底站起来不站起来?"章洋第三次大叫道。他的眼睛红了,他的声音变了。如果玛依娜尔翻译得好,社员们当能听出这句话的绝望和悲凉的味道。当然,像这种细微的地方不是年轻的玛依娜尔所能传达过来的。但是章洋哭一样的声音仍然震动了会场。会场完全安静了,不仅吃奶的、吃馕的、吃苹果干和什么都不吃的大小孩子们静了下来,而且所有的老汉和老太婆,男人和女人,青年和姑娘都惊愕了,他们看了看章洋,然后所有的目光都落在了伊力哈穆身上。

章洋的声带发出的真声假声混合的嗓音使伊力哈穆哭笑不得,为什么一个堂堂的干部要这样呢?一个苦笑从他的脸上掠过。他抬起了头。他看到社员们投向他的目光,严肃的和亲切的,惊恐的和同情的,愤怒的和悲哀的,所有的目光像探照灯一样交叉在他的心上。他还注意到萨坎特的专注和期待的目光,玛依娜尔的孩子气的惧怕和烦乱的目光(奇怪,何顺没有在),他完全可以断定,萨坎特和玛依娜尔的同情也是在他这一方面。于是他正面对视了章洋的空虚而蛮横的、神经质的目光。那种目光里威吓已经不如绝望更多了。他又轻笑了一下,转过头。他看见在会场后面,在门旁,在煤油灯的亮光照不到的阴影里坐着三个人:里希提、别修尔和尹中信……

他简直想跳跃欢呼!里希提出院了!别修尔组长与尹队长也来了。虽是在暗影里,他似乎看到了他们从容、镇静的形象。当然,他们是后来的,进会场的时候他扫视过四周,没有发现他们。

这几个人在他的头脑里迅速连成了一幅巨大的图画,党组织—工作队。他的心踏实多了。他和党在一起,他想起了公社工作队,想起了从各条战线千辛万苦来到农村的同志们,想起工作队这个整体,这个组织,他感到了尹队长他们也在关切地注视着他,他坚信章洋的做法代表不了工作队,更代表不了四清运动。

但章洋又明明是工作队的干部,是驻爱国大队七队工作组的组长。他为了爱护这个组长,维护这个工作组的威信,不得不和章洋斗争。章洋气急败坏地要他站起来,他就是不站。

事情僵了。僵到了他和章洋难以并存的程度。如果章洋正确,他就是抗拒运动,就是理应踢开的绊脚石。如果他正确,章洋就只能是胡作非为,就只能威信扫地,从此无法再在这个队工作下去。那么,究竟谁正确呢?这一点他在内心里早就做过无数次衡量掂量……这就是说,章洋的垮局已定。除了灰溜溜离开七队以外,他没有别的路了。

但是,这对章洋是不是有点过分了呢?总要给人以改正错误的机会,何况这种错误并不能完全算在他个人的账上。

如果章洋的错误在于夸张、过火、大帽子压人,置人于死地;那么,他就更应该注意分寸,适可而止,与人为善。

沉默了很久,他蓦地站了起来,立得直直的。他觉得全场松了一口气。但同时,他又听到许多女社员"哎斯大依卜拉①"的叹息。有一个老年妇女的类似哭泣和呻吟的声音,像是胃病的严重发作,这个痛苦的声音是从哪里来的呢?

章洋掏出了手绢,擦了擦额角和手心,他被自己的强硬斗志所感动,他满意于自己的威风与狠辣,原来给旁人扣政治帽子能带来这样大的快感,他过去怎么不知道呢?他宣布:"现在请尼牙孜同志发言。"

这就是章洋谋划已久的"小突击"。用一个形象化的说法,又叫做"有枣三竿子,没枣三竿子"。据说,在运动初期只有用这种办法才能打掉四不清干部的气焰(如果对方并非四不清干部呢?)。而且,用这种办法能发动群众!

明白了,有人认为,群众跟的是气势,是嗓门,是帽子,不是真理。

对于这种凡干部皆不清的性恶论和建立在这种人皆有罪的理论上的不分青红皂白的突击,尹中信已经表示了不能同意。当然,

————————

① 维吾尔人特别是妇女叹息时爱说的一句表达惋惜的话,有时作"斯大"。

他也无法彻底否定这种做法,因为这根打枣树的竿子并非来自章洋。

在发生尼牙孜被打一事以后,尹中信是这样交代给章洋的:"要调查清楚,不要偏听一面之词,如果他的挨打确实带有政治报复的性质,当然要严肃处理。"

章洋抓住了"当然要严肃处理"几个字,而把尹中信提出的前提抛到了九霄云外。于是,他召开了这次"小突击"会议。他还有一种心理,开晚了会被领导制止住,他所欣赏的这种挥竿打枣的活动也就不能在他的治下举行了,那将造成多么大的缺憾。他知道咱们的领导是很强势的,但是他也知道越是强势的领导越忙碌,他们不可能代庖一切,如果你自己坚持,如果你的斗争气势饱满,如果你的呐喊的声音足够响亮,领导完全可能跟着你走,至少是默认你所做的一切,从此你也就成了大拿,成了顶梁柱。不是每个人都当得成列宁、斯大林、晁盖或者宋江,但是你总该以斯维尔德洛夫、日丹诺夫、林冲与武松为榜样。林冲对王伦展开小突击,是他自己的决策。武松血溅鸳鸯楼,也是他姓武的大突击。所以他章洋说开就开,根本不通知领导。章洋这种易于偏执的人的特点是他下要运动群众,上要带动、推动,说明白了就是挟持领导。领导对一个小小的伊力哈穆能说什么,还不是得听你的?领导要说话吗?好的,我给你起草讲稿,您照本宣科还不行吗?

谁知道,宣布开会之时,尹队长和别修尔组长进来了,坐到了后面黑影里。这使章洋皱了皱眉,似乎胳臂上被拴了一条绳子,绳子的一端捏在坐在后排的那两个人手里,使他觉得不能举动自如。但另一方面,他告诫自己更要精神抖擞地把打枣活动开展好。

可惜,尼牙孜结结巴巴,前言不搭后语,一句话重复好几遍,令人生厌。在章洋面前,尼牙孜口若悬河,妙语生花,他不愧是用舌头攻占城堡的好汉。而现在怎么是这么一副窝囊样儿？其实,这也不奇怪,货卖与识家。赏识唤醒着灵感,而怀疑与打量扼杀着才能,这是个人与世界互动的定理。这条规律对于尼牙孜是分外有效的。

"完全是胡说八道!"尼牙孜说完以后,从最后排站起一个人,他大声说。他就是艾拜杜拉。"你说是我打了你,请问,什么时候,什么地点,用什么打的？怎么打的？有什么证人？既然是我打的,你为什么对救了你的新生活大队的民兵排长却说是自己摔的呢？再请问社员同志们,尼牙孜您也说一说,我打过人吗？说谎也总要沾点边儿呀!"

章洋一怔,本来,他已经布置了何顺把艾拜杜拉找到一边去个别谈话的,这个该死的何顺怎么又把他放到了会场上呢？

尼牙孜定了定神,这些问题他倒是事先进行了多次准备,他说:"是你打的我。就在前天晚上,天黑以后,可能是九点多,也可能是更早或者更晚,你一鞭子抽倒了我,跳下车来照着我鼻子就是一拳,打得我鼻子出了血,门牙也活动了,我疼得昏了过去,昏了以后你还怎么打我我也就不知道了。那是在新生活大队过来一点那个坟圈子边上,旁边一个人没有,真有人,你还敢打吗？至于新生活大队的民兵排长,他是你的朋友,我敢告诉他是你打的吗？不信问问马厩的饲养员,那天你是不是回来得特别晚？为什么回来得晚,就是因为你打了我？"

"好!"章洋心里暗暗赞道,"像这样还差不多,再像刚才那样窝窝囊囊,可要把人急死!"

尹中信动了一下。他从笔记本上撕下一张纸,拿着那张纸似乎在犹豫。后来,他把纸又夹到了笔记本里。

"我再问问您。"艾拜杜拉问道,"那天我赶的哪辆车？拉的什么东西？套的几匹马？"

"拉肥料嘛,胶皮轱辘车嘛,两三匹马嘛。"尼牙孜顺口回答。

"错了！恰恰那天我没有去拉肥料而是给大队拉的胡麻渣。套的不是胶皮轱辘而是四轮槽子车！"

"天那么晚了我哪里看得清！"

"你要老实一点,"章洋指斥艾拜杜拉说,"到底是你审问他还是他审问你！"

"谁有问题就应该审问谁！"伊力哈穆实在忍不住了,他参加了一句。

"社员同志们,章组长,他是在彻头彻尾地撒谎！"艾拜杜拉有些激动地放大了声音,"我那天回来根本不是九点多,平常,我出车早,下午四点以前就回来了,那天因为出了点事故,耽误了一些时间,天也不过刚黑,时间最多六点,怎么会是九点左右！"

"我又没有表！也可能是六点多吧。"

"不可能,"米琪儿婉忍不住发了言,"新生活大队的民兵排长把你救到医疗站的时候我在场,那时候已经有十点多钟了,你脸上的血还没有凝固呢,再说,你要真是昏倒在雪里四五个小时,恐怕也早冻出毛病来了！"

"我……我……"尼牙孜支吾了。

"还有一个问题。"艾拜杜拉说,"我已经了解到,你是昨天清晨天刚麻麻亮离开新生活大队医疗站的,不到六点钟,路上,你搭的察布查尔奶牛场的便车,也就是说,你六点半左右已经回了村,但是,直到九点你才回的家,这以后才传出来什么挨了我的打的瞎话,这到底是怎么回事？"

"你老老实实讲,你到谁那里去了？是谁给你出的主意栽赃给艾拜杜拉？你以为别人不知道吗？"伊力哈穆问道。

"这个,我这个……"尼牙孜完全支持不住了。再高明的舌头也经不住事实的打击。

会场活跃起来,社员交头接耳地议论。有一个妇女大声呵斥她的孩子!"好好坐着,别乱吵!听着点儿!尼牙孜泡克又出洋相了,有意思得很呢!"她的话说得声音太大了,口齿又清晰,惹得全场笑出了声。伊力哈穆、艾拜杜拉也都笑了。

幸亏章洋听不懂民族语言,否则他如何支持得下去?言语不通,大大地便利了章洋我行我素,胡干硬顶。

"我伤还没好,我头昏……"尼牙孜向章洋告饶。

章洋阴沉地站了起来。他先用手势止住了大家的说笑。然后,他用一种非常冷酷的声调向伊力哈穆说话,他汲取方才叫伊力哈穆站起来时险些下不来台的经验教训,他不再高声叫嚷,尽量用一种阴冷的调子来增加自己的话语的分量。他说:

"你也太猖狂了!你应该明确自己的身份!看清形势!你要顽抗到底吗?你至少要想想你的老婆和你的女儿!我们的几百万人民解放军是干什么的?我们的公安局、法院、劳改队是干什么的?你怎么不想想?现在,不准你发言,艾拜杜拉,也不准你发言反扑!你们竟在今天的会上继续打击和迫害尼牙孜同志!你们只有死路一条!"章洋终于没能再控制住自己,他又大叫起来,"现在是自由发言,批判伊力哈穆!"

章洋的声音因为激动而有些颤抖。他提醒伊力哈穆注意自己的身份,他等于已经释放出了自己的撒手锏,他有足够的理由把伊力哈穆彻底压倒了,倒、倒、倒……他又快乐又急躁,他几乎是念念有词了。

没有人出声。

按照扎根串联的办法,根据"根子"尼牙孜的推荐,为了准备当晚的小突击,章洋自己并让何顺和萨坎特分别找了一两个积极分子或培养作积极分子的对象谈了谈,动员他们批判伊力哈穆,他们也都点了头。但是,事到临头,却没有一个人说话。

一方面因为时间太紧迫,一方面也因为章洋有一个估计,他认为只要一公开突击,在会议上一让伊力哈穆站起来,一般规律,总会有几个人一拥而起把"批判"倾泻在他的头上。他没有十分重视会前的发动积极分子的工作,如今,竟真的没有人说话。

他没有慌。停了停,他自己又讲上一段:"这个伊力哈穆的态度……"他开始讲了起来。在农村主持这种无人发言的会他也有经验,遇到这种情形他一面不断地喊着:"谈一谈,随便谈,"一面不停地隔一会儿自己讲上一段,不管前后重复也好,前后矛盾也好,前后毫不相干也好。最后,他仍可以作一个会议的总结:"今天我们的会开得不错,由于时间的关系发言不太普遍……"如此这般,功德圆满,在他运用这套办法来度过会议的后半部分的时候,尹中信站了起来。他尽量悄悄地、不引人注意地向煤油灯走去,走到章洋身边,他递给章洋一张纸。然后,他连忙退了回去。

章洋不快地、懒懒地打开了纸页,他把纸页放到了自己的眼前,看了几个字,他的脸色变了。纸页上是这样写的:

老章,今晚新生活大队工作组汇报过了,他们已掌握了你队尼牙孜挨打的详情。所谓队长指使其弟弟打了他云云纯属捏造。容会后再谈。

尹　即时

章洋看着这张纸,头一个反应是暴怒和不信。新生活大队从哪儿来插上一杠子!他们从哪里了解尼牙孜挨打的详情?脱离开爱国大队七生产队的阶级斗争大局,你怎么可能查得清尼牙孜的挨打？简直是莫名其妙。伊力哈穆嫉恨尼牙孜取得了我的信任，指使艾拜杜拉打了尼牙孜。事实证明艾拜杜拉那天就是天黑以后才回来的，这样合乎逻辑，堪称四清与反四清斗争的极富典型性的事例，还有什么好商量的？尼牙孜挨打一事难道还有别的说法？难道还可能有别的说法？尹中信怎么这样轻率，这样偏听偏信。听上几句话就当真写这么个条子来，真叫人生气！

继而，他的脑子乱了。如果尼牙孜说的是假的而尹中信写的是真的呢？为什么伊力哈穆、艾拜杜拉他们态度是这样强硬？为什么尼牙孜突然对答如流突然又吞吞吐吐，这样不稳定？为什么他们反而向尼牙孜提出一系列问题，问得尼牙孜狼狈不堪？我的天！如果真是这样将把他章洋置于何地？他仿佛听到了伊力哈穆的胜利的笑声，他仿佛看到了尹中信、别修尔在指责他，何顺他们在指责他，他将怎么有脸再到大队或者公社开社教干部的会议……

就在这个时候，就在章洋头发涨、眼发花、喘气发紧的时刻，从会场的一角缓缓地站起了一个人，他衣着整齐，气度雍容，黑胡须留得颇有风采。他的脸上挂着一种惶惑的、驯良的、带几分傻气的笑容，他半伸半曲地抬了抬手，非常守规矩地问道："我有几句话要说，可以吗？"

章洋机械地点了点头。他看着这个已经极大地吸引了全场的注意的人，觉得很面熟。他问玛依娜尔："这是谁？"

"库图库扎尔大队长嘛！"玛依娜尔说。

"我们通知他来开会了吗？"

玛依娜尔耸耸肩。

"自己来的吧，"萨坎特说，"他户口在这个队，他算是这个队的社员嘛。"

章洋点点头。他听着库图库扎尔说话的译文。

"其实,我也没有资格在这个会上说什么,和伊力哈穆老弟一样,我们在这个运动中,是被审查、被批判的对象。但是在这个会上,听了章组长的讲话,我很激动、很受教育,我好像在夜雾中看到了光亮,在风雪中找到了炉火。我心里暖烘烘的。我们这些人,犯了四不清的错误,怎么办呢?执迷不悟,行吗?对抗到底,行吗?消极悲观,徘徊观望,行吗?都不行。都不好。只有虚心检查自己的错误,低头认罪,才是唯一的出路。伊力哈穆是一个不错的同志,他当队长也有一定的成绩,但是,成绩并不能掩盖错误,长处也不能掩盖缺点。正如人们说的,成绩不说跑不了,问题不说不得了。我知道,您不承认自己是四不清干部,您不愿意承认。但是,不承认是不行的。难道在毛主席提出四清以前你就清清的了?您就那么高吗?您就那么纯粹,您就那么了不起?难道是毛主席提错了?随便举一个例子。难道您没有在社员家里吃这吃那?这就是多吃多占。当然,您并没有这样说,您没有说:'我是队长,若不好好招待我就要把你们如何如何……'请问,哪里有这样的葫芦脑袋这样说话呢?但是,社员为什么招待您呢?他们尊敬您,他们希望获得您的好感,因为您是队长。难道您在每家喝的奶茶、吃的拉面都交够了粮票钱票?不,您没有交的,这就是多吃多占,这就是经济上不清。算了,何必要由我说呢?您的事情您自己知道。包括政治上、思想上、组织上……我们应该严格要求自己,虚心检查自己的错误,不要对自己留情,不要怕丢面子,没有批评和自我批评,就没有进步,就会变修。听到批评应该高兴,哪怕只有百分之五正确的批评也是值得欢迎的。这就是我们应该采取的态度,这也是章组长所教育我们的。可是您,伊力哈穆同志,伊力哈穆队长,伊力哈穆兄弟,您为什么要顶牛呢?您为什么把自己摆在一个特殊的地位,不准审查,不准批评呢?不,这是不好的,这是很不好的,这真正是不好的。这才是关键,这才是问题的所在。至于谁打了谁了,尼扎洪如何如何了,这是次要的问题,我们今天开会不是为了帮助尼扎洪,也不是仅仅为了一个打人的事情,打人是不好的,被打的人是疼痛的,今后应该团结起来,共同努力,搞好四清,在章组长和各位干部同志的领导下,学习工作,胜利前进……"

真是一场及时雨!大河挡路的时候搭起了一道小桥,饥肠辘辘的时候落下了一盘抓饭,穷困潦倒的时候捡到了一袋黄金,脓血淋漓的时候贴上了一块老店祖传的狗皮膏药。库图库扎尔的和颜悦色缓解了会议的僵局,库图库扎尔的高谈阔论冲淡了挨打事件的进退维谷,库图库扎尔的低声下气突出了章洋的尊严面子,包括库图库扎尔的空话连篇、啰里啰唆对于此时的章洋来说也是恰恰必要的——为了稳下心来确定对策,他需要一些时间。他内心里油然产生了对这个通情达理的大队长的感激之情。

终于,库图库扎尔讲完了,越讲,就越轻松了,最后,在一种皆大欢喜的调子中,他结束了他的发言。

伊力哈穆要求发言,没有获准。现在还不见好就收,更待何时?于是,章洋总结道:"今天的会开得很好,很成功……会议的成绩和经验主要表现在三个方面:第一,发言很热烈,敞开了思想,展开了争论……第二,中心很明确,围绕着一个端正对运动的态度问题,对伊力哈穆队长进行了必要的帮助……第三,进行了初步揭发……这不过是刚刚开始,今后,这样的会还要开二十次、三十次……"

在他的总结中,三次提到了"那位同志"(库图库扎尔)的发言,一方面表扬和肯定他的模范的态度,一方面暂用库图库扎尔的"务虚性"很强的发言抹去对于尼牙孜挨打事件的注意。

小说人语：

或曰，有用人唯贤的，有用人唯亲的，没见过用人唯臭的。

然而这当真可能。这不是小说学的虚构，这乃是生活的经验。原因很简单，例如章洋的脱离实际、脱离生活、脱离人民，颠顶乖谬而又好斗成性，他只能抓住几个臭不可闻的尼牙孜跟着他干。

只消看看某个人用了些什么人，就知道他的吉凶后事了。

喝令"站起来"是那个时代的常事，以致甘肃等地出现了一对单词："站会"，指在会上被批斗。"坐会"，指正常与会。能不三思？

动辄给人扣上破坏、胆敢、阶级报复等帽子，语词膨胀造成语词贬值，而恐吓有可能逐渐成为政风。

亲爱的读者，你或你的双亲，可有过那种被蛮横地"突击"的历练？尊严的剥夺、与人为恶的风气、号称发动群体的盲目性与无人负责性，痛心疾首的往事啊……

有一个非常严重的词儿叫做污辱，我们这里曾经太不把污辱当一回事儿了。回过头来，还怎么要求堂堂正正的人格！

第四十七章 通报情况　尹中信肃容批章洋
　　　　　　分析形势　里希提推心谈斗争

　　散会之后，章洋头一眼看到了坐在墙角的何顺。他走了过去，气呼呼地问道：
　　"怎么搞的？"
　　"什么怎么搞的？"何顺眨一眨眼，浑然无觉。
　　"我不是跟你讲清楚了吗？今晚要找艾拜杜拉谈话，要把他拖住，不要让他到会场来……可你……"
　　"您什么时候这样讲过。您没有讲过啊！"何顺慢条斯理地，似乎是一边考虑着一边说。
　　"我怎么没讲过。我说，他来了会场反而会给尼牙孜施加压力，而且，他和伊力哈穆一唱一和也很不好，我没有说吗？"
　　"您说了，您说他的态度不好，让我端正他的态度。我也和他谈了，他保证要如实把事情告诉大家……后来就没的谈了。我还怕谈话时间过长影响他参加会议……既然会议说的是他的事情，应该让他受教育啊……"
　　"受什么教育……简直是糊里糊涂，真不知道长着个脑袋是干什么的！"
　　其实，这个锡伯人才不糊涂呢。锡伯族，是一个很小的民族，又是一个生产和文化都相当发达的、十分自尊地保持了自己的特点和传统的民族。他们的先人生活在东北，清代从军全体来到了新疆，并在察布查尔、霍城、塔城一带定居下来。在近百年的新疆的风云变幻之中,锡伯族一直是稳定的,和各族人民都团结得很好。在何顺这个年龄不算大的干部身上,同样体现了锡伯人的清醒、机敏而又极其谨慎、耐心,有时甚至更颇有些大智若愚的味道。从来到这个队,他就看出了章洋的别扭劲儿,他看不惯。他试探着和章洋谈了几次,他发现章洋对待他好像大人对待一个鲁钝无知的孩子。他看过几部汉族作家描写少数民族生活的书,他早发现过一条,在某些作者笔下,少数民族(而且不管是东北、西北、西南的少数民族)都具备愚昧和幼稚的特点,比孩子还容易受骗上当,比孩子还容易觉悟奋发,慷慨起来似乎随时准备倾家荡产,顽固起来似乎智力低于黑熊猩猩,迷信起来似乎到处都是咒蛊巫祝,快乐起来似乎到处是求婚接吻,说起话来似乎连篇累牍都是花里胡哨的谚语比喻。他想,他在章洋眼中很可能就是这样一个不开化而又不好理解的人。他不但没有说服章洋的希望,而且没有与章洋认真讨论的可能。他只好接受章洋的一意孤行,同时又力所能及地做一些抵制错误、保护良善的事。于是,今天晚上,在与艾拜杜拉谈话的事情上,他有意地放艾拜杜拉到会场,然后用装糊涂的办法在章洋面前搪塞过去。

好在本来章洋就认为他糊涂,他个头不高,两眼不大又不炯炯,胡子稀疏,面孔声调都较平板,走路说话慢慢腾腾,对外界的反应显得迟慢而且似乎有些淡漠,穿的衣服不新不旧,不长不短,毫无特色。这样一个人,章洋哪里看得出他的智慧和心思?章洋又哪里想得到他的灵魂的深厚的内蕴?把别人都看成糊里糊涂、呆头呆脑的人,事实往往证明,恰恰是他自己才是个十足的呆鸟。

埋怨完了何顺,而且为何顺的不中用颇觉哭笑不得之后,章洋来到了尹中信与别修尔这边,他拿出了尹中信给他写的那个纸页,问道:"这是怎么回事?"

尹中信没有马上转过头来,他正和别修尔在说着话。转过头来以后他先看了看会场,提醒章洋说:"把煤油灯熄了吧。"

熄了煤油灯,点起了一盏马灯。尹中信才说:"今天晚上你这是开的什么会?"

"什么会您不是看到了吗?"

"谁同意你搞这种盲目的'小突击'的?"显然,章洋的不礼貌的回答使尹中信也有点火了。

"您说过,要严肃处理尼牙孜挨打的事情。"

"我说先让你调查落实,你调查了吗?落实了吗?"

"尼牙孜就是挨打了嘛,牙都掉了。"

"谁打的?新生活大队工作组和伊宁市有关派出所配合作了调查,尼牙孜那天去伊宁市,是因为和他的狐朋狗友赌钱发生纠纷,被人家埋伏着打了。这和伊力哈穆有什么关系?"

"真的?难道……"章洋的口气里仍然流露着怀疑。

这种口气进一步激恼了尹中信。"事情就是这样,尼牙孜栽赃诬陷,品质太恶劣。这两天我去了庄子和三队四队。看来这个大队的社员对尼牙孜的反映都很不好,相反,他们都讲伊力哈穆的好话。可你呢,却开这么个会说伊力哈穆指使别人殴打尼牙孜……"

"您怎么不早告诉我……"

"我晚上来就是为了把这个情况通报给你。你呢,不调查、不研究、不和群众商量、不请示,已经开了这样一个会,我已经来不及拦阻你,只好看着这里各色人等的情况。老章,我们搞四清,和原来农村的干部关系严肃一些,以致紧张一些,这是正常的、可以理解的,但我们总不能混淆是非、颠倒敌我、横行霸道、为所欲为……什么伊力哈穆站起来,到底站不站起来,这算是干什么?斗争会吗?谁批准的?你这样搞下去,只能败坏工作队的声誉,把农村搞乱,到头来,把毛主席提倡和领导的四清运动搞到邪路上去!"

尹中信停了停,章洋的脸红一阵,白一阵,没有也无法再申辩。前一段,他以为尹中信是一个和和气气的好好先生,他自己也就越来越不检点,有些放肆,没想到,今天批评起他来毫不留情,他失算了。

"三天以后,在公社召开各生产队工作组长以上的社教干部会议,在这个会上,你要作自我批评。等我回去研究一下,工作队部考虑对你今晚的做法要不要通报批评。关于你们整个的工作,别修尔同志负责帮助你们总结一下,坚持正确的,纠正错误的,要听取社员群众和各方面的意见。"尹中信严肃地说。

"小突击"的会一散,伊力哈穆就找着米琪儿婉告诉她:"我今夜在里希提书记家。"然后,他跑步去到里希提身边,陪同他一起回了家。

"您怎么事先不告诉我?"伊力哈穆快乐地埋怨着,帮助整理这个由于二十多天主人不在而显得冷落了的屋子。他点上了灯,加旺了火,扫净了地。他们相互闲谈,好长时间谁也不提刚刚开过的会。伊力哈穆只是问候病情,问候住医院的生活,问候伊宁市解放路新落成的大百货门市部。里希提呢,询问生产,询问分配,询问有线广播喇叭和试验站,特别关心地询问我们的技术员女儿杨辉。里希提还强迫伊力哈穆用他从伊宁市买回的肥羊肉炒了一盘菜,又炒了许多葵花子,烧上茯茶。不顾天时已晚,他们吃菜喝茶嗑瓜子,同时海阔天空地说闲话。如果只是从表面上看,你也许以为是两个轻松无事的农民,正在用小吃和闲谈的庸人情趣来消磨这冬日的漫漫长夜。

"我好了……其实早就好了。下午四点多到的家,收拾收拾屋子,我到别修尔组长那里报了一个到,谁也没见,吃过饭到你们这边来,我本来是要找你的,谁知道正在开会,我进门的时候正在大喊大叫地让你站起来……真想不到!"里希提摇摇头,苦笑了。

伊力哈穆没有说话。

"人生病的时候爱胡思乱想。医院的病榻上我曾经想过,我们这一辈子的斗争可真不少,从小就斗争,马不停蹄,一直斗到老。我们和马木提乡约和依卜拉欣巴依斗,和国民党斗,和艾尼巴图[①]斗,和美帝国主义斗,和富裕中农的资本主义倾向斗,和坏人斗,和苏修斗……谁想得到,四清运动刚刚开始,我们和真正的敌对势力、阶级敌人、贪污分子和蜕化变质分子的斗争还没怎么展开呢,章组长却斗开了你!"

"有什么办法?我也只好和他斗起来。"伊力哈穆笑了,又叹了一口气。

"是的,我知道,我们这一代人一天也不能停止斗争。我们的生活叫做小车不倒尽管推,你斗人家,人家也斗你,有时候会斗得天昏地暗。我们的命运就是这样,处在斗争的旋涡之中,上下四方都要注意观看,左右前后都要细细听,不管从哪个方向打来什么敌人,我们都要迎上去斗,一边斗一边种地收粮;一边斗一边挤奶酿酒;一边斗一边娶妻嫁夫,生儿育女;一边斗一边办喜事,请吃饭,且歌且舞……"

"我们的生活就是这样过来的。今后,我们的生活也是这样。我们即使睡觉的时候,也要睁着一只眼。"

---

① 艾尼巴图,混入三区革命队伍的一个反动地主,打着革命的旗号搞民族分裂,后逃往国外。

"是的。我们不能松懈斗志。但是,在我刚进医院病重的那两天,我也曾经想过这样一个问题。如果我真的病治不好闭了眼,我给咱们大队留下点什么呢?十几年来乡亲们信任我,让我做大队的工作。十几年来我斗倒了、战胜了一个又一个的坏人、一个又一个的阻碍。我们留下了战斗的脚印。然而,这一切又是为了什么呢?我们得到了什么呢?斗争本身,似乎并不是目的。按理论的说法,扫清障碍,是为了发展生产,为了改变贫穷和落后,为了根本改变我们的土地、村落和生活,为了富裕和文明。这方面的工作,还远远没有做多少呀!那时候我想,等我出院以后,我要好好计划一下,要多拿出一点时间抓生产和建设……"

伊力哈穆点点头,但是他仍然不能完全理解里希提的心情。他问:

"什么叫多拿出点时间搞生产建设呢?您的意思是少斗一点吗?那行吗?"

"也许现在不行,"里希提深思地说,"这是一种天真的幻想吗?是一种病态的软弱吗?也许在十年以后,也许在下一代?或者是在下一代的下一代?人和人的斗争会少一些的。人和人还是要团结起来,和睦起来,共同建设社会主义和共产主义。归根结底,我相信斗的结果只能是坏人越来越少,后人将会有更多的时间过和平与致富的更好的日子。您说对吗?"

"我没有想过这些,"伊力哈穆坦白地承认,"今天,还是不能吝惜时间和精力来搞阶级斗争啊。搞四清,本来这要斗的就不少。偏偏又出了个章洋,他也是要革命,要斗,而偏偏他要把我看成斗争的对象而把尼牙孜看成革命的前锋……他一乱斗,我们又不得不和他斗,这么一斗,只能越斗争越多,怎么会减少呢?"

"是啊,所以,不能像章洋那样乱斗,不能把斗争当作目的,为了斗而斗。要能斗也能不斗,至少不能乱斗。要分清敌我是非。要把三大革命运动结合起来……这里有好多学问呢!"

……冬夜,是安静的,谈话的间歇,只听得见炉火轰轰的蓬勃兴旺的响声,他们的谈话像休息一样地轻松,像飞翔一样地自由,像火焰一样地温暖,而又像开会一样地严肃。是什么时候了?鸡又叫了,狗又咬了,他们吹熄了灯,盖着一条被子,躺了下来,心里想着当前的激烈复杂的斗争,又想着斗争的胜利将要创造的未来。

尹中信的批评使章洋万分恼火。按照他的批评,实际上就从根本上否定了"小突击"的做法,否定了上级下发的"经验"。在一九六五年的年初,在全国城市、政治、经济、文教各条战线掀起阶级斗争的新的高潮的时候,他怎么敢提出这样右倾和保守的意见?这令章洋感到难以理解。

同时,章洋也更加痛恨伊力哈穆了。他感到,使他受批评、丢面子、窝火的根由在于伊力哈穆。在这次小突击中,得胜的是伊力哈穆而败下阵来的是章洋。那么伊力哈穆这条地头蛇说不定该多么猖狂,尾巴还不翘到天上去!他的许多念头、情绪围绕着一个核心问题:难道我就整不倒一个小小的伊力哈穆?他一个农村的生产队长能有什么了不起?他有多少文化,多高的水平?他见过多大的世面,又有多大的势力?难道就是这样一个伊力哈穆却敢不向他低头认罪、诚惶诚恐、束手就范、哆哆嗦嗦、呼爹叫娘、告饶投降吗?他做了一个梦,梦见伊力哈穆穿着一身新衣服,指手画脚,发言演说,还有摄影记者给他照相。真气死人!如果说,开初,章洋对伊力哈穆只是一般的咋呼咋呼,摆摆工作组长的架子,打一打生产队长的威风,并且心怀侥幸地试图用自己的冷淡和粗暴压出伊力哈穆一些"问题",那么现在,在"小突击"失败之后,章洋感到的是对伊力哈穆的刻骨的仇恨。他恨伊力哈穆,因为他如此辛辛苦苦却仍然没有抓住什么材料,没有抓住伊力哈穆要命的地方,伊力哈穆的缺点错误越少,他对伊力哈穆就越恨……他已经把自己摆在与伊力哈穆势不两立的位置。

这里,我们又看到人类精神上可能发生的一种混乱,一种迷误,一种疯狂,也可以说是一种悲剧。人类总是在一定的前提下,为了确定的目的而从事某种活动的。但是,很可能这种活动是这样的丰富多彩、挑战撩拨、曲折惊险,这样的引人入胜同时令人起火发狠,占有了人们的心力以致人们忘记了前提,抛却了目的,为活动而活动,把手段当成了最高原则和最终目的。这样的现象,往大里说有伯恩施坦的"运动就是一切",有"为艺术而艺术""为科学而科学"。往小里说有守财奴的为积敛金钱而积敛金钱,小市民的为传流言而传流言,以至于还有小偷的为偷而偷。请问怎么样解释生活富裕的人偷窃一点颇不值钱的东西呢?维吾尔人还有一句说法,说是小偷进了房子如果无物可偷,那就要悄悄地把自己的帽子"偷"下来,夹在腋下仓皇逃窜。

现在,我们的亲爱的章洋同志,便进入了这样的精神境界。他不管前提,不问目的,要和伊力哈穆"斗争",要把伊力哈穆斗倒,这就是他当前全部思想感情、心计行动的轴心。

所以,在"小突击"的次日,当库图库扎尔和悦地微笑着前来找章洋,而且开宗明义,一来便声明"我要向您反映一些伊力哈穆的严重问题"的时候,一反他对农村干部的对立态度,他立即表示欢迎。何况,昨晚的会议上库图库扎尔已经博得了他的好感。库图库扎尔的汇报先有一个大帽子,"我有很多缺点和错误,想起来我很难过,很痛心,我的老婆沾染了资产阶级的好逸恶劳的思想,她又有病,不能出工,做饭又不知道节省,任意从队里借钱,我们家欠生产队很多钱，我们水平又低，我给工作带来了许多重大的、无法弥补的损失，我对不起党……"以及诸如此类，含泪诉说的时候，章洋点了点头，又摆了摆手，他甚至拍了一下库图库扎尔的肩膀。他说："你能这样严格要求自己，那是很好的。缺点和错误人人都有，但那毕竟是过去的事了，关键看你现在，看你今天，如果你能诚恳地检查自己的错误，又能在检举其他四不清干部特别是要在检举伊力哈穆方面立功，你将很快得到谅解的，你还是好党员、好干部，你照样可以当你的大队长，还可以做更多的工作……关键在于你的态度。"章洋勉慰有加，这样的态度和语言是从来没有拿给伊力哈穆受用过的。

　　果然，库图库扎尔的态度很好，对于章洋他百般奉承，着意讨好。甚至章洋都察觉了，库图库扎尔在赤裸裸地阿谀他。库图库扎尔说："我听了您的讲话，讲的水平实在是很高很高。您又有丰富的工作经验，您对农村的实际也很了解，您的眼光十分敏锐，您一眼可以看出我们纠缠多少年还弄不清的问题。您的每一句话都使我提高，使我像上了一堂宝贵的政治课。有您到我们大队来，到七队来，这是我们大队全体社员的幸福，是七生产队全体社员的幸福。尤其，是我个人的幸福……"章洋制止说："不要说这些了。"但是库图库扎尔从章洋目光的闪烁、眉毛的挑动、嘴角的舒展以至屡屡将头向后一仰的姿势上，他看出了章组长是如何受用，于是在章洋的谦虚中，他继续更加夸张地说了下去。对于伊力哈穆，并且联系到里希提，他尖锐泼辣，绝不包庇。他提出大量的材料，无数的事例，许多带有时间、地点、人名的事实；并对此做出一针见血的批判、分析，得出了吓人的结论。

　　多少天来，章洋处于尼牙孜和库瓦汗的包围之中。他听惯了这夫妇俩的情况汇报，语言粗野，夹杂着恶毒的咒骂和叫苦连天的情感抒发,还有时不时的涌流的眼泪,叙述混乱、夸张、怪诞而又含糊。今天,再听库图库扎尔的汇报,感受是何等的不同啊！库图库扎尔的汇报,用标准的政治术语和名词,进行有条有理有根有据的叙述,有事实,有分析,有逻辑,有说服力……听着听着,他叫来了何顺做记录,同时他自己也打开笔记本,"请你从头再讲一遍。"他说,开始了记录,大队长和泡克的水平岂可同日而语！尼牙孜谈的像一锅乌麻什,库图库扎尔谈的是一盆清水面条。尼牙孜谈得像哗的一声泼出来的懒婆娘的洗脚水,库图库扎尔谈的像装好了瓶、箱的城市牛奶站的牛乳。尼牙孜谈的只能引起章洋的同情,库图库扎尔谈的却提供了结论。尼牙孜谈的是伊力哈穆的一个可恶的却也是模糊的形象,库图库扎尔却是在冷静准确地勾出一幅伊力哈穆的解剖图。库图库扎尔谈的每一条都是极其可贵的子弹,用这些子弹不但可以撂翻伊力哈穆,而且可以在某种程度上撂翻别修尔和尹中信。可以证明他在工作队中是正确的,是最正确的和唯一正确的。

对于某些困难的问题,库图库扎尔也进行了恰到好处的剖析,提供了圆满称心的说明。他说:

"尼牙孜很可能有,不可能没有这样那样的缺点。谈这些,并没有多大意思。为什么章组长一住进尼牙孜家就要大谈尼牙孜的缺点呢？难道换一个皮牙孜(按,皮牙孜原意是洋葱头)就没有缺点吗？显然,问题的实质不在这里。同样,尼牙孜怎样挨的打,这也不是问题的实质或事物的本质。我们不是法院而受害人也并没有起诉,不论怎样说,尼牙孜长期受伊力哈穆的气,他有气,他又惊恐。伊力哈穆手底下有那么几个人,他们不但想打尼牙孜,而且扣留了尼牙孜的牛,使这条牛不幸死去。伊力哈穆在渐渐变成新式的伯克和乡约,尼牙孜在渐渐变成可怜的奴隶,这才是实质和本质。伊力哈穆是赖不掉的!"

说得何等好啊! 比百灵鸟的歌声还甜,比玫瑰花的花香还叫人舒服……

听了这样的汇报,章洋感到山回路转,柳暗花明,别有天地,豁然开朗。

临别的时候,应章洋的要求,库图库扎尔推荐了几个人,他特别提出泰外库,伊力哈穆对他有"夺妻之恨""夺车之恨",对四不清干部是"苦大仇深",而本人又是出身好、劳动好、威信高、根子正,是最有前途的积极分子。只是,由于伊力哈穆的长期精神控制,对他还要做艰巨曲折的思想工作。他提出了包廷贵和郝玉兰夫妇,他们在关内可能犯过一些缺点错误,但是他们有文化、有经验,又是"工人阶级",可以让他们"戴罪立功"——揭发伊力哈穆。

告辞的时候,不顾维吾尔人见面时握手、分别时不握手的习惯,章洋久久地紧握着库图库扎尔的手,前后大约持续了有一分钟。

下午,萨坎特跑来请示,库图库扎尔牵着奶牛,抱着花毡前来队部,要求以实物偿还欠生产队的债款。不知应如何处理。章洋想了一下,指示说,要予以劝说教育,没有奶牛影响营养,没有花毡影响寝居,奶牛牵回去,牛奶照喝;花毡抱回去,毡子照铺,同时,对他的"精神"予以充分肯定、表扬。

"对四不清干部就是要有打有拉,大打大拉。绝不能含糊。"当别修尔提出完全不同的看法的时候,他以一种公布某个数学定理的不容置疑的口气说。

一方面,他让何顺整理库图库扎尔的汇报记录。(他当然知道,反正何顺也整理不好的,最后还得由他自己整,但是怎么办呢?

总要给这个愚人找点事情干,既然上级把他也派到工作组的名下。)另一方面,他照库图库扎尔的推荐广泛搜集伊力哈穆的罪行。包廷贵、郝玉兰夫妇"戴罪立功"的态度很积极,特别是他们关于伊力哈穆制造"死猪"事件,妄图挑拨民族团结、分裂祖国、投靠苏修的情况的揭发很有些重型炮弹的意思。但这里面牵扯到泰外库,使章洋觉得麻烦、讨厌。不是泰外库是最有希望的"积极分子"吗?当然,解释总是可以解释通的,在"死猪事件"上,泰外库也是被伊力哈穆利用的喽,如此这般……

章洋到泰外库家访问了泰外库。泰外库的样子十分忧郁,当章洋热情洋溢地向他表示同情和慰问的时候,他只是低着头看地,并且不时长吁短叹。问他什么,他似乎心不在焉,根本听不进。他一语不发,只知道摇头。

章洋单刀直入,问他是不是伊力哈穆夺走了他的雪林姑丽,把他的妻子给了自己的弟弟。他非常烦闷地、厌恶地说:"哪有这样的事?"他一脸的青胡子茬,好像个刺猬,他说话瓮声瓮气。章洋穷追不舍:"那雪林姑丽为什么和你离了婚?为什么和你离婚后又和艾拜杜拉结了婚?""你别问这个好不好?"泰外库面色铁青。章洋又问,泰外库干脆抬起屁股走了出去,把章洋一个人甩在简陋、寒碜的理发室里。

小说人语:

斗争,还是斗争。

斗争发泄着不平。斗争召唤着英雄主义与圣徒心态。斗争激扬着精力与智慧。斗争充实着也挑战着生命。斗争培养着争胜之心与战友情义。至少,斗争能出火并且解闷。

要命的是斗争之需要图纸会胜过需要事实的真相。要斗谁了,谁就是青面獠牙。要让谁去斗了,谁就是阶级弟兄。斗争的夸张与盲目性使人茫然,使人遍体鳞伤,更使某些轻薄竖子神经兮兮、眼红肠黑脸绿……

于是人们期待能够出现那终于斗出点眉目来的、太平与正常的日子,而不是越折腾越没完没了,永无头绪……

第四十八章　语惊茶会　帕夏汗抛出种马论
　　　　　　人活一世　老太婆荐食麻雀腰

人世间有许多光明的、美好的东西,不幸也有一些可怕的东西。后者有龙卷风、地震、鲨鱼、癌细胞……在这个黑色的行列里还有这么一种:它像尘灰一样地无处不在,无孔不入,像尘灰一样地司空见惯,不被注意,像尘灰一样地被无数善良的人吸进肺里又吐出来,但是,论它的危害,它像麻风病毒一样地毁灭美、健康、幸福,它又像麻风病毒一样地易于传染和蔓延。它是谁?它在哪里?它常常扮成无害的模样坐在你的客厅甚至办公室里,它常常穿上时兴的新衣出入饭馆和茶室酒肆,你常常愿意与它结识并很快地把它介绍给你的爱人、亲属和同事,也有时你很讨厌它却也忍不住要把它介绍给你的同伴。它可以下酒,可以佐菜,可以助兴,可以调剂旅途的寂寞,可以填补某些人的心灵的空虚,可以满足又一些人的好奇和自诩,又可以投合某些人的卑劣心理。尊敬的读者,您认出它来了吗?您准备对它下逐客令了吗?

现在回过头来说一下库瓦汗。那天早晨,在她奉命揪着雪林姑丽到大队喊冤,又迎送了三级社教工作的负责干部之后,她梳洗了一下,准备略事休整,同时关紧房门,用另一套语言痛骂起尼牙孜来。就在这个时候,再娜甫来了,骂得她昏天黑地,而这时偏偏工作干部们都到别处去了,她找不到依靠,而她又不敢还再娜甫一句嘴。

总算再娜甫与吐尔逊贝薇走了,库瓦汗仍然只有入的气,没有出的气。

谁想得到,就在此时,古海丽巴侬打发一个小姑娘来邀请她速去科长家里喝茶。

比较起来,维吾尔族的农村妇女比关内的汉族农妇是要轻松得多的。她们一不纳鞋底子、二不推碾子(有水磨),三不喂猪(喂牛,只要有草,当然比喂猪轻松得多),四不腌菜。她们也不伺候公婆姑叔,可能还有其他条件,反正她们有足够的时间经常参加各种婚丧嫁娶、红白喜事的聚餐会,她们也经常举行茶会互相款待,不需要任何理由与日历上的依据。尽管摆出来的可能是人皆有之的两大食品:馕和奶茶,但是这样的聚会仍然是很有趣的。它是一个交流的中心,交流的内容包括感情、情报、小件物资、前微博时代的种种社会评论与奇闻八卦。

起起伏伏,高高低低,库瓦汗连忙收拢惊魂,尽可能地打扮了一番,由向雪林姑丽打闹的那副狞恶的样子与被再娜甫痛骂的那副落水狗的样子,转眼变成了一副欢喜慈祥、美不滋儿的模样,兴冲冲地向古海丽巴侬家去了。何况,去古海丽巴侬家,她还是第一次。

她到的时候,屋里已经坐满了人。坐在正中间,最上首的是帕夏汗,苍白而浮肿的脸、睁不开的眼睛,娇弱无力的姿态,柔细的呻吟声,显示了她的头一把交椅地位。其余十几个女人,也都是村子里的佼佼者,她们或因丈夫的职务,或因财产,或因年轻时的风流韵事,或因脾气古怪而都小有名气。库瓦汗打量了一下,大体上判断出这是以古海丽巴侬为中心的一个妇女团体,而她,是这一批妇女中年龄最轻、财产最少、孩子最多的一位,是首次被吸收到这个乡村上层社交团体中来。可能是因为"我家住了组长"的缘故,她荣幸地想。

　　还有一个不同寻常的事情。今天的聚会里有一位汉族妇女参加,她就是枯瘦的郝玉兰。她自称是应邀来给古海丽巴依看病,赶上的。库瓦汗到来的时候,女人们正纷纷挽起袖口,把自己的肥胖的与细瘦的、洁白的和污秽的手腕伸在郝玉兰的面前,要求她给号脉。郝玉兰知道,在这种场合,当她断定某个人有病的时候,她会受到感谢;当她断定一个人病很大,但是不重(没有危险的时候),她会受到赞美;当她断定一个人完全没有病、从而不必享受什么优待,或当真患有重病、从而前景不妙的时候,她会遭到愤怒的白眼直至切齿的痛恨。她还知道,这里的女人们欢迎被诊断为下列疾病:操劳过度、心脏衰弱、腰肌劳损、消化不良(不能吃粗粮)、神经官能症(不能生气)。而不欢迎被诊断为任何比较确定的疾病,如:结核、溃疡、妇科病……但是,她又知道,如果她投其所好,按照每个人的期待都给以可爱的临床诊断的话,将由于病名和病情的雷同化从另一个方向受到攻击,所以,她要选择个把不怕得罪的对象,给予不中听的诊断,这里还包含着自我宣扬的含意,通过直言不讳的诊断,树立自己的诚信形象,通过直言不讳的医学语言达到杀鸡吓猴的公关效果。

　　使库瓦汗感到受辱的是,郝玉兰选中了她。在号了她的脉以后,又看了看她的舌苔,然后断定她像一匹母骆驼一样的结实,她既不需要减轻劳务,也不需要照顾饮食,她应该在生产队按时出工。她面红耳赤地申辩、诉苦,郝玉兰却以一副贵族老娘的态度,置若罔闻。

　　"诊病"之后,奶茶端上来了,一色十几个大碗,煞是好看。喝了一口之后,品茶评论开始了。有的指出近年来湖南茯茶质量不稳定,"我年轻的时候,放这么一点(她用左手的拇指捏起小指,表示只是小指肚那么一点点),就可以熬一大锅,可现在呢,用这么一大块(她蜷起拇指放在手心,其他四指伸直,表示用的茶有四个手指加半个手心那么大),却没有什么颜色。"

　　维吾尔人形容大小长短与汉族最大的不同在于,汉族人形容大小长短,是用虚的那一部分,如用拇指与食指的距离,或左右两手的距离表示大小长短,而维吾尔人是用实体,如形容大与长,他可以以左手掌切向右肘窝,表示像整个小胳膊一样大,而用拇指捏住小指肚,则表示像半个小指肚一样小。

　　有的说:"我喝一口就知道是什么样的奶。最好的奶是下第一胎的母牛,刚下犊的头两次挤出的奶,奶是橙红色的、浓缩的,全是油。把这样的奶兑到茶里,喝起来才有劲……最糟糕的就是什么荷兰牛、丹麦牛的奶,哗啦哗啦一挤就是一桶,全是水……"

　　另一个女人则说了一件趣闻:

　　"你们知道帕郎特汗吗?(这个帕郎特汗是以精明能干,持家待客都有一套,被公认为这里的妇女之首的。)有一次她请了几个客人,她端来一大搪瓷罐奶茶来,她打开盖,用葫芦瓢在搅盐,正在这个时候,她的鼻子尖上流下一段鼻涕,热气一熏,受了冻的鼻子就会是这样的,她躲也躲不及,一股鼻涕全流到了奶茶里。别人都没有看见,但是我看见了。她端上了奶茶,所有的人都喝了。我假托胃病要求她另外给我熬清茶……"

　　闲谈就这样开始了,而题材一般是那些最美、最强的人物身上的最丑、最弱的部分,从喝茶谈到打馕,她们说起某人新娶的貌美惊人的媳妇,她打了一炉馕,全部贴在土炉的壁上揭不下来,最后用铁铲揭,毁坏了土炉,一炉馕毁了一个土炉。这样的笨蛋长得再漂亮又有什么用?她男人总不能从早到晚一直趴在她身上啊,男人总得吃饭吧?不吃饭你长得再佳丽也没有力气看没有力气趴呀？为什么发生了这样的事情她的男人却没有和她离婚？现在的男人是怎样地软弱无能了啊！"我年轻的时候如果有一个馕揭不下来或是落到火灰里,早被男人揪住头发打一顿嘴巴了……"一个老太婆骄傲地说。

全场笑成了一团。

"那么,你们知道雪林姑丽为什么和泰外库离婚了吗？"

帕夏汗提出了这样一个问题。她的虚弱的脸上突然放出了兴奋、愉悦、挑逗、神秘的光彩。果然,对于这个问题,她有一个独特的答案,从她那个自信的神气上看,她的答案将是今天茶会上打出来的一张王牌。

没有人敢于冒冒失失地自称"知道",没有人敢于轻视帕夏汗的一贯掌握一切最新隐私的权威地位,所有的女人都静了下来,不再交头接耳,不再左顾右盼,甚至不再掰馕喝茶,所有的眼睛、耳朵和神经,都聚集在帕夏汗身上。

"别看泰外库个儿大,他……"帕夏汗突然妖媚而又诡诈地一笑,她伸出右手食指,弯曲了头两个指关节,像汉族商人表示"九"的那手势,"他是这样的。"她说,咯咯地笑个不住。

咯咯的笑声引起了哧哧的、嘻嘻的、哼哼的、嘿嘿的、呦呦的,各式各样的笑声。

"别胡说……那是个那么壮的小伙子……"有人连嗔带笑。

"壮又怎么样？您亲见过他的那个玩意儿吗？"帕夏汗挤一挤眼。

"难道您就知道吗？您又是从哪里摸出来的情况？"对反驳的反驳,使娘儿们笑得更厉害了。

"米琪儿婉说出来的。雪林姑丽把这个事儿告诉米琪儿婉,米琪儿婉把它说出去了。唉,傻子,你们知道个啥？从外表才看不出来呢。有的又高又大,就是不中用,有的又瘦又小,可是能顶一匹种马……"

话题进入了最精彩的部分了。

"你们还不知道更有趣的事呢。"在这种少有的快乐兴奋的情绪中一直保持着冷静的女主人古海丽巴侬说,"泰外库最近看中了一个姑娘,想把她娶上遮遮丑,好有个门面。"

"谁?"齐声相问。连帕夏汗也怔了。她心里埋怨古海丽巴侬没有把消息告诉得周全,给自己留了一手。就像猫教老虎学艺还要为自己保留一手"上树"的本领一样。

"爱弥拉克孜!"

"什么?"不仅众人闻所未闻,连帕夏汗也瞪起了眼睛,"不可能的!"她说。

古海丽巴侬笑而不争,然后,她走到条案边,拿起几本书,从书下抽出一张信纸来,"这就是泰外库给爱弥拉克孜写的信。"

除去帕夏汗以外,大部分客人文墨方面差一些,于是,女主人为大家阅读了信件。

"岂有此理!这样一个骗牛阉马竟然敢在我的侄女身上打主意!"帕夏汗骂道,那种气愤的样子好像她自己受了奇耻大辱。

"可信怎么到得您手里呢?"一个客人问。

"也是米琪儿婉拿出来的啊!"

"米琪儿婉为什么……"许多客人不理解。

"那我们怎么知道呢?"古海丽巴侬显出一种很慎言的样子。

"那还有什么不清楚的!"库瓦汗很高兴有这样一个机会来显示自己的智力发达,同时也显示自己决不辱没她们这个喝茶串门的团体。她推断说:"伊力哈穆把雪林姑丽从泰外库身边夺来给了他的弟弟,章组长都知道了这个事情!她米琪儿婉能不替她老公说话吗？不管是真是假,她米琪儿婉要公布泰外库的生理缺陷,可怜的人,这样,雪林姑丽打离婚不就大大地有理了吗!"

众位女宾用连连点头表达了对库瓦汗的真知灼见的叹服和理解。

于是,茶会散后几个小时以内,关于米琪儿婉发布了泰外库有生理缺陷的公报的说法传遍了全大队,而且这个说法开始向公社、向新生活大队和牧业大队,向四面八方远远传播。

必须公正地指出,传播这个说法的多数甚至是大多数,这些女人和男人(男人也有!)他们对米琪儿婉或泰外库并非心怀恶意,他们急于告诉别人的目的并非为了损害哪个人,他们的传播基本上是一种超功利主义的、为艺术而艺术的,主要是追求知识性、信息性、娱乐性和趣味性的活动。正像有的人喜欢养金鱼,有的人喜欢集邮,不幸,更多得多的人的业余爱好是传闲话,是有意无意地去中伤那些美好的人和事。而且奇怪的是,人们传闲话的时候毫无禁忌,当过妓女的人照样津津乐道某个女孩子的失贞,十分钟以前还毕恭毕敬到某个人家去借东西的人,十分钟后就可以添油加醋地扩散这个人的丑闻……

泰外库在社教工作队到来的那个晚上,在爱弥拉克孜送还的电筒的亮光照耀之下,他细致地回味了、激动地发现了他对于爱弥拉克孜的爱情,他向伊力哈穆夫妇倾吐了自己的心曲。他想着给可爱的、可怜的、可敬的姑娘写一封信。他用他那粗大的、一把可以捏碎石头的手掌拿起了一管笔帽已经破损的钢笔,写下了一封天真、火热、呆痴、感天动地的求爱的信。他把信交给了米琪儿婉。焦急和期待、愿望和幻想、苦恼和欢乐像海潮一样地冲打着、激荡着这个身高一米八的大孩子。一刻,海潮把他举得那么高,他看到了白云、雪峰、苍鹰、光辉的太阳、明媚的月亮和璀璨的群星轮番升起。一刻,大浪又把他打了下去,周围只有无边无际的、灰茫茫的又咸又苦的泥浆。

他二十六岁,他在人世间经历了二十六个寒暑。奇怪,他怎么像初生的小猫,似乎一直还没有睁开过眼睛?他怎么不知道冬日的伊犁的田野是这样安详?落了叶的树枝也仍然妩媚,铁锹和砍土镘相碰的时候发出的声音多么清脆。公路上的车辆熙熙攘攘。从打馕的土炉里冒出的柴烟特别芬芳。老人都慈祥。青年都健康。儿童都活泼。姑娘都是花朵。她……不,他再不要随便说她的名字,她比什么花都好看。就连泰外库自己吧,他也是头一次注意到自个:高大、强壮、卷曲的头发、肌肉发达的臂膀,正直的、天真的心。他没有爱过,那三年的婚姻像早已被吹散的薄雾,如今他才知道,有这样强、这样真、这样热的、改变着一切的爱情,他爱——爱弥拉克孜,让我含着泪再叫一遍你的名字吧,他要爱她一生一世,直到他变成了白发苍苍的老头儿,直到她变成弯腰驼背的老妇,直到走不动路,说不出话,静静地等待着最后一次沐浴①……

所以,他完全相信爱弥拉克孜将要同样热烈地回答他。他毫不怀疑他已经和爱弥拉克孜、而爱弥拉克孜也已经和他不分不离。她那尊严的人格需要泰外库的敬重和忠诚。她那结实的强健的身体需要泰外库的温热和抚摸。她的学问、顽强、细心正需要泰外库的淳朴、火辣、豪放来相辅相成。难道除了他泰外库,世界上还会有另外一个男人能这样理解爱弥拉克孜、尊敬爱弥拉克孜、小心翼翼地却又是不顾一切地把自己奉献给她吗?一想到有一些混账的呆瓜、轻薄的坏蛋、浑横的白痴看不见她这个人,却只看见她缺少

---

① 犹言"死亡"。穆斯林死后要立即沐浴,缠以白布安葬。

了一只手的残肢的时候,泰外库恨得全身骨节作响。要我吧,爱弥拉克孜! 我是你的护卫,你的奴仆,你的主人。

于是水变得好喝,雪花变得更白又更多,冬天的、吹得眉毛和胡子上都结了冰霜的西北风也变得清爽自在,鸡叫也变得多情,绵羊也变得懂事,鸽子也变得不停地低语自己的幸福。白天和黑夜,劳动的时候、吃饭的时候和睡着了以后,泰外库的身边是一片歌声:天上的飞机和鹰,地上的车、骏马、麋鹿、河水、枞树林、骆驼羔的眼睛①,天山顶上的雪莲和草丛中的红丹花,都在合唱,都在共鸣。

万物、生命,人,你们好! 你们准备着为我道喜,给我送礼物吧! 就在今年(一九六五年)秋天,在收获了玉米和糜子、蚕豆和豌豆之后,我们结婚。春天,庄子上的小学新校舍就建成了,我回到自己的院落,我要再多盖出一间房。我每天可以干两个人或者三个人的工作,我将要挣很多的劳动日。我要给爱弥拉克孜买一身毛线衣裤,(她有钱,但我绝不让她在婚事上花一分钱,让她把钱给她那可怜的父母吧。)我还要给我的岳父、岳母和兄弟伊明江每人做一套黑条绒或者蓝华达呢新衣服……我要请那么多的客人,预备那么多的酒(当然,我自己一滴也不喝),让方圆一百公里以内的所有已婚和未婚的女子都羡慕得落泪。

所以,当米琪儿婉从娘家——新生活大队回来以后,正是库瓦汗欺负雪林姑丽的时候,泰外库兴冲冲地跑到了米琪儿婉的身边。"回信呢?"他伸出了手。

"不,没有。"米琪儿婉吞吞吐吐,好像在泰外库面前做了什么错事了,"这个……"她不知道应该怎样说,"她哭了……"这话也说

---

① 双关语,哈萨克人常用骆驼羔的眼睛形容最美的姑娘的眼睛。

得没头没脑。

"她哭了？她为什么哭？"泪水哗地涌上了泰外库的眼眶。

"我把您写的信给了她。她看了一下。她不说话。她光哭,她哭得太伤心了。"

"我问您,米琪儿婉姐,她为什么哭啊？"泰外库的语调里已经流露着焦躁。

"我……我弄不清啊,"米琪儿婉更抱歉了,她甚至低下了头,额头上出现了皱纹,双颊的永不消退的笑靥也不见了,"我问了她,她一个字也没有说。"

"她不高兴么？"泰外库的声音颤抖了。

"她……好像不高兴。是不是她不高兴,她不乐意呢,我不知道。"

米琪儿婉的样子像在请求宽恕。泰外库的样子却像在接受判决,完全意想不到的、不合情理的、冷酷无情的判决啊！泰外库的脸色灰白了,像流失了大量的血。他的鼻孔张大了,却没有呼吸。

"您不要急。您不要那么急着让她回答,这不是一句话的事。泰外库兄弟！特别是女孩子,和你们男人不一样的。而且,人家是个知识分子……您不懂……"

"……"

"……过些日子吧。女孩子的心,谁摸得透？也许,她自己也说不清啊,您过些日子,多过些日子亲自去找她谈一谈去吧。"

"……"

"不过,当然,也不是再过些日子就一定行。行,就行。不行,就只好不行。您别把什么事都想得那么顺利。您还年轻,劳动又好,您一定会找上合适的好姑娘的,您别难过啊！"

"除了爱弥拉克孜,我谁也不要找！"泰外库想喊叫,但声音出不来。米琪儿婉的最后一句话是怎样地刺伤了他的心！这简直是对他，也是对爱弥拉克孜的侮辱！他转身走了，不顾米琪儿婉惊愕地叫着他，他总不能在米琪儿婉面前号啕大哭啊。

他低着头往家里跑，一会儿撞着了本年栽下的小树，一会儿又撞上了迈着方步的老牛。风，呼啸着，像刀。天，阴沉着，像铅。雪，飞旋着，像沙。他回到了那间原先的理发室，他趴在毡子上，他哭，他恨，他糊涂，他可怜自己，更怜惜爱弥拉克孜，他不懂为什么只要一句话就会降下的天大的幸福却硬是不来！为什么只要迈一步就能进入的乐园却硬是打不开门！为什么要让鲜红的、炽热的心变成冰块？为什么要让他与她差不多已经到了手的温存、热烈、舒展的幸福化为泡影？这怎么行？这怎么可能？还不如他不写信，还不如他不委托米琪儿婉充当他的信使。还不如他把这美好的愿望，这欢乐的梦深深地埋在心底。

于是一连两三天，他昏昏沉沉，呆呆木木，阴云布满了天空，没有留一条缝，寒风冰结了河流，不再流淌一股水。他不能向任何人诉说自己的委屈和愁苦，如果连米琪儿婉都不理解，他还能告诉哪一个？

何况，队里正在忙，乱乱哄哄，谁知道在忙什么？好像尼牙孜在给伊力哈穆栽赃，无聊的人，"小突击"，阴谋，更阴谋，谎言和谎言的揭穿……他像一滴油，环境像一摊水。他顾不上周围，他不关心周围，他走路的时候低着头，他不想看见谁，他谁也不看。

偏偏过了两天章洋来找他，来调查伊力哈穆，来调查他的垮掉的婚姻，莫名其妙，似乎想往他的伤口上撒盐。他抬起屁股走了，把章洋扔在原来的理发室。

他漫无目的地走在村落里，经过了一个又一个歪歪斜斜的木门，一个又一个土墙连绵的果园，一个又一个柴烟味道的打馕土炉,还有伊犁人喜欢在家门口修筑的供骑马人上马用的土墩。他仍然是什么也没看见。但是,人身上除了长在面部上方的,向前的、左右对称的两只眼睛以外,就再也没有能看得见东西的器官了么?除了连接着视网膜和大脑的视神经以外,就再也没有其他的视神经末梢连到例如后脑勺或者脊背上去连?这确实是一个不妨探讨的问题。因为,低头不看的泰外库,却"看"到了一些东西。

他看到了什么呢?似乎到处都有人在指戳他的脊梁骨,在交头接耳,窃窃私语,有人还做出怪相,发出怪声,声、形、动作,都带有一股邪恶的味儿。尤其是,随风他似乎听到了"爱弥拉克孜……"的声音,这使他身上一热,又一冷。他回忆起来,似乎已经有几天了。他走到哪里,哪里就有人挤眼、努嘴、吐舌头、做鬼脸、悄悄议论。他迷迷糊糊似乎听见有人说:"真的吗?""骗你不行?""他那么大个儿!""个儿大没用!""他一脸的胡子!""胡子归胡子!"……

这些话曾经传到他的耳朵里,他不认为是说他的,这不过是一些莫名其妙的声音的组合,尽管刺激了他的听觉,却没有任何意义,但是后来,多次的重复能够冲破冷淡和轻视组成的屏障,这些声音终于组成了语言信号,触动了他的大脑,触动了他的中枢神经。这使他十分厌恶、烦躁,但他仍然没有去琢磨这些话的含意。

他漫无目的地走到供销社门市部的门口。有一个年纪很大的,面部的皱纹像重叠的蛛网、牙齿也只剩下了最后一两颗的老女人,她叫住了泰外库:

"到我这里来,我的孩子!"

穆斯林是最讲敬老的。泰外库连忙走了过去。

老太婆从头到脚一遍又一遍地打量着泰外库。她问:"孩子,您没有到清真寺去找阿訇看一看吗?"

"什么阿訇?"泰外库莫名其糊涂。

"噢,是的。现在不兴找阿訇了,那你就去城上的大医院吧,找一个从上海来的高明的医生给你瞧一瞧……"

"我没有生病啊,老妈妈。"

"别瞒着我,我的可怜的孩子。再不然,你听我说。伊宁市汉人街联合诊疗所的门口,有一个骑毛驴的医生,他是从和田民丰县尼雅河边来的。他的胡子从下巴一直长到了胸口。他看病是很有名的。听说,他用麻雀的腰子配了一种药,你吃了就会好的……要不然,人活一世,你可怎么办呢?"

对于一个正常的,本身并不存在这方面的麻烦的维吾尔男子来说,难道还有比这个更恶意的胡说八道吗?如果一个人被胡说到这一步,难道不应该给她一个嘴巴吗?你怎么可以平白无故地说他有生理缺陷,侮辱他男性的尊严?如果现在和泰外库说话的不是一个老态龙钟的女人,如果这个老妇的脸上没有蛛网重重般的皱纹,如果她的口腔里再多有几颗牙齿,他非一把把她揪起来扔到十米开外不可,他气愤地看了一眼她的满是褶子的脸和她瘪瘪的嘴,他忍住了那令人头昏眼花的怒火,他往地上狠狠地啐了一口唾沫……

他继续往前走,一想到麻雀的腰子就气得身上哆嗦,他走过大队加工场的时候,又听见了叫喊:

"泰外库拉洪,泰外库兄弟!"

是麦素木,麦素木把他叫进了自己的办公室。"泰外库兄弟,听说您有点什么病,是吗?"

"我有什么病?"泰外库反问,他的脸色本来就是青的,现在更是阴冷了。他的眼睛原来就很大的,现在瞪得滚圆滚圆。麦素木都有点怯了。

"就是……那个……也可以说是一种不太好说的病。"麦素木说,并且从眼角不断地窥测着泰外库的神色。

"放屁!谁说的?谁和你这样说的?"泰外库一把抓住了麦素木的脖领子,一拉,麦素木的脚几乎离开了地面,而且,他已经憋得喘不过气来。

"请放开手!请别生气!啊哟,您别勒死我呀!请听我说……"

"说!"

麦素木动了动自己的脖子,又理了理衣领,他说:

"是这样,我从来也没有相信这些话,我也认为,这太卑鄙,太恶毒,太无耻,可是最近,我们队,不,我们大队,不,是全公社都在议论您,都说……您别生气,我可没相信,我认为这是最最靠不住的谎言!是这样,都说您有个什么病,正因为您有缺陷,雪林姑丽才离开了您。我问了几个人,我想知道,是哪个毒蛇在喷溅这样的毒汁,大家都说,是米琪儿婉说出来的!"

"胡说!"

"哼哼,哈哈,如果您认为是胡说,那么,您请吧。"麦素木拿起了算盘。

"这……这到底是怎么回事?"

"是啊,我也不相信,我认为米琪儿婉是个好女人,是贤德的化身。我更认为伊力哈穆同志是好队长,是党员和干部的模范。但是,人们告诉我,除了雪林姑丽,别人能知道您的某些情况吗?不能。雪林姑丽可能对外张扬吗?您对那个女人也是了解的,她在您那里,是一朵娇羞的暂时还没有开放的花。雪林姑丽可能告诉谁呢?只可能告诉米琪儿婉。有谁能用雪林姑丽的名义来造谣呢?只有米琪儿婉。如果不是米琪儿婉而是一个什么旁人的人来中伤您,请问,人们能够相信吗？人们难道不追问他:'你从哪里晓得的'吗？"

"这……"泰外库觉得又是一阵头昏。

"还有,请问,您是不是给一个姑娘写过一封信？"

"怎么样？"泰外库警觉起来。

"您是不是给爱弥拉克孜写的？"

天在旋转,地在旋转。"您怎么知道的？"泰外库急迫地问。

"这里不是说话的地方。您跟我来。"麦素木锁好了抽屉,他自己悄悄地一笑。

麦素木在前面走,泰外库像一个梦游者,像一个接受了催眠的人,除了跟着麦素木,什么也看不见,什么也想不起。

……麦素木和泰外库又坐在麦素木家里屋的小桌旁了。泰外库注视着麦素木,麦素木掀起了毡子的一角,摸摸索索,他拿出了一张纸。

泰外库不相信自己的眼睛。

泰外库的心尖上挨了一刀。

泰外库看到了自己给爱弥拉克孜写的信。这是在那个夜晚,在煤油灯的灯光照耀之下,他笑着,哭着,想着,一笔一画写下的不成样子的却是最虔诚、最纯洁的信,是凝结了他的少年的天真、农民的淳朴、孤儿的坚强和初恋的疯狂的最宝贵的信。他小心地,无限信赖地把信交托给了米琪儿婉,像把自己的生命交托给了她……如今,这信怎么跑到了麦素木手中！

"米琪儿婉拿着这封信到处嘲笑你们,嘲笑你泰外库。又嘲笑她爱弥拉克孜,这封信在咱们村的妇女们手中传来传去,许多人笑出了眼泪,许多人笑岔了气……那天信传到了我的老婆手里,我看到了,把它夺过来藏了起来。现在,请你把它收起来吧……唉！兄弟,你也是,写了信,就自己送去嘛。再不然,花几分钱贴上邮票交给邮局嘛,怎么能随便托付给不可靠的人。您太年轻,太善良了啊,我的好兄弟!"

"怎么会是这样的?怎么会是这样的呢?"泰外库低声自言自语,说了一遍又一遍,他的眼神有点呆滞了。

"唉,兄弟!"麦素木悲天悯人地叹息,"这叫我怎么说?您脑子里缺乏阶级斗争这根弦呀!哪能随便相信人呢?世界上最狡猾、最无情、最毒辣的就是人啊。人和人在一起,还不如狗和狗在一起和睦。俗话说,老实人的犄角是长在肚子里。真是说得不错!越是表面上好的人,就越是坏!说实话,男子汉就是要吃、喝、嫖、赌,吃喝嫖赌的男子汉往往有正直的心肠,洁白的灵魂。防,恰恰是要防那些'大公无私''积极忘我'的正人君子!女人呢,就是要打扮、风流、馋、懒、嫉妒,恰恰是又打扮又风流又馋又懒又嫉妒的女人,她们最真诚,最招男人喜欢。她们像水面上的白鱼,她们并不咬人,而那些一举一动好像贤德的化身的女人,她们却正是芨芨草丛中的蛇……这是我多半辈子的经验啊,兄弟!"

"他们,他们为什么要这样呢?我哪一点对不起他们了?"

麦素木拿来了酒,泰外库推辞不喝。他的头已经像喝过一瓶酒一样地沉重了。

麦素木自己喝了一杯,他说:"这有什么难懂的?你不防着他们,他们可提防着你呢!他们这是抢先下手!你还不知道吗?四清工作组的章组长这次检查咱们队的工作,发现了伊力哈穆的许多问题……对雪林姑丽的婚事,大家反映的意见也很不少……伊力哈穆就抢先下手,让米琪儿婉到处造你的谣。这样还有谁能说是伊力哈穆帮助他的弟弟艾拜杜拉挖了你们的墙脚呢?"

泰外库仍然不肯喝酒,麦素木也不多劝,自己又喝了第二杯。

泰外库在混乱中努力做出最后的判断,他的理智仍然发出了一丝光辉,他费力地想了又想,他问:

"好吧,就算这是米琪儿婉干的……"

"什么叫就算?"麦素木打断了他的话,"您说,不是米琪儿婉,可能是任何旁的人吗?是我干的?你把信交给了我了吗?是谁家的奶牛还是毛驴子还是绵羊读了你的情书?"

"……不,不可能。"

"还不明白吗?"

"对了,是的。只能是米琪儿婉。看吧,好啊。可是,您怎么能断定,这和伊力哈穆哥也有关系呢!"

"别提了,您的伊力哈穆哥!我问您,您和他们家很熟悉,米琪儿婉哪一件事不和伊力哈穆商量?哪一件事不听伊力哈穆的?"

又是一刀!

幕布拉上了。严严实实。像漆黑的、伸手不见五指的夜。

"我找他们去!"忽然,泰外库站了起来,推开门就走。

"等一等!"麦素木追去,泰外库已经走远了。

小说人语:

生活呈现着光明与芬芳。生活也流淌着愚蠢与恶劣。"多么野蛮的生活啊",这是契诃夫常写下的一句感人的话!

当美好生活化了,它十倍地令人信服和吟咏。当你觉得这美好与芬芳已经近在咫尺了,当你兴奋起来的时候,也是美好与芬芳最容易遭到不测的时候。而当丑恶生活化了,而不完全是阴谋化、设计化的时候,它百倍地令人窝心和悲凉。

第四十九章 爱溢馕上 好姐妹备待客之物
哭倒炉边 大兄弟兴问罪之师

严寒而晴朗的冬日是有它的特别的魅力的。在几天的连阴,在乱吼乱飘的风雪之后。突然,天气放晴了,湛蓝的天空上出现了殊可亲近的太阳,风不吹,雪不扬,大地安逸下来,空中散射着一种蓝紫色的冷晖。麻雀落在地上吱吱地觅食,乌鸦寻觅着热气腾腾的牲畜粪便,连雄鸡看到这样白亮的太阳也振作起了精神,扑棱扑棱,它飞到了低矮的墙头,蹬下许多雪花,扑棱扑棱,它又展翅,又抖毛,然后,酝酿好了情绪,它认真地伸直脖子,引吭高歌,欢呼着严冬的晴日,象征着、预示着的是虽然正在远去、终究会返回的温暖的活力洋溢的饱满的太阳。

没有零下二十度、三十度、四十度的冬天,没有刺骨的热辣,没有那无可替代的清醒与爽快,没有那种恰恰是严寒中才分外得意的自己的保暖武装,没有对于自身的强大的热力的自觉与自信,算得上什么新疆和新疆人!

伊犁人爱自己的家乡,包括爱夏天正午的太阳,夏天是生命的蓬勃,是万物的欢跃。老百姓们都认为在夏天好好劳动,大量出汗是养生保健防病的绝妙法门。他们也爱冬季的大雪。他们认为,越冷就越能够消除病疫,强健筋骨。确实,这种北方的严冷就是能使人精神抖擞,呼吸畅快,食欲旺盛。寒冷和冰雪有一种洗涤作用,从头脑到肝肺,从皮肤到内脏,经过这一冻,似乎更干净得多,纯洁得多。冰凉的空气还有一种激励的作用,它能使懦夫变得勇敢,懒汉变得振作,低垂的头抬将起来。

就是在这样一个天气,早上,所有的窗玻璃上都冻起了厚厚的窗花的时刻,雪林姑丽来找米琪儿婉来了。她冻得满脸通红,两只手也通红,她却没穿棉衣,只是连衣裙外面穿了一件棉背心。她也没穿毡筒,只在长线袜子外穿了一双皮靴。她更不戴什么手套、口罩了。她就这样高高兴兴地跑到了米琪儿婉家,肩上扛着半口袋面粉,她叫道:

"米琪儿婉姐,我来了!"由于冷,她的声音有点打战,但情绪却十分高涨。

"你怎么回来得这么快?"米琪儿婉问,她的意思是这次雪林姑丽去试验站不过才三四天。

"县农技站站长明天要到咱们公社来。听说,他们要总结杨辉姐的工作经验呢。我回来是准备参加座谈会的。我们不是说过好多次了吗,这回,杨辉姐答应了,让我们给她打一些馕,她要招待客人呢!"

"那太好了,我也正要打馕!"米琪儿婉跳跃起来。她们好久以来就想为杨辉做点事情了,如今总算有了个机会。

于是,她们忙活了起来。米琪儿婉去队上请假,雪林姑丽去提牛奶。回来以后米琪儿婉生火,烧水,洗刷木盆,泡酵母,热牛奶;雪林姑丽则穿上一件米琪儿婉已经弃置不用了的破棉袄,爬到土炉旁的台上,去清理柴灰,清扫炉壁,准备柴火。一会儿,木盆洗净了,牛奶也热了。米琪儿婉正要和面,女儿醒了。于是雪林姑丽洗净了手,把袖子提到了臂肘以上,总共将近一袋面粉,全部倒在木盆里,抓了一把盐溶化在热奶里,又兑了一些凉水,再把泡开了的酵母放进温奶水里,用四个手指搅拌着奶水,搅了几圈以后,她把手放在嘴边,用舌头舔了舔指头肚,试了试咸度,又加了一点盐,搅匀以后,把面粉拨拉到长圆形的木盆的一端,把奶水缓缓地倒在了另一端。然后她开始一点一点地从中间开始把面和水往一起掺和。等到水不再流动的时候,她攥紧了两个拳头,并在一起,人跪起来,揣起面来;由于头发时而洒落,阻挡视线,过一会儿,她就甩一下头发,样子非常好看。她用力地揣着面,很快脸就绯红了,额头上沁满了汗珠。面也越揣越均匀了,发出的声音渐渐变得清脆起来。

米琪儿婉给孩子喂完奶,就抱孩子到隔壁伊塔汗那里去了,把女儿暂时托付给伊塔汗。她回到家来,雪林姑丽已经把一大盆面和好,她展开做饭用的大粗布,把面团盖住,又用旧棉衣和皮大衣盖在上边,把木盆放在灶边,保持温度。

过了四十多分钟,她们打开大布,检查了一下面团发酵的情况。维吾尔人吃发面从来不放碱,需要的是把握面剂子膨而不酸的时机。看看面团的发酵已经接近于完成,她们便去土炉里点火,土炉最底上放了一些干树叶,将点着了的麦草带着火苗自上口抛入土炉,把树叶引着以后,再从上面加柴火,迅即大火在土炉内轰地燃烧起来,烟气升腾,火光映红了雪林姑丽的脸。等火烧得正常以后,米琪儿婉又跑到屋里,打开木盆,展开大布,开始做馕剂子了。

外面,土炉里的烟火吸引了周围邻舍的妇女,不止一个人隔着门问候!

"今天打馕吗?米琪儿婉!"

"是的。"雪林姑丽代为回答。

"我借你的土炉打下一炉,行吗?"这是为了省柴火,专门借别人打完馕以后的土炉用的人问的话。在这种有余温的土炉里只需再点燃不多的柴,就够再打一炉馕用的了。

"今天打馕吗？"又有人问，"用不用我帮忙？"这是热心助人的志愿兵的相问。

米琪儿婉和雪林姑丽忙忙碌碌，出出进进，又兴奋，又快活，左邻右舍的妇女，也纷纷前来搭话，这里出现了一种欢乐的、红火的节日情绪，同时，也出现了一种紧紧张张的战斗气氛。

任何一个民族、任何一个家庭都要吃饭。各有用来充饥的最主要、最普通的食品。这种食品在我国北方汉族地区是馒头，在欧洲是面包，而在新疆的维吾尔族人来说是馕。那么，制造这种食品，对于任何一个家庭来说，也应该是最一般、最司空见惯、毫不稀奇、毫不引人注目的事情了。那么，为什么米琪儿婉和雪林姑丽打馕的时候，却显得煞有介事、不同寻常呢？要弄清这个问题，先要对维吾尔人的馕饼及其制作的特点有一些了解。

馕，是维吾尔人的主要食品，其"主要"的程度，超过了馒头之对于北方的汉族人。一般地，维吾尔人的一日三餐，至少有两顿吃馕喝茶，而饭，是专指面条、包子、馄饨、抓饭等几样比较复杂一点的食品，这样的"饭"并不是每天都做的。即使做，一天至多做一顿。

还有一点，中国内地，大米与小麦堪称平分秋色，就是说大米在主要食品中的地位并不比小麦面粉低，但是新疆，虽然也有一些品质上佳的大米，产量相当有限，馕的重要性主要性无与伦比。

馕，是用小麦粉或玉米粉、高粱粉做成面团，发酵后烤制而成的。其中的白面馕种类很多，从大小和形状可分为：微馕，个头从墨水瓶盖至墨水瓶底，主要是节日待客用。小馕，大小如茶碗或小号饭碗的碗口，有一定厚度，主要是待客或探亲访友时携带作礼物用。大馕，大小从盘子到锅盖那么大，相当薄，烤得里外都变成乳黄色，焦脆耐贮，一般用于喝奶茶时掰碎了泡着吃。商品馕，面和得很软很匀,做成周围一个厚圈、中间一个薄圆饼的形状,大小如茶盘,熟后既酥又软。窝窝馕,样子如面包圈,很厚,中间一个坑,但不透过去,有一种特殊的面粉香味,使人联想起山东的硬面饽饽。椭圆馕,做成牛舌状,一般是特殊的馕,如酥油馕(和面时加酥油)、肉馕(和面时加肉丁)等。

馕的烤制是在土炉中。土炉是用焦泥加羊毛和食盐制作的,其状如瓮,口小肚大。大小不一,农村一般用的个儿较大,以利于用劣质柴草,可以跳进两个人去蹲在里边。在里面点着柴火,等浮火烧过,炉壁吸收了大量的热,把做好了的馕饼贴在炉壁上,盖严口,利用炉壁的热度和柴火的剩余炭火内外夹攻,很快,馕就熟了,其味道要比蒸熟的馒头花卷和烙制的大饼都鲜美得多。

打馕,是一件大事,这首先是因为它是集中搞,数量大,一般的家庭,冬天打一次馕,要吃十天半月,夏天至少也得维持一个星期,这是因为馕饼比较干燥,不论是出门、来客,至少不会使肚子发生恐慌,这是很先进的,大大减轻了妇女日常做饭的负担。到时候烧点奶茶(或清茶,或开水)就可以"开饭"。但另一方面,一次就要和面一二十至三几十公斤,当然这个数量就很可观了。

其次,馕的制作带有一点风险性。火候掌握不好,有时候烧焦,有时候不熟,有时候粘不住炉壁落到火灰里,有时候死粘在炉壁上揭不下来,或者揭下来带上许多土,既毁了土炉又影响食用。一次二三十公斤,打坏了可不得了,不能不特别小心,特别紧张地进行。

还有,打馕能引起这么大的兴趣,不能不联系到维吾尔人生活哲学的某些特点。这个特点就是,第一是重农主义,他们认为馕的地位十分崇高,有人甚至说在家里馕的地位高于一切。第二是唯美主义,他们差不多像追求一切实用价值一样追求各种事物的审美的价值。我们知道做饭也是一种艺术,特别是专门的食品工业,也很注意食品的形状、颜色和包装。但是,很少有别的民族像维吾尔人这样在自己的最一般的干粮上刻花纹的。维吾尔人,种花和种菜一样积极,屋子里到处是装饰性的图案,在四片木板制作的很简单的木箱外面,漆上一层深绿色的油漆之后,要用数倍于一个箱子的工、料和耐心,用喷了金粉或染了黄漆的细木条镶嵌成很细致的图案。他们甚至在每天不知要吃多少次的馕饼上也要雕刻图案!而且设有在馕饼上印刻图案、花纹的各种专门工具。

还有,新疆的夏季偏于干燥与冬季偏于寒冷的气候适宜制作一些耐贮存食品,馕便应运而生了。

所以,打馕,是一件盛举,是过节也是战斗。一家打馕,四邻瞩目,一家馕熟,四邻品尝。共同评论,总结经验,分享打馕成功、大家称赞的胜利的喜悦。

土炉烧好了,院落里弥漫着树叶、树枝和荆蒿的烟香。面也揉好了,米琪儿婉和雪林姑丽都跪在那块做饭用的大布跟前,做馕剂儿。做馕,是从来不用擀面杖的,全靠两只手,捏圆,拉开,然后用十个指尖迅速地在馕面上戳动,把需要弄薄的地方压薄,把应该厚一点的地方留下,最后再用手拉一拉,扶一扶,保持形状的浑圆,然后,略为旋转着轻轻一抛,馕饼便整整齐齐地排好队,码在了大布上。最后,她们用一束鸡的羽毛制成的"馕花印章",在馕面上很有规划地、又是令人眼花缭乱地噗噗噗噗地一阵戳动,馕面上立刻出现了各式各样的花纹图案,有的如九曲连环,有的如梅花初绽,有的如雪莲盛开……新打好的馕上面,充满了维吾尔农妇的手掌的勤劳、灵巧与温暖的性感。

馕剂儿做完了,按照炉壁的面积,多少个大馕,多少个小馕,大的多大,小的多小,都是有算计的。米琪儿婉眼睛溜了一下,"似乎多了一个小馕。"她说。"到时候再想办法吧。"雪林姑丽回答。雪林姑丽端来了大木盆,她们把生馕一层一层擩放在木盆上。雪林姑丽端着木盆,米琪儿婉端起一碗淡盐水,拿起半碗牛奶,又夹上一只特大的、打馕专用的棉手套,随着雪林姑丽走了出去。

她们走到了土炉边,把木盆、盐水、牛奶和手套放到了土炉旁宽大的平台上。这时,烟气已经消散殆尽,火炭阵阵发亮,原本接近于橘黄色的土炉的内壁已经烧得发白。米琪儿婉走上台去,跪在炉口边,左手端起淡盐水,右手蘸着向发白的炉壁上一甩,嗞啦,水珠一碰炉壁就化成了水汽。这个动作的目的是防止馕熟后粘到炉壁上揭不下来,同时通过观察这种现象和听这种响声判断炉壁的热度。如果水珠一甩上嗞地化成了白烟,声音尖厉短促,说明炉壁太热,发黑。如果"嗞——啦"一声,慢慢地化成水汽,声音低钝,说明炉壁温度不够,根据不同的炉壁温度掌握烤馕的时间长短。打馕前这水珠儿的一甩、一看、一听,是打馕全部技术中最高级微妙的一招,如果没有多次实践,如果不牺牲上一两袋面,是无法学到手的。米琪儿婉在登上平台的一刹那,这个谦和善良的少妇俨然成为一个不苟言笑、说一不二的大匠了。任何匠人,在自己的业务上,都有一种别人难以理解的严厉和庄重的劲儿。甚至可以说是一种带几分呆气的钻牛角尖的劲儿。没有这种严肃,就没有匠心,就没有匠艺,就没有合格的产品。打馕也不例外。米琪儿婉眉头微皱,雪林姑丽立即又端来一碗水,沙、沙,又泼上了半碗,可以了。米琪儿婉右手戴上大手套,看也不看地伸了出去。她的眼睛只管盯着土炉。

雪林姑丽立刻捧起一个大馕,倒转过来背面朝上放到米琪儿婉的手套上。米琪儿婉用左手蘸一下水往馕背上粗粗一抹(为了增加黏力),她伸开右臂,托着馕饼,连头带肩膀半个身子探到了高温红火的火炉里,看准地点,叭,腕子一翻,一张馕贴到了炉壁的底部。直腰,抬头,伸手,接馕,抹水,探身,叭,又是一个。现在进入了打馕最紧张的时刻,也是最艰苦的时刻,好像战斗进入了短兵相接的肉搏。虽然是零下二十度的冬天,为了把头几个馕贴在土炉的底部,一连几次冒着高温烘烤探进半个身子操作,不几下,米琪儿婉已经满脸血红,热汗淋漓,她不时在往生馕的背面抹水的同时往自己的脸上洒着水,对自己的皮肤也在实行强迫降温。冬天如此,夏季如何也就可想而知了。

炉底打了两圈以后,头就不用往里伸了,操作轻松了些。大馕贴完,再贴小馕,把小馕贴到大馕之间的空隙,以充分利用炉壁的面积。最后,果然剩了一个小馕,声称"到时候再说"的雪林姑丽自有办法,她飞快地把一个小馕揪成五段,制成五个微馕,把它们贴到小馕之间形成的更小的空隙里。终于,全部贴好,米琪儿婉这才拿起牛奶,用手指蘸着牛奶甩到馕的表面上,这倒不是为了降温,而是可以使馕熟后表面光泽圆润,异常可爱。这一步再完成以后,米琪儿婉用眼一转,没有发现异常情况,于是盖上炉口,等候馕熟。

这是可以长出一口气的时候了,只剩下最后的一个步骤——收获了。好像一场战斗中敌人的主力已被粉碎,求降表已经送来,战士们休整待命,一声令下就可总体解决,如无变化,其实底下的任务就是接受俘虏和辎重了。但是,战斗并没有彻底结束,警惕仍然不能放松。现在,米琪儿婉和雪林姑丽也是这样,现在,她们像吃茶时的姿势一样,随随便便地跪坐在炉旁平台上。雪林姑丽在顺手收拾杂物,米琪儿婉累得顾不上说话。她仍然警觉地注意着炉内的动静,嗅闻着从炉口缝隙里升上的蒸汽。慢慢地,蒸汽越来越浓了,从炉子里逸出了一股股十分鲜美的、混合着麦芽糖、牛乳、酵母、些微的酒气的味道的烘烤面食的芳香,这种芳香真令人宽肠开胃,舒肝活血,她们俩欣喜地对看了一下,用目光互相鼓励,好像在说:"成功了,没错儿!"

两人的心思都在土炉里,谁也没有注意泰外库是什么时候出现在她们的面前的。

雪林姑丽一抬头,首先发现了。泰外库的目光简直像传说中的土克曼强盗,连雪林姑丽都一阵眼花,误以为自己是看错了人。结婚三年,她还没有见过这个人的这种样子,像受了伤的野兽,痛苦、疯狂,充满仇恨,他眯着左眼,盯着右眼,歪戴着帽子,额头正中出现了一道非常凶恶的竖纹。雪林姑丽"啊"了一声,迅速从土炉旁的平台上溜了下来,回避到屋里去了。

"是您吗?泰外库兄弟。来吃新馕吧。怎么不说话呀?"米琪儿婉说,她的体力和精力都消耗在打馕上了,她没有仔细地端详,另外,她早已知道这几天泰外库情绪不好,她对泰外库的神态完全没有深究,也没有感觉出有多么反常。

"米琪儿婉汗,"泰外库喘息着说。他忽然只叫一般的表示亲敬的附加称呼"汗",却不叫惯常所用的、显得更亲热些的"姐"。米琪儿婉一怔。

"我的信呢?"泰外库问。

"什么信啊?"

"您自己知道!"泰外库的口气里已经充满了敌意了。

米琪儿婉仍然没怎么在意,她了解泰外库,知道他是个任性、暴躁、常常不服调教的野马,她知道他的性子不定,时冷时热,忽好忽坏。她说:

"噢,您说的那封信吗?我不是早就告诉您了嘛,我已经把它交给了爱弥拉克孜啦。"

泰外库发起抖来,像一个打摆子的病人,他哆嗦着从腰里掏出了一张纸,"这是什么?"

米琪儿婉接过信来一看,大吃一惊,她翻了翻眼,"是爱弥拉克孜返还给您的吗?"

"呸!"泰外库爆发了,他啐了一口,"原来您是这样地骗我!我拿您当作我的亲姐姐,我拿伊力哈穆当作我的亲哥哥。我拿你们俩当作我的亲人、我的家长……谁让我是一个孤儿啊,谁让我从小失去了爸爸和妈妈!您为什么骗我,嘲弄我,用最脏最脏的话来侮辱我,糟践我……"

"您在说什么呀?"米琪儿婉的面色苍白了。

"您问一问您自己!您自己说一说!我泰外库哪一点对不起你们?哪一点妨碍你们!您为什么要无中生有地造谣!您为什么拿我的信当作闲谈笑料!您为什么要破坏我的幸福!您为什么当面说得好,背后却对我下毒手!"

"泰外库兄弟,您怎么了?您吃醉了吗?"米琪儿婉也急了,她跳到了地上。

"泰外库哥,"雪林姑丽在屋里越听越震惊,她想起了再娜甫汗给她讲的道理,她鼓足了勇气跑了出来,不顾她的身份有什么不便,她叫了一声,"您有话好好说嘛,您这样乱说,多不好!"

"我不好!你们多好!你们朝着我的心窝捅了一刀!我活了二十多年了,我也碰到过各式各样的人。有人哄我,有人骂我,有人欺负我,有人拉拢我却是为了让我给他效力,还有人坑害我,借了我的钱不还,借了我的车去干坏事。所有这一切,我生气,我伤心,但我都受得了。他们是他们,我是我。等我认清了他们的面目,我就不再理他们了。可是您,米琪儿婉,我一直以为您就像您的名字一样慈爱,我最相信您和伊力哈穆队长!我把什么什么全告诉了你们！我再也没想到你们会这样对待我！我再也没想到你们能干出这样龌龊和缺德的事情！在这个世界上，我究竟能相信谁呢？爸爸呀，妈妈，啊，我这个可怜的人！在你们死去以后，就再没有一个人真心疼我、关心我、可怜我吗？……而且，你们这样做败坏了那个姑娘的名誉呀！难道她也妨碍了你们不成！"

泰外库倒在了土炉边的平台上，他大声哭起来。

人们说，弱者的眼泪是令人同情的。而泰外库，虽然他有一米八九的身材，八十多公斤的体重，虽然他外表是强有力的，从精神上，他却是十足的弱者。这样一个外表的强者和内在的弱者的号啕大哭更是令听者心胆俱裂。米琪儿婉又气又难过，她像傻了一样。雪林姑丽的样子也同样的狼狈，她说不上话，又弄不清到底是为了什么与他究竟在干什么。泰外库的哭叫吸引了几个过路者和邻居，他们在一旁围观，既无法询问，又无法劝解，但人人都感到沉重、愁烦。只有一个人，既兴奋喜悦，又因为同情泰外库的遭遇而热泪横流，虽然他还弄不清泰外库到底碰到了什么。这个人就是章洋。

章洋被丢到小屋里以后，他出来到处追寻泰外库。哪里也找不着。谁知，得来全不费工夫……一阵哭声把他引到了这里。

泰外库哭了好久，章洋带上玛依娜尔翻译去进行教育，泰外库也不听，最后，泰外库哭完了，他站起来说：

"背信弃义的人总会受到惩罚！"

他走了，章洋连忙追了出去。

伊塔汗抱着米琪儿婉的女儿站在一边，心软的老太婆又惊吓、又心痛、又难过。忽然，她想起了一件事，脸变了颜色。她把小女儿往米琪儿婉身上一推，撂下孩子，以年轻人的敏捷登上了土炉口，她打开炉口盖，一看，惨叫了一声。

一炉馕，全变成了煳炭，完蛋了！

从章洋那里谈完话,泰外库又来到了麦素木家里。他不用杯子,拿起多半瓶酒咕咚咕咚一气喝到肚子里。麦素木拿来了钢笔、墨水、几张白纸,并且掏出了他最心爱的小笔记本。在麦素木的指导下,泰外库歪七扭八地写了一份控告伊力哈穆的材料,他自己也没有弄清究竟写了些什么,他模模糊糊地知道自己是在复仇,是在惩罚背信弃义的骗子。后来,他完全失去了知觉,在失去知觉的情况下,他按上了手印。

后来,这份控告材料被扔进了大队工作组的检举箱里。

小说人语:

重读到打馕和面,随着面团的均匀与成形,面团撞击木盆的声音变得越来越清脆的时候,万端感慨。小说人在伊宁县(现已划入伊宁市)巴彦岱红旗人民公社二大队一生产队阿卜都热合曼赫里倩姆家里住了六年,他至少注视与倾听过赫里倩姆大姐和面数百次,目睹她自己或与伙伴协同打馕数百次。她是个善良、单纯、外向、不无娇气的女子,她到老都保持着轮廓与身材,她从未下地参加过劳动,一位记者友人来这个农家来见小说人,甚至发表观感说她老人家的风度像是来自巴黎。

吃过她打的多少馕、做过的多少拉面与拌萝卜条啊。一九七一年小说人离开巴彦岱后不久,她患了眼疾,一九七三再去看她的时候她已失明,小说人给大姐喂过食物……四十载倏忽过去,亲爱的赫里倩姆妈妈(维吾尔人称姐称母可以相通)呀,你和面的渐趋清脆的声音永存,你的馕香永存,你对小说人的照料永远被感激,你的在天之灵永被纪念并永远佑护着家乡老幼。

赫里倩姆妈妈千古!

第五十章　章洋读稿　扣帽子老尹成右倾
　　　　　　组长交心　卸包袱穆萨打前锋

在公社队部召集的组长以上社教干部会议上,发生了激烈的争论。

在尹中信主持下,会上介绍了清水大队和新生活大队开展四清工作的一些情况,清水大队,代表干部问题严重的一种类型,新生活大队则代表干部队伍相当好的一种。同时,尹中信提出了爱国大队七队乱搞小突击的问题,对这种做法提出了批评。尹中信是这样说的:

"我们的工作有重大的意义,我们的工作干部受到农民的欢迎和信任。这就更加加重了我们的责任,却没有给我们以颐指气使的资本和权利。解放以来,我们在农村进行了大量的工作,才有了今天的人民公社,才有了今天的渠道、拖拉机、条田和小麦良种,我们来搞四清,是在这一系列工作,在社会主义革命和社会主义建设一系列胜利的基础上进行的。我们不能割断历史,以为我们没有来以前农村的工作一无是处,一切要我们来了以后重新安排。在这个少数民族地区,我们更不能把自己看成救世主、看成天神,而把广大农民包括农村的基层干部看成群氓、看成混沌无知、嗷嗷待哺的孩子。更不要以为只要我们能多讲一点政治名词,能宣读几个文件几篇社论,开会的时候能成本大套地说一通就一定比农民,比农村干部高明多少,或者就能对农村的工作一定有多么了不起的作用。不,不一定的。为了做好工作,首先得了解这里的农村,了解农村阶级斗争、生产和各项工作的客观规律。了解本大队、本生产队的实际情况和特点。了解群众的情绪和要求,我们能做的工作,只能是事物的客观过程所要求我们做,而且事物的发展已经提供了解决的可能的。只能是群众已经认识或者经过教育可以认识,可以做得到的。这样,我们的工作就促进了人民公社的发展过程。这就是我们的任务,不应该做得比这个更少,也不可能比这个更多,弄不好,主观主义,自以为是,瞎指挥,就只能起相反的、消极的作用。

"清水大队和新生活大队的工作,好就好在他们是实事求是的,又是依靠群众的,有什么问题就解决什么问题,有多大问题就解决多大问题。清水大队揭出了一个大贪污集团,这是他们的成绩。新生活大队没有这样的贪污集团,他们着重健全财务制度,改善干群关系,发挥贫下中农的作用,制定农田建设的全面规则,这也很好。而爱国大队七队就搞得不太好。我们的个别同志在那里孤家寡人,脱离群众,用想当然的主观臆断来代替对实际情况的调查研究,实际上是颠倒了敌我和是非,这是值得我们大家引为教训的……"

章洋在来公社参加这个会以前两天,收到了泰外库签名、按手印的对于伊力哈穆的控告,并叫玛依娜尔译成了汉文。于此以前,何顺已经把库图库扎尔对伊力哈穆的揭发谈话记录归纳、整理出来。章洋又亲眼看到了泰外库怒斥米琪儿婉、悲愤痛心的场面。汲取上一次轻举妄动的教训,章洋力求普遍地问了问、听了听社员们对于库图库扎尔和泰外库的反映。对于前一个人,虽然在重用包廷贵的问题上人们略有不满,普遍还是很尊重这个减租反霸以来一直奔奔走走、出头露面的老干部的。至于后一个人,更是众口一词,一致肯定他是个光明正大、勤劳直率的青年。而且,他还有一个好条件,他从来没有当过一天干部,没有管过一件哪怕是记工分之类的事,这才是真正的干干净净、清如山泉的社员。这样一个社员,(而且据了解他曾经是伊力哈穆的好友。)现在写了材料,又对四不清干部的老婆(米琪儿婉)进行了面对面的斗争,这实在是一个极其令人鼓舞的发展。这不能不归功于他组织的那次"小突击"。

　　这样,回想起来,他组织的那次小突击并没有什么不对。库图库扎尔说得好,尼牙孜被谁打了,这不是问题的实质,他组织的那次会并不是要审理一个小小的殴打案件。在尼牙孜和伊力哈穆的关系上,尼牙孜是受害者而伊力哈穆是加害于人者。尼牙孜的牛的死亡,这不是众所周知的吗?尼牙孜欠了那么多账,这难道不值得同情吗?而且,说实在的,新生活大队提供的关于尼牙孜挨打的情况就一定那么可信吗?章洋不过是不准备花更多的精力纠缠在这样一个具体问题上罢了。

　　那么,为什么尹中信要批评他呢?翻一翻泰外库的"控告",看一看库图库扎尔的揭发,想一想尼牙孜的申诉,互相都是吻合的,可以互为旁证。再想一想集训期间反复学习的文件,他更感到自己做得很对。

　　自己对。谁错呢?尹中信,尹中信太右了,这就是结论。

　　熬红了两只眼睛,吸了二十五支纸烟,点了三支蜡,章洋自己动笔写了一份厚厚的材料,内容和题目都很长。题目是:《从四不清干部伊力哈穆的猖狂反扑看我公社社教工作队领导思想的右倾》。

　　章洋到公社开会去了,提包里揣着这三份材料。三份材料使他胸有成竹,但他暂时不告诉任何人。对于他这个锋芒毕露、好表现自己的人来说,他费了好大的劲才压制住自己把这几张王牌打出来的冲动。在尹中信讲话的时候,他沉默不语。在按大队分组讨论的时候,他一言不发。这三份材料不仅是王牌,而且要当炸弹用,要在关键的时刻投掷出来。

在会议的最后一天,从县工作团来了一个宽额头、秃顶的负责同志,他参加了全体会议,并且准备讲话。章洋看准了机会,要求发言。

章洋当着县工作团领导的面,宣读他连夜写就的长篇材料。另外两份材料,包括泰外库写的维语原稿和译稿,他拿起来让大家看了看。"因为时间关系我就不一一念了,"他说,"这里有细致的罪行材料。但是尹队长批评我们,说我们颠倒了是非。不,我们没有颠倒,事情是尹队长包庇四不清干部。上级已经多次指出,在四清中,右倾是主要危险。即使是尼牙孜被人打的问题,我看也还不能说就是尼牙孜诬陷伊力哈穆,退一步说,也是各有各的账,首先是伊力哈穆迫害了尼牙孜才引起尼牙孜的报复。让我们对照文件材料来衡量一下尹队长的讲话吧!"

章洋的发言使与会者吃了一惊。虽然大家不了解七队的一些具体情况,但是,章洋的气势汹汹的样子,他扣到尹中信头上的"右倾""包庇"的大帽子,还是很有些威慑力。人们的目光不由得集中向尹中信。

尹中信在自己的长期的革命经历中碰到过不止一个章洋这样的人,他们一知半解,却自以为唯有自己是最革命的。他曾经引导过好几个这样的青年同志去接触实际,去逐步克服那种主观片面、华而不实的毛病。章洋的不同点在于他不接受任何引导,不接受批评,而且越来越咄咄逼人、反扑过来了。

这是为什么?泰外库的控告是怎么回事?究竟是谁在给他提供炮弹呢?又是什么力量鼓舞着他呢?显然,仅仅从下面,从农民当中找原因是不够的。

在没有弄清泰外库的事情以前,尹中信不想再在会上与章洋纠缠七队的具体问题。他考虑,总结会议的时候再次强调一下调查研究与依靠群众,而把七队的事情暂时摆起来。

但是,就连这个比较和稀泥的想法也没能够实现。因为,县工作团的领导说话了,这位领导讲话的调子是对章洋的极大支持。他有一些似是而非的论点,大意是说,实事求是,依靠群众,当然是对的。但讲这两条要看时机:现在是运动初期,过分强调实事求是就会束缚群众的手脚,过分强调依靠群众就会发现不了真正的积极分子。他肯定说,"小突击"的做法是经上级肯定了的行之有效的经验,凡是农村干部,都应该加以审查考验,共产党员连死都不怕,还怕小突击哪怕是大突击吗?还怕党的考验吗?

……如此这般,会议就这样结束了,尹中信没有再讲话。开惯了每一次都得出明确一致的结论的会议的工作干部们,大都感到茫茫然,惶惶然。

秃顶宽额的县工作团领导同志要去了章洋的材料。三天以后,这份材料摘要刊登在县工作团发行的《四清通讯》上。

尹中信被叫到县上参加团部召集的工作队长以上干部会。在这个会上,尹中信被说成"右倾"的典型,受到了批评。

尹中信的思想越来越沉重了。实事求是和依靠群众,这是毛主席的一贯教导,为什么一强调这两条就成了"右倾"呢?不调查研究,不分清是非敌我,见干部就"突击"一下,这算什么样的"左"呢?这简直是孩子们的游戏,一会儿你演汉奸,一会儿他演国民党特务,大家轮一遍。尹中信有丰富的斗争经验,许多的成功和失败教会了他,一定不要被那种咋咋呼呼、张牙舞爪、言过其实、吹牛放炮、强词夺理、矫情做作、语出惊人、天花乱坠、以气壮势、以势压人的一套货色所唬住。实践证明,往往还是那些平易近人、符合常识、符合人们的正常的思维规律的东西更正确一些。解放战争期间,部队进行三整三查,他那时担任一个团的副政委。下边有一个营,营教导员是一位章洋式的人物,连长相都很相近,说话结巴而又性急。几天之后,他汇报说他们营里搞出来了派遣特务若干、逃亡地主若干、隐瞒历史和成分的阶级异己分子若干……比例数字高得吓人。这位性急而结巴的教导员以此为成绩,大大地卖弄了一番,甚至卖弄得使其他几个营觉得自己营里没搞出统字号人物①颇有些脸上无光,低他一头。尹中信却不相信他的汇报,他不相信这种玄而又玄的事情。他带领团政治处的两个干部到那个营作了调查(当时师里有个别领导很欣赏这个营的搞法,已经准备推广那位教导员的经验了),克服了种种阻力,他终于弄清了,那位教导员是用我党所决不允许的"逼供信"的方法来"搞出"那些"成绩"的。再深一步了解,恰恰是那位性急的结巴教导员,历史上有一些遮遮掩掩的事情,唉,越是自己心虚,搞别人就越是急火攻心,偏激得发疯。

尹中信深知,我国是一个小资产阶级占优势的国家,小资产阶级汪洋大海一样包围着我们的党、我们的干部队伍。小资产阶级的动摇性、投机性、狂热性往往也反映到我们的队伍里。他见识过不算太少的这样的干部,要什么有什么,上级要先进人物,他主管的部门就净是先进人物。上级要阶级斗争的动向,他主管的部门就净是有动向的阶级敌人。上级刚开会推广某个经验,他就总结出学习这个经验的经验来。上级让他调查某项措施的优越性,他立即可以总结出十五至二十条优越性,还有群众的反映、有俚语方

---

① 指国民党军统、中统的特务。

言、有顺口溜,证明除了敌人人人拥护这项措施。而当上级决定改变或撤除这项做法的时候,他立即毫不脸红地又可以总结出十至十五条发言证明改变或撤销这项做法的必要性,同样有群众反映、有俚语方言、有趣话和顺口溜。而且遗憾的是,至今仍有人视这样的人为宝贝。

在长期的革命斗争中尹中信学会了辨认这些投革命之机的先生们;学会了不让这些招摇过市、嘶声叫卖的"革命家"先生们扰乱自己思想和工作。但是,这次,他面临的事态要严重得多。一种人们最忌讳、最可怕、最无可挽救的判决,一种好像政治上的麻风病或者血癌一样的"疾病诊断"——右倾,已经降临到了他的头上,而做出这样的诊断的森严的医师,并不是在伊宁市汉人街骑着毛驴逛荡的江湖药贩子,却是有着相当的权威和堂堂的证明执照的正式"大夫",这使尹中信万分抑郁。

究竟是谁"右倾"呢?难道这种把农村看得一片漆黑,不分青红皂白乱"突击"的思潮反而是正确的吗?

一九六四年,正是提倡"带着问题学""立竿见影"的年代。诚实的尹中信也很想这样实践一下。他"带着问题"读了许多革命导师的著作,找不出一个现成的、得以"立竿见影"的答案,不,答案不在哪一句话或者哪一段文字里,答案只有从毛主席的一贯教导中去找。答案只有从他这个共产党员的良心和勇气中去找。

在县委招待所,人们看到尹中信常常一连好长时间出神地看着毛主席的画像。

与此同时,章洋的工作也进入了新阶段。

首先,他立即搬到了泰外库"家"里去住,留下了萨坎特与何顺仍然住在尼牙孜家。他觉得他很聪明,既表达了对苦大仇深的泰外库揭批伊力哈穆的支持与亲近,又多少与群众反映不好的尼牙孜拉开了一点点距离。他的政治手法是多么细腻、多么艺术啊。

自从章洋住进来,泰外库就觉得没有了自己待的地方。如果是夏天,泰外库很可能就风餐露宿,再不回他的那间住了一个与他绝无共同语言的章洋的小房子了。可现在又是冬天。他在供销社门市部待上一会儿,天一晚,人家就要关门了。到旁人家串门去吧,从和米琪儿婉嚷嚷完了,他似乎与整个家乡、亲人、村庄包括牛犊与羊羔掰了,他硬是觉得自己抬不起头来,他毫无兴致。回到自己的房子吧,喧宾夺主的章洋正在那里写材料,要不就扫地、烧火、煮开水。泰外库只好缩在靠门的一角,坐在锅台的一边或唯一的一个小板凳上,生活起居上,他完全听章洋的摆布。

章洋确实是很热情,很愿意使自己和这个深受伊力哈穆迫害的、苦大仇深的孤儿建立起亲兄弟般的关系,如果他坚持和这个孤儿同吃、同住,甚至盖同一条被子睡觉,那确实是他的一个资本,是可以夸耀的,是可以引起领导的重视的。但是泰外库没有给以同等的回报,他根本不说话,章洋也不懂维吾尔语,加上泰外库是个单身汉,如果让玛依娜尔总是守在这里充当译员似乎诸多不便。干脆,一切章洋自己动手,连伙食基本上也是章洋执炊,泰外库和他一起吃。泰外库劈柴、买菜买肉、挑水,章洋烧火做饭。章洋这个人对于泰外库虽然是陌生的,他的行为和语言也是泰外库所难于理解的。但总的来说,还是给了泰外库一个城里来的干部的印象。章洋多次向他进行"教育",鼓励他进一步破除顾虑揭发坏人坏事,泰外库机械地点头称是。

另一方面,章洋接连组织了对伊力哈穆的批斗。在公社的四清干部会议之后,特别是在县里的《四清通讯》上刊登了章洋的"看右倾"的文章之后,章洋感到自己完全占了上风,他逼迫别修尔对他的批斗、处理伊力哈穆的计划不再坚持反对。"我就不相信整不倒一个伊力哈穆",他的这个"信心",渐渐变成了决心,又从决心变作了他的做事的核心,最后变成了已成事实。

吸取上次"小突击"的教训,章洋做了许多工作。他不但找一些人个别谈了话,而且放宽尺度,召集了党、团员会议和贫下中农会议,又召集了一切对伊力哈穆不满的斗争骨干会议。最后一个会议的参加者不但有尼牙孜和库瓦汗,也包括包廷贵和郝玉兰,他更破格邀请了曾任生产队长的穆萨。他想起了列宁的名言:不要拒绝十五分钟的盟友。他还叫人通知了麦素木,但是麦素木称病没有来。

然后,才召开了全体社员大会。在这个会上,章洋传达了县工作团负责人的"指示",却把尹队长的讲话全部封锁起来,然后,他逐字逐句地宣读了《四清通讯》上的他的那一篇大作。

淳朴善良的农民们啊,他们相信党,拥护政府,对党的文件从来说一不二。他们以为,像《四清通讯》这样的上级发下来的铅印成文的东西,就是党的意图、党的声音。对于党,对于大家都承认的解救他们脱离了苦海,给千家万户带来了无限的光明和幸福的伟大的党,难道还有什么信不过的么?如果有怀疑,他们宁愿怀疑自己。他们听着章洋的传达和宣读,他们的头昏了、眼花了,愁云笼罩在他们的脸上、心上,他们惶恐地、紧张地垂下了头。

艾拜杜拉沉默了,打击改变了他的朝气勃勃的面容。"文件"里谈到了"新式恶霸"伊力哈穆,竟然抢夺了一个孤儿、一个苦大仇深的雇农的妻子与赶车鞭子,给了自己的弟弟。这种令人发指的污辱使艾拜杜拉好像挨了一鞭,打得他浑身冒火。同时,他又像被浸泡在冰水里,连血管都在冰结。

阿卜都热合曼蜷缩了,他的身材好像更加矮小。"文件"里提到伊力哈穆破坏四清,竟把工作干部安排在一个"二队长",一个叛国分子的亲属家里。这显然是指他的哈丽姐,在揭他的最痛最痛的疮疤。疮疤揭下来了,鲜血在流滴……

庄子上的人也被通知参加这个会。廖尼卡也来了,听了"文件",他好像挨了一颗子弹。"文件"上说,伊力哈穆曾经指使一个有重大犯罪嫌疑,曾被公安部门逮捕(按:是拘留,但如今,硬说是逮捕以加强文章的修辞效果)的修正主义分子,用一只死乌鸦来威胁一个敢于给队长提意见的贫农。上界方七日,世上已千年。在廖尼卡守着水磨转的短短一个月里,队里究竟发生了什么事情呢?他晕眩了。

连豪爽泼辣的再娜甫也被扼住了喉管。"材料"说,"猖狂"的伊力哈穆,指使一个干部家属,"猖狂"地辱骂一个"贫农家属"。素来不吸烟的热依穆在会场上接二连三地卷起了莫合烟,烟吸得他嘴唇麻木,眼泪花花……

材料牵扯了许多社员。伊明江也蔫了,因为"文件"提到了伊力哈穆及其"狗腿子"扣留了尼牙孜的牛。更不要说乌尔汗了,她像一只惊惶的兔子,"材料"里提到伊力哈穆对一个"反革命盗贼的老婆"、一个"投敌未遂"的女人百般包庇,关怀备至,甚至"材料"的词句还包含一些使她作为一个女人无法听下去的暗示。

宣读完毕,根据章洋的部署,打先锋的应该是泰外库。泰外库眼睛塌下去了,二目无光,面孔瘦削,胡须老长,动作僵硬,连脖子都像受风"落枕"。从大骂米琪儿婉的那一天起,他一直像一个接受了催眠的梦游者,他拿着章洋修改过的他的"控告"稿,结结巴巴地念道:

……我揭发,我控诉,伊力哈穆和米琪儿婉,他们欺骗了我,他们不是好人!

他们是新式的恶霸,他们破坏了我的家庭,夺走了我的妻子,又夺走了我的鞭子……

他们挑动我与包廷贵打架,破坏民族团结。

他们迫害尼扎洪。

他们打击穆萨,他们排挤大队的库图库扎尔大队长。

他们……

念到具体揭发的地方,他的声音越来越沙哑,他的口齿越来越含糊,他的"控诉"变成了蚊子哼哼,忽然,他一句话也没说,不念了,走了。

章洋说,由于伊力哈穆的欺骗与迫害,泰外库同志身心受到了严重摧残,以致未能把讲稿读完。他指定了萨坎特,把泰外库没念完的讲稿念了下去。

这次会议的最后,选举出席全公社贫下中农代表会议的代表,章洋提名泰外库,全体通过了。伊力哈穆也举起手表示赞成,但是,章洋说:"你没有资格举手。"

没有办法。只好如此。你只能这样。你要学习。你要做事。你要上工。你要站着听大家坐着批判你。你要承担污辱。你要受着。你要对自己说:契达①! 你要对自己说:迈哩②!

第二天,全天停止生产继续开会。

头一个发言的是尼牙孜。有两个流里流气的青年,一九六四年因为夏收时不合质量曾被伊力哈穆批评,并且在记工分时没有给他们头等工分,他们为此也发了言,但他们不大会在会上说话,

---

① 维吾尔语,忍耐。
② 维吾尔语,也就这样子啦。

说起话来东一句西一句,说着说着忽然就坐下了。包廷贵和郝玉兰也发了言,他们着重讲了一九六二年的死猪事件,指责伊力哈穆企图制造事端,为苏修效劳。他们的发言是帽子扣得最大,原则拔得最高的,使与会者听了大都觉得心怦怦然。

听着这些发言,有一个人坐立不安,抓耳搔腮,心里痒痒得不行。他就是穆萨。别人发言,他着急,总觉得别人不会说话,口齿不清,叙述混乱,说不到点子上,语言也苍白无力,同时,他代为设想,这一段话如果由他穆萨来说,将会如何痛快淋漓,精彩绝伦,语惊四座。他的老婆马玉琴看出他那种跃跃欲试、不甘寂寞的样子,中午休会期间警告他:

"孩子他大,咱们可再别裹进去瞎搅和,刚过了几天安稳日子。这里头到底是怎么些子事,谁知道?咱们可不能昧良心。您也别以为怎么乱哄一下又能上去当干部,算了吧,上去得越高跌下得越重,咱们的儿子、丫头还小,还都没出过麻疹呢,咱们要敬胡大,守清真的规矩,小心翼翼地过日子……"

"那还用说吗?他娘,你放心,"穆萨捋着胡子,和颜悦色,真像个模范丈夫,对自己的这个年轻的回族媳妇,确实也是满心欢喜,"我不是傻子,我不是小孩子,想煽动我,做梦!现在的事当我看不清?库图库扎尔和麦素木勾结起来,拿咱们这个组长当猴耍呢!我才不给他们说话呢。我有老婆,有儿子,也有女子,还有院子、园子,桃子、杏子、苹果子……我还要什么?明年,我打算把咱们那几棵苹果树全给它砍了,品种不好,再说伊犁苹果又多卖不了几个钱。明年,和兵团园艺场联络联络,我要弄它二三十株桃树苗来,咱们用不了的,给你娘家的亲戚……"

下午,去会场的时候,当有的社员问穆萨"您怎么不发言呀?"的时候,穆萨轻蔑地一笑:"我才不管这些闲事儿呢。我早就看穿了。今天你批判我,明天我批判你……反正不能让你闲着,尤其是冬天。上级那是真关心咱们啊,老是给咱们解闷儿。就是这么一回事。我要是想管这些个,前年我何必辞去队长?当个干部值几分钱?抢砍土馒最……"穆萨的话没有说完,因为章组长叫住了他。

章洋把他叫到会场隔壁的办公室,章组长说:"穆萨呀,据了解你是个很有威望的人呢。"一句话穆萨的眼睛就瞪起来了,"我们希望你积极参加斗争,当个积极分子呢,上次开会是我坚持通知了你,我对你充满了期待。"穆萨的胡须开始上翘了,"大家都盼着您讲一讲呢,"穆萨开始挽袖子了,只因为是冬天的棉衣,才没有能挽到胳臂肘以上,"你是不是有什么思想顾虑呀?背包袱呀?你的问题我们已经了解了嘛……"

穆萨站了起来,抬起一条腿踩到板凳上:"我没有顾虑,我没有包袱。只要组长一句话,我穆萨就能冲上去……"他的牙齿开始龇出来了,他大幅度挥动着手臂。

在下午的会议开始后,穆萨第一个发了言,他揭露,就在最近,在小突击以前,伊力哈穆曾经找他摸底,打探情况,而且向他发泄了对组长的不满,败坏工作干部同志的威信……

呜地一阵风,吹开了他的禁锢的心灵和欲望,本事、威风、冒险、利益,一只只的小鸟在他头上飞翔。乐天知命、随遇而安、俯身赔笑的庸人穆萨,又开始向大吹大擂、野心勃勃、胡作非为的冒险家穆萨转变。越是发言,他就越是高兴,他越尝到了甜头。树立自己的办法莫过于骂别人,在这种场合骂伊力哈穆,真是又安全、又便当、又露脸、又得利。一条云雾之中的登高大路,一条不大牢靠、却很诱人、前些时候被封闭了的大路,还有骏马奔腾的幻影同时展现在了他的面前。他侃侃而谈,抑扬顿挫,神采飞扬,与一小时以前的穆萨判若两人。马玉琴面如土色,悄悄地擦眼泪,她知道,从这个下午开始,穆萨又不会再听她的话了,又一场灾难降临到了她们的家庭上空了。

伊力哈穆静静地、仔细地听着章洋报仇雪恨的号令和宣读,听着一个又一个的发言。他被剥夺了申辩的权利,只许听,不许张口。

他愤怒。世人们都知道强盗的横霸和杀人犯的凶残。还有一种同样横霸、同样凶残的事情,那就是平白无故地陷人于罪,捕风捉影、似是而非、罗织罪状、置人于死地。有这么一些鸟人以此为乐,只要有陷人于罪的机会就宁可放弃自身的头脑包括良心。而且还有阿卜都热合曼、艾拜杜拉、雪林姑丽、再娜甫、廖尼卡和乌尔汗都连带受到了那种恶毒的、肮脏的和轻率的言语的损伤。而尼牙孜、包廷贵之流正在张牙舞爪。他们虽然没有劫掠人们的财产和生命,但是,他们企图掠夺人们的灵魂,掠夺人们的荣誉、尊严、友谊、信任和良心。他们也是强盗,也是杀人犯。

他痛心。他看着泰外库,像看着一个中了毒的或者发作了癫痫症的少年。他感到的与其说是气恼,不如说是焦急和怜悯。那一天,米琪儿婉把一炉馕全部打坏了的那一天,米琪儿婉的样子像是刚刚挨了大头棒,被打得发生了脑震荡。人们可以经受敌人的屠杀、酷刑,可以受住坏人的诬蔑、攻击,可以受得了外人的挑剔、苛责;但是,人们往往难于忍受自己的亲人和好友的哪怕是一点点的不理解。米琪儿婉好像得了重病,伊力哈穆也同样地难过和震惊,同时,伊力哈穆预感到了一个大阴谋。

他思索。这个阴谋究竟是针对谁的?究竟要达到什么目的?谁是操纵这一切的人?他回想起一九六二年春天他回乡以来所发生的一切,他知道一场短兵相接的厮杀已经在所难免,他甚至有点高兴了,因为兴风作浪的鱼儿快要浮出水面了。

他惊奇。为什么这一切配合得那么好?特别是章洋同志为什么配合得这样好?章洋与他无仇无冤。章洋不像是坏人。他用尽了一切力量,采取了一切办法来争取章洋的了解,并给章洋的工作以最诚心的帮助。但是,他没有达到目的。章洋一步一步越来越和他对立,越来越成为尼牙孜和包廷贵、库图库扎尔和麦素木的代理人和工具。他甚至要说,章洋做的事情有利于境外的敌对力量。可是,为什么县里工作团的领导正儿八经地印出了那样的"文件"呢?他没办法想下去了。

他耻笑。当尼牙孜发言的时候,他忽然想起了这位泡克的"诊断证明",他费了好大的劲控制住自己不要笑起场来。尼牙孜的来历是很可疑的。他在南疆究竟干过些什么?外调材料始终没有确切的结果,因为他自报的经历很可能就是完全伪造的。但也有可能,他最主要的问题并不在于历史与家庭出身上。无论如何,从感情上说,这是个站在社会主义的敌对方面的人。穆萨的表演也使他啼笑皆非,头几天他还欣喜地看到穆萨的进步呢!出尔反尔,毫无人格,多么可笑,可怜,又可悲。他一转头,无意中看到了马玉琴的羞得通红的面颊和挂在眼角的泪水。

他也感到温暖和熨帖。尽管章洋宣布不准他和旁人任意交谈,串通一气,也不准旁人去向他通风报信,尽管一个小小章洋就剥夺了他的人身权利,尽管会场上压力重重,没有人和他握手问好,他还是看到了许多社员的亲切的、同情的目光,他看到许多忧愁地低垂着的头,他看到了马玉琴的眼泪。尤其使他感动的,是波拉提江,这个孩子在会议快要开始的时候,在别人不注意的时候,突然塞给他一块烤南瓜。是他的妈妈乌尔汗叫他送来的吗?是聪明懂事的孩子自己送来的吗？同样地暖人心肺。

他一直站着。因为，不准他坐下。他老老实实地站着。清白无辜，满腔热血，一颗诚心。"毛主席，您知道吗？"他在心底问。

"他老人家是知道的。"他回答自己。"他老人家是不知道的，正因为毛主席不知道，才会发生这样的事情。"他又想。想过来想过去，他还稍微能够契达——忍耐下去。

小说人语：

那个年月，这一章竟然痛快淋漓地、沉痛已极地痛批了后来称之为极"左"的无端迫害、阶级斗争扩大化！

极"左"者往往，第一是自己心虚，第二是意在投机，第三是脱离生活脱离常识，第四是潜雄辩癖，他们每天自己与自己在腹中进行潜辩论，每天都获得雄辩金牌，同时每天都感觉到少辩论一句话自身就会崩溃与颜面扫地！最后他们是偏执狂，拉着一副半人半狼的面孔，居然自封、自信、自命为"一直正确"的革命的小领导！

是的，粗暴常常能战胜文雅，凶恶常常能战胜善良，死皮赖脸常常能战胜谦谦君子，装腔作势常常能战胜平易近人，然而至少还有文学，还有人心，还有恩怨情仇的记忆故事，还有"听评书掉泪、替古人担忧"的普通受众。

苏共二十大后，文学作品有一个说法，就是说所谓极"左"的那些做法，"毒化"了生活。呜呼，让我们默哀，让我们纪念与回想那曾经被不同程度地毒化了的、仍然不失健朗的异趣的生活。

穆萨是多么可笑，多么可爱，他有点游戏人生、游戏阶级斗争的潇洒与闹哄劲儿。他做到了维吾尔的谚语：出生以后，除了死亡，都是游戏！

第五十一章　前夫样子　昔野马也今呆熊也
　　　　　　　姑娘剪影　那样可爱那样孤独

雪林姑丽是软弱的吗？曾经是的。她温顺,寡言,爱哭,毫无保护。艾拜杜拉为了这曾经劝导过她多少次呀。艾拜杜拉说:

"你还记得么,我们刚上小学的时候,那个被娇惯了的小流氓,他每天欺负我,他把沙土扔到我的书包里,把我推到泥坑里,还管我叫'丫头子'。我一声也不吭,我不愿意和人打架。他以为我是不懂还手的,有一天我正在做功课,他把半瓶墨汁洒在我的作业本上。我跳起来'叭'给他一个嘴巴,他一个跟头倒在了地上,他爬起来抄起了棒子,我夺过了他的棒子,左手又给他一个嘴巴。他两边的脸肿得高高的,扬言要和我动刀子。同学、老师包括后来我的父母都很惊奇,他们从来不知道我会打人,连老师都警告我小心那个小流氓的报复……其实呢,一点事也没有,从此他服气了,见了我俯首帖耳,后来,我还帮助他提高了学习成绩。过了很久以后,他有一次说:'哎,艾拜杜拉,没想到你打人那么厉害！从那一次,到现在我一感冒耳朵就嗡嗡地响呢！'"

"……不记得有这么回事。我只记得有一次男生和女生打架,你抄起了一把椅子……你的样子真可怕,我以为你要砸死一个人的。"

"是的是的,有这么一回。其实我也是为了吓他们,哪里能真的往人头上砸呢！我们有多少办法？就有这样的人,视善良为可欺。我们退让,一次、两次,直到第十次,但是第十一次,我就一定要把他打回去,让他永远耳朵边嗡嗡作响……"

在试验站,杨辉也常常给她讲:

"不要怕困难,不要怕坏人,不要怕旧思想的习惯和流言蜚语。你如果不怕它们,它们就反过来会怕你的……我刚到伊犁工作的时候,也是阻力重重。一抬头,全是维吾尔人,男的留着胡须,女的穿着连衣裙,个子不比我高一头也高半头,说话叽里嘟噜,听不懂。我提出什么技术上的建议,没有人听,还有人拿我开心,说我的坏话……为了这,我不知道哭了多少次。赵志恒书记告诉我,第一要学会跑路,第二要学会说话,第三要学会吃饭睡觉,不管在什么条件下都要能吃能睡,第四要学会吵架,只要是为了生产,为了集体的利益,什么人都敢碰!只要你相信自己正确,你就不要低头,不要畏缩……"

还有再娜甫,还有伊力哈穆和米琪儿婉,这都是雪林姑丽的良师益友,美好的、智慧的语言是能赠予人的最高贵的礼物。他们的话语确实就比黄金更珍贵。然而,还有一个老师,还有一种语言,它比什么都更加强有力,比什么都更能说服人和改变人,它的名字叫做"生活"。

雪林姑丽是好面子的么?生活偏偏一次又一次地无情地往你的脸上抹下锈斑,然后打开聚光灯,让众人观看你的被涂丑了的双颊。雪林姑丽是娴静和内向的么?生活的浪潮却一次又一次地将你抛起又放下;到处都是雷鸣、闪电、风风雨雨,是明的和暗的旋涡和湍流,是纠缠不清的大大小小的结。雪林姑丽是文雅和纤细的么?生活偏偏不仅使你面对了粗犷,而且面对了野蛮,面对了狼虫虎豹——恰恰投枪与木棒就在你的手边。

在打坏了那一炉馕以后,雪林姑丽委屈地向杨辉诉说了事情的始末。"走,我们找大个子去!"杨辉拍响了桌子。怎么能让杨辉为这个分心呢？县农技站站长和报社记者马上要来了，他们要总结杨辉的工作，还要给杨辉照相呢。"您不用管了，我一定设法把事情弄个水落石出。"雪林姑丽说。

"那你先不要回试验站。七队的情况我知道一些，农村的技术工作从来离不开思想政治工作，你们队的几位人物我也都打过交道。他们要干什么呢？你不能回避，也回避不开。他们要在你身上做文章呢。"

于是，雪林姑丽留了下来，她出席对伊力哈穆的批斗会。开始，她简直不敢抬起头。她替直端端地站立在那里的伊力哈穆哥难过，胸口憋闷得透不过气来。她替那些随声附和、信口攻击伊力哈穆的人害羞，她不敢、不愿意看这些人的下贱的嘴巴，正像不敢、不愿意看一个外科病人的化脓的疮口。她万分厌恶那些造谣者和诽谤者，不管他们说得怎样好听，她也不想看他们，因为她从来不看长着红绿须毛的毛毛虫或长着花皮的毒蛇。她低着头来开会，却仔细地听着每一个发言和发言之间的沉默和唏嘘。沉默和唏嘘给了她许多力量，于是，她抬起了头。

她的目光触到了许多社员的目光，她们用目光交换着彼此的忧虑和同情。然后，所有的忧郁的、含泪的眼睛都集中看向伊力哈穆。"如果是我，"雪林姑丽想道，"如果是让我一次又一次地站在大庭广众之下，如果是让我一个小时又一个小时地恭听这些诬蔑不实之词，我将无法忍受下去，我将无法活下去的。"

然而伊力哈穆仍然默默地站在那里，有时，他身子动一下，他抬起手来搔一搔脸颊，他把全身的重心从这条腿移到那条腿，再从那条腿移到这条腿，显然，他有些疲劳，有些烦躁了。但过上一会儿，他又放松了身体，哪怕是无可奈何也罢，他似乎站得并不那么不舒服。伊力哈穆的样子有时候像是听得十分用心，他头微微歪斜,脖子略略前伸,口稍稍张开,似乎被发言吸引住了。有时候却又像是在想别的,他的眼睛在看别的影像,他的耳朵在听别的声响,他的心被吸引到别的事物上。他的脸上偶尔也显露出愤懑和痛苦,还有嘲讽和怜悯,但更多的是一种平静的思索、一种谦和的良善。

雪林姑丽目不转睛地看着伊力哈穆,从伊力哈穆的姿势和面孔上她好像体会到了许多。尤其她知道,伊力哈穆并不是为了个人,而是为了她雪林姑丽、为艾拜杜托、为廖尼卡和狄丽娜尔,为乌尔汗和波拉提江,特别是为泰外库,为了全体社员,其中也包括那些正在用粗暴的言语损伤着他的那些人而受过的。想到这里,她的喉头哽咽了,嗓子里好像点起了一把火,发生了许多辣的、苦的、割人喉管的烟。就在这个时候,伊力哈穆略一转头看到了她,他们的目光相遇了,伊力哈穆克制地、却是鼓励地向她一笑,憨厚地露出了上牙花子,笑的样子像是一个悄悄地做了好事,不追求表扬却终于被发现和表扬了的孩子。一股清凉的泉水熄灭了她喉头的火和烟,她整一整头巾,更好地坐在那里。

在停止生产开了一天会议以后,宣布第二天改为上午生产、下午开会。下午大家来开会,不知为什么屋里烟气特别大,一种刺鼻的、有毒的恶臭使人们无法进文化室。开开门吧,室内温度就会立即降到零下,有人进了屋里又被烟气臭气熏了出来,站在门口咳嗽。捅一捅用废油桶改制的铁炉子吧,屋里的烟气更大了。见到这个情况,伊力哈穆什么没说就走了,过了一会儿,他扛来了一个梯子,他攀着梯子上到了屋顶上,检查了一下烟囱,由于年久失修,烟囱堵住了,他脱下了棉衣的一只袖子,伸进一条胳臂去掏烟囱,他掏出了一团泥土、树叶和煤烟的混合物,胳臂上全是没有充分燃烧的烟灰末子,他的样子像一个煤矿工人。然后,他下了梯子,抓起几团雪洗了脸和手,这时,文化室的室内温暖和舒服了。他低头走了进去接受"批判"。在用雪洗完脸站起来的时候,他伸了一个懒腰,好像十分高兴。雪林姑丽甚至听到了他在小声唱歌,是维吾尔人最爱唱的帕哈太克里民歌:

把天下的树木都变成笔,
把江湖和海洋的水都变成墨,
把蓝天和大地都变成纸张,
也写不完领袖毛主席的恩情。

伊力哈穆的脸上一片光明。光明的脸上带着愁苦。雪林姑丽的心里一片希望。既然她信仰伟大的真主,她怎么能不相信和她一样相信真主的乡亲?

但是,雪林姑丽的光明心境被破坏了,因为她看见了泰外库,她的从前的丈夫。这个高大、强壮、粗野然而绝对正直的男子如今好像换了一个人,猥琐,萎靡,一脸的晦气和苦相,好像吃多了驱蛔药片。如果说从前他像一匹野马,现在却只像一头患了重症的呆熊。雪林姑丽一见到他,直觉得全身的血液都冻结了……昨天晚上,雪林姑丽给伊力哈穆送去了一点吃的东西,她才不管章洋的禁止与伊力哈穆来往的禁令呢。米琪儿婉说:

"我打问了好多人,就是有那么一帮子老婆子在胡说八道,在讲泰外库,而且还说是咱们两个人说出去的……我追问了半天,查不出来源来,但是,人们说,似乎前几天在古海丽巴依家里喝茶的时候听帕夏汗说起……"

"这些下流娼妇!"雪林姑丽第一次骂人了,脸涨得通红。

"这是一个阴谋,"伊力哈穆说,他甚至笑了,"我担心的是泰外库,他怎么这样容易上当……"

"我担心泰外库……"这话真使雪林姑丽热泪喷涌!

"我们应该去告诉泰外库……可又不方便,章组长住在他家,他不会允许我和他说话的……"

"我去说。"雪林姑丽第一次把一件难办的事揽到了自己的身上。

……终于,这一次她等到了散会,偏偏章洋又把泰外库和尼牙孜、包廷贵和库图库扎尔几个"积极分子"留下了,雪林姑丽在门外等着,她几次轻轻拉开门,透过门缝,看到了泰外库的心不在焉和不耐烦的表情。终于,泰外库向门口走来。

就在文化室的门前,在一个为了每年浸泡麻纤维做套绳而挖的坑边,雪林姑丽挡住了泰外库的去路。

"请等一等!"她命令说。并不顾忌身旁还有人过路。

"您?"高大的泰外库被瘦弱的雪林姑丽吓了一跳,"您好!"

雪林姑丽并不回答他,她的眉毛立起来了,她的目光尤其严厉,她说:

"听着,我告诉您几句话:我从来没有说过您一句不好听的话,米琪儿婉姐更是没有。那些毛驴子的话语,只有毛驴子才传播,毛驴子才相信,您如果还算是个人,您自己去问清楚,并且好好地想一想吧,可伊力哈穆哥到现在担心的仍然是您……呸!您让我感到耻辱!"

雪林姑丽一甩头就走了,迈着大步,迎着寒风。她计划的本来是另一种文明得多的说法,但是愤怒使她第一次啐了别人。她威风凛凛,说了,啐了,骂了,走了,把一头孤零零的呆熊丢在了一边。

泰外库低下了头。从那一天起,他的理智和记忆似乎都丧失了,混乱了。酒醒以后,他模糊地觉到自己做了一些很冒失的事情。"活该,反正不管怎么说,他们把我写的信拿出来取笑,我永远不原谅……"他安慰自己,坚定自己的怨恨,用怨恨填补心灵的不安和空虚。他还记得:自己在一种暴怒、绝望,一种非理性的狂乱之中,在麦素木的指导下好像写了一些什么控告伊力哈穆的东西。不久,章洋找他谈了话,拿出了他亲笔写的和签了名、按了手印的材料。那材料使他自己也怵然失色,譬如说什么伊力哈穆挑拨和制造死猪事件,这明明是昧着良心胡说。他想更正和辩驳,他甚至想抗议,但是他张不开嘴,难道他能说是在醉后、在别人影响下写的吗?那他不是成了个信口雌黄、自打嘴巴的长舌妇了吗?他默认了这一切,他失去了衡量是非和真伪的能力。他好像落在了一片黑暗之中。他想躲开章洋,他从来没有当过积极分子,他更不想当批判伊力哈穆的积极分子。但是章洋没完没了地纠缠着他,又是真心诚意地关心他和接近他,章洋有时候给他烧茶,帮他扫地,使他十分过意不去,章洋要他在会上念本来就是他亲笔写下的"控告",他无法推辞。反正事情已经是这样了,他从小就是孤儿,今后仍然是孤儿,他是戈壁滩上的一粒黄沙,他是盐碱洼地上的一株孤独的苈苈草。他开篇念了几句,念不下去了,但是章洋仍然热情地培养他,向他讲解斗争的意义,讲解伊力哈穆就是当前的马木提乡约,就是最危险的敌人。这些东西的灌输,更使他的头变成了一个装满了垃圾、死死实实、毫无空隙的筐篮——木头疙瘩。他的心似乎变成了冷冷的石块,他的血液也不再通流……就这样过了几天,他像一块木头,默默地参加了几次对伊力哈穆的批判会,在他完全没有想到的情况下,雪林姑丽向他说了一些十分愤激的话。

雪林姑丽说了些什么呢?雪林姑丽说的话对于泰外库像鼓槌敲打在树墩子上,没有能发出一下清亮的反响。

雪林姑丽走了,章洋走了过来,问:

"那是谁?她和你说了些什么?"

"没有谁。"泰外库加快了步子。

他回到家,和章洋一起喝了茶,稍稍休息一会儿,雪林姑丽似乎有两句话仍然在他耳边响。"我没有说过您的坏话,米琪儿婉更没有说过。"这话是什么意思?"伊力哈穆哥现在仍然担心您。"担心?什么是担心?他在问自己。他好像是隔着一道墙听到了邻居说话的声音,他听不清,更看不见隔壁的光辉,但是这声音是告诉他,隔壁有灯光,有人,有生活,自然这一切都不属于他。

"毛驴子!"雪林姑丽还骂"驴子"了吗?这是一根刺,似乎扎透了什么。算了吧,他挥挥手,把透风的小孔又堵住了。

章洋去主持工作组的会议,泰外库一个人躺在毡子上,一动也不动,灯捻在跳动,灯油已经不多了,泰外库也懒得坐起来添油。他干脆闭上眼睛,免得灯捻跳动看着难受。这些天,他懒得出奇,已经五天没有做饭了,每天三顿,都是奶茶就馕。章洋显然不习惯这种吃法,他都瘦了。

他听到了门声,他以为是章洋回来了,眼也没睁,一阵寒风冲向他的全身,奇怪,这个进来的人为什么不关门,这样的冬夜哪有进门不关门之理?他睁开了眼睛,他看到了一个黑影。

这是一个特别高大的女人,她的影子差不多挡住了整个门框,她穿着一件剪绒的短皮大衣,长毛绒领子翻在外面。披肩把头脸围得严严的。下身是一道长裙,露出了有些尖头的家乡的皮靴。……他屏住了气。在不稳定的灯光反照下,他看到了扩大了的爱弥拉克孜的身影。

"您在吗?"身影问。是的,她就是爱弥拉克孜。只因为泰外库躺着自下仰望,才显得身影特别高大。

"是您,爱……"泰外库坐了起来。

爱弥拉克孜不关门。任凭零下三十度的夜风吹进这间简陋的

房屋,她也没有容泰外库叫出她的名字。她说:

"我今天刚刚听到了您所做的一切,您,您,我要来告诉您……"

"请坐,请坐下谈呀……"

"不。我不是来做客的,也不是来看望您的。我来是为了做证,我是来充当证人的。请,您请,请不要关门,我说一两句话就走。米琪儿婉姐姐亲手把您的信交给了我的。后来信怎么传到了外面,我也不知道,但是,这只能由我负责,与米琪儿婉姐无关。我看着您的信,来了一个伤病人,就是尼牙孜,现在他是您最亲密的战友,是您的导师和父亲了吧?我忙着照料他,这中间可能发生过什么事情吗?我没有抓住谁的手,但是,我负责,米琪儿婉姐无辜。我万万也想不到您去诬蔑米琪儿婉姐和雪林姑丽,您辱骂她们,听说您现在还成了诽谤伊力哈穆哥的勇猛斗士……您真卑鄙,真肮脏……"爱弥拉克孜的牙齿咯咯地响,她说不下去了。

"爱弥拉克孜,您听我说……"

"不要叫我的名字,"爱弥拉克孜像被火烫了似的叫道,"从此,我不认识您,"她的声音呜咽了,"我难过,只是因为我后悔……看您的信的时候我流了那么多泪,我还以为我碰到了一个真正的男子,一颗纯洁和热烈的心……谁想到您是这样的不可救药的愚蠢。尤其可恶的是,您竟然那样心地卑劣,竟然听任,不是听任,而是和那些毒蛇一起去毁掉那些您本来应该尊敬和珍重的东西……您使我永生永世感到不是您而是我自己可耻、下贱、丢人!"

夜风灌满了小屋,水桶里的水正在冻结。煤油灯捻的光焰最后跳动了一下,熄灭了。在爱弥拉克孜的高大的身影的背后,在树影之间是闪烁的寒星……爱弥拉克孜转身离去。

泰外库屏神静气,任凭刺脸的寒风吹打着他,他没有穿棉衣,人好像快冻僵了,心里却感到了一丝丝暖气。

过了好长时间,似乎一切都凝结在那里了,地球已不再转动,时间已不再流逝。泰外库忽然站了起来,他穿上靴子,戴上帽子,却没有穿棉衣,他一件绒衣就跑了出去,向爱弥拉克孜走去的新生活大队那个方向追去,他奔跑着,跨越着,深一脚浅一脚。风越来越大了,把屋顶和树枝上的积雪吹到了他的脸上。他的脸颊反而热一些了。他迈着大步,奔跑着,像一匹好马一样地跳跃着,一溜烟来到了坟地旁边。这就是那一次泰外库为爱弥拉克孜解围,后来把手电筒借给了她的地方。他停了一下脚步,定睛向前看了看。下弦月已经升起,照着左面的荒滩、坟墓和右面的大片农田,照着前面的伸延到远方的大路,现在,荒滩、农田和大路又都隐没在统一的白雪的覆盖之下。白雪青光之中,泰外库看到了一个匆匆移动的小黑影……那就是她。

泰外库加快了步子,很快,他已经走近了,离女医生只剩了二三十米远。他已经利用月光看清了爱弥拉克孜的大披肩,看到了她的肩背在走路的时候的摆动,看到了她的有力的腿怎样迈上高坡,又怎样走下了低地,他还看到了下弦月送过来的杨树影,一道又一道地从她的背影上飘摇而过。他多么想追上去,走近她,拉住她的手,和她好好地谈一谈啊。在那一次她送还电筒之后,在伊力哈穆家土炉前的疯狂发作之前,他想了多少话要在下一次会面的时候告诉给她呀:他要向爱弥拉克孜诉说自己的过去和未来,诉说自己的过失和自己的天良,诉说自己的孤独和欢乐,诉说自己的好朋友和坏朋友,自我批评和今后的打算与愿望……他要披肝沥胆、敞开自己的灵魂、倾听爱弥拉克孜的检验、评论和解剖,从此爱弥拉克孜就是他最好最好的友人,哪怕她并不愿意成为他的妻子……

今天,他又见到了爱弥拉克孜,爱弥拉克孜又一次来到了他的不成样的房间。他的不成样子的生活……已经完全崩溃了……他能和她谈什么呢？姑娘呜咽了，愤怒了，这是他造成的啊。

他离爱弥拉克孜更近了，再迈几步，他就又可以看着她的骄傲的、轮廓分明有力的脸庞，他就可以哪怕是略微为自己解释那么一两句，或者是请求她的原谅，安慰一下她的心了……然而，他止步了。

"……我不认识您！"

他的耳边又响起了这好听的，却是宣判死刑的声音……他感到，他的身躯已经是彻骨冰凉了。

原来，已经到了离新生活大队医疗站不远的地方，他远远地看到爱弥拉克孜走近了医疗站的门，看到她在摸口袋，掏出钥匙，开锁的爱弥拉克孜走进去了，门砰的一声关得紧紧的，紧接着，电灯亮了，是爱弥拉克孜在拉窗帘，然后窗帘上映出了爱弥拉克孜的剪影，那样可爱，那样娴雅，又是那样孤独……看样子，姑娘在看书吧，但是，没有多久，她的头伏在桌子上，她的肩在一动一动，她又哭了。

"我不是人！我不是人！我不是人！"

泰外库呻吟着，悲痛欲绝，他抱住了一棵路边的小树，才使自己没摔倒在雪地里。

远方又出现了一个黑影，稳定，从容，大步向这边走来。泰外库转过了身，他冻得嘚嘚地发抖，他不想见任何人。

但是那人走到了他的身边，似乎在观察着他。泰外库自然用背背对着那人。

"泰外库！"

正在发抖的泰外库又是一个冷战，是伊力哈穆的声音，他转过了身。他看见了伊力哈穆，穿着山羊皮领子的崭新的黑条绒面棉大衣,他的眉毛上和胡须上,以及帽檐下面全是冰霜,他像一个白发老人了,然而,他的眼睛里跳跃着欢乐的火星,连泰外库都觉得了。

"我从县里来。"他解释说,"您为什么没有穿棉衣?"他拉住了泰外库的手,"我的胡大!这么冷,您会生病的……"伊力哈穆脱下了自己的短棉大衣,披在了泰外库身上。

泰外库又是一抖。他拿下棉衣往伊力哈穆手里一推,仍然穿着一件绒衣跑回去了,他好像是怕伊力哈穆追上来,跑得飞快。

伊力哈穆皱了皱眉,用手拂了拂脸上的冰霜,他看了看医疗站的房屋,这才恍然泰外库为什么出现在这里。他轻轻摇了摇头,又吐了口气。"会好的,"他自言自语说,"一切都会很好。"他又说。抬起大步,像一个接受检阅的战士,他向着泰外库身影活动的方向走去了。

小说人语:

六十年,已经写了一千五百万字了。

然而这一段,尤其是爱弥拉克孜谴责泰外库这一段,什么时候重读什么时候会把小说人自己激动得热泪盈眶、泪流如注,读一次大哭一次。

因为爱。因为尊严。因为痛心疾首!痛心疾首!痛心疾首!

陆文夫兄曾经婉转地说,本小说人首先是诗人。然而,这一回是小说,真正的小说,是戏也是情,是正义也是痛苦,是爱也是顿足,是严丝合缝的情节故事。

终于,小说人找到了自己,在幽默与游刃有余之外,在老练与左右逢源之中,找到了四个字:

痛心疾首!

第五十二章　没受不了　赛里木笑言也站会
　　　　　　　太对不起　乌尔汗哭诉被逼供

这天下午,伊力哈穆冒"险"去县上走了一趟。他的担忧和困惑是这样深远,他急于找领导同志谈一谈,他坐上班车,心中很不平静,三个多月以前,他在这里出席了先进社队的学大寨动员会,还得了奖。过去,从在这里确定县的建制的一九五二年起,他不知有多少次到这里来开会、学习、出差办事。即使有很紧急的任务也罢,他一坐上通往县镇的班车,就有一种旅行者的心旷神怡之感。我们的生产队长确实是太忙了,他们整天忙着拾掇那几千亩地、几道渠;不论是星期天还是星期五①,不论是古尔邦节还是落下第一次雪的日子②,他们难得有换一换环境的机会。因此,一旦他要到县里去,一旦行走在布满林荫的大路之上,过桥跨渠,绕行河滩,最后经过县城上以卖过油肉和大半斤(二百五十克拉面)而著名的饭馆,经过门市上是二层小楼,背后有一个占地好几亩的大果园的邮电局,经过有五间门脸那么大的百货店,来到县委会的时候,他总是感到特别舒畅、开阔,好像他是一个受到欢迎和招待的客人。但是今天,他的心情是沉重的,他左顾右盼,甚至还有点怕人,他不希望有什么人看见他是到县委去,他怕会受到阻拦、留难。他来到县委门口,甚至心怦怦跳了两下,本来是自己的县委会,如今,却需要

---

① 星期五是穆斯林的祈祷日。
② 维吾尔风俗,有时在一年的初次落雪的日子举行宴会、联欢、朗诵诗等活动。

他用一两分钟来平静下来并鼓起勇气走进去,这使他不能不苦笑了。

他向收发室说明自己是来找县委书记赛里木同志的,收发告诉他,今天全天召开县委扩大会,不接待来访者,在伊力哈穆说明自己来自不算太远的跃进公社以后,收发用电话联系了一下。赛里木在电话里对伊力哈穆说:

"少见啊,队长兄弟!您的日子还好过吧?好,好,等一会儿我们谈一谈,请不要走,请到招待所休息一下……"

于是伊力哈穆被引到了招待所,不安的心情随着赛里木电话里的亲切的声音消除了一些。下午三点多钟,招待所的房间又明亮、又暖和。炉灶在过道里,火墙在房间里,屋里没有煤烟,只有一股新拆洗的被单的肥皂味和永远的莫合烟味儿。屋里摆着三张木床,有一张床上正有一个人睡在那里,那人用帽子遮住自己的脸,打鼾打得很起劲。伊力哈穆悄悄地坐在另一个床上,很后悔自己没有携带什么学习材料来。他发现在挂衣服的架子下面,为了怕衣服蹭上灰,在墙上用图钉钉着两张报纸,他便轻轻走了过去。谁知报纸是横着钉上的,伊力哈穆又不是那种具有倒着认字的能力的学者,他便歪过脖子,用手拊着一个又一个字母轻声读报。虽然是好多天前的报纸了,而且是用这样一种特殊的姿势来阅读,重温国内外的大好形势与各地革命和生产的捷报,仍然使他愉快。直到那个打鼾的客人坐了起来,走了过来。

他伸直了脖子,转过身,笑眯眯地看着陌生的邂逅相遇的人,那人头上戴着一个细毡子做的,系着黑绸子带,有点像个小船、两端翘起的帽子,头发还比较黑,微翘的胡子却差不多全白了,伊力哈穆看着他面熟,却一时想不起在什么地方见过他。那人见了伊力哈穆,眼皮一撩,哈哈笑了起来:

"萨拉姆来依库姆！您不是伊力哈穆吗？"

"哎来诊库姆哎萨拉姆，"伊力哈穆赶紧答礼，"可您是谁呢？"

"哇依小伙子，您把我忘记可不应该啊！您忘了一九六二年咱们一起坐着长途客运汽车从乌鲁木齐到伊犁来了吗？"

"原来是您！"伊力哈穆欢呼起来，他想起了那个健谈和爱唱歌的"黑胡子阿哥"，"您是米吉提采购员，对不对？可才两年多，您的胡子怎么这样快就白了呢？"

米吉提采购员微笑着，用手捋着自己的胡子，似乎为胡子的变白而得意。

"您知道么，那个和您坐在一排，您认为他也是采购员的干部，就是这里的县委书记赛里木同志呢！"

"我当然知道了。我们已经打过不止一次交道了。至于我说他是采购员，"米吉提敲了敲自己的脑门子，"这也没有什么关系吧，您说呢？"

"没有的，没有关系。"伊力哈穆笑着说。

"您刚才问我，胡子为什么白了，让我告诉您，"米吉提的态度有一些严肃了，"俗话说，第一次见面的穆斯林是朋友，再次见面的穆斯林便是亲人。我们已经是第二次见面了。您就是我的亲兄弟，我可以把我的生活告诉您。您还记得么，在那趟汽车上，您制止我大谈酥油蜂蜜的情形么？"

"什么酥油蜂蜜？什么制止？"

"瞧，您这个记忆力，当采购员就不合适。要尽量多地记住人，这样办事才方便。您说过不要一谈伊犁就是苹果、白杨、酥油、蜂蜜，这些话已经说得太多了。您记得吗？"

"噢，可能的。"伊力哈穆不记得他说过这个话，然而，这个话是符合他的思想的，所以他点头承认了。

"对啊,兄弟,这几年,我渐渐明白了您的话。我们的生活里可不光是甜甜的蜂蜜和光溜溜的酥油啊……我老婆有一个兄弟,一九六二年我们到伊犁的时候他正要往那边跑,我们劝呀,拦呀,拦不住,他跑掉了,我的胡子白了三分之一。谁知道去年,他又跑回来了……他在那边受的那个罪呀,就不用提了,离开了故乡和亲人,在那个地方……他老婆得了重病,死了,他的孩子也死了。他一个人越界跑了回来,差点没被打死……唉,人要是犯傻,两头犍牛都拉不回来呀!我们听了又难过,又害怕,我们怕他受到制裁。那些天,我的胡子白了又一个三分之一。他总算哆哆嗦嗦过了这一关,这不,他今年结了婚了……不用说他了。今年呢,搞四清,搞五反,我当采购员,不瞒您说,兄弟,有些个手续不全,多领补助费之类的事儿,真正的贪污咱是没有,可也要接受审查呀,作检讨呀,提高认识啦什么的,就这样,我的胡须全白啦,哈哈哈……现在呢,我的经济问题也算审查清楚啦,这不是,我找县委联系,是我们的领导要在这儿选址盖一个酒厂……"

"可您的精神还是很好,您的气色也非常健康……"伊力哈穆对于由于自己提起的胡子而使得米吉提采购员讲了一些不愉快的事情感到有些抱歉,他从积极方面鼓励地说。

"那当然了。毕竟我们伊犁是个盛产苹果和蜂蜜的地方啊!还有那么多奶皮子——鲜奶油……我怎么能不健康呢?我现在在想,也许再过两年,把敌人的颠覆活动彻底消除掉,把我自己身上的毛病也洗它个干干净净,那时候,说不定我的胡子会重新变黑的吧。您说,不是'白毛女'的头发解放以后就又变黑了吗?有这么回事吧?在下也很有希望呢!"

"有希望的!"伊力哈穆边笑边说。

"走,我们一起去饭馆喝两杯去吧!"米吉提采购员盛情邀请,伊力哈穆辞谢以后,他说还要出去办事,与伊力哈穆告别,离去了。

他走以后,伊力哈穆半天半天仍然保持着笑意。虽然他们只是偶然相会,虽然他们的闲谈与伊力哈穆面临的严峻局面毫不相干,虽然米吉提采购员的形象远远算不上先进或者高大,但是,在直挺挺地站立着听了好几天诽谤之后,他不安地来到了县委会的时候,这位和他很有缘分的同乡,这位乐观、质朴、有点世故和狡猾却又不失其赤诚和天真的胡子阿哥的谈话,仍然是令人愉快的。想到你的周围绝大多数都是好人,都是些感情健康、头脑正常、心地善良的人,而丑类和偏执如章洋者只不过是极少数,这叫人觉得自己是站立在坚牢的土地上的,是不会被一阵风吹倒、吹垮的。

伊力哈穆放心多了,他坐上床,半靠在墙上,闭上眼睛就睡着了。其实他睡的时间不长,但他恍惚觉得已经睡了许多小时,有一个声音在催促他:"你怎么跑到这里睡觉来了。"于是,他睁开了沉重干涩的眼,这时天色已近黄昏,这间房子是朝西的,橘黄色的日光布满了屋子。他站起身,走到窗前,向窗外望去,只见赛里木披着一个皮大衣正向这里走来。

他开开门去迎接,他见着赛里木,他们紧紧相拉着手许久也不放开,他的眼圈红了,许多话涌上了心头。赛里木的样子也有点憔悴,胡须老长,本来赛里木的皮肤是黝黑的,现在却白了许多。但是赛里木的目光仍然是沉着的,而且今天,眼睛里还有一种满意和自信的神采。还是赛里木先开了口:

"……听说您很有收获呀,站会站了几次?没有受不了吧?男子汉嘛!"

"站会""受不了""男子汉",这些农民的语言用到县委书记的口里,发出了奇光异彩,简练、质朴、乐观,富有幽默感,没有唉声叹气,没有怨天尤人,单单这几个词儿,已经给了伊力哈穆以登高望远,海阔天空的感觉,他准备说的相当一部分话,已经用不着说了。

"不要紧,"县委书记坐下来,笑着说,"我比你站得还要多……"

"您也站了会?"伊力哈穆很惊奇。

"站了……县委书记嘛,当然是农村四不清干部的黑后台了。要不然,我早就看你们去了。有好处的,当我们站起来的时候,可以听到许多坐会的时候听不到的东西,可以想到许多坐会的时候想不到的事情。"

"可是……这样搞法,运动会搞歪了的,真正的坏人,甚至于是阶级敌人反而会被掩护起来……"

"所以,毛主席要说话哟!"赛里木点着头,怀着深沉的敬爱,缓缓地说。

"毛主席说话了?"伊力哈穆的眼睛睁得大大的,暖流流遍了他的全身,他屏住气,静听着。

"文件刚刚下来,中央文件。您,我,我们大家所关心所忧虑的一切问题,都解决了……"

解决了,解决了!被颠倒了的,将要重新颠倒过来,被抹黑的,将要恢复自己本来的色泽。那些认定在浑水里已经抓住了大鱼的家伙,到头来将发现不但是两手空空,而且恰恰是自己挂在了鱼钩上。那些矫揉造作、大言吓人而实则对实际工作一窍不通的半吊子、投机商和呆鸟,将要从肥皂泡的顶端摔到地上。而人民的愿望,人民的理智,人民的声音,已经和正在体现出来;同时,在革命导师的教育之下,人民更加成熟了、成长了。生活就是这样,经过否定和否定之否定,正在辩证地、不可阻挡地前进。

伊力哈穆心头充满了阳光,虽然赛里木给他讲的只是一些要点,文件还要留待通过组织系统向全党和全体人民传达。但是,他已经感到了真理的光和热,感到了真理的威严和力量。他想起一九五五年学习毛主席关于农业合作化问题的文章与一九五八年学习毛主席的一封信的情景,只有毛主席说了话,一切才算数。

"走,到家里去吧,"赛里木邀请说,"让我老婆给做抓饭去,庆祝文件的下达……夜晚,你愿意住招待所就住招待所,要不,就住在我那里……"

"谢谢,您请。我这里带着馕呢。我还得赶回去,我跟工作组的一个锡伯族同志请了半天假,如果今晚不回去,章组长说不定要报到公安部门通缉的……"

"没有车喽……"

"会有的,拖拉机、载重卡车、油罐子车或者马车,碰上什么我就搭什么,能搭一段就算一段,搭不到的地方,就靠它了!"他拍了拍自己的大腿,"谢谢您,您给了我最宝贵的礼物,我真的是满载而归了呢。"

伊力哈穆搭上了一辆载重卡车,他站在车厢上面。严冬的夜风像刀子一样地削割着他的脸庞,寒冷像无数条小蛇一样从他的领口、袖口、前襟、裤腿向全身爬遍;然而,烈火在他的胸口燃烧,他快乐而自豪,他感到党的事业正像这辆车一样,虽然时有曲折和颠簸,虽然迎面有凛冽的寒风,然而它正在飞速地前进,胜利地前进,在马达突突声中,在阑珊的灯火之中,在孕育着来年的丰收的白雪覆盖的田野上行进。

快到新生活大队的时候,汽车拐弯了,伊力哈穆下了车,他小跑了几步,活动开冻得发僵了的双脚。他看到了泰外库……

泰外库没有脸面和伊力哈穆说话,他不能忍受伊力哈穆对他的关怀,他逃走了。跑了一段,他又呆呆地立在了树边。风小了,月亮已经升高,雪原映射着柔和的月光,道路和田野,杨树枝干和没有割净的草茎,小桥和渠道,丘陵和房屋,都融合在、统一在月光里了。都瑟缩在、冻结在寒气里了。

伊力哈穆很快赶了上来,他不容分说地再次把自己的棉大衣给泰外库披上,并且用命令的口气说:

"不要推让!这样的天气,任再壮的汉子也会冻出病来的。"

泰外库没有言语,也无语可言。

"走吧。"伊力哈穆换了一个劝解的口吻。

披着棉大衣的泰外库跟着脱了棉大衣的伊力哈穆向前走去。

"您到哪里去了?去找爱弥拉克孜吗,您见着她了吗?"

泰外库点点头又摇摇头。

两个人安静地并排走着,只听得见脚踩着积雪的吱吱声。过了十来分钟,泰外库觉得身上暖一些了,他又把棉大衣披在了伊力哈穆身上,伊力哈穆也没有推辞。

"……唉,"伊力哈穆叹了一口气,好像是自言自语,"我们维吾尔人把'爱人''同志''旅伴'都用一个词儿来表达,这是很有意义的。爱情能使人美好,也能使人发狂。这里,最主要的是要做一个好人,一个有觉悟的人,一个知道自己的志向和道路的人,一个值得人爱和懂得如何爱别人的人……"

泰外库向前跨上一步,站住了,他转过身,大睁着眼睛看着伊力哈穆,眼神里充满了惊疑,他好像在说:

"您,怎么还和我说这些?"

"我告诉您,"伊力哈穆拍了拍泰外库的肩膀,示意他继续向前走,"县委书记告诉我,毛主席、党中央制定了关于社教运动的文件,运动一定会搞好、搞深、搞透的。有些人在搞阴谋,卑鄙而又狡猾,其实,这只能使他们暴露出尾巴……"

"伊力哈穆哥,您不恨我?"泰外库突然打断了伊力哈穆的话,厉声问道。

伊力哈穆摇摇头,笑了笑,又长出了一口气。

泰外库蹲了下来,他像一个孩子一样失声痛哭,哭得那样伤心、那样痛快,他从小没有父母,他很少哭,他没有在亲娘面前大哭的福气,他不懂得怎样痛哭,但是今晚,热泪烫灼着他的冰冷的脸,他呕肠吐肝地哭着,仿佛把二十余年的不幸、冤仇、悔恨和委屈……全部集中在这一次,表达在这一次哭泣里了。

…………

送走了泰外库,伊力哈穆往家走去,远远地,他就看见家门口的土台上,有一个人影,看样子像一个女人。谁这样晚、这样冷还坐在那里呢?难道是米琪儿婉?不可能,虽然身材相仿,但身影要瘦得多。越近,就越看出那伛偻着的腰,那双臂抱着肩的寒冷和愁苦的样子,那沉重地低垂向地面的头,使开朗沉着如伊力哈穆者也打了一个寒噤,甚至有点毛骨悚然的感觉。

他放慢了脚步,离着还有二十来步远,他问道:

"谁?"

那人没有反应。伊力哈穆又向前走了几步,稍稍放大一点声音,问道:

"您是谁?"

黑影好像被针扎了一下,全身一震,抬起了头,目光中,伊力哈穆看到了一个面孔非常熟悉的老太婆。

"我,乌尔汗。""老太婆"说。

伊力哈穆定睛看去,才认出确实是乌尔汗来,但是,她的姿势、她的动作、她的额头的皱纹都使伊力哈穆吃一惊,怎么乌尔汗忽然老成了这个样子!

"您怎么坐在这里……"

"我想找你们……我不敢……"乌尔汗的声音是喑哑的。

"请进,请进,"伊力哈穆推开了虚掩着的院门,乌尔汗随着他进了屋子,她的惨白的、好像是得了重病的脸,使米琪儿婉差点没叫出声来。

"伊力哈穆队长,米琪儿婉妹妹,我对不起你们,我对不起你们……"还没有坐稳,乌尔汗就哭诉起来,她呆呆地望着已经睡熟了的米琪儿婉的小女儿,充满悲愤地说。

"今天晚饭以后,章组长叫人通知我,说要找我谈话。我把波拉提江送到狄丽娜尔那里,我就来到了队部,和我谈话的人有章组长、翻译玛依娜尔,旁边稍远一点坐在柜橱旁边的是大队长库图库扎尔哥。"提到这个名字的时候,乌尔汗的脸抽搐了一下。

"章组长一上来就很严厉,说我应该知道自己的身份,知道自己的罪恶,说像我这样一个人,完全是由于四不清干部伊力哈穆的包庇才没有受到应有的制裁……然后说什么?说我这些年又进行了什么大量的破坏活动,让我交代罪行,好像还说要把我消灭干净……我一下子就怔了,一句话也说不出来,他们就又审问我,还说什么如果顽抗到底的话波拉提江也要受到影响,说他爸爸是罪犯,我们再给你戴上现行反革命分子的帽子,你的儿子也要管制起来……这一句话撕裂了我的心,他们真懂得往我心灵的伤口上抹盐呀!我哭着求他们,我承认我一九六二年有罪,但是我此后除了看护孩子以外再没有多说过一句话,多做过一件事。这时,他们不再说我是罪犯了,他们只要求我一点:检举您,伊力哈穆队长……"

乌尔汗闭上了眼睛,她好像又听到了那些尖刀一样的语言,休息了一会儿,她继续说:

"……我检举不出来,章组长拍响了桌子,我以为他们要把我抓起来呢,我不知道怎么处置我的孩子……"

"抓人不是那么随随便便的事。"伊力哈穆插嘴道。

"他们说,只要我检举您,我就有光明的前途,连我的孩子也会跟着光明起来。但是我实在不知道应当检举您什么,这个时候,库图库扎尔哥忽然问我:'是你说的吗?一九六二年的那天晚上,是我把伊萨木冬从家里叫出去的?''没有,没有。'我说。您知道,这事情我虽然和米琪儿婉妹妹提到过,然而我是不敢公开说的,再说,眼见是实,耳听是虚,叫喊的声音嘛,我并不能完全断定是谁不是谁,我并没有抓住任何人的手。所以,后来公社妇联的帕蒂姑丽来问我的时候,我就没敢承认……

"我回答完没有,章组长冷笑起来。他说,可是伊力哈穆曾经向上级汇报过这个情况,而且,至今有人仍然想给库图库扎尔大队长栽赃,既然乌尔汗没有说过这样的话,那么很明显,这是伊力哈穆的纯粹捏造,是伊力哈穆陷害好人,那很好,你乌尔汗就检举这一条吧,伊力哈穆无中生有,用乌尔汗的名义捏造材料陷害大队长。

"我一听就傻了,我怎能昧着良心这样说呢?明明是我对你们说过的话,明明是我自己胆小了,缩了回去,怎么能反过来说是你们不好呢?我乌尔汗是块没有出息的料,我乌尔汗对不起祖国,对不起人民,对不起父母弟妹,对不起孩子,也对不起你们这些好心人。我乌尔汗不可救药,像一个得了麻风病的病人,白白辜负了医生的好意,弄不好还要把病传染给医生,不是前些天批判您的时候已经把我的名字提出来了吗?然而,三十年来,我没有害过人,我不能害人,我下不去手,我心太软……"乌尔汗咬住了下唇,泪流满面。

"这不是心软,而是正直。"伊力哈穆说。

"……我只好请求他们原谅。我说,我刚才说了假话,我是说过的,我听到那个叫伊萨木冬出去的人的声音像是库图库扎尔哥。

"一句话他们暴跳如雷了,库图库扎尔让我拿出证据,说是要不然就要到公安局和法院去解决。我的天,谁又想和他去公安局呢……"

"该去就去,没什么了不起。"伊力哈穆生气了。

"……章组长想了想,说:'如果你确实说过,那肯定也是伊力哈穆教唆的。那么你就检举伊力哈穆如何教唆你吧!'组长还对我说:'你不要抱幻想……'"说到这里,乌尔汗用惊恐的眼睛看一看伊力哈穆,又看一看米琪儿婉,"他们说,要逮捕您伊力哈穆哥呢。"

伊力哈穆哈哈大笑起来。

乌尔汗仍然充满了悲愁:"您别笑了,事情太危险了。自从一九六二年以来,我什么都不想管,什么都不想问,我虽然活着,但是许多方面,我已经死了。我只剩下一丝丝热气,一丝丝活气,我要抚养波拉提江,让他长大成人,让他娶了媳妇,我就可以闭眼。你们那时和我说这说那,就好像针扎在木头上,确实,我也就是一块呆木头罢了,只要能保住我的儿子。让我给社员做饭,我就给社员做饭。让我给队长烤肉,我就给队长烤肉。我已经没有意志,没有判断,我长着眼睛,却什么也看不见。我长着耳朵,却什么也听不着……谁想到就是这样,他们也不允许……

"您知道,库图库扎尔这个人实在是太坏了,太毒了,您知道,米琪儿婉,他问我什么,他问我为什么这么舍不得检举伊力哈穆,问我为什么不嫁人,究竟是等着伊萨木冬打回来呢,还是有什么其他的原因?他的话里的意思是任何一个女人也受不了的,他不许我活着,不给我留活路……"乌尔汗患热病一样地发起抖来,听了她的话,米琪儿婉把她搂到自己的怀里。

乌尔汗挣脱了米琪儿婉的怀抱,她说:

"我今天要说的话太多了,我要把三年以来,也许是五年以来没有说的话说给你们,我要把所有的话都说出来。为什么有的人那么好,有的人竟那么坏?库图库扎尔,库图库扎尔,我们家的灾难,难道不是来自他吗?他为什么打发帕夏汗去封我的嘴?他怎么一下子就找回了我的孩子?他为什么一会儿对我阳,一会儿对我阴,一会儿说我是什么敌人、罪犯,背后却又说什么我是他的亲戚、妹妹?他就是怕我说出他来。可我说出来又有什么用呢?晚了,晚了,谁也不相信了……"

"我们相信。"伊力哈穆说。

"你们相信又有什么用呢!反正我自己心里明白了,真奇怪,光你们给我讲,我倒不明白,倒是库图库扎尔自己的所说所做,让我明白了一切。没有比鬼迷心窍,糊里糊涂地过日子更痛苦的了,这好比光剩下一个空躯壳,却让人偷去头脑,偷去了心。啊,这真可怕,这好像是被活埋在不见天光的深坑里,你看不见世界,看不见善也看不见恶,你看不见自己。这样的人虽生犹死!现在,我总算看见了一点点,我起码知道你们是好人,库图库扎尔是坏人了!我不憋闷得慌了……他们说明天还要审问我,他们要逼着我往您的头上泼脏水,他们什么话都能说得出来。我反正不能昧着良心害人……如果我真的受不住了……请你们照料我的波拉提江吧……"

乌尔汗终于把话说完了。她凄然笑了一下,不夸张,不激动,显出一种前所未有的平静和安详。米琪儿婉喊了起来:

"您这是说什么呀?您在想些什么?"

说完,她又把乌尔汗搂到怀里,她的眼泪落到乌尔汗的头巾上。

"我跟您说,乌尔汗姐,"伊力哈穆严肃地说,"他们那样对待您,是不对的。您不要胡思乱想,胡思乱想是魔鬼的伙伴。我刚从县里回来,我带回来了最好的消息。对于当前农村的四清运动,毛主席说话了,他老人家知道这些事情,他老人家主持制定了中央文件,很快就要给全党全体人民传达了。您说得很对,糊里糊涂是最可怕的,经过这一段,不仅是您,我们大家都看清了是一些什么人在捣鬼,他们是难得的反面教员,他们跑不了了。乌尔汗姐,一切都会好的,一切是个什么样,就是什么样。谎言永远战胜不了真实。波拉提江一定能够长大成人,成为好人,您也可以是人民公社的好社员。"伊力哈穆激动地口吃了,他站起来,拿下挂在墙上的镜框,他把他最爱看的毛主席与于田县老贫农库尔班吐鲁木握手的照片拿给乌尔汗看。他想起了巧帕汗外祖母,她总是把库尔班吐鲁木看作曾经来过家里的一位客人。

　　乌尔汗并不完全理解伊力哈穆的话。"中央文件""当前的运动""传达给全党",这些字眼儿对于她来说是太陌生了。但是,她知道毛主席。土改那年,他们县里演出宣传抗美援朝的文艺节目的时候,她们举着毛主席的像,那时毛主席戴着八角帽……发下的土地证上,也有毛主席的像。就是在嫁给伊萨木冬以后吧,在开始了那腐蚀人、消磨人的灰色的日子以后,在波拉提江出世、学会了蹬腿、起立、发声之后,她也不知多少次教给儿子学着说"萨拉姆,毛主席"嘛!但是,这几年,她好像不敢正眼看毛主席的画像了,她好像离开毛主席远了,从那个该死的变故以后,从那个跛子、黑狗、混乱的车站和西去的长途客运汽车上逃回来之后,她总是背着那样沉重的包袱,她不能无愧地无惧地睁开自己的眼睛去面对太阳。阴影遮盖着她的心灵。但是,今夜,短兵相接的斗争把她逼到了绝路,逼到了光明与黑暗的关口。伊力哈穆从县里回来是那样高兴,当真是会有大好的消息,大大的希望的吧,是真的吗?会不会是空欢喜一场？这么多年了,她常常听到好消息、好话语,她常常相信幸福的鸟儿已经栖落在她的额头……后来却发生了她想不到的事情。乌尔汗是贫农的女儿,积极分子,宣传队员,青春洋溢着光辉,镰刀锤子的党旗和五星红旗……在乌尔汗的这十几年生命里,原来也存在着这么多英勇豪迈,巨大充实的场景,在她这样的小草上,也凝聚着太阳的温暖,在她这粒沙子四周,是蓬勃的生命和广袤的大地。

然而,然而她仍然是没有法子可想。

"您住下吧。"米琪儿婉给她准备睡觉的地方。

"不,我不住,波拉提江还在狄丽娜尔家里等着我……我走了。"

"让米琪儿婉送您。"伊力哈穆说。

米琪儿婉送乌尔汗走了将近一半的路,乌尔汗坚持要米琪儿婉回去。"不然,到了庄子我再送您,这一夜,我们就互相来回地送吧……"乌尔汗甚至有了说笑的兴致。

"我可以住在您家。"

"不要了。伊力哈穆好容易今天高兴一点,陪他说话去吧。您有一个好伴侣,要懂得珍惜和关心他。"乌尔汗以大姐的口吻说,其实,她的年龄与米琪儿婉相差不多。

米琪儿婉完全相信乌尔汗的情绪是正常的了,她的态度又坚决,于是转身回去。

米琪儿婉走后乌尔汗也加快了脚步,几乎是跑着,一方面因为冷,一方面她害怕这寂静的夜晚的旷野会使她刚刚发热了的心冷下来。但是,当她走到庄子前的小渠,走到能看到自己的家的地方,她忽然又发起愁来,说是有了文件了,好人就得救了,真的是这么回事？要是没有文件呢？她乌尔汗能知道些什么？她们又能做点什么？文件？我的天老爷呀，我的看不着也听不明白的文件啊！让真主保佑：多发一些有利于老实巴交的好人、不利于兴风作浪的奸贼的文件吧，多发一点能让人好好地过日子而不是平白无故地折腾人的文件吧。

小说人语：

  千里搭长棚，没有不散的宴席。虽不重要却是率先出场的米吉提，又出现了。他的胡子变白的三部曲，倒也不恶。而乌尔汗的来访，意味就更深长了：决定性的时刻正在到来。

  这里提到的中央文件是指一九六五年一月发布的俗称"二十三条"的社教文件。其中矫正了一些原来"前十条""后十条"的"左"的错误提法，但又提出了"走资派"的更"左"的说法。至于谈到的一封信，是一九五九年四月二十九日毛泽东以"给生产队长的一封信"名义发表的，对于大跃进中的某些虚夸提法，意在有所纠正。对这些，小说人没有什么见解可说，小说人只是在特殊的历史条件下，尽最大可能找到了一些"政治正确"的依据，在作品中批判了极"左"。

  在依靠天才与胆略的人治时代，上心难测，风向常移，或中意而张狂，或拂逆而斛觫，干革命须押宝，做工作如抓彩，欲紧跟而出丑，有疑惑而吃不了兜着走！

第五十三章　突然入心　新文件吹开眼前雾
　　　　　　　不能蚀本　老爷子提醒事中人

　　人们往往把毛泽东思想比作天上的太阳,指路的明灯,海船上的罗盘。这些譬喻生动地说明了正确的思想、真理对于人类有多么重要,多么珍贵;人们为了获得一个正确的认识,又往往要经过严重的斗争,付出巨大的代价,走不少的弯路。不要一味地怨恨这些斗争、代价和弯路吧,只有受过谬误的折磨的人才会如此地热爱和接受真理;正像只有受过严冬的考验的百灵鸟,才会那样热情动听地歌唱春光。

　　尹中信捧读着毛主席亲自主持制定的文件一次又一次地流下了热泪。这些日子,特别在县里开会受到批评以后,他心里有许多疙瘩,有的简直是叫人透不过气来的死结。现在,一些结子已经解开了,身躯舒展了。原来,他无法理解为什么有的人在无产阶级专政下的继续革命、社会主义教育运动、抓阶级斗争这样庄重甚至是神圣的旗号下面,却干着颠倒黑白,使亲者痛、仇者快的蠢事。有些事一眼看去简直荒谬绝伦,把空谈说成是革命,把肆无忌惮的诽谤说成是积极进步,把好人说成是四不清的地头蛇,把没有任何理由打倒他们的现实改变成非打倒他们不可的根据,把真正的面目可疑的奸贼视为盟友,把二流子视为骨干,把臆想的图景当作实有的事物,把装腔作势、咋咋呼呼当作领导魄力,把危言耸听、哗众取宠当作高明……短短两个月,搞得天怒人怨,一塌糊涂。而他尹中信,不过是讲了几句平易近人的、完全没有超出常识的道理:关于要分别不同情况,从实际出发,要相信干部和群众的大多数,遇事要和群众商量以及诸如此类的,结果,就被指斥为"右倾"……

现在呢,文件下来了,清楚、明快,像一阵清风,吹开了挡在眼前的迷雾。怎么领导说了一些明白的话就当真明白得无以复加了呢?怎么突然就一句一句都说到尹中信的心坎里了呢?怎么忽地一下子大家都不再梦呓了,而怎么有时候硬是说得头晕脑涨,找不着北呢?多年的工作经验和眼前的运动实际告诉尹中信,某种含糊的、不确定的、似是而非的提法,已经和将要造成多少混乱!已经和将要怎样地扩大打击面,伤害好人!用"四不清"三个字几乎囊括了全部农村干部,而在这种堂吉诃德式的"战斗"中,真正的阶级敌人,真正的帝国主义、修正主义的代理人将可以浑水摸鱼,坐收渔利。可惜,解放以来,尽管有许多老革命家不断努力与防范纠正,仍然不知有多少假冒革命、经不起推敲的伪提法在报刊和工作中出现;一惊一炸,此伏彼起,电闪雷鸣,混淆视听!

……尹中信看了一上午,中午饭后,他又逐字逐句地仔细阅读,记着笔记,画着红线,时而惊叹,时而点头,时而微笑。他比平常多吸了几支烟,他的呼吸缓慢而又深沉。他完全钻到中央文件里去了。正像某些不学无术的"官儿"不懂得新发展的科学和文化一样,也颇有一些鼠目寸光的庸人不懂得尊重党的文件和指示,他们认为,左右不过是老生常谈罢了。然而,正如音乐家可以从漫游在五条水平线上的无数蛤蟆蝌蚪中听到雄壮威武的交响乐,建筑师可以从平面图、剖面图、俯视图上看到巍然矗立的高楼大厦,数学家可以从数字符号和图形中理解人类的理性和智慧的伟大和奇妙一样,像尹中信这样的领导干部,他们钻研的是另一种学问,是"治国""平天下"的学问,是政治思想工作的学问,是领导的艺术。他们从党的文件和各项规定、从貌似平凡的条文中,他们看到的是城乡数亿人民的心愿,看到的是阶级的事业,是有远见与预见的领导,是社会主义的雄伟步伐;是那种在政治上,政策上失之毫厘就会差之千里的敏锐性和严格性;是改造旧生活、建立新世界的革命实践的全部壮丽和全部艰难;他们还从这些条文上,闻出了阶级斗争、党的路线斗争与思想斗争的硝烟……

晚上,赛里木来了。他是代表县委和县社教工作团来传达和宣讲文件的。吃过晚饭,他拉着尹中信去散步,在这样冷的天气散步,是尹中信没有想到过的。但他还是穿上大衣走了出去,赛里木兴致特别高,给尹中信讲一九六三年他在爱国大队蹲点时的情况,讲那一场大雨,讲包廷贵如何被人从乌鲁木齐押送回来。尹中信也想给他说说这个大队最近的一些情况,却不敢张口,一张嘴,刺人的冷气就会冲到胸腔和肠肚里。经过几株不大的杨树的时候,赛里木像孩子一样地摇了摇树干,扑簌扑簌,积雪落了他和尹中信一头一脸一身,赛里木哈哈大笑起来,他紧了紧扎在棉衣外面的宽皮带,告诉尹中信,两个月来,他被剥夺了参加县委工作的权利,尽管并没有发现他有什么问题,也没有对他进行过什么"批判",但就是不叫他工作。只是由于"文件"的发布,才开始恢复了县委和他的工作。现在,县委和工作组的领导人,分别到各公社搞"文件"的传达贯彻去了。

在这个公社的全体社教干部会议上,赛里木传达讲解了"文件"。他的讲话很明确也很实际,他讲到县里发行的《四清通讯》上有一些提法是与文件背道而驰的。通过这个讲话,实际上等于给尹中信"平"了"反"。

赛里木和尹中信参加了爱国大队社教干部的学习讨论。社教干部怀着极大的兴趣和对于本村本队的爱心热烈发言。谁也没想到,沉默寡言,表情不丰富的锡伯族干部何顺,竟提了那样尖锐的意见。他说：

"……几个月来，我们神神经经、鬼鬼祟祟，我们是来干革命吗？我们是来偷奶皮子的吗？如果是干革命，为什么不能大大方方地搞？社员说好的，我们偏说坏，社员说坏的，我们偏说好，是我们的脾气特别古怪吗？我就不明白，如果广大农村全部是由比地主还坏的四不清干部统治着的话，哪里来的社会主义事业的胜利呢？哪里来的大好形势呢？前几年敌对力量搞颠覆我们为什么没有垮呢……现在，有了'文件'，我们再不用憋着气、受着罪、糊里糊涂地跟着跑了……我希望上级检查总结一下我们大队特别是我们生产队的工作。"

何顺说话的时候眼睛看着脚尖，一字一字地拉长了声音说话，他的四声也发得比较平板。过去，因为这，章洋觉得他是个白痴，今天，这几句话却使章洋感到自己是在毫无思想准备的情况下被人打了一个耳光。章洋立刻面红耳赤地跳了起来：

"我不同意他的这种意见。他这是对运动的攻击，也是对我个人的攻击，不要以为有了'文件'就可以否定前一段的工作……今天文件这样说，不等于昨天的文件就说得不对，昨天的工作就做得不好……"

"坐下来谈。"主持会议的别修尔提醒章洋。章洋也意识到自己的失态，脸更红了。

"您不要着急嘛。"何顺的眼睛仍然看着自己的脚尖，"对照'文件'检查一下自己的工作，您总应该听听意见啊！"

萨坎特和玛依娜尔的发言虽然简短，但也表示了和何顺的意见大致一样的意思。章洋有点泄气，他反复地看着张贴在会议室里的、赛里木带来的"文件"全文，越看越觉得泄气，动不动一个大文件贴在一面大墙上，墙上有文件，阅读的有农民，文件直接交给老百姓,那么,还要工作队干吗?这么多干部从城里来,受了那么多洋罪,这是图什么呢?像牛一样开始的这个运动,难道将像老鼠一样地结束吗?要这样搞下去还有什么意思?他想。

尹中信和赛里木来到了爱国大队七队,他仍在这里蹲点,用整风的方法来学习"文件",让大家领会中央的指示,联系实际,总结工作。自从县里的《四清通讯》上刊登了章洋的"著名"材料之后,在尹中信受到县工作团的一个负责人的批评之后,七队的事情,已经是在全县都引人注目的了。

一张又一张的,由自治区党委翻印和翻译了的,由赛里木带来,铅印的汉、维两种文字的"文件"张贴在各个公共场所。队部、文化室、马厩、加工厂以至庄子粮库的宽大的廊檐下面,到处都有人看着、读着、想着。不识字的人,就一遍又一遍地求人代念。然后,就在铅印的文件前面,人们争执起来了,谈论起来了,激动起来了,就像当年读《土地法大纲》《农业生产合作社章程》一样。

召开了党员会议、团员会议、贫下中农会议、妇女会议、干部会议和全体社员会议,反复宣传,反复讨论,把政策直接交给人民群众,这是党中央的指示。让那些瞧不起庄稼人的家伙们见鬼去吧!我们的农民,哪怕是最边远如伊犁地区的少数民族的农民,也都是关心政治和富有政治经验的。他们学习这些有实际内容的政策条文(而不是空论),既精明又认真,而且,理解得非常之快。

看看阿卜都热合曼吧。这个满腔热情,像迎接自己的亲生儿子一样地迎接了社教干部的老人,又像家门出了忤逆的儿子一样被当头一棒打得直不起腰来;现在,他的胡须又撅起来了,每一根都长得很长、但整个说来又是短短的眉毛又扬起来了,眼睛里又是充满了火星,声音又是高昂而清亮的了。在会议上,他说:

"这个文件是为我们制定的。是为贫下中农,为勤劳忠实的公社社员制定的。它不为坏人说话。它不打击好人。为什么要让伊力哈穆站起来呢?难道伊力哈穆搞过多吃多占欺压乡亲们吗?……我的天!我还以为马木提乡约又要回来了呢,为什么偏偏来整好人呢?为什么不让人民说话呢?……毛主席他老人家让我们说话了,毛主席老人家了解我们的心……"

在"批斗"伊力哈穆期间,由于看不过、生气而得了一场大病的再娜甫,也赶到了会场,她瘦了一点,但说起话来仍然是声如洪钟,她说:

"这叫什么工作呀?这叫笑话,这叫丢丑!让那个到食堂里去偷牛肉、拿着产妇的诊断书冒充自己的病假证明的尼牙孜泡克去批判伊力哈穆,让那些干过什么事人人都知道的人去攻击我们的好队长,这是我们的耻辱,也是你们的耻辱。"

热依穆远远地向她使眼色,(在会场或别的场合,他们从来不好意思坐在一起。)然而,她说得正高兴,她毫无顾忌地说了下去。

尼牙孜参加了一次会,以后接连几天不露面了。泰外库基本上按时到会,紧闭双唇,不发一言。库图库扎尔去参加加工厂的学习去了。麦素木思忖着对策,判断着形势,对"文件"的突然出现(他认为是突然的和莫名其妙的)感到失望、悲哀和恐怖;但他不相信事情就会完全逆转。至少拉过来了泰外库,这是重大成就,他想。章洋暂不多说话。然而,他根本不服气。难道原来他积极贯彻内地经验,开展运动是错误的吗?难道伊力哈穆那么多问题如今一风吹掉了吗?等等吧,到具体问题上再说……有一个最愚笨也是最聪明的人,最关心也是最冷淡的人,觉得十分尴尬。他就是穆萨。"文件好是好,就是来得晚了一点,"他想,"为什么不早一点下来呢?哪怕只早十五天,我也不至于……"他叹了口气,"除了马玉琴,儿子和女儿,我再也不管任何别的事喽!"

　　星期天,闷闷不乐、六神无主的麦素木提着两斤苹果去伊宁市找老爷子——亚力买买提去了。这是一个阴沉欲雪的天气。市街的柏油路上布满了冰雪,城市的孩子在鞋子上绑上冰刀,就在街上滑来滑去,搞得路面更加光滑。道路＝冰场,这种风光只有在伊宁市才欣赏得到。不时有人摔倒,有人大叫,有人大笑。道路两旁本来是渠沟的,现在,由于冰屑积雪的覆盖,和马路面看起来一样平了,外来的人不了解其中的奥妙,有时躲车的时候踩上去,扑哧,积雪没了脚脖子。再靠边,零零星星有几个卖葵花子和莫合烟的人,他们每人都随手带着一个用罐头盒做的小"炉子",里面用煤渣生起火来,这是专门用来烤手的。

　　麦素木走在这个他从小就十分熟悉的街道上,灰云压迫着他的心,举目四望,一切都是寒酸的、没有意思的、不吸引人的。他感到一种彻骨的忧郁。他想起了自己的童年,作为阿巴斯的后代,本应有何等辉煌的前途,他本应有自己的庄园,自己的马匹,自己的六根棍或迪西罗轻便马车,至少还应该讨七个老婆——那才叫人生一世!所有这些,哪里去了呢?他想起了自己的青年时代,民族军的军官、人民政府的科长、共产党员,面前本来有一条飞黄腾达的道路,他本来应该当州长,至少是县长,应该出入坐小吉普车,应该经常坐飞机到乌鲁木齐,到西安和北京出席重要会议,应该有很多人跟随他、羡慕他,每天晚上都有赴不完的宴请,每个箱子里都有放不完的礼品……然而,这一切又都哪里去了呢?他也想着(这是不用专门去想的,因为,这些还活灵活现地在他面前浮动)三年以前,苏侨证,麦斯莫夫,通往霍城边卡的班车,他本来应该到塔什干和阿拉木图,他本来应该依仗自己的经历和聪明去为"那边"效劳,去换取卢布,去组织还乡团,实在不行了还可以去搞黑市买卖和教授古文……这一切,为什么又破灭了呢?他的一生都像小孩子玩积木,用红红绿绿的、好看的、光滑的木头搭成了高楼大厦,搭成了飞机轮船,搭成了牌坊宝塔、名胜古迹,就在差一块小小的三角或者半圆的木块一切都会完成的时候,不知道从哪里来的一只手,一推,哗啦,积木掉到了地上,掉到了老鼠洞,辛苦一场,连影子也没有留下……

甚至于当他已经没有积木,只是用几根枯树枝搭一个小窝棚的时候也是如此,社教队进点了,一切顺遂,这时来了"二十三条"文件!

其实,他倒有点预感。因为一切太顺利了,章洋"同志"简直就像老爷子给他派去的助手。廉价取得的胜利是令人怀疑的;正像廉价处理的商品总使顾客不放心,甚至感到说不定到头来是自己上了当一样。不过,"二十三条"的下达,赛里木和尹中信的到来,形势的急转直下,仍然使他感到难以理解。现在的事情怎么这样怪呀?早上是那样,晚上又是这样了。我们将怎么样活下去呢?

就这样,麦素木垂头丧气地走进了亚力买买提的冰冻雪封的院子。他的模样活像一条为了立功扑向前去,结果咬错了人挨了主人的一顿棍子,之后十分寂寞扫兴地、悄悄地溜回自己的窝巢里去的狗。他按照惯例用拳头敲了一下亚力买买提住的那间房子的、褪了色的雕花木门,并且念了一句经文。

门开了,亚力买买提瘦得颧骨显得更高了。他那副病容使麦素木一惊,麦素木的到来也使他一怔,他非常阴冷而警惕地从头到脚打量了他一下,代替主人迎客的热情和穆斯林问候的是一句粗鲁的问话:

"你来做什么?"

"我来看看您。"

"现在可不是看望的时候。"

"我……有点事。"

"出了什么事吗?"

"倒也没什么。"

亚力买买提没有理他,既不逐客也不请进,只像没有麦素木一般,他自顾自地回到屋里,坐在一把带着圆靠背的、老式的木椅上,麦素木没有计较这些,他跟随着进了屋去。他毕竟不是来做客的呀。

"说吧。"亚力买买提吩咐道。他今天好像是特别不想说话。

麦素木简单地叙述了这一段情况。"可忽然出来了一个'文件',事情正在发生变化呢!"他最后说。

"嗯。"亚力买买提的口气是冷漠的。他掏出一包纸烟,自己先点着一支,叼在嘴唇上,再把烟盒和打火机推给麦素木,他的样子似乎在想别的事情。

麦素木没有吸烟,也没有说话,觉得空气有些压抑。

这样沉默了一会儿,亚力买买提把还剩了大半截的烟扔到了地上,踩灭,他说:

"其实也没有什么。你活动得稍稍冒了一点,"他用手势阻止住麦素木,麦素木嘴一动一动,想为自己辩护,"我知道,你要说是我让你这样做的。一切要适可而止。最重要的是您自己,您自己,这才是最重要的本钱。什么时候也不能蚀了本。我们的事情是长远的,直到……他们打回来。在此以前,我们应该像盐化在水里一样的杳无音迹。逐渐地,极其小心地积蓄力量,发展我们的人;这样,一旦有用得着的时候,我们就是最宝贵的资源……"

"我也是这样想,"麦素木插嘴说,"所以我才想办法帮助库图库扎尔。库图库扎尔确实是一个有用之才。可惜,他露出的破绽已经太多了,四清工作队还没有进点,已经有许多人用眼睛盯着他,准备着收拾他了。谁知道,来了一个章洋组长,加上我们的努力,好不容易才把斗争的矛头转到伊力哈穆身上,可现在,又危险了!"

"让库图库扎尔顶住!"亚力买买提说,"只要他能坚持几个月,最后也只能不了了之。至于你自己,就更要保重了。看来,北京已经调整四清的搞法,这打乱了我们的一些计划,我们要销声匿迹,保存自己。然而,我们是有希望的。我告诉你……"亚力买买提放低了声音,用手一招。麦素木连忙把耳朵凑过来。虽然是在自己的家中,亚力买买提仍然是耳语。他说:

"不要以为共产党能够长久地掌权。美国、苏联、印度、欧洲和日本,到处都是反对毛泽东、共产党的势力。过去咱们的那帮人,已经组织了一支部队。他们时刻都在操练着。您还记得木拉托夫吗?他现在是一个团的团长。再说,从最近的情况看来,共产党远远不是铁板一块。虽然他们现在调整了政策,大张旗鼓地宣传着他们的'文件',他们的文件也会与文件打架,这里头也有权力斗争。何况还有台湾的蒋先生。哈密专员要尔勃斯现在在台湾呢。中亚这边,还有英国人支持的泛土耳其主义,还有东突厥的集团,还有青海和宁夏的地方武装……未来呢,难免还有新的纠纷、分裂以至于混乱。这样斗下去,他们早晚要不就四面树敌,顾头顾不上尾,要不把自己斗乱乎了完事。我们活动的时机仍会到来。像你们的章组长那样的什么都没有弄清先上来冲锋陷阵的好汉子,还会有很多的!"

亚力买买提的分析使麦素木一阵阵热起来,到这时,他才从烟盒里抽出了一支烟。

"但是,你再也不要到这里来了,"亚力买买提的嘴角一撇,现出一种冷酷的、近乎威胁的表情,"有事,我们会找你的。这样对你也更好一些。也可能几个月,也可能两三年,您要自己掌握一切。但是,不论什么情况下,您应该相信,我们存在着,那支部队存在着……"

"为什么?为什么您又不让我来了?赖提甫呢?赖提甫哪里去了?"

"为了安全。明白吗?为了安全。别的,就不要问了。请!"亚力买买提严厉地说,然后,拉开了门。

等麦素木神志恢复正常的时候,已经走在水磨轰鸣的阿衣登街上了。究竟怎么了?是赖提甫出事了吗?还是亚力买买提本人的处境成了问题?太可怕了。唉,谁让他小的时候不认真学习经文呢?做一个依麻穆,用拉长了的、令人感动得落泪的声音诵读《古兰经》,这才是最安全、也是受人尊敬的职业啊。无意之中,麦素木来到了当年的经文学校的旁边,现在,这里是一所普通的全日制小学,校门大开,许多小孩子在奔跑,在呼叫,在嬉闹。一辆汽车从身旁驶了过去。一个女孩子,挑着许多个美丽的小陶罐走过,她是卖熟奶的,熟奶装到一个个土橙色的陶罐里,显得非常可爱。斜对面的楼里传出冬不拉的琴声。有一个母亲用唱歌一样的嗓子转着弯在呼叫自己的女儿。所有的大人和孩子,男人和女人都过得平静和幸福。然而他,麦素木和他的"友人"们,将要战战兢兢、心怀鬼胎勉强度日,活像是几只躲在有猫儿把守洞口的洞里的老鼠。

小说人语:

孟子当年就告诉我们:"……出则无敌国外患者,国恒亡。"

至于四十年前的敌不敌的问题,一言难尽,本章的描写,不全是虚构。例如四十年前于新疆就可以听到具有本章亚力买买提倾向的"救国广播电台"的策反节目。

当年的斗争,错综复杂。当年的文件,英勇豪迈、高屋建瓴、浪涛翻滚、精明细密、无微不至而又大义凛然……怎么看怎么对,怎么说怎么强,怎么分析怎么出彩!

该死的经济生活呀,如果不是经济生活这样务实,这样重利,这样不相信激情,我们的思想与文件早已经无敌于天下!

另一种美丽则是装在许多小陶罐里的熟奶,现在这样的生意、这样的风景当然已经消失。

还有小说。最后的纪念。

第五十四章　参加揭盖　泰外库晚上学文件
　　　　　　　承认偷信　尼牙孜酒后吐实情

自从那一个难忘的夜晚以来,泰外库像石头一样地沉默。他的不负责任的话已经说得太多了,而按照伊斯兰教的法典,对谎言的惩罚应该是割去说谎者的舌头和耳朵。

马车重新又交给了他。拉运人粪尿的工作已经告一段落,而民兵连的事情紧张起来了,艾拜杜拉经工作组和队长之手把车交还了他。他现在的任务是为社员拉运取暖用煤。

每天早晨天不亮他就起来,套好车。白色的辕马拉着咿咿呀呀的车从沉睡的村庄走过。每当走过麦素木的杏园的时候,他的心都紧缩一下,这个长着黄白扁平的脸孔的狐狸和他的乌兹别克女人又在策划什么新的阴谋吗?他怎么明明早已看出这一点却没有提防呢?为什么他这样听话地钻到人家的口袋里,任凭人家驱赶呢?马车继续往前走,过一道渠沟,过一道小桥,过一道大桥,上坡,走上了公路。天仍然黑着。冬天的星星似乎比夏天还要密集,它们也挤在一起取暖吗?如果取下一颗星星挂在他的车辕上,道路就会亮多了吧!啊,太冷了,他从车上跳下来,跟着马车跑上一大段,让身子暖和一些。

他跳回到车子上,轻轻拉了一下套绳,马停下了,马车停在了离新生活大队医疗站不远的地方。一颗大而蓝的启明星正在医疗站上方深紫色的天空上闪光。有时候,隔着大窗扇和窗帘,透出一些微亮,爱弥拉克孜已经起床读书了吧?她的炉子里装的煤好烧好用吗？如果他泰外库能给她卸一车最好最好的察布查尔无烟煤该有多好啊……有时候，木扇窗内一片漆黑，爱弥拉克孜还正在甜甜地睡着吧？你的那个荒唐的、不成器的、使你感到羞辱的崇拜者正在凝望着你呢……你知道吗？你原谅吗？

你是不会原谅的。你是永远不会接受的。泪水已经模糊了泰外库的眼睛。他抖一抖套绳，车又向前走了，两道眼泪在长满短须的腮上冻成了冰霜。

东方的地平线开始发亮了，出现了一抹褐紫，一抹绯红，一抹橙黄。当马车走过伊宁市的时候，城市正沉浸在灰褐色的微明里。沿街的店铺灯火通明，土炉里升腾出团团的烟气，第一炉馕饼马上就要开始烤制了。有几个勤劳的妇女正在清扫门口的积雪，她们听到马头上的铃声，抬起头来注视一下泰外库的车辆。已经有挎着书包的学生上学了。还有一批早起的人是古板严肃的老者，现在正是第一次早课的时候，泰外库时而听到老人赞颂安拉和穆罕默德圣人的谦卑诚挚的祝祷声。

冬天的太阳怯生生地出来了，虽然它很谦虚，却仍然给世界带来普照的光辉。雪白了，天蓝了，几只围绕着热气腾腾的新鲜马粪盘旋的乌鸦也显得更黑了。马车离开了公路，走上通向煤矿的、颠簸的土路，而且时有丘冈和洼地，马连同它拉的车和人，似乎都要被颠酥似的。

到煤矿了，他远远离开那些围着煤火取暖的热情粗犷的赶车人，在丢给马匹一捆苜蓿以后，他也从腰间褡包里掏出一个冻得尽是冰碴儿的馕，掰下一块，放到口里。

一般地说，将近中午的时候，煤就装好，车就往回赶了，现在拉煤已经不像初入冬时那样紧张了，多数家庭已经有了积蓄了嘛。在装好了车，喂饱了马，而自己也吃下了两个带着冰碴儿的馕饼，喝了一茶缸子热水以后,泰外库在煤块上铺上一条破麻袋,自己坐到麻袋上,车就不慌不忙地往回转了。泰外库很少举鞭,很少吆喝,虽然吆喝牲口的语言几乎成了这些天他为自己保持下来的唯一的语言了。有什么可着急的呢?他已经不是那么毛毛躁躁的了。而且他发现,经过艾拜杜拉两个月的调理,似乎马的脾气也变得平和一些了,它们很少像过去那样忽快忽慢、互相挤撞。也有些时候,那匹架辕的白马偷一点懒,在拉粪的时候停下了蹄步,这对于马匹的劳役与生存规则说来,本来是不能允许的——马小便时允许停步,大便时绝不可以;而且,按泰外库过去的看法,拉粪停车,近乎对驭手的冒犯和藐视;但是,现在,泰外库也予以宽容等待了。

冬至过后,天一天比一天长,虽然气温升得很慢,但是,中午的太阳直射到人的脸上、身上,已经有明显的暖意。甚至直接接受阳光照射的冰雪覆盖的街道的表面,有点水汪汪的样子,好像抹了一层油一样地发亮。而且,信目远望,在树尖楼顶上面的蓝天之上,正午时分,已经有家鸽飞翔,已经有最早升上天空的小小的风筝摇摆着身姿。

这是冬天的晴日。严冬孕育着春天。紧连着初春的冬天,为春天的盛开的花朵扫清了地面,去掉了一切不必要的杂草和黄叶,为来年的大地准备了丰厚的乳汁——雪水,这样的冬天不同样也是应该被喜爱和感谢的么?

泰外库坐在码得整整齐齐的煤块上。他蜷曲着穿着肥大的毡靴的双腿,拉紧了无扣的光板皮大衣,竖起了大衣领子。他觉得怪暖了呢。于是,又从原路回去。起伏的土路、公路,繁荣而又幽雅的小城,工厂、驻军、摩托连、车队、油库,大的和小的水磨,冬天,水好像冒着热气。新生活大队,医疗站。桥梁,上坡和下坡。来来往往的车辆,不论是凌晨的黑暗与微明中,还是正午的阳光中的一切,不都是可爱的和值得珍视的吗?然而这一切似乎都在远远地离开他,都在向他关上自己的门。他的马车在狂奔,然而他不知道自己是走向哪里去,他的马车经过了最美的城市和乡村,然而这一切又都抛在了他的身后。这一切都不属于他。因为,现在的事情正好比驾车的马惊了,它愚蠢、疯狂、不听调教;这样的马,不正是他自己;这样的车,不正是他的生活的形象吗?

他成了真正的孤儿了,原因全在于他自己。然而,仍然有一只手在拉着他,在温暖着和指引着他,像这二月的正午的天空上的太阳、白鸽和纸鸢一样地向他报道着春天。这是伊力哈穆的手。一想到伊力哈穆,他就颤抖;一想到伊力哈穆,他就低下了头,却又抬起了头,他直视朝霞和旭日,道路和田野,矿井的煤炭和房舍里的炉火。他还看见了爱弥拉克孜的大大的、美丽的和刚强的眼睛。也许从此爱弥拉克孜再不会正眼看他;也许他在爱弥拉克孜的眼中已经一落千丈,甚至已经被开除了"人籍";也许爱弥拉克孜很快就会嫁人,和那个不知名的令人嫉妒的幸运者生儿育女,居家度日;然而,恰恰是这个时候,在他极度悔恨和极度悲伤的时刻,他好像真的了解了一点爱弥拉克孜,靠近了一点爱弥拉克孜。在他痛心地发现了自己的弱点和不足的时候,他好像离爱弥拉克孜更亲近了。

下午,他根本不休息,在卸了煤、卸了牲口之后,他还在马厩里,不是收拾车和套具,就是帮助饲养员铡草,修理食槽和马灯。晚上,他参加学习"二十三条"文件和揭开七队的阶级斗争盖子的会议。他不发言,但是他听得认真,想得更认真,他一夜一夜地想。为了弥补过去动脑筋太少造成的失误,他费力地动着脑子……

泰外库去找麦素木,他问:"怎么办?"

"什么怎么办?"麦素木装糊涂。

"我们应该怎么样继续揭发批判斗争伊力哈穆呢?"

"唉唉,算了吧,我才不管这些呢。请问,人生需要的是什么呢?按照我们维吾尔男人的说法,人生,这就是塔玛霞儿——嬉戏,玩耍!从生下的第一天,这是塔玛霞儿的开始。在你离开人间的时候,这是你的塔玛霞儿的完结。回顾一个人的生活,他的塔玛霞儿也够美的了呢。我们什么没吃过?我们什么没见过?我们获得了人生的各式各类的消息。现在,我们回到农村来了,我们做一个农民。我们在农村盖了房子,我们有杏树和苹果树,有奶牛和母鸡,有黑狗和白猫。我还有一个乌兹别克老婆。而在梦里,我有成群结队的女人,都是白白的,甜甜的,招人疼爱的。我是大队加工厂的出纳员,我走到哪里都受到人们的尊敬。请问,我们还需要什么呢?算了吧,我再也不管那些个运动不运动的了。"

麦素木的调子是泰外库没有意料到的。看到了他这种惊奇和迷惑,麦素木很满意,然后,他补充说:

"然而,我们也决不允许别人侵犯我们。我们是维吾尔的男人。如果有人抢走我的老婆,我就要和他血战到底。如果有人骂我是阴阳人,我就要割掉他的舌头和屌把子。决不含糊。"

这些字眼儿又使血液往泰外库的脸上冲了,然而这次的血气上扬是想给麦素木一个嘴巴。但他还是控制住了自己。他问:"可我们写的控告呢?我们控告了那么多。效果在哪儿呢?哪一条也说不实在。群众反而对我们不满意。"

"您是说您的控告吗?您是说大家对您有意见吗?"针对刚才泰外库用的主语是复数的"我们",麦素木强调着挨骂的只有一个单数的"您"。"不用管那些。控告就是控告。这是您积极参加运动的表现,是您追求进步的表现,是对工作组的最大支持,即使控告的材料不太落实,即使控告错了您也是好样的,您也是不受谴责的。相反,只有包庇四不清干部的人才是应当责备的,是有罪的。"

……泰外库没有和他再谈下去。麦素木真是个机灵鬼,看来他已经觉察到了一点什么,他现在努力想把伸出的脖颈缩回到甲盖里去。

泰外库去找库图库扎尔。库图库扎尔说:

"您没看出来吗?现在伊力哈穆正在煽动人们找我的麻烦,他肯定不会饶过你的,你已经和他结下了冤仇。或者是我们胜利,我们把伊力哈穆告倒,或者是他胜利,我们完蛋。只要他还在七队当队长,您就不用想有好日子过,您甚至连讨老婆的想法也不必有……有他没您,有您没他,事实就是如此。"

"我为什么要和他势不两立呢?他其实又没有把我怎么样。"泰外库瓮声瓮气地说。

"唉,兄弟,您怎么说出这种话来!您是个真正的维吾尔男子,而伊力哈穆已经不是维吾尔之人!你知道人们怎么称呼伊力哈穆吗?人家说,他是王伊力哈穆,赵伊力哈穆!那年为了包廷贵的猪的事,他向公社党委讲了你多少坏话呀,如果不是我阻拦,说不定你要受到迫害呢。"

"……可为什么大家都说您当时是支持包廷贵的呢?"

"唉,唉,您什么都不懂。那不过是表面上应付罢了。我应付上级,是为了保护你。而伊力哈穆呢,他才是没安好心!"

"那我们怎么办呢?"

"您不是控告了吗?您不是已经发过言了吗?一口咬定,坚持到底,实在不行拼它个两败俱伤,也不赔本。反正包子款已经交了,还能不等包子熟就走掉①吗?反正已经和伊力哈穆撕开了脸,还能中途退兵吗?"

泰外库点点头。他想,麦素木和库图库扎尔都称颂我是什么维吾尔男子,看来这一称号还真有点危险呢。

泰外库去找尼牙孜。尼牙孜说:

"去吧去吧,我再也不管这些狗扯羊肠子的事了,反正欺侮我就不行!人们已经知道了我的厉害了!你大哥尼牙孜不是好惹的!他伊力哈穆总算也尝到了一点辣味。至于麦素木和库图库扎尔,我也无须乎事事都听这两个狗屁的。哪个人不是为了自己?他们为什么要关心我呢?我是他俩的大大吗?不,我不是他俩的大大。我是他们俩的巴郎子吗?不是的,我也不是他俩的儿子。您以为如果别人当队长就会喜欢我这个尼牙孜吗?不,不会的,不过是有的人抓得紧一些,有人松一点点就是了。抓得松的人更坏,他们憋着劲,他们在等待时机,准备到时候切下我的肉片炒皮牙孜。当官儿的人是不会喜欢我的。当官儿的人总愿意你少吃粮,多出力。可我呢,我想着的是多吃粮,多吃肉,多花钱,可就是要少出力。中国是这样,苏联是这样,美国也是这样。现在是这样,马木提乡约时候是这样,一百年后还是这样……

"章洋章组长也是一样,这可是个大好人,这可是我的一个朋友。他能同情我只因为他不在这里当队长。最多半年,他就走了,从此一去不再回来。他不管我们的工分,不管我们的账目,不管缴公粮、卖余粮,不管调拨化肥和发救济款;这样,他就抱打不平,同情我而且喜爱我。一旦他管上这些,一旦他当上咱们的队长,他发

---

① 维吾尔谚语,犹言"一不做,二不休"。

起神经来一定会要我的命。兄弟,你太嫩啦,你需要教育,需要成长,你要敢于钻到各式各样的洞洞子里积累经验①。慢慢跟我学习吧,我的命根子兄弟!喜欢尼牙孜的只有一个,那就是尼牙孜自己。喜欢泰外库的人也不会有第二个,除了你这个傻瓜泰外库以外。我现在关心的是别的事……兄弟,你的车明天去伊宁市?"

"从那里经过的。"

"你把我带上。我还要把那几捆玉米秸装上。你把我和玉米秸拉到牲畜市场,等我把玉米秸卖掉,你把玉米秸送到买主的家,你的任务就算完成了,你去拉黑的煤炭还是白的化肥一律由你。请不要说不行,对么!"

"那时间可就太晚了……"

"所谓时间又有什么呢?最多一个小时,两个小时又怎么样?上苍给我们的天饷,可不只是几个小时呀,慷慨的人才会得到保佑,讲友情的人才会得到护持……卖完麦秸,我请你去吃薄皮包子,我出钱。你不知道,现在正是青黄不接的时候,一捆玉米秸卖的价钱比一筐玉米棒子还多……等到钱凑齐了,等到工作干部走了,我要买奶牛呢。到那时候,你做奶茶的熟奶就由我供应,钱也不要你的。"

"为什么要等工作干部走了才买奶牛呢?"

"这……这……你以后慢慢就会明白了。有多少办法呢?有人糊涂,有人不糊涂。怎么样,说定了吧,明天早晨你套上车先到我家来……"

泰外库点点头。第二天,他果然赶着车来了。偏偏尼牙孜并没有做好准备,因为他虽然向泰外库提出了请求、泰外库也答应了

---

① 这句话有猥亵含意。

他,但是他没有相信泰外库真的会给他帮忙。怎么可能仅仅是他口头上许诺了一次,而泰外库口头上答应了一次,就当真付诸实行呢?谁不是口头上满口答应而实际上丢诸脑后呢?他正在睡觉,泰外库竟叫他来了。他当然不能放弃这送到门上来的大车,一个大傻子和一个傻大车,只有马儿还算是聪明一点。

尼牙孜一边现搬现捆玉米秸,一边心想,泰外库是个容易摆弄的傻瓜,说了一声薄皮包子就把车赶了来,如果是抓饭和手抓肉呢?他还不给我扛一年活?如果是个精明的车夫,至少先借机勒索上两顿薄皮包子才能来真的啊,算了吧,这顿薄皮包子就算我已经请过了。

玉米秸装好了,车子已经移动,尼牙孜忽然又灵机一动,喝止了马匹,跳下车来,跑回院里,从房后扛来了一根圆木。解释说:

"这是我从伊犁河里捡回来的。"

伊犁河泛洪的季节,偶尔有从上游林场冲下木材的情形,有一些贪财的勇敢分子是能捡回这种"洋落"来的。但尼牙孜绝不可能。他又奸,又懒,又不会游水,别说这么大一根木头,哪怕岸边有个柴火棍,他一下水恐怕就要被急流卷个无影无踪。看来,更可能是偷来的。例如,附近兵团的一个子弟学校正在大兴土木,这不会不吸引尼牙孜这种雁过拔毛的人。

泰外库用怀疑的眼光打量了一下木头。"就是捡来的。就是捡来的。"尼牙孜连连声明,而且点头哈腰,向泰外库做出一种摇尾乞怜的下贱样子。

泰外库微笑了一下,示意尼牙孜上来。天已经发亮了。已经耽误了近一个小时,尼牙孜更感到泰外库是一个傻瓜。感到傻瓜不充分地利用,那就像吃饭不吃光,榨油不榨尽一样,简直是辜负了胡大的恩典;那是一种罪过。于是,在牲畜市场上,他拉着泰外库随着他卖玉米秸,和顾客反复地要价还价,又耽误了很长的时间,直到他确信再待下去不但不可能多卖一分钱而且说不定要削价的时候,他才做成了交易。泰外库赶着车把玉米秸送到了买主的家中,卸下去以后,尼牙孜转着眼珠,和泰外库商量:

"您说,这根木头在哪里卖好呢?"

"是啊,要挑一个好地方。"泰外库响应地说。

"可农贸市场是不准卖木材的。"尼牙孜有点发愁。

"我们慢慢地赶着车在街上走,会有人注意到我们这根木头的。一定能卖一个好价钱。"泰外库出主意说。他似乎完全忘记了自己赶车是干什么的,车,已经成了尼牙孜的专用马车,而泰外库,已经成了尼牙孜的专用车夫了。

尼牙孜很满意。看来从这个大个子身上能够榨取的油水还远远没有到头。他们缓缓地赶着车在街道上走着。尼牙孜感到有一点饿了。当当真真经过一个包子铺而且发现已经开始营业(一上午已经过去了)的时候,他提议说:

"咱们去喂一下肚子吧!"

泰外库又同意了。他们停下车,拴好马,又使车里的木头对着饭铺的门,以便照管看护,两个人走进了包子铺。一进饭铺,尽管还没有几个顾客,尼牙孜先说:

"啊,我要去找一个好座位!"

他的眼珠子乱转起来,缩着脖子,脸上挂着一种窃笑的样子。这位自命精明非凡的算计家,就是这样浅薄,这样愚蠢,这样赤裸裸无耻地玩弄着一眼能看穿的手段。那个年代的用餐规则是先买票,后就座,他的所谓找座位,就是不去交钱买票,躲开紧紧靠门而设的出纳专柜。那么谁去付款呢,那还用说?其实他还不如直说:"泰外库,我今天想叨扰你一顿薄皮包子呢!"如果他那样说,泰外库倒完全可以愉快地接受一次"敲诈"。请人吃几个包子又有什么了不起呢?但是尼牙孜这种愚而诈的丑恶至极的样子,却使泰外库真想掐住他的后脖领子,像捏起一只臭虫一样把他从饭馆门口的高台上抛下去。但是,他忍住了,他的脸上又显出了笑容,自己走到开票的窗口,交了钱和粮票,端着两大盘葱头和羊肉丁馅的、滴着羊油的、皮薄如绸纱的包子来找尼牙孜。包子皮薄得达到了半透明的程度,隔着皮能看到个头大大小小的肉块与紫色与白色相间的葱头,而且包子皮上随着馅子显出了凸凸凹凹的不规则的花纹。

尼牙孜的样子,宛然是一个理所当然享受侍候和供奉的老爷。他们面对面坐着,吃了几个包子,尼牙孜眼睛又转了,他漫不经心地说:

"这样的天气!这样的包子!如果再喝一点喷咴喷咴①的水——天方的圣泉②,该有多好!"

泰外库没理他。

"要不,我去买上一瓶子吧。您喝吗?泰外库兄弟?"尼牙孜逗弄道,他知道,作为一个"维吾尔男子",泰外库一定会抢先去买酒的。

"好的。您去吧。"没想到,泰外库是这样说。

"这……这……"尼牙孜尴尬起来,鼻尖和太阳穴上都沁出了汗珠,"要不,您买去吧!"尼牙孜硬着头皮说。

泰外库控制住自己的冷笑,他站了起来,买回来一瓶酒。

喝了一杯以后,尼牙孜就飘飘然了,原来泰外库就是这样一个

---

① 犹言"有滋有味"。
② "天方的圣泉"本指伊斯兰教圣地麦加的泽母泉,这里无耻的尼牙孜竟以之指酒。

不折不扣的白痴,和他在一起想怎么样就怎么样,他身上有榨不干的油水。幸亏今天是尼牙孜和他在一起,如果是别人,岂不要把他钱袋里的钱全部骗去?啊,如今的世界上,有多少奸、滑、损、坏的人啊!他张口道:

"唉,兄弟,您不懂呀!现在,坏人太多啊!伊力哈穆,那是个不讲情面的恶魔呀。你找他通融点事情,简直比给磨盘钻孔还难……热依穆,那是怕老婆的熊包……阿卜都热合曼,那是个假积极分子,我就不相信他那么热爱人民公社。还有……"

尼牙孜提到一个人骂一个人,不论是他的"朋友"库图库扎尔和麦素木,也不论是和他毫无关系的哪个小孩子。甚至当泰外库提到章洋的时候,尼牙孜也骂了起来:

"谁知道世上怎么会出来这么一个装腔作势的雄鸡,这么一个嘶喊吼叫的叫驴!"

"等一等,"泰外库打断了他的话,"昨晚上您还说过只有章组长是一个大好人,只有章组长一个人是真心同情您,因为他不管这里的缴售粮食和支付工分……"

"没有的话,"尼牙孜把泰外库推了一下,"我从来没有说过他的好话。姓章的是异教徒,我还能夸奖他?坏人,坏人,都是坏人……"

于是,泰外库明白了,尼牙孜是这样一种人:清醒的时候,他只仇视好人,清醒的时候他记得要拉拢坏人;喝一点酒以后,他开始仇视全人类,一喝酒就骂遍所有的人。这样的人泰外库过去也不是没有见过。他领教一次就再不搭理这样的人了,因为他懂得,他今天如何在你的面前拿着酒杯骂别人;昨天或者明天,他曾经或者将会同样地捏着酒杯在旁人面前骂你。

泰外库不想再听他的凭空漫骂了。他变了一个话题。

"您准备买奶牛吗？趁现在便宜赶快买吧。您又有草,再有一个多月青草就接上了。现在买一个孕母牛,一年就有奶喝了。等天一暖,小牛下来以后,买起来就贵了。"

"现在不买!"尼牙孜带一点酒意,他说每一句话的时候最后都拉长了声音、降低了音调,好像每吐出最后一个字的时候就想要呕吐似的。"我还要让伊力哈穆赔我的奶牛呢。"

"不一定能赔给您吧?"

"不赔也让他恶心恶心!谁让他老想管束我呢?"

"尼牙孜哥,"泰外库靠近了尼牙孜,放低了声音,"我一直想问问您呀,您原来的那头奶牛,好模好样的,为什么要宰了呢?"

"您不懂!你是小孩子!"尼牙孜干脆放肆地说起"你"来。看到泰外库并无愠色,他就更加高兴了。他说：

"你知道个啥!这几年饲草特别缺。我先从队上要上一个奶牛的饲草,再把牛宰掉,卖肉。实在需要喝奶茶了,我就从乡邻众人那边淘换一点牛奶。然后等到早春青黄不接的时候再一卖草,加到一起不但能再把一头年轻、奶多的牛买回来,而且还能赚几个钱呢!何况,这里头还有政治!"尼牙孜得意地用手点了点泰外库的肋骨,泰外库不由得躲避了一下。他的躲避使尼牙孜产生了一种强大感、胜利感,他仰头哈哈大笑。

"您真行。"

"没有疑问。我还能不行吗?我不行谁行?说起从前我们祖上也是些不简单的人物啊!"

"怎么不简单呢?"

"算了,算了,不说这些。"看来,在他自己的来历上,他倒真做到了守口如瓶。

"……看来,艾拜杜拉打您,也没有这回事喽!"

尼牙孜前仰后合地大笑起来,笑得口水鼻涕乱飞,还把盘子一推,把一个包子弄得落在了地上。

"你不懂。这都是政治斗争,其实,我倒挺适合政治的。那些搞政治的人有什么了不起?我不过是没有去罢了。只是,会上发言、检举、批判不给多记工分,这真不合理。弄得我只顾得倒腾玉米秸和木头了。"

"您的木头是这么……"泰外库把眼一闭,把右手的食指一挑一勾,做了一个心照不宣的姿势,"偷来的吧?"

"什么叫偷?到了谁的手里就是谁的。就和这瓶酒和这盘包子一样。哈哈……"尼牙孜笑得更厉害了。上身也坐不稳了。

泰外库却不想让他醉倒。他把剩下的酒全部倒出,自己一口喝光了。然后,他给尼牙孜端来一大碗酽酽的茯茶醒酒。他好像漫不经心似的问道:

"您挨打的那天夜间,曾经被救护到新生活大队的医疗站,是吧?"

"嘿嘿。"

"您没在医疗站看到一张信纸吗?"

"什么信纸?是那张浅绿色的信吗?库图库扎尔说那是什么来着?是你给那个一只手的丫头写的信?不,不,我没见过,哈哈哈……这里有这么几种可能。第一个可能是我见过,不但我见过而且这封信归了我,但是你傻小子不知道,你上哪里知晓去?哈哈哈,你是百分之百的苕料子。第二种可能是我没见过,如果我没有见过我怎么会知道这封信呢?那么,更大的可能是我梦见了一封信,是麦素木最后拿到了这封信,麦素木又从哪里得到了信呢?从你大哥我这儿呗!可我什么时候议论过传播过你的信呢?我拿到了信又怎么样呢?我不识字。我不识字就这样厉害,这样精明,我要是再识了字,胡大能允许吗?"

尼牙孜把包子盘子又一推,挓挲开两臂,趴到桌上想睡觉。泰外库一托他的下巴,把他的头托了起来。泰外库说:

"告诉你。我去煤矿了!"

"木头,木头⋯⋯"尼牙孜结结巴巴,含糊不清地说。

"木头你自己扛着,谁知道你木头是怎么来的? 啐!"泰外库一边恨恨地说着,一边戴正帽子,紧一紧皮大衣,头也不回地走了出去。把木头从自己的车上往下一滚,咣当,圆木滚到了地上。

泰外库的表情、声调、动作都完全变了,特别是他的圆瞪的、充满了轻蔑与憎恶的目光使喝得迷迷糊糊的尼牙孜打了一个寒噤,似乎酒醒了一半。他呆呆地望着泰外库。叭,一个响鞭,马车跳跃着远去了。

小说人语:

马车夫的生活,马车夫的性格,永远闪烁在马车夫头上的寒星,马车夫对于不必星夜起床赶马车的人的生活的观感⋯⋯你是新疆的最动人的民歌之一。

男人有自己的混账,自己的愚蠢。他的底线是因了慷慨、诚实与大度屡屡吃亏。懂得忍耐的男人终于对更加混账和愚蠢的坏人还以了颜色!

好人常常是上当再上当,倒霉再倒霉,终于再不上当。坏人常常是,得计再得计,盈利再盈利,终于,赔掉了裤子。

第五十五章　满面淌泪　泰外库痛心揭真相
　　　　　　　六神无主　库扎尔突围扣大帽

　　章洋惨淡经营、苦心组织的对于伊力哈穆的"批斗"，其实是建立在沙上的楼房，在"二十三条"的冲击下，摇摇晃晃，垮局已成。

　　一切不符合客观实际，不得人心的东西都是这样的。尽管一时也咋咋呼呼，煞有介事，到时候，生活的浪涛翻卷，神气的庞然大物肢解破碎，化成一摊泡沫，涨潮落潮，风风雨雨，而后云开日出，金光万道，长河滚滚涌流，泡沫荡然无存。

　　"二十三条"的学习讨论一开始，对伊力哈穆的"批斗"就停顿下来了，并且从此一蹶不振。中国人民乃是富于政治经验的人群，新疆的少数民族也不例外。一九四九年以来，所有的人都学会了从中央文件中听出一个"严"与一个"宽"字的区别来。恰恰维吾尔语中的"宽"字，直接用的就是汉语借词"康"。如果大家从文件中嗅出了"严"的气息，这时候大多一声不吭，你揪谁斗谁都不足为奇，而一旦他们嗅到了"康"或者"宽"，好了，他们敢于白雪说白，黑炭说黑，据理力争，弘扬常识了。

　　似乎毛主席也知道这一点，要不就是由于路线斗争必须批"桃园经验"以打击特定人士的玄机，他下令要把"二十三条"贴到每一个生产队，要把政策直接交给人民，也就是自然而然地打击了前一段时间执行推广"经验"的各地的社教工作队。直接依靠，打击对手，这是一手很漂亮的活儿。如此这般，"二十三条"一出来，包括爱国大队其他生产队的社员群众，对章洋、七队工作组的工作提出越来越多的异议。许多人直截了当地提出,伊力哈穆没有四不清的问题,不是阶级敌人,他是无产阶级的好儿子,是社会主义的建设者。而恰恰是章洋的骨干库图库扎尔,倒很有一点挖社会主义墙脚的味儿。

这是中国政治生活上的一种命名法则,认祖归宗即上纲的法则。有时是确实如此,有时是碰巧撞上,有时是生栽硬扣。"名"即概念归属即帽子决定成败,帽子比头更清晰也更重要。天晓得个中奥妙,反正现在是"二十三条"对伊力哈穆有利,对章洋不利。同时在我们的政治生活中也常常碰到在某件事某个文件上的巧合:你的某一项言行,别提如何符合某个文件的需要了,于是你正确上加正确、让领导喜欢上加喜欢了一回。下一次,同样的事件类型,同样的反应机制,同样的性格逻辑,他或她的碰巧变成了完全的触霉头,人们称之为撞上了枪子儿,你的某一项完全类似的言行,赶巧碰到的是文件批判的对象,是领导提倡的东西的对立面,是领导最最愤慨的东西的样板,那么你碰到的命运是自取灭亡。

但是,章洋不退让,他已经弄假成真,他已经骑虎难下,他自以为是带着阶级感情嫌富爱贫,除强济弱,他白眼珠发红,黑眼珠冒火,一心认为自己是正确的正确的第三还是正确的。他每天每时每刻都在想,我是正确的,我就是正确的,我一直是正确的。在社教工作干部的会议上,他虽然抽象地承认了大多数干部和群众是好的,承认了调查研究和依靠群众的必要性,但是他并不承认他在七队搞颠倒了。这里,他还多了一个优势。这就是"先下手为强"。他已经下了手。伊力哈穆之被"批斗"与库图库扎尔之被信任,都已经是既成事实。既成事实具有一种类似物理学上的"势能"的不可低估的力量。推翻这个既成事实吗?否定前一段他的工作成绩吗?没有那么容易。

你说伊力哈穆没有唆使艾拜杜拉打人吗？你说伊力哈穆没有破坏泰外库的家庭和爱情吗？你说伊力哈穆要求自己很严格,从没有多吃多占吗？你说伊力哈穆在大队没有和里希提勾结在一起搞宗派,排挤大队长吗？你说在一九六二年的风浪中,伊力哈穆很坚定、很好,他对乌尔汗、廖尼卡……的关心和帮助是为了党的利益吗？拿证据来。有这个证据吗？这不一定,群众的反映吗？那很难说。这样,章洋反倒成了检察官,成了审判员,成了把关的监督哨。你很难说服他承认伊力哈穆是无辜的,是好的。他的逻辑是,先假定伊力哈穆是有罪的,然后搜集符合这个"有罪"的前提的材料,然后得出他"有罪"的结论,这就是定论,这不需要什么证据,不需要如何慎重,也不需要防止什么"副作用""不良影响"。但是,你现在说伊力哈穆无罪吗？那可不得了,说谁谁无罪,那似乎是鉴定一个奇特的新发明,设定一个危险的新规程；这里,每走一步,每写一笔一画,似乎都会给运动(其实是给他个人)带来灾难,他抵抗着,顽强而又苛刻。其次,他的逻辑的第二个方面是,根据现在的"二十三条"和实际情况,本来是可以不"批斗"伊力哈穆的,但是,既然前一段已经批斗了,就不能轻易取消这一"批斗"。

而对于库图库扎尔,他的态度正好反过来。

就在这种社员会议上,意见越来越一致,而社教工作组会议上,两种意见陷于僵持的情况下,泰外库在社员大会上发言了。他已经沉默了好几天。在这次发言以前,他专门理了发,刮了脸,换上了新帽子。他说:

"我要谈一谈事情的真相,我不希图原谅；家乡的老人和母亲,兄长和大姐,领导和邻舍,请你们判断,请你们惩罚！

"我对不起你们！我对不起用盐和茶哺育了我的故乡！对不起工作组！对不起伊力哈穆哥和米琪儿婉姐,也对不起章洋组长！

"请看,这有多么卑鄙,多么下流！多么恶毒！他们为了打击伊力哈穆哥,为了把咱们队、把大队、把四清运动搞乱,他们无中生有,制造无耻的谣言！他们看中了我这个傻瓜,我这个废物。是尼牙孜拿走了我写的一封信。他们反而说一切是米琪儿婉姐说的和做的。他们挑拨我……

"但是,我不能把这一切都归结到他们的挑拨上。如果我脖子上还长着头,如果我胸腹里还有心肝,如果我还是个人,我本来不应当那样暴躁,那样疯狂,那样瞎了眼、昏了心,把匕首柄交给别有用心的恶人,而把刀尖捅向我的兄嫂、我的友人,捅向处处帮助我、照管我、怜惜我而且教育我的伊力哈穆哥和米琪儿婉姐！"

泰外库流出了眼泪。他任凭眼泪在面颊上流淌也不揩拭。伊力哈穆和米琪儿婉的眼睛也红了。还有许多妇女抹着眼泪,包括那些原来热心地传播流言的娘儿们。

"他们都称赞我是'真正的维吾尔男子',够了,这种狐狸的赞美！够了,这种一文不值的假英雄称号！啐！

"现在,我已经弄清了一切,全是阴谋,全是诡计,全是凭空捏造。

"说什么伊力哈穆哥害死了尼牙孜泡克的牛,不是的。牛是我宰的,一点没病,比尼牙孜本人还强壮。昨天他亲口告诉我,他宰牛的目的是为了高价卖饲草,加上牛肉钱可以有赚头,反过来还可以栽赃诬陷……

"说什么伊力哈穆哥唆使艾拜杜拉打了尼牙孜,尼牙孜亲口告诉我,这是一种政治手段,是百分之百的谎言。

"是谁给尼牙孜出了这些主意呢？是谁充当尼牙孜的后台呢？自己站出来！

"说什么积极参加运动,向'四不清干部'作斗争,昨天,库图库扎尔大队长亲口告诉我,一定要和伊力哈穆斗争到底,因为伊力哈穆已经姓了王姓了赵,因为伊力哈穆一心向着外人,他说只有他才是保护维吾尔人的利益的……

"章组长,咱们到底干了些什么?打击了谁,保护了谁?我还写了什么对伊力哈穆的控告信,这太可耻! 当时我喝醉了,有一条毒蛇缠上了我,当然,我不想减轻我自己的罪过。我犯了诽谤罪,我变成了不分好歹、忘恩负义的诽谤者,我要求大队支部和工作组,要求乡亲父老制裁我,该割舌头就割下舌头,该割耳朵就割下耳朵!

"但是,那些个毒蛇,那些个别有用心的家伙,你们已经露出了尾巴,收也收不回去了,赖也赖不掉了。拿出点男子气概来。别那么鬼鬼祟祟,偷偷摸摸,自己说说,到底要干什么嘛……"

泰外库的发言像一枚炸弹一样地在会场上爆炸了。许多人听了觉得非常痛快,点头称是,而且不断地叹道:"瞧这! 瞧这!"有的越听越气,攥紧了拳头,在泰外库发言结束的时候应和着喊了起来:"说得好!"有的目不转睛地盯望着泰外库,随着泰外库的悲、喜、怒、恨而悲、愧、怒、恨,同时从头至尾,又用目光鼓励着,支持着泰外库把话说完。这是绝大多数人的反应。

当然,也有人并非如此。章洋非常意外,十分迷惘。他悄悄地对尹中信说:"这些个维族人让人摸不透,一会儿这样说,一会儿那样说,叫我们怎么办?"尹中信对他这种把自己工作上的迷误归之于兄弟民族的民族性的弱点的说法非常不满,严厉地瞥视了他一眼。精通汉语的别修尔和玛依娜尔也听见了他的话,交换了一个不满的目光,斜着瞅了章洋一眼。这三个人的眼光使章洋意识到自己的失言,悄悄低下了头。

麦素木的心怦怦地跳,他已经在考虑如何应付最不利的情况,并且庆幸自己并没有特别重大的、要害性的辫子落在别人手里。只要库图库扎尔不出卖他,他最多承认自己对伊力哈穆有些不满——对了,是由于盖房打院墙占地的事件——仅仅是个人的不满,因此说了一些"不利于团结"的话。对,防线就修筑在这里,个人不满与不利于团结,再不能后退一厘米。

……有两个"无罪"的人听了泰外库的话却特别紧张、激动,甚至可以说是恐惧。一个是阿西穆。前一段因为病他没怎么参加会,伊明江对泰外库给爱弥拉克孜写信的事情及由此而引起的风波有意识地瞒着他。但他多少也风闻了一些,心里结着一个疙瘩。没想到泰外库提起了这个事情,他感到自己竟成了会场上最不名誉、最抬不起头来的人。泰外库对库图库扎尔的揭露也使他大为震惊,倒不是因为库图库扎尔是他的弟弟,他们俩早已经是油与水的关系,互不相混了。使他害怕,使他战栗,使他两眼发黑的是另外的原因,是他千方百计想埋葬掉、想躲避开的一个镜头,一个记忆;谁想到,就像贮酒一样,时隔越久味道就越加浓烈,阿西穆在会场上像一片落叶一样地簌簌发抖……

另一个人是乌尔汗。心跳到了嗓子眼儿,难道还没有到时候吗?冲上去,揭露他,控诉他……

有几天了,库图库扎尔一直很不舒服。他眉头紧皱,心率过速,常有恶心和漾酸水的感觉。一连好几天了,里希提被公社公安特派员塔列甫叫去了。那天的电话是库图库扎尔接的,他听出了公安特派员的声音。塔列甫找里希提,里希提不在,库图库扎尔自报了名,塔列甫却没有向他吐露一个字,库图库扎尔又说:"章副组长在呢。"塔列甫却说:"噢,没事了。"挂上了电话。什么事瞒着他们?引起了库图库扎尔的狐疑。下午,他借故去到了公社,他看见塔列甫的房门紧闭,窗帘拉下,从缝隙里隐约看到了里希提、赵志恒、尹中信的身影。第二天早晨,章洋忽然向他询问了有关伊萨木冬偷麦子的情节,并且透露说,伊力哈穆曾经向县委书记反映库图库扎尔有若干嫌疑,特别是,曾引用乌尔汗的话,说是丢小麦那天夜里把伊萨木冬叫走的不是别人,正是他库图库扎尔。

库图库扎尔这才知道乌尔汗已经将他揭露了。他按照早已准备好的反击办法,一口气叙述了各种情况,一口气列举了许多证人,一口气"揭发"了乌尔汗的十恶不赦之罪和伊力哈穆与她的见不得人的关系。看样子,章洋仍然是信任他的,章洋谈这个情况的目的仍然是为了对付伊力哈穆的进攻。于是,他建议举行了对乌尔汗的"审问"和逼供、诱供。意外的是,这个平素比石头还沉默,比绵羊还驯顺,比泥团还便于捏过来揉过去的乌尔汗表现了惊人的固执。任凭他和章组长一唱一和,一打一拉,讹诈威胁,怀柔劝诱,她始终不肯对伊力哈穆进行哪怕是一点一滴"揭发",这使他十分不快,甚至觉得是不祥了。

……谁知道天上又掉下了个"二十三条",共产党的这一套实在厉害! 他给共产党当干部已经十五年了,他不怕开会发言,不怕做总结,不怕挑战应战,不怕任何漂亮的词句——不管听起来有多么"左",怕只怕共产党讲实事求是,共产党只要一讲实事求是,他那一套适应气候的伪装就要被剥落!

最近的事情,虽然看来一切顺遂,库图库扎尔仍然是六神无主,心里乱糟糟的。情况之坏从他吃"那斯"上可以证明。过去,这种口含的烟草丸子给他带来许多的乐趣;可最近呢,一放到嘴里便只觉得又苦又臭,不等融化便又吐了出来。他这回是真的要垮了,病了……

麦素木以真面目出现在他的面前,使他被完全捆绑在"那边"的战车上;这太危险、太可怕了。他失去了若即若离,左右逢源,如鸭出水，了无形迹的优越性。章洋的易于就范，以他的老谋深算看来，也并非全是吉兆。因为这说明，姓章的乳臭未干，幼稚可怜，说不定什么时候被别人用一口气吹倒或用一个指头打翻。

解放以来，他已经经历了不少风云变幻。他安然保存下来了，他庆幸自己的得计，却也感到自己生存的地盘是在日益缩小。土改当中镇压了马木提乡约和依卜拉欣恶霸，民主改革以后取消了妓院和赌场；社会主义改造的高潮中取消了土地的私有和工商业的资本主义的私有制，连他熟悉的那些卖酥糖和红鸡蛋的老同行，小摊贩也被纳入了社会主义商业的渠道，后来又取缔了冒名骗钱的野阿訇和私设的地下经文学校；整风中打击了农村的反社会主义势力，整党中清洗了蜕化变质的党员，反修教育中揪出了一小撮代理侵略和颠覆者的家伙；城市五反中惩戒了他的一些能干的朋友……当然，也有些运动中受打击的明明是一些好人，这使他十分开心。每一次运动，每一次斗争之后，他在庆幸自己的幸免之余，也感到他脚下的土地又缩小了一圈，浪花已经溅到了他的身上，下一个浪潮就该轮到把我淹没了吧？这个丧气的想法始终离不开他的脑际，像一条毒蛇一样地缠住了他的全身，无产阶级专政的铁钳已经张在他的两侧，再一夹，他就该变成肉泥了。

夜半，他常常惊醒。惨叫声使自己听了都毛发倒竖，倒不能不佩服帕夏汗，因为，睡在他的枕边的她，却从来听不见。

他就是怀着这样的末日将临的感觉迎接了"四清"的开始，然而，他必须挣扎，必须奋斗，必须绞尽脑汁，费尽心机。运动开始后章洋的一些假"左"极"左"的做法给他提供了浑水摸鱼的最好机会。这当中虽然也有挫折，譬如教给尼牙孜去陷害艾拜杜拉和伊力哈穆的事露了破绽，库图库扎尔本来紧张起来了，但是章洋却一心与伊力哈穆斗争到底，此外的事他视如不见，听如未闻。紧接着,泰外库上得多么精彩,真是一个胜利接着一个胜利。决不能让已经到了手的良机白白丢掉,他库图库扎尔也冲上了第一线……谁想得到……其实,以他的经验,他本来应该懂得物极必反的道理;本来应该有所收敛,然而,现在已经来不及了。没有退路了,他只能不顾一切地拼上去,能咬住谁就咬住谁,能捞点什么就捞什么。好在,至少是从一九六二年以来,他每天都在准备着,思考着,一旦发生被揭露、被揪出来的情况,应该如何为自己辩解并予以反击。

于是,在泰外库发言以后,他略一思忖,举手要求发言。

章洋立即压住了其他要求发言的人,宣布让库图库扎尔发言。

他说:"……泰外库刚才是捏造,我根本没有和他说过那样的话,他说谎,他骗人……他说谎骗人。是由于伊力哈穆在牵线……"

许多人站了起来,泰外库更是气得手直哆嗦,他想象不到一个像库图库扎尔这样仪表堂堂的男人、大队领导干部居然能够矢口否认明明是刚说过不久的话,他眼泪都快流出来了,因为他找不着一个旁证可以证明他泰外库没有说谎。

伊力哈穆声音不大,却是清清楚楚地挥手说:"坐下,让他说完!"

库图库扎尔继续说:

"泰外库根本不是好人,他是一个非常反动的地方民族主义分子!一九六二年,正是他给盗窃犯提供了车辆!正是他挑起了反汉的死猪事件;他政治上极为危险,他是修正主义的应声虫,那么他为什么能够不受惩罚呢?就因为伊力哈穆在政治上是和他一致、和他共鸣的;伊力哈穆千方百计地包庇他、保护他,泰外库这只小鸡躲到了伊力哈穆这只老鸡的翅膀底下。但是,他们俩之间又有矛盾。因为伊力哈穆挖掉了他的老婆!为了得到伊力哈穆的包庇维护,泰外库付出的代价太高了……哪一个人肯用老婆作代价换取什么东西呢!所以,泰外库在夺走了一个老婆又要破坏他的第二个老婆的时候,他不再忍耐了,他反抗了,我们同情了他。他也确实应该得到同情和支持……但是现在,他又变了。他为什么变了?新的'文件'下来了,中央文件将指导我们和阶级敌人进行你死我活的斗争……阶级敌人要进行垂死的挣扎,他泰外库重新投到了伊力哈穆的怀抱,他就是这样一个反复无常、前后矛盾的小人,一个醉鬼,一个二流子,一个修正主义分子和地方民族主义分子,我们要警惕呀,亲爱的同志们!"

会场哗然。"为什么乱扣帽子?""拿出事实来嘛,一件一件地谈嘛,不要用大帽子吓唬人!"人们七嘴八舌地说着。

…………

"瞧,简直乱成了一团!"散会以后,章洋噘起嘴来,嘟嘟囔囔。

"看来,库图库扎尔的戏快唱完了。"尹中信说。

"怎么?"章洋皱起了眉头。

"走吧,"尹中信说,"公社赵志恒同志和塔列甫正等着我们呢。把伊力哈穆也叫上。"

"干什么?"章洋有点发呆。

"快去叫上伊力哈穆啊。去了便知道了。"尹中信略带嘲笑地说。

库图库扎尔拖着疲乏的步子回到家,搞得自己身陷重围,左突右挡,最后变成一片混战,这是他的悲哀,又是他的胜利。下一步会怎么样呢?该死的木拉托夫啊,许下愿一两年、三四年就回来,可怎么连一点动静都没有呢?真像俗话说的,宁可要一元的现款,也不要一千元的许诺!

他回到家里。帕夏汗还在喝酽茶。他不理老婆,倒头便躺了下来,却又不想睡。

"现在就睡吗?来,让我铺上被。"帕夏汗说。库图库扎尔摇摇头,又坐了起来,靠在枕头上,闭上眼睛,听着风声、炉火声、狗叫声,惶惶不安。

帕夏汗独自喝着茶,一边喝着一边呻吟,她呻吟起来是颇有滋味的,高高低低,强强弱弱,虚虚实实,既不是唱歌,又不是祷告;既像唱歌,又像祷告。这个库图库扎尔已经听之多年的、十分熟悉的回旋曲突然使他心烦起来,他大喝道:

"别哼哼了!"

他转过头去,不看帕夏汗的惊愕的眼睛和抖动着的多肉的脸。他想起了自己的"心脏病",好长时间了,他忙得连药也忘了吃了。他睁开眼,为了弥补刚才突然粗暴吼叫的过失,努力用温柔可亲的调子说:"请把郝玉兰给我的药拿来!"

"什么药?"帕夏汗完全忘记了。

"你怎么忘了?一个黑瓶里的,治心脏病的。"

"我的天,一年多以前的药,现在又想起来吃了。"帕夏汗小声怨叨着,开始找药。翻箱倒柜,掀席卷毡。她放东西本来就没有一定的地方,何况又隔着一年!找得屋里尘土飞扬,库图库扎尔没法待下去,为了躲避她的搜索的锋芒,他推开了房门,他一出门,恰好听见后院咕咚一声,活像一个装满了土豆的口袋被人从空中抛到了地上。

"有人!"库图库扎尔大惊,本能地抄起了摆在门旁的一条扁担。

从海棠树后出现了一个黑影,远看像一个椭圆形的球。

"谁?"库图库扎尔低声地、十分紧张地问。

"别怕,是我。"一个嘶哑的女声。

库图库扎尔吓呆了。原来是地主婆子玛丽汗!

"是您。您怎么过来的?"

"跳墙。"

"跳墙?"库图库扎尔更惊骇了。

玛丽汗直了直腰。她说,"我其实并不怎么驼背,但是我每天弯着腰,免得忘了那压着我的共产党和人民公社。"说着,她自己拉开了门,走进去,四面瞭望了一下。

"您的日子不错啊,我的大队长,"玛丽汗说,声调里充满了无望的凄凉、恶毒的嘲讽和疯狂的仇恨,"您的鸟笼子怎么不挂了?"她问。

库图库扎尔无心和她多话,不满地问道:

"您怎么敢到这里来?您要干什么?到底出了什么事情?"

玛丽汗阴沉地说:"伊萨木冬回来了!"

"谎话!"库图库扎尔像第一次挨皮鞭的马驹,他跳了起来。

"我亲眼看见的。"

"让魔鬼挖去你的眼睛!"库图库扎尔向玛丽汗冲去,好像一个行将行凶的打手。

"请不要急躁,"玛丽汗恶毒地把目光斜着一瞥,谁也不看,念念有词地说了起来。而且,她习惯地又弯曲了腰背,使库图库扎尔一阵寒战,"在我的小院子的西北墙角,堆着一堆烂砖土坯和柴火,柴火堆得比院墙高出许多。我在柴火上头扒了一个洞洞,从那儿我可以向外看老远,外人却看不见我。这就是我的瞭望哨口。我没有事就要到那里去看一看。看看庄子上有什么动静,看看世道有什么变化,看看有没有骑兵突然出现在伊犁河沿……"

"别废话了!"库图库扎尔挥了挥手。

"不是废话。木拉托夫临走的时候亲口对我说的。正是为了他的这句话,我才留住了这一口气。今天夜晚,大约在一个半小时以前,我看见从土路上走来了一个穿着长棉袷祥,肩上扛着马褡子的男人,他走路的样子看着很眼熟,由于天黑,看不清他的面孔。他一面走一面停下看看,最后走到了乌尔汗的房门前,他又停下了。乌尔汗开会还没有回去。我很纳闷,怎么会有这样一个男人到她家去?他在身上摸索了一回,最后掏出了钥匙,开开锁,进去了。这更奇特了,乌尔汗家的门锁还是解放前铁匠打的那种长铜锁,这种锁现在已经差不多绝迹了。谁能有这样的钥匙呢?谁能这样在主人不在的情况下自行开门进去呢?我突然明白了,他就是主人,他就是伊萨木冬!"

"不一定吧。"库图库扎尔这样说着,他脸上已经失去了血色。

"一定!无可怀疑!我再想想他的高矮,胖瘦,走路的模样,面部的轮廓,就完全清楚了。后来我悄悄走进了他们家,想隔着窗子再靠近看一看或者看能不能听见他一声咳嗽什么的……可惜,什么也没看见、没听见。再走近一点吧,又怕留下脚印,那太危险了,但我敢断定是他。他是从'那边'过来的嘛!不可能照直回自己的家。是从哪个地缝子里钻出来的?我的胡大!我弄不清楚,但是我必须把情况告诉您,一分钟也不能再耽搁,谁知道?我看他不像带着奇迹飞来的神鸟,倒像预告着灾难的凶乌鸦,我冒着千难万险来到了这里……您怎么了?"

库图库扎尔目瞪口呆,全身血液凝固在血管里了。这个消息像自天而降的一个磨盘,压得他动弹不得;像一阵飓风,吹得他跌倒在地,睁不开眼;像一池冰水,浇在他的脊梁骨上,把他冻成了冰坨子……他像死了一样。

"快想办法!"玛丽汗警告说,"您也精神一点嘛,别那副坐月子的产妇似的样子。您已经挺着肚子生活了好多年,不行,就像我一样地弯下腰来。弯下腰也一样过日子……到时候,仍然可以把肚子挺起来。有我们在,谁知道下一步的事情会是怎么个样子呢?我走了。"说着,她又打量了一下这还是第一次进来的、库图库扎尔的虽然凌乱、却比她的不知宽绰和富裕多少的家。她的眼睛里闪现了一种充满了羡慕、嫉恨、悲怜和幸灾乐祸的凶光,使已经失魂落魄的库图库扎尔蓦地一震。

"别走。"玛丽汗的神态激怒了库图库扎尔,他一把抓住了玛丽汗的枯瘦如柴的胳臂,玛丽汗疼得叫了起来,"我诅咒你和你的已死的丈夫,你们毁了我!走,咱们一起找公安特派员去。"库图库扎尔的牙齿咬得咯咯地响。

帕夏汗昏昏然,她知道事情的大概,知道丈夫面临的危险,却不知道细节。丈夫的歇斯底里的发作使她十分害怕,她哭着扑到了库图库扎尔身上,"您这是怎么了?您不要这样啊。"

库图库扎尔颓然松开了手。

"不要发疯,"玛丽汗抚摸着自己的胳臂,喘息着说,"每一个灾难都有一千零一种对付的办法,不然我陪您去找公安特派员也行。现在去吗?"

库图库扎尔用一只手捂住自己的半个脸,默无一言。

……玛丽汗悄悄地溜了出去,先绕了一圈,好离开库图库扎尔家远一些,然后,她打算穿过二队的果园走上条通向庄子的田间小路。她刚刚往果园边上一靠,一个黑影突然从墙角出现在她的面前,她一怔,回头一看,又有两个人持枪站立着。

"走吧。我们已经跟随你很久了。"民兵连长艾拜杜拉说。

玛丽汗的腰弯得更低了。

小说人语：

在文件开始放"康（宽）"政策的同时，小说开始收网了。

长篇小说的收官很难做，尤其是例如侦探小说、推理小说、公案小说、战斗小说。

你依依不舍，你且战且退，你拨云见日，你且信且疑，你虎头蛇尾，这似乎是小说收官得不十分成功，然而这恰恰是人生的法则。有多少大事不是这样：政变、起义、抗敌、新思维、新发明、新理念、新宗教、新集团、新风格。也许并不是每只老虎或雄狮都长着逼真的纤细与柔弱的蛇尾巴，也许更重要的是，当一只伟岸的老虎吞噬掉了无数无聊的庞然大物从而不可一世的同时，新的挑战、新的麻烦已经开始或正在掩盖住了、弱化掉了它的本来是雄强的、斑纹迷人的虎尾。

怎么办呢？生活永不结束。小说却必须戛然而止。在小说学与生活学的碰撞、纠缠与牴牾中，让我们读完本书的最后几章。

第五十六章　去哪了你　乌尔汗厉声问丈夫
　　　　　　　别赖了弟　阿西穆大义斥库图

　　会场上的激烈的场面使乌尔汗万分激动。看到库图库扎尔那种向泰外库狠狠反扑过去恨不得一口把泰外库吞掉的样子,她真想挺身而出,撕下库图库扎尔的假面。泰外库的悔恨和痛苦,也激起了她极大的同情和共鸣。尽管她的遭遇完全是别一回事。她也曾经对库图库扎尔充满了敬畏甚至是感激。然而,生活这个最严峻也是最热情的教师教育了她,使她越来越认清库图库扎尔的面目。她见过许多好人和恶人。有的恶人如虎狼、如蛇蝎、如狐狸,虽然可恶倒还算形象鲜明。但库图库扎尔呢,他一会儿表白是你的亲戚,是长辈和保护者,是唯一关心你的人;一会儿当众蒙头盖脸地揭你的疮疤,往你的伤口上撒盐,用实有的和杜撰的罪名压得你奄奄一息。有时候他像是祖国统一和民族团结,特别是对于汉族的情谊的最热烈的维护者;有时候他又是那种粗鄙的狭隘民族主义情绪的代言人……他是这样善变,这样不确定,出尔反尔,忽左忽右,翻手为云,覆手为雨,他是一个化装成美人的魔鬼,是一只五颜六色的毛毛虫,他不仅因为恶毒而可恨,而且以其超限度的伪善,虚伪而令人作呕,看啊,他现在又在扰乱会场,混淆视听了!厚颜无耻,说谎的时候眼睛眨也不眨,大棒讹诈,"永远有理"的论辩,再加上花言巧语、东拉西扯的哈哈一笑;这些,就是他的拿手武器。

　　乌尔汗身上像着了火,心怦怦地直跳,虽然她觉悟不高,很少学习,远远不是什么积极分子,但她总是一个社员,一个诚实的劳动者,一个正直的公民,当她看见一个窃贼在撬门锁的时候,当她看见一个歹徒在划火柴放火烧打谷场的时候,她总应冲上去,奋不顾身地扑上去,抓住,拉住,不行就咬住正在作案的罪犯;再退一步说,她要叫人,要呐喊,否则她就不能算一个人,而只能是罪犯的同伙。

她五次、十次、十五次地倾听着自己的良心的这种呼声,接受着这种督促,她终于举起手来要求发言……她得到的是章洋的微皱着眉的、极端怀疑和藐视的一瞥。章洋看她的时候连眼皮都不抬,只是把眼珠向上一翻。他的嘴角上更是那样一副轻蔑的样子,她感到了一种彻骨的凉意,她想起了库图库扎尔多次说的她的"身份",她想起波拉提江的爸爸,想起一九六二年的那场噩梦……她放下了手,她落到了深渊里,万念俱灰。

散会了,她独自走回庄子去,廖尼卡和伊明江、阿西穆本来和她一道的,她故意躲开了他们。她恨自己。她恨库图库扎尔,库图库扎尔的又拉又打,又哄又压,确实是摧毁了她的意志和良心。她恨生活中那些腐烂的、灰色的、腐蚀人、消磨人、毒害人的东西——烟酒、送礼、虚荣、阿谀、大麻烟,以至女人们在餐桌边的无止无休的闲话。她恨那些毒蛇的芯子一样的恶毒的舌头。她尤其恨的是伊萨木冬,都说是你背叛了祖国,背叛了故乡,背叛了人民,也背叛了你的妻儿。一想起从前多少次在苍茫的暮色中等着丈夫回来、等着把面下锅里的她,如何走到门旁张望的情景,她就恨得咬牙,如果给她一把刀,她真想亲手剖开这个玷污了丈夫和父亲的称呼的败类的心!也许有一天祖国会宽恕你,人民会宽恕你,党和政府、公安局和法院会宽恕你,但是你的妻子,流干了眼泪、愁呆了头脑、三十岁就白了鬓发的乌尔汗,当年的活泼、美丽、嬉笑的业余舞蹈家乌尔汗对你不会饶恕;你的儿子,你的唯一的亲骨肉,你的几乎被抛弃、被丢失,而今后将永远承担着对于你的耻辱的记忆的重负悄悄地度过自己的一生的儿子,这个聪明的,现在就像大人一样地说话和行事的孩子将绝不饶恕,绝对而且永远!

在冬夜的寒气中,在酸苦的怨恨中,在这种由于长期积累而无法释放的怨恨所唤起的无限悲哀、无地自容的郁闷中,她深一脚浅一脚地走着。她终于下定了决心,下次开会,她要要求第一个发言,她要就她所能地揭穿事情的真相,要说出库图库扎尔的真实活动来。

她走近了自己的住房。她停下了脚步,呆住了。

她看见自己的住房的小小的窗口,透过窗帘的缝隙,似乎有一线灯光在闪烁。是她花了眼了吗?孩子托放在狄丽娜尔那里呀,说好了散会以后她去把孩子接回来。她的房子是关死了的……她加快了步子,她有点心跳。

门从里面关着,外面却不见了长铁锁。除了她,谁能有铜锁的钥匙,谁敢开这把铜锁呢?旧式的,长长的,长了绿锈又抹了油的铜锁,她推一推门,叫道:"谁?"

门开了,开门的是一个高个子的男人。穿着笨重的毡靴,戴着大皮帽子,背对着闪烁的灯光,而给她以全黑的黑影。

看不见他的面孔。看不见也罢,她一眼就认出来了,她的每一根头发和每一根汗毛都竖了起来。她相信真主,相信穆罕默德是唯一的使者,相信创世和造物。但是,她从来不相信死人可以复活,从不相信坟墓中可以走出活人来,那么,他——是从"那边"来的。

"你!"她喊了一声。

"他妈妈,"伊萨木冬的声音依旧,虽然听起来好像苍老了十年,"您不认识我了吗?"他哭了。

一阵电流通过了乌尔汗的全身,她扶住门框,免得倒下身子来。

"你从哪里来?你来干什么的?"她厉声问。

"您别着急,您放心,我根本没到那边去,我从来没有离开祖国。我永远也不去。即使我被判处死刑,即使把我枪决,我的灵魂依恋着的仍然是咱们这边!"

伊萨木冬没有说下去。乌尔汗啊的一声,昏倒在他的手臂上。

即使是死人复活也不会引起这么大的震动。伊萨木冬回来了,这个已经被亲人和邻人、好人和坏人从记忆中埋葬了的上中农的儿子、原保管员,这个盗窃小麦的罪犯安然回到了自己的家里。首先是狄丽娜尔向庄子上的人,包括向她的娘家,相邻的四队的胡杨树下的人们传播了这个消息。人们惊疑,人们诧异,人们甚至带几分恐惧地面面相觑……然而这不过是一个很短的过程,农民们是善良的,当他们亲眼看见这个已经显出了龙钟老态的、脸上充满了诚恳的忏悔表情的老住户、"塔兰奇"伊萨木冬的时候,农民们为自己的疑惧和躲闪而惭愧了,他们走上前去,走进伊萨木冬的家中去问好致意。虽然大家仍然小心翼翼地避免谈一九六二年的事情,伊萨木冬也不谈这些,但是,不管是谁,甚至问好时握着的手还没有松开,他就先声明一句:"领导已经知道了,我没有到'那边'去……"

是的,他没有走得那么远。在最后一刻,或者更正确一点说,在最后一秒钟,他停下了步子。他收住了脚,他转过了身,他面向着祖国而背对着境外,他不走了。但是,他不敢说出自己的真实姓名和来历。他隐姓埋名,假报自己叫安尼瓦尔斯拉木,且末县人。他说了个且末县,不仅因为他年轻时接触过一个且末行商,知道了且末这个地名和一些有关的情况;更因为且末是新疆的最偏僻,最边远的一个地方。且末和它的姊妹县若羌,位于塔克拉玛干大沙漠的东缘,周围数百公里之内渺无人烟,西通库尔勒、南通民丰的公路常常被流沙阻住。再找不到比它更僻远的所在,连方言也与南疆和北疆的绝大多数地方有所不同。在边境有关部门的帮助下,他被遣送到了且末。到了且末,他向当地政府声明,他本来是伊犁人,全家已经外逃,他在最后一刻决定留在祖国,他再没有别的亲人,在政府的帮助下到且末来探访他的一个远亲,当然,远亲没有找到,他申请留在且末种地。人口稀少而冬小麦富裕的小小的且末县的一个公社顺利地(应该说是欢迎地)接纳了他。他定居下来了,他生活在著名的罗布泊边。且末和若羌,都因罗布泊这个湖泊而著称于世。罗布麻,罗布方言,这些名称都自那个湖泊而来。他耕作在罗布泊畔,他是一名模范社员,从天不亮到天黑,他像土拨鼠一样地穿行在田地和泥土之中,按天记分的时候,他经常早作晚收,中间不休息;按定额完成百分数记分的时候,他经常帮助体力弱的人,装车的时候他站在迎风吃土的地方,修渠的时候他站在低洼泥泞的地段,锄草的时候他专找地头地边,草多土硬的长垄下砍土镘,割麦的时候他利用休息时间割苜蓿草供应大家要子。他的劳动无可指摘,只是他的话少,他的笑容更少。两次队里把他评为五好社员,可是他坚决不肯接受奖状,队长觉得他不可理解,一个自作聪明的年轻的会计说他是一个光知道劳动而毫无政治积极性的典型。为他说亲的使者越来越多,甚至于那个公社的一个小学教师,一个长着鹅蛋形的脸、细长的眉毛、戴着纯金耳环的大姑娘,一个本地著名的美人、被说成是因为过分挑剔而年龄偏大还没有嫁人的"公主",给他写了一封情意缠绵的信。这一切都被他拒绝了,这也引起了种种猜测和议论,只是由于他的劳动和品德白璧无瑕,深得人心,所以才没有产生什么恶意的流言。

一九六四年冬天,四清工作队到来了,他非常害怕,听了一个月的宣传讲解以后,他带上随身换洗的衣服,带上两个大馕来找工作组。他交代了自己的真实情况,他准备好了立即接受拘捕和制裁。他交出了连夜写的书面交代材料和绝命书。他严肃地考虑了由于自己罪大恶极而被判处死刑的可能性,他情愿接受祖国和人民的惩罚。他唯一的要求是在他饮弹伏法以后把他的绝命书交给他的妻子和儿子,如果妻儿还在中国的话。

他的绝命书是这样写的:

我的亲爱的过去的妻子乌尔汗和可爱的儿子波拉提江:不知道你们现在在哪里,我不知道你们是否还活着。也许你们被欺骗、被裹胁,真的到了那边,在饥寒中,在冷眼和轻视中流落异邦?也许你们还留在家乡,代我受辱,代我受罚,你们作为反革命外逃盗窃犯的亲属而受到应有的监督管制?也许乌尔汗妹妹已经再婚而留在我的名下的只有永久的诅咒!也许你们已经在耻辱和磨难中患病在身,或不久于人世?但是,我没有忘记你们,对于你们的思念,这是比我即将接受的处决更痛苦的报应,对于你们的思念,回忆,这却也是我的罪恶的生命的最后一刻的一片光辉。当然,这种思念只不过给你们带来耻辱而已。

……一九六二年四月三十日夜,大风呼啸,飞沙走石,天昏地暗。库图库扎尔,这个伪装的歹徒,这个不见血的杀人犯和两条腿的狼把我从家里叫了出来,我在迷茫之中被他引到了地主婆子玛丽汗的家门旁。不知从哪里出来了三个人把我拥到了玛丽汗家里。库图库扎尔不见了。这三个人当中有一个就是来过咱们家的赖提甫。另外两个人的凶恶的样子我就不细说给你们了。赖提甫说,目前侨民协会在伊宁市设立了几个转运站,各县准备去那边的人在那里食宿,办理手续和购买汽车票。为了帮助更多的人去阿拉木图,转运站需要很多的粮食。因此,他们要求我打开仓库。我说我不准备去苏联,即使我准备去苏联也无权打开仓库,因为仓库里的粮食属于七队的社员。那两个凶神一样的人掏出了刀子,说是没有时间和我进行争论,行,跟着他们一起干,不行,送我下地狱。赖提甫又告诉我,大队书记也是他们的人,全伊犁都是他们的人,侨民协会的命令就是最权威的命令,他们说什么都算数。而且,他们从库图库扎尔处知悉,公社党委已经上报准备逮捕我,一两天批下来我就得锒铛入狱。只剩下了一条路,跟他们一起干,他们将负责把我安全地送到侨民协会转运站,送到边界那面,保证我可以在塔什干或者阿拉木图,在伏龙芝或者杜尚别或者阿什哈巴德任意选择职业,并且由于我在后勤供应方面的贡献说不定还要获得一笔金卢布奖金。而且,赖提甫补充说,他将立即采取措施把你们二人也送到那边去,我们将会团聚在一起。在赖提甫说完这些以后,他们从我的腰身上搜去了随身携带的、我习惯地把它绑在腰带上的仓库钥匙。

错了!大错已经酿成了!我走过了这样一条黑色的路。这条路的起点上,我只是接受了一点小小的拉拢和贿赂,多吃了一点点肉和多喝了一点点酒。这条路的终点,是盗窃,是叛国,是背叛了祖宗,背叛了亲人,背叛了天山,背叛了伊犁河和塔里木河,成为祖国的罪人,民族的罪人!

……为什么没有走呢?是一九六二年五月六日早晨,天还没亮,赖提甫通知我去汽车站,并且说你们两个人在等着我,说是你们也已经变成了"侨民"。我没有看见你们,他们又说你们已乘坐第一辆车走了。大约十点钟,我们来到了边界。这是一片开阔地,中国这边种了一点春麦,由于浇不上水庄稼长得不好,然而总算有一点绿色的小麦。苏联那边是一片荒地,两边戒备森严的铁丝网都打开了口子,全副武装的外国士兵在"维持秩序",稍远一点停着一排用帆布整个蒙起来的大卡车,卡车的发动机轰隆轰隆。咱们这边,缴验了真的和假的苏侨证的人们连喊带叫,连推带搡,连骂带跳。像一群在暴风中失去了头羊(山羊),东奔西突的羊只(绵羊),像一群从失了火的森林中跑出来的兔子。大多数人处在一种疯狂和兴奋之中,也有一些人在跨过边界的最后一刻丧魂失魄,面无人色。这一群羊和兔子,这一群兴奋若狂和面无人色的伙计,在跨过了边界的第一步以后,忽然一个个都垂下了手,垂下了头,规规矩矩地排成了队,一声大气也不敢出。他们小心翼翼,呆头呆脑地去接受检查、检疫和消毒。他们接受消毒的样子才可怕呢。几个保养得很好的,白皮细肉的,肥肥胖胖的那边的小伙子,他们抓着一把一把的药粉洒在这些假苏侨的身上,把药粉塞到这些假苏侨的前襟和后脖领子里了,然后还要经过药液的喷洒。浓厚刺鼻的药味一直传到了国境线这边。我站在边界上眼看着这一切,我听到外国士兵和检疫工作人员吆喝驱赶这些假侨民的粗暴的声音。这些像牲畜一样,甚至连牲畜都不如,可说是像虫子一样地被检疫和消毒,浑身都是药粉和药液的人们,最后被装到卡车的车厢里,帆布的下边,没有窗口也没有换气洞,他们就这样被运走。我的真主!这有多么可怕,多么冷酷。这里哪里有一丝一毫自由、幸福、享乐的影子!维吾尔人的乐园究竟在哪里?维吾尔人的幸福究竟在哪里?维吾尔人的未来究竟在哪里?是在那边吗?在铁丝网的那一面?在陌生而森严的异邦?在趾高气扬,养尊处优的外国官员的手心里?在不透气的卡车篷布下面?还是在令人窒息的化学药粉药液的喷洒之中?

我站在边界线上,我的后面是生我养我的故乡祖国。我的前面是陌生而森严的异邦。我如果抬起脚再走那么一小步,就将和自己的祖国,自己的家乡,自己的亲人和自己的过去、这四十年的春夏秋冬永别。风吹动了小小的麦苗。云铺展在灰蒙蒙的天空。我闻到了一点炒菜的气味,风和云哪里懂得这边境的严峻?小小的麦苗啊,我们中国人是多么勤劳,即使在这样瘠薄的土地上他们也辛勤地撒下了金黄的种子。我想起土改的时候学的一支歌:

我们的乐园是我们的土地,

我们的幸福是我们的劳动,

我们的母亲是我们的祖国,

我们的心灵是我们的歌声。

看那些哆哆嗦嗦地被吆赶着的可怜又可恨的人吧,因为他们离开了自己的土地,离开了自己的劳动创造的一切,离开了自己的祖国,唱不出自己的歌儿。他们在边界这边又骂又闹……但是一到那边呢,他们就断了脊梁骨,他们成了离了娘的孩子,离了秧的瓜,成了丧家之犬……

而我呢,我已经扼杀了我自己,堵住了自己重新做人的道路。我将成为这些浑蛋中的一个,我将即刻被装到黑色的帆布下面。永别了,我的祖国!我抛弃了你!抛弃了祖先的坟墓,亲人的祝祷,烧饭的灶灰和伊犁河上的晨雾。我抛弃了伊犁的苹果,巩留的枞树,昭苏的骏马,特克斯的奶牛,察布查尔的西瓜和新源的一望无际的绿油油那拉提草原。我抛弃了故乡春天的黄鹂和黑主人①,夏天的麦浪,秋天的豆叶上的朝露和冬天的雪橇。我抛弃了《东方红》的歌声,抛弃了鲜艳的五星红旗,抛弃了幼年时期的朋友和青年时期的爱情。抛弃了你,乌尔汗,我的最亲爱的女人,还有你,波拉提江,我的后代,我的维吾尔骑士!乌尔汗,你可为我

---

① 一种鸟名。

流干了眼泪,白掉了头发?波拉提江,你可为我失去了双颊上的笑靥和儿童的天真?我忽然明白了,我完全相信了,你们没有走!你们一定不会走!你们一定留在中国!即使你们走了,也会很快回来!你们就在我的背后,看着我!啊,无所不在的真主,你启示我认识了这一点。如果说我,一个贪污犯和盗窃犯,一个吸毒、浪荡的二流子,一个变成了外国颠覆势力的奴仆和工具的罪人伊萨木冬,都不能忘情于祖国,那么你们,你忠诚而正直的乌尔汗与纯真而良善的波拉提江,难道你们会背向自己的祖国,而面向这强横的、傲慢的、冰冷的异邦吗?

我跪下了一条腿,我又跪下了第二条腿。我哭着匍匐在祖国的最边缘的一寸土地上,真主!降死于祖国的逆子吧,让我罪恶的身躯卧倒在祖国的宽阔无边的胸怀里吧。

"请问,您怎么了?"

我听到了一声清亮的呼唤。我回过了头。我看到的是我们中国的边境工作人员,他年岁不算大。他是汉族,但会说维吾尔话。他镇静、精明,警惕而又略带忧郁。他说:

"如果您还没有拿定主意,如果您来到这里是被诱骗或者被胁迫,如果您留恋家乡,您就转回来吧!祖国就在这边!"

他用手一指,我看到了万道霞光,我听到了《东方红》的乐曲。我搂住了他的脖子,然后,我向他跪下了。

…………

乌尔汗,我的小妹妹,我的忠心耿耿的妻子,我的老实巴交的、可怜的女人!我的爱和我的心,如果我当初听你的话……完了,一切都来不及了,一时的错误要用一生来做代价。现在,四清运动已经开始了,这是一个庄严的、伟大的运动,我细细学习了文件,听了报告,我知道,我的时间到了。我理应受到祖国和人民严厉的惩罚,即使仅仅为了你的痛苦和羞辱,我也该!我希望你为波拉提江找一个真正的父亲,一个勤劳和廉洁的人。我希望你教育波拉提江永远不要走我的路。我希望他在祖国的大地上辛勤劳作,不吝惜每一滴汗水;我希望他严格律己,不接受一点一滴诱惑。四清四清,愿他永远清白,永远干净。对于我们穆斯林,没有比清洁和清真更重要的,为了清真,我们可以从容地就死。请不要为我难过,更不要怨天尤人,祖国是多么宽宏!我将死在自己祖国的土地上,我的灵魂将永远依恋着祖国的山水,祖国的大地!

工作组同志细细地听了他的话,认真地做了记录,又看了他写的"绝命书"和交代材料。伊萨木冬站了起来,提着准备好的小包袱。他说:

"您送我去公安局、去法院和监狱吧!我已经准备好了。"

工作组同志看了他一眼,严肃而平静地说:

"您先不要胡思乱想。您主动来谈这些情况,这很好。看来,您确实犯有严重的错误,您可能是有罪的。但是,您以有罪之身,却没有到'那边'去,您爱国,您仍然是祖国的儿子。在我们的社会主义祖国,改正错误的道路是畅通的。改正错误是被欢迎的。当然,我们要和伊犁方面联系,核对一下情况,同时,我们还可以打问一下您的家属的情况。有什么消息,我们会告诉您的。由于您谈的问题牵扯到其他的人,特别是那个人还是什么党员干部,所以,请您保密,暂时不和其他任何人谈,暂时,您还是安尼瓦尔斯拉木。好吧,就这样吧。"

伊萨木冬呆呆地站在那里,好像傻了一般。

"您回自己的家去吧,好好休息一下,做点好饭。刚才,您太激动了。"

"您,不把我送走?或者至少派民兵把我看押起来?"

"不。请不要胡思乱想。您回去吧。瞧,您还带了衣服,不要这样紧张嘛。"

"无论如何,您总应该派民兵把我监督起来啊!"伊萨木冬好像在哀求了。

"民兵的作用是巨大的,看押和监督,有时候也是有的。但这并不是全部,我们并不迷信专政手段。如果您那一年五月六日走了,我们把民兵派到哪里去呢?您没有走,您留下了,您现在来找我们。您爱自己的祖国,您信赖和依靠组织,我们为什么不信任您能够改正自己的错误呢?至于法律上的处分,行政上的处分,这要调查清楚以后,由司法机关作出决定,您为什么这样急呢?对于不制裁不足以巩固无产阶级专政,不足以平民愤的犯罪分子,国家会毫不手软地予以制裁的。而对于确实愿意悔改而且已经有改正的表现的犯有错误的人们,党和人民从来是欢迎的。这有什么不可理解的呢?您又有什么不放心的呢?"

"我、我不配……"

"不要那样说。您还不到四十岁,您在这里的劳动表现很好。您还有的是机会换一个活法,能选择自己的道路。您还有许多精力、体力和聪明可以献给祖国的大地……"

"谢谢毛主席!"伊萨木冬向毛主席像抚胸施礼,流着泪……

二十天后,工作组同志告诉他,已经与伊犁方面联系过了。他提供的情况很重要。同时,他可以放心的是,他的家属乌尔汗和波拉提江都好着呢,他们的生活正常,仍然住在原来的房子里。

"好着呢!正常!原来的房子里!"伊萨木冬喃喃地重复着。这过度的喜讯像超浓度的醇酒一样,使他迷醉、晕眩,喘不过气来。

"组织上的意见,请您回伊犁,和您的家属团聚,弄清你的事情,做出明确的结论,也有助于清理这件案子。为了避免惊动现在还在隐蔽着和活动着的敌对势力的代理人,我们准备派一个人先送您到县里,由县里安排您回公社,回家。"工作组同志说。

派一个同志送？啊,自己给组织找了多少麻烦！可也是,难道自己一个人就这样回去吗？

就这样,他离开了偏僻而富饶的半农半牧的小县且末,告别了阿尔金山、塔什萨依河与大片的庄严粗粝的原始胡杨林,回到了阔别将近三年的伊犁。亲爱的,别来无恙的伊犁！三年前,伊萨木冬在惊恐和混乱中,在失去了主心骨的情况下离开了你；如今,他又在忐忑和痛惜中,然而是在有了准主意的情况下归来了。等待着他的是什么呢？是和妻儿的团聚和诚实的、有指望的劳动吗？还是严厉的、应得的制裁呢？只要他一闭眼,一想起在边界线上所看到和所体验到的最可怕最可耻也是最可贵的一切,他就什么也不怕了。

他和从且末县陪送他来的工作干部同志告了别,情况还不允许他在家里像接待贵客一样地用心招待且末的来人,这使他十分难过。伊宁县公安局派车把他秘密送到了跃进公社。与县上一个同志,塔列甫特派员与里希提书记一起,他再次详详细细地回忆和叙述了一九六二年春天的所有有关情况,集中谈了有关库图库扎尔的问题。经公社领导与社教队研究确定了做法以后,塔列甫通知他："您回家吧。"

库图库扎尔的好戏到了最后一幕。在玛丽汗给他报信以后,他和麦素木商量了一回,他们的结论是:绝处求生,硬顶下去；他们的逻辑是:在小麦窃案上,伊萨木冬不可能提出更多的旁证和证据,那么,仅凭一个人的口供,不可能定库图库扎尔的罪。只要问题定不下来,拖下去,就有希望在时机到来的时候彻底推翻。然而，他们的估计又失算了。在由别修尔主持尹中信和赛里木参加的大队范围的揭发批判会议上，当库图库扎尔要无赖的时候，谁能想得到，谁能梦得见他的亲哥哥，树叶落下来也怕砸破头的阿西穆颤抖着站了起来。老中农说：

"别赖了，我的兄弟！更不要反咬别人。这样下去，你的罪越加大了。大家都知道我胆小，我害怕，从一九六二年以来我更是吓破了胆，我怕什么呢？我怕哎鸠鸡哞鸠鸡。圣人说的，阿訇说过，世界到了末日，就会出现一批哎鸠鸡哞鸠鸡。你库图库扎尔老弟怎么成了个哎鸠鸡哞鸠鸡呀！四月三十日夜里，我听到了声音，推开门一看，是你正在破坏渠道呀！你破坏了渠道把艾拜杜拉骗离了仓库门口，才做了手脚，才偷成了粮食。然后，你栽赃给艾拜杜拉和泰外库……弟弟，哥哥不会害你，哥哥是救你。我们的父母并没有教给我们做这种伤天害理、冒险掉脑袋的事情，你怎么成了这样的人了啊……"阿西穆哭了起来。

人们纷纷起来检举，提供了有力的旁证。廖尼卡检举说，他亲耳听到木拉托夫说过，木拉托夫曾经到库图库扎尔家里劝说库图库扎尔暂先不要走。热依穆检举说，库图库扎尔对四月三十日夜班浇水的名单，作了仔细的研究，他是有意识地选择时机，和尼牙孜协同作案的。乌尔汗检举了她回来后库图库扎尔夫妇如何软硬兼施，压她、控制她、骗她，波拉提江是怎样找回来的，这也很可疑。四队队长乌甫尔揭发了他一九六二年如何进行挑拨和煽动，为敌方颠覆势力效劳。乌甫尔指出，有关他的妻子莱依曼的身世，极有可能是库图库扎尔提供给木拉托夫的。里希提和伊力哈穆，更联系他多年来思想、作风、工作全面的表现，以及在四清中的表现，作了全面的揭发和批判。玛丽汗也被带到了台上交代……在无数面照妖镜下面，在群众的怒火燃烧之中，这位聪明过度的鸭子低下了头。

　　但是,他仍然死守住一条,决不透露他和麦素木的新建立的关系,其他一概承认。本来,按照他的脾气,他真想把麦素木咬出来。好事最好是一个人出头,坏事则有份的人越多越好。这是他早已掌握了的生活智慧。

　　他咬出了尼牙孜,尼牙孜是以五十块钱现金的代价参加了作案的。尼牙孜则说,他完全不了解其中的政治背景,特别是国际背景,他只以为是普通的趁火打劫,捞点油水。他提出一个有力的论据:"如果我知道背后有苏侨协会主使,我能只要五十元吗?至少我得要一百元!"

　　他咬出了玛丽汗,马木提乡约和玛丽汗如何拉拢他、操纵他,他一概承认。但和麦素木,他只承认思想感情上的共鸣,对伊力哈穆都有些不满,如此而已。他心里仍然进行着账目的算计,小贩的衡量得失的本领仍然在起着作用,他知道,他已经无路可走,他只能承认自己是被地主分子和颠覆分子拉下了水,他可能被认作蜕化变质分子,被视为贪污盗窃分子,被视为投机动摇分子,这当然是很可怕的,但还不是最可怕的。最可怕的是如果他咬出了麦素木,顺着这条线往上追下去……他的脑袋就要搬家了。

小说人语:

　　伊萨木冬的绝命书充满了激情。你聪明的会指出,不必那么夸张,那么严重,那么扣政治帽子,那么给自己施压。是的,一个屌丝对历史承担不了那么大的责任。

　　但是你不能忘记当时的中苏关系的尖锐状态。二十世纪五十年代斯大林在答西方记者问的时候说:社会主义与资本主义两个阵营的战争是有可能避免的,但是资本主义内部的战争反而是不可避免的。原因是,第一,资本主义阵营也知道社会主义阵营不想发动战争;第二,如果发生前一种战争,资本主义面临的是全部灭亡的危险。在斯大林此话后,不错,资本主义世界内不断地有战争,同时,社会主义阵营中,也出现了战争。

当人——小人物被历史与国际政治裹胁以后,他们的小小的身躯也要承受巨大的分量。

毕竟,走异国不是一件轻松的事情,三十余年前,小说人是这样写半个世纪前的事变的,二十一世纪,小说人仍然为一九六二年出走的新疆伊犁老乡而不无忧心。二〇〇四年小说人访问阿拉木图的时候听说过,当年所谓"外逃"到哈萨克斯坦的新疆维吾尔人,处境并不佳妙。小说人愿意祝福他们平安愉快。

第五十七章　老年章洋　炸敌堡声中含笑逝
　　　　　　　这边风景　慨历史河畔带泪看

经过了许多忙碌的白天和激动的黑夜。尹中信在日记上写道：

一九六五年三月十一日　　晴

今天在爱国大队举行政策兑现大会。一是宣布对伊萨木冬免予一切刑事处分，组织专人清查他担任保管员期间的账目，这段期间贪污、受贿、非法占用的粮食原则上应予退赔，确有困难的话可以减、缓、免。二是宣布撤销库图库扎尔党内外一切职务，继续交群众揭发批判，并在运动后期做出组织和司法处理。

人们含着热泪高呼："毛主席万岁！"土改以来，我已经好久没有看到这样激动人心的场面了。有好几个老人握着我的手哭了起来，我真惭愧。我们的人民是多么好啊！最初一段，我没有能够使得七队的工作组正确地贯彻实事求是的思想路线，伤害了好人，包庇了坏人，人民并没有过多地责备我们，虽然我们的做法曾经是这样地叫人民摇头失望，叫人民伤心。如今，我们只不过开始按照事物的本来面目认识世界，还各种人以他们的本来面目，就受到了人民这样高的评价。作为一个老干部、一个老兵，我为兄弟的维吾尔族农民究竟做了点什么呢？我愧对毛主席的教导，愧对人民的期望啊！

好人还是坏人？小孩子们看戏时最爱提出这个问题，也是我们工作中每天每时要遇到的首要问题，特别是在社会主义社会，在人民的铁打江山里，敌人是隐蔽的，这个问题就更其重要。为什么这个运动叫"四清"呢？清来清去，首先要分清敌我，分清是非，用小孩子的话，就叫做分清好人和坏人。而坏人想在当前条件下生存下去，进行他们的破坏活动，就必须把自己打扮成好人，而把好人诬陷成坏人。伪装和撕破伪装的斗争，诽谤和反诽谤的斗争，诬陷和反诬陷的斗争，这同样叫人痛心疾首、肝胆俱裂啊。这就是斗争的严重、尖锐和激动人心之处。好人可能遭到诽谤，这是好人面临的巨大考验，坏人可能得逞于一时，最后必然暴露和灭亡。而我们的有些人，有些事，有些做法，恰恰是帮助了坏人，打击了好人啊！看看"亲者痛而仇者快"这七个字吧，我们要为这七个字流多少血、多少泪、多少冷汗！

　　库图库扎尔确实是个角色哩，而伊力哈穆经受住了这一切，我要老老实实地承认，同样的事发生在我身上，我比不上这个维吾尔族的农民，年轻的伊力哈穆。正因为他是一个普通的农民，他所以经得住摔打，经得住折腾！

　　可怜的章洋，过分的聪明竟使他能够理解和信奉一加二不等于三的公式。这样的事情今后也还可能发生的啊。

　　没有比颠倒更可恶的了。没有比颠倒的颠倒更感人的了。在这个边远的公社里，我想起了我参加革命的初衷来了，不正是为了不公平的旧社会的颠倒吗？外来的日寇强盗屠杀炎黄的子孙，国民党的贪官污吏作威作福，种地的人饿腹空空，织布的人赤身裸体，无耻凌辱着庄严，下流嘲弄着高尚，贪婪压迫着廉洁，诡诈玩弄着正直……为了使这被颠倒的社会重新颠倒过来，十几岁的，幼稚的，有很多幻想是荒谬的，然而却是非常真诚而勇敢的尹中信，离开了父母，抛下了学业，告别了城市，投身革命队伍，甘愿洒下一腔热血。革命胜利了，但是革命并没有完结。还会有新的颠倒，还要为把被颠倒了的再颠倒过来而献身，这就是我毕生的事业吧……

一九六五年六月二十二日　阴

一次又一次的后延，终于，今天在县里开了总结大会，从明天起，我们的这一期社教工作队宣告完成任务，工作队员分别回各单位汇报休整。我已经被告知，七月十日到伊犁区党委报到，开始今冬明春的下一期的社会主义教育运动的筹组工作。

我不能断定这是巧合还是事出有因。恰恰是从今天，伊犁地区宣布，在饭馆吃饭，在馕铺子买馕，在食品店买点心，不必交粮票了。据我所知，这在全国独一无二，几年的困难，各地都是谈粮色变，伊犁这里居然能放开粮票，这还了得！我想起了电影上常常看到的一个场面，遇到了本来想都不敢想的好事，女主人公说："这不是做梦吧？"

我们工作队帮助公社各级领导制定了中长期发展规划。我们贯彻自治区领导提出的三多五好一强：粮多、棉多、油多，好条田、好道路、好林带、好渠道、好居民点，一强则是说人强。这样的说法令人多么满意，这样的梦令人悲从中来，这样的规划比好还好，这个也多，那个也多，这个不匮乏，那个也不匮乏，这个也好，那个也好，这个也不低劣，那个也不低劣，最后归结为人强，不是羸弱，不是劣根性，不是穷途末路，不是低声下气也不是大言不惭……

几千名干部、知识分子、大学毕业生、民主党派人士与各界人物，一个个上山下乡，奔波劳碌，夜以继日，加班加点，跑到百里千里之外，背井离家，夫妻亲子一分开就是大半年，节衣缩食，严格纪律，与贫下中农同吃同住同劳动，放下各自的业务工作，这样的气魄这样的规模这样的深入群众,这样的艰苦朴素,这样的拼命奋斗,这样的眼睛向下,真可以说是前无古人后无来者。从秦始皇到孙中山,没有一个政权使出了这样大的力气,付出了这样大的代价,把工作做到包括新疆边远地区的每一家农户里。

这确实是伟大的锻炼,伟大的革命化过程,伟大的创举,伟大的人民政府与人民领袖的壮举。

但是我仍然期待着,我仍然是望眼欲穿地期待着,运动、运动,革命化、革命化,斗争、斗争,整顿、整顿,给我们带来更多的粮食,更多的蔬菜,更多的肉蛋,更多更好的住房,更多的幸福好日子吧……啊,我这样想是不是符合中央的精神呢?是不是有什么问题呢?无论如何,我们拼死拼活使出了吃奶的气力,我们也确实受到了很大的教育和锻炼,但是,但是,我们究竟给农民们带去了什么呢?

章洋对于这些事情的发生,对于他所认定的七生产队阶级斗争形势的"逆转"始终感到无法理解:一会儿说东,一会儿说西的泰外库的话如何能够相信?明明是参与盗窃并且叛逃未遂的伊萨木冬,怎么可以不追究刑事责任?库图库扎尔遭遇了复杂的情况,正像阿卜都热合曼与热依穆、莱依拉夫妇遭遇了复杂情况一样,为什么受到了那么严重的处理?如果当时不发布"二十三条"文件,而是坚持原先的文件的话,这一切事件是不是会有不同的解释与结局?这太混乱也太偶然了。原来太阳可能是从东边、也可能是从西边升起的。原来,好人是可以被解释为坏人而坏人也是可能被解释为好人的。

章洋还认为,这次社教运动是他的政治运气的转折点,从一九六五年夏天,他的"仕途"可以说是一蹶不振了。他始终怀疑是尹中信给他点了眼药,但是他找不着证据。尤其在此后的"文革"、拨乱反正、平反冤假错案、改革开放、动乱、市场经济、唱红歌与薄谷开来杀人案审判之后,他干脆觉得自己的大脑崩溃了。

……二〇一二年,是年雨水频繁,八月三十一日,时年七十九岁的章洋雨后去超市购物归来时跌了一跤,此后昏迷不醒,医院诊断为脑血栓。九月二十二日,经过多次治疗,他恢复了神志,但又检查出了肝硬化与前列腺肿瘤等疾病。在他身体状况日差,神志似乎又出现了新麻烦之时,有一天他哼哼唧唧地对子女说:

……我终于想明白了。咱们党的威信太高了,你们不服不行。咱们的文件创造着历史,打造了生活,还有阶级斗争或者不斗争而且和谐。一切是非真伪功过长短,都要看文件。如果你的文件是前十条啊,后十条啦,还有"经验"哩,那个伊力什么来着,他的定性就是残害贫下中农、新生资产阶级分子。他的处理应该是剥夺政治权利,交群众管制。如果你的文件换了说法,他就时来运转喽。做工作的关键就是,认真学习一个比如说叫甲文件的吧,贯彻和落实这个甲文件大老爷吧,同时,我说呀,你不能不考虑比如说乙文件啥时候出现呢。具体的情况具体的事实,其重要性就看是符合哪个文件哟。符合文件的事实,是黄金,是宝贝疙瘩。违背文件的事实,是狗屎,是必须割去的脓包……敌人的堡垒,一定是要炸翻的呀……

他说了好几次这样的话,孩子们面面相觑,没有哪个知道他老人家在说什么。他的二孙子用最先进的 iPad3 为老人家录了音,又请老人家单位老干部科的科长整理出来。此后老人家又模模糊糊地说了几次,一次比一次更加听不清楚之后,含笑长逝。

二十世纪六十年代的前几年间,发生在遥远的新疆,发生在风景这边独好的伊犁河谷的这样一些事情,不过是历史的长河中的几朵小小浪花;生活的乐章中的几节小小的乐句。历史的河流啊,我多么想把你录制,多么想把你反复吟咏。河流知道一切,承载一切,包容着雨露、阳光、来自天山青松林间的清风和草原上的歌声,也消化着、淘汰着泥沙、泡沫、一切的污秽。乐章洗涤着心灵,燃烧着火把,你是那样丰富,那样雄浑,那样多情而又那样清新。河流永远奔流,乐章从无停歇,河流穿过峡谷绕过弯道,克服着暗礁的拦阻,奔流得更加酣畅;乐章战胜了噪音,度过了扭曲的变奏,打开了紧闭的窗扉,响起了光明正大的凯歌旋律。奔流着、震响着,震响着、奔流着。

然而你们不肯停留,也很难录制。你们并不吹嘘,表白和申辩。你们按照自己的规律在发展和变动。你们的痛苦,也可能被后人视为呆傻;你们的追求,也可能被后人视为乃是煽情的空洞;你们的认真,也可能被后人视为大可不必……然而,你们毕竟也留下了许多宝贵的记忆,动人的故事,和用金子也无法比拟,无法换得的生活的智慧、教训……你常常贴错了标签,你常常混响了滥呼了打倒与拥护,你有时候不免强词夺理,有时候你沉迷于伤人伤己伤气伤血的恶斗。据说,这是难以避免的弯路,学费,准备。它有一个很好的名字叫做摸索,它有一个很好的目叫做社会主义。领导说,打了两仗,胜了一仗,那就是好指挥员。不要企图出现打两仗胜两仗的领导,当然最好不要是打两仗败两仗的司令。毛主席说了,捣乱失败再捣乱再失败,直至灭亡,这就是反动派的逻辑,他们是不会违背这个逻辑的。斗争失败再斗争再失败,直至胜利。这就是人民的逻辑。他们也是不会违背这个逻辑的。你注意到了吗?人民的逻辑同样也是一次又一次的失败。然而取得最后胜利的是人民,而最后陷于灭亡的不是人民,是反动派。常常不断失败,则是人民与反动派、即全人类的共同命运。

你气势伟大而效率可疑的二十世纪六十年代仍然充满了生活、激情、创意、信念、梦想和青春。热烈的,多情的,有时候是荒唐的与幻想的青春!最最美好的年华,最最崇高的献身,最最唐突的冒失,最最艰苦的探索;它们与你的、我的、共和国的青春同在,它们与这本真实得无法再真实,感动得不能再感动,过时得永无过时,细腻得胜过了实录的开端于一九七二年、初稿于一九七八年的长篇小说同在。

　　……就拿伊力哈穆来说吧,回家三年,他像放到炼铁炉里的一块矿石,还有他没受过的吗?当年小说作者来到伊犁农村,被命名的就是前往"劳动锻炼"啊。伊力哈穆锻炼得够大发的啦。他不但经历了国内的敌我矛盾和人民内部矛盾,而且经历了与国外侵略、颠覆势力(而过了许多年后又"一风吹"了的,即过了几十年后未必还算得上是颠覆与侵略了)的斗争。他不但被教导要和玛丽汗、依卜拉欣斗,而且经受了包廷贵、尼牙孜这些人的疯狂攻击,经受了库图库扎尔的花样翻新的妖法。而比这一切都困难、比一切都宝贵的是他获得了被章洋这样的人、被他衷心敬爱和信任的工作干部的以革命的名义对他进行诬陷和试炼的经验。王蒙写到这里想起的是苏联的布哈林,如果布哈林能够写一本小说,你能猜想得到他的想法和写法吗?

　　人,历史,战斗。我在这部书的最后几行,为你们默哀。

　　一九六五年夏天,伊力哈穆以新生活大队支部书记(为了培养接班人,里提希自己要求改作伊力哈穆的副手了)的身份主持了新线渠道的放水典礼,在社员们的欢呼中,他看到了可人意的渠水开始推动了沉重的磨盘,发出了威严的轰轰声。趁人不注意的时候,他用小臂匆匆擦了一下眼角,然后,和大家笑在一起。里希提发现了他的这个动作,默默地点了点头。也许,他擦眼睛是为了看清渠水奔腾在下游渠道的情景吧?也许,他慨叹胜利的来之不易?也许,他在这种场合总要想起巧帕汗外祖母,并为自己还没有实现老人的遗愿,没有以崭新的和巨大的成绩去北京向毛主席汇报而惭愧?也许他在慨叹,费尽了九牛二虎之力,采取了那么多气概非凡的举措,赌了那么多咒,发了那么多誓,加了那么多班,为什么为什么为什么生产力硬是得不到应有的解放,为什么社会财富潮涌、劳动成为乐生的第一要素的美好图景硬是不像党课上讲的那样越来越成为现实?他哪里知道啊,他哪里知道啊!

这些年的历程,对于泰外库也是终生难忘的。经过了爱和恨,冷和热,欺骗和真诚,疯狂和清醒,他总算学到了一点东西。现在,当他和妻子爱弥拉克孜说起这些事情的时候,他总是用"从前""在我年轻的时候""那些年"这些字眼儿,好像是在说遥远的往事,甚至好像是在说另一个泰外库。天性的善良并不能代替思想的武装,豪爽和慷慨也并不等于无产阶级的广阔胸怀。你强壮的、热情质朴的维吾尔男子,在今后的风浪中,你还有的是好戏呢。

有些人则还远远谈不上彻底的变化。穆萨现在又踏实了,得意的时候"烧包",烧得要死,碰了钉子就舒服,这就是他的脾性。四清中,他也参加了对库图库扎尔的斗争,揭发了库图库扎尔吃串烤羊肉时的不怀好意的谈话。他本人担任队长时多吃多占等问题,也受到了应有的审查,并且责令他退赔。于是,他心安理得,吃得多,睡得香,对乡亲,对领导,对老婆,对亲戚,都显得听话、可爱。他按时上工,努力劳动,除了有时候吹吹牛,除了显摆自己的臂力和知识、技巧以外,他是个快乐的、模范的社员。他的胡作非为给生产队、给他个人、给他壮年才成的家带来的只有屈辱、破产、"经济危机"与"公信力危机"。马玉琴卖了一些自己的首饰,卖了偷偷藏起来的几件老阿訇马文平的遗物,帮助他迅速退赔了多吃多占的财物。为此,他还受到了表扬。他能不感恩戴德吗?人生,就是这么一回事,有行时的时候,有倒霉的时候,有时候老婆因为有你而威风荣耀,有时候你得沾老婆的光,人穷志短,马瘦毛长,也只好随它去……在他这些达观的解嘲后面,人们也不是没有理由为他担心:如果形势对他的冒险,对他的小小的野心提供了新的机会呢?

瞧那个深思熟虑而又随机应变的麦素木吧,他自以为是滑过去了。当然,他的活动市场小了,他自己也在收缩。他的大队加工厂出纳员的职务也被取掉了。库图库扎尔已被开除党籍,交由群众监督管制。尼牙孜也被批判,有关他的来历,公社发的几件外调函件得到的都是"查本地从无此人"的答复,还需要进一步弄清。包廷贵夫妇的非法活动和不利民族团结的言行在运动中受到了批评,老王揭露了他们。而麦素木呢,尽管群众呼声不低,却基本上安全地过来了。他谨慎之中暗自有些得意。何况他还有一个朋友,那个尊重文化和宗教的古板的木匠亚森,他仍然时或和亚森木匠谈历史,谈其实他也是一知半解的《古兰经》,谈阿拉伯文和波斯文。他甚至还建议亚森木匠的小儿子没事到他这里来学一点古典文献。他小时候上过一段经文学校嘛。伊力哈穆知道。社教工作队和公社党委的最后的意见是把麦素木挂起来,这也是放长线的意思。当然,这是不能透露出去的,让麦素木自鸣得意去吧,让他望眼欲穿地等候木拉托夫、赖提甫和还乡团去吧,让敌对势力急不可耐地也等着他里应外合去吧。人民的眼睛睁得大大的。

还是有更多更多的人在这些年里学到了东西。雪林姑丽的胆怯和悲愁已经一去不复返了,由于在试验站工作和学习成绩优秀,她被送到州农科所进修了半年。不久前,她去海南岛繁育良种,一去就走了八个月,这个未曾说话先低下头来或者捂上脸的女孩子,现在常常在社员或干部的集会上侃侃而谈了。她的身体也更丰满了。现在,看到这个又有经验又有理论的农村技术员的时候,谁还能想起那个泪眼汪汪的,怯懦得像一只小白兔似的,泰外库的不幸的小媳妇呢?

而艾拜杜拉,现在是七队的副队长了。热依穆是队长。六五年冬天,艾拜杜拉带队在哈什河上游龙口为大湟渠(现在改名叫人民渠了)修现代化的引水闸和泄洪闸。他们住在地窝子里,迎风冒雪,昼夜三班奋战了两个多月,艾拜杜拉所领导的七队被评为红旗单位,每人奖励了一条毛巾、一个背心和一双解放鞋,伊犁区党委领导同志田星五亲自为艾拜杜拉戴了大红花。中间,伊力哈穆亲自赶着马车,拉了一车食油、面粉、干肉、粉条……去慰问。看到了六三年他来堵水的那个地方人如海、旗如潮,推土机、起重机、马车,如水如龙,正在进行大规模的会战。从哈什河的治理和人民渠的龙口工程,他看到了伊犁在前进,生产在发展,他感到无比的快慰,他也看到前面的路途还很远,很不平坦。

吐尔逊贝薇到乌鲁木齐出席了一次团代会。此后,每隔十天半月模范邮递员阿里木江就要给她送一封信来。消息很快像春风一样传播了开去,在她幼年时代的好友狄丽娜尔和雪林姑丽面前,她承认有一个原籍同是伊犁的工人在追求她。"我对他的印象也不错。"她坦率地,也是有分寸地说。一个年岁不太大,思想却十分老朽的女人听到了这个消息,狗拿耗子似的去找再娜甫,思想老朽的女人说:"天啊,这怎么得了!听说吐尔逊贝薇自己给自己挑选丈夫呢!"你猜再娜甫怎么回答?有这么个妈妈确实是吐尔逊贝薇的福气!她叉着腰哈哈大笑,她说:"那可太好了!我相信她决不会找一个懒汉,找一个饭口袋的。"再娜甫的话有点"影射"的味儿。

果然，狗拿耗子的女人噘起嘴来了，没趣！

　　也许，学得最多的，印象最深的人们当中，应该还是回到伊萨木冬夫妇身上吧？时间，你是如何地无情！才几年，这一对夫妇已经是"老两口"了。伊萨木冬秃顶，胡须渐白，腰也略略弯了下去。他有文化，他一直订着报，他还订了一份维吾尔文《新疆文学》月刊。正是他在且末写的绝命书，那东西的词藻与抒情，受到了所有知道此文的人们的称道。他发现了自己的文才，他开始给《伊犁日报》与《新疆日报》的副刊投稿了。突然，有一次看报的时候他感觉满眼是云雾，他恍然大悟，眼已经花了。他跑到伊宁市红旗大楼斜对过，花了六块多钱买了一副老花镜，看书看报再也离不开这两片玻璃。这也不奇怪，他已经是四十出头。可乌尔汗呢？她其实仅仅三十多岁，论出生年月，她比伊力哈穆还小几天呢，只是因了伊萨木冬的关系，伊力哈穆才称她为"姐"为"嫂"的。然而，她自己也不认识自己了，似乎，用奥斯玛草涂染墨绿色的长眉毛，用凤仙花涂染红指甲、红掌心和红脚印，挖出一种多奶汁的草根在嘴里咀嚼的时代瞬时远去，似乎是无忧无虑的童年还没有过完，似乎在县文化馆表演的宣传抗美援朝的节目还刚刚演了一半，现在正是幕间休息呢，似乎少女的欢笑与烦恼、新婚的羞涩与幸福她还都没有真正的体味到，倏地，她已经"老"了，她的皮肤已经开始松弛和粗糙，她的眼角的鱼尾纹甚至没有镜子用手也可以摸出来，她的鬓角已经灰白了，女人的鬓角啊，你总是最先传达了这不愉快的变化……有一次梳头，她发现有大撮的头发脱落了。青春啊，青春，你是怎样来的？又是怎样走的？你原来是这样不忠实而又不稳定吗？你匆匆打开了你的主人的眼睛，点燃了你的主人的心灵，而后不等有任何结果你又匆匆地逃走了，一去不复返了。在青春抛弃了我们的同时，谁又能不感到后悔，不认定是我们辜负了青春呢？

可谁又能说时间与青春是无情的呢？不仅公社在发展,生活在前进,而且波拉提江已经长成了一个秀美的少年,他爱他的爸爸,更爱他的妈妈,他还老是催促他的父母去看望伊力哈穆叔叔和米琪儿婉阿姨。孩子的心灵像赛里木湖的清澈的湖水,光洁、清晰、毫无保留地反映着蓝天与白云、树木与飞鹰。不但孩子在成长,他们夫妻俩难道白过了这些年吗？不,他们正是在一九六五年以后,在秃顶、花眼和白了鬓角以后才懂得了幸福、善恶、家庭和祖国。个人的青春是短暂的,祖国的青春是永恒的,个人的青春是渺小的,祖国的青春是伟大的。四清运动中各队订立的建设社会主义新农村的规划正在开花,到处是新渠道、新道路、新林带、新条田、新居民点。到处是新的烟囱、新的汽车、新的联合收割机和新的玫瑰园、葡萄园、苹果园。他们愿意告诉每一个在这新的时代,新的生活中尽情地享受着青春的美妙和幸福的年轻人:爱祖国吧,一分一秒地不能离开她。他们要用他们眼里和肚里的泪,用他们过早长出的白发,用他们的受了伤、又痊愈了的心告诉给青年们,他们要说:

"伊犁的天空又变得蔚蓝了,伊犁的清风又充满了花香,伊犁的土地上又长满了庄稼,伊犁的姑娘们又戴上了使蜂蝶断魂的彩色斑斓的头巾。伊犁的骏马在山野里奔驰,伊犁的人民在社会主义大路上行进。这所有的一切,所有的地上的、人间的快乐和光明,都来自我们亲爱的祖国。我们唯一的愿望,唯一的要求和最大的幸福就是要把自己献给祖国,把自己的劳动和爱情献给祖国,让祖国变得更加美丽。哪怕是一百年以后,我们也要变成祖国大地里的泥土的一粒小小分子,也要歌唱伊犁,歌唱天山,歌唱黄河与长江,歌唱我们经过了不少的试炼,才有了些许的安慰。我们与祖国同在。"

小说人语：

　　我们渴望光明，我们渴望善良，我们渴望爱情，我们渴望幸福与公正的生活。我们的奋斗并不一帆风顺，我们的代价并非十分俭省，我们的激情奉献也并非都获得了相应的报答，但是我们仍然希望能保持而不是全然丢弃我们当年的认真的梦。

　　与伊犁的邂逅是小说人生命中最重要的事件。二十世纪六七十年代是小说人个人生命史中的黄金年华。它们留下了雪泥鸿爪，它们留下了仍然热烈的欢笑与呼喊，眼泪与言辞，斗得不亦乐乎的千奇百怪的故事与戏剧。当历史的重温与人物的纪念已经渐行渐远，已经越来越不那么令人在意的时候，当当年书写的内容越来越像是"白头宫女在，闲坐说玄宗"的时候，这部尘封四十年的长篇小说还在，它仍然能拨动你的感情的琴弦，能激起你的滚滚的热泪。

　　只因为我们傻过，我们信过，我们真诚过，我们爱过。

　　我们当然不拒绝凝视与凝思那庄严的当真的往事，我们留住的当然不仅仅是叹息。

后　记

这是陈年旧事的打捞。

这是失忆后的蓦然回身——原来,原来是这样?

这是幽暗的时光隧道中的雷鸣电闪。

这是五十年前的大呼小叫的历史,四十年前的处心积虑、小心翼翼、仍然是生气贯注的书写。

这是偶然的发现与发掘。是偶然被文学与往事撞击的一记。

这是从坟墓中翻了一个身,走出来的一部书,从遗体到新生。

三十八岁时凡心忽动,在芳的一再鼓动下动笔开始了书稿,在写出来的当时就已经过时,已经宣布病危。作者也确认了它的先天的绝症,草草地将它埋藏。然后在房屋的顶柜里,像在棺木里,它的遗体安安静静地沉睡了四十年。

然后在我七十八岁时,它偶然地被我的孩子们所发现。

欢呼……

我说不,我说它已经逝世。

他们说:行。说:仍然活着,而且很青春。

虽然有过了时的标签,过了时的说法,过了时的文件,过了时的呐喊,过了时的紧张风险。

在过了时的框架中说的确实大致是当时想说的话。

重读?忘得这样彻底。几乎像在读一个老友的新著。虽然你们都说他的记忆力超常。我同时看到了懂得了他的忘记力超常。

没有记忆的功夫,他还怎么爬格子？如果没有忘却的功夫,他还怎么高高兴兴地尽管活下去？

仍然令作者自己拍案叫绝,令作者自己热泪横流,令作者惊奇的是：当真有那样一个一心写小说的王某,仍然亲切而且挚诚,细腻而且生动,天真而且轻信。哦,你好,我的三十岁与四十岁的那一个仍然的我！他响应号召,努力做到了"脱胎换骨",他同时做到了别来无恙,依然永远是他自己。

许多许多都改变了,生活仍然依旧,青春仍然依旧,生命的躁动和夸张、伤感和眷恋依旧,人性依旧,爱依旧,火焰仍然温热,日子仍然鲜明,拉面条与奶茶仍然甘美,亭亭玉立的后人仍然亭亭玉立,苦恋的情歌仍然酸苦,大地、伊犁、雪山与大河仍然伟岸而又多情！

如果你非常爱这个世界包括你自己,这个世界与你自己硬是会变得更可爱一些。当你非常要求信这个世界与你自己的时候,这个世界与你自己,硬是更可信一些。生命是生动的,标签指向正确与拥戴的时候,它是生动的,指向有错与否定的时候,生命的温暖与力量丝毫没有减少,更没有不存在。世界与你自己本来就是拥有生命的可爱可亲可留恋的投射与记忆。

万岁的不是政治标签、权力符号、历史高潮、不得不的结构格局；是生活,是人,是爱与信任,是细节,是倾吐,是世界,是鲜活的生命。可能你信过了唆,然而信比不信好,信永存。可能你的过了时的文稿得益于这个后来越来越感到闹心的世界的一点光辉与真实与真情,得益于生命的根基,所以文学也万岁。

情况简介：

一九六五年,我去新疆伊犁哈萨克自治州伊宁县红旗公社二大队(位于巴彦岱)"劳动锻炼",并一度兼任副大队长。我努力做到了与维吾尔农民同吃同住同劳动,学会了维吾尔语,成为当地种族农民的亲密朋友。

一九七一年,我离开巴彦岱进乌拉泊文教"五七"干校。

一九七二年,我三十八岁时在干校开始考虑书写在伊犁农村的珍稀生活经验,并试写了伊犁百姓粉刷房屋等章节。

一九七四年我满四十岁时,读了安徒生的一个描写一个一事无成的人的童话,深受刺激,同时我获得了我的芳的一再鼓励与催促。我决心不论写作环境如何不正常,努力写一部大长篇。为什么是大长篇?因为当时政治上的陷阱太多,越写得短越会顾此失彼。只有写大了,才好设防。

我得到了诗人铁依甫江与自治区文化局创作研究室主任阿布拉尤夫的支持,他们批准我不必坐班,可以在家专心写作。

一九七六年,后"文革"时代开始了,中国开始发生重大变化。

一九七八年六月,应中国青年出版社邀请,我在北戴河的黑石路中央招待所改稿两个多月。

一九七八年八月七日,乃成此书的初稿。

同年,由于此稿大情节是以批判"桃园经验"与制定"二十三条"为背景的,最初以此来做"政治正确"的保证,在形势大变以后,原来的政治正确的保证反而难以保证正确,恰恰显出了政治不正确的征兆。出版社觉得难以使用。

一九七九、一九八〇、一九八一年,我曾试图动一动,作一回起死回生的拯救。一九八一年我曾在浙江《东方》杂志上发表过其中片段。终于死了心,原作已经成形,体量太大,六十余万字,八十多个人物,推倒重来,已不可能。我本人承认无计可施:此稿因政治可疑而被打入另册。因汲取了教训而在政治上拼命求根据,因此根据不符合新时期的时宜而前功尽弃。同时我进入了新时期的创作喷涌状态。此稿连同那诡异的时代,再见了,永别了,呜呼哀哉尚飨!

二〇一二年三月二十一日,在妻子崔瑞芳去世前二日,旧稿被王山、刘颋发现,受到他们的极大欣赏。总算到了可以淡化背景的文学写作与阅读时代了。

重读旧稿,悲从中来,尘封四十载,终见天日。

林斤澜曾经打趣,我们这些人如吃鱼肴,只有头尾,却丢失了肉厚的中段。意指我们有二十世纪五十年代的初露头角,然后是八十年代后的归来。五十年代后期至七十年代后期的中段二十年呢?不知何往矣。

然而我是幸运的。我找到了我的三十八岁到四十七岁,找到了我们的二十世纪六十年代,即清蒸鱼的中段。

于是,四月以来,我投入了对此稿重新校订的工程。

二〇一二年七月至八月在中国作协北戴河创作之家开始校订此稿,基本维持原貌,在阶级斗争、反修斗争与崇拜个人的气氛方面,做了些简易的弱化。

二〇一二年七月二十三日,完成第一次校订。

二〇一二年八月二十八日,做了第二次校订,并编辑了目录,撰写了每章正文后的"小说人语"。

保持当年面貌,适度地拉到新世纪来。这是我的掌握。毕竟,写作那个时期初生的婴儿,现在已经壮年。而我写到的那个时期,即作品选材的那个时期的婴儿,例如睡在小摇床里的伊力哈穆与米琪儿婉的女儿,现在已经开始策划她小人家的退休生活了。